ALLEN GINSBERG
JACK KEROUAC

RUHM TÖTET ALLES

DIE BRIEFE

Bill Morgan und David Standford (Hrsg.)

Deutsch von Michael Kellner

ROGNER & BERNHARD

1. Auflage, Mai 2012
Copyright © 2010, John Sampas, Literary Representative of the Estate of Jack Kerouac
Copyright © 2010, The Allen Ginsberg Trust
Einleitung © 2010, Bill Morgan und David Stanford
Die Originalausgabe erschien 2010 unter dem Titel:
»Jack Kerouac and Allen Ginsberg: The Letters« bei Viking, USA
Alle Rechte vorbehalten

© der gekürzten deutschen Ausgabe 2012
by Rogner & Bernhard GmbH & Co. Verlags KG, Berlin
ISBN 978-3-95403-001-5
www.rogner-bernhard.de

Umschlaggestaltung: Wednesday Paper Works/Chris Klose
Umschlagabbildung: John Cohen/Hulton Archive/Getty Images
Layout und Herstellung: Leslie Driesener, Berlin
Gesetzt aus der Stempel Garamond
durch omnisatz GmbH, Berlin
Druck und Bindung: CPI – Clausen & Bosse, Leck
Printed in Germany

Inhalt

Vorwort der Herausgeber

»Let you not to the marriage of true minds admit impediments –
love is not love which alters when it altercation finds – O no! 'tis
an ever fix'd lark.«[1]

Shakespeare-Paraphrase des 22-jährigen Jack Kerouac in seinem
ersten Brief an den 17-jährigen Allen Ginsberg.

Allenthalben beklagt man in den letzten Jahrzehnten den Niedergang des
handschriftlichen oder maschinegetippten Briefs. Verantwortlich macht man
dafür vor allem, und das nicht zu Unrecht, die immer niedrigeren Tarife für
das Telefonieren. Bis über die Mitte der sechziger Jahre hinaus war ein Ferngespräch für viele ein kostspieliger und damit eher rarer Luxus, den man sich
allenfalls in Notfällen oder für Mitteilungen über Geburt oder Tod leistete.
Aber mit dem technischen Fortschritt konnten die Menschen es sich immer
häufiger leisten, zum Telefon zu greifen, um mit Freunden und Lieben Einzelheiten seines Lebens mündlich durchzugehen, anstatt sich die Zeit für einen
Brief zu nehmen. Und in Zeiten der E-Mail korrespondiert man heute seltener
per Schneckenpost denn je.
Die Frage ist nun, ob Schriftsteller, deren Werk sich als von bleiben-
dem Interesse erweist, sich die Mühe machen werden, ihre umfangreiche
E-Mail-Korrespondenz zu Leben und Werk in einer Form aufzubewahren, die
künftigen Lesern und Wissenschaftlern den Zugriff darauf ermöglicht. Aber
was immer die Zukunft in dieser Hinsicht bringen mag – man wird wohl nur
noch selten eine Sammlung von Briefen und Postkarten zu Gesicht bekommen, die einen derart tiefen Einblick in Arbeit und Leben zweier so wichtiger
Autoren wie Allen Ginsberg und Jack Kerouac erlaubt. Schon der schiere Um-
fang dieser Korrespondenz, in deren Verlauf sich eine langjährige literarische

1 »Nichts kann den Bund zwei treuer Herzen hindern, / Die wahrhaft gleichgestimmt. Lieb’ ist
   nicht Liebe, … Die nicht unwandelbar im Wandel bliebe … Oh nein, das ist ein ew’ger Spaß …«
   William Shakespeare, 116. Sonett. Deutsch von Friedrich Bodenstedt.

Freundschaft nicht nur manifestiert, sondern auch entwickelt hat, macht sie so bemerkenswert. Darüber hinaus besticht das Konvolut durch thematische Bandbreite, Qualität und Vertrautheit. Eine umfangreiche Korrespondenz von solchem Reichtum ist wahrhaft selten.

Kerouac und Ginsberg gehören sicher zu den einflussreichsten Autoren der zweiten Hälfte des 20. Jahrhunderts. *Unterwegs* und *Howl* sind bahnbrechende Werke, die unzählige Leser begeistert haben, darunter auch viele Künstler ganz anderer Genres; auf viele haben sie eigener Aussage nach wie eine Befreiung gewirkt und ihr Leben verändert. Kerouacs Romane hatten großen Einfluss auf andere amerikanische Autoren, haben gar die Weltsicht mehrerer Generationen geprägt. Ginsbergs Gedichte, seine fesselnden öffentlichen Auftritte und seine Rolle als Lehrer und Aktivist machten ihn über Jahrzehnte zu einer treibenden kulturellen Kraft. Der Einfluss ihres Lebens wie ihres Werks hält an, und noch ist nicht abzusehen, welcher endgültige Platz ihnen in der Geschichte zugedacht ist.

Die hier vorgelegte Auswahl an Briefen beider Autoren ist ein bedeutender Beitrag zu ihrem Werk wie zu dessen Verständnis. Zwei Drittel der Briefe werden hier zum ersten Mal veröffentlicht. Die Freundschaft zwischen Ginsberg und Kerouac war Dreh- und Angelpunkt der Entwicklung der Beat Generation, wie man sie nennen sollte, als literarische Bewegung wie als kulturelles Konstrukt und sollte zeit ihres literarischen Schaffens nicht an Bedeutung verlieren. Ihre einzigartige Korrespondenz, die sich über 25 Jahre erstreckte, ist voller leidenschaftlicher Selbstporträts, sie zeichnet ein höchst lebendiges Bild jener kulturellen Szene, die sie selbst mit ins Leben riefen, legt Schlüsselmomente der literarischen Entwicklung der Beatbewegung frei und ist außerdem eine einzigartige Chronik ihrer eigenen vielfältigen Suche nach spiritueller Erleuchtung, mithin der bewegende Bericht einer tiefen persönlichen Freundschaft.

Diese Freundschaft nahm im Frühjahr 1944 ihren Anfang, als Ginsberg im zweiten Semester an der Columbia University studierte; die ersten Briefe wechselten sie im August und September des selben Jahres. Die Briefe sind Chronik eines langen, lebhaften Gedankenaustauschs – mit Perioden unterschiedlicher Dichte und Intensität – bis kurz vor Kerouacs Tod im Herbst 1969.

Sowohl Kerouac als auch Ginsberg hatten sich schon früh mit Haut und Haar der Literatur verschrieben; der Briefwechsel war für beide eine wichtige Möglichkeit, sich über ihre sich ständig entwickelnden Ideen zu Literatur und Leben auszutauschen und diese endlos zu diskutieren. Ob sie nun im Einzelfall konform gingen oder divergierende Gedankengänge verfolgten, stets waren sie offen für die Überlegungen des anderen und voller Vertrauen. Gerade und vor allem in ihren Briefen zeigen sich Ginsberg und Kerouac als Autoren, die ihre künstlerischen Ziele mit Leidenschaft, Kreativität und gelegentlich genialem Impetus verfolgen. Beider Karrieren kennzeichneten endlose Kämpfe, harte Arbeit und so manches Opfer für die literarische Vision; und beide blieben in diesen Zeiten, ob guten oder schlechten, ein unerschütterlicher Rückhalt für den anderen. In ihrer Korrespondenz spiegeln sich literarische Konflikte ebenso wie diesbezügliche Gemeinsamkeiten. Beide verfügten sie über eine bemerkenswerte, ja verblüffende Gewandtheit im »Skizzieren« mit Worten; beide hatten sich dem Schreiben als konsequentem Ausloten eines bei aller »Spontaneität« disziplinierten Denkens verschrieben. Ginsbergs unermüdliche Unterstützung und Ermunterung waren für Kerouac eine kaum zu überschätzende Hilfe. Seine soziale Kompetenz, seine nicht zu bändigenden Bemühungen, Leute zusammenzubringen, spielten eine wesentliche Rolle bei der Kampagne für die Idee einer Beat Generation an sich. Kerouacs literarische Innovationen nehmen in Ginsbergs Werk eine zentrale Stellung ein. Er bemerkt dazu an einer Stelle: »In meinen Gedichten habe ich immer Kerouac nachgeeifert, wie er Gedanken und Klänge direkt aufs Papier gebracht hat.« Lord Byron schrieb: »Freundschaft ist Liebe ohne deren Flügel.« Der Briefwechsel zwischen Ginsberg und Kerouac beweist, wie falsch er damit lag, denn dieses Buch ist der Beleg für eine lebenslange Freundschaft, die Liebe mit Flügeln war. Auf ihrem Höhepunkt flogen die Briefe zwischen den beiden Freunden nur so hin und her. Manchmal waren sie mit solchem Eifer dabei, dass ihre ellenlangen Botschaften sich auf halbem Weg kreuzten. Die Briefe waren ein wichtiger Teil ihres Werks und nicht selten das Medium, in dem sich dieses Werk entwickelte. Gemeinsam grübelte man über bestimmten Formulierungen, empfahl einander Bücher zur Lektüre, durchleuchtete Autoren und Freunde, tauschte Gedichte aus, erprobte Ideen – immer wieder entschied die Antwort des anderen über den nächsten Schritt. Ein gewisser Wahnsinn findet sich hier ebenso wie überbordende Freude, Spiel und Leiden und Schulweisheiten, und gar manches ist zu lesen über den alltäglichen Überlebenskampf, Geldprobleme, zu schweigen von der ausgefeilten Logistik bei der Planung von Terminen und Treffs. Sie hielten sich über ihre Freunde auf dem Laufenden und leiteten Briefe an den jeweils anderen weiter – in jener Zeit vor der Fotokopie war jeder Brief ein wertvolles Original, von dem es allzu oft keinen Durchschlag gab.

Einige der Briefe sind nachgerade fantastisch in ihrer epischen Länge, einzeilig getippt und länger als Erzählungen oder Artikel für den späteren Druck. Es finden sich Aerogramme aus entlegenen Winkeln der Welt, bis in die letzte Ecke mit Worten bekritzelt, handgeschriebene Briefe auf liniertem Papier, kleinen Notizbuchblättern, alten Briefbögen. Selbst auf den Umschlägen wurde weitergeschrieben – und schließlich noch ein ausführliches Postskriptum mit reingesteckt. Gerade in den fünfziger Jahren ist die Frage nach dem Veröffentlichen ein zentrales Thema, die jahrelangen qualvollen Bemühungen, das eigene Werk und das der Freunde gedruckt zu sehen. Es wird über Agenten, Lektoren und Verleger diskutiert, Ärger und Frustration geteilt, über neue Möglichkeiten geredet, Verzweiflung, wieder entflammte Entschlossenheit. Es wird gestritten und sich wieder versöhnt und unter all dem eine gegenseitige Wertschätzung und Zuneigung erkennbar, die vielfältigen Ausdruck findet – Allen etwa schrieb unter anderem »Lieber Bretone«, »Jackiboo« – *Jacki-Schatz* –, »Mon cherami Jean«, »Kind King Mind« – *Gütig Königlicher Geist* – und »Gespenst«. Kerouac antwortete darauf mit »Cher jeune singe« – *Liebes Äffchen* –, »Alleyboo« – *Allen-Schatz* –, »Irwin«, »Old Bean« – *Altes Haus*.

Als Kerouac sich dem Buddhismus zuwandte, versuchte er fleißig, auch Ginsberg dafür zu gewinnen, brachte umfangreiche Anmerkungen über seine Lektüre zu Papier und drängte den Freund begeistert und mit allerlei Anleitungen, sich damit zu beschäftigen. Kerouac kehrte schließlich wieder zum Katholizismus seiner Kindheit zurück, aber Ginsberg blieb bis zum Ende seines Lebens praktizierender Buddhist, besonders der tibetischen Spielform. Sein Gedenkgottesdienst fand in einem Tempel in Manhattan statt. Die Anfänge der Beschäftigung beider mit dem Buddhismus finden sich in den hier vorliegenden Briefen.

Erfolg und Öffentlichkeit waren Gift für Kerouac. Die Gegenkultur der Sechziger schreckte ihn eher ab, und in seinen letzten Jahren zog er sich völlig zurück. Ginsberg dagegen ging voll in dieser Zeit auf, ja war durch die von ihm propagierte und gelebte Verbindung von Kunst und Politik sogar eine ihrer prägenden Gestalten. Die beiden schrieben sich auch weiterhin, jetzt aber wesentlich seltener; ein gelegentlicher Anruf hielt aufrecht, was von ihrer Verbundenheit geblieben war. Als Kerouac 1969 starb, hatte Ginsberg den Höhepunkt seiner poetischen Potenz und Wirkung erreicht – auf dem er sich die folgenden 28 Jahre halten konnte.

Ein paar Jahre nach Kerouacs Tod gründeten Allen Ginsberg und die Dichterin Anne Waldman die *Jack Kerouac School of Disembodied Poetics* am Naropa Institute in Boulder, Colorado. Eines Sommers bat Ginsberg im Rahmen seines Unterrichts dort seine damalige Hilfskraft, Jason Shinder, um Mithilfe beim Zusammentragen von Kopien aller Briefe, die er und Kerouac sich geschrieben hatten. Glücklicherweise hatten sowohl Ginsberg als auch Kerouac rechtzeitig an die Nachwelt gedacht und so gut wie alles wohlgeordnet aufbewahrt. Der größte Teil der Briefe befand sich zu dieser Zeit schon in den Sammlungen zweier großer Universitäten: Jack Kerouacs an der Columbia University Library und Ginsbergs an der University of Texas. Ginsberg hoffte, eines Tages ein Buch mit ihrer Korrespondenz herausbringen zu können, aber bei Sichtung des Materialbergs stellte sich heraus, dass die Transkriptionsarbeit einfach nicht zu bewältigen war. Woran sich in den nächsten 25 Jahren kaum etwas ändern sollte.

Als wir mit der Arbeit an diesem Buch begannen, lagen uns etwa 300 Briefe vor. Jeder davon hatte seine eigenen Qualitäten, und am liebsten hätten wir sie alle aufgenommen, was jedoch ein Ding der Unmöglichkeit war. Am Ende liegt mit der deutschen Ausgabe etwa die Hälfte der Briefe vor. Ziel war es, so viele der gewichtigen Briefe wie möglich zu veröffentlichen. Was dazu führte, dass die letzten Jahre der dann eher sporadischen Korrespondenz weniger gut dokumentiert sind. Größtenteils sind diese Briefe lediglich Ergänzungen zu Gesprächen, die Ginsberg und Kerouac mündlich geführt hatten. Das Buch endet jedoch auf einer positiven Note, einem begeisterten Gedankenaustausch zwischen den beiden alten Freunden, einige Jahre bevor Kerouac verstummte. Zum größten Teil haben wir Briefe komplett aufgenommen, nur an einigen wenigen Stellen wurde mit Bedacht gekürzt und diese mit einer Ellipse in eckigen Klammern gekennzeichnet […]. Sowohl Ginsberg als auch Kerouac haben die Ellipse in ihren Briefen gelegentlich als Abstandhalter verwendet, die im Allgemeinen beibehalten wurden. Nachschriften wurden in Fällen gestrichen, wo sie nichts mit dem Thema des Briefes zu tun hatten und somit unwesentlich waren; meistens ging es dabei um Freunde, Anschriften oder Grüße, die anderen ausgerichtet werden sollten. Beide Autoren haben ihren Briefen gelegentlich Gedichte oder Texte beigefügt; auch davon wurden einige gestrichen. Bei manchen Briefen erwies die exakte Datierung sich als Problem. Wo kein exaktes Datum festgestellt werden konnte, waren die Herausgeber auf Schätzungen angewiesen; diese Schätzungen wurden ebenso in Klammern gestellt wie Korrekturen, die an Datierungen der Autoren vorgenommen wurden, wenn diese versehentlich etwa die Jahreszahl des vergangenen Jahres einsetzten, auch wenn das neue schon einige Monate alt war. Einfache Rechtschreibfehler wurden stillschweigend korrigiert, wenn der Fehler nicht offensichtlich oder anzunehmenderweise einer Absicht entsprang. Einige Fehler ziehen sich durch den gesamten Text, so Ginsbergs falsche Schreibweisen »Caroline« (statt »Carolyn«) und »Elyse (statt »Elise«); diese Fehler wurden nur jeweils am Anfang eines Briefes richtiggestellt und anschließend die korrekte Form beibehalten. Andere Fehler sind weniger konsistent: So schreibt Kerouac an einer Stelle *On The Road*, und im nächsten Satz *On the Road*; die marokkanische Stadt Tanger taucht mal in dieser Schreibweise auf, mal als Tangiers, Tangers oder Tangier.

Besonders Ginsbergs Handschrift ist stellenweise nur schwer zu entziffern, und bei einigen von Kerouacs Briefen scheint die Rückseite so stark durch, dass selbst unter Zuhilfenahme eines Vergrößerungsglases nicht jedes Wort eindeutig zu bestimmen ist. In solchen Fällen waren die Herausgeber darauf angewiesen, das hier sinnvollste Wort einzusetzen, und haben diese Stellen mit eckigen Klammern bezeichnet, [so]. Wenn ein Wort oder eine längere Passage überhaupt nicht lesbar war, wurde entsprechend verfahren [?].

Die Herausgeber haben versucht, mit Fußnoten so sparsam wie möglich umzugehen. Solche kamen nur dort zum Einsatz, wo es angezeigt schien, Umstände zu erklären und Personen zu identifizieren, die nicht allgemein bekannt sein dürften; ansonsten seien die Leser auf ihre eigenen Quellen verwiesen. Die Lebensgeschichten von Ginsberg und Kerouac finden sich gut aufbereitet in Biografien. Im vorliegenden Band verstehen sich die Anmerkungen der Herausgeber als Trittsteine, die den Leser sicher über Löcher in der Chronologie hinwegführen oder fehlenden Kontext zwischen den Briefen bereitstellen sollen. Die eigentliche Geschichte wird in den Briefen erzählt, und wir überlassen es dem Leser, sie für sich zu entdecken.

Danksagungen

Die Herausgeber, Bill Morgan für den Ginsberg Estate und David Sanford für den Kerouac Estate, möchten den folgenden Institutionen und Personen danken:

Dem Allen Ginsberg Trust; den Treuhändern Bob Rosenthal und Andrew Wylie, und ganz besonders Peter Hale, dem wahren Arbeitspferd des Ginsberg-Universums. Steven Taylor steuerte einige Anregungen zur letzten Manuskriptfassung bei. Wie immer war Judy Matz die unbesungene Heldin des Editionsprozesses.

Der Agentur Wylie: und ganz besonders Allen Ginsbergs Agent Jeff Posternak.

Dem Estate von Jack Kerouac; ein besonderer Dank geht an Jacks Testamentsvollstrecker John Sampas, der seit vielen Jahren unerschütterlich die Veröffentlichung sämtlicher Arbeiten von Jack Kerouac orchestriert und so sicherstellt, dass er auch künftigen Generationen als Autor erhalten bleibt.

Sterling Lord Literistic; besonders Kerouacs langjährigem Agenten Sterling Lord, mit dem zu arbeiten es immer eine besondere Freude ist – und von dem Kerouac sagte: »The Lord is my agent, I shall not want.«[1]

Penguin USA, im Besonderen Viking-Penguin, und ganz besonders unserem Lektor Paul Slovak, in tiefer Dankbarkeit für seine langjährige Förderung des Kerouac'schen Werks im vormaligen Verlag The Viking Press, wo er und David Sanborn sich voller Kameradschaftsgeist beim Arbeiten die Nächte um die Ohren geschlagen haben. Ein großes Dankeschön geht auch an die altgediente Worthirtin Beena Kamlani, deren gewissenhafte Arbeit an anderen Büchern von Kerouac und Ginsberg sie zur perfekten Kollegin für dieses Projekt machte.

Den Bibliotheken: Harry Ransom Humanities Research Center, The University of Texas at Austin; Butler Library, Department of Special Collections,

---

1 Frei nach dem Psalm vom »guten Hirten«: »Der Herr ist mein Hirte; mir wird nichts mangeln.«

Coumbia University; und der Green Library, Department of Special Collections, Stanford University.

Unvergessen bleibt Jason Shinder, Lektor, Schriftsteller und Dichter, der an diesem Projekt im frühsten Stadium arbeitete. Als nach vielen Unterbrechungen die Arbeit daran wieder aufgenommen wurde, sollte er für den Ginsberg Trust als Mitherausgeber fungieren. Sein viel zu früher Tod hat ihn dieser Gelegenheit beraubt. Aus seinen Notizen zu dem geplanten Buch haben wir eine ganze Reihe seiner Gedanken in unser »Vorwort der Herausgeber« übernommen. Wir würdigen seinen Beitrag und ehren ihn als Mitherausgeber.

David Sanford entbietet ewigen Dank der himmlischen Therese Devine Sanford, seiner geliebten entzückenden Frau – Verbündete, Schatz und Freundin.

1944

Anmerkung der Herausgeber: Ein gutes halbes Jahr nachdem die beiden sich kennengelernt hatten, schrieb Ginsberg zum ersten Mal an Kerouac. Zwischen Kennenlernen und dem ersten Brief waren die beiden enge Freunde geworden und hatten sich nahezu täglich auf dem Campus der Columbia University an Manhattans Upper West Side oder in dessen Umgebung getroffen. Am 14. August 1944 sahen sie sich dann in einen tragischen Mordfall innerhalb ihres Freundeskreises verwickelt: Lucien Carr erstach den zwölf Jahre älteren David Kammerer, der ihm seit Jahren schon nachstellte. Kerouac half Carr, ein paar Beweisstücke verschwinden zu lassen, und als Carr sich 36 Stunden später der Polizei stellte, nahm man Kerouac als wichtigen Zeugen fest. Da er keine Kaution stellen konnte, blieb er im Bronx County Jail in Untersuchungshaft.

Allen Ginsberg [New York, New York] an
Jack Kerouac [Bronx County Jail, New York]

ca. Mitte August 1944

Cher Jacques: in der U-Bahn:
ich habe *la belle dame sans mercip* [Edie Parker[1]] den ganzen Vormittag Geleitschutz gegeben – erst zu Louise[2], jetzt zum Gefängnis. Ich hab aber keinen Erlaubnisschein, besuche dich also nicht.
Ich habe mitbekommen, dass sie dir gestern *Die toten Seelen* mitgebracht hat – ich wusste nicht, dass du das liest (sie meinte, du hättest grade angefangen). Wir (Celine [Young[3]] *et moi*) haben es auch für Lucien [Carr] besorgt, aus der College-Bibliothek. Jedenfalls, um zur Sache zu kommen: Gut! Das Buch ist meine Familienbibel (neben den *Geschichten aus Tausendundeiner Nacht*) – es hat die

---

1 Edie Parker war zu dieser Zeit Kerouacs Freundin.
2 Ginsberg benutzte regelmäßig Pseudonyme, um die wahre Identität von Personen zu verschleiern, über die er schrieb. Hier meint Louise entweder Joan Vollmer Adams, die sich mit Edie und Jack eine Wohnung teilte, oder Lucien Carr, der im Gefängnis saß. Adams heiratete später William S. Burroughs.
3 Celine Young war zu der Zeit Lucien Carrs Freundin.

ganze melancholische Grandeur von Modder Rovshia [Mütterchen Russland], den ganzen Borschtsch und Kaviar, der in den Adern des Slawen brodelt, die ganze flüchtige Leere jenes unbezahlbaren Gutes, der russischen Seele. Ich habe ein gutes wissenschaftliches Buch darüber zu Hause – ich schicke es dir (oder hoffe, es dir zu bringen), wenn du mit dem Buch durch bist. Der Teufel ist bei Gogol der Dämon der Mittelmäßigkeit, ich bin mir sicher, schon allein deshalb wird es dir gefallen. Jedenfalls, irgendwann lese ich es auch zu Ende. Edie und ich haben dem alten Zimmer von D. Klavier [David Kammerer] einen Besuch abgestattet – alles, was er mit Bleistift an die Wand geschrieben hat, ist von irgend so einem Philister von Anstreicher übermalt worden. Die kleine Bleistiftmarkierung über dem Kopfkissen existiert nicht mehr – das war doch mal das Sinnbild (wo der Putz runtergekommen war) für »Lu-Dave«. Der ganze Schnee von gestern scheint mit weißem Einerlei übertüncht.

Um von dieser morbiden *recherché tempest fortunatement perdu* runter-zukommen, lese ich Jane Austen und will endlich mit Dickens' *Große Er-wartungen* fertig werden. Ich habe für ein Englischseminar auch zum zweiten Mal mit Brontës *Sturmhöhe* angefangen; und natürlich ackere (wenn Edie mir nicht gerade ein Loch in den Bauch redet) ich so um die vier Geschichtsbücher gleichzeitig durch, die meisten über europäische Revolutionen im 19. Jahrhun-dert. Wenn ich damit durch bin werd ich hier eine anzetteln.

Grüß Grumet [Jacob Grumet, den Staatsanwalt] wärmstens von mir – *A pet de eu fease.*

Allen

Anmerkung der Herausgeber: Am 25. August 1944 heiratete Jack Kerouac, nach wie vor in Polizeigewahrsam, Edie Parker. Erst dadurch war Edie in der Lage, die Kaution für Kerouac aus ihrem Treuhandfonds zu bestreiten. Der folgende Brief wurde geschrieben, als die Frischverheirateten gerade dabei waren, New York den Rücken zu kehren, um zu Edies Mutter nach Grosse Point in Michi-gan zu ziehen.

Jack Kerouac [New York, New York] an
Allen Ginsberg [New York, New York]

ca. September 1944

Lieber Allen:

Nichts kann den Bund zwei treuer Herzen hindern – Die wahrhaft gleichgestimmt. Lieb' ist nicht Liebe, ... Die nicht unwandelbar im Wandel bliebe –
O nein, das ist ein ew'ger Spaß ...[4]

Wir haben am Tag der Befreiung von Paris geheiratet. Ich nehme an, diese
Nachricht wird Lucien verdrießen – der er doch als einer der Ersten in Paris
sein wollte. Dieses Ereignis muss jetzt noch etwas warten ... wird aber ganz
bestimmt kommen[5]. Ich würde gerne nach dem Krieg mit Edie, Lucien und
Celine nach Paris gehen – mit ein bisschen Geld für eine bescheidene Wohnung
irgendwo am Montparnasse. Vielleicht, wenn ich jetzt hart arbeite und mir
mein Glück rasch hold ist, kann ich diesen grandiosen Traum verwirklichen.
Du wiederum könntest deine juristischen Bemühungen[6] eine Weile ruhen lassen und uns besuchen. Die neue Vision würde blühen ...[7]

Aber das ist alles Spekulation, Mediation, ja, Kastration ... Danke für den
Brief. Einige Stellen fand ich bewegend. Es geht dir, ähnlich wie mir, ganz und
gar um Identität, pathetische Bedeutung, zeitlose Einheit, und Unsterblichkeit: Du bewegst dich auf einer Bühne, sitzt aber trotzdem in der Loge und be-
obachtest. Mitten im unterschiedslosen Chaos, in namenlos wuchernder Realität suchst du nach Identität. Wie auch ich hast du dir Adlers Verdikt verdient,
aber uns ist das egal: Adler[8] kann unsere Egozentrik zwar benennen, aber nur,
weil er selbst ein Egozentriker ist ... (der Schweinehund.)

Diese Manie kann man bis zu den großen Deutschen zurückverfolgen, Goethe und Beethoven. Er, der nach dem gesamten Wissen trachtet, und dann
dem ganzen Leben und aller Macht – und er, der sich selbst mit dem Donner
identifiziert. Er ist ein Egozentriker. Aber was für eine armselige Definition.

4 Siehe Vorwort der Herausgeber (Seite 11).
5 Lucien Carr blieb die nächsten beiden Jahre im Gefängnis.
6 Ginsberg wollte ursprünglich Arbeitsrechtler werden.
7 Mit »neue Vision« (new vision) beschrieben Ginsberg, Kerouac und ihr kleiner Freundeskreis in
   Morningside Heights eine von ihnen entwickelte Philosophie, der sie durch ihre Kunst Ausdruck
   verleihen wollten. Viele ihrer Ideen gehen auf Baudelaires Begriff des »Künstlers als Alchemist«
   zurück, die »spirituelle Aufsässigkeit« der Symbolisten und Apollinaires L'esprit nouveau, der die
   »experimentellen« Künste einer zunehmenden gesellschaftlichen Konformität entgegenstellte.
8 Gemeint ist der Wiener Psychologe Alfred Adler.

Lucien ist anders oder wenigstens seine Egozentrik eine andere, er hasst sich selbst abgrundtief, und das tun wir nicht. Aus diesem Hass heraus, aus dem Hass auf seine »menschliche Güte« sucht er nach einer neuen Vision, eine nach-menschliche Nach-Intelligenz. Er will mehr, als Nietzsche ächtete. Er will mehr als die nächste Mutation – er will etwas Nach-Seelisches. Der Herr allein weiß, was er will!

Ich ziehe die neue Vision in Form von Kunst vor – ich glaube, ich klammere mich eitel an den Glauben, dass Kunst das potenziell Größte ist, die neue Vision entspringt diesem künstlerischen Rohstoff der Menschheit. Schau dir *Finnegans Wake* und den *Ulysses* und den *Zauberberg* an. Der Herr allein kennt die Wahrheit! Der Herr allein weiß Bescheid!

Also, mach's gut … und schreib: erzähl mir mehr vom Schatten und dem Kreis. *Ton ami,*
Jean

1945

Anmerkung der Herausgeber: *Nach nur einem Monat in Michigan kehrte Kerouac nach New York zurück und erneuerte seine Freundschaft mit Ginsberg und William Burroughs. Wieder einmal sahen sich die drei fast täglich, so dass man sich nicht unbedingt schreiben musste. Wenn sie mal zum Stift griffen, dann nur, um sich irgendwo in der Stadt zu verabreden. Im Sommer 1945 ging Kerouac auf Arbeitssuche und Ginsberg zur Handelsmarine; am 1. August begann Allen eine Ausbildung in der Kaserne des U.S. Maritime Service in der Brooklyner Sheepshead Bay.*

Allen Ginsberg [o. O., Paterson, New Jersey?] an
Jack Kerouac [Ozone Park, New York]

ca. Ende Juli 1945

Cher Breton:

Es tut mir leid, dass wir vor unserer Abreise kein letztes Treffen mehr an Land ziehen konnten. Der gute Dr. Luria [ein Arzt bei der Handelsmarine] sagte mir, dass du angerufen hast und ich habe schnell noch eine Postkarte geschrieben. Jetzt schreibe ich ein letztes Mal in der Hoffnung, dich vor deiner Reise noch zu erreichen. *A moi* – Wenn alle Präliminarien erledigt sind, dann werde ich mich wohl morgen früh bei der Handelsmarine verpflichten. *Incipit vita nuova!* Montag werde ich wohl Richtung Sheepshead Bay aufbrechen und hoffe dort, mir abermals Nachhilfeunterricht hinsichtlich der merkwürdigen Realitäten angedeihen zu lassen, die ich während meiner Zeit im Fegefeuer kennengelernt habe.

Dein Brief erreichte mich, als ich gerade von einer unergiebigen Fahrt nach New York zurück war, wo ich die Herrlichkeit einer vergangenen Zeit noch einmal aufleben lassen wollte, er kam also fast wie ein Brief aus der Vergangenheit und beschwor all die Gefühle in mir herauf, nach denen ich in den Tagen zuvor gesucht hatte.

Aber, Jack, du kannst ganz beruhigt sein, ich gehe schon wieder zurück an die Columbia. Bill [Burroughs] hat mir niemals nahegelegt, der Quelle der Gelehrsamkeit den Rücken zu kehren. Ich werde, egal wie, zurückkehren und meinen Collegeabschluss machen, und sei es auch nur als Wallfahrt in Anerkennung vergangener Zeiten.

Von Celine [Young] höre ich gelegentlich; vor zwei Wochen habe ich sie getroffen. Vielleicht sehe ich sie noch mal, bevor ich aufbreche. Hal [Chase] ist für den Sommer zurück nach Denver gefahren (vor einer Woche). Nichts von Joan [Adams] und John [Kingsland]. [Lionel] Trilling[1] sehe ich ab und an mal, er hat mich zu sich nach Hause eingeladen (jawohl, ich gebe es zu, ich habe diese Einladung mit dem mir in derlei Dingen eigenen Vergnügen angenommen.) Ich hoffe, du meldest dich mal aus Paris; und überhaupt, schreib wenn du wieder in den Staaten bist und bevor du nach Kalifornien abreist.

Ich verstehe, und war gerührt, dass du dir offensichtlich bewusst bist, dass wir nicht mehr dieselben *comme amis* sind. Es war mir klar, und ich habe diese Veränderung in gewisser Weise respektiert. Aber vielleicht sollte ich mich doch erklären, denn meinem Dafürhalten nach bin zum größten Teil ich dafür verantwortlich. Wie du schon gesagt hast, sind wir zwei einfach grundverschieden, und das erkenne ich jetzt deutlicher als vorher, weil mir dieser Unterschied eine Zeit lang Angst gemacht, mich vielleicht auch beschämt hat. Jean, du bist ein viel perfekterer Amerikaner als ich, viel mehr ein Naturkind und alles, was die Erde an Gunst gewährt. Weißt du, (ich schweife ab) genau das bewundere ich am meisten an ihm, unserem ungezähmten Tier Lucien. Er war die Verkörperung der Natur; die Erde hat ihn mit allem gesegnet, was sie zu bieten hat, körperlich und geistig. Bei ihm stimmten Körper und Seele miteinander überein und spiegelten einander. Auf ganz ähnliche Weise bist du sein Bruder. Um es mal mit euren eigenen, wenn auch nicht eindeutigen Begriffen zu kategorisieren, ihr seid romantische Visionäre. Introspektiv, ja, und eklektizistisch, ja. Ich bin weder Romantiker noch Visionär, und darin liegt meine Schwäche und vielleicht meine Kraft; zumindest ist es ein Unterschied. Weniger romantisch oder visionär ausgedrückt, ich bin Jude (mit den damit verbundenen Gaben der Introspektion und des Eklektizismus, vielleicht.) Aber die euch von der Natur gewährte Gunst ist mir fremd, ebenso der Geist, von dem du als Amerikaner ein Teil bist. Lucien und du, ihr seid wie Tadyis[2]; ich bin nicht romantisch oder unpräzise genug, um mich Aschenbach zu nennen, aber ich bin isoliert; ich bin kein kosmischer Vertriebener wie [Thomas] Wolfe

---

1 Der Autor und Literaturkritiker Lionel Trilling war einer von Ginsbergs Professoren an der Columbia University.
2 Ginsberg meint hier Tadzio aus Thomas Manns Novelle *Der Tod in Venedig*.

(oder du), denn ich bin außerdem noch aus mir selbst vertrieben. Ich reagiere auf mein Zuhause, meine Gesellschaft, wie du auch, mit *ennui* und Schwäche. Du jammerst »in einer ach so weit entfernten Stadt zu sein und den erdrückenden Schmerz des verkannten Ichs zu spüren!« (Erinnerst du dich? Wir waren einmal selbstendlich.) Aber ich will nicht zu mir hin fliehen, ich will mir entfliehen. Ich möchte mein Bewusstsein und mein Wissen um ein unabhängiges Dasein auslöschen, meine Schuldgefühle, meine Heimlichtuerei, was du wohl (vielleicht pikiert) meine »Hypokrisie« nennen würdest. Ich bin kein Naturkind, ich bin hässlich und in mir unvollkommen und vermag mich nicht selbst durch Poesie oder romantische Visionen zu symbolischer Glorie zu erheben. Damit du mich nicht missverstehst, ich gebe damit nicht, oder noch nicht, der Meinung Raum, dass mich dieser Unterschied minderwertig macht. Ich habe gespürt, dass du meine – sagen wir: künstlerische Begabung? – in Frage stellst. Jean ich habe ganz im Ernst schon vor langem damit aufgehört, meine Fähigkeiten als Schöpfer oder Initiator von Kunst in Frage zu stellen. Ich bin mir da ganz sicher. Aber selbst wenn ich wollte, könnte ich darin nicht wie du den höchsten strahlenden Glanz oder erlösenden Ruhm, den versöhnenden Genius sehen. Wenn ich mir nicht selbst etwas vormache, dann ist Kunst für mich seit jeher ein dürftiger Ersatz für meine Sehnsucht gewesen. Diese rasenden Begierden langweilen mich, ich bin ihrer müde und deshalb auch meiner selbst, ich verachte meine enormen Fähigkeiten, mich in Selbstmitleid und Kummer zu ergehen, obwohl ich sie toleriere. Was bin ich? Wonach suche ich? Selbstverherrlichung, wie du es genannt hast, ist nur eine oberflächliche Beschreibung meiner Motive und meiner Ziele. Wenn ich zu weit gehe, um geliebt zu werden, dann nur weil ich mich so sehr danach sehne, weil ich so wenig davon erfahren habe. Liebe vielleicht als Opiat; aber ich weiß auch, dass sie schöpferisch sein kann. Eher als jene Selbstverherrlichung, die die Auslöschung des Selbst, um die ich mich unterbewusst bemühe, transzendiert und der Macht der Selbstverherrlichung entgegensteuert. Ich weiß nicht, ob du das verstehen kannst. Ich sage mich vom Schmerz des »frustrierten Ego« los, von der poetischen passiven Hysterie; ich kenne sie schon viel zu lange und bin erschöpft und entnervt von der viel zu erfolgreichen Suche danach. Ich bin dieses verdammten Lebens überdrüssig!

Immerhin haben mir die letzten Jahre die größtmögliche Annäherung an die Erfüllung meiner Sehnsucht gebracht, und ich danke dir aufrichtig für dieses Geschenk. Ich vermute, du hattest recht damit, auf Abstand zu bleiben. Ich war viel zu sehr mit meiner Selbstverwirklichung beschäftigt und mit all meinen Harlekinaden und in der bewussten Manipulierung deines Kummers sehr unreif. Ich habe meine eigene Geduld und Stärke damit mehr strapaziert als die deine, womöglich. Du hast dich wie ein Gentleman verhalten; obwohl ich glaube, dass du mich zu ernst genommen, meinem Tun und meinen Reibereien zu viel symbolische Bedeutung beigemessen hast. Es gibt vieles an meinem Selbst und in meinem Tun, das keine reine Ironie, sondern außerdem unsinnig und dumm ist. Ich kann mich noch gut an Burroughs' nachsichtiges Lächeln erinnern, als ich ihm spöttisch und allen Ernstes zugleich all die Abwege meiner Einsichten erläutert habe. Und doch, Jack, war ich mir meines Tuns immer bewusst und jederzeit innerlich aufrichtig, und bin das auch immer gewesen. Ich frage mich, ob du die Bedeutungen nachvollziehen kannst, die ich nicht zu erklären vermag. Na gut, wenn ich auch in den Gedichten notlüge und diese Frustrationen zu »Verletzungen« überhöhe, so habe ich doch auch mal Geistesblitze und bin nicht dumm. Jedenfalls, wenn du in der Lage bist, mich zu verstehen, dann bitte ich um deine Nachsicht; wenn nicht, dann verzeih mir bitte. Wenn wir uns wieder treffen, das verspreche ich dir, werden die sieben Monate nicht ohne Ertrag verstrichen sein und wir uns als Brüder im Geiste der Komödie wiedersehen, der Tragödie, was du willst, aber als Brüder.

Was vor uns liegt, ich weiß es nicht; ein Abschiedsgruß ist unser Erbe; der Liebelei ist, und bevor sie wiederaufersteht, ist der Tod auch uns bestimmt. Ein Lebewohl an alle, die zugrunde gehen, an alle, die verlieren; ich nehme Abschied von den Fremden und den Reisenden, denen im Exil; lebt wohl, ihr Büßer und Richter des Verfahrens; ein Lebewohl der Jugend, stürmisch und gedankenvoll; den sanften Kindern und des Zornes Söhnen, denen mit dem Aug voll Blumen, Kummer oder Krankheit, ein zartes Adieu.

Allen

Jack Kerouac [Ozone Park, New York] an
Allen Ginsberg [Maritime Service Training Station, Sheepshead
Bay, Brooklyn, Brooklyn, New York]

10. August 1945

Hallo Allen:

Im Sommerlager[3] lief es nicht so gut, da Arbeit und Lohn nicht das waren, was man mir vorgegaukelt hat, also bin ich wieder zu Hause. Mit den Briefen fang du mal an.

Ich geh ab und zu im Drugstore arbeiten, genug um die Fahrt nach L. A. zu bezahlen. Außerdem schreibe ich gerade einen Schlag Liebesgeschichten mit dem Blick auf Zeitschriften, hoffe ich kann eine verkaufen.

(Im Lager sollte ich für $ 30 die Woche Latrinen putzen. Pfui.)

Lass mich wissen, wie dir Sheepshead gefällt oder missfällt.

Comme toujours

Jean

Allen Ginsberg [Sheepshead Bay, New York] an
Jack Kerouac [o. O., Ozone Park, New York?]

12. August 1945

August 12.

Cher Jean:

»*L'Automne deja.*« ... *Il y a une annee jadis, si je me souviens bin, que le monde a venue a'sou fin.* Heute ist Sonntag; kommende Nacht oder am Vierzehnten werden wir gedankenverlorenen und gewalttätigen Kinder unsere Verbrechen noch einmal nachstellen und zu Gericht über uns sitzen[4]. Irgendwie ist das Jahr schnell vergangen, hat sich geradezu selbst in der Versenkung verschwinden lassen. Wenn gelegentlich in Proustscher Manier *les remords sont crystalisees*, dann denke ich mit einer mutwilligen sentimentalen Sehnsucht an die Zeit in der Hölle. Während ich heute zu schlafen versuchte, hörte ich einen Schwarzen leise »you always hurt the one you love« singen, und als Hommage begann ich es selber zu singen. Du musst dein Leben ändern!

---

3 Kerouac hatte im Sommer 1945 zunächst in einem Ferienlager gearbeitet, bevor er Arbeit an der Limonadentheke des Drugstores unter der elterlichen Wohnung bekam.

4 Eine Anspielung auf den Carr-Kammerer-Mord, der sich genau ein Jahr zuvor, in der Nacht vom 13. auf den 14. August 1944, zugetragen hatte.

Das abrupte Auf und Ab deines persönlichen Schicksals hinsichtlich einer festen Arbeit überrascht mich inzwischen nicht mehr, auch wenn es mich in gewisser Weise immer noch »amüsiert«. Ich kann es dir nicht verübeln, dass du nicht in dem Camp bleiben wolltest, aber was ich fälschlicherweise »emotionale Blasiertheit« genannt habe – ein Gefühl, dass in deinem Kopf über den bourgeoisen Idealismus hinaus noch etwas anderes fehlt, war wohl verantwortlich dafür, dass du dich in solche [bettises?] gebracht hast. Weißt du denn nicht einmal, wo du da anheuerst? Du hast, was meine Großmutter einen *Gojische Kopfe* nannte – den Kopf eines *Goj* – im Gegensatz zum *Jiddische Kopfe* – ein gerüttelt Maß gerissenen jiddischen Weitblicks, ein bisschen *a la* Burroughs. Von dem ich nichts mehr gehört habe.

A moi-l'histoire d'un de mas folies – inzwischen kampiere ich hier seit zwölf Tagen. Die Jungens hier sind alles große Kinder oder verkorkste Halbwüchsige – himmelschreiende Neurotiker jedenfalls. Ich, mit all meinen ach so gepriesenen Schuldgefühlen und Frustrationen, *moi*, ich habe es geschafft, diese Umstellung auf den Dienst mit einer Gelassenheit und leidenschaftslosem Wohlwollen zu verkraften, die dem Seefahrer an sich nicht gegeben ist. Am zweiten Tag wurde uns in einem kurzen Film eine hingestümperte Version von Freud vorgesetzt, der den Dämonen der Straße erklärte, dass ihre Rückenschmerzen, wehen Beine, Kopfschmerzen, Schwindel- und Ohnmachtsanfälle und Melancholien alle zweckmäßig – dass ihre Probleme also rein psychisch sind. Einer dieser naiven, von Berufs wegen harten Knochen neben mir beugte sich mir zu und flüsterte in besorgtem Tonfall, ob er Himmel noch mal jetzt vielleicht doch mal zum Psychiater gehen solle, wie man so sagt? Ich war überrascht, dass die überwältigende Mehrheit hier aus nervlichen Wracks besteht, die schon bei dieser ersten »Belastung« zusammenbrechen. Bei der hiesigen Verwaltung ist eine Menge Dummheit im Spiel. Die Maate etc. sind einer wie der andere fettsteißige laute Feldwebeltypen. Sie reden ständig über Ordnung und Disziplin, aber die Verwaltungs- und Befehlsebene ist ein konfuser, widerspruchsvoller, undisziplinierter und liederlicher Haufen, wie ich noch keinen gesehen habe, die ganze Atmosphäre atmet Ziellosigkeit und fördert Ängste. Ich habe gleich am Anfang einen Leitsatz von Burroughs beherzigt und herauszufinden versucht, wie der Hase hier läuft; ich habe mir den Laden angesehen; mir die Vorschriften draufgeschafft und mich definiert. Entsprechend war mein *Jiddische Kopfe* gegen Überraschungen und Spannungen gefeit und das Ganze lief reibungslos. Ich weiß mich »plattzumachen« (Pflichten und Strafen aus dem Wege gehen und Sonderaufträgen). Die Routine hier ist Routine; das

Telos ist peripher und die Hauptbeschäftigung besteht in »Kleinarbeit«, was mich doch erstaunt hat. Ich habe vorher nicht darüber nachgedacht, wofür eine Armee ausgebildet wird. Hier ist sie ohne jede äußere Zweckbestimmung Selbstzweck. Also wasche ich Klamotten, bin jederzeit ordentlich, verstaue mein Zeug ordnungsgemäß in einem sauberen Spind, mache mein Bett und kichere unauffällig in mich hinein. Und dann ist da noch das Bodenwichsen. Bodenwichsen (man schiebt dazu mit den Füßen Polierlumpen vor sich her) ist die Standardprozedur zur Beschäftigung der Rekruten. Da aber selbst das Putzen irgendwann einmal ein Ende hat, wenn nämlich alles sauber ist, heißt es dann wieder von vorne anfangen. So sind wir beschäftigt, lernen Disziplin und Pflichtbewusstsein. Da ich ja freiwillig hier bin und aus experimentellen Gründen, nehme ich das alles nicht so schwer und so juckt es mich auch nicht danach, einem anderen die Zähne einzuschlagen oder von der Fahne zu gehen. Auch die Thomas Wolfesche Reaktion auf solche Umstände, scharfe Ablehnung und romantische Missbilligung, interessiert mich nicht besonders. Ich zweifle nun mal an Bewusstheit und Aussagekraft des Gestus. Jedenfalls habe ich meinen Spaß, eben weil ich das alles nicht persönlich nehme, und die Veränderung ist, ähm, erfrischend. Es gibt auch einen Strand hier, da schwimme ich am Wochenende und liege faul in der Sonne. Mir fehlt hier vor allem Musik. Es gibt zwar Radios, aber die Geschichte kennt ihr ja.

Ich habe damit angefangen, Burroughs' kritische Kategorien anzuwenden und sie zu kritisieren. Erstens neigt er dazu, alle Individuen, die er nicht persönlich kennt, zu typisieren, und hätte damit womöglich Schwierigkeiten, einen zusammengewürfelten Haufen von Individuen einzuordnen. Und alle hier sind Individuen – sie entsprechen dem einen oder anderen Typ, einige erinnern an Charaktertypen (die regressive Tunte, das heulende Muttersöhnchen, das verwahrloste Kind, der Sadist etc.), andere sind eher anthropologisch geprägt. Doch auch wenn bei jedem ein Motiv durchscheint, es sind doch selbstständige Menschen, zu denen ich mich mit einer gewissen Sympathie hingezogen fühle. Ich habe es übrigens nicht geschafft, die Maske des »Typs wie du und ich« zu wahren, insofern ich es einfach nicht lassen konnte, ab und an mein Ego zu ventilieren. Glücklicherweise ist mir ihre Sprache nicht fremd; sodann habe ich Erfahrung mit dem Schweißen, was ich gleich ausgenutzt habe – so bin ich Handwerker und ein Mensch wie alle anderen auch. Ich fürchte aber doch, dass ich vielleicht als »Intelligenzler« gelte (sie haben mich beim Lesen von Hart Crane erwischt, und der Postzusteller händigte mir deine Postkarte mit der Bemerkung aus, die sei in Französisch – er hatte die letzte Zeile gesehen, die wohl in Französisch war). Das hat mein Verhältnis zu denen, die in Ordnung sind, nicht beeinträchtigt, und ich werde von allen (»Dem Himmel sei Dank«) als einer der Ihren akzeptiert. Sie kommen zu mir, weil sie Verständnis (das gebe ich ihnen) suchen und Rat, weil ich in meiner Abteilung einer der Ältesten bin. Außerdem erzählen sie mir ständig von ihren Frauen. Dieses ständige Gerede über Sex ist wirklich ein Hammer. Also erzähle ich ihnen von dieser Fotze Joan Adams, mit der ich zusammengelebt habe, und wie sie nachmittags die Beine für mich breit gemacht hat. Normalerweise halte ich mich sprachlich zurück; wenn ich auf »normal« mache, dann erzähle ich mit leichtem Südstaatenakzent von Denver und St. Louis und schimpfe auf die Nigger. Alles läuft also prima, ich werde nicht schikaniert und habe in dieser Hinsicht auch keine Angst.

Einige der Jungens mag ich gern (freundschaftlich, du weißt schon, nicht mehr). Einer ist rothaarig, eine spindeldürre Jungfer namens Gaffney, dem das alles ein bisschen Angst macht. Ein anderer nennt sich selbst »Mann aus Stahl« und schickt seiner Mutter einen von diesen grässlichen grün-violetten Kissenbezügen aus Seide, auf den ein gefühlsduseliger Spruch (gereimt) aufgestickt ist. Außer ein paar Gedichten habe ich nichts geschrieben. Das beunruhigt mich etwas. Von Joan habe ich einen Brief bekommen, sie wird in der ersten Septemberwoche in N. Y. sein. John [Kingsland] schreibt ihr und gibt auf der Briefrückseite Celines Namen als Absender an, um Joans Eltern zu täuschen. Jetzt glauben die, dass sie eng mit Celine befreundet ist und überlegen, Celine nach Albany einzuladen. Celine schrieb: sie ist oben am Lake Champlain. Lancaster arbeitet als Kellner in einem Country Club.

Jetzt ist mir nicht mehr nach Schreiben, ich bin müde.

Allen

Jack Kerouac [Ozone Park, New York] an Allen Ginsberg [Sheepshead Bay, New York]

17. Aug. '45

1 Ozone Parc

Mon garcon,
Jawohl, mein Freund, ich sehne mich danach, stolzer Besitzer des Kopfs eines *jiddische Kopfes* zu sein. Es ist nämlich ein Kopf, der die einzig wahren Werte

kapiert: Auf dem Rückweg vom Sommerlager letzte Woche ergab es sich, dass ich neben einem Herrn zu sitzen kam, der aus dem Material *jiddische[r] Kopfe* gemacht war. Er war etwa fünfzig. Ich las eben *Die Falschmünzer* [von André Gide] – (eine Geste, ich gebe es zu!) – als mein Begleiter sich herüberbeugte und mir das Buch aus der Hand nahm. Unnötig zu sagen, dass mir diese Ungezwungenheit gefiel. »Ah, sehr gutes Buch«, sagte er und stieß mich mit dem Finger an. »Ah, sehr wertvolles Buch.«

»Ja? Gefällt es Ihnen?«

Daraufhin nickte er, schlug das Buch auf (während ich entspannt einem Vortrag über ausgewählte Stellen entgegensah) und entfernte den Schutzumschlag. Er begutachtete den Umschlag sehr sorgfältig, strich liebevoll mit sinnlichen Fingern darüber. Dann bog er das Buch auf, bis die Bindung ächzte und untersuchte auch diese ausführlich. Schließlich drehte er das Buch herum und starrte wie ein Uhrmacher auf den Einband, die Goldprägung und dann nacheinander jede einzelne Seite! Er ließ sie prüfend zwischen den Finger hindurchgleiten und seufzte. Ich sagte: »Möchten Sie es lesen? Können Sie, wenn Sie wollen. Ich habe noch ein paar andere Bücher in meiner Tasche.«

»Oh«, sagte er. »Sie verkaufen Bücher.«

»Nein – aber ich habe ein paar dabei.« Ich bückte mich und präsentierte Platos *Der Staat.* Er nahm es mir sofort aus der Hand und gab es mir presto! mit einem unfehlbar schnellen Urteil, mit *jiddische Kopfe* Weitsicht, und einem traurigen aber irgendwie gewitzten Lächeln zurück. »Nicht so gut, nicht so gut.«

Also machte ich mit Platon weiter, während er, vielleicht unschicklich, aber bestimmt ohne bewusst etwas Verwerfliches zu tun, weiter über unserem guten Freund André Gide seufzte und an ihm herumfummelte.

Bill [Burroughs] ist hier. In der »Nacht der Kapitulation«[5] haben wir uns wiedergetroffen. Wir sind mit Jack und Eileen ausgegangen. Bill und ich haben nicht viel miteinander gesprochen. Es wurde viel gesoffen und der Wahnsinn hatte seinen Zauber, aber ich bin mir ziemlich sicher, dass er Bill nicht verzauberte. Am Schluss waren wir zwei alleine und haben versucht, Frauen aufzugabeln. Er trug einen Panamahut und sicher hatte irgendetwas an seiner Erscheinung mit unserem Misserfolg bei den Frauen zu tun … Wie er so auf dem Times Square stand, hatte man den Eindruck, dass er weniger über ein

5 Am 16. August hatte Japan nach dem Abwurf von Atombomben auf Hiroshima und Nagasaki kapituliert. (A. d. Ü.)

Meer von Köpfen hinwegblickte als ein weites Feld voller Mohnblumen, »so weit das Auge reicht«. Vielleicht sah er auch aus wie ein Gesandter Lucifers, *Charge d'affaire de l'Enfer* höchstselbst, und die vorbeiflanierenden Frauen haben vielleicht einen Blick auf das rote Futter seines Mantels erhascht. Das ist natürlich alles völliger Quatsch. Es war einfach die Nacht der Soldaten, nichts für einen Marihuana-Tycoon, nüchtern, und einen Ganoven, besoffen. Bill ging dann nach Hause und ich zu Eileen und legte sie flach, während Jack neben uns schlummerte.

Bill wird sich dir in Sheepshead anschließen! Du kannst deine hartnäckigen Eingewöhnungsversuche jetzt aufgeben, denn Bill wird sich vor dir aufbauen und brüllen: »SNOOPY! Seit wann bist du wieder draußen? WIRST DOCH WOHL NICHT UM DIE ANKLAGE WEGEN EXHIBITIONISMUS IN CHI HERUMGEKOMMEN SEIN??«

Ich habe ihm stattdessen vorgeschlagen zu sagen: »SNICKERS! Wie BEZAUBERND! WO hast du bloß gesteckt, DU FLÜCHTIG DING!« – Aber Bill meinte, das sei weder in seinem Interesse noch in deinem.

Ich sehe Bill morgen und hoffe, dass ich alles mit ihm besprechen kann.

Wenn du mir Briefe schreibst, dann versuch doch mal, bei deiner Kritik an Jean *et son weltanschauung* nicht so unreif und moribund daherzukommen. Ein bisschen mehr Finesse, bitte, oder, wenn möglich, einen Schuss Humor. Einige deiner Sticheleien klingen geradezu nach *PM*[6] und stehen, weißt du, in keiner Hinsicht im Einklang mit gewisser Leute schwerfälligen Bemühungen um einen perfekten Lucienismus. *Er* wäre satirisch, *mon ami*, aber niemals plump und paranoid. Du »zweifelst an Bewusstheit und Aussagekraft des Gestus«. Nie und nimmer würdest du »Thomas Wolfes scharfe Ablehnung und romantische Missbilligung« gutheißen. Es schmerzt mich, mein Freund, es schmerzt mich. Vielleicht gehst du zu streng mit mir ins Gericht, besonders in Bezug auf meine letzte *gojische Kopfe* »scharfe Ablehnung« im Sommerlager, denn schau mal, ich war nur eine Bedienungshilfe, und Bedienungshilfen leben von Trinkgeldern, und Trinkgelder müssen schon erheblich sein, wenn *gojische-Kopfe*-Hilfskräfte, die auch noch Thomas Wolfe lesen, davon leben wollen, nur, du siehst *mon vieux*, in diesem betrüblichen Fall waren die Gäste im Camp zu 100 Prozent *jiddische* Mittelschicht-*Kopfe* und schließlich muss man sich, wie du weißt, um seinen Lebensunterhalt kümmern, also brach ich dort meine Zelte mit romantischem Missfallen ab und ging in Byronscher Würde – eine Geste,

---

6 Sozialistische Tageszeitung, die von 1940 bis 1948 in New York erschien. (A. d. Ü.)

fürchte ich, die dein unromantisches Missfallen findet, aber schließlich ganz und gar in den striktesten Notwendigkeiten der Realität begründet liegt, sofern ich mir nicht selbst etwas vormache, in welchem Falle ich sicher jeglichen milden Tadel als auch Mitleid und Sympathie verdiene, die du schon immer in solch kritischen Augenblicken für mich parat gehabt hast.

Fröhliche *cauchemars*!

Dein liebevolles Monster,

Jean

Allen Ginsberg [Sheepshead Bay, New York] an Jack Kerouac [o. O., Ozone Park, New York?]

22. Aug. 1945

Im Dienste Meines Landes.

Cher Affe:

Ich war überglücklich (ist das zu stark?) zu hören, dass Bill [Burroughs] wieder da ist. Wo wohnt er denn? Ich bin neugierig, welche Absteige er dieses Mal als Tarnung gewählt hat. Ist ein türkisches Bad gleich nebenan? Aber dass er sich mir in Sheepshead anschließen will ist zu schön um wahr zu sein! Sag ihm, er soll mir schreiben, wann er vereidigt wird und wann er losfährt, Tag etc., oder schreib du es mir (und ich sorge dafür, dass ihn ein Empfangskomitee am Eingang erwartet).

Was das unreife Gewichse angeht, geh zum Teufel Jean. Und wenn du mit diesen »schwerfälligen Bemühungen in Sachen Lucienismus« mich meinst, dann leck mich am Arsch. Mir ist danach nicht zumute. *Je sais aujurdhu comment orluer la beaute avec l'jiddische kopfe.* Ganz nebenbei bin ich der Meinung, dass diese dummbeutelige Romantik erst aufgetaucht ist, nachdem du bei der Wahl deiner Jobs derart danebengelangt hattest, dass Wolfes Haltung dir als die einzig mögliche erschien. O. K. Also war es auch nicht deine Schuld, dass du den falschen Job aufgedrückt bekommen hast. Trotzdem konnte das nur dir passieren. Mein Brief war plump aber, Himmel hilf, nicht paranoid.

Allen

P.S. Ich habe an diesem Wochenende Landurlaub und möchte gern Bill wiedersehen und wenn es geht auch dich. *Pro tem*, bin ich am Samstag um halb sechs im Admiral Restaurant. Jetzt schreib mir schnellstens, Brief oder Postkarte *s'il vous plaît* und schreib mir Genaueres wie wann du mich und Bill treffen kannst und wo er wohnt und seine Telefonnummer. Wenn du willst, auch anderer Ort und andere Uhrzeit; ich kann bis drei Uhr in N. Y. sein.

Ich habe einen Hammerbrief von Trilling bekommen. Werde ich mitbringen.

Deine hilflose Klette,

A.

Anmerkung der Herausgeber: Im folgenden Brief tritt mit Bill Gilmore ein neuer Bill auf den Plan. Gilmore und andere Personen mit dem geläufigen Vornamen Bill werden immer mal wieder auftauchen, aber durch die Nachnamen in eckigen Klammern eindeutig zu identifizieren sein. Wann immer diese Zuordnung fehlt, kann der Leser davon ausgehen, dass von William Burroughs die Rede ist.

Jack Kerouac [Ozone Park, New York] an Allen Ginsberg [Sheepshead Bay, New York]

23. August '45

Cher jeune singe:

Da ich gerade nichts anderes zu tun habe, werde ich all deine dämlichen Fragen beantworten. Bill [Burroughs] ist schon in Sheepshead, schon seit Montag den 20. Natürlich hat er sich nicht sofort bei dir gemeldet – so ist er nun mal, er will bei uns auf keinen Fall allzu erpicht wirken. Er wird sich beizeiten bei dir melden, es sei denn, ihr stoßt zufällig aufeinander. Tu aber nicht zu überrascht! – Also, er war schon fünf Tage in New York, bevor er sich gemeldet sprich ein paar Zeilen geschrieben hat, dass er da ist.

Ich war mit der mir eigenen Ungeduld nicht ganz so zurückhaltend und bin gleich los, um ihn zu treffen. Er wohnt dieses Mal nicht in einer Absteige – er wohnt in einem Hotel an der Park Avenue für $ 4,50 am Tag. Das liegt nicht neben einem türkischen Bad (ich beantworte immer noch deine Fragen), ist aber selbst als türkisches Bad stadtbekannt, wie man so schön sagt.

Ich habe deinen Brief nach weiteren Fragen abgegrast, finde aber keine mehr. Seltsam! – Ich hatte den Eindruck, er sei voller Warums und Was. Alles schön und gut ... es gibt kein Warum. Das Rätsel ist, warum in unseren Köpfen überhaupt der Gedanke an ein Warum auftauchen sollte! Das ist das Rätsel, eines von vielen. Der Tod ist fast ebenso rätselhaft wie das Leben. Aber genug davon. Was meine »dummbeutelige Romantik« betrifft, hattest du recht. Natürlich. Ich bin da völlig deiner Meinung. Das wäre damit erledigt. Jetzt können wir uns unsere kleinen Köpfe über anderes zerbrechen.

Neulich Abend, der Abend, an dem ich Bill zuletzt getroffen habe, ist mir was Seltsames passiert … Ich habe mich ziemlich volllaufen lassen und bin psychisch aus dem Gleichgewicht geraten. Das passiert nicht jedes Mal, wie du weißt, aber manchmal doch, so wie in dieser Nacht. [Bill] Gilmore winkte einen Kerl an unseren Tisch … wir tranken … gingen alle zusammen in seine Wohnung, wo wir immer weiter tranken. Sogar Bill war ein bisschen albern. Wir waren alle albern. Ich konnte den Typ nicht ab. Du kennst ihn, er war bei diesem großen Fest im Café Brittany am Abend, als wir mit Gilmore und Onkel Edouard dort waren, diese große laute amerikanische Gesellschaft, jede Menge Leutnants zur See und Mädchen aus besseren Kreisen. Aber ich muss dir noch von der Nacht erzählen, in der ich mein psychisches Gleichgewicht verloren habe. Nur eine einzige Sache habe ich aus diesem Mahlstrom von Albernheit mitgenommen … ein Buch! Ich habe ein Buch gestohlen. *Reise ans Ende der Nacht* von Celine. In einer bemerkenswerten englischen Übersetzung. Außerdem habe ich einen dicken Rausch mitgenommen. Es war das zweite Zusammentreffen mit Bill, und wir haben trotzdem nicht miteinander geredet. Eine Weile saßen wir alleine in einem Restaurant und mir wurde klar, dass es nichts mehr gab, worüber wir hätten reden können. Das hat sich so entwickelt; so weit ist es gekommen. Es gibt nichts mehr, worüber wir noch reden könnten. Wir haben unsere Möglichkeiten füreinander erschöpft. Wir sind müde. In ein paar Jahren werden sich neue Möglichkeiten angesammelt haben und wir haben wieder was, worüber sich reden lässt. Was dich betrifft, mein kleiner Freund, da gibt es immer irgendetwas zu reden, weil du so unsagbar eingebildet und dumm bist, da tut sich immer eine herrlich knisternde Kluft auf für einen Streit. *Merde a toi!* – sag ich mal.

Angesichts all dessen nehme ich an, dass wir uns im Admiral treffen können, vorausgesetzt es ist dir ernst damit, mich dort zu treffen. Aber da zu essen, na ich weiß nicht. Der Laden ist inzwischen ziemlich heruntergekommen, Service und Essen und überhaupt. Eine widerliche biologische Veränderung, wie Krebs. Bring den Trilling-Brief mit. Eine Gelegenheit so gut wie jede andere herauszufinden, welche Art Dummkopf er wirklich ist … ob ein größerer oder kleinerer als du oder ich oder wer immer sonst.

Vielleicht überrascht es dich zu hören, dass ich eine Unmenge geschrieben habe. Im Augenblick schreibe ich an drei Romanen gleichzeitig und führe obendrein ein ausführliches Tagebuch. Und lesen! … Ich lese wie ein Verrückter. Ich habe nichts anderes zu tun. Das ist etwas, was man in dem Augenblick machen kann, in dem einen sonst nichts mehr interessiert, ich meine, wenn sich alles andere als nicht viel lohnenswerter erweist. Ich habe vor, das mein ganzes Leben lang so zu halten. Was das Künstlertum angeht, das ist nun ein persönliches Problem, etwas, das nur mich betrifft, also werde ich dich womöglich nie wieder damit behelligen. Schön und gut. Eine Zeile aus meinem Tagebuch: »Wir alle sind in unsere eigenen kleinen düsteren Sphären eingeschlossen, wie Planeten, die um eine Sonne kreisen, unser gemeinsames aber fernes Begehr.« Vielleicht nicht so gut, aber wenn du mir diese meine Zeile klaust, dann bringe ich dich zur Abwechslung wirklich mal um.

5:30 *a l'Admiral, Samedi* …

Bye bye petit,

Jean

Anmerkung der Herausgeber: *Ginsberg wurde krank und musste ein paar Wochen im Krankenhaus des Stützpunkts bleiben. Er verpasste den kurzen Aufenthalt von Burroughs in Sheepshead Bay ebenso wie das geplante Abendessen mit Kerouac in New York.*

1948

Anmerkung der Herausgeber: Vom September 1945 bis April 1948 sahen Allen Ginsberg und Jack Kerouac sich fast ständig; entsprechend gibt es aus dieser Zeit nur eine Handvoll Briefe, zwischen denen manchmal Monate liegen. Als sie im späten Frühjahr 1948 ihre Korrespondenz wieder aufnahmen, waren beide mit der Handelsmarine zur See gefahren, hatten Neal Cassady kennengelernt und ihre ersten Trips quer über den amerikanischen Kontinent hinter sich, um ihn zu besuchen; und ihre Freundschaft hatte ihre Höhen und Tiefen durchlaufen.

Jack Kerouac [o. O., Ozone Park, New York?] an Allen Ginsberg [o. O., New York, New York?]

Thema: All die jungen Engel, die zur Musik aus himmlischen Spelunken dahingleiten (auf einer Rollschuhbahn)
Dienstagabend 18. Mai 1948

Lieber Allen:
Danke für deine Zeilen. Vielleicht sehen wir uns Freitagabend, aber jetzt möchte ich nicht im Detail auf deinen Brief[1] eingehen, denn das ist für mich zum großen Teil uralter Stoff. In Beantwortung all deiner Fragen: ja. Ich habe die gleichen Probleme, denn jede Ausdrucksform ist »persönlich« und strebt gleichzeitig danach, etwas mitzuteilen (mühelos, wenn du willst) ... und all das, und ja, ich habe das auf meine eigene Art gelöst. Und auch noch nicht so sehr in *Town and City*, aber danach. Wir können darüber reden. Sei gewiss, dass das »in mir reifen« musste; wie sollte ich also danebenhauen? – Ich habe Jahre und jahrelang nichts anderes getan als zu schreiben, und du weißt, dass ich nicht dumm und unintelligent bin. Vielleicht kann ich dir helfen und ein paar Fallstricke aufzeigen. Was den Roman betrifft, den habe ich vor zwei

---

1 Kerouac bezieht sich auf einen Brief Ginsbergs von Mitte April 1948, der in dieser Auswahl nicht enthalten ist. (A. d. Ü.)

Wochen bei Scribner's abgegeben[2], wo er gerade gelesen wird; noch kein Wort gehört.

Aber es gibt Neuigkeiten, die dich sehr interessieren werden, ich habe von Neal [Cassady] gehört. Ach das sind diese dunklen Köstlichkeiten, die Schreiben eigentlich ausmachen … Jedenfalls hat Neal sich gemeldet und ich musste als Leumund für seinen Charakter ein Antragsformular für seinen Arbeitgeber ausfüllen. Glaub mir, ich habe aufgetragen wie in bester Bill-Burroughs-Brief-Manier so dick. Ich glaube ich habe gesagt, er wäre »sofort eine Bereicherung für Ihren Betrieb und dessen Aufgaben«, etc. Es geht um einen Job als Bremser bei der South Pacific Railroad. Weshalb ich angenommen habe – und ich lag damit richtig –, dass Neal in Schwierigkeiten geraten ist, drei Monate bekommen hat und dass ihm jetzt irgendeine Art Gefängnisverwaltung einen Job zu besorgen versucht. Nicht dass Neal selbst auch nur einen Pieps davon gesagt hätte. Nebenbei bemerkt ist die South Pacific Railroad die großartigste Eisenbahn der Welt … Eines Sonntagmorgens lag ich auf einem Flachwagen und las mit den anderen Jungens in der Zeitung die Comics, während wir durch das sonnige San Joaquin Valley fuhren mit seinen Weintrauben und Frauen-mit-Körpern-wie-Weintrauben, und die Bremser lächelten uns zu und winkten gut aufgelegt. Es ist die Lieblingsstrecke der Hobos. Jeder der in Kalifornien seinen Verstand halbwegs beisammen hat, kann auf dieser Strecke zwischen Frisco und LA endlos hin und her fahren, wenn er will, einmal in der Woche, und niemand wird ihn belästigen. Wenn der Zug auf einem Abstellgleis hält, kannst du herunterspringen und dir auf einem nahen Feld ein bisschen Obst holen. Der wunderbare Neal wird also bei der wunderbaren Eisenbahn arbeiten, in Saroyans Land … (wenn es dort auch abscheuliche Mordgier gibt, dann können da ja weder ich noch Neal noch Saroyan was für.) Die Bremser der Santa-Fe-Linie dagegen bringen dich um, wenn sie dich kriegen und genügend Knüppel mithaben. Nicht so die von der SP.

Ich war verliebt, Allen, ich war verliebt. Es dauerte genau vier Tage. Sie war achtzehn Jahre alt, ich habe sie auf der Straße gesehen, war wie vom Blitz getroffen und folgte ihr auf eine Rollschuhbahn. Ich versuchte, mit ihr Rollschuh zu laufen und fiel ständig hin. Jung und schön natürlich. – Tony Monacchio, Luciens Freund (und meiner), kannte meine wunderschöne Affäre schon …

2 *The Town and the City* erschien schließlich im März 1950 bei Harcourt Brace, New York. (A. d. Ü.)

Er meinte, das Mädchen, Beverly, sei zu dumm für mich, sie wüsste sich nicht richtig auszudrücken. Ein grässlicher Gedanke … du kannst dir nicht vorstellen, wie verknallt ich in sie war, genauso wie bei Celine [Young], nur schlimmer, weil sie noch toller war. Aber schließlich hat sie mich abgewiesen, weil »sie mich nicht kennt«, weil »sie überhaupt nichts von mir weiß«. Ich habe versucht, sie mit nach Hause zu nehmen, um sie meiner Mutter vorzustellen Himmelherrgott, aber sie hatte offensichtlich Angst, ich könnte sie reinlegen wollen. Süße Liebe sanft versagt. Sie hielt mich für so eine Art Gangster … hat sie immer wieder angedeutet. Außerdem meinte sie, ich sei »merkwürdig«, weil ich keinen Job habe. Sie selbst hat zwei Jobs und arbeitet sich dusselig und kann nicht verstehen, was »schreiben« ist. Nach einer Party fanden Tony Monacchio und ich Lucien stockbetrunken in Tonys Zimmer – Lucien sollte am Abend nach Providence in seinen zweiwöchigen Urlaub fliegen. Wir halfen ihm, zum Flughafenbus zu kommen. Er war triefäugig, blau, trug weiß-braune Sattelschuhe wie eine Figur von Scott F. Fitzgerald in den Zwanzigern. Mir wurde plötzlich klar, dass Lucien eigentlich zu viel trinkt und Barbara [Hale][3] nicht das Geringste dagegen tut. Ich meine, es ging ihm wirklich dreckig. Tony sagte zu ihm: »Jacks Mädchen ist süß und hübsch aber dumm.« Und Lucien in seiner beduselten Übelkeit sagte – »Jeder auf der Welt ist süß und hübsch aber dumm.« Allen, das sind sie, die Materialien, das ist das Material, mach dir keine Sorgen um die *Theorie* des Schreibens, bloß nicht. Dann bedankte sich Lucien bei uns, dass wir ihn zum »Flugzeug« eskortiert hatten, so nannte er den Bus, und dann kam das Lebewohl. An diesem Nachmittag verschmähte mich mein kleines Mädchen. Und jetzt, wie geht es dir? Wie geht's allen in der süßen hübschen dummen Welt?

Jack

Anmerkung der Herausgeber: Im Sommer 1948 wohnte Allen Ginsberg bei Russell Durgin, 321 East 121st Street in East Harlem; dort erlebte er eine Reihe von kosmischen Visionen und Halluzinationen. Bei der ersten rezitierte eine Stimme Gedichte von William Blake. Es folgte eine Phase gesteigerter Bewusstheit, die mit Unterbrechungen ein paar Wochen anhielt. Diese Visionen hatten einen dramatischen Einfluss auf Allen und beschäftigten ihn die nächsten zehn Jahre. Im folgenden Brief versucht Ginsberg zu beschreiben, was er spirituell durchgemacht hat.

---

3 Barbara Hale war zu dieser Zeit Luciens Freundin.

Allen Ginsberg [East Harlem, New York] an
Jack Kerouac [o. O., Ozone Park, New York?]

Sommer 1948

Lieber Jack

Ich hoffe du erinnerst dich ebenso noch wie ich an das Gespräch, das wir
letzte Woche in der 14th St. geführt haben. Dabei ist ein gewisses Element aufgetaucht, etwas, was wir in unseren vorherigen Gesprächen nicht so deutlich
herausgearbeitet haben – namentlich dieses X, auf dem ich (und du und wir
alle, was das betrifft) in den letzten Monaten ständig herumgeritten sind. Es ist
wichtig, dass wir das vollständige Anders-Sein der anderen Welt klar und deutlich begreifen (wenn überhaupt etwas wichtig genug ist für unseren Verstand).
Es tritt zu keiner Zeit in die Welten unseres Bewusstseins – außer vielleicht in
sehr seltenen Momenten – aber ich glaube, dass es das einzig Wertvolle ist, der
einzige Besitz, der einzige Gedanke, das einzig Erstrebenswerte oder Wahrhaftige, dem ich mein Selbst verschrieben habe oder, um es weniger Selbst-haft
zu machen, zu dem ich irgendwie bestimmt worden bin – so wie Kafkas Held,
der eines Morgens aufwacht und feststellt, dass irgendetwas Mysteriöses eine
feste Form angenommen hat und ihn unnachgiebig schikaniert und verfolgt
und keine Ruhe gibt – ein Kampf um Zeit Leben und Tod. Das Unwirkliche
ist jetzt für mich zur stärksten Wirklichkeit überhaupt geworden. Vielleicht
hat sich deshalb mein bewusstes Gedanken-Leben so weit von deinem entfernt. Was du schaudernd als Wahnsinn sahst – was du als die fantastische, die
fantastischste aller Möglichkeiten sahst, ist: ich habe monatelang das Einzige
geschaut, das Unvermeidliche, das Eine. Ich kann dem nicht ausweichen – ich
kann nicht vergessen, was ich höchstselbst einige wenige disparate Augenblicke lang viel deutlicher geschaut habe, als wir beide letzte Woche erahnt haben.
Ich habe einmal deutlich über den Rand meines Leben hinausgeschaut und
gesehen, wo ich hinmuss. Vielleicht bist du enttäuscht, dass ich immer wieder
Worte wie »buchstäblich« und »tatsächlich« oder »Wirklichkeit« benutze, aber
ich habe kein anderes Vokabular – und weil ich nicht unmittelbar vorzeigen
kann, worüber ich spreche, versuche ich halt, ein Wunder zu erklären.
Ich versuche jetzt schon seit Monaten intellektuell die Existenz dieses Anderen, das über unser Wissen hinausgeht, zu erklären, zu beschreiben, es auf-
zuzeigen – etwas, das wir verstehen können, wenn wir die Verantwortung für
die Zerstörung unseres jetzigen Lebens zu schultern vermögen, aber es liegt
seiner Natur nach so weit unterhalb oder oberhalb des Daseins, wie ich es

normalerweise erfahre, dass wir damit günstigstenfalls (wie in einigen wenigen Gesprächen) den vagen Eindruck von etwas Traumhaftem und Weißem, Ardeneskem[4], Geisterhaftem um uns heraufbeschwören – und dieser Eindruck von etwas Märchenhaftem ist die beste Annäherung, die unserem Verstandesbewusstsein möglich ist. Wenn ich diesen Versuch erst einmal aufgegeben habe, dann werde ich der höchsten Erkenntnis, um die ich so ringe, näher gekommen sein, denn er ist vergeblich und eine Verteidigung gegen die schrecklichen Abgründe des Wissens. Wenn ich kein Vertrauen in die technische Prozedur der Psychoanalyse als einer Methode hätte, mir selbst und Gott gegenüberzutreten, dann würde ich nicht länger hier in der Stadt auf eine Vision warten, sondern am Leben hier verzweifeln und gehen – auf eine wirkliche Pilgerfahrt, wie in alten Zeiten – quer durch das Land, würde mich der Barmherzigkeit der Elemente aussetzen und von diesem Leben der Eitelkeit und Angst lossagen, ganz und gar aufgeben und wandern, ohne Zuhause, bis überall ein Zuhause ist. Es mag – im Hinblick auf das Ziel – anachronistisch erscheinen, dass ich solch spirituelles Streben mit der Psychoanalyse verbinde, die alles verändern wird. Aber es ist dies mein Leben und meine Entscheidung und ich kann mir nicht anmaßen, eine Medizin, die nichts als Leiden bedeutet, jemand anderem zu verschreiben – Leiden bis zur Erschöpfung, und Erschöpfung durch Leiden. Nichts, was ich weiß, ist wichtig. Erinnerst du dich an Spenglers Beschreibung der magischen Gottesidee – auf S. 801 – »als Leib und Seele gehört er sich allein; aber etwas anderes, Fremdes und Höheres weilt in ihm und deshalb fühlt er sich mit all seinen Einsichten und Überzeugungen nur als Glied eines *consensus*, der als Ausfluss des Göttlichen den Irrtum, aber auch jede Möglichkeit eines wertsetzenden Ich ausschließt ... die Unmöglichkeit eines denkenden, glaubenden, wissenden Ich ... An einen eigenen Willen auch nur zu denken ist sinnlos, denn ›Wille‹ und ›Denken‹ im Menschen sind schon Wirkungen der Gottheit auf ihn.«[5] Ich habe immerhin mehr wertsetzendes Ich als irgendjemand – ein bösartigeres Ego als du – ein »überschwappendes« Ego? und wer außer mir selbst würde verstehen, dass mein Ego letztendlich ein Fantasiegebilde ist? jedes Ego, jeder individuelle Verstand, jede Persönlichkeit? Bei all meinem dämonischen Individualismus seid ihr es doch, die das Ego verteidigen und sich weigern, euer Selbst aufzugeben wenn es zur letzten Schlacht um das wahre Herz kommt. Aber das ist die entscheidende Schlacht –

---

4 Ginsberg bezieht sich hier und später auf den »Wald von Arden« aus Shakespeares Stück *Wie es euch gefällt*. (A. d. Ü.)

5 Oswald Spengler, *Der Untergang des Abendlandes,* München 1998, S. 801 ff. (A. d. Ü.)

es gibt kein wahres Herz ohne Gott, was auch der Urgrund alles anderen ist; keine noch so starke und verborgene Innerlichkeit hat auch nur die geringste Bedeutung oder Macht, es sei denn, sie ist Ausdruck von Stolz und Furcht der einen Nation, des einen Geistes, des einen Gefühls – des einen Undenkbaren. Ist es nicht so? Ich rede hier allerdings von einer veritablen Apokalypse (nicht nur Mystizismus) und es bringt nichts, dass ich mir damit einen runterhole. Dies Irae! Wenn ich eines Tages eine andere Welt betrete, werde ich feststellen, dass dieses ganze Gerede ein Versuch war, andere über die wahre Natur der Apokalypse zu täuschen. Doch soll auch dein Herz vor diesem Tag in Angst erbeben. Wir alle werden gerichtet werden. Vielleicht bin ich am Mittwoch in New York. Wenn ja schaue ich bei der New School[6] vorbei. Derweil hier der Schlüssel zu meiner Wohnung.
Dein Mitgeschöpf
Allen

Jack Kerouac [Ozone Park, New York] an
Allen Ginsberg [o. O., New York, New York?]

9. September 1948

Allen ami:
Ja, ich möchte dich treffen, aber warum kommst du nicht einfach am Montag zu mir nach Ozone – wenn nicht Nachmittag, dann abends oder spätnachts. Ich habe alle Hände voll zu tun, mir den Horror der Formbrief-Absagen der Verlage vom Hals zu halten und neue Wege auszuhecken. Muss unbedingt noch stärker überarbeiten. Barbara Hale meint, der Roman sei »großartig aber sperrig« – die tonangebende Klasse, die in der Verlagsbranche das Sagen hat, will natürlich was Gelecktteres. In ein paar Wochen fahre ich nach North Carolina, um dort den Parkplatz meines Schwagers zu schmeißen, eine Krankenschwester zu umgarnen und mich von dieser geistlosen Literaturwelt zu erholen, mit der ich mich abgeben muss. Was ist das mit Claude de Maubri [Lucien Carr] ... stimmt das wirklich? Ich habe einen Job bei U. P. [United Press] abgelehnt, weil er unter meiner Würde ist, der ich so einen Roman geschrieben habe und abgelehnt wurde wie der wortkarge traurige

---

6 *The New School* ist eine 1919 gegründete Universität in New York. Den wesentlichen Teil ihrer fast 100-jährigen Geschichte war die Universität unter dem Namen New School for Social Research sowie New School University bekannt. (A. d. Ü.)

Sam Johnson. Pfui! Habe *Der Idiot* gesehen, mochte Rogoshin am liebsten.
Komm her! (*Lundi*)
J.

Anmerkungen der Herausgeber: *Ginsberg schrieb Kerouac ein weiteres Mal über seine Visionen, bestritt aber dieses Mal, sie gehabt zu haben. Kerouac schrieb auf den Rand des Briefes den zutreffenden Kommentar: »Da war er am Ausflippen.« Ginsberg war dem Wahnsinn nie näher als in dieser Zeit.*

Allen Ginsberg [o. O., East Harlem, New York?] an
Jack Kerouac [o. O., Ozone Park, New York?]
ca. später Sommer 1948

Lieber Jack:
Überrascht es dich dass ich verrückt bin? Ha! Ich glaube, mein Verstand zerkrümelt, so wie Kekse. Wenn ich fünf Minuten früher geschrieben hätte, wäre ich am Weinen, wenn ich zehn Minuten früher geschrieben hätte, würde ich dir sagen, lass mich in Ruhe, wenn ich noch länger warte, würde ich dir gar nicht schreiben. Ich fürchte, im Augenblick kann ich dir nicht ernsthaft antworten. Dein Brief ist so offenkundig natürlich. Was soll ich sagen? Ich sehe dich vor mir, wie du das hier liest und mir nüchtern sagst, ich soll aufhören eine Show zu machen. Denn ich mache eine Show, mache eine Show als würde ich aus dem Underground eine Show machen. Aber ich habe großes Vertrauen in den Oberarzt.
Wie dem auch sei, ich habe geglaubt, ich würde dich mit meiner letzten Vision so sehr beeindrucken, dass du es nicht mehr wagen würdest, jemals wieder mit mir zu sprechen, ohne dabei auf die Knie zu fallen. Na gut, das glaube ich jetzt nicht mehr, nicht weil ich dir gegenüber einfühlsamer oder gerechter bin, sondern weil ich eine bessere Methode gefunden habe, dich zu quälen, so aufrichtig wie du bist. Diese ganze Vision, das ist barer Unsinn, eine große Fantasie, weiter nichts. Ich denke mir das jetzt nicht aus, ich wusste es schon, als ich dir davon erzählte, obwohl ich es erst später ganz und gar verstanden habe. Genau genommen ist es mir sogar ziemlich egal. Wenn du glaubst, dass das meine größte Errungenschaft ist, eine Vision, o nein, da denke ich schon über wichtigere Dinge nach. Wie auch immer, nur um dich zu beruhigen, die »Vision« war zwar nicht ganz und gar künstlich erzeugt, diente aber einfach

49

dazu, etwas Tieferes und Schrecklicheres zu kaschieren. Nein, auch nicht nur Sexuelles.

Wenn du wissen willst, wie ich wirklich bin, ich bin zurzeit einer von denen, die rumlaufen und jungen Strolchen ihren Schwanz zeigen.

Ich kann deinen Brief wirklich nicht beantworten, so gern ich das würde und mir wirklich einen Begriff davon zu machen wünschte, auf welcher Ebene du bist und auf welcher ich wäre.

Du bezeichnest mich als unausstehlich, und das bin ich.

Ich will raus aus diesen eingefahrenen Gleisen. Komm mich besuchen. Nein. Ich komme dich besuchen. Ich muss dir etwas erzählen.

Jack Kerouac [Ozone Park, New York] an Allen Ginsberg [Paterson, New Jersey]

Smst.nacht 18. Sept. '48
Wizard's Shelf

Lieber Allen:

Seit wir uns getroffen haben sind mir ein paar ziemlich verrückte Gedanken durch den Kopf gegangen … Visionen die mir sagen, dass es so etwas wie des »Lebens bittres Rätsel« (Wolfe und andere) nicht gibt, aber – ich habe nie klarer gesehen, dass es ein herrliches Rätsel ist. Und es *ist* ein Rätsel, weißt du. Keiner von uns versteht wirklich, was wir tun, ob es mit Absicht geschieht oder nicht, oder ob wir es für dies oder das halten – wir tun etwas anderes, die ganze Zeit, und sehr Schönes. Selbst die schneidend scharfen Carrs können nicht immer wissen, was sie in Wirklichkeit tun. Nachdem du an jenem Tag gegangen warst, rief Tom Livornese[7] an und ich ging mit zu ihm nach Hause. Wir tranken und blieben die ganze Nacht auf und fuhren dann nach N.Y., er hatte dort etwas zu erledigen. Ich wartete in einer Bar an der Third Avenue auf ihn, bis oben hin voll mit Visionen. Dein Cezanne-Referat wirbelte mir im Kopf herum, will sagen, das Verstehen des Sehens. Ich sah – und besonders, weil wegen der geringen Luftfeuchtigkeit New York an diesem Tag glänzte wie eine Kühlerhaube – ich sah alles in seiner wahren Kontur und im wahren Licht.

---

7 Tom Livornese war ein Studentenfreund von Kerouac und kannte auch Vicki Russel und Little Jack Melody. Außerdem arbeitete er im Nebenberuf als Jazzpianist.

Aber darauf will ich nicht hinaus (die spirituelle Ästhetik). Nicht jetzt. Als er zurückkam – es war jetzt elf am Vormittag – rief ich Lucien an. Tom und ich wollten weitertrinken und ich wusste, dass heute Lous freier Tag war. Lucien meinte, wir sollten kommen und ihn aus dem Bett holen. Wir hatten ein paar Tristano[8]-Platten dabei. Wir legten sie auf und Lucien lag im Bett und versuchte aufzuwachen, lauschte nach einer Weile aufmerksam Tristano; danach stand er auf. Er hatte einen Mordskater gehabt. Ich fragte mich die ganze Zeit, wie ich Lucien beeindrucken könnte. Aber plötzlich fühlte ich mich krank, mir war schlecht, wir hatten nicht geschlafen und nichts gegessen und ich legte mich einfach mit geschlossenen Augen auf die Couch. Lucien kam herüber und zerrte an meinem Bein und grinste. Er sprach mit Tom. Schließlich gab er mir Milch und ich fühlte mich besser. »Ich habe eine brillante Idee«, sagte er, »setzen wir uns doch ein bisschen an den Washington Square.« Barbara [Hale] war nicht in der Stadt, ganz nebenbei, oder natürlich? … In diesem Cezanne-Licht gingen wir die Sixth Avenue hinab. Ich wies Lucien darauf hin, und er pflichtete mir bei. Wir gingen in eine Pariser Bar (das Rochambeau) und bestellten drei Pernods. Der Barkeeper eiste die Gläser sorgfältig, nahm das Eis heraus, goss Pernod und Wasser hinein und reichte uns den rauchig-grünen Drink. Wie das Tageslicht, und das Licht von Luciens Intelligenz, brachte der Pernod ein weiteres Licht mit sich. Es wärmte uns, alle drei, tief unten in der Tiefe des Magens. Wir saßen strahlend zusammen an der Bar und tranken gemächlich. Dann gingen wir weiter durch das wunderschöne Tageslicht. Wir gingen ein paar Freunde von Lucien aus St. Louis besuchen und tranken einen Highball und unterhielten uns mit ihnen. Es waren ziemlich herablassende reiche junge Leute, aber hinterher machte Lucien sich einen Spaß daraus, uns darauf hinzuweisen, dass ihre Herablassung es nicht mit der von Tom Livornese aufnehmen konnte, denn der ist schließlich reicher als sie. An diesem Punkt sorgte Tom bei Lucien für ewiges Entzücken, indem er mit ihm in einen bestimmten Nachtclub ging … Wir hatten kein Geld mehr und wollten Tag und Nacht weitertrinken … er ging also in den Nachtclub und sagte: »Können Sie mit dem Namen Livornese etwas anfangen?«, und sie sagten natürlich und lösten einen $-20-Scheck von ihm ein oder, eher, gaben ihm vertrauensvoll $ 20 … Ich weiß es nicht genau, ich wartete draußen und sah die Leute, die vorbeikamen, mit ganz neuen Augen. Lucien kam herausgestürzt und erzählte mir, dass immer wieder jemand mit irgendeiner Masche, nicht weniger frech als Toms, an Geld

8 Lenny Tristano, Jazzpianist und Komponist.

zu kommen versuchte, nur im Gegensatz zu ihm kamen sie damit nicht durch. Dann standen wir an der Ecke und aßen Hotdogs und während Lucien mir das alles begeistert erzählte, redete Tom auf ihn ein, bis er sich schließlich mir zuwandte und meinte: »Erzähl mir später, was er gesagt hat.« Bemerkst du, wie alles miteinander in Beziehung steht? Dann überließ Tom uns fünf Dollar und ging mit seinem Mädchen essen, meinte aber noch, er würde uns in einer anderen Bar wiedertreffen. Lucien und ich tranken und redeten. Er berichtete mir von ihm und dir, so wie du es auch erzählt hast. Und dann bedauerte er, dass ich partout ein »verrufener Schriftsteller« sein musste und es nicht wie er geschafft hätte, Teil des Wirtschaftskreislaufs zu werden. Aber ich wusste er sagt das nur, weil er früher an die Kunst des »künstlerischen Kommunikations-Dies-und-Das« geglaubt hat, über die ihr beide an der Columbia geredet habt, erinnerst du dich? Ich meine, ich war zum ersten Mal in der Lage zu hören, was Leute aus der anderen Welt zu sagen haben. Wir haben keine Ahnung, was wir sagen: Es scheint grade so, als wüsste das Gott allein. Wir kommunizieren oberflächlich miteinander; ohne die Worte, die wir verwenden. Und mit »schlechter« Literatur ist es genauso. Und ständig machen wir uns Sorgen über unsere Gefühle für die anderen, ich meine, wären wir Gott wüssten wir, dass wir füreinander immer Liebe empfinden, ohne Abweichungen, nur mit schwankenden Graden komplexer Aufdringlichkeit und Umkehrung von Absichten ... na ja, Verwirrung ist unter anderem auch noch dabei. Aber weiter, weiter ... Lucien und ich verließen die Bar, um das Tageslicht noch mitzubekommen, bevor es im Westen versank. Die Straßen waren jetzt in einen rötlichen Schimmer getaucht und wir spazierten zusammen zum Washington Square. Wir sahen, wie ein kleines Mädchen auf Rollschuhen hinfiel und sich das Knie aufschlug, und wie sie aufstand und vor lauter Schmerz und Kummer aufstampfte, weil sie sich verletzt hatte. Lucien sagte: »Es ist so wunderbar, wie Kinder ihren Schmerz bekunden.« Er ging hinüber und tätschelte dem kleinen Mädchen den Kopf und sagte, das würde schon wieder werden. Sie zog eine Schnute und errötete, wandte sich dann ab. Ihre kleinen Kameradinnen kicherten ... und verstanden irgendwie falsch, was Lucien sagte und Lucien drehte sich herum und meinte »O nein, das habe ich nicht gesagt ... ich habe gesagt, es wird schon wieder werden.« Aber dann folgten weitere kleine Missverständnisse und Lucien ging zu mir zurück, etwas angeschlagen, verlegen, aber er freute sich, und die Kinder freuten sich. Derlei kurze Einbrüche wirklich bedeutungsvoller Absichten haben mir klargemacht, worum es sich bei unseren Kommunikationsproblemen handelt: [Es geht] um nichts anderes als eine Art

Angst, verstanden zu werden, oder missverstanden, und die elementare Kraft dabei ist Liebe – denn vollständig verstanden zu werden setzt eine Art Leere voraus. Mach dir klar, Allen, wäre die ganze Welt grün, dann gäbe es so etwas wie die Farbe Grün nicht. Entsprechend können die Menschen auch nicht wissen, was *Zusammensein* heißt, wenn sie nicht wissen, was *Getrenntsein* ist. Wenn die ganze Welt Liebe wäre, wie könnte dann etwas wie Liebe existieren? Deswegen wenden wir uns in Augenblicken großen Glücks und großer Nähe voneinander ab. Wie können wir Glück und Nähe ohne ihre Gegensätze kennen, wie Licht und Schatten? In Licht und Farbe liegt die gleiche Wahrheit, moralisch und psychologisch und spirituell. Dann gingen wir weiter durch den Park und Lucien, der am Rande eines Wasserbassins entlangtrippelte, sagte: »Und weißt du, Jack, die Freude nimmt immer noch von Tag zu Tag zu.« Vorher hatte er von seiner Zeit in Elmira[9] und all seinen Hoffnungen dort erzählt. Weißt du, mir ging durch den Kopf, dass Lucien erlöst war, weil er dereinst alles verloren hatte – im selben Sinne wie Jesus uns lehrt, alles zu verlieren, um alles zu gewinnen. Das ist auch Bills Ziel, und deshalb macht er jetzt den Harlekin. Sie haben das Reich gewonnen, weil sie in einem tieferen Sinn all ihren irdischen Besitz und ihren Stolz abgeworfen haben. »Die Freude nimmt immer noch von Tag zu Tag zu …« – gesprochen in die sich rot färbende Sonne vom Washington Square.

Die Leute starrten Lucien an, weil er, vermute ich mal, so schön war. Ich fragte ihn, warum die Leute ihn immer so anstarren. Er sagte: »Das haben sie schon immer gemacht.« Es ist einfach nicht zu erklären – die Leute starren Lucien tatsächlich immer an. Und ich war an dem Tag voll liebevoller Einsichten: Ich hatte ihn an dem Tag ganz und gar erkannt.

Wir gingen in eine andere Bar in der Bowery, wo uns dann das Geld ausging. Aber in dem Versuch, Tom zu sein, gelang es mir irgendwie, dem Barkeeper einen Drink für ihn aus dem Kreuz zu leiern und Lucien war begeistert. Wir redeten und redeten und er meinte, der Unterschied zwischen mir auf der einen Seite und ihm und dir auf der anderen bestehe darin, dass ich mich auf alle anderen in einem Maß einlasse, indem ich mir Sorgen mache, was sie von mir halten, und ihr beide euch auf eine Art einließet, die ich nie verstehen würde. Er sagte, ihr beide habt noch jemanden neben euch stehen, einen Beobachter, der sagt, »Bin das wirklich *ich*?« »Pah!« – Während ich immer sage: »Oh, das bin

---

9   Lucien Carr hatte zwei Jahre im Gefängnis von Elmira nordwestlich von New York verbracht, nachdem er sich im Mordfall David Kammerer des Totschlags schuldig bekannt hatte.

also ich, was die anderen wohl davon halten!« Das war, wie du siehst, sogar ein Kompliment, und trotzdem möchte ich eigentlich keine Theorie darauf gründen, weil uns das voneinander trennen würde und wie alle Theorien die Welt spaltet, die im Grunde ja doch eins ist. Jetzt habe ich auch »Pah!« gesagt, und Lucien unterliegt einem liebevollen Irrtum.

Nun ja, schließlich kriegten wir Tom wieder zu fassen und verabredeten uns in einer anderen Bar an der Sixth Avenue. Auf dem Weg gabelten Lucien und ich Jinny Baker[10] auf. Als ich sie sah, fing mein Herz wieder an zu klopfen, aber ich wusste auch sofort, dass etwas nicht stimmte. Ich kann Jinny einfach nicht verstehen. Ich ging in voller Absicht hinter ihr und Lucien her und natürlich sagte sie immer wieder: »Geh neben mir, ich werd traurig mit dir da hinten.« Aber kaum ging ich neben ihr, schaute sie mich abschätzig an und als sie mal das Wort »hysterisch« benutzte, packte ich sie am Ärmel und sagte: »Wer ist hysterisch? He? Wer ist hysterisch?«, worauf sie mich voll Abscheu von Kopf bis Fuß maß. Warum hat sie was gegen mich? Warum mochte sie mich, als wir uns kennenlernten, warum legte sie es darauf an, dass ich mich in sie verliebe, und warum macht sie das jetzt? Wo soll ich gehen – hinter ihr, vor ihr (vor ihr interessiert sie nicht) oder neben ihr, verschmäht? Währenddessen machte Lucien sich über sie lustig und bedachte sie mit allerhand Ferkeleien. Wir gingen in die Bar und warteten auf Tom. Dann gingen wir in die Wohnung an der 12th Street und dort, ich begriff einfach nicht mehr, was mit Jinny los war, wollte ich mich auf den Heimweg machen, wusste aber nur zu gut, dass Lucien sich auf keinen Fall alleine mit Jinny in Barbaras Wohnung erwischen lassen durfte, da Barbara jede Minute nach Hause kommen konnte. Lucien sagte: »Aber du weißt doch, dass ich hier nicht mit ihr alleine bleiben kann«, – und ich sagte ziemlich laut: »Dann schmeiß sie doch raus.« Aber Lucien überredete mich zum Bleiben. Ich borgte mir mit voller Absicht einen Dime von ihr für die Heimfahrt, um ihr zu zeigen, dass ich sie auch verabscheue. Doch als ihr Luciens lüsternes Gegrapsche unheimlich zu werden begann, da »mochte sie mich dann doch wieder«, und wie ein Idiot glaubte ich ihr wieder und tanzte mit ihr und begann sie mit den Augen zu verschlingen. Dann kam Tom, machte sich über sie lustig und dann gingen er und Lucien einen trinken und ließen uns allein, damit wir miteinander schlafen konnten. Tom legte sogar noch Mel Tormes *Gone With the Wind* auf. Aber die beiden waren kaum aus der Tür, da fing Jinny wieder an, mich ihren Abscheu spüren zu lassen. Ich verstehe es

---

10 Jinny Baker war eine junge Freundin von Kerouac; in *Unterwegs* taucht sie als Jinny Jones auf.

einfach nicht. Sie sagte: »Und bitte ruf mich bloß nicht wieder an.« Ich biss sie kräftig in den Finger, und das schien sie plötzlich zu interessieren. Weißt du, ich glaube, sie will einfach schlecht behandelt werden und sie möchte ständig andere schlecht behandeln, so dass die sie mit voller Berechtigung und logischerweise schlecht behandeln. Mit dieser Art von Verdrehtheit habe ich nichts am Hut. Vielleicht weil ich verstehe? »Na gut, dann kannst du ja auch nach Hause gehen. Du kannst doch allein nach Hause gehen, oder?« »Aber ja«, sagte sie. An der Straßenecke sagte sie noch einmal, »Und bitte ruf mich nicht noch mal an.« Ich schüttelte ihr die Hand und sah sie an und sagte, »Ich verstehe dich nicht und du willst mich nicht.« (Aber die ganze Zeit hatte ich Lucien im Ohr, wie er mir oben in der Wohnung zugeflüstert hatte, dass sie das alles nur mache, um mir zu gefallen. Kann das sein? Wie war das an der Straßenecke? Wollte Lucien mich veralbern?) Sie ging nach Hause, logischerweise traurig … vielleicht will sie genau das, logischerweise traurig sein, alleine nach Hause geschickt werden, so dass sie darüber brüten kann und ihre Befriedigung daraus ziehen, dass sie trauriger ist als ihre Schwestern und Victor Tejeira. So was in der Art, aber wie ich schon am Anfang sagte, keiner weiß, was der eine oder andere tut, aber hinter allem steht etwas Göttliches, auch bei Jinny. Und ich habe überhaupt keine Vorstellung davon, wie ich ihr das sagen kann, *wenn wir zusammen sind*. Siehst du, da hast du das Leben, das ganze Leben auf einen Schlag. So ist es!

Da ich jetzt wieder alleine war ging ich zurück in die Bar, wo Lucien und Tom sich beim Reden blendend amüsierten. Du würdest staunen, wie sehr die beiden sich mögen. Als ich dazukam, fragte Lucien Tom gerade, woran es wohl liege, dass er jedes Mal, wenn Tom etwas sage, sofort wisse, was Tom meine. Er sagte, sie hätten den gleichen Verstand, nur ein anderes Vokabular. Tom war so viel vollkommenes Verständnis etwas zu viel, weißt du, was ich meine? Wir tranken und tranken und an einem Punkt sagte Tom etwas über mich, das ich nicht verstand, was aber ziemlich schmeichelhaft war, sprich erfreulich. Ich will nicht die ganze Zeit schmeichelhaft sagen, ich sehe ein, wie kleinkariert das ist, das heißt, ich sehe es *nicht* ein, welche Rolle spielt das schon, ob ich es einsehe oder nicht. Verstehst du? Solange es existiert und ich es irgendwie von der anderen Welt her bemerke. Also gingen wir zurück zur 12th Street, wo Barbara im Bett lag und zu mir sagte, »Was soll das denn, Lucien abzufüllen, kaum dass ich mich mal umgedreht habe?« Später sagte ich zu ihr: »Nein, im Ernst, Barbara.« Lucien beschloss die Nacht mit einem Tänzchen und einer Bratpfanne, mit der er sachte auf sich einschlug, bing-bong, bing-bong, bing-

bong, traurig im Morgengrauen, und ich saß da und schaute zu. Wir verstanden, wir verstanden. Oder nicht?
Jack

Allen Ginsberg [o. O., New York, New York?] an
Jack Kerouac [o. O., New York, New York?]
nach dem 19. Oktober 1948
Mittw.

Lieber Jack:
Briefe oder Sprache ist so wie wir reden ungenau, aber nur weil wir ungenau sind. So etwas wie des Lebens bittres Rätsel gibt es nicht, und trotzdem
sagst du, dass es ein herrliches Rätsel ist. Für uns ist es ein Rätsel, das ist alles.
»Keiner von uns versteht, was wir tun«, und trotzdem tun wir schöne Dinge.
Wir erkennen dieses etwas Andere in unseren Handlungen immer auf die eine
oder andere Art und Weise. Ich will wissen, was ich tue/ich will wissen, was
ich erkenne. Man kann es erkennen. Psychoanalyse, Religion, Dichtung lehren uns, dass man es an seinem Wesen erkennen kann, Sünde erkennt nichts.
Cézanne ist für mich der Anfang eines Erkennens, aber er ist nicht die Sache
an sich, sondern nur ein intellektuell gefühlter Ersatz. Die ganze Faszination
und Schönheit der Begegnung mit anderen und des Auf-sie-Reagierens beruht
auf einem uns angeborenen Instinkt, der uns noch nicht ins Bewusstsein ge-
drungen ist, dass wir hier sind, dass es etwas Bestimmtes gibt, an dem wir unsere Liebe festmachen. Es ist eine Sache, das einfach zu akzeptieren, und wie
in einem Traumland herumzulaufen erfüllt mit verständnislosem Staunen ob
des Mysteriums der Schönheit. Aber wenn irgendjemand direkt eine geballte
Ladung Kommunikation zurückschmettert – nicht geheimnisvoll, sondern
ganz direkt, manche Menschen sind dazu in der Lage –, dann würde das mir
und dir Angst machen, denn es würde den ganzen Traum einer bewusst mehr-
deutig gehaltenen Schönheit stören. Was wäre, wenn ich sagen würde, hör auf
mir was vormachen zu wollen, hör auf so zu tun, als wüsste ich nicht, wovon
du sprichst? Du sagst nicht, was du meinst, besonders in deiner Erklärung zu
dem was Lou wenn überhaupt meinte, als er sagte, es tue ihm leid, dass du als
Schriftsteller gesellschaftlich nicht akzeptabel seist.
»Wir haben keine Ahnung, was wir sagen.« »Es scheint so, als wüsste das Gott
allein.« Was wäre, wenn wir es doch wüssten und damit nur hinterm Berg hiel-

ten? Denn genau das tun wir. Was hast du wirklich gemeint mit deiner Forderung, ich solle aufhören, in deine Seele zu spähen? Ich habe einfach nur zu gut begriffen. Wahrnehmungen und Gefühle hochgradigen Schwachsinns begriffen, die du zwar hattest, aber nicht erwähnt, geschweige denn in Szene gesetzt sehen wolltest. Alles was du in deinen Briefen sagst ist wahr, aber doch einseitig, weil es einen letztlich mit einem Gentleman's Agreement zu täuschen versucht. Ich habe mehr Angst davor, von einem Gentleman's Agreement nicht unter der Gürtellinie getroffen zu werden als von irgendeinem anderen. Jeder weiß, dass ein Gentleman's Agreement nicht zum Wesentlichen kommt und dass Zweifel im Hinterkopf der eigentliche Hort allen Wissens sind. Jeder Versuch, sich auch nur auf das Bestehen dieser Zweifel zu einigen und sich dann so zu verhalten, als spielten sie keine Rolle, wo sie doch Sinn und Zweck sind, führt weder zu Glück noch Kunst. »Wären wir Gott, wüssten wir, dass wir füreinander immer Liebe empfinden, nur eben mit Komplikationen.« Stimmt, das ist so, und wir befinden uns bereits in diesem Zustand. Wir müssen uns allerdings dieser Komplikationen entledigen, anstatt sie zu ignorieren oder als Teil irgendeiner bedeutungslosen Transaktion wegzuerklären, die wir besser vage belassen, oder du weißt, was passiert. »Es ist nichts anderes als eine Art Angst, verstanden zu werden.« Absolut richtig. Auf der Basis einer allumfassenden, alles bedeutenden und absoluten Liebe als Einzigem, was wir verstehen. Genau deshalb suche ich den – physischen – Kontakt. Inszeniere ich da vielleicht nur die Form? ohne Inhalt. Darum glaube ich auch an die Tat. Würde man dich wirklich verstehen, sagst du, bedeutete Verstehen nichts mehr, daher auch die Notwendigkeit der Sünde. »Mach dir klar, Allen, wäre die ganze Welt grün, dann gäbe es so etwas wie die Farbe Grün nicht. Entsprechend können die Menschen auch nicht wissen, was *Zusammensein* heißt, wenn sie nicht wissen, was *Getrenntsein* ist. Wenn die ganze Welt Liebe wäre, wie könnte dann etwas wie Liebe existieren?« Hier liegt die Ursache deiner Unaufrichtigkeit und in ähnlicher Weise meiner eigenen. Du versuchst dicht zu machen. Die Sache ist doch die, dass alles Denken weder existent noch wirklich ist, die einzige Realität ist Grün, Liebe. Verstehst du nicht, dass der Sinn des Lebens einfach darin besteht, sich seiner selbst nicht bewusst zu sein? Dass alles Grün sein muss? Alles Liebe? Wäre die Welt dann unverständlich? Das ist ein Irrtum. Unverständlich würde die Welt der rationalistischen Fraktion erscheinen, die weiterhin versucht, uns von einem Leben in Grün abzuhalten, das alles fragmentiert und unklar und geheimnisvoll und vielfarbig aussehen lässt. Die Welt und wir sind Grün. Wir existieren so lange nicht, bis wir die unwiderrufliche Entscheidung treffen, den Kreis der persönlichen Gedanken vollständig zu schließen und in Gott zu existieren beginnen, mit einem absolut uneingeschränkten und unbewussten Verständnis von Grün, Liebe und nichts als Liebe, bis ein Auto, Geld, Menschen, Arbeit, Dinge Liebe sind, Bewegung ist Liebe, Denken ist Liebe, Sex ist Liebe. Alles ist Liebe. Das und nichts anderes bedeutet die Wendung »Gott ist Liebe«. Es gibt ein einziges Gesetz, und die meisten Menschen versuchen zu leben, als hätten sie ihr eigenes Gesetz, als hätten sie ihr eigenes Verständnis. Du verstehst nicht, dass deine eigene Persönlichkeit, nicht bloß deine wahre Persönlichkeit, die andere Menschen wahrnehmen und die selbst du als deine einzige Persönlichkeit wahrnimmst, nicht die ist, die du für dich und andere als wahrnehmbar ausgibst, dein individuelles in sich selbst geschlossenes rebellisches, egoistisches Gedankensystem, dein kindisches Wesen. Deine Persönlichkeit hat nichts mit dir zu tun, mit dem, was du in deiner Täuschung, in deinem Betrug gern wärst. Sie ist das, was du bist und was ich, auch wenn du es nicht eingestehen willst, in dir sehe. Das zu erkennen wäre sogar ein furchtbarer Schock für dich. Außerdem hast du genau das früher immer wieder zu mir gesagt. Das Unglaubliche im Hinterkopf, das ist das Einzige, was die Menschen deutlich aneinander wahrnehmen, nicht ihre Gründe, es nicht zu glauben, wofür sie ja ihr Gentleman's Agreement haben, einander nicht »misszuverstehen«. Kümmert's dich denn zum Teufel noch mal wirklich, ob deine Auffassung von Liebe ein Irrtum vom selben Kaliber ist wie der, mit dem du jetzt etwas zu »wissen« meinst? Warum hast du Angst davor, so ein dummes sinnloses irreales Wissen der Zerstörung anheimzugeben? Das ist der Abgrund. Alles ist Grün, Liebe, ohne die logischen grandiosen Mehrdeutigkeiten, die wir erfinden, damit wir uns gegenseitig nicht tatsächlich gegenübertreten müssen. Das ist der wahre Tod, von dem Jesus sprach, den jeder zu gewärtigen hat und in verschiedener Form erleidet, aber nie vollständig bis zu einem Punkt absoluten Gehorsams. Sie durchlaufen dieses Stadium eines möglichen solchen Todes, sehen ihm ins Auge, fürchten ihn, schieben ihn hinaus, machen ein sinnloses Wortgebilde daraus, meiden ihn, werden von der Erfahrung verändert und verschanzen sich dahinter. Glaubst du wirklich, dass Lucien ganz und gar gestorben ist oder dass er und Bill sich einmal mehr voreinander verschanzt haben und doch die Gleichen geblieben sind? Keiner den wir kennen ist tot. Bin das wirklich ich? Jedes Mal, wenn ich mich so sehe, wie ich bin, den Blick in einem kosmischen Spiegel, in dem ich mich selbst sehe mit meinen zu nichts zerschellten Gedanken, mein unzweideutiges physisches Selbst in affenartig unverständlich brabbelnder Schwachköpfigkeit kreiselnd im Zickzack im Universum, ein elendes beängstigendes Bild. Eigentlich in diesem Stadium ein Heiliger oder ein gewöhnlicher Mensch im Naturzustand, aber meine geistigen Entwürfe unterscheiden sich so sehr von der Realität, dass ich mir bei der Vorstellung, was sein könnte, wie ein Monster vorkomme. Ich habe nur ein paarmal in diesen Spiegel geschaut, genau genommen ein paar beängstigende Bruchteile von Sekunden, vielleicht drei Mal in meinem Leben. In diesem Punkt stehen L. [Lucien] und ich uns in nichts nach. Ich versuche mich, oder flirte, mit diesem auch sexuellen Ebenbild, denn das ist ein und dasselbe, und weil ich seinem rechtschaffenen Verstand und seiner Liebe vertraue und sie zu würdigen weiß, kann ich nur mich selbst dafür zur Verantwortung ziehen, wenn ich vor ihm nicht zum Monster werde. Stattdessen erzähle ich ihm, was ich in dem Spiegel gesehen habe, und er glaubt mir, und gleichzeitig verstehen wir beide, dass wir einander täuschen, wenn wir nicht zu denen werden, die wir sind. Als Kind habe ich mich bei der Szene gefürchtet, in der Jekyll sich in Hyde verwandelt. Und zwar, weil sie mich an mein wahres Selbst erinnert hat. So wunderbar und unglaublich ist dieses wahre Selbst, ja ist das Leben, dass es ein Bild des Horrors scheint; wenn wir diesen Horror erst einmal akzeptiert haben, erkennen wir, dass er nichts als eine plötzliche Anwandlung war, der Horror der Geburtsschmerzen, die Wehen der Erkenntnis der Selbsttäuschung, und dass wir in Liebe sind (in Grün). Blake und Emily Dickinson und viele andere haben dies im Besonderen beschrieben:

»Suchend nach dem Pfad im Westen
Eile durch des Zornes Festen
Ungestüm ich hin;
Doch süße Gnade führt mich,
Und meine Reue rührt sich
In des Tags Beginn.«[11]

Das ist der Augenblick des Todes. Das ist der Göttertrank, von dem alle berichten. Deshalb schlägt Lucien sich traurigerweise selbst im Morgengrauen mit einer Bratpfanne auf den Kopf, er hat es nie geschafft. Und ich noch nicht. Ja, scheiß drauf, ich bin verrückt. Das alles ist Gebrabbel eines Rasenden. Ich bin ich rede ich lese und schreibe und das Verhängnis rückt näher und zieht

---

11 William Blake, *Zwischen Feuer und Feuer.* Deutsch von Thomas *Eichhorn*, München 2003, S. 157. (A. d. Ü.)

seine Schlinge zusammen: stirb, werd verrückt, was du gerade denkst ist verrückt ist wirkliche Liebe und vernünftig. Stirb, werd »verrückt«. Das ist schi-
zoid. Inzwischen bin ich monomanisch in meiner ständigen Beschäftigung mit
diesem Willensmoment.

Ich glaube, auf die eine oder andere Art ist das, was ich sage, wahr, obwohl du
es, wie ich glaube, nicht verstehen kannst, weil ich mich nicht klar ausgedrückt
habe. Vielleicht hätte ich das alles sagen können, indem ich, was deinen Brief
angeht, sage: ich begreife, was du sagst, mehr oder weniger. Ich begreife nicht
weil ich schlau bin, sondern weil du tatsächlich begriffen hast, was du schreibst.
Ich habe gehört, was du gesagt hast. Ich habe es nicht ganz verstanden, weil
du dir nicht genügend im Klaren warst, weil du zwar zu verstehen begannst,
aber das warst noch nicht vollständig du. Mit zunehmender Vollständigkeit
werde ich mehr verstehen. Sag nicht, dass es nie vollständig werden wird, weil
ich nämlich sage, dass das der ganze Sinn und Zweck ist, auch der deine, vollständig sein zu können. Alles Grün. Lass alles andere fahren.
Allen

Jack Kerouac [o. O., North Carolina?] an
Allen Ginsberg [Paterson, New Jersey]

ca. 16. Dezember 1948

Allen:
Ich weiß schon, dass Reginald Marsh[12] und sein cooler Umschwung von ver-
krampftem Pfusch und Naturalismus hin zur göttlichen Vogelperspektive auf
die Menschheit in der Gott-realen Welt großartig ist. (MIT TIEFER STIMME
GESPROCHEN.)
Kein Geschrei am Telefon – Du und Barbara [Hale], ihr seid schwul.
Du solltest in die Rehn Gallery gehen und dir »New Gardens« ansehen.
Weißt du was ich glaube? – Man hat bei uns Menschen seit jeher nur aus der
naturalistischen Perspektive betrachtet, und das ist die Ursache allen Übels. Ich
glaube, Frauen sind wunderbare Göttinnen, und ich will sie immer flachlegen –
Joan [Adams], Barbara, alle – und ich glaube Männer sind wunderbare Götter,
mich eingeschlossen, und ich möchte immer den Arm um sie legen, wenn wir
irgendwo langgehen.

12 Amerikanischer Maler, 1898–1954.

Gestern Abend habe ich einen apokalyptischen Brief an [Allan] Temko geschrieben und einen Durchschlag gemacht, um ihn dir und vielleicht auch [John Clellon] Holmes zu zeigen. Er ist voll »furchterregender« und unabwendbarer Vorhersagen, skatologisch verschmiert mit einem bösartigen anzüglichen Grinsen, in vieler Hinsicht so wie »altes Ich, altes spontanes Ich«. Alles wahrhaftig Gesprochene ist so … »Snake Hill wurde aus einem ziemlich realen, schlängeligen Grund so benannt.« »Wenn dem so ist, dann bin ich froh, dass Schatten zu Knochen werden.«[13]

Ich habe zu Temko gesagt – »Wenn wir aus dem begrenzten ›weißen Licht‹ unserer Oberflächenrationalität treten – wenn wir aus dem Zimmer gehen – dann werden wir feststellen, dass Mystiker keinen Dreck machen.«

Wie auch immer, ich hasse dich. Weil ihr mich vor Jahren ausgelacht habt, du und Burrows [Burroughs], als ich Menschen als gottgleich sah und sogar, als kräftiger Football-Spieler, quasi göttergleich durch die Gegend gelaufen bin, und Hal [Chase] hat das auch gemacht und macht es immer noch. Wir haben schon vor langem das Glück unserer Fleischlichkeit erkannt, während ihr unter Weißlichtlampen gesessen und geredet und euch anzüglich angegrinst habt. Ich glaube, du laberst nur Scheiße, Allen, das musste ich dir schließlich mal sagen. Du bist wie David Diamond[14] – du verwechselst deine Klaue mit der Hand eines gottesfürchtigen Mannes; du verwechselst da was mit Zuneigung. Du kotzt mich an, ich möchte, dass du dich änderst: warum stirbst du nicht, gibst auf, wirst verrückt, ausnahmsweise mal.

Ich habe beschlossen, dass ich tot bin, aufgegeben habe, verrückt geworden bin. Deshalb kann ich freimütig mit dir sprechen. Es ist mir inzwischen egal. Vielleicht heirate ich auch bald – vielleicht Pauline. Dann hauen wir ab. Ich bin inzwischen fast so weit, mein langweiliges Sündig-im-Fleische-Ich zu lieben – und damit zur ursprünglichen Vernunft der Tage mit Hal zurückzukehren. Ich träume deshalb immer wieder davon, Bill zu foltern und zu ermorden (wie letzte Nacht), weil er mich im Namen von sonst was zum Langweiler abstempelt. Wie auch immer, ich habe Bill einen langen Brief geschrieben und schick ihm eine Einladung zur Tea Party. Ich weiß nicht mehr weiter. Das Einzige, was noch bleibt, ist aufzugeben – ich gebe jetzt auf.

Denke über einen Job an einer Tankstelle nach, mit Schaudern wie zuvor. Ich

---

13 Anspielung auf Ginsbergs Gedicht *The Complaint of the Skeleton to Time;* siehe Ginsbergs Brief vom 23. Mai 1949.

14 David Diamond war ein New Yorker Komponist, der in Kerouacs Roman *Bebop, Bars und weißes Pulver* unter dem Namen Sylvester Strauss auftritt.

weiß nicht mehr weiter. Was soll ich machen, wenn mein Buch sich nicht verkauft? Während ich dies an dich schreibe, falle ich fast tot vom Stuhl. Gerade hatte ich das Gefühl, ohnmächtig zu werden. Es ist einfach zu viel, zu nah am Tod, am Leben. Ich muss lernen, mich mit dem Drahtseil abzufinden.

Weißt du, was Hal macht? Wie Julien Sorel[15] sagt er sich, wenn er ein Seminar betritt: »Hier drin sind 383 Seminarteilnehmer, oder eher 383 F-e-i-n-d-e …« Der einzige Seminarist, der sich mit ihm angefreundet hat, ist damit »der größte von 383 Feinden«. Ich glaube, Hal redet nur Scheiße.

Ich rede auch nur Scheiße. Kapierst du nicht? wir reden ALLE nur Scheiße, und genau deshalb können wir gerettet werden.

Auf dem Bild vom Strand umarmt ein Mann eine Frau frontal, nackt, und das ist alles, was ich will – nichts anderes. Also geh mir bitte nicht mit deinem Geschwätz auf die Nerven. Schreib mir einen langen geschwätzigen Brief. Ich glaube überhaupt nichts mehr, was ich sage.

Wie auch immer, ich glaube an die Liebe. Ich liebe Ray Smith. Ich liebe außerdem Pauline, meine Mutter, Lucien (gewissermaßen), Bill und dich (gewissermaßen), kleine Kinder, und schließlich liebe ich alles, was mit kleinen Kindern zu tun hat. Goombye. Chinaman.

Dieser Brief hat einen durchgängig falschen Ton, der mein wahres Ich vor dir verbirgt, und das ist einfach der verrückte Kind-Mann, der ich bin … und vergib mir, dass ich gesagt habe, du würdest nur Scheiße erzählen. Ich weiß nicht, was ich glauben oder sagen soll, Allen, und so geht das dann los … will sagen, warum nachdenken? warum reden? lass mich einfach sein. Du hattest recht, mir das Bild zu schicken. Lass uns Götter sein, die nicht viel reden, einfach nur wie die beiden Männer am Strand stehen und aufs Meer hinausschauen. Heutzutage wird zu viel geredet, meinst du nicht? Trotzdem hasst ihr mich, du und Neal, fürs Nichtreden und für »Erhabenheit«, wie du das genannt hast. ah, na ja, ah, na ja, ah, na ja, ah, na ja, ah, na ja, ah ah ah

Ich muss dir nicht erzählen, woran ich glaube, weil du nicht an den Glauben glaubst, und ich auch nicht, aber ich glaube doch … (tue ich wirklich).

Ich glaube an Zuflucht vor der Kälte, an gutes Essen, an Drinks, und viele Frauen rundum, an das Zusammenspiel der Geschlechter, und viel fröhliches bedeutungsloses Gerede, und Geschichten, und Bücher, und Dickens'sche Freude. Ich glaube sogar an deine Existenz. Ich glaube daran, dass wir alle bald sterben werden, verrückt werden, aufgeben, aussteigen. Ich glaube an Kinder und alles

---

15 Julien Sorel ist die Hauptfigur in Stendhals Roman *Rot und Schwarz*.

(siehst du wie falsch der Satz ist?). Ich glaube, dass ich, wenn ich mit dir rede, das Gefühl habe, unaufrichtig sein zu müssen. Daher auch der hysterische Anfall in der U-Bahn. Ich war aufrichtiger zu dir, als ich dich angefunkelt und beschimpft habe. Jetzt gebe ich vor, so wie du zu glauben und wie du zu sein. Bin ich nicht. Ich glaube, ich muss dich ständig daran erinnern, dass ich Frauen und Kinder liebe, weil ich den Eindruck habe (vielleicht irrigerweise), dass du Frauen und Kinder hasst. Ich glaube (vielleicht fälschlicherweise), dass du eine kosmische Tunte bist und alles hasst außer Männern und Männer deshalb am meisten hasst und mich am allermeisten (wie du auch Neal hasst, wie sehr musst du Neal hassen). Ich glaube an eine Zuflucht vor der Kälte. Ich habe auch Wutanfälle und lege einfach den Hörer auf und werde das auch weiterhin machen. Barbara und ich sind Löwen, die sich an der Wasserstelle der Löwen treffen und die Tierjungen gar nicht beachten, die Giraffen ([Alan] Harrington) oder die Wiesel ([John Clellon] Holmes) oder die Pandabären ([Marian] Holmes) – oder die Kardinalvögel ([Alan] Wood-Thomas) oder die Katzen, bla bla bla bla bla. Das ist alles Hysterie und ich frage mich, warum ich bei dir hysterisch sein muss, wenn ich mal alt-brüderlich war. Siehst du, wie ehrlich-unehrlich ich bin? Siehst du, wie gut-schlecht die Welt ist? Siehst du, warum wir uns eine Zuflucht vor der Kälte-Wärme suchen müssen?

siehst du, warum wir uns eine Zuflucht suchen müssen?
siehst du, warum wir müssen?
siehst du, warum?
siehst du?
du?
ich?
wer?
warum?
Kannich nich' verstehn
So wie mit dir würde ich gern mit jedermann reden
Keiner außer dir würde sich diesen Scheiß bieten lassen
Danke

Zum Schluss, wenn wir alle ehrlich sind, stutzen wir unsere Sätze wie oben zurück und sagen am Ende gar nichts mehr. Mit unserer neuen tiefen Stimme sagen wir dann einfach »mooo«. oder »shmooo«. oder »beeee« – oder »faaaa«. und alle wissen wir Bescheid. Und sind eins mit unserem Glauben. Dann wird jedermann mit göttlichem Ernst herumspazieren – wie auf dem Bild, verstehst du. Die beiden Götter, die auf das Meer hinausblicken, werden »Beeee« sagen. Der andere wird »Roooo« sagen. Und der Mann der die Frau umarmt wird »Geeee« sagen. und sie – »Chaaaaa«. Und das Essen schmeckt köstlicher als jetzt, Orgasmen werden länger anhalten, Wärme wird wohliger sein, Kinder werden nicht weinen, Obst schneller wachsen. Schließlich wird Gott, völlig außer sich, höchstpersönlich erscheinen und zugeben müssen, dass wir das ganz gut hingekriegt haben, wirklich.

Bitte entschuldige noch mal, dass ich wahnsinnig zu sein versuche … Roooo … wie du; ich bin dein verrückter Kumpel.

Nachdem ich das jetzt mehr oder weniger klargestellt und meiner Wertschätzung für unser neues Leben und unseren gegenseitigen Respekt Ausdruck verliehen habe, komme ich zur nächsten »großartigen« Sache: (wie du siehst, habe ich »wunderschön« und »großartig« nur in Anführungen benutzt um dir zu zeigen, dass ich mir unserer früheren Heuchelei durchaus bewusst bin) –

Es ist so, »lieber« Allen … (siehst du? aber du brauchst jetzt nichts mehr zu sehen, unsere Augen sind nun tot, wir werden schweigen) –

Neal kommt nach New York.

Neal kommt nach New York.

Neal kommt über Silvester nach New York.

Neal kommt über Silvester nach New York.

Neal kommt in einem 49er Hudson über Silvester nach New York.

etc. … in einem 49er Hudson.

Ich habe beinahe tatsächlich Grund vielleicht fast anzunehmen, dass er den Wagen geklaut hat, aber ich weiß es nicht.

Die Fakten: Letzten Mittwoch, den 15. Dez., rief er mich per Ferngespräch aus San Fran an und ich hörte seine wahnsinnige überdrehte Westen pur Stimme am Telefon. »Ja, ja, ich bin's, Neal, hörst du … Ich ruf dich an, klar? Hab gerade 'nen 49er Hudson.«

Etc. … Ich sagte: »Und was hast du vor?«

Er sagt, »Wollt ich grade erklären. Um dir das Trampen hier rüber an die Küste zu ersparen, ja? fahr ich meinen neuen Wagen ein, nach New York, so als Probefahrt, ja? und dann düsen wir fix wieder rüber nach Frisco, ja? und machen dann runter nach Arizona und arbeiten dort bei der Bahn. Ich hab da Jobs für uns, ja? Alles klar, Mann?«

»Verstanden, ja, verstanden.«

»Pass auf, Al Hinkle ist mit mir hier in der Telefonzelle. Al kommt mit, er will

64

nach New York. Werd ihn eh brauchen, ja? muss mir den Wagen aufbocken helfen, falls ich einen Platten kriege oder's sonst wie nicht weitergeht, ja? eine echte Hilfe und ein Kumpel, klar?«

»Perfekt«, sagte ich.

»Erinnerst du dich an Al?«

»Der Sohn von dem Bullen? Klar.«

»Wer? Wie bitte, Jack?«

»Der Sohn von dem Bullen. Der Sohn von dem Polizisten.«

»O ja, o ja ... verstehe, verstehe, – der Sohn von dem Bullen. Das ist er, Al, ja, du hast recht, total, das ist Al, der Sohn von dem Bullen aus Denver, stimmt, Mann, alles klar.« Völlig durch den Wind.

Dann – »Ich brauch Geld. Ich hab $ 200 Schulden aber wenn ich mir die Leute, denen ich die schulde, vom Leib halten kann, ja? wenn ich denen sage, sie kriegen zehn Dollar oder geb sie ihnen, um mir die vom Hals zu halten. Und dann brauch ich Geld, damit Carolyn was zu leben hat, während ich weg bin, verstehst du ...«

»Ich kann dir fünfzich Mäuse schicken«, habe ich gesagt.

»Fünfzehn?«

»Nein fünfzich Dollar.«

»In Ordnung in Ordnung, bestens. Alles klar.« Und so weiter. »Ich kann nen Teil davon Carolyn geben und mir die Leute, bei denen ich Schulden habe vom Hals halten ... und meinen Vermieter. Außerdem kann ich ja noch ne Woche bei der Bahn arbeiten, dann komm ich schon klar. Ist perfekt, weißt du. Warum ich dich anrufe meine Schreibmaschine ist kaputtgegangen und wird schon gesucht (sic! Ich übertreibe nur ein bisschen) – und da ich keine Briefe schreiben kann hab ich angerufen.«

Jedenfalls, das war vielleicht verrückt. Ich stimmte natürlich all unseren neuen Plänen zu; ich hatte ihm geschrieben und gefragt, ob er mit zur See fahren würde, aber wir waren uns einig, dass es so besser wäre, gibt auch mehr Lohn. $ 350 im Monat. Und Arizona, verstehst du. Er hat gesagt, dass er den Ford in Zahlung gegeben und sein ganzes Erspartes für den 49er Hudson ausgegeben hat. Der Wagen ist das Größte hierzulande, nur falls du das nicht weißt. Wir hatten kaum noch ein anderes Thema.

Samstag darauf bin ich dann mit Pauline, meiner Liebe, in New York, und Neal ruft wieder an und fleht meine Mutter an, mich zu verständigen, das Geld nicht namentlich an ihn zu schicken sondern an einen anderen Namen, den er mir noch zuschicken würde, und an eine andere Anschrift. Ich hatte das Geld allerdings schon losgeschickt, Einschreiben und Luftpost … aber nur zehn Dollar, ich konnte meine wahnsinnige optimistische Fehlkalkulation vom Telefon nicht einhalten. Der Bericht meiner Mutter enthielt auch eine Bemerkung, die völlig aus dem Zusammenhang gerissen schien, nämlich »Bin nicht da.« (?) Es sei denn, er meint 160 Alpine Terrace[16] oder sowas.

Zweitens, ich hatte ihn in dem Brief mit den zehn Dollar gefragt, ob er mich und meine Mam auf seinem Weg nach Osten in North Carolina auflesen könnte, damit wir das so gesparte Geld sinnvoll für die Rückfahrt nach Frisco und Arizona einsetzen könnten. Am Telefon hatte er das meiner Mutter zugesagt, dabei aber erwähnt, dass er auch nach Chicago wolle, was nun ziemlich weit nördlich ab vom Carolina-Kurs liegt. Aber offensichtlich hat er genau das vor … beides.

Ich weiß gar nichts: Ob er den Wagen gestohlen hat oder was mit Carolyn ist oder seinem Vermieter oder was, Schuldner (Gläubiger?), oder was es mit den Bullen auf sich hat oder dieser faulen Adresse, die er mir schicken wollte. Alles was ich weiß ist, dass er ungeheuer begeistert ist von dem neuen Wagen, und natürlich »schon unterwegs«.

Ich erwarte also, ihn um den 29. Dezember in North Carolina zu sehen, und dann sind wir zu Silvester zurück in New York und natürlich solltest du sofort anfangen, eine RIESIGE Party in deiner Bleibe an der York Ave. zu organisieren und allemann einladen … besonders [Ed] Stringham und Holmes etc. Wir lassen die Party rotieren, zu den Holmes und in deine Wohnung und Eds und Luciens und dann Harlem nach der Sperrstunde oder was weiß ich, in unserem großen Wagen. Lad eine auserlesene Truppe ein – Ed Stringham, die Holmes (ich bring Pauline mit) und natürlich Lou und Babala [Barbara Hale]; und Herb Benjamin wegen Gras und Spaß. Ich werd versuchen, Adele [Morales][17] für Neal zu kriegen.

Aber wenn's dir lieber ist, organisierst du eben nichts, da es sowieso *nicht mehr nötig ist*, was zu organisieren; wir haben uns verändert. Ich überlasse das deinem Urteilsvermögen. Treff mich Mittwochabend bei Kazin's und wir werden reden. Andererseits nein, treffen wir uns am Montagnachmittag um vier bei Tartak's (heute wenn du den Brief Mon. kriegst).

Falls … ach, zum Teufel damit. Das wär's

Jack

---

16 Carolyn Cassady hatte im Sommer zuvor, während sie schwanger war, das Haus 160 Alpine Terrace gemietet.

17 Adele Morales war kurz mit Jack Kerouac liiert und heiratete später Norman Mailer.

P.S. Du glaubst es vielleicht nicht aber während ich schreibe schaut mir ein kleines Kind über die Schulter … ein echtes kleines Kind, das uns mit seiner Tante besucht, und das ganz erstaunt ist weil ich so schnell tippe. Also was dieses kleine Kind jetzt denkt, das isses, weißt du.

Allen Ginsberg [Paterson, New Jersey] an Jack Kerouac [o. O., New York, New York?]

ca. Dezember 1948

Lieber Mistah Krerouch:
Wenn du am Telefon herumschreist, dann erkenne ich zunächst einmal deine Stimme. Bist das nicht du? Du hast mich nie am Telefon herumschreien hören. Darum sitze ich hier in Paterson und wippe auf den Fersen und wichse mir einen und weine zu Gott.

> Why do ageless angels cry
> against their own eternity?
> All their fallen faces feign
> Thoughts of uncertain certainty
> That what was sure will be as sure again.
>
> I think I would be content to live
> All of a thousand years, and give
> A thousand thoughts to melancholy;
> I'd trickle endless till I'd sieve
> My thoughts all down to one, and that one holy.
>
> A thousand years alas! are given
> If I wish, till I am shriven;
> It is a miracle to believe.
> What thousands have I not forgotten?
> And why do all the other angels grieve?

[…]

Als du vor Jahren den Menschen als gottähnlich verstanden hast – falls du das wirklich getan hast – hatte ich keine Ahnung, dass so etwas möglich ist. Ich kann dir nur glauben und wehe du lügst. Hattet ihr beiden, du und Hal [Chase], wirklich *die* Vision (nicht meine) sondern *die*? Wenn dem so ist, »beug ich die Knie vor meinem verletzten Herz/bis es mir verzeiht den Schmerz« (W. B. Yeats) Zu meiner Verteidigung kann ich nur sagen, ich verwechsele die Klaue in der Tat mit Gottes Hand. Du möchtest, dass ich mich ändere; auch ich möchte mich ändern. Eben deshalb spreche ich von der Pforte des Zorns – meiner eigenen kommenden Schande.

Ich werde mich für all das schämen, dessen du mich so zutreffend zeihst. Mein Herz tut einen Satz vor zorniger Freude, als du sagtest, du seist meiner überdrüssig – meines Egos. Ich wünschte, du wärst es und hättest keine Angst, es zu zeigen. Das gibt dir fürderhin völlige Freiheit.

Weißt du denn nicht, warum ich es in der U-Bahn darauf angelegt habe, dass du mich zusammenschlägst? O Jack … Schande!

Bei Bill und seinem anzüglichen weißen Blick musst du nachsichtig sein, er ist noch nicht so weit … ich vielleicht auch nicht, vielleicht stehst du deshalb mit deinem Hass im Widerstreit. Ich hasse dich für eben das in dir, was mein argwöhnischer Verstand sich in dir einbilden will.

Ich bin nicht annähernd kurz vor dem Verrücktwerden. Früher oder später muss ich wohl; dann mag es zu einem zwischenzeitlichen Bruch zwischen uns kommen. Verstehst du, dass es in beide Richtungen funktioniert?

Als wir uns in Gegenwart von [John Clellon] Holmes unterhielten, muss er da nicht den Eindruck gehabt haben, wir kennen einander gar nicht? Haben wir uns nicht naiv angehört? Haben wir? Ja und nein.

Bill und ich haben dich im Namen von sonst was zum Langweiler abgestempelt. Stimmt. Aber wir hätten dich nicht abstempeln können, wärst du nicht bereits ein gefallener Engel gewesen. Blake wirft uns vor (mir besonders), wir »möchten andere führen, die selber als Erste geführt sollten sein.«[18]

Das Drahtseil, von dem du sprichst, auf dem lebe ich. Jeder kann mich in die eine oder andere Richtung schubsen. Bill und du, ihr stabilisiert mich, Lucien gibt mir ab und an einen kleinen Stoß wie der Rest der Welt auch. Leute wie Van Doren und Weitzner[19] und W. Shakespeare sagen mir ich muss begreifen, dass ich tatsächlich auf einem [Drahtseil] bin und rüber auf die andere Seite

18 William Blake, *Des alten Barden Stimme.* In: *Lieder der Erfahrung – Zusätzliche Gedichte.* Deutsch von Thomas Eichhorn, München 2007. (A. d. Ü.)
19 Richard Weitzner war ein Freund und Komilitone an der Columbia.

soll … oder so was. Nur wollen die mich nicht unbedingt schubsen. Sie machen mir nur umso klarer, wo ich mich befinde. Chase auch. Er muss wohl weise sein.

»Was soll ich machen, WENN mein Buch sich nicht verkauft?« Dieser Absatz über das Drahtseil ist wahr … du hast die Wahrheit erkannt und ausgesprochen. Selbst wenn du dein Buch verkaufst, würde das jetzt irgendetwas ändern? Der Abgrund ist viel realer als gegenwärtige Fleischlichkeit oder Zukunftsfantasterei. Was solltest du tun?

»Den Pfad im Westen suchen …« oder, apropos, nicht ganz so deutlich, durch ein Gedicht: meines. Ich habe am Wochenende drei Gedichte geschrieben.

> You cannot tell the time it's taken
> To live into another life.
> First the thought, beyond belief
> Jams the mind; then the heart breaks;
> Everything breaks down to soul.
> Lives are changing, even
> Time Time is nothing, all is all.

Glaubst du mir, wenn ich dir sage, dass es mir das Herz gebrochen hat? Mein reines Herz, das Zentrum meines Daseins. (Was kommen wird, ist immer noch ungewiss.)

Nein, ich hasse Neal nicht; vielleicht liebe ich ihn wahrhaftig – im Grunde sind wir alle Engel. Ich werde lieber gehasst, als zu hassen. Ich habe Angst davor, zu hassen. Vielleicht besteht meine Schande darin, dass ich ihn tatsächlich hasse – dich – Chase – Carr etc.

Ich hatte mal ein Gespräch mit Joe May[20] über das Gebrochene Herz. Sagte mir, ich sei zu jung – mit 18–19 will man nichts anderes als ficken. Dann fick doch. Du bist frei. Hör auf, dir Gedanken zu machen, ich sag's dir.

Das Bild, das ich dir geschickt habe, war nicht als Lehrstück gedacht – obwohl ich gehofft hatte, dass wir alle göttlichen Zeichen austauschen, da sie aufschlussreich sind. Ich habe es dir nicht aus Verachtung geschickt.

Ich hasse dich nicht wirklich. Liebe nimmt vielerlei Form an. Ich meine, auch ich glaube an Zuflucht vor der Kälte, schmerzlosen Zahnarztbesuch.

Glaub mir, du machst einen Fehler, wenn du um meinetwegen Kompromisse

---

20 Joe May war ein schwuler Freund von Ginsberg.

eingehst. Ich verstehe, wie schwierig es für dich ist, mir gegenüber aufrichtig zu handeln, wegen all der rasenden Konflikte zu denen das führt. Gleichzeitig war ich womöglich noch erstaunter als du, als mir (während unseres Gesprächs bei Barbara [Hale]) klar wurde, dass du mich kopierst. Denn das habe ich immer andersherum empfunden. Ich habe gedacht, ich sei »ausgelassen« wie du. Es ist also, wie du siehst, die übliche Komödie der Irrungen. Bitte entschuldige den albernen Tonfall des vorher Gesagten, aber du musst verstehen, und ich muss verstehen, dass wir beide scheinheilig sind. Einem alten mathematischen Gesetz zufolge sind wir damit beide im Grunde gleich. Wir sollten unsere Gepflogenheiten ändern. Wäre es dir lieber, wir tragen das gewaltsam aus? Das wäre mir in den nächsten Wochen durchaus willkommen. Du hast das (in Harlem) angesprochen, und ich bin dir ausgewichen; vielleicht hatte ich es auch schon dir gegenüber erwähnt. Warum nehmen wir uns, wenn wir uns das nächste Mal treffen, nicht eine Auszeit und sind aufrichtig, wenn möglich, kompromisslos. Dein ärgerlich funkelnder Blick hat mir immer Angst eingejagt. Das ist noch immer so, aber damals war es die Angst vor dem Unbekannten, dem Unvorstellbaren. Jetzt ist das begreifbar und begrüßenswert. Wie dem auch sei, ich werde es nicht tatenlos hinnehmen. Kann durchaus sein, dass ich eine Szene mache.

Ich bin eine kosmische Tunte, das stimmt; wenn du nur wüsstest, zu welch abgeschiedenem Dasein mich das verdammt im Gegensatz zu deinem mäßig soliden Ausblick auf das Universum.

Siehst du nicht, dass wir beide leiden? Aber natürlich siehst du das. Das ist die eigentliche Basis unserer »Freundschaft«. Das geheime Wissen um die Unergründlichkeiten des anderen – seinen Hass vielleicht, doch auch um Leid und Einsamkeit. Deshalb sind wir so liebevoll scheinheilig. Das habe ich an Neal so gemocht. Er wusste [Bescheid]. Deshalb sind auch Vorstöße ins Unbekannte gut, sind ein Gut.

Komme was wolle, wir werden unseren gerechten Lohn bekommen, voneinander und von der Welt. Nichts geht verloren, und nichts ist zu gewinnen. Also müssen wir uns oder muss ich mich nicht vor dem Unbekannten fürchten.

Lass uns von nun an Brüder sein. Du mein großer Bruder. Ich dein kleiner Bruder, frisch vom College.

Der Abgrund: Du fragst dich, was passiert, wenn es nichts wird mit deinem Roman.

Meine Dichtung ist meinem tiefsten Wissen nach und dessen bin ich mir sicher gescheitert – ist sie. Das ist mir seit einem ½ Jahr klar. Ich kann mich ihr, um wieder Boden unter die Füße zu bekommen, nicht zuwenden ohne die kleinste eitle und flüchtige Sicherheit, die binnen einer Stunde verfliegt, und auch das habe ich zu akzeptieren begonnen. Mein Felsen, so ich denn einen habe, ist jetzt ein anderer. Aber nicht weniger gut.

»Männer kommen, Männer gehen;
Alles liegt in Gottes Hand.«[21]
(W. B. Yeats. Gesang einer Hure)

»Ich verstehe nicht«
»Du fragst, warum ich seufze, alter Kempe,
Warum ich bebend vor dir steh?
Ich beb und seufze, wenn ich daran denke:
Dass Cicero sogar, den ich hier seh,
Wie der wortgewaltige Homer
So verrückt wie Nebel und Schnee«[22]

Hast du Gedichte von W. B. Yeats gelesen? Du bekommst das Buch von mir als befristetes Geschenk zu Weihnachten. Ich habe ihn genau gelesen und er kennt alle Probleme. Durchaus möglich, dass er dir gefällt. Lass es, wenn er dich langweilt. Er hat eine Stimme wie aus einem Hallraum.
Und andere, es gibt noch andere. Mr. Jethro Robinson, ein Freund von Lucien und R. Weitzner, an den du dich erinnern wirst, jetzt in Colorado Springs, hat einen Roman geschrieben. Er hat neulich eine kleine Broschüre im Selbstverlag herausgegeben – Sonette und andere Gedichte – er verkauft sie selber für einen Dollar. Sie sind so voller Weisheit, dass es mich vor Eifersucht schüttelt. Einige sind so gut wie Shakespeare – er kennt das Geheimnis des offenen Meers. Ich habe mir das Heft besorgt. Anbei der Brief, den ich ihm geschrieben habe. Beachte den Unterton von Verzweiflung und Ironie des alten Mannes Allen in Version III, die ich ihm geschickt habe. Das Blatt, das du in der Hand hältst, ist das Original, und dann habe ich ihn auf einen sauberen Bogen abgeschrieben. Lustig.

21 W. B. Yeats, *Crazy Jane über Gott.* Deutsch von Gerhard Falkner. In: *Die Gedichte*, Neu übersetzt von Marcel Beyer, Mirko Bonné, Gerhard Falkner, Norbert Hummelt, Christa Schuenke. München 2005.
22 W. B. Yeats, *Verrückt wie Nebel und Schnee.* In: *Die Gedichte*, Neu übersetzt von Marcel Beyer, Mirko Bonné, Gerhard Falkner, Norbert Hummelt, Christa Schuenke. München 2005.

Mein folgendes Gedicht heißt (Knicks)

Klassische Einheit
Es geht so:

See the twisting puppets twirled
In and out that changeless light.
As if they act beyond their world
They turn around the stage in fright.
All these puppets are the Lord,
Their tangled loins, his only rod.
Their mouths are bloodied with the Word.
Every eye is blind with God.

R. Weitzner hat darauf hingewiesen, dass »Tote Augen sehen« und »Blinde Vision« in vielen meiner frühen Gedichte die eigentlichen Schlüsselbegriffe sind. Der Rest, sagt er, ist inhaltslos. Er hat das erst gesagt, als ich ihn gefragt habe, von sich aus wäre er damit nicht rausgerückt.
Falls ich nach der Krisis deines Briefes Zeit zu gewinnen versuche, dann nur weil du nicht sofort damit herausgerückt bist.
Wichtige Durchsage. Ich verlasse heute Abend Paterson Richtung New York, in zehn Minuten. Ich glaube, ich bin mir fast sicher, halt den Atem an! Ich bin aufgeregt. Ich habe einen Job! Hee hee hee! bei Associated Press als Bürobote. Oh Rockefeller Center! Oh Leben.
Ich bin wirklich versucht, es mal mit deinem Rezept zu probieren: arbeiten, schreiben, leben. Wenn ich erst mal in NY bin, werde ich leben.

Jack Kerouac [Ozone Par, New York] an
Allen Ginsberg [Paterson, New Jersey]

ca. Dezember 1948

Sonntagnachmittag
zu Hause

Lieber Allen:
Obwohl ich deinen Brief erst ein Mal gelesen habe, als ich gestern Abend spät aus der Stadt zurückkam, erinnere ich mich und freue mich besonders über

deine ehrliche Reaktion auf meine müde Attacke. Wie dem auch sei, nichts von alledem lässt sich »gewaltsam« regeln – wie ich es so häufig mit Lou [Lucien] mache –, weil es keine gewalttätigen Gefühle gibt zwischen uns, nur einen exklusiven Gedankenaustausch. Du musst mir auch keine schmutzigen Bildchen schicken (der Schwanz), da mich die nicht erschrecken, die erschrecken höchsten die, die meine Briefe lesen – »die Gesellschaft«, schätze ich, für die du ja anscheinend doch Respekt empfindest (»A. P. ist immerhin im Rockefeller Center«). Ich bin richtig froh, dass ich sauer auf dich geworden bin und dass du mir so »entschieden« geantwortet hast. Jetzt haben wir ein gutes Niveau erreicht und auf dem könnten wir bleiben, ich weiß nicht. Ich begreife all deine Theorien jetzt als das, was sie sind; und meine auch. Die Tatsache, dass sich drei Jahre Arbeit an *T & C* als die Wahnvorstellung eines übergeschnappten Irren herausgestellt haben, macht mir keine Sorgen mehr, ich hatte meine diesbezüglichen Aussichten bereits abgeschätzt. Wie Pauline sagt, ich habe »zwei Hände« und kann mir also meinen Lebensunterhalt verdienen. Die Erkenntnis, dass Kunst sowieso (meistens) übergeschnappt ist, hat nur dazu geführt, dass ich inzwischen Faktualist geworden. Ich werde noch mal von vorne anfangen, mit faktualistischer Kunst, vielleicht a la Dreiser-Burroughs-»On the Road«. Wie du werde ich meine Zeilen verdichten und mich weiterentwickeln. Auf unserem Totenbett werden wir erkennen, dass eine Sache so gut ist wie die andere; wie du selbst sagst, »nichts geht verloren, nichts ist zu retten«.

Und sowieso ist die Hälfte des Lebens Tod. Das ist mein jüngster bester Gedanke. Psychoanalytisch gesehen ist mir dadurch klar geworden, dass ich Zuhause und Mutter und Farmen und *Town and City* etc. mit einer Art kindischer *Unsterblichkeit* assoziiere (das »Genie« etc., das sein Versprechen erfüllen wird) – und dass ich die »äußere Welt« (Du und Neal und Bill und Kriege und Arbeit und Trampen und Bullen und Gefängnisse und meine Gelegenheiten Frauen flachzulegen nutzen alles-oder-nichts ohne kindische Gewissensbisse und Verdrießlichkeit) ich diese äußere Welt mit »die-Hälfte-des-Lebens-ist-Tod« assoziiere. Dieses Drahtseil gibt es nur, wenn du »unsterblich« werden willst (kindisch). Von da an ist es ein fester, wenn auch immer noch gefährlicher Boden, wenn auch nicht gefährlicher als der Boden eines Waldes, in dem es Tiger und Löwen, aber auch Liebende gibt. Alles so zu sehen wie es ist, ist natürlich die einfachste Wahrheit – du kannst mir nicht erzählen, dass der Tiger und der Löwe Lämmer sind (und selbst wenn wäre mir das egal). Sie sind Lämmer nur in Gott. Aber in der Welt sind sie Fleischfresser. Aus diesem Grund musst du »darüber hinausschauen«, auf Gott, und dein fester Blick muss durch

Fels und Stein gehen, denn in dieser Welt der Fleischfresser, die gleichgültig an uns auf dem Union Square vorbeiströmte, kannst du das nicht. Ich mag dich wieder, jetzt, wo ich dich so sehe, wie du bist – und besonders, am »schönsten«, weil du dachtest, du gäbst dich mir gegenüber »ausgelassen«, und deshalb neige ich zu der Annahme (naiv von mir, gebe ich zu), dass wir einander zu schmeicheln versuchten, ich durch Hysterie, du durch Munterkeit. Die Kraft dahinter ist, selbst wenn nur eingebildet, herbeifantasiert, etc. ist echt. Denn wir haben zu leben versucht, was zur Hälfte sterben heißt. Übrigens, lies bitte diese Beobachtungen auf »meiner Ebene«, und nicht auf deiner Gott-Ebene … und sei es nur um des momentanen Verstehens willen. Deine Gott-Ebene ist ein Darüber-hinaus, und ich kauf dir das ab, aber meine Erklärungen sind jetzt von dieser Welt. Außerdem meine ich mit Faktualismus nicht Naturalismus … sondern schlicht das Akzeptieren der Tatsache, dass ich sterben werde, dass die Hälfte des Lebens Tod ist, dass ich nicht besser (oder privilegierter) bin als sonst einer, dass ich meinen Lebensunterhalt verdienen muss, dass ich meiner Liebe Grenzen setzen muss (durch Heirat), dass ich meinen Weg durch »diese Welt« ebenso finden muss wie durch das »Darüber-hinaus«. Eigentlich besteht meine ganze Theorie inzwischen darin, dass ich keine Theorie habe. Ich schreibe gerade für Slochower[23] ein Referat über den »Mythos«, in dem ich diesem Pedanten erklären werde, dass der nichts anderes ist als eine Vorstellung, die sich auf einen besonderen Umstand gründet, der sich nie wiederholt, so traurig das auch ist. Ich werde meinen Weg ohne Plan verfolgen, ohne »Vorhersehen« (Neals Wort), nur mit einem Gefühl für meine und deine Tiefe und den Mangel daran … letztlich wie Lucien. Und ich fange an zu verstehen, dass »die Freude von Tag zu Tag zunimmt«, um mich zu wiederholen.

Die einzige Veränderung, die ich von dir verlange ist, mit deinen toten Augen zu sehen, (he-he!) Wir werden ab jetzt traurig und scharfsichtig und lebendig sein, letztlich wie Lucien. Du musst dich auch noch hin in Richtung deines Briefes verändern, den du an Jethro [Robinson] geschrieben hast, den früheren Trottel – werd ein stilles altes Kind (he-he!) He-he! soll unser ignoranter Versuch sein, einander Freude zu bereiten, und das ist genauso echt wie Bills Landei-Nummer für Bill White et al. Zum ersten Mal nach langer Zeit habe ich das Gefühl, dass eine philosophische Spannung zwischen uns fließt – weil wir uns entschlossen haben, Scheinheilige zu sein und in diesem Wissen weiterzumachen.

---

23 Harry Slochower wurde 1900 in der Bukowina geboren und emigrierte 1913 mit seinen Eltern in die USA. Er war Professor für Germanistik und Psychoanalytiker, lehrte am Brooklyn College und veröffentlichte zahlreiche Bücher, darunter *No Voice Is Wholly Lost*.

1949

Nach diesem regen Briefverkehr fuhr Kerouac mit Neal Cassady zurück nach San Francisco, aber es dauerte nicht lange, dann kehrte er mit dem Bus zurück zum Haus seiner Mutter in Ozone Park. In der Zwischenzeit hatte Ginsberg sich selbst erneut in eine heillose Lage manövriert. Er hatte Herbert Huncke, Little Jack Melody und Vicki Russel erlaubt, Hehlerware in seiner Wohnung zu lagern; nach einem Autounfall, bei dem neben Diebesgut auch Ginsbergs Tagebücher auf der Straße landeten, stieß die Polizei auf dieses Depot und verhaftete alle, inklusive Ginsberg. Den folgenden Brief schrieb Allen im Gefängnis, während er auf eine Entscheidung in seinem Verfahren wartete.

Allen Ginsberg [Long Island City, New York] an Jack Kerouac [o. O., New York, New York?]

ca. 23. April 1949

1 Court Square
Long Island City
New York
Samst. Morgen

Lieber Jack:

Ich bin nervös und in Sorge um mein Tagebuch und den Briefwechsel, die [von der Polizei] beschlagnahmt wurden, ansonsten geht's mir trotz eines heftigen Autounfalls und der Ungewissheit über die unmittelbare Zukunft gut. Meine Lage ist nicht allzu schlimm. Wegen Details ruf Eugene[1] an, falls du an Details interessiert bist – sein Büro (er fungiert als Anwalt).

Herbert [Huncke] steckt im Käfig gegenüber; ich kann ihn kaum erkennen, weil ich beim Unfall meine Brille verloren habe. Die wenigen Stunden vor der Verhaftung waren ein einziges Durcheinander durch den Schock und den Schrecken – größtenteils Schrecken vor mir selbst, da ich das Handlungsmuster

---

1 Ginsbergs Bruder Eugene Brooks.

nur zu deutlich sehe. Alles, was passiert, lässt darauf schließen, was noch passieren wird, was passieren wird (den Menschen, meine ich). Ich lasse es immer wieder zu, dass mir das Leben zustößt, fordere es fast schon heraus.

Du könntest Denison und seine Schwester [Burroughs und Joan] benachrichtigen, was passiert ist. Sie [die Polizei] haben auch deine Briefe. Ich hoffe, man gibt sie zurück – fünf Jahre literarische Korrespondenz, das ist irgendwann einmal ein unbezahlbarer Schatz.

Habe die ersten paar Seiten von »Rogue Male«[2] (25-Cent-Buch) von Geoffrey Household gelesen. Ging mir nicht mehr aus dem Kopf, nachdem ich aus dem umgestürzten Wagen geklettert war.

Ich fühle mich ganz gut; habe ein Gedicht geschrieben:

> Sometimes I lay down my wrath
> As I have lain my body down
> Between the ache of breath and breath
> and have to peaceful slumber gone.
>
> All I tried to be so kind
> All I meant to be so fair
> Vanish, as the death of mind
> Might leave a ghost alive in air
>
> To gaze upon a spectral face
> And know not what was fair or lost,
> Remember not what flesh laid waste
> or made him kind as ghost to ghost.

Allen

Anmerkung der Herausgeber: Mit Hilfe seiner Familie und eines guten Anwalts wurde Ginsberg unter der Auflage entlassen, sich anstelle einer Haftstrafe einer psychiatrischen Behandlung in einer Nervenklinik zu unterziehen. Während der Vorbereitungen dafür lebte Ginsberg im Haus seines Vaters in Paterson.

2 Geoffrey Household (1900–1988) war ein bekannter Autor von Verfolgungsthrillern. *Rogue Male*, 1939, erschien 1950 in Deutschland unter dem Titel *Der Gehetzte* und erneut 1989 als *Einzelgänger, männlich.*

Allen Ginsberg [Paterson, New Jersey] an
Jack Kerouac [o. O., New York, New York?]

ca. früher Mai 1949
Mittwochab.

Lieber Jack:

Ich bin, wie du so schön gesagt hast, in den Schoß der Familie zurückgekehrt. Es ist ziemlich still hier in der Gegend, aber ich kann etwas arbeiten, wenn mir danach ist. In den letzten vier Tagen habe ich ein 150-seitiges Notizbuch mit einer detaillierten Beschreibung der Ereignisse des letzten Monats vollgeschrieben. Und zwar für meinen Anwalt, der mich verstehen möchte und warum ich mich mit solchen Leuten abgebe und mache, was ich gemacht habe. Er hat mich um ein Protokoll gebeten. Es ist nicht sonderlich detailliert ausgefallen, aber ich glaube, beim Schreiben (und vorher) bin ich mir ziemlich klar über [Herbert] Huncke und seine Beziehung zu anderen geworden; etwas, wonach mir schon lange war, und weil mir genau das fehlte, hatte ich auch keine Kraft, ihm auf eine positive Art entgegenzutreten. Ich (vielleicht wir alle) habe ihn früher entmenschlicht. Er selbst hat das Nächstliegende und Offensichtlichste vor uns allen verborgen; zuallererst braucht er einen Kumpel, so wie jeder andere auch. Mir geht es nicht anders, und Neal auch. Ich habe mit Vicky [Russell] darüber gesprochen und festgestellt, dass sie auch nie verstanden hat, was Huncke insgeheim von uns wollte oder wir von ihm. Bill, nehme ich mal an, versteht Huncke.

Meine Familienprobleme sind komplizierter und merkwürdiger geworden von dem Augenblick an, in dem meine Mutter aus dem Krankenhaus entlassen wurde. Im Augenblick lebt sie bei meiner Tante in der Bronx. Ich habe sie am Montag besucht. Sie ist etwas launisch, aber natürlich, und meine Tante versteht das nicht; doch sie ist ihre Schwester und es gibt andere, schwesterliche Verständigungsebenen. Ich habe keine Ahnung, was sie als Nächstes tun wird, oder was man mit ihr macht. Gene und ich werden jedenfalls nicht mit ihr zusammenleben; ich habe Angst davor, und außerdem haben es die Ärzte (im Krankenhaus) untersagt; es ist also nicht mein Problem. Aber mein Vater und Bruder und meine Tante müssen Naomi finanziell unterstützen, und das ist eine weitere finanzielle Belastung für sie. Irgendwie scheint alles gleichzeitig passiert zu sein.

Ich weiß nicht, was in meinem Fall passieren wird; das liegt größtenteils nicht in meinen Händen, sondern denen des Anwalts. Meine Familie und die Anwälte vertreten die Ansicht, dass ich in schlechte Gesellschaft geraten bin, was künftig zu einer ganzen Reihe langfristiger sozialer Probleme führen wird, da ich so (dankbar) ihre finanzielle und juristische Unterstützung werde akzeptieren müssen. Außerdem werden sie von mir verlangen, dass ich jeden verraten und verpfeifen soll, um da selbst herauszukommen. Der Punkt, an dem ich, wie Huncke, meinen Standpunkt mit Bestimmtheit vertreten oder mein Verständnis beteuern kann ist längst verpasst, und ich bin entsprechend besorgt. Glücklicherweise weiß ich wenig, so dass ich auch nicht viel verraten kann. Aber vermutlich werden Vicki, Herbert und Jack [Little Jack Melody] die Schuld unter sich aufzuteilen versuchen, so gut sie es eben verstehen, und ich fürchte, dass ich zu irgendeiner Aussage gebracht werden soll, die ihre Geschichten aushebelt. Es ist eine heikle Situation. Natürlich ist das Ganze in ein paar (oder zehn) Jahren völlig bedeutungslos. Aber im Augenblick balanciere ich betend auf einem Drahtseil. Nur äußerst ungern würde ich die Last des Versuchs auf mich nehmen, meinen Anwalt davon zu überzeugen, den Fall meinen eigenen Vorstellungen entsprechend voranzutreiben; aber genau das scheint sich im Augenblick als meine Pflicht abzuzeichnen. So oder so, er meint, dass ich mich schuldig bekennen muss, damit man die Anklage fallen lässt und ich mich in die Hände eines Psychiaters begebe; oder eine Bewährungsstrafe mit Psychiater. Ich habe [Lionel] Trilling getroffen, der glaubt, dass ich verrückt bin; und [Mark] Van Doren, der glaubt, dass ich geistig gesund bin, dessen Wohlwollen aber deutliche Grenzen hat (während wir redeten zwinkerte er mir ständig zu). Er hat an Morris Ernst geschrieben, einen bedeutenden Strafverteidiger. Aber für Ernst ist es zu spät, meine Familie hat bereits Anwälte angeheuert. Ich habe auch Meyer Schapiro[3] getroffen (Trilling hat mich zu ihm geschickt). Er hat mich zu sich eingeladen und dann saßen wir 2½ Stunden im Universe und redeten; er hat mir auch erzählt, wie er in Europa als staatenloser Pennbruder im Gefängnis gesessen hat. Er hat nach dir gefragt und sich noch einmal entschuldigt, dass er dich nicht in seine Klasse hat holen können. Meine Probleme hinsichtlich des oben Gesagten und des Anwalts wären weniger kompliziert, gäbe es nicht die Briefe von Bill, die mir keine andere Wahl lassen, als mich auf andere Bedingungen einzulassen als die für mich naheliegendsten und klarsten und einfachsten, und sie in trockene Tücher zu bringen, bevor der Blitz wieder bei Bill einschlägt. Das ist machbar; ich habe Angst, es darauf ankommen zu

---

3   Meyer Schapiro (1904–1996) war ein in Litauen geborener amerikanischer Kunsthistoriker, der sowohl an der Columbia University als auch der New School lehrte.

lassen. Ich habe keine Ahnung, wie abgründig die Pläne des Heiligen Zorns sind und wann sie ein Ende haben.

Gegenwärtig denke ich viel über Thomas Hardys Gedicht »A Wasted Illness« nach, S. 139 seiner *Collected Poems*, falls du zufällig auf ein Exemplar stößt. Ich frage mich, was Lucien davon hält, oder ob er es (dieses spezielle Gedicht) ernst nimmt? Das Gedicht ist völlig klar, und soweit es mich betrifft besonders die letzte Strophe. Du findest es eine Seite hinter dem Gedicht, auf das du mich bei [Elbert] Lenrow aufmerksam gemacht hast, »The Darkling Thrush«. Außerdem habe ich Shakespeare gelesen – *Macbeth*. Die Ironie übersehener und vergessener Missverständnisse und Selbstgefälligkeiten, die wie Geister zurückkehren und sich rächen.

Es wäre schön, wenn du nach Paterson kommen würdest.

Schreib mir von Lucien. Hat er dir seine Geschichten erzählt? Hat er angefangen, sie aufzuschreiben? Und bitte schreib auch Bill noch einmal und erzähl ihm, falls du das noch nicht getan hast, alles über die Situation. Er soll alles aus dem Haus schaffen, was irgendwie nach kriminell riecht, wo immer er auch ist. Ich sage das mal so. Er muss das jetzt nicht haben. Hat Neal geschrieben?

Mustapha

Allen Ginsberg [o. O., Paterson, New Jersey?] an Jack Kerouac [Ozone Park, New York]

vor dem 15. Mai 1949

Ein Regentag im Mai

Lieber Jack:

Danke für deine Zeilen, dein Brief[4] hat mich über meinen Vater (der inzwischen meine Post öffnet) erreicht wie ein Eisvogel über meine sturmbewegten Wogen.

Ich war das ganze Wochenende in N. Y. und habe [John Clellon] Holmes angerufen und gefragt, ob er von dir gehört hat. Wenn du in der Stadt bist, kannst du mich normalerweise am späten Vormittag oder frühen Nachmittag bei meinen Anwälten erreichen; abends vielleicht bei meiner Tante; nachts bei Charles Peters. Eugene [Brooks] weiß meistens auch, wo ich gerade bin.

Nichts Neues bisher darüber, was werden soll. Ich fühle mich immer tiefer

---

4 Dieser Brief ist verloren gegangen.

und tiefer verstrickt. Van Doren hat mir eine unmissverständliche Standpauke gehalten und gesagt, dass die Leute rund um Columbia meine aufgesetzten Schuldgefühle und meinen »Satanismus« satthaben, dem ich angeblich huldige. Meine ganze »Gefühlsduselei« langweilt sie. Na ja, ich vermute, er hat recht. Alles hat eben seine zwei Seiten, [aber?] ich fühle mich inzwischen mehr und mehr verloren und meiner selbst unsicher. Was vermutlich wie immer ein gutes Gefühl ist. Halb so wild, ich werde dir alles Vorstehende erklären, wenn wir uns sehen. Jedenfalls kommt mein ganzer Scheiß wieder hoch und beginnt mich zu verfolgen. Die Dinge werden wirklicher.

Ich habe [Elbert] Lenrow angerufen und ihm für Freitag zugesagt, also treffen wir uns um vier bei ihm. Das wird ein Staatsakt.

Wenn du schreibst und irgendwelche Neuigkeiten von gerade Unerreichbaren hast, dann verwende Romannamen: Pomeroy [Cassady], Claude [Carr], Denison [Burroughs], Virginia [Vicki]. Nenn Junky [Huncke] Clem (hübscher Name?) Wenn ich in Zukunft mal etwas in Sachen Briefwechsel unternehmen werde, dann kann ich genauso gut von Anfang an über Sicherheitsmaßnahmen nachdenken.

Vielleicht sollte ich mir einen Geheimcode ausdenken.

Allen

Ich habe meinen Vater gefragt, was er von den Gedichten hält, die du mitgeschickt hast; er »mag sie nicht«, da die sprachlichen Bilder »trübe« und verschwommen sind. Ich habe mich schon gefragt, was du wohl mit Gedichten anstellen wirst. Ich weiß zu wenig über ihre inneren Geheimnisse oder Technisches über Versmaße, also bin ich für das, was ich sage, keine »Autorität!« (Ich meine, ich weiß nicht, ob ich richtigliege.) Es scheint mir, als hättest du ein untrügliches Gespür für die altvertrauten Themen – für das Prophetisch-Biblische (»Ich bin der, der über das Lamm wacht«) und das Prophetisch-Freudenvolle (»Pull my daisy/Tip my cup.«) Besonders letzteres solltest du dir unbedingt bewahren. Wie es sich so trifft, verfügst du ja bereits über aussagekräftige oder bedeutsame Symbole, aus dem Lebens ringsum gegriffen – Yeats, in dem Buch [*King of*] *the Great Clock Tower* – 1935 sagt im Zuge einer Schilderung, wie er Ezra Pound und einen anderen Mystiker namens A. E. um literarischen Rat angegangen war: »Dann zeigte ich meine Verse einem Freund aus meiner eigenen Schule, und dieser Freund äußerte sich wie folgt: Beginne ein Stück, ohne zu wissen, wie es endet, *allein um der Verse willen*. Stücke wie *The Great Clock Tower* wirken immer unfertig, aber das spielt keine Rolle.

Ich habe einmal ein Stück geschrieben, und nachdem ich es mit vielen Zeilen gefüllt hatte, verwarf ich das Stück«, etc. Das ist eine Möglichkeit, einen sinnvollen Hintergrund für die Reinheit von Inspiration und Sprache zu schaffen. Eines Tages solltest du ein großartiges Buch schreiben, das wie Rabelais und Quixote und Boccacio voller Geschichten, Gedichte, Rätsel, Verse und geheimnisvollen Aussagen steckt. Mit den *Doldrums*[5] wollte ich einen ganzen Schlag Gedichte schreiben, die zwar, einzeln genommen, bedeutungslos scheinen mussten, als Buch gelesen dann aber ihre ganze Absicht und die *Wirklichkeit* hinter der Absicht offenbaren würden. Im Augenblick, zum Beispiel, schreibe ich von Geistern, Engeln, Erscheinungen etc.; der Weg für die Verwendung dieser Symbole ist durch Vergangenes vorbereitet – und wird durch das modifiziert werden, was danach kommen muss. Das alles *a propos* was du über das Gedicht gesagt hast, das ich in deinem Notizbuch gelesen habe und das ich für pure Poesie halte.

Die Symbole in diesem Gedicht (und dem in dem Notizbuch) scheinen mir klarer und voller realer Verweise zu sein, als du selbst eingestehst (zumindest was das Notizbuch betrifft), was da in dir aufzukommen scheint, ist eine erste Manifestation des wirklichen Lamms, eindrucksvoll anzusehen und für einige (inklusive dir selbst?) offenbar eine nebulöse Angelegenheit. Ich kann mich ja irren, aber du wirst in den Gedichten (oder in der Prosa) mehr und mehr den wirklichen Sinn entdecken (ich meine alles in dem, was du geschrieben *hast* und warum du womöglich schreibst) (Genau genommen ist alles *möglich*, ja wahrscheinlich, was die Kraft des »Prophetischen« betrifft oder das, was ich hier prophetische Kraft nenne.) Wenn dir der Sinn der Gedichte klar geworden ist, dann bleibt dir (von ihrem leidenschaftlichen, wild-poetischen Wesen mal abgesehen) nur noch, sie zu gliedern und ihnen eine bewusste Richtung zu geben. Die gleiche, oder eine ähnliche Erhabenheit des Stils ist, meine ich, mit einer rein praktischen, pragmatischen Zielstrebigkeit möglich, vorausgesetzt natürlich, man hat eine entsprechende geistige Höhe erreicht. Mit anderen Worten, was du hinsichtlich Manier oder Inhalt deiner Gedichte vielleicht als falsch empfindest (»Ich habe ein paar wirklich ganz erstaunliche Gedichte geschrieben, wenn man das so sagen kann ...«), ist wirklich falsch, und mit diesem Moment muss man umgehen, nicht unbedingt, indem man den Anspruch hinsichtlich Stil und Ehrgeiz und Geschmack oder Neigung oder Vorlieben

---

5 Ginsberg schrieb mehrere Gedichte bzw. Gedichtzyklen, die sich jeweils auf seinen ersten Trip mit Cassady und Kerouac nach Denver (*Denver Doldrums*, August 1947) und den Aufenthalt als Handelsmatrose in und vor Dakkar (*Dakkar Doldrums*, Oktober 1947) beziehen. (A. d. Ü.)

reduziert; sondern indem man der Neigung bis zum Ende folgt und die letzte Wahrheit erkennt. So kannst du es »Dichtkunst« nennen – was du schreibst scheint potenziell großartige Dichtung zu sein. Du machst nichts anderes (wie du weißt), als was jeder wahre Dichter macht; du machst es nur glänzender und tiefsinniger als irgendein mir bekannter Dichter unserer Generation. Du solltest dich nicht unbedingt mit poetischen Vorgaben (Reim und traditioneller Metrik) beschäftigen. Deine Gedichte haben jähe Brechungen und Übergänge, die sie ihrem *improvisierten* Charakter verdanken. Das lässt sich nur lösen, indem man seine Bestimmung zu voller Reife bringt, nicht indem man sich, um der Konformität willen, in einen künstlichen Rhythmus zwingt. Genau das habe ich getan und es war ein Fehler. Ich muss wieder lernen, in meinen Versen ganz *natürlich* zu sprechen; herausfinden, wie man Großartiges oder Wunderbares natürlich sagt. Du machst das bereits.

Ich habe hier eben improvisiert, was ich eigentlich sagen will ist, ich glaube dir, wenn du von dir selbst sagst: »Ich bin es, der das Lamm hütet.« Mein Vater nimmt dir das nicht ab, und vielleicht glaubt er noch nicht einmal an das Lamm, also hält er das alles für nebulös.

Ich habe mich wieder an unser Gedicht gesetzt:

> This token may I tup
> Runneth over broken.
> Pull my Daisy,
> Tip my Cup,
> All my doors are open.

Außerdem:

> Who is the hooded mummer of the night
> green haired and mouldy in the eye
> that reddens in the window pane's dim light
> and startles old men, and makes children cry?

> Who is that shroudy stranger in the street
> to shadowed children, stinking of the dead,
> and dance unfixed, though bound in phantom feet,
> Behind the child who weeps with limbs of lead?

84

Who is the secret and familiar shade
That walks through bedrooms, where the sleeper curled
With open eye lies still? No sign is made.
World must beckon vainly unto world.

Obiges ist eine erste Fassung, ein bisschen diffus, die Symbolik nicht konzentriert genug. Ich muss es noch mal durch und durch grün färben.
Bon ami,
Allen

Anmerkung der Herausgeber: Am 15. Mai 1949 traf Kerouac in Denver ein und mietete ein Haus für die Familie, inklusive Mutter und Schwester. Er hatte endlich einen Vorschuss für The Town and The City *bekommen und hielt den Erfolg jetzt nur noch für eine Frage der Zeit. Im Juni trafen Familie und Möbel ein, aber nur vier Wochen später waren alle wieder auf dem Rückweg an die Ostküste.*

Jack Kerouac [Westwood, Colorado] an
Allen Ginsberg [Paterson, New Jersey]

23. Mai 1949

6100 W. Center Ave.
Westwood, Col.

Lieber Allen:
Nur ein Briefchen, bis meine Schreibmaschine angekommen ist. Wohne allein in diesem neuen Haus in den Hügeln westlich von Denver und warte auf die Familie … und irgendein Zeichen. Habe das Haus für $ 75 im Monat für ein Jahr gemietet. Tanzlehrer D.[6] hat das als Insider für mich gedeichselt. Er ist übrigens wie wir. Kein Typ in Denver, den man kennen muss, den er nicht kennt, meinte er – ich habe ihm gesagt, er hätte mir eine Menge Probleme erspart. Er lächelte. Er ist in Ordnung. Habe noch einen Typ aus Denver kennengelernt – großes sozialwissenschaftliches Genie.
Mein Haus befindet sich unweit der Berge. Hier ist der zornige Ursprung aller Quellen – die große Wasserscheide, wo über Regen und Flüsse entschieden

6 »Der Tanzlehrer« war ein Spitzname für Justin Brierly, eine Anspielung auf seine Fähigkeit, Menschen zu manipulieren.

wird. Hier, auch, sanfte Wiesen an grollenden Nachmittagen. Ich bin Rubens und das hier sind meine Niederlande unter der Kirchtreppe. (Erinnerst du dich an den Rubens, den ich dir gezeigt habe?) Hier gibt es jede Menge Gott, und gelbe Schmetterlinge.

Pomeroy [Neal Cassady] ist in Frisco. Ein Mädchen (Al Hs. [Hinkles] Schwester) hat mir erzählt, dass sie ihn vor zwei Wochen irgendwo am Russian Hill abgesetzt hat. Daher hat Pommy kein Auto. Russian Hill, das sind weiße Mietshäuser mit schiefen Dächern.

Der Tanzlehrer sagte, du seist ein großer Dichter.

Ich trampe nach Denver hinein und sitze in den Billardhallen der Larimer [Street] herum und gehe in Billigkinos, um mir die Mythen des grauen Westens anzusehen. Meistens schreibe ich … und wandere, »springe über Bäche«. Wenn meine Schreibmaschine da ist, schreibe ich dir die neusten Sachen ab. Alles über den Mississippi in Port Allen Altes Port Allen – denn der Regen lebt und Flüsse weinen auch, weinen auch – Port Allen wie Allen armer Allen, ach ich.

Die Brücke aller Brücken über das Wasser des Lebens. »Dorthin strebt der Regen, und der Regen verbindet uns alle sanft, so wie wir zusammen wie Regen in den Großen Fluss des Zusammenseins ins Meer streben.«

»Und das Meer ist der Golf der Sterblichkeit in blauen Ewigkeiten.«

»So leuchten nachts die Sterne warm über dem Golf von Mexiko.«

»Dann kommen aus der milden und gewitterschwülen Karib – (Clem's [Huncke]) – Kunde, Gerüchte, Elektrizität, Furien und der Zorn des lebensspendenden Regengottes auf – und von der Kontinentalwasserscheide atmosphärische Wirbel und Schneefeuer und die Winde des Adler-Regenbogens und kreischende Hebammen-Harpyen – Dann kommt es zu Wehen über den Wellen – und kleiner Regentropfen, der in Missouri fiel und Louisiana, sammelt sich in Erde und sterblichem Schlamm; nämlicher unverwüstlicher kleiner Regentropfen – erhebe dich! stehe wieder auf im nächtlichen Golf und Flieg! Flieg! Flieg! zurück übers weite Hügelland, von wannen du kamst – und lebe nochmals! lebe nochmals! – geh, sammle noch einmal Schlammrosen und erblüh in den wogenden Strudeln des Wasserlaufs, und schlaf, schlaf, schlaf …« (Mit anderen Worten, ich beginne dahinterzukommen, *warum* der Regen schläft. Du hast mich außerordentlich ermutigt, deshalb setze ich diese Art von Recherche fort, die mir vorher nicht erlaubt war.)

Außerdem –

Poem Decided Upon in Ohio
It's a helluvan-Ohio
In the hullabaloo of the bees
When you're out in the hay
On a mulberry day
a helluva hullabaloo.
It's a helluvan-Ohio
In the lullaby-loo of the hay
In the hullabaloo and the lullaby-loo
Of the bees and the hay and the bees-hay.

Bitte schreib. Probier meine neue Adresse. Nächstes Jahr kauf ich mir eine Ranch in den Bergen. Sorg dich um das grüne Gesicht, nicht um Gesetze. (Ich war mal in 'ner Klapse, weißte.)

P.S. Ich bin neugierig, wie sich das alles entwickeln wird. Ich hoffe, du wirst einen umfangreichen Briefwechsel mit mir führen. Schreib so bald und so häufig du kannst – und ich halte es ebenso.

Allen Ginsberg [Paterson, New Jersey] an Jack Kerouac [Denver, Colorado]

nach dem 23. Mai

324 Hamilton Ave.
Paterson 1, N. J.

Lieber Jean-Louis:
Wo bloß ist Westwood? Ich erinnere mich an kleine Ausläufer im Norden (?) auf die Berge von Central City zu; und das weite Plateau und die rote Wüste nach Süden Richtung Colo. Springs; aber Westen? Wann macht deine Familie sich auf? Nach langem tin und ter habe ich deinem Schwager [Paul Blake] wegen des Betts geschrieben; er hat es gekauft, mein Bruder hat ihm geholfen. Ich war nicht dabei als sie sich getroffen haben, es war ganz und gar zufällig, dass sie sich unter dem Himmel von N. Y. überhaupt über den Weg gelaufen sind, aber sie sind. Ich hatte immer das Gefühl, dass der Tanzlehrer OK ist aber mir so ähnlich, dass ich mir wie eine Reinkarnation von ihm vorkam, nach diversen neuen Leben und Läuterungen. Merkwürdig wie gut es sich anfühlt ihn

zu kennen – oder kennt irgendjemand Mr. Death wirklich? Und fühlt sich anverwandt? Ich schulde Death zehn Dollar; sag ihm es tut mir Leid, aber wie gehabt bin ich nicht in der Lage, meine Schulden bei ihm zu bezahlen; werde es aber vor der großen Abrechnung; und da ich das weiß, sag ihm, dass ich das weiß, und dass die zehn Dollar letzten Endes bei ihm ankommen werden. (Es sei denn, sie werden mir wundersamerweise erlassen – aber sag ihm das nicht.) Ja, ich erinnere mich an das Tanzfest der Bauerntölpel – ist für dich alles wirklich so lebendig und unbeschwert? Alles Gott und Schmetterlinge? Ich beneide dich. Ich bin hier immer noch so in die grauen Wirren von Individualität und Grübeleien verstrickt, dass ich fürchte, niemals im Leben die andere Seite der Wasserscheide zu spüren, nie den Regen über mein Gesicht laufen zu fühlen und niemals in dem dunklen Fluss zu schwimmen. Pomeroy [Neal Cassady]? Warum ist er mutterseelenallein?

Du musst dich auch einsam fühlen in Denver, wenn du in so einem großen Haus lebst. Und da wir gerade von Bauerntölpeln sprechen, es gibt eine Szene in einer der Faust-Legenden, da verlässt der Meister sein Studierzimmer, wo er sich gerade von den Überlieferungen der Alchemie und Metaphysik losgesagt hat, und stolpert draußen in genauso einen Festumzug wie auf dem Bild. Ich weiß nicht, was er sonst noch sagt und erwartet, er singt ein Lied oder schreibt ein Gedicht zum Lob des Tanzes und geht dann zurück ins Haus und beschwört den Teufel – der auch erscheint. Ich habe Thomas Manns Vortrag »Goethe und die Demokratie« gehört – vielleicht den gleichen Vortrag, den Pomeroy letztes Jahr gehört hat. Mann ist drahtig und energisch und ziemlich jung; seine Gedanken wirken auf seine Umgebung wie Stromstöße, aber die wenigsten merken das und er ist der Leute überdrüssig; feiert aber das Leben. Ich habe keine Ahnung, was es mit dem Regen auf sich hat, und hoffe, du findest heraus, warum er schläft, aber wie schon gesagt, ich habe keine Ahnung, was es mit dem Regen auf sich hat. Ach bin ich des Gedankens müde, dich ermutigt zu haben. Ich kann kaum noch. Der Stil ist ausgezeichnet, die Melodie lieblich, aber wie Clem [Huncke] zu sagen pflegte: »Scheiße, noch eine, ich kann nicht tanzen.« Hast du ihn das mal sagen hören? Er wanderte immer wie abwesend im Haus herum, ließ eine Serviette fallen oder sank matt auf einen Stuhl und dann sagte er das. Wie sehr ist er doch wie ein kleines Mädchen in der Tanzschule, völlig besessen von seiner Mutter. Ich habe alles, was von seinen gesammelten Werken übrig geblieben ist (etwa 30 Seiten) bei mir.

Hier, so mein Eindruck, haben die Dinge eine Wendung genommen. Was mich angeht, so habe ich es satt, mir rundum die Urteile von Leuten anzuhören, die (so scheint es) keine Ahnung haben, was sie da sagen. Aber inzwischen bin ich zu durcheinander, um mich zu wehren. Wie dem auch sei, ich glaube, ich komme in ein Krankenhaus, eine Nervenklinik, bald. Mein Anwalt hat mich zu einem Psychiater gebracht (von Trilling nachdrücklich empfohlen und ein netter Mann), der die Ansicht äußerte, seinem ersten Eindruck nach sei ich »zu krank« für irgendetwas anderes als die Klapse – kränker als mir oder sonst jemandem klar ist (He-He!) außer ihm. Ich habe zutiefst erleichtert aufgeatmet; im Grunde genommen habe ich mich doch in eine Position manövriert, die ich für mich immer als angemessen und auch richtig angesehen habe. Wie du schon sagtest warst du in einer Klapsmühle, aber ich kann nur wiederholen was ich immer und immer wieder gesagt habe, ich glaube wirklich oder will wirklich glauben, dass ich verrückt bin, andernfalls werde ich nie wieder normal. Oder um es einfacher zu sagen: ja, ich nehme diese Entwicklung ernst und will mit den Behörden kooperieren, die mir helfen wollen, sagen sie jedenfalls. Unglücklicherweise traue ich (wie der böse Burroughs, den der Teufel holen wird) ihnen nicht (du, Kerouac, bist verrückter als ich) aber *moi,* ich kann gerettet werden weil ich hin und wieder hysterische Anfälle kriege und sie um Verzeihung bitte, dass ich je an ihnen gezweifelt habe. Unglücklicherweise widersprechen sie sich auch ständig selbst – aber darüber muss ich hinwegsehen und den unangemessenen intellektuellen Stolz oder die Eitelkeit im Zaum halten, die mich außerhalb des Menschlichen stellen und glauben lassen (wie Denison [Burroughs]), ich sei schlauer als sie. Wie dem auch sei, ich habe mich wieder, wie du siehst, völlig in den Fängen meines Kopfes verstrickt; dieses Mal, hoffe ich, ist es endgültig. Natürlich habe ich den ganzen dazugehörigen introspektiven Bullshit satt, nicht weniger als Tatenlosigkeit und Selbstzerfleischung des Wahnsinns oder den Kampf mit anderen – Anwälten, Eltern, Clem [Huncke], der Hochschule, etc., habe meine eigene ständige besessene enervierende Selbstbeobachtung satt, die sich inzwischen jeglicher Kontrolle entzieht und zu einem wilden und Zauberland des Horrors und der Wonnen äußerlicher *Aktion* geworden ist – jetzt werde ich gratis in eine psychoanalytische Klinik (an der 168. Straße) als stationärer Patient (darauf wird es, denke ich, hinauslaufen) eingeliefert, was O. K. ist. Ich will nicht in Dekadenz und sentimentaler Abstraktion enden, lieber gehe ich nach Westen der Sonne entgegen. Allerdings weiß ich im Moment wirklich nicht wie und sitze wie eine Ratte in der Falle. Ich dachte die ganze Zeit, ich würde klarer im Kopf werden und normaler und weiser und wahrhaftiger, aber die Wahrheit ist wohl, dass Chase immer recht hatte, und inzwischen habe ich das Gefühl, dass ich so von mir selbst besessen bin, dass es nicht mehr lustig ist. Ich höre mitten im Gespräch auf zu reden, lache schrill – starre Leute mit absoluter Nüchternheit und schuldbewusst an – und gackere dann einfach weiter.

Ich habe Claude [Lucien Carr] angerufen, an dem Freitagabend, als du gefahren bist. Er sagte, niemand hätte ihm irgendwelche Fragen gestellt. Ihm ging's gut. Sagte: »Ich bin auf deiner Seite, Kleiner; halt die Ohren steif.« Wie eigentümlich wahrhaftig doch seine Ernsthaftigkeit war, meinem Gefühl nach. Ich hatte, vor der Klapsmühle, daran gedacht, mich für alle Zeiten in Paterson niederzulassen, wie du vorgeschlagen hast – ich bin selbst dahintergekommen, dass ich einfach muss. Aber nein. Wie ironisch, dass ich nun doch nicht nach Hause zurückkehren werde, aber mir trotzdem ein anderes Schicksal (vielleicht ein gutes?) offensteht. Bei mir stehen alle Türen offen, das spüre ich mehr und mehr. Ich räume den Menschen unglaubliche Freiheiten ein. Sie rauschen wie wahnsinnig an mir vorbei, taumeln in den Geschäften der Welt hin und her! Mein Anwalt teilt mir mit, ich sei verrückt, ich hätte sogar meine sexuellen *Vorstellungen* subjektiviert; also glaube ich ihm. Er redet immer weiter bis ich kapiere, er ist so unschuldig, dass er nicht weiß, dass auch Frauen Männern einen blasen, und dass das in Amerika völlig selbstverständlich passiert – ich habe ihm vom Kinsey-Report erzählt; er sagt mir, dass ich meine eigenen Wahnvorstellungen übertreibe. Ach ich. Aber nein! Ich *will* jedermann glauben. So wie Van Doren mir sagte, ich müsse mich zwischen Kriminellen (Huncke) und der Gesellschaft (meinem Anwalt) entscheiden. Ich bat mir einen Mittelweg aus, aber er sagte, es sei dies Die Entscheidung. Wie eingeschüchtert ich war; und habe die Gesellschaft gewählt. Er (Van Doren) sagte auch, ich hätte Clem aufgrund seiner Klassenzugehörigkeit aufgebauscht und romantisiert, während er doch einfach nur ein gewöhnlicher Gauner sei; und mein Anwalt meinte, er sei ein »versifftes stinkendes Fiasko – ein Blick und man weiß, dass der nichts taugt.« Aber ihnen glaube ich sogar! Die Sache, Jack, ist die, ich habe mich so unter Druck setzen lassen, allen zu glauben, weil ich nicht weiß, was ich selbst glaube, und jetzt bin ich so durcheinander, dass ich schon keine Gedichte mehr schreiben kann, fast jedenfalls. Aber *(Ah!) sie alle werden gerichtet werden*, gottlob. Mein Gericht (so meine ich) findet jetzt statt, ist dieses Leben. Vielleicht werden sie nicht vor ihrem Tod gerichtet, aber dafür für jedes gedankenlose Wort, jede (unreine?) Kränkung, jede gefühllose Schandtat, jede Beleidigung und Demütigung! Werden sie brennen! He! He! He! Ich brenne schon jetzt, ich kann es mir leisten zu lachen. Ich hab das in Reime gefasst.

(Ah! *Si je me venjece! Les damnes!*)
Schreib mir von Denver und den Typen.

The complaint of the Skeleton to Time

1.
Take my love, it is not true,
So let it tempt no body new;
Take my Lady, she will sigh
For my bed where'er I lie;
Take them said the skeleton,
    But leave my bones alone.

2.
Take my raiment, now grown cold
To sell to some poor poet old;
Give the dirt that hoods this truth,
If his age would wear my youth;
Take them said the skeleton,
    But leave my bones alone.

3.
Take the thoughts that like the wind
Blew my body out of mind;
Take the ghost that comes at night
To steal away my heart's delight;
Take them said the skeleton,
    But leave my bones alone.

4.
Take this spirit, it's not mine,
I stole it somewhere down the line,
Take this flesh to go with that
And pass it on from rat to rat;
Take them said the skeleton,
    But leave my bones alone.

5.
Take this voice, which I bemoan,
And take this penance to atone,
Grind me down, tho' I may groan

To the starkest stick and stone;
Take them said the skeleton,
    But leave my bones alone.

Das ist ein Klagelied zum Lob der alles zerstörenden Zeit. Ich bin mir nicht sicher, ob die Knochen für den Kern des Selbst stehen, das man als letztes aufgibt; oder ob ich jedermann mitteile, dass er tun und lassen kann, was er will, solange er den Gottknochen[7] in Ruhe lässt.

Ich lese viel und schreibe wie immer, hin und wieder. Beim nächsten Mal schreibe ich dir auch nicht so zusammenhangslos; in Wahrheit wollte ich das heute schon, aber ich musste noch das ganze Regenwetter in *deinem* Brief *bewältigen*, also habe ich meinen Schirm genommen und bin hinaus in den Sturm. Ästhetisch gesehen fange ich an, in Kategorien von Traumbildern zu denken (wie das grüne Gesicht) und diese Bilder (so hoffe ich) in Gedichte einzuflechten, anstatt mit Abstraktionen und verkopften Reimen zu operieren. Ich bin dabei, eine Ballade um das Liedchen herum zu schreiben, das ich mir vor ein paar Monaten zusammenfantasiert habe (erinnerst du dich)?

I met a boy on the city street,
Fair was his hair, and fair his eyes,
Walking in his winding sheet,
So fair as was my own disguise;
He will not go out again
Bathed in the rain, bathed in the rain.

Im Kern ist das ein *Bild*, ein wunderschöner Jüngling mit weißem Gesicht, der des Nachts tot umgeht. Im Übrigen versuche ich ab sofort nicht mehr jedes Bild mit metaphysischen Implikationen vollzustopfen, wie ich das für gewöhnlich versuche (wie Sonne durch ein Vergrößerungsglas?) – denn der Versuch, alle Ebenen einander intellektuell berühren zu lassen, ist zum Scheitern verurteilt; es ist aber durchaus möglich, sie von selbst in einem aus ihnen heraus geborenen Bild zusammenkommen zu lassen. (Ist das das Geheimnis von Dr. Sax?) Insofern habe ich eine *Methode*.

Ich würde gern losgehen und mich mit Haldon [Chase] treffen, scheue mich aber davor. Ich wünschte, er würde etc. … Ich habe viel über ihn nachgedacht

---

7 »Neal is his God-Bone.« Jack Kerouac über Allen Ginsberg in: Steven Watson, *The Birth of the Beat Generation*, S. 84, New York 1995.

(zumindest letzten Monat). Ach na ja, vielleicht finden wir ja eines Tages zusammen. Jetzt bin ich dazu überhaupt nicht in der Verfassung.
Wenn ich das nächste Mal schreibe, schicke ich Fakten und Nüchternheit.
Was glaubst du, habe ich recht oder unrecht? normal/verrückt?
Allen

Ich meine, in Bezug auf Obiges, was glaubst *du*? Im Augenblick macht mich diese verworrene Situation ganz ratlos. Ich frage mich manchmal, ob ich da wirklich noch mal rauskomme (nach Westen zur Sonne), selbst wenn ich es in diesem Augenblick will [...]

Jack Kerouac [Denver, Colorado] an
Allen Ginsberg [Paterson, New Jersey]

10. Juni 1949

Lieber Gillette:
Dein großer Brief ist mir einen ganzen Tag lang nicht aus dem Kopf gegangen, hier in meiner ehemaligen Einsiedlerklause. Um deine Frage zu beantworten, was ich von dir denke, ich würde sagen, du hast immer versucht, den Wahnsinn deiner Mutter als Gegenpol zur logischen, nüchternen, aber hassenswerten Normalität zu rechtfertigen. Das ist eigentlich harmlos, ja sogar loyal. Ich kann nicht viel dazu sagen, was weiß ich schon darüber? Ich möchte nur, dass du glücklich bist und in dieser Hinsicht dein Bestes tust. Wie Bill sagt, wird die menschliche Rasse aussterben, wenn sie weiterhin tut, was sie nicht tun will. Was mich betrifft, für mich bist du ein großartiger junger Dichter und auch bereits ein großer Mann (selbst wenn du meine ausweichende Schönfärberei satthast). (Für die es, wie du weißt, ein paar schrottige Gründe gibt; und du weißt das.)
In Hinsicht auf machen was ich will bin ich auch nicht besser dran als du. Ich muss inzwischen auf einer Baustelle arbeiten und kann nicht die ganze Nacht aufbleiben, um mir die Worte des Lamms zusammenzufantasieren. (Aber da arbeitet noch etwas anderes rund um die Leute in der Sache Wald-von-Arden, den ganzen Tag lang.)
Wenn du mich fragst, dann tanzt Clem [Huncke] tatsächlich, wenn er sagt: »Mutter, ich kann nicht tanzen.«
Der Rubens, den ich meinte, war nicht der Weiße-Arme-über-der-Leere-

Horizontale-Tanz, sondern der andere mit Hühnern vor der Kirchentreppe und einer herrlichen holländischen Wiese … aber was spielt das jetzt für eine Rolle? Nein, auch mein Leben hat nichts mit diesem Tanz gemein.

Als ich gestern Abend dein Besser-als-ihr-Gedicht durchgelesen habe (oder »Zeilen im Rockefeller Center geschrieben« [»Strophen: Des Nachts im Radio City geschrieben«]) fiel mir etwas Seltsames auf im Vergleich mit meinen eigenen Zeilen. Aber lass uns mit meinem neusten »verrückten« Gedicht anfangen, danach kommt deines dran.

»The God with the Golden Nose, Ling,
gull-like down the Mountainside did soar,
till, with Eager Flappings, above the Lamb
so Meek did Hang, a Giggling Ling.

And the Chinamen of the Night
from Old Green Jails did Creep,
bearing the Rose that's Really White
to the Lamb that's really Gold,
and offered Themselves thereby, and
the Lamb did them Receive, and Ling.

Then did Golden Nose the Giggling Ling go down
and He the Mystery did Procure–
all wrapp'd in Shrouds that greenly swirl'd,
which barely He, nor Chinamen, could hold,
so Green, so Strange, so Watery it was:
but the Lamb did then the Mystery Unveil.

Saith the Lamb: »In this Shroud the Face
is Water. Worry therefore not for Green,
and Dark, which Deceptive Signs are,
of Golden Milk.
    Beelzebub is but the Lamb.
Thus did the Lamb his Mouthings end.«

Ich finde, dass deine Zeilen dich heraufbeschwören, und meine mich … was ja nur stimmig ist. »Not a poppy is the rose« klingt merkwürdig lüstern; aber nicht nur das, sondern auch »up-in-the-attic-with-the-bats« und die Zeile über die extrafeine Mohnblume. Ich will das nicht weiter vertiefen … aber poetisch gesehen passt die Kombination von sinnlicher Anspielung, augenzwinkernder Geilheit und zotigen Liedchen zu deiner Arbeit. Das ist vergleichbar mit Herrick:

»A winning wave, deserving note,/in the tempestuous petticoat:/
A careless shoe-string, in whose tie/I see a wild civility«

Stell dir Herricks Bild des Petticoats vor, etc.
Jenuch davon. Ich wohne westlich von Denver, an der Straße nach Central City.
Ich lese inzwischen französische Dichtung, wenn ich dazu komme: De Malherbe, und Racine, den Shakespeare Frankreichs. Aber ich habe wenig Zeit. Brierly hat mir Capote zu lesen gegeben. Er hat mir heute während eines großen Lunchs an der High School zugezwinkert, inmitten von Lehrern und Gewerkschaftsführern und Managern.
Während ich missmutig durch Denver gestreift bin, habe ich mich gefragt, was wohl Pomeroy [Cassady] tun würde.
Beim nächsten Mal schreibe ich einen längeren Brief. Inzwischen ist es bei uns beiden immer das »nächste Mal« … warum? Weil es viel zu viel zu sagen gibt. Die Familie ist hier, die Möbel sind hier, und Katzen, Hunde, Pferde, Kaninchen, Kühe, Hühner und Fledermäuse gibt es in der Nachbarschaft zuhauf. Gestern Nacht sah ich Fledermäuse über der Goldenen Kuppel des State Capitol flattern. Wenn ich eine Fledermaus wäre, würde ich los und mir das Gold schnappen. Hoch-in-der-Kuppel mit den goldenen Fledermäusen. Hier laufen so viele hübsche Mädchen herum. Tut mir richtig weh. Ein kleines Mädchen hat sich in mich verliebt … welch Jammer. Schwärmerei für einen älteren Mann, mich. Ich habe ihr klassische Musik und Bücher gegeben und werde jetzt ein Tanzlehrer. Tanzlehrer Zwinker.
Heut Nachmittag bin ich auf einem Rodeo geritten, ohne Sattel, und fast runtergefallen.
Ich habe beschlossen später mal ein Thoreau der Berge zu werden. Wie Jesus und Thoreau zu leben, mal abgesehen von Frauen. Wie Nature Boy mit seinem Nature Girl. Ich werde mir einen Saddlehorse-Mix für $ 30 kaufen, einen alten Sattel in der Larimer Street, einen ausrangierten Army-Schlafsack, Bratpfanne, eine alte Blechtasse, Schinken, Kaffeebohnen, Sauerteig, Streichhölzer, etc.;

und ein Gewehr. Und verschwinde für immer in den Bergen. Im Sommer nach Montana und im Winter nach Texas-Mexiko. Trink meinen Kaffee aus einer alten Blechtasse, während der Mond hoch am Himmel steht. Ach so, ich habe vergessen, meine chromatische Mundharmonika zu erwähnen … damit ich Musik machen kann. So werde ich – unrasiert – die wilden wilden Berge durchwandern und auf den Tag des Jüngsten Gerichts warten. Ich nehme an, dass es ein Jüngstes Gericht geben wird, wenn auch nicht für die Menschen – für die *Gesellschaft*. Die Gesellschaft ist ein Irrtum. Sag Van Doren, dass ich kein bisschen an diese Gesellschaft glaube. Sie ist böse. Sie wird untergehen. Die Menschen müssen tun, was sie tun wollen. Es ist alles aus dem Ruder gelaufen – von dem Augenblick an, als die Deppen 1848 aus ihren Planwagen gesprungen sind, die Familie sitzen gelassen und sich wie verrückt in Kalifornien auf die Suche nach Gold gemacht haben. Und natürlich gibt es nicht genug Gold für alle, sogar wenn Gold Das einzig Wahre wäre. Jesus hatte recht; Burroughs hat recht. Warum hat Pomeroy es abgelehnt, sich vom Tanzlehrer helfen zu lassen und auf die High School zu gehen? Ich war gestern Abend bei ihrer Abschlussfeier, und der 18-jährige Festredner redete mit verstellt tiefer Stimme vom Kampf für die Freiheit. Ich gehe in die Berge, hoch ins Adler-Regenbogen-Land, und warte auf den Tag des Gerichts.

Auch nach Verbrechen ist den Menschen nicht. Ich habe oft darüber nachgedacht, einen Laden auszurauben, wollte aber denn doch nicht. Ich will niemandem schaden.

Ich will in Ruhe gelassen werden. Ich will im Gras sitzen. Ich will auf meinem Pferd reiten. Ich will eine Frau nackt im Gras an einem Berghang flachlegen. Ich will denken. Ich will beten. Ich will schlafen. Ich will die Sterne betrachten. Ich will was ich will. Ich will meine eigene Nahrung besorgen und zubereiten, mit meinen eigenen Händen, und so leben. Ich will mir meine Zigaretten selbst drehen. Ich möchte Wildbret räuchern und in meine Satteltasche packen und über die Berge verschwinden. Ich will Bücher lesen. Ich will Bücher schreiben. Ich werde in den Wäldern Bücher schreiben. Thoreau hatte recht, Jesus hatte recht. Es ist alles verkehrt und das prangere ich an und alles kann zur Hölle gehen. Ich glaube nicht an diese Gesellschaft; aber ich glaube an die Menschheit, wie [Thomas] Mann. Also roll dir deine Knochen selbst, sag ich.

Ich glaube nicht einmal mehr an Bildung … noch nicht mal an die High School. »Kultur« (anthropologisch) ist eine geschwätzige Begleiterscheinung dessen, was die Armen für ihr Essen machen müssen, überall. Geschichte heißt, die Leute machen das, was ihre Führer ihnen befehlen; und nicht das, was ihre Pro-

pheten ihnen sagen. Leben ist etwas, was dir Sehnsüchte gibt, aber ohne das
Recht, sie zu stillen. Das ist alles ziemlich fies – aber man kann immer noch
machen, was man will, und was man will ist richtig, solange man aufrichtig will.
Geld zu wollen ist das Verlangen nach der Unehrlichkeit, ist einen Diener zu
wollen. Geld hasst uns, wie ein Diener; weil es unaufrichtig ist. Henry Miller
hat recht; Burroughs hat recht. Roll's dir selbst, im Ernst.
Ich werde lange brauchen, um mich daran zu erinnern, dass ich meine selbst
rollen kann, so wie unsere Vorfahren. Wir werden sehen. So denke ich darüber.
Also lass meine Knochen in Ruhe. Ich glaube, das ist ein wunderbares Gedicht.
Schreib mir noch eins. Schreib mir diesen langen kohärenten Brief. Es ist alles
in Ordnung.
Los, los; los, roll deine eigenen Knochen. Knochen-Knochen. Roll-Knochen
deine eigenen Los-Knochen. Etc.
Quelle sorciere va se dresser sur le couchant blanc?
Quelle bone va se boner sur le bone-bone blanc?
Los, los; los roll deine eigenen Knochen.
Jack

Anmerkung der Herausgeber: *Ginsberg muss den folgenden Brief geschrieben
haben, bevor er Kerouacs Brief vom 10. Juni erhalten hatte.*

Allen Ginsberg [Paterson, New Jersey] an
Jack Kerouac [Denver, Colorado]
13. Juni 1949
13. Juni

Lieber Jack:
Kein Brief von dir, und nachdem ich dir geschrieben hatte, habe ich zwei Wochen lang nicht mehr an dich gedacht. Ich warte darauf, in die Klinik zu gehen,
und arbeite tagsüber an der Zusammenstellung meines Buches, von mittags bis
weit in die Stunden hinein, nachdem ich das Licht ausgemacht und mich ins
Bett gelegt habe, um mir Gedichte auszudenken. Letzte Nacht habe ich mir
weitere Strophen für unser Gedicht einfallen lassen –

I asked the lady what's a rose,
She kicked me out of bed,
I asked the man, and so it goes,
He told me to drop dead.
    Nobody knows,
    Nobody knows,
At least, nobody's said.

Dann etwas enger nach unserem eigenen metrischen und abstrakten Bilder-schema, (lies die ersten Zeilen schnell und achte auf den Klang)

I'm a pot and God's a potter
and my head's a piece of putty
    Break my bread
    And spread my butter,
I'm so lucky to be nutty.

Aber die netteste Strophe ist fast so gut wie »Pull my daisy, tip my cup« und geht so:

In the East they live in huts,
But they love where I am lolling.
    Cut my thoughts
For coconuts,
All my figs are falling.

»Cut my thoughts for coconuts« wird eines Tages zum Wortschatz der ganzen Welt gehören. Noch ein Beitrag zu unserer Stadt-Bilderwelt – hast du jemals von der Gassen-Mumie gehört? Ich habe das Gedicht »Who is the shroudy stranger of the night?« überarbeitet und die zweite Strophe beginnt jetzt mit »Who is the Walker, laughing in the street«, »The Alley mummy, stinking of the one …?« Siehst du sie nicht geradezu aus dem herumliegenden Müll steigen, bierfeucht in den Straßen von Paterson und der Larimer Street im toten Abfall zur Mitte der Nacht? Sie liegt dort, zwischen all den zerbroche-nen Flaschen und regennassen Zeitungen und Beuteln, in der Abfalltonne, in schmutzige Verbände gehüllt, die ein alter Mann ihr um die Beine gewickelt hat, verbunden mit alten Kleenex und Monatsbinden. Jedermann weiß, wie beängstigend Gassen sind – die dunkle Gasse, der dunkle Gang – denk nur an all die Straßengespenster und Gossenelfen und Dachkobolde, die es bestimmt in der Kasbah gibt? Und habe ich dir von dem Gesicht im Fernseher erzählt, dem armen Gespenst, das den Kindern im Wohnzimmer zuruft: »Macht bitte das Fenster auf und lasst mich hinein«? Vor einem halben Jahr habe ich daran gedacht. Ich habe auch die Psalmen überarbeitet, die ich dir gezeigt habe, als wir bei dir zu Hause waren, sie sind zu einer Art Gedicht geworden, eine ganze Menge kleinerer Texte und längerer Gedichte – all die Nachtigallen – ich habe noch mal abgetippt und gründlich aufgeräumt und hoffe, dass ich mein Buch in ein paar Tagen fertig habe, und ich hab auch eine Menge rausgelassen, alles was formlos war und emotional. Nur fertige Gedichte – aber selbst da gibt es Schwachstellen, lange rhetorische Tiraden über Ewigkeit und Licht und Tod, die nicht im Stofflichen zu Hause sind und keine echte Form haben – aber ich habe sie drin gelassen, zumindest einige, weil ich hoffe, dass keiner merkt, dass sie nicht Wahrheit sind. Sie sind so bezaubernd, wenn ich damit durch bin, werde ich mich wirklich etwas anderem zuwenden – längeren richtigen Gedichten über Menschen, mit einem Plot – folglich einem poetischen Drama – einer Tragödie um den von Licht & Verhängnis gebeutelten Pomeroy [Cassady] – Clem [Herbert Huncke] im Gefängnis. Ich im Krankenhaus. Aber ich bedauere, dass ich mich in der Vergangenheit nicht mehr darum bemüht habe zu veröffentlichen, was ich geschrieben habe, denn wenn es darum geht, eigene Gedichte an Zeitschriften zu schicken, also bei einer so frontalen Attacke bin ich eher ein Hasenherz; und ohne vorherige Veröffentlichungen in Zeitschriften ist es ziemlich schwierig, einen Gedichtband verlegt zu bekommen. Wenn ich keinen Verleger finde, und weiterhin das Gefühl habe, dass ich gelesen werden will, dann muss ich sie halt, wie Jethro [Robinson], selbst drucken lassen – aber im Krankenhaus habe ich überhaupt kein Geld. Na ja, mal sehen. Vielleicht erweist du mir die Ehre und schreibst ein Vorwort, denn wenn ich denn endlich mal damit fertig bin, bist du längst ein berühmter Autor. Wie ich schon angedeutet habe, mit dem schwersten Teil der Arbeit bin ich heute Abend fertig geworden und wollte mich entspannen und versuchen, friedlich und ruhig zu werden, und habe das Radio angeschaltet und mir noch mal deinen letzten Brief vorgenommen. Der lange Absatz, der mit den sich mischenden Fluten am Grunde des Mississippi endet, hat mich wieder überrascht und noch mehr bewegt als beim ersten Mal lesen. Beim ersten Mal schien es mir weniger eine tiefsinnige Anrufung der Regentropfen zu sein; und als ich es heute Abend las, fühlte ich mich plötzlich selbst wie ein unverwüstlicher Regentropfen, dem das Meer sagt, er solle sich erheben! Erheben! und über die kleinen Leute hinweg zurückfliegen. Paterson hat ein paar Veränderungen in mir in Gang gesetzt. Immer wieder kommen Gedanken auf über die kleinen Leute in den alten Häusern, in denen ich gelebt habe, über meine Schulen, und die Kindheit, meinen Vater. Außerdem habe ich ein zartes historisches Interesse an der Stadt entwickelt. Der Mythos von der Regennacht ist hier angesiedelt, in der Nähe von New York, denn weißt du überhaupt, dass es hier einen Hügel namens Snake Hill mit einem echten Schloss darauf gibt, einem Schloss, das über der Stadt thront[8]? Und dem Fluss, der durch die Stadt fließt? Der alte Mr. Lambert hat das Schloss um 1890 herum bauen lassen, und es hat eine Geschichte, die deiner sehr ähnelt, aber inzwischen ist sie Teil der landeseigenen Parks und eines riesigen verrückten Museums voller Kunst, die Lambert importiert hat (großartige Visionen von Tizian und Rembrandt und Damen von Reynolds, italienische Statuetten, mittelalterliche Bacchus-Figuren) zusammen mit Hunderten von Gegenständen, die mit dem Passaic County zu tun haben und von lokaler Bedeutung sind – eine echte Schatzkammer mit einer langen Geschichte – (Paterson wurde schon vor dem Unabhängigkeitskrieg besiedelt[9]). Übrigens arbeitet ein Dichter namens William Carlos William viel mit diesem Material. Es gibt alte Hunde aus Bronze, die 1840 über einem Schusterladen hingen, Karten von den großartig wilden Passaic Falls, Tornüren aus den 1870ern, Laternenpfähle aus dem 18. Jahrhundert. Das Schloss hat eine ganze Reihe von Türmen (die Hälfte davon wurde vor ein paar Jahrzehnten abgerissen) und steht am Hang eines Berges nur fünf Minuten von der Stadt entfernt und doch weit weg – und obendrauf, in einiger Entfernung zum Schloss, steht ein riesiger Steinturm, wie ein Turmverlies aus Annabel Lee, von dem aus man das ganze Tal bis über Palisades hin zu den nebligen Türmen von New York überblicken kann. Man kann es von der Innenstadt aus sehen – aber es geht fast keiner hin. Und im obersten Stockwerk lebt der Museumswärter mit seiner Frau. Außerdem hat Mr. Hammond, eine alberne alte Lady, Rektor der Schule 16 sowie Vorstand der Parkverwaltung, dort ein Büro und ist ein großer Spezialist für allerlei Marginales zum Passaic County. (Zufälligerweise kenne ich all diese Leute – du wärst wahrscheinlich erstaunt, wie bekannt mein Vater

8 Ginsberg verwechselt hier offenbar den Hügel über der Stadt, auf dem das sog. Lambert-Schloss steht, mit dem ca. 20 km in südlicher Richtung liegenden Snake Hill (heute auch Laurel Hill). (A. d. Ü.)

9 Paterson wurde 1791/92 als Industriestandort gegründet, der amerikanische Unabhängigkeitskrieg fand von 1775 bis 1783 statt. (A. d. Ü.)

als bedeutendster Dichter von Paterson ist – und habe all die Bürgermeister und Zeitungsleute und Lehrer und Bankbeamten und Rabbiner irgendwann einmal kennengelernt. Eines Tages werde ich unabhängig sein und hier umherwandern und vom Aufwachsen des Dämonenkindes in Silk-City berichten (so nennt man Paterson – vor der Depression gab es hier eine Seidenindustrie.)

Wie schon gesagt, warte ich immer noch darauf, nach New York zu können [in die psychiatrische Klinik] und es sollte eigentlich schnell passieren – letzte Woche gab es hier ein kleines Problem. Ich habe keine Ahnung, was aus den anderen Angeklagten geworden ist – ich werde beschützt und abgeschottet und habe keinen Grund, meine Zuflucht zu verlassen. Letzte Woche habe ich Claude [Lucien Carr] angerufen – es geht ihm gut, er gratulierte mir, wie effizient und sauber ich meinen Fall bis hin zu einem erfolgreichen Abschluss durchgezogen hätte – eine Überraschung, angenehm – dass er mir gratulierte, als sei ich der große Planer, der hinter den Ereignissen steckt. Ich vermute, er gratuliert mir (ohne es zu wissen), dass ich mich da rausgehalten und alles akzeptiert habe, was mein Anwalt ganz alleine in den oberen Sphären der juristischen Klinkenputzerei zustande gebracht hat. Es tat gut, von Claude zu hören, dass ich mich in einer weltlichen Angelegenheit wacker geschlagen habe, also habe ich das Kompliment akzeptiert. Ansonsten weiß ich wenig von ihm. Er hat seine Shortstory geschrieben, sagte: »Himmel, man verschwendet mehr Zeit mit Gefummel, der Suche nach Zigaretten, als man tatsächlich zum Schreiben kommt. Es ist einfach«, sagte er, »Künstler zu sein, wenn man sich um seine eigenen Angelegenheiten kümmert und es hinter sich bringt.« Nicht mit diesen Worten, aber so ähnlich – er meinte wohl, oder sagte, dass es halb so wild wäre, wenn man nur einfach loslegen könnte. Ich ruf ihn bald wieder an. Er sagte, er geht mit einem Mädchen, aber nicht bloß Studentin oder so was. Ich konnte ihn nicht dazu bringen, am Telefon darüber zu sprechen.

Adieu. Schreib an Denison [William Burroughs] – wenn nötig (hast du seine Adresse?) per Adresse Kells[10] in Pharr, Texas. Ich möchte wissen, was mit ihm los ist. Erzähl ihm, was es Neues bei mir gibt. Sag ihm, dass die Umstände für einen Brief an mich nicht günstig sind, aber dass ich an ihn denke. Sag ihm, dass es an mir liegt, wenn ich für eine ziemliche Weile schweigen werde, bis ich weiß, in welcher Sphäre sich mein Leben abspielt. Finde heraus, wie es ihm geht. Bitte mach das gleich, Jack.

Schreib mir hierher. Ist deine Familie angekommen? Hast du dich schon ein-

---

10 Kells Elvins war einer von Burroughs ältesten und engsten Freunden.

gerichtet? Als Veteran, so scheint mir, könntest du doch einen Kredit für ein Haus bekommen und das dann abzahlen, statt $ 75 im Monat für Miete zu zahlen – aber du hast ja einen Mietvertrag, verstehe.

Ich lege dir die Eintrittskarte für das Museum[11] bei. Weißt du, dass Lenrow ein Ignu ist? Anstatt die Eintrittskarte wegzuwerfen hat er sie mir zum Aufbewahren gegeben; er hat nicht nur begriffen, dass für mich in meiner romantischen Art ein ungenutztes Ticket immer etwas Nostalgisches hat – er hat es mir auch mit einer freundlichen Bemerkung angeboten, dass ich es wohl gerne hätte.

Aber im Übrigen ist das Wort Ignu ja für die Dennisons und Pomeroys dieser Welt reserviert.

Anbei auch ein Ausschnitt aus einer Zeitschrift über Folkmusik.

Herr im Himmel, diese Knochen, diese Knochen, diese drögen Knochen …

Jack Kerouac [Denver, Colorado] an Allen Ginsberg [New York, New York]

5.–11. Juli 1949

5. Juli 1949
6100 W. Center Ave,
Denver 14, Colo.

Lieber Allen:

Ich bewundere dich dafür, dich selbst in eine richtige Klapsmühle einliefern zu lassen. Das beweist deine Anteilnahme an Dingen und Menschen. Pass auf, dass du dich bei deinem Versuch, die Ärzte davon zu überzeugen, dass du spinnst, nicht auch gleich selbst überzeugst (du siehst, ich kenne dich gut). Ist es nicht interessant, dass Holmes' Brief mit der Anfrage, wie es mit deiner Seele steht, dich dort erreicht? Jedenfalls, entspann dich auf dem Dach und schnapp frische Luft.

Lass mich im Zusammenhang mit alledem aus einem Artikel in der *Pharr Gazette* zitieren, den ich gestern Abend gelesen habe, von einem gewissen M. Denison [Burroughs] (einem Lokalredakteur mit feurigem Temperament): Er sagt über einen anderen Farmer der Gegend namens Gillette [Allen Ginsberg], der seine Frau umgebracht hat und in eine Heilanstalt in Houston gekommen

---

11 Elbert Lenrow wollte mit Ginsberg und Kerouac ins Museum of Modern Art gehen, wo Carl Dreyers Film *The Passion of Joan of Arc* gezeigt wurde; durch Ginsbergs Verhaftung wurde nichts daraus.

war: »Was ist mit Al Gillette los, dass er vom Zorn Gottes spricht? Ist er ausgerastet? Hier unten sind der Zorn Gottes die Beamten der Grenzpolizei, die unsere Feldarbeiter abschieben, und die Beaurokraten der Landwirtschaftsbehörde, die uns vorschreiben, was, wo und wann wir was anpflanzen sollen. Nur dass wir Farmer dafür andere Namen haben. Und wenn irgend so ein widerliches Pack von Beaurokraten denkt, dass wir auf unserem (Arsch) sitzen bleiben und zusehen, wie der Zorn Gottes hier das Kommando übernimmt, dann werden sie merken, dass wir keine Liberalen sind.« (!) (Beachte die Schreibweise – Beaurokrat, eine Art südliche Plantagenschreibweise, eine Missouri-Aristokratenschreibweise.)

Der Redakteur fährt fort (in Ewiger Klage über die Unwägbarkeiten der Zeitläufte): – »Wäre Ihr Redakteur an Gillettes Stelle, er würde sagen, ›Macht nur, her mit eurer Anklage, was immer anliegen mag.‹« (Der Redakteur hielt Gillette im Verlauf der Verhandlung, die in Clem, Texas, stattfand, für unschuldig.) »Seine gegenwärtige Lage ist unerträglich. Man stelle sich vor, ringsum behütet von einer Reihe alter Weiber wie Louis Gillette [Louis Ginsberg] und Mark V. Ling [Van Doren]. Nebenbei verstehe ich nicht, warum V. Ling überhaupt seinen Senf dazugeben muss. Greinende alte liberale Tunte … Alle Liberalen sind Schwächlinge, und alle Schwächlinge sind nachtragend, bösartig und kleinlich. Ihr Redakteur glaubt nicht, dass von dieser Geschichte in Houston etwas zu erwarten ist. Ein Haufen New-Deal-Freudianer. Ihr Redakteur würde die Kurpfuscher da oben nicht mal an seine Hühneraugen lassen, geschweige denn an seine Psyche.«

Nach der Lektüre dieses erstaunlichen Leitartikels rief ich Denison an, und der meinte unter anderem: »Ich habe gerade Wilhelm Reichs neustes Buch *Der Krebs* gelesen. Ich sag dir, Jack, er ist der einzige Mann der analytischen Branche, der *auf Kurs ist.* Nach dem Lesen des Buchs habe ich mir einen Orgonakkumulator gebaut und der Trick wirkt tatsächlich. Der Mann ist nicht verrückt, er ist ein Sch****-Genie.« Mit Blick auf den Leitartikel fügte er hinzu: »Die überbezahlten Beaurokraten sind ein Krebs am Gemeinwesen, das längst nicht mehr den Bürgern gehört.«

Übrigens fahre ich im August da runter, um ihn zu besuchen.

In Denver sind traurige Sachen passiert. Meine Mutter war sehr allein hier und geknickt und ist gestern zurück nach New York, um wieder in der Schuhfabrik zu arbeiten. Sie hat *recht,* wie immer. Ich erklär's später. Also gehe ich zurück nach New York und werde dort wohl ewig wohnen. Meine Mutter ist schon schwer in Ordnung – will sich [ihren] Lebensunterhalt selbst verdienen.

Außerdem sind Edie [Parker-Kerouac] und ich praktisch wieder so gut wie zusammen, jedenfalls per Brief. Jetzt, wo ich mein Buch verkauft habe, ist sie wieder sehr an mir interessiert. Sie sagte: »Wenn du erst ein Hollywood-Schreiber bist und in einem großen Haus lebst, dann bin ich die Erste, die bei dir schmarotzen darf.« Ich werde versuchen sie dazu zu bringen, im Herbst in New York eine Ausbildung zu machen (sie macht einen Kurs als Blumen-gärtnerin). Ihre Mutter hat den Berry von Berry Paint geheiratet, und sie leben inzwischen alle zusammen in einer Villa in Lake Shore, Detroit; Edie hat ein Zimmer im Turm (!) Und im Frühling will ich sie mit nach Paris nehmen und *Dr. Sax* schreiben. Wenn ich dann genug Geld habe, finanziere ich dir auf jeden Fall eine Reise dorthin. Ich stelle mir eine Sause in New York vor und dann eine Riesige Sause in Paris (inklusive Claude [Lucien Carr]) und sogar Vern [Neal Cassady] falls ich genügend Geld habe.) Wenn ich reich werde, sind wir alle gerettet und werden die Größe der Nacht besiegen, der roten, roten Nacht. Ich habe während der Woche angefangen, »The Rose of the Rainy Night« zu schreiben, um mir die Zeit zu vertreiben, während ich an *On the Road* schreibe und mich auf den »Mythos [*Doctor Sax*]« vorbereite. »The Rose« ist eine große Spenser'sche Arbeit mit vielen Gesängen. Es fängt so an:

»So doth the rain blow down
Like melted lutes, their airs condenst,
And water harps and waterfalls
And all manner of concertina
Th'arcanums of the night alluring.«

Ist nicht so gut, wie du siehst, aber ich werde das noch in Ordnung bringen. Ich habe nur hingeschrieben, was mir in den Kopf kam, wenn auch nicht ge-dankenlos. Auf diese Art und Weise kommt eine große Rose zusammen, und ich kann ein paar Blütenblätter herauszupfen: –

»Unfolding petal – *A me peloria!* –
The rose of the rain falls open,
And drooping lights the sky
With firkins of softest dew.«

Wie auch immer, inzwischen verstehe ich, wie es mit der Dichtung läuft und mache einfach mal weiter. Meine Prosa hat von diesen Übungen profitiert. Ich schreib dir nur mal einen Satz ab, sonst wäre es zu viel, du wirst später alles zu lesen bekommen:

»Und nach einer Weile gingen alle Lichter aus außer einer Funzel im Flur, und die Männer bereiteten, in die Laken der Mainacht gehüllt, ihre Köpfe vor auf den Schlaf.« Spielt in einem Gefängnis. Der Held, Red, lauscht … »Rechts von ihm schien Eddy Parry zu stöhnen, allein; schien seine Knochen auf der harten, heißen Matte hin und her zu werfen; es sei denn, sein Stöhnen galt jemandem in der Zelle nebenan.«

Hier zeigt sich der unbedingte Ernst und die Wichtigkeit unserer poetischen Experimente, weil sie die rationale Atmosphäre von Prosa-Sätzen wie in Melvilles Prosa erreichen, aber deutlich darüber hinausgehen, viel, viel deutlicher. Hier einmal mehr der Einfluss absoluter Konzentration auf die Sprache innerhalb – und zur Stärkung, der vorgefügten Erfordernisse – eines vernünftigen und nüchternen Prosasatzes –

»Und als die Stille zunahm, konnten Red und jeder, der noch wach war und lauschte, von draußen das gewaltige Tosen New Yorks branden hören: die tobende Samstagnacht, die ihre Flutwelle weit hintrug über den Morast der unermesslichen Ebene so voller Leben – mit ihrer alles überragenden Recken-Insel, den Hafenbecken, den finsteren Bienenstockbehausungen bis hin nach Rockaway und zum Fels von Yonkers, ins blau beschalte New Jersey, in die endlose Jamaica Bay, die sich wie Altarwachs gefurcht über den verschleierten Horizont zieht – die Samstagnacht von zehn Millionen rasend lebender verschwiegener Seelen, zu denen Red, wie er jetzt halbherzig und halb dösig überlegte, bald wieder zurückkehren würde, er selbst eine rasende, verschwiegene und aufgekratzte Bewegung in diesem von altem Leben erfüllten Meer. Und wozu? Warum hatte er kein Interesse am bloßen Tag? an der bloßen Nacht? hier drinnen? sonst wo?« Aber später in der Nacht hat Red eine Vision (minutiös und turbulent beschrieben), die ihn aus der Trübsal erlöst: –

Hier ein paar seiner Visionen:

»Unerklärlicherweise saß er jetzt in dem Film, starrte gierig auf die ernst-verrückte graue Leinwand und was dort zu sehen war; und starrte auf die Vorhänge neben der Leinwand und auf einen buckligen alten Mann mit Zylinder, der neben einer Trittleiter eine finstere Miene zog. Dann hatte er eine Art Vision von einem Schokoriegel, einem riesigen Mr. Goodbar – die hatte er schon als Kind im Kino gegessen – und begann sich langsam von der Ecke nach innen zu knabbern, Erdnuss um Erdnuss, die Schultern wie in verzückter Umarmung darübergebeugt. Außerdem regnete es draußen, während es im Kino, in dem er saß, jubilierend versteckt, die Füße unter den Vordersitz gestreckt, warm und dunkel war. Auf der Leinwand spielten die Marx Brothers verrückt, alles ging drunter und drüber und explodierte förmlich, Harpo hing an einem Seil aus dem Dachfenster, Groucho segelte mit einem Löwen in die Marmorhalle, irgendwas brach zusammen, im Schrank eine schreiende Frau. Dann war es plötzlich ein Western, Buck Jones galoppierte auf einem weißen Pferd in einer Staubwolke über die trockene Prärie – ein regengrauer Mythos der Leinwand, der Mythos des grauen Westens, verfolgt von Gaunern in Westen auf gewöhnlichen Gäulen, während eine weitere Bande aus einer Stadt voll knarrender Bruchbuden herbeigaloppiert. Auf der Leinwand taucht ein riesiges Gesicht auf, das sich langsam ins Profil dreht, das Gesicht eines Mannes mit flatternden Wimpern. Wer war das? Vern?«

Es ist Reds letzte Nacht im Gefängnis, er hat all diese Visionen und schließlich sinkt er auf die Knie und betet. Dann geht er mit dem harmlos-verrückten Smitty auf eine Pilgerreise Richtung Kalifornien, um dort nach seinem Vater zu suchen, den er aber erst nach vielen schweißtreibenden und verrückten Touren mit Vern durchs ganze Land im folgenden Winter in den Spielhöllen Montanas findet, und allerhand mehr, darunter auch meine eigene Version des Dunklen Engels mit dem Verrückten (erinnerst Du dich an den Dostojewski im Apollo?) (Dem in San Francisco.) Schließlich reisen alle weiter und Red ist alleine und damit endet die Geschichte. Das bin ich. (Außerdem ist da noch ein geheimnisvoller Mann mit einem Tenorsax, der im Land herumtrampt, ein abgedrehter Farbiger, den Red immer wieder trifft, bis er es mit der Angst kriegt; er sieht ihn sogar mitten in der Nacht mit seinem Tenorsax ins Haus der Schlange treten, im Bayou von New Orleans, und gibt Gas. Das ist sozusagen der Geheimnisvolle Fremde. Das Opus heißt *On the Road*; ich will über diese verrückte Generation schreiben und sie bekannt machen, damit sie Bedeutung bekommt und mal wieder alles ändert, so wie das alle zwanzig Jahre geschieht. Wenn ich sterbe, werde ich ein Gespenst sein, das beim Umzug auf dem Fluss mitschwimmt, mit mageren weißen Armen und Lotus-Augen, und das war's dann, des Nachts. Danke, dass du mir von Hodos Chamelientos berichtet hast. Ich bin dabei, Eliot zu lesen und Crane und Dickinson und Robinson und sogar Keinvarvawc (einen keltischen Dichter) und *The Faerie Queene*[12]. Bald mehr. Wir sehen uns im September.

Alter Freund

Jack

---

12 *Die Feenkönigin*, Versepos des englischen Dichters Edmond Spenser (ca. 1552–1599).

1. Brierly hat mich hier zu einer großen Party für Lucius Beebe eingeladen. Er behauptet, »der letzte der Bourbonen« zu sein und ist ein großer Schwindler … sprich, er sagt, die Welt interessiert ihn nur so insoweit, als sie ihm »die letzten übrig gebliebenen guten Dinge« bietet. Er ist ständig betrunken, aber auch das nicht glücklich. Ich habe Thomas Hornsby Ferrill und all die oberen Zehntausend von Denver kennengelernt. Ich habe mich wie ein Narr benommen. Ich habe herumgebrüllt und Zoten erzählt und mich besoffen. Dann bin ich zurück in meine Bude hier in den Hügeln und habe mich ausgeruht und gegrübelt. Ich bin hier täglich von Kinderhorden und Hunden umringt, die ins Haus kommen. Heute waren das ein dreizehnjähriges Mädchen, ein sechsjähriges Mädchen, ein vier Jahre alter Junge, ein Kleinkind, ein Jagdhund, eine Promenadenmischung, zwei Chihuahuas und eine Katze. Die Dreizehnjährige schrieb an meiner Schreibmaschine eine Geschichte über einen Riesen im Garten und die kleinen Kinder, die sich nicht hineintrauen, weil sie denken, die Gartentür sei verschlossen, aber die Tür war überhaupt nicht verschlossen und ging auf und sie gingen hinein und der Riese weinte vor Freude. Das beweist mir, dass Kinder wirklich mehr wissen als Erwachsene. Kinder beschäftigt dasselbe wie Shakespeare … Gärten und Elfen und verwunschene Inseln und Riesen und Zauberer und das ganze Arsenal dessen, was man wohl Metaphorische Gehirntätigkeit der Metaphysischen Fantasie nennen könnte.

Ist es nicht so?

Und der Riese? – der im Garten? Bin natürlich ich.

Ich liebe diese kleinen Kinder und ich liebe die Rubens-Landschaft hier und bin traurig, dass die ganze Welt nicht ein einziger kleiner Garten ist, so dass alle jederzeit zusammen sein können, bevor sie sterben und im Grab verrotten. Und ich werde Edie wieder lieben, bevor sie geht.

Weißt du, was ich vom Verstand glaube? – dass er aus diversen wohlgeordneten Mythen besteht, deren jeder in eine eigene Richtung weist, und einer Hoffnung (albern oder nicht); und wenn man diese wohlgeordneten Mythen (assoziative Konstellationen) analysiert und seziert, dann zerschlägt man sie und errichtet an ihrer Stelle den Einen Weißen Mythos der Vernunft, der dich dann rücksichtslos lenkt und kommandiert; und damit ist ein großer Reichtum verloren. Der Verstand mag jetzt kohärenter sein, aber das ganze organische Lianengewirr ist hinüber. So wie man einen Dschungel rodet für eine Zementfabrik. All die Lianen und Blumen und Kakadus und Tiger sind weg, und stattdessen machen sie unter Lärm und Staub Zement. Ich sehe keinen Grund, darauf einen

Lobgesang anzustimmen. Es ist nur ein weiterer dummer Fehler der Mensch-heit. In ein paar Jahrhunderten werden wir lachen und spielen.

Die Typen aus Denver? Ich hab einen Burschen kennengelernt, der glaubt, dass jeder mit seinem kleinen Job glücklich sein sollte, etc., und *berechenbar*, damit die Soziologen ihre Akten in Ordnung halten können. Mir geht's da wie dem Kollegen Denison. Es ist alles ein großer Fehler, alles außer dem Körper, und der Verstand ist das Blütenblatt des Körpers. Und er ist aus dem gleichen Stoff gemacht wie der Körper. Das sagt Albert Schweitzer, der zurzeit hier auf dem Aspen Goethe Festival ist. Ich würde so gerne morgen seinen Vortrag auf Französisch hören.

Mein Lektor [Robert] Giroux kommt nächste Woche eingeflogen und Brierly und ich fahren mit ihm zur Oper in Central City. Sehr gut möglich, dass ich mit ihm zurückfliege und wir uns vielleicht bald sehen, wenn sie es dir erlauben. Ich wünschte, du würdest deine müden Knochen in weniger unzugänglichen Gegenden deponieren … wie dem Dixie Hotel oder so was, oder Pokerino, oder das Mills Hotel, oder das Waldorf-Astoria. Kann man sich im Kranken-haus amüsieren? Hey? Was hat dich bloß dahin getrieben?

(∑ᴧiᴝᴋɢɪ)

P. S. Hal [Chase] ist tot.

Allen Ginsberg [New York, New York] an
Jack Kerouac [Denver, Colorado]

13.–14. Juli 1949

13. Juli 1949

Lieber Jack:

Comprenez, ich habe mich nicht selbst in eine richtige Klapsmühle eingeliefert um zu sehen, wie es dort ist, jedenfalls nicht so wie du das meinst, von wegen Dingen und Menschen. Schreib einen Brief an den Redakteur – sag ihm, *dass ich meine Irrenhäuser ernst nehme*. So ist das. Und was den Ausverkauf mei-ner Seele an den New Deal betrifft, das interessiert mich jetzt nicht – die Angst davor – ich habe mit einer Abstraktion (der Gesellschaft) gekämpft und wollte von ihr bestraft werden, und ich habe die Strafe in mir selbst gefunden. (Mei-ner traurigen Erhabenheit müde.) Vielleicht sind die Reaktionäre zu lange stolz und arrogant gewesen, aber das ist ihre eigene Angelegenheit. Vielleicht ist Hal [Chase] nicht tot – er hat mich verstanden, und mir ist es kalt den Rücken hinuntergelaufen. Heiligkeit ist Liebe und Demut, und dann sind da noch Wahrheit und das Selbst – Ein Großer Weißer Mythos – gewaltiger als der Dschungel des Irrealen. Ich werde der »Gesellschaft« ein Lamm sein, ich war nie ein Schakal wie Denison [William Burroughs] oder ein Luchs wie Joan [Adams], obwohl ich versucht habe wie jedermann zu sein außer moi. Nicht?

Je Changerau. Im Irrenhaus gibt es keine Intellektuellen. Der Rest der Leute hier hat an einem Tag mehr Visionen als ich in einem Jahr – obwohl sich hier überall tiefe Abgründe auftun. Weißt du, was Gedächtnisschwund ist? Wenn du einen Namen nicht aussprechen kannst, der dir auf der Zungenspitze liegt, an den du dich aber nicht erinnern kannst – eine Gedichtzeile, oder eine Person, etc. Was aber, wenn dieser Zustand nicht nur einen einzigen Fall betrifft, sondern sich ausweitet? Was, wenn du nicht aussprechen kannst, was unmittelbar jenseits deiner Gedanken ist – was, wenn die ganze Erinnerung weg ist? Die ganze Welt neu, irgendwie kommst du dir bekannt vor, aber dann doch nicht, selbst dein Name ist weg? So Leute gibt's hier jeden Tag – und wir reden von Visionen – andere sind einfach nur verloren. Albträume sind hier an der Tagesordnung.

Ich habe herausgefunden, dass ich keine Gefühle habe, nur Gedanken, Gedanken die ich mir von jemandem geborgt habe, den ich bewundere, weil er Gefühle zu haben scheint. Ich kann das Argumentieren gegen den New Deal nicht mehr hören. Wenn der New Deal mich lehren kann, Liebe für ihn zu *empfinden*, dann werde ich ihn lieben.

Worte bedeuten nur was sie sagen, was sie vordergründig aussagen; Unendlichkeit, das Nichts existieren im wörtlichen Sinn nicht. Das einzig Reale liegt an der Oberfläche.

Die Bürokraten haben recht – der Beweis dafür besteht darin, dass ich mein Leben damit verbracht habe, sie zu bekämpfen. Warum sollten sie auch nicht recht haben, mal davon abgesehen, dass es unsere bewährte spirituelle Ordnung durcheinandergebracht hätte, wären wir davon ausgegangen? Also gut, stoßen wir unsere alte Ordnung um. Eine Revolution? Warum nicht? Weißt du, was es für den reaktionären Redakteur bedeuten würde, wenn er plötzlich herausfände, dass er sein Leben in einem sinnlosen donquichottischen Krieg gegen eine wahre Wirklichkeit vergeudet hat, wie sie die »Bürokraten« repräsentieren? Die Ratten der Ewigkeit, die Schlünde der Wirklichkeit, – »Oh bitterer Lohn so manch tragischen Grabs. Die mörderische Unschuld der See.«

Oh Trostloser Bill. Er hat Angst, ich könnte herausfinden, dass er verrückt ist, dass seine Analyse meiner Person eine tragische Farce war – keine absurde Farce, sondern eine wirklich tragische – dass er mich in die Irre geführt hat. Also gut, schreib einen Brief an den Redakteur und verkünde, dass ein widerwilliger Abonnent inzwischen der Ansicht ist, dass er sich, den Warnungen seiner Eltern zum Trotz, vom rechten Weg abgebracht sah – von Herumtreibern und Perversen. Der Spross einer edlen Familie. Schreib dir das hinter die Ohren, und mach damit was du willst, ich bin nicht Jesus Christus. Ich bin Jerry Rauch[13]. *Mon pere avait raison. Ma mere elait fou.*

Behold! the swinging Swan
Where the geese have gamboled.
  Say my oops,
   Beat my bone
All my eggs are scrambled.

Wirklichkeit, wie Claude De Maubri [Lucien Carr] sehr wohl weiß, ist diese familiäre und soziale Gemeinschaft, die wir Irren aufgegeben haben. Ödipus Rex – er, nur er allein hat die Seuche ins Spiel gebracht.
Wenn wir so intensiv geliebt hätten, wie wir inzwischen hassen, ohne die Widersprüche des Hasses – und die selben Dinge lieben, die wir hassen?
Und was sonst sollte die Antwort sein, mal davon abgesehen, dass *wir*, und nicht sie, verrückt sind? Diese Art von Außenpolitik ist den isolationistischen Lokalredakteuren wohl fremd und zu unübersichtlich. Ich denke über unerhörte logische Revolutionen nach, ganz anders als alles in der vergangenen Dekade. Was ist dieser saisonale geistige Wahnsinn und Stolz, den wir kultiviert haben, anderes als ein vorsätzlicher Affront gegen andere? Eine Verteidigung gegen ihre Liebe? Die Wärter im Irrenhaus lieben mich, sie wollen mir helfen. Warum sollte ich ihnen das übel nehmen und auf ihre Kosten Späße machen? Ich lache einsam. *Roll my bones, roll my bones, don't leave my bones alone.* Wir sind alle wirklich verrückt. Du bist auch verrückt.
Alles in allem halte ich mich für krank. Denison [Burroughs] war auch mal in einer Irrenanstalt, aber anstatt etwas Neues zu lernen hat er dort jeden verdächtigt, ihn quälen zu wollen. Du auch. Denk an Kafka. Das ist die eigentliche Pforte des Zorns.

13 Jerry Rauch war einer ihrer Freunde an der Columbia University.

Du zollst mir gar keine Anerkennung für hinreichende Ausgelassenheit. Ich bin außerdem froh, dass Wilhelm Reich recht hat. Er hat möglicherweise mehr recht als der Rest der analytischen Schulen. Ich bin außerdem froh, dass du und ich uns in den kommenden Jahren in New York sehen werden. Wenn du dort geblieben wärst, hätte ich wohl nach Denver kommen müssen. Jetzt können wir einander 1954 anrufen, jede Nacht von unseren Penthäusern in unsere Landhäuser.

Walter Adams ist zurück. Ich habe ihn noch nicht gesehen, werde ich aber wohl am Samstag. Er hat mir drei Zeilen hierher geschrieben – dass er mich gerne sehen möchte. Wo wird deine Mutter wohnen?

Und Edie [Parker Kerouac] auch!

Claude habe ich letzte Woche angerufen – kurzes Gespräch. Alles okay. Er geht mit jemandem, will aber am Telefon nicht sagen mit wem. Vor dem Herbst werden wir uns wohl nicht mehr treffen.

Willst du dieser armen gebrochenen Seele wirklich eine Reise nach Paris finanzieren? Wenn es so weit ist und ich immer noch verrückt bin, werde ich annehmen. Hast du von Pomeroy [Neal Cassady] gehört?

(Ha! Wie ich Pommy eines Tages einen Heidenschreck einjagen werde!) Über deine Strophen denke ich das Gleiche wie du. Sechs Wasserengel ist am besten, ebenso Wasserharfen und Wasserfälle, (Ich glaube, alles was es noch braucht, ist ein durchgehender verständlicher *Plot* um es verständlicher zu machen – ansonsten Arodos) (Aber du hast das?) (Wasser ist dein Medium). Wässrige Leichentücher, 6 Wasserengel singen thronend – du sagst das ist alles Schwachsinn, der ganze Symbolismus. Ebenso der düstere Blook.

Deine Prosa hat einen sehr viel düstereren Ton als früher, ist alles was du sagst sie ist aber auch: »Der unbedingte Ernst unserer Untersuchungen.« Genau das, was ich ursprünglich bei Cézanne gespürt habe und in deinem Roman, der mich bekehrt hat, schon erstaunlich, wie unsere frühere Frivolität sich quasi alchemistisch verändert. Alle Ballons steigen auf. Der Schatten wird zum Knochen.

Nicht mehr lange, und wir werden alle wieder beisammen sein, mach dir keine Sorgen. Ich meinerseits werd mir Pommy und Denison vornehmen … wenn ich wieder normal bin. Ich glaube an den Großen Weißen Mythos, und glaube nicht mehr an den Dschungel, wirklich. Nieder mit den assoziativen Konstellationen! Nieder mit den Konstellationen! Ich möchte von »Willkürlicher Vernunft« gelenkt und kommandiert werden. Was etwa das Gleiche bedeutet wie 1.) Gott, Realität ist nicht willkürlich, sondern notwendig, weil wahr und existent. Der Dschungel ist ein einziges großes Lager, ein Riesenschwindel. Er existiert nicht, er ist eine Illusion. Was existiert ist real, was nicht existiert existiert nicht, ist nichts. *De nihil de nihil.* Der große weiße Mythos ist nicht Zement und lärmender Staub, sondern in Wirklichkeit verschleierte Liebe. Bisher bin ich der erste (außer Claude [Lucien Carr] und Haldon [Chase]), der das so versteht. 2.) Um die Wahrheit zu sagen, ich bin ein kleines Zicklein, das gerade von einem Tiger verschlungen wurde und nicht mehr so recht an den Dschungel glaubt; und den tiefsten innersten Schatten sucht.

Doch all unsere Gedanken (auch die von Denison, obwohl er es nicht weiß) treffen sich im Himmel. Aber ich bin mit dem Redakteur nicht mehr einer Meinung.

Jetzt genug davon – und ich werd dir Geschichten aus dem Irrenhaus erzählen – Fakten, Anekdoten, Storys, Beschreibungen. Ich habe versucht, dir die eigentliche Frage deines ganzen Briefes zu beantworten, den letzten Satz: »He? Was hat dich bloß dahin getrieben?« Etwas, das zu lernen – zu werden – ich im Begriff bin, etwas, das ich für wahr halte und das der Ton deines Briefes müde belächelt, irgendwie.

Donnerstagnachmittag [14. Juli 1949]
Vergiss alles was ich gesagt habe, außer du liest zwischen den Übertreibungen all der Dinge, die ich nicht so einfach ausdrücken kann. Ich nehme meine Irrenhäuser ernst; wie es aussieht drohe ich seit Jahren augenzwinkernd mit dem gleichen Kick. »Was sie in Angriff nahmen, schau: Das schafften sie, die Dinge;

Die fielen wie ein Tropfen Tau
Von eines Grashalm Klinge.«
Dankbarkeit gegenüber den unbekannten Lehrern – Yeats.[14]

Es gibt hier einen bleichen Bartleby[15], einen jüdischen Jungen namens Fromm, (es gibt hier so viele verrückte Juden) der in einem Sessel sitzt. Als ich zum ersten Mal hierherkam, saß ich auf einem Stuhl im Flur und wartete darauf im Rahmen der Aufnahmemodalitäten mein Bett gezeigt zu bekommen. Er saß mir gegenüber, vornübergesackt; er bekommt alles mit, sagt aber kein Wort. Eine große dicke Frau, die aus Deutschland geflohen ist und die bei der Beschäftigungstherapie hilft, ging zu ihm und sagte: »Wollen Sie heute nicht zur B.T.

14 W.B. Yeats, *Die Gedichte*, Luchterhand 2005, S. 286. (A. d. Ü.)
15 Siehe Herman Melvilles *Bartleby the Scrivener (Bartleby der Schreiber)*, 1853. (A. d. Ü.)

gehen? Alle anderen sind schon da. Sie wollen doch nicht hier alleine sitzen?«
Er hob seinen bleichen, schwachen Kopf und schaute sie fragend an, sagte aber
nichts. Sie fragte ihn ganz sanft noch einmal in der Hoffnung, dass er plötzlich
aufstehen und ihr vielleicht, seine Einsamkeit bereuend, folgen würde. Er sah
sie lange an, spitzte die Lippen und schüttelte langsam den Kopf. Sagte nicht
einmal: »Ich möchte lieber nicht«, schüttelte nur nach einer geraumen Weile
nachdenklich den Kopf, während der er die Frage ernsthaft zu bedenken schien;
aber er schüttelte den Kopf, nein, ganz vernünftig. Ich ging sofort davon aus,
seine rätselhafte, verschwiegene Kultiviertheit durchdringen zu können – aber
nein – er ist ein armes verlorenes unstetes Kind der Zeit. Aber die Ärzte (ein
ganzes Krankenhaus voller liberal gesinnter sozialer Experimentatoren) haben
ihn hier schon seit einer kleinen Ewigkeit behandelt und versucht, ihm ein Ja
zu entlocken. Er hat Insulintherapie und/oder Elektroschocktherapie durchgemacht, Psychotherapie, Narkosynthese, Hypnoanalyse, einfach alles außer
einer Lobotomie, und er will immer noch nicht Ja sagen! Er spricht fast nie –
nur ein Mal habe ich ihn seine Stimme in der Wüste erheben hören. Mir wurde
gesagt, dass ihn zu hören am Ende eine große Enttäuschung sein würde, da er
eine hässliche wimmernde klagende Stimme hat, weshalb er ja auch nichts sagt.
Als ich ihn gehört habe, gerade vor zwei Tagen, beschwerte er sich gerade über
irgendein bürokratisches Schlamassel. Wie's scheint hatte er grade angefangen
sich zu rasieren und war mit der einen Gesichtshälfte fertig, als er zum Früh-
stück gerufen wurde. Bei seiner Rückkehr war sein Rasierapparat weggeschlos-
sen. Er stand im Flur und stritt mit der Schwester. Sie sagte: »Aber Mr. Fromm,
Sie müssen verstehen, dass es bestimmte festgelegte Zeiten für das Rasieren
gibt.« Und er: »Aber – aber – Aber – ich habe doch immer noch Seife im Gesicht
ich habe doch erst die eine Hälfte rasiert«, etc., hin und wieder kommen sie auf
den Gedanken, ihn gewaltsam zur Beschäftigungstherapie oder auf das Dach
zu schleifen. Er sagt kein Wort, sperrt sich einfach; sie müssen ihm die Arme
auf den Rücken drehen, schmerzhaft, und bringen ihn zum Fahrstuhl. Aber er
steht vor der Fahrstuhltür und klopft klagend dagegen um zu zeigen, dass er
weg und zurück in seinen Sessel will. Ansonsten macht er [nie] Schwierigkeiten.
Na ja, letzte Nacht hörte ich einen schrecklichen hysterischen Schrei auf dem
Flur und stürzte los, um nachzuschauen. Ich traf auf Fromm, der sich gerade
eilig vom Schauplatz entfernte. Er sah mit einem halb beschämten, halb zu-
friedenen Lächeln von unten her zu mir auf (er ging schnell, die Augen fest auf
den Boden gerichtet). Ich traute mich nicht so recht das Lächen zu erwidern,
weil ich dachte, er flieht voll Angst vor irgendeinem grauenhaften psycho-

tischen Gemetzel (Patienten bekommen häufig Tobsuchtsanfälle, oder greifen andere an), weigerte mich also mir einzugestehen, dass ich selbst Angst hatte, und so lächelte ich dann auch nicht zurück, oder nur ansatzweise, denn die *Szenen* hier sind Spitze. (Der Schrei entpuppte sich übrigens als Gelächter.) Was war passiert? Fromm saß in dem nämlichen Sessel, schlaff, teilnahmslos, still – zwei andere Patienten (einen werde ich noch beschreiben) redeten miteinander, machten womöglich sarkastische Witze darüber, dass sie in der Klapsmühle gelandet waren – als Fromms Gesicht plötzlich aufleuchtete, er von selbst aus dem Sessel aufstand und ohne ein Wort jeden im Irrenhaus nachzumachen begann, eine trostlose Mimikry sogar von Patienten, die gerade erst eingeliefert worden waren, Ärzten, Schwestern, von mir, den Leuten, mit denen er redete, grausame, hoffnungslose Gesten, die jeden einfingen und karikierten. Ich würde ihm gerne zeigen, was ich gerade geschrieben habe, aber ich weiß wirklich nicht, wie es in ihm drinnen aussieht. Vielleicht würde er es mir völlig ausdruckslos zurückgeben – (nachdem er es sorgfältig gelesen hat.) (Die Gefahr bei Geschichten wie dieser ist, dass sie sehnsüchtige Übertreibungen von Möglichkeiten sind. O, *Les maupions de l'eternite!* Aber diese ist nichtsdestotrotz wahr.)

Es gibt hier einen Knaben namens Carl Solomon[16], der ist der intelligenteste von allen. Ich habe mich schon viele Stunden mit ihm unterhalten. Am ersten Tag (auf den Stühlen) gab ich der Versuchung nach, ihm von meinen mystischen Erlebnissen zu berichten. In einem Irrenhaus ist so was ziemlich peinlich. Er akzeptierte mich wie einen weiteren hirnrissigen Ignu, sagte aber gleichzeitig mit einer Art konspirativer Listigkeit: »Na ja, du bist neu hier.« Von ihm stammt auch die Zeile »Im Irrenhaus gibt es keine Intellektuellen.« Er ist ein großer Schwuler aus Greenwich Village, vordem Brooklyn – eine »Tunte« (früher einmal, wie er sagt), die der wahre Levinsky[17] ist – aber groß und dick und an surrealistischer Literatur interessiert. Er war am CCNY[18] und an der NYU[19], hat aber nie einen Abschluss gemacht, kannte alle Hipster im Village und eine Blase trotzkistischer Intellektueller (die Meyer Schapiros dieser Generation), und kennt sich mit allen möglichen avantgardistischen Stilen aus – außerdem ein echter Rimbaud-Typ, schon seit seiner Jugend. Nicht kreativ, er schreibt nicht,

16 Hier erwähnt Ginsberg zum ersten Mal Carl Solomon, dem er später *Howl* widmen sollte.
17 Leon Levinsky ist das Alter Ego Ginsbergs in Kerouacs Roman *The Town and The City*. (A. d. Ü.)
18 City College of New York. (A. d. Ü.)
19 New York University. (A. d. Ü.)

und weiß eigentlich auch nicht viel über Literatur, außer das, was er in kleinen Literaturzeitschriften liest *(Tyger's Eye, Partisan*[20] und *Kenyon*[21]*)*, aber darüber weiß er alles. Er ist von einem Schiff abgehauen und monatelang durch Paris gestreift – als er schließlich mündig wurde, beschloss er Selbstmord zu begehen (an seinem 21. Geburtstag) und lieferte sich selbst hier ein (in ein Irrenhaus zu gehen ist dasselbe wie Selbstmord, sagt er – Irrenhaushumor) – baute sich praktisch vor der Eingangstür auf und verlangte nach einer Lobotomie. Als er ankam (mit einem Exemplar von *Nachtgewächs*[22]), hatte er offenbar eine Menge großartiger verrückter Gesten drauf, drohte damit, die Wände mit Exkrementen zu beschmieren, wenn er kein Einzelzimmer (Privatzimmer) bekam, wo er sein Buch in Ruhe zu Ende lesen könnte. Außerdem drohte er den Schwestern: »Wenn ich noch einmal jemanden sagen höre, ›Mr. Salomon, Sie toben‹, dann schmeiß ich die Tischtennisplatte um«, was er dann auch prompt machte. Für existenzialistische Absurditäten gibt es hier jede Menge Möglichkeiten – inzwischen ist er ruhig – spricht mit mir in düsterem Ton darüber, wie die Ärzte ihn mit Schocktherapie normal machen, »Ich muss ›Mama!‹ sagen.« Ich sage ihm, dass ich auch dazu gebracht werden möchte, »Mama« zu sagen, und er meint »na klar (machen wir das)«. Du siehst, was für eine seltsame düstere Atmosphäre hier herrscht, kafkaesk, weil die Ärzte alles unter der Knute haben und auch die Mittel, den meisten Widerspenstigen alles auszureden. Ha! Ich würde gern mal Dennison sehen, wie er mit diesen schauderhaften Abgründen und Gefahren umgeht. Hier sind die Abgründe real; hier explodieren die Menschen täglich und die Ärzte! die Ärzte! Herr im Himmel, die Ärzte! Sie sind Unmenschen, ich sag dir, absolute kleingeistige Ghule. Entsetzlich! Sie haben die Wahrheit gepachtet! Sie haben recht! Sie sind alle dünne, blasslippige, linkische, ungelenke Brillenschlangen vom College mit einem Abschluss in Psychologie! All diese Seersucker-Liberalen, einer wie der andere im gleichen Anzug, all dasselbe fade, höflich-gelangweilte Lächeln im Gesicht. »Was? Mr. Solomon will heute nicht essen? Schick ihn runter zum Schocken!« All die Trottel vergangener Jahre, die blutleere unpoetische Bourgeoisie, die Sozialwissenschaftler und Rattenexperimenteure, die blauäugig auf Schulbällen waren, die über

---

20 *Partisan Review*, 1934 als Gegenpol zur kommunistischen Publikation *New Masses* gegründet, die literarische Zeitschrift Amerikas schlechthin. (A. d. Ü.)

21 *The Kenyon Review*, 1939 gegründete literarische Zeitschrift, die gemeinhin mit dem New Criticism verbunden wird. (A. d. Ü.)

22 Djuna Barnes, *Nightwood*, 1936. – *Nachtgewächs*, Frankfurt 1959. Deutsch von Wolfgang Hildesheimer.

Sozialismus diskutierten – und dann per Bus durch sanfte weizenbewachsene Hügel gen Westen fuhren, um Sozialpsychologie und Medizin zu studieren, die Spießer und Ignoranten, die Juden aus der Bronx. Alle sehen sie gleich aus, ich sag's dir, ich kann sie nicht auseinanderhalten, abgesehen von einem offensichtlich durchgeknallten ostindischen Zwerg, der außerdem Psychiater ist. Was hat der hier in Amerika Drugstore-Cowboys mit Nervenzusammenbrüchen zu psychologisieren? Und das sind die Männer, die an meiner unsterblichen Seele herumfummeln wollen! Himmel noch mal! Wo steckt Denison? Wo steckt Pomeroy? Wo steckt Huncke? Warum kommen sie nicht, um mich zu befreien? Es ist fast wie in Russland! Die Robotermenschen vom N.K.W.D. bringen mich noch dazu, mein wurzelloses Kosmopolitentum zu widerrufen.

Da wir schon davon sprechen, durch Salomon lese ich in all den kleinen Zeitschriften von diesen allerneuesten Franzosen. Einer heißt Jean Genet, er dürfte der Größte sein … größer als Céline vielleicht, jedenfalls ähnlich groß. Gewaltige apokalyptische Romane eines schwulen Hipsters, der wie Pomeroy im Knast aufgewachsen ist – er wird in einem Artikel in der *Partisan Review* vom April 1949 besprochen – ein Buch mit dem Titel *Wunder der Rose*, eine gewaltige Autobiografie, ein langes Prosagedicht auf das Gefängnisleben! Der Held ist der Mörder Hercamone – »Dessen geheimnisvolle Anwesenheit in der Todeszelle eine mystische Intensität auf das ganze Gefängnis überträgt, die zur Grundlage für Schönheit und Vollendung wird und die der Autor mit dem Symbol der Rose versieht. (Sein Leben dauerte vom Todesurteil bis zu seinem Tod …)« Ich spreche die gleiche Sprache, die die Mystiker aller Religionen verwenden, wenn es um ihre Götter und Mysterien geht. Ich habe einen dreiseitigen Auszug über die Geheimnisse des Ladendiebstahls gelesen, der (soweit ich mich erinnere) folgendermaßen schloss: »und so kommt es, dass Gott mich am Gerichtstag zur Apokalypse mit meiner eigenen zarten Stimme weinend ins Reich der Dolmen rufen wird, ›Jean, Hean‹.« (Reich der Dolmen ist meine eigene Formulierung.) Außerdem gibt es da einen gewissen Henry Micheaux – interessante Prosagedichte über die eigenartigen *Aivinsikis* (Himmels-Sucher?) im *Kenyon* und *Hudson Review*.

Aber vor allem ein Verrückter namens Antonin Artaud, der kürzlich gestorben ist – hat neun Jahre in Rodez verbracht, einer französischen Irrenanstalt (»*M. Artaud ne mange pas au juurd'hue. Apportez lui au choc.*«) Solomon streifte durch Paris und hörte plötzlich barbarische, durch Mark und Bein gehende Schreie auf der Straße. Zu Tode erschrocken, durchdrungen, aus seinen Träumen gerissen, starr – er sah, wie dieser Verrückte die Straße langgetanzt kam und dabei Bebop-Phrasen ausstieß – mit solch einer Stimme – der Kör-per steif aufgerichtet, »verstrahlte« wie ein Blitz Energie – ein Wahnsinniger, der, alle Türen weit aufgerissen, schreiend durch Paris lief. Er hat ein gewalti-ges Gedicht geschrieben – einen Artikel über Van Gogh (übersetzt in *Tiger's Eye*) und sagt darin die gleichen Sachen über die U.S.A., die ich über Cézanne gesagt habe. Solomon meinte, das sei der tiefschürfendste Augenblick seines ganzen Lebens gewesen (bis er hierherkam, wo die Ärzte Insulin haben – und »die Medikamente treiben das aus.«)

Vor ein paar Tagen wurde ein zwanzigjähriger stummer Junge namens Bloom eingeliefert (er ist vor Jahren schon mal hier gewesen) und quasselte von »Zeit-konzentrationen« und Ewigkeit – er rückte dann übrigens aus, rannte weg, die Wärter jagten ihm auf der Straße hinterher, er entkam in die U-Bahn. Du siehst, ich bin nicht so einzigartig, was meine Formulierungen betrifft. Richard Weitzner würde sich hier gut machen. Bevor ich hierher kam, sagte ich zu ihm: »Wenn ich verrückt bin, dann bist du verrückter – und ich bin verrückt.« Er schaute mich interessiert an und sagte: »Wirklich?«

Was sagt der alte J. B. [Justin Brierly], der Tanzlehrer, zu meinem Aufenthalt hier? Hat er das vorhergesagt? Als wir in Denver waren, hat er mich ja für den normalen und bürokratischen Typus gehalten (von uns beiden). Wusstest du das? Er sagte, er sei sich nicht sicher (du wärst eher Boheme, ich der gepflegte Ungar), hielt dich aber für okay, weil Ed White für dich bürgte (soweit ich mich an das Gespräch erinnere).

Van Doren möchte mein Buch sehen (nachdem ich mich erboten hatte, es ihm zu zeigen).

Ich habe hier überhaupt noch nichts geschrieben – kein Stift, kein Platz zum Schreiben, keine Ruhe bisher. Immerhin ein Gedichtende:

Never ask me what I mean
all I say is what I seen
though it seems to be a shame,
anyone can say the same
anyway it happened.

Es fängt so an:

It happened when the rain was grey, a gloomy, doomy, cloudy day.
I don't remember what it was

But then it seemed as clear as glass,
And anyway, it happened.

Da zeigt sich mein Wunsch, ein Gedicht oder eine Ballade mit einer echten Handlung zu schreiben – gelandet bin ich bei einem Gedicht über ein nicht erwähntes, geheimnisvolles »Es« – ein Witz.

Ich fange an, meine Mutter zu hassen.

Adieu –

Wenn du nach N. Y. kommst, ruf meinen Bruder [Eugene Brooks] an und er wird dir sagen, wie man zu mir kommt. An den Wochenenden habe ich Ausgang – trotzdem soll man nicht einfach so rumlaufen. Jemand muss unterschreiben, dass er mit mir rausgeht und die Verantwortung für mich übernimmt, und auch bei der Rückkehr wieder unterschreiben – Verwandte, manchmal ein Freund. Wenn du wieder hier bist, können wir vielleicht ein ganzes Wochenende weg – vielleicht Cape Cod – wo [John Clellon] Holmes, [Alan] Ansen, [Bill] Cannastra, [Ed] Stringham und viele andere sind. Ich kann dich fürs Erste nur an den Wochenenden treffen, aber wenn es mir besser geht, habe ich vielleicht auch mehr Privilegien.

Nachdem ich ihn angerufen hatte, habe ich vor zwei Nächten von Claude geträumt.

Gibt's was Neues von Joan? In ein paar Monaten schreibe ich vielleicht einen Brief an die *Pharr Gazette* [William Burroughs].

Adieu ancien ami;

Allen

P. S. Eingehende Briefe werden *nicht* zensiert. Mein Fehler.

Ich gehe zu einem Tanz – Patienten und Patientinnen – Gewerkschaftsmusiker – auf dem Dach – in einer halben Stunde – ich trage weiße Hosen, Fitzgerald-Schuhe, gelbes T-Shirt.

Ich plane außerdem (für die Beschäftigungstherapie) eine Serie, die *Offenbarungen von Golgatha* – Christus am Kreuz, große flammende weiße Flügel, und als Halo eine große gelbe Paradiesrose, inmitten von Dieben, darunter ein Schwachsinniger, einer mit einem Totenkopf. (Ich schreib dir immer nur aus Anstalten – Sheepshead, Paterson, Columbia, etc.)

1950

Anmerkung der Herausgeber: *Beim Abschied aus Denver mit dem Ziel New York hatte Kerouac eigentlich vor, einen Stopp in Detroit einzulegen, um dort seine Exgattin Edie zu besuchen; stattdessen machte er sich nach San Francisco auf, wo Neal Cassady ihm kostenlose Unterkunft und Verpflegung im eigenen Zimmer in Aussicht gestellt hatte, solange er bleiben wolle. Dieses Arrangement hatte aber keinen langen Bestand, und schon im August waren Jack Kerouac und Neal Cassady wieder in New York City. Ginsberg blieb den ganzen Herbst hindurch in der psychiatrischen Klinik (seine Post ließ er sich allerdings zum Haus seines Vaters in Paterson schicken, wo er die Wochenenden verbrachte). Er hoffte weiterhin, die Therapie würde einen positiven Einfluss auf ihn haben, kam aber mit der Zeit zu der Ansicht, dass die Ärzte über Geisteskrankheiten auch nicht mehr wussten als er selbst. Der Traum von einer schnellen Lösung seiner Probleme verblasste.*

Jack Kerouac [New York, New York] an Allen Ginsberg [Paterson, New Jersey]

13.01.50

Lieber Allen:

Während ich heute Abend die engelhaften Straßen am Wasser langging, wollte ich dir plötzlich sagen, wie wunderbar ich dich finde. Bitte, sei mir nicht böse. Was ist das Geheimnis der Welt? Niemand weiß, dass wir Engel sind. Gottes Engel bezaubern und täuschen mich. Sah eine Hure und einen alten Mann an einem Imbisswagen – und o Gott, ihre Gesichter! Habe mich gefragt, was Gott sich dabei wohl gedacht hat. In der U-Bahn wollte ich aufspringen und schreien: »Was sollte *das* denn jetzt? Was ist da oben bloß los? Was willst du uns damit sagen?« Herrgott (noch mal), Allen, das Leben ist der Mühe nicht wert, das wissen wir alle, es stimmt doch fast *nichts* daran, aber wir können nichts dagegen tun, und das Leben ist der Himmel.

Na gut, hier sind wir also im Himmel. So ist es im Himmel. In der U-Bahn fing ich außerdem plötzlich an zu schlottern, weil sich ein Spalt aufgetan hatte, so wie Spalten sich bei einem Erdbeben auftun, nur öffnete sich dieser in der Luft, und ich sah in den Schlund. Plötzlich war ich nicht länger ein Engel, sondern ein schlotternder Teufel.

In erster Linie wollte ich dir sagen, wie lieb mir deine Seele ist und wie sehr ich es zu schätzen weiß, dass es dich gibt, und mir wünsche, dass du meinem Herzenswunsch Anerkennung zollen magst, kurz gesagt, ich bewundere und liebe dich und halte dich immer für einen großen Mann. Lass mich mal einen Augenblick etwas angeben, um das entsprechend zu würdigen, denn was bedeutet schon Anerkennung durch einen Dummkopf, einen komischen Kauz, einen Elefanten, einen Schokodrops: Mein englischer Lektor (habe ihn noch nicht getroffen) hat G. [Giroux] eine Postkarte mit dem alten Kontor ihrer Firma geschickt, darauf stand: »Sieht immer noch so aus wie zu der Zeit, als wir Goldsmith & Johnson verlegt haben. Bitte sag Kerouac, [er] ist in guter Gesellschaft, und noch wichtiger, er ist ihrer würdig.«

Ein kaputter amerikanischer Junge aus einer Textilstadt, ich, jetzt Seite an Seite mit Goldsmith & Johnson. Ist das nicht seltsam, historisch gesehen? wenn schon nicht an sich? Beschäftigen wir uns mit den Geheimnissen dieser Welt. Zum Beispiel, warum schreibe ich dir das hier, trotz des Umstands, dass ich dich morgen Abend treffe? – und in derselben Stadt wie du lebe? Warum reden alle daher wie Sebastian [Sampas][1] auf der Platte, stammelnd, am Ende stotternd, schwächer und immer schwächer hinter all dem Geknackse, wenn er sagt: »bis dann, Jack alter Knabe … nicht aufregen, bitte … auf Wiedersehen … alter Freund … auf bald, denk ich mal … auf Wiedersehen … pass jetzt auf dich auf … Leb wohl … denk ich mal … Tschüss … bis dann … auf Wiedersehen, Alter.« Die meisten Menschen sagen ihren besten Freunden so was ein Leben lang; sie ziehen dabei immer grade den Mantel an und gehen, sagen gute Nacht, gehen die Straße runter und drehen sich ein letztes Mal um, um zu winken … Wohin gehen sie schon?

Lass dir gesagt sein, was der Erzengel tun wird. Auf einer großen Walter-Adams-Party, oder einer [Bill] Cannastra-Party, wird der Erzengel plötzlich erscheinen, mit einem blendenden Blitz weißen Lichts inmitten von Kaskaden honigfarbenen Lichts, und alle werden schweigen während der Erzengel seine Stimme erhebt, spricht. Wir werden sehen, hören, und zittern. Wir werden erkennen, dass Einstein mit seinem endlichen Raum ganz und gar unrecht

1 Sebastian Sampas war seit gemeinsamen Kindertagen in Lowell ein Freund von Kerouac, und in ihrer Jugend waren die beiden fast unzertrennlich. Er starb 1944 bei einem Angriff der Alliierten nahe der italienischen Stadt Anzio südlich von Rom. (A. d. Ü.)

hatte … denn hinter dem Erzengel wird der Raum endlos sein, Himmlische Reben bis in die Unendlichkeit, darunter die Gräuel des Höllensumpfs, und das Frohlocken der Engel wird sich mit dem Schaudern der Teufel paaren. Wir werden sehen, dass alles existiert. Zum ersten Mal werden wir erkennen, dass alles voll Leben ist, wie Babyschildkröten, und voller *Bewegung* ist wie eine Party mitten in der Nacht … und der Erzengel wird mit uns schimpfen. Dann wird es Wolken von Cherubim regnen, und Satyrn, und Wasnichtalles und Gespenster. Würden uns die Geheimnisse der Welt nicht verfolgen, wir würden gar nichts begreifen.

Jack

Allen Ginsberg [Paterson, New Jersey] an Jack Kerouac [o. O., New York, New York?]

Paterson Mitternacht, 21. Jan. 50

Lieber Jack:

Der Erzengel-Brief ist hier angekommen, nur hat ihn mein Vater leider verlegt und er ist nicht mehr zu finden. Was keine Absicht war. Wir haben lange gesucht. Ich habe ihm gesagt, er soll sich keine Sorgen machen.

Das letzte Mal, als wir bei Neal[2] waren, war ich krank und habe gekotzt und als ich am Morgen aufstand, hast du dir das Bett gegriffen. Ich hatte ziemlich weiche Knie und mir war immer noch schlecht und deshalb war ich so wild darauf, wieder ins Bett zu kommen. Ich habe mich so mies gefühlt, dass es mir gar nichts ausgemacht hat, dich aufzubringen. Ich weiß noch, wie du dann auf dem Stuhl sitzen geblieben bist, aber was sollte ich tun? Ich hoffe, du bist nicht mehr böse.

Gestern Abend war ich auf einer Geburtstagsparty – der süße 16. meiner Schwester Sheila – und war den halben Abend lang Mauerblümchen, außer für ein paar Augenblicke, als ich mit dem einen oder anderen Teenager tanzte, und zum Ende hin habe ich mich mit meinem Stiefbruder (der meinte, auf der Party seien nur »Blender«) betrunken und ihm Geschichten von Medizinmännern in Dakar und Freudenhäusern in New Orleans erzählt. Überrascht haben

---

2 Neal Cassady wohnte bei Diana Hansen, und die beiden wechselten zwischen Dianas New Yorker Wohnung und der ihrer Mutter in Poughkeepsie. Sie heirateten noch im selben Jahr.

mich die Jungs, die dort waren – die meisten von ihnen pokernde Burschen-
schaftler in scharfen Klamotten, alle viel erfahrener und sinnlich reifer als ich.
Ich fühlte mich bald so miserabel, dass ich um ein Haar gegangen wäre, ich sah
keinen Grund mehr für mein eigenes Dasein – wie eine Kakerlake – bis ziemlich spät mit zorngefurchter Stirn Harold (mein Stiefbruder) reinspaziert kam
und sich finstern Blicks den Haufen knutschender Pärchen ansah und sie alle
rundherum als beknackte Blender beschimpfte. Ach je! Ich fragte ihn schüchtern, was denn los sei, waren sie wirklich so daneben oder waren er und ich so
lahm? Er bestand darauf, dass sie es waren und darauf betranken wir uns. Nach
einer Weile fingen wir an, all die jungen Mädchen, die durch die Küche kamen,
wo wir tranken, zu beschimpfen, wir nannten sie Huren und schütteten ihnen
Wasser auf die Kleider (in den Ausschnitt). Ich hatte das Gefühl, dass alle Leute
mich beobachteten und fragten, wer dieser Wichser denn sei. O Paterson, wie
viele Kreuzestode muss ich noch sterben, nur weil ich dich liebe? Ich hoffe,
dass ich sie eines Tages alle kennenlerne und sie mich akzeptieren, wenn ich
die Ehre verdient habe. Ich möchte wieder nach Hause, um ganz und gar den
Abgrund zu durchleiden, der sich zwischen mir und meiner Generation und
meinem Zuhause aufgetan hat, die Jahre begreifen, die uns einander entfrem-
det haben und zurückkehren und lernen, ungezwungen mit den Meinigen zu
leben. In dieser Hinsicht bin ich Franziskus unterm Dach. Ich staune, wie viel
ich an ihn denke und wie wahrhaftig er ist; nur bin ich Franziskus nach seinem
Tod ins Leben zurückkehrt mit der Aussicht, sich noch einmal demütigen zu
lassen und diese Demütigung nicht auszuschlagen. (Dein Roman ist eine tote
Welt, aber die Figuren leben noch, durchwandern das gleiche Labyrinth auf der
anderen Seite des Todes, und das ist die letzte Seite des geschriebenen Buches.)
Als ich letzte Nacht schlief, hatte ich einen Traum. Ich kam gerade aus der
Henry Street und suchte nach Bill [Burroughs]. Wir waren nicht verabredet,
weil wir dachten, die Welt sei tot und wir nicht wussten, was wir einander zu
erzählen hätten. Aber wir wussten, dass wir uns irgendwo in New York treffen würden. Es würde ein zufälliges Treffen sein, und sehr kurz: er hätte noch
etwas zu erledigen, und ich würde danach ins Kino gehen, obwohl wir uns
schon seit langer Zeit nicht mehr gesehen hatten. Während ich in Richtung
Eighth Ave. ging warf ich einen Blick nach oben, und da sah ich gen Osten
hin einen rosigen Glorienschein, wie vom Mond. Und ich drehte mich um
und schaute nach Westen, und erblickte einen Glorienschein in der gegenüber-
liegenden Hälfte des Himmelsgewölbes. Die beiden waren genau identische,
matte Lichtkreise, hoch oben am Himmel und doch so groß, dass sie ein Stück

der Nacht in der Größe von zehn Monden verdeckten. Nachdem ich das gesehen hatte wünschte ich, Bill wäre da und hoffte, dass er es ebenfalls sehen konnte, wo immer in der Stadt er grade stecken mochte. Ich konnte ihn auf der Avenue nicht finden und auch die Bars zwischen der 42nd-43rd Street fand ich nicht, dann merkte ich, dass ich auf der Seventh Avenue war und nicht der Eighth Avenue. Ich ging zur Eighth Avenue und versuchte ihn zu finden, aber es war zu spät, er war gegangen und hatte nicht auf mich gewartet.

Dieser Traum ist wie ein anderer an den ich mich dunkel erinnere: ich hatte mich in einem riesigen unbekannten U-Bahn-Netz verlaufen während ich in Brooklyn auf der Suche nach einer Bleibe war.

In Paterson gibt es politische Auseinandersetzungen zwischen den korrupten einflussreichen alten Republikanern, die die beiden letzten Wahlen verloren haben, und den jungen einflussreichen Demokraten, die nach ihren Wahlsiegen korrupt geworden sind. Mein Vater ist ein lautstarker Anhänger der Demokraten. Ich habe versucht, einen Job bei der Zeitung der Demokraten, dem *Morning Call*, zu bekommen, aber der ist klein und wird von alten Männern gemacht und so gibt's keine Jobs. Dann bin ich zu Freunden gegangen, die bei der (republikanischen) *Evening News* arbeiten, aber die haben mich stundenlang mit Fragen traktiert, ob ich loyal zur politischen Richtung der Zeitung sein würde, und legten mir die öffentlichen Meinungsbekundungen und Volksreden meines Vaters zur Last. Der Besitzer, so kam es rüber, wäre doch schön blöd, Louis Ginsbergs Sohn einen Gefallen zu tun, so scharf wie Louis die Zeitung und ihren Kandidaten in den letzten Jahren öffentlich angegriffen hatte, obwohl er ein Freund des Herausgebers ist. Mir wurde erklärt, dass Paterson streng auf Halsabschneiderbasis regiert wird, Dollars und Macht, und wo mein Vater sich grundlos und nur um seiner verträumten politisch-idealistischen Ansichten willen aus dem Fenster gelehnt und mit seinem guten Ruf dafür eingesetzt hat, dass die Juden für den Bürgermeister stimmen, hielt man es eher unwahrscheinlich, ja absurd einem wie mir einen Job zu geben (von meinem schlechten Ruf ganz zu schweigen, von dem zwar letztes Frühjahr in den hiesigen Zeitungen nichts zu lesen war, auf den man die Redakteure aber sehr wohl aufmerksam gemacht hatte, etc.) Als Nächstes werd ich's bei der *Passaic Herald News* versuchen (drei Meilen entfernt). Eine schnell wachsende konservative Zeitung, der auch ein Fernsehsender gehört. Langsam bekomme ich eine leise Ahnung davon, wie merkwürdig, ja eigentlich unlauter es hier zugeht unter denen, die die Stadt von Amts wegen regieren. Aber vielleicht kommt das alles nur durch den Ärger beim Versuch einen Job an Land zu ziehen, der

»Verantwortung« mit sich bringt. Leben und Denken der Mehrheit derer, die hier überhaupt sensibel wirken oder mächtig oder reich, scheinen von (für den Außenseiter) verschwindend kleinen Ängsten um soziale Sicherheit und geschäftlichen Rang dominiert. Freundschaft ist tatsächlich eine Frage der Politik. Ich würde das nicht verallgemeinern sind ja hier nur die Eindrücke von etwas Gekratze an der Oberfläche übers Wochenende, ich hab ja gegen keinen dort was (noch nicht mal ästhetisch, mir kam ja während ich zugange war noch nicht mal der Gedanke, wie schäbig es von dem Blatt war ihrem frustrierten Genie einen kleinen Job zu verwehren) und angesichts der konkreten wahren Entwürdigung von Persönlichkeit und Liebe und Arbeit, der Grausamkeit des Systems – des Systems als eigentlich schreckliche zu spürende, ja zu erleidende Maschinerie im Zentrum, zu sehen wie die Leute einander jede Vorstellungskraft die ihre wie die meine übersteigend belügen und betrügen um seine Realität zu wahren – frag ich mich doch, ob es sich wohl bewahrheiten wird, was mir hier passieren wird. Vielleicht werde ich dann schließlich doch mal gekreuzigt. Wenn das, was ich zu vermuten beginne, wahr ist, dann ist das schnell passiert. Wenn es wahr ist, dann sieht Lucien es nicht, weil er darüber steht und nicht mittendrin. Zu Hause ist jeder todunglücklich und von der lärmenden Terrormaschinerie erfüllt. Auf einigen Südseeinseln gibt es grausame Pubertätsriten, weil die alten Männer so bösartig sind, aber nicht weil sie die jungen Leute verletzen wollen, sondern sie wollen ihnen in einem einzigen formellen dramatischen Knall eine Lektion erteilen, ohne den Einzelnen zu demütigen. Ich beginne wieder zu staunen, wie schlecht die Welt ist. Ich dachte, wenn man nur das Chaos akzeptiert, kommt alles schon wieder in Ordnung.
Ich habe letztes Wochenende Varda (das assyrisch aussehende Mädchen bei Simpson's) ausgeführt und sie hat mich ihrer besten Freundin vorgestellt und Abendessen bei ihr zu Hause gemacht (der Freundin, die mir ein selbst gemaltes Bild geschenkt hat). Ich denke, von all den Frauen, die ich kenne, werde ich mich in nächster Zeit hauptsächlich mir ihr verabreden. Ich wollte, ich würde mal ein wirklich abgefahrenes süßes Mädchen kennenlernen, das mich lieben kann. Aber ein wirklich abgefahrenes süßes Mädchen, denke ich, ist wohl zu viel verlangt.
Warum ist alles so mühsam?
Die letzten Zeilen von Orwells *1984* sind eine trotzige, selbst gewählte Verbannung von der liebenden Brust! »Aber jetzt war es gut, es war alles in Ordnung, der Kampf war zu Ende. Er hatte sich selbst überwunden. Er liebte den Großen Bruder.«

Hinterlass bei [Carl] Solomon oder jemandem, der greifbar ist, eine Nachricht, wo du dieses Wochenende bist. Ich versuch dann vorbeizuschauen.

Ich schreib dir diese Zeilen zur Erholung von der Hässlichkeit der letzten Tage, Erzengel.

Lieben Gruß

Allen

Anmerkung der Herausgeber: Ginsbergs Aufenthalt in der psychiatrischen Klinik hatte bei ihm zu der Überzeugung geführt, seine Homosexualität kurieren zu können, wenn er nur wolle. Deshalb gab er sich alle Mühe, Frauen sexuell attraktiv zu finden, und verlor in diesem Sommer schließlich seine Jungfräulichkeit an eine Frau aus Provincetown, Massachusetts. Er beschreibt das Ereignis im folgenden Brief an Kerouac, der gerade zu Besuch bei Burroughs in Mexiko war.

Allen Ginsberg [Paterson, New Jersey] an Jack Kerouac [Mexico City, Mexiko]

Samstagnacht, 8. Juli 1950

Liebster Jack:

Falls du dich gerade langweilst oder Trübsal bläst, dann erhebe dein Herz, denn es GIBT etwas Neues unter der Sonne. Ich bin in einen neuen Abschnitt eingetreten, ich habe Frauen zu meinem Thema erkoren. Ich liebe Helen Parker, und sie liebt mich, soweit das an den zaghaften Bemühungen sich zu verstehen in den drei gemeinsamen Tagen in Provincetown überhaupt abzusehen ist. Viele meiner Ängste und Fantasien und tristen Lumpen sind nach der ersten Nacht mit ihr von mir abgefallen, als wir begriffen hatten, dass wir einander wollten und eine Liebesgeschichte angefangen haben, mit allem erotischen Drum und Dran und Erinnerungen und fast unlösbaren Transportproblemen.

Sie ist einfach großartig, in jeder Hinsicht – endlich eine schöne, intelligente Frau, die erfahren ist und Narben jeder Art von Wissen trägt und trotzdem noch mit der Schlange ringt, die die Einsamkeit des mit nichts als dem Apfel der Erkenntnis und der Schlange alleine Gelassenen nur zu gut kennt. Wir reden und reden, ich unterhalte sie mit Grandezza und meiner gepflegtesten ungarischen Masche, und spiele Levinsky-in-der-Straßenbahn, oder den verrückten

Hipster voll kosmischer Schwingungen, und dann, O Wunder, bin ich wie ich selbst, und wir setzen die Unterhaltung ernsthaft fort, vertraut und ohne Ironie über alle möglichen Themen, von der obskursten Metaphysik die ganze Tonleiter rauf und runter bis zum natürlichen Selbst; dann vögeln wir und ich bin ganz Mann und erfüllt von Liebe, und dann rauchen wir und reden weiter und schlafen und stehen auf und essen, etc.

Der erste Tag nach dem Verlust meiner Jungfräulichkeit – fühlt sich das bei jedem so an? Ich lief herum, die Liebenswürdigkeit selbst, milde benommen vor Entzücken ob der Vollkommenheit der Natur; ich spürte die Leichtigkeit und die Befreiung durch die Erkenntnis, dass all die unerträglichen Mauern des Himmels endlich gefallen waren, dass all meine schmerzhaften alten Pfade ausgetreten, dass meine ganze Schwulheit affektiert war, überflüssig, morbid, so gar nichts mit Erfüllung und gegenseitiger Liebe zu tun hatte ja ebenso schlimm war wie Impotenz oder Zölibat, worauf es ja praktisch hinauslief. Und die Fantasien, die ich inzwischen über alle möglichen Mädchen habe, zum ersten Mal ungebremst und in dem Wissen, dass sie erfüllbar sind.

Ach Jack, ich habe doch immer gesagt, dass ich eines Tages mal ein großer Liebhaber sein würde. Jetzt bin ich es, bin es endlich. Meine Lady ist so lieblich, da kann keine andere mithalten. Und wie sollte sie mir widerstehen können? Ich bin alt, ich berste vor Liebe, erregt bin ich ein veritabler zärtlicher Stier; mein Herz kennt keinen Stolz, ich weiß alles über alle Welten, ich bin poetisch, ich bin unpoetisch, ich bin ein Arbeiterführer, ich bin ein Irrer, ich bin ein Mann, ich bin ein Mann, ich habe einen Schwanz. Und ich habe keine Illusionen, und wie eine Jungfrau habe ich nichts als Illusionen, ich bin weise, ich bin ein Tor. Und sie, sie ist eine großartige ältere Frau mit einem bildhübschen Gesicht und einem perfekten, liebreizenden Körper, und die ganze Nachbarschaft schimpft sie eine Hure. Sie ist so was von aufgeweckt, und sie macht mich nicht schaudern. Sie will keinen Krieg, sie will Liebe.

Ganz offensichtlich habe ich eine Reihe respektabler Vorgänger – sie war über ein Jahr lang mit Dos Passos verlobt, der sie und die Kinder mit nach Kuba nahm, dort aß sie mit Hemingway zu Mittag, sie kennt alle möglichen Leute aus der literarischen Szene. Außerdem war sie eine Zeit lang mit Thomas Heggen verlobt und half ihm, *Mister Roberts* zur Welt zu bringen; später hat er sich umgebracht. (he-he!) Aber keiner, sagt sie, ist mit mir zu vergleichen. Genau dafür ist eine Frau da, dass du dich wohlfühlst, und umgekehrt.

Dann, ihre Kinder, das ist das geschäftigste Paar engelsgleicher verständnisvoller Jungs (5 und 10 Jahre alt) mit flammend roten Haaren, das ich je gesehen habe. Sie brauchen einen Vater, der ich leider Gottes ganz bestimmt nicht sein kann (das ist die Crux mit praktischen Problemen), aus finanziellen und anderen traurigen Gründen, darunter auch, dass ich diese Situation nicht permanent am Hals haben will. Also haben wir auch darüber gesprochen.

Ich bin in Paterson – ich arbeite weiterhin, also kann ich sie nicht so häufig sehen, obwohl ich mich danach sehne. Sie hat mir angeboten, bei ihr in Cape Cod einzuziehen, sie geht arbeiten, ich bleibe zu Hause und kümmere mich um die Kinder, aber das sehe ich nicht, ich gehe ja immer noch zum Arzt und möchte irgendwie eine Situation schaffen, in der meine Finanzen stabil sind (obwohl ich gerade jetzt auf jeden Cent achten muss, ich bin ein Flop). Dann im Winter nach Key West, wenn ich möchte. Uff, so viel Freude!

Hal Chase hat sich wirklich eine verrückte frostige Mieze aufgegabelt.

Richte Joan [Burroughs] aus, dass meine hübsche Maid mich ursprünglich an sie erinnert hat, die beiden haben in vielem einen ähnlichen, angeborenen Stil. Du musst mir auch sagen, mit welchen müden, skeptischen Bemerkungen Bill rüberkommt.

Es wäre nur schön, wenn du zum Reden hier wärst. Lucien ist so ganz er selbst – er klopft mir spöttisch auf den Rücken, hat mir an dem Abend, als ich wieder zurück in die Stadt bin bis vier Uhr morgens Drinks spendiert, fragt mich sarkastisch-lüstern nach Einzelheiten und verkündet, er glaubt mir kein Wort von dem, was ich erzähle.

Bei Gott, mir deucht ich bin vom Schlag gerührt!

Neal kam vor zwei Wochen wieder zurück, sein Wagen hatte in Texas eine Panne also ist er geflogen. Er und Diana [Hansen] haben Probleme miteinander, teilweise geht's um praktische Pläne – da wird er dann leicht barsch und gemein, und sie weint; außerdem ist er irgendwie taprig und nervös. Wär ich auch, wenn ich er wär. Er hätte nie zulassen dürfen, dass sie das Baby kriegt – die beiden kamen gut miteinander klar, bis sie anfing, ihn mit Autorität und Ritus an sich binden zu wollen, und mit dem Baby hat sie ihn in gewisser Hinsicht ausgetrickst, was er widerspruchslos zugelassen hat; jetzt wird geheiratet, vor ein paar Tagen waren sie in Newark (mit [John Clellon] Holmes und [Alan] Harington) um die Papiere zu beantragen. Jetzt ist er unruhig, wurde gekündigt, bekam einen Anruf von der Frisco-Bahn und geht in ein paar Tagen wieder zurück in den Westen. Er verspricht zu schreiben, er will Geld sparen, wenn er wieder arbeitslos wird, will er zurückkommen; sie aber, das törichte Mädel, kapiert langsam, dass sie die Frucht ihrer allzu gefräßigen Lust nach ihm am Hals hat; und auf Dauer gesehen glaube ich, dass sie es verbockt hat, für sich und für ihn, indem sie die Balance zwischen ihnen beiden gestört hat. Sie wusste, worauf sie sich einlässt, aber es war nicht nur wahre Liebe, sondern auch ein völlig sentimentales aus Eifersucht und Stolz geborenes Insistieren, das sie zu der Annahme verleitete, sie könnte ihn tatsächlich »wieder hinkriegen«.

Ich habe ihn nie so detailreich und ausgreifend erzählen hören wie bei seiner lebhaften Schilderung von Mexiko, den Quarzkristallen und dem Mambo am Stadtrand.

Helen, wollte ich dir noch sagen, kennt wirklich alle möglichen Leute – Cannastras, Landesmans, sogar Trotzkisten und hippe Typen wie die bärtige Natter Stanley Gould aus dem San Remo. (Kennst du ihn?) Ich habe ihn vor ein paar Tagen in der Minetta [Tavern] getroffen, er war geschrumpft und dürr von Junk; was für ein verkorkster junger Kerl, weiß gar nicht, was ihm alles entgeht in seiner hippen Verzweiflung und dem schrecklichen Stolz. Es hat mir so das Herz gebrochen – ein halbes Jahr habe ich ihn nicht gesehen, und dann wiedergetroffen auf den ersten Metern der Straße in den Abgrund, wenn ich das mal so sagen darf, denn vor lauter Ausschweifung verkommt er zum bloßen Surrogat des aufrechten intelligenten engagierten Kerls der er ist; ich konnte nicht anders, »Du solltest mehr essen«, sag ich zu ihm, wenn auch zögerlich, »Achte auf deine Gesundheit, mehr als die hast du nämlich nicht.« Er lächelte mich an und sagte leicht blasiert: »Klar, Mann, hast du was auf Tasche?«, und das in dem vertraulichen Ton einer falschen Schlange, den ich nicht mehr gehört habe, seit Huncke nach Westen gegangen ist, um Cowboy zu werden.

Wie kommst du mit deinem Roman voran? Ich werde Helen mein Exemplar von *T&C* [*The Town and The City*] zum Lesen geben. Ich bin arm, ich schreibe nichts. Ich bange immer noch um den Fortbestand dieses traurigen Nichts von Schöpfung.

Ich habe deinen Brief bekommen und ihn als die allerschrecklichste Arie über Wasfürnaffenkram gelesen. Schreib mir. Mach mir einen Plan.

Lieben Gruß

Allen

Sag Bill, dass er meine Angst schon ganz richtig beschrieben hat, aber ich habe lange gebraucht, um darüber hinwegzukommen; es war aber auch die Angst, aufs falsche Pferd zu setzen, spirituell und sexuell; und ich war erschrocken als ich entdeckte, dass ich genau das getan hatte, obwohl das Rennen noch nicht gelaufen war; und mein Einsatz hatte auch Konsequenzen für andere, nicht nur für mich – was für eine Verantwortung! immer noch!

1952

Anmerkung der Herausgeber: Am 14. November 1950 heiratete Jack Kerouac Joan Haverty, die er erst wenige Wochen zuvor kennengelernt hatte. Die beiden lebten im Frühjahr 1951 zusammen, als Kerouac in den ersten drei Aprilwochen eine weitere Fassung des Romans, an dem er schon seit Jahren arbeitete, auf eine lange Papierrolle schrieb; diese Urfassung von On the Road erschien nach etlichen Überarbeitungen im September 1957 und machte den Autor auf einen Schlag berühmt. Als Joan schwanger wurde, trennte sich das Paar; Janet Kerouac wurde im Februar 1952 geboren. Während dieser Zeit lebte Ginsberg weiterhin in Paterson, ging verschiedenen Aushilfsjobs nach und schrieb Gedichte. Die beiden alten Freunde trafen sich häufig und schrieben kaum Briefe. Ihre Korrespondenz lebte erst wieder auf, als Kerouac Anfang 1952 Neal Cassady in San Francisco besuchte und William Burroughs in Mexiko im Gefängnis saß; er hatte im September des vorigen Jahres versehentlich seine Frau Joan erschossen und wartete auf seinen Prozess.

Allen Ginsberg [Paterson, New Jersey] an
Jack Kerouac und Neal Cassady [San Francisco, Kalifornien]
ca. Februar 1952

Lieber Jack: lieber Neal:
Ach was bin ich heute im Delirium! Euer Brief kam an, und gestern Abend öffnete ich einen merkwürdigen Brief vom Hotel Weston in New York, ich konnte mir nicht vorstellen, von wem der sein mochte. Aber letzte Woche hatte ich W. C. Williams einen verrückten jazzigen Brief geschrieben (euch erwähnt) und ein paar schräge Gedichte beigelegt. Und sein Brief lautet (ich wiederhole ihn ganz, weil er so lieblich ist):

»Lieber Allen:
Großartig! du wirst auf jeden Fall im Zentrum meines neuen Gedichts stehen – von dem ich dir berichten werde: die Fortsetzung von *Paterson*. (Nichts wird mich mehr freuen, als dir *Paterson IV* mitzubringen.)

Denn ich werde dein »Metaphysics« an den Anfang stellen (so wie irgendein Scheißkerl das Zitat eines hilflosen Griechen in Griechenland hernimmt – um es seinem Gedicht voranzustellen).

Wie viele solcher Gedichte hast du? Du *musst* ein Buch daraus machen. Ich werde zusehen, was ich machen kann. Wirf nichts weg. Das *ist* es.

Ich mache einen kleinen Winterurlaub in N. Y. C. Sonntag zurück. Am nächsten Wochenende unternehmen wir was. Ich werde mich mit deinem Vater in Verbindung setzen.

dein,

ergebener,

Bill«

Ich habe ihn geöffnet und dann laut »Himmel!« gesagt. Die Gedichte, auf die er sich bezieht (er bezieht sich außerdem auf einen früheren Vorschlag von mir, ihm die River Street in Paterson zu zeigen, als Ergänzung zu seinem Gedicht, nachdem mein Vater ihm geschrieben und zu uns eingeladen hatte, und er die Einladung annahm und mir eine Nachricht schickte, dass er meine Geheimnisvollen Straßen kennenlernen wolle), sind ein Haufen lumpiger Abfallprodukte aus meinen Tagebüchern zusammengekratzt und als Gedicht zurechtgemacht, von der Sorte könnte ich zehn am Tag schreiben, wie:

Metaphysik
Dies ist das einzig wahre
Firmament; deshalb
ist dies die komplette Welt;
es gibt keine andere Welt.
Ich lebe in der Ewigkeit:
Die Pfade dieser Welt
Sind die Pfade des Himmels.

und

Lang lebe das Spinnennetz
Worte aus sieben Jahren verschwendet
beim Warten im Spinnennetz,
Gedanken aus sieben Jahren
beim Belauschen des Hausherrn,
sieben Jahre verlorene

Empfindungen im Benennen der Bilder,
immer enger gezogene Kreise
um Nichts,
    sieben Jahre
Ängste im Netz aus steinaltem Versmaß
Die Wörter tote
Fliegen, Beute nur
Geister.
Die Spinne ist tot.

und [sieben weitere Gedichte …]

Also kapiert ihr alten Klapperstangen, ihr zwei beiden, wassas bedeutet? Ich kann ein Buch rausbringen, wenn ich will! New Directions (denk ich mal). Was? Und kapiert außerdem, dass [William Carlos] Williams komplett plemplem ist. Das bedeutet außerdem, wir *alle* können Bücher rausbringen (einfach du und ich und Neal) (sagt Lamantia[1] nichts, er ist zu fein), wir müssen bloß eins machen: Ich habe eine neue Methode zu dichten. Ihr müsstet nicht mehr machen als eure Tagebücher durchzusehen (da sind diese Gedichte her) oder euch auf eine Couch zu legen und an das zu denken, was euch gerade so in den Sinn kommt, vor allem das ganze Elend, oder Gedanken in der Nacht, wenn ihr nicht einschlafen könnt die Stunde vor dem Einschlafen, steht einfach auf und schreibt es auf. Dann macht Zeilen von jeweils zwei, drei oder vier Worten daraus, müht euch nicht mit Sätzen ab, Passagen von jeweils zwei, drei oder vier Zeilen. Daraus machen wir einen dicken Band, eine Anthologie »Amerikanische Kicks und mentale Miseren«. Das »Amerikanische Spirituelle Museum«. Eine großartige Galerie »Hipper Amerikanischer Einfälle«. Etwa:

Heute bin ich 32.
Was! So schnell?
Was'n meiner Frau passiert?
Habbich umgebracht.

1 Philip Lamantia (1927–2005) brachte mit 15 Jahren seinen ersten Gedichtband heraus und galt als eine Art poetisches Wunderkind. Seine Dichtung war zunächst stark vom Surrealismus und in späteren Jahren vom Katholizismus beeinflusst. In den fünfziger Jahren widmete er sich intensiv den Drogenritualen der Indianer in Nevada und New Mexico. Er gehörte in dieser Zeit zum Umfeld der San Francisco Renaissance und war einer der Vortragenden bei der legendären Lesung in der Six Gallery im Oktober 1955, bei der Allen Ginsberg zum ersten Mal *HOWL* öffentlich vortrug.

Was'n mit meinem Kraut passiert?
Habbich geraucht.
Was'n mit meinen Kinners passiert?
Habbich zu Abend gegessen
vor 'ner Woche.
Was'n mit meinem Auto passiert?
Habbich an 'n Laternpfahl 'setzt.
Was'n mit meiner Karriere passiert?
Alles für die Katz, alles für die Katz.

So viel dazu.

Wie sollich aus eurem Brief schlau werden? Was ist von wem? Wer nennet mich Liebster? Habt ihr Kerls keine Namen nich mehr?

Briefmarkengeld werd ich, verarmt, euch schicken. Was ist beim Vorlesen meiner Gedichte passiert? Hat jemand geweint? Schickt mir Peotl [Peyote]. Sagt Lamantia, ich brauche Peotl für mein metaphysisches Muh. Gut! dass ihr Bill [Burroughs] geschrieben habt. Ich werde Ginger die große Abstraktion verpassen. John H [Clellon Holmes] bekomm ich weiterhin nicht zu Gesicht. Aber er wird schon noch auftauchen.

GESCHÄFTE!!!!!

Siehste? Carl [Solomon] hat Vertrag geschickt. Lausiger Vertrag (was, keine Million?) ist aber okay.[2] Schaut ihn euch an. Außerdem, mach schnell mit dem Buch, damit du nicht bis 1954 auf mehr Kohle warten musst. Gene [Eugene Brooks] hat dir eine Vollmacht geschickt. Siehste, Junge? Sie wollen Alan Ansen[3] verlegen, ihm aber nicht eigentlich einen Vorschuss zahlen. Carl hat außerdem einen Franzosen, dicker Freund von mir, gefragt, ob er Genets *Journal du Voleur*[4] übersetzen will. Carl ist auch hinter Bill [Burroughs] wegen eines Wyn-Taschenbuchs her. Das ist in Ordnung, denn es bedeutet Geld und etwas für die Nachwelt, und auch nicht schlechter als New Directions. Aber an New Directions werd ich weiter arbeiten.

Jawohl, Jack, *On the Road* wird der Größte Amerikanische Roman überhaupt. Verflucht wir werden Erfolg haben. Briefprosa war großartig. Kalifornien und

---

2 Solomon arbeitete bei Ace Books, dem Verlag seines Onkels A. A. Wynn, als Lektor und bot Kerouac einen Vertrag für *On the Road* mit $ 1000 Vorschuss an, den Kerouac nie unterschrieb.
3 Alan Ansen war ein Freund und Dichter, der zu dieser Zeit W. H. Audens Sekretär war.
4 Jean Genet, *Journal du Voleur*, 1949. Deutsch 1961 unter dem Titel *Tagebuch eines Diebes*, Hamburg. (A. d. Ü.)

Neal tun dir gut. Aber welche Dulzinea müssen wir für Neal finden, damit er weiterschreibt? Würde er, wenn ich zu euch rüberkäme? Nein, ich fürchte, ich würd dir eher sagenhaft auf den Geist gehen, mein Junge. Aber in echt, ich fühl mich so gut – und vor meiner Tür in Paterson türmt sich ein riesiger Haufen Ostküstenschnee.

Ja jaaa, mehr, immer mehr. Schreib den Roman schnell zu Ende. Wir werden alle unseren Spaß haben. Und mit einem Zwinkern, ich glaube dir, das ist der erste moderne Roman.

O Lucien, der ist einfach frisch verheiratet, das und nichts anderes stimmt mit ihm nicht davon abgesehen, dass er ein geborener Miesepeter ist. Mag ihn aber trotzdem.

Aber was kann man bloß bei Hal [Chase] machen? Kennt keiner seine Anschrift? Wie kann ich ihn erreichen? Schreibt mir ausführlich – oder [Al] Hinkle soll mir alle Einzelheiten berichten etc. Ich will einen großen verrückten Brief aufsetzen und ihm schicken; er wird nicht wissen, was er davon halten soll, also wird er vielleicht antworten. Er ist nicht krank, er gibt nur damit an. Als Erstes muss der Kind King Mind[5] sich die goldenen Haare grün färben.

Dieser Brief ist wirklich albern.

Hübsche Gedichte über Melville und Whitman. Ich habe Van Doren unsere gemeinsam getippten Anmerkungen zu Melville geschickt. Seither nicht mehr mit ihm gesprochen.

Ein junger Freund namens Gregory Corso[6] hat sich in Richtung Küste aufgemacht, habe ihn vorher nicht mehr getroffen, vielleicht lauft ihr euch ja über den Weg. Vor zwei Jahren pflegte er vom Fenster seines möblierten Zimmers gegenüber aus Dusty [Moreland] beim Ausziehen zuzusehen. Ich habe ihn ihr vorgestellt. Er war in sie verliebt. Er ist auch ein Dichter. Aber Dusty will mich nicht heiraten, habe ich sie gefragt? Was kann ich machen? Aber ich werde ihr auch deinen Antrag unterbreiten. Vielleicht heiratet sie uns drei? Stell dir bloß das Gevögel in der Hochzeitsnacht vor.

Du musst [William Carlos] Williams kennenlernen, er versteht uns, ich werd

5 Für Ginsberg war Jack Kerouac der »Kind King Mind«, was am ehesten mit »gütiger königlicher Geist« zu übersetzen wäre. Der Ausdruck taucht Jahre später fast wortgleich *(kind king light on mind)* in *Howl* wieder auf. (A. d. Ü.)

6 Ginsberg hatte Corso Anfang 1950 in der Bar Pony Stable kennengelernt; obwohl einige Jahre jünger als Burroughs, Kerouac und Ginsberg, gehörte Gregory Corso schnell zum harten Kern der Beat Generation.

ihm deine Bücher geben und deine Briefe zeigen. Er ist alt, und nicht auf unsere Art hip, aber er ist die Unschuld selbst und so sieht er sich auch.

Deine Abstraktionen sind große Klasse. Außer den Pastellen. Im Übrigen wusste ich nach dem ersten Blick, dass die von dir sind. Wie ein Markenzeichen.

Ich habe reihum mit allen Mädchen an der Columbia geschlafen, ich meine, Barnard. Jetzt setzt bei mir ein großer Wandel ein, ich werde passiv. Ich weiß nicht, wann das anfing, ich schlafe mit niemandem mehr, ich leg mich nur noch hin und lass mir einen blasen. (Obwohl das mit Dusty nicht funktioniert – werd sie nie wieder flachlegen.) Schick mir dein problematisches Unikum und ich seh zu, dass es gedruckt wird, oder schick es zu Carl und er erledigt die Kleinarbeit, ich werde zu sehr Snob, um das einfach für nichts zu machen (außer für totale Sturköpfe wie Neal, die keine Ahnung haben, was ihnen entgeht, wenn sie nicht in aller Öffentlichkeit furzen).

Der einzige Sterbliche, der überhaupt so schreibt wie wir ist Faulkner. *Soldatenlohn*. 25-Cent-Taschenbuch.

Ich habe nichts über Moby Dick gelesen, schick den Zeitungsausschnitt. Ich habe riesige Schnappschüsse von Luciens Hochzeit [Januar 1952]. Nein, ich heure über die NMU [National Maritime Union] an, sobald ich Williams getroffen habe, Tellerwäscher auf einem Passagierdampfer, nach einem Monat wechsel ich in die Schreibstube. Komme dann zurück und lass mich ANALYSIEREN. Ääätsch! Neal soll mir via Drahttongerät schreiben, du transkribierst.

Wassis 12 Adler[7]? Weriss Ed. Roberts?

wech

Allen

---

7 Adler Place war eine bekannte Bar im Stadtteil North Beach, San Francisco.

Jack Kerouac [San Francisco, Kalifornien] an
Allen Ginsberg [o. O., Paterson, New Jersey?]

ca. Februar 1952

Lieber Allen:

Williams hat recht: der originäre geistige Anstoß zu einem Gedicht ist der
»Prosa-Keim« oder erste ungezielte Entwurf, das »Gedicht nach Vorschrift« ist
der dröge Anzug für den großartigen aufregenden nackten Körper der Realität. Ich glaube, diese deine Gedichte hier sind großartig, aber ich glaube (auch),
dein Wohnheim-Gedicht mit der Kakerlake an der Tür und dem Älterwerden im
Flur sind ebenso großartig, aber das ist hauptsächlich – ich versuche in aller Eile
ernsthaft über deine Arbeit zu sprechen ... aber nur keine Eile. Totenkopf-Dusty
ist ein tolles kleines Gedicht: »Sonnenuntergang ist großartiger so, da Stahl nackt
wie nackte Gedanken ist, ungeplant, aber aus der finstren Seele gewonnenes
Erz.« Eigentlich ist »Blut« (du erinnerst dich), das du später eingefügt hast, vielleicht der Sinnlichkeit halber, – jedenfalls nichts, das dem Gedicht »fehlt«, sondern der Keim eines weiteren über aus Sonnenuntergängen gewonnenem Stahl.
Davon bin ich fest überzeugt und weiß, was ich zu diesem Thema zu sagen habe.
Vergiss nicht Van Doren, was er über Shakespeare auf dem Drahtseil über dem
Abgrund gesagt hat, oder war er ein Ballon, der darüber hinwegflog? Ich mag
»eingebildete Zwecke« in alle Ewigkeit. (Sag mal, warum hast du auf meinen
tollen Tusche-Engel nicht mit einem Gedicht reagiert?) Deine Metaphysik ist es
wert, von Williams zitiert zu werden, und mein Gott, was für ein großer Mann
muss er sein, dass er das nicht nur »für dich tut«, sondern auch noch so pfiffig
ist, derart gediegene Zeilen an den Anfang seines großartigen Fortsetzungsepos
Paterson zu stellen, diesen Fluss späten Lebens Richtung Ewigkeit ... Mit 57 war
Dostojewski der irrste Autor der Welt; wir sind junge Strolche. Ist »Lang lebe
das Spinnennetz«, so wie du es mir geschickt hast, spontan, oder überarbeitet?
Hör mal, ich liebe dich, das wusstest du doch, oder? – immer noch dich – vergiss Lucien, er ist mein – er antwortet einfach nicht, er hat auf mir rumgetram-
pelt ich weiß nicht warum, und besonders immer wieder mit völlig sinnlosem
Sadismus. Aber wie komme ich darauf? in einem Brief mit kritischen Anmerkungen. »Negroes climbing around« ist ein perfektes Beispiel deiner komischen
Vision von der Welt – auch die Suche nach dieser Toilette – als hättest du *hm*
gesagt, als du in einer langen schwarzen Hose durch die Spinnwebenflure gestrichen bist, das Kinn knetend, zwischen Eisenringen, voll vom Staub dicker
Tränen im zerrissenen schwarzen Vorhang des Himmels irgendwo dahinter ...

Himmel, negroes climbing around ist genau wie der Ort wo die Kinder hinter den Fabriken schwimmen gehen. Außerdem ähnelt es deiner Vision von den Schwarzen, die sich New York von einer Anhöhe in einem Park in Harlem aus angucken. Sag mal, ich habe eine abgefahrene Zeile – auch ein Gedicht: aber egal. (»Paranoia about a crash.« (Sag's mal laut.) The Trembling of the Veil[8] ist Vollkommenheit an sich; erinnert mich an *Richmond Hill*, ein Gedicht von mir:

Ein Büschel gelber Blätter November
in einem sonst kahlen und
unbeholfen beschnittenen Baum
gibt ein kleines sanftes PLICK von sich
während sie aneinander rascheln
sich vorbereiten zu sterben –
Seh ich ein Blatt fallen
sag ich immer Lebewohl.

[Fünf Zeilen ausgestrichen und »Pfui« danebengeschrieben]

*

… Der Raum atmet er will
mir etwas
verständlich machen.

Zeig diese Anmerkung nicht Williams, er wird merken, dass ich sie geschrieben habe, nur damit er sie sieht. Die Äste der Bäume biegen sich sofort, wenn der Wind an ihnen zerrt, das ist wie Whitman was Ehrfurcht und Spannung angeht und wie Tautropfen auf Sonnenblumenstängeln und all deine anderen liebsten Alice-im-Wunderland-Mirakel der Poesie. Schau doch, der ganze Wert deines Verstands liegt in seiner Spontaneität, einen anderen hat er nicht. Alles gut Durchdachte ist was für existenzialistische Generäle, die sowieso auf Schlachten, und Hoch-Spät-Spenglerianer, die bis zum Stehkragen in Bürokratie und kostspieligem [?] Hahnreitum bei ach so witzigem Midtown-Cocktail-Geblubber rumstehen. Bitte schau dir mal meine abschließenden Zeilen von *On the Road* an, von John – jedes Mal, wenn ich dir ein Kompliment für eine deiner Zeilen mache, dann muss ich nach einer von mir suchen, um auch mal ein Kompliment

8 *The Trembling of the Vail* – Gedichtband von W. B. Yeats, 1922 zunächst als Privatdruck erschienen. (A. d. Ü.)

von dir zu hören, aber sei's drum, komm mir bloß nicht auf die Idee, dass ich nicht mehr der alte Knabe bin, der hier Papier bekleckert, der dich als Erstes geschultert und dir Reiser ins Haar gestreut hat, als – hör zu: »... fuhr nachts zurück, Richtung Norden, die Insurgentes hinaus, so wie wir reingekommen waren, ein Ferrocarril Mexicano schnappte im Dunkeln nach seinen linken Radkappen die heiligen biblischen Ebenen im ersten Sternenlicht der Weisen aus dem Morgenland lang. Von weit her jaulte über die taufeuchten Kakteen übermütig der Kojote mit sehnsuchtsvollem Hundegrienen, an einem Nagel ein Rupfensack, das Blitzen eines Heiligenbilds im Baum, die Weine der Buße im Bach. Übers Lenkrad gebeugt wie ein Rasender (ich spreche von Neal auf der Rückfahrt nach NY), ohne Hemd, ohne Hut, den höhnischen Mond über der Schulter, der Scheitelpunkt der Nacht zog vorüber wie ein hastiges Geheimnis, und während er über die Schlaglöcher und [?] der Nacht jagte, erging er sich wieder in seinen alten Wortkaskaden. Sah er irgendwelche Lichter?« (Spätes Kapitel aus *On the Road*, in dem Neal (Crafeen) als traditioneller irischer Held daherkommt.) Außerdem, zusätzlich, kommentiere ich seine hübschen Schnappschüsse, so wie seine Kinder sie einmal betrachten werden. Unsere, seine Kinder werden (diese Fotos) anschauen und sagen: »Mein Papa war 1950 ein strammer junger Kerl, er stolzierte die Straße entlang so hübsch wie nur was und trotz der paar Probleme hatte er diese irische innere Kraft und Stärke – Ach Sarg der du dir die alte Stärke zum Mahle bereitetest und Würmer spiest« (oder »Würmer weitergeben«, was ist besser?)* Wie können die tragischen Kinder wissen, was es ist, das ihre Väter mordeten, woran sie Vergnügen fanden und worüber sie sich freuten und was sie umbrachte was sie zu Gemüseabfällen in einer Mülltonne machte ... mieser Dünger, Mann,« Aber jenuch der Zitate, in diesen holprigen kleinen Briefen kannst du die eh nicht würdigen, besser auf großen Manuskriptseiten. Frag Williams, wenn du dazu kommst, was er von dieser Prosa hält.
Bitte schreib oft; schließ dich der MCS[9] an –
Jack

*Würmer ausscheißen?

P.S.: Ich habe Bill Burroughs noch nicht geschrieben – möchte nicht, dass Kells' [Elvins] Frau meine Anschrift kennt.

9 Marine Cooks and Stewards Union: die Gewerkschaft der Schiffsköche und Kabinenstewards. (A. d. Ü.)

Allen Ginsberg [o. O., New York, New York?] an
Jack Kerouac und Neal Cassady [San Francisco, Kalifornien]
ca. 8. März 1952

Mon Cher Jack, Mon Cher Neal:
Hier läuft alles bestens. Seit meinem letzten Brief bearbeite ich pausenlos die
Schreibmaschine und setze verrückte Gedichte zusammen – ich habe jetzt
schon 100 beisammen, ich mache Luftsprünge. Hört euch das an: Ich verbinde Bruchstücke von »Shroudy Stranger« mit einem kleinen, deskriptiven
Gedicht – bin zu sehr mit den Bruchstücken beschäftigt, um zu dem EPOS zu
kommen, das als Nächstes dran ist.[10]
Was ich nun aber von euch wissen will: Meine Fantasien und Formulierungen
haben sich inzwischen so liebevoll, Jack, mit deinen vermischt, dass ich kaum
noch weiß, was vom wem ist und wer was verwendet hat: so ist rainfall's hood
and moon zur Hälfte von dir. Ich lege Abschriften von ein paar Gedichten
bei, die von dir zu stammen scheinen, wie die Rhetorik am Ende von »Long
Poem« – ist »very summa and dove« von dir? Ich will nicht feilschen, ich will
nur wissen, ob es in Ordnung ist, wenn ich benutze, was sich so einschleicht.
Habe mit [William Carlos] Williams telefoniert, morgen geh ich runter zur
River Street. Er sagte, er hätte bereits (er hat die ganzen hundert noch gar nicht
gesehen, nur etwa fünf Gedichte) mit Random House gesprochen (ich hatte
an New Directions gedacht), vielleicht kommt das Buch da raus. Ist das nicht
verrückt? Ich bin schier übergeschnappt vor Gegiggel und Arbeit. Apropos,
eines der beiliegenden Gedichte, beginnt »Now mind is clear« hört sich an wie
Synopse von Giggling Ling. Ist das in Ordnung? Ich lege außerdem »After
Gogol« bei. Benutzt du diesen Begriff oder hast du es vor? Kommst du aus
dem Konzept, wenn ich ihn verwende? Scheiß drauf, benutzen wir ihn doch
beide. [John] Hollander meint ich sei so urplötzlich aufgeblüht wie Rilke und
weint jedes Mal, wenn er mich ansieht, vor Staunen. Aber ich kann dir sagen,
auch wenn ich in drei Wochen deprimiert und unzurechnungsfähig und wieder in der Klapsmühle bin, ich schwör dir, ich hab das ganze Problem mit der
Metrik endlich im Griff, und das hat mich aufgehalten – Versmaß, der Aus-
bruch daraus, und sprechen wie wir wirklich sprechen, über Madtown. Ich lag
völlig daneben.
Hör dir diese »Gedichte« an: (sollte es je ein Buch geben, dann wird es *Scrat-*

10 Der Entwurf zu »Fragments of the Monument« lag diesem Brief bei.

ches in the Ledger heißen; und wird Jack Kerouac, Lucien Carr und Neal Cassady gewidmet sein: »GEWALTIGE AMERIKANISCHE GENIES DENEN ICH METHODE UND WAHRHEIT VERDANKE«)

Jack Kerouac [San Francisco, Kalifornien] an Allen Ginsberg [Paterson, New Jersey]

15. März 1952

Lieber Allen:

Blas, Baby, blas!

Ich hatte keine Ahnung, dass du von selbst begreifen würdest, was für ein großer Dichter du bist, ohne meine Hilfe, mein ich (indem ich's dir sage, »Unterstützung«, nicht dabei, ein Genie zu sein) (ist ganz und gar deins). Summa and dove.

Dein Brief wurde doch tatsächlich vom großen tollen Neal gelesen und, obwohl er gar nichts davon wusste, Carolyn hat ihn unter der Spüle gefunden, dahin hatten ihn die kleinen Mädchen geworfen; sonst hätte ich ihn vielleicht nie zu sehen bekommen. (Neal mag dich sehr – nur arbeitet er sechzehn Stunden, zwanzig Stunden am Tag in wahnsinnigen Knochenjobs und das nur um seine Weltangst in den Griff zu kriegen und um auf Carolyns große Heimreise nach Tennessee zu sparen, auf die sie sich alle fünf in ihrem Kombi machen wollen – Jamie, Cathy, Jack Allen, Neal, Carolyn – vielleicht fahre ich bis Nogales mit, um mir einen Vorrat T. [Marihuana] zu besorgen, für meine nächsten littrarischen Mühen – aber Neal geht's so weit gut, abgesehen davon, dass er nicht schreiben kann, er hat keinen Daumen.)[11]

Die einzige Formulierung, die ich in *On the Road* benutzt habe, ist »strange angel« – vergiss mal SÄMTLICHE Bedenken von wegen »voneinander klauen« – ich klau die ganze Zeit von dir, das ist schon okay – alles was da so reinschleicht, ist nichts als die Wahrheit … wir schleichen unterm Schleier des Nebels dahin. Bitte verbessere aber doch folgende beiden Stellen in deinen Gedichten

1. it was to be a mass of images moving on a page …

(NICHT »moving on *the* page« – verstehst du?)

---

11 Cassady hatte LuAnne Henderson gegen den Kopf geschlagen und sich dabei am Daumen verletzt. Die Stelle entzündete sich, und ein Teil des Daumens musste amputiert werden.

moving on a page ist wie »paranoia about a crash.«

Korrektur Nr. 2 – ebenso, –

Cuban cousin meets Cuban cousin

in a dim-lit listing focasle.

nicht »in a dim-lit foc'sle«, diese Schreibweise klingt doch sehr bemüht, nahe-liegend und dumm, wie wir alle wissen … indem du focastle absichtlich falsch schreibst (statt forecastle) nutzt du das Vorrecht eines Dichters, das früher mal das des Seemanns war – ich weiß alles über Sprache, ich bin wie Ezra Pound in einer vergangnen Zeit.

Ich muss *On the Road* schnellstens noch mal abtippen, aber verdammich, Neal und die Eisenbahn nerven mit Arbeit, und mir rinnt das Geld durch die Finger, das ich mir mühsam durch alle möglichen blöden Zufälle und Kontakte ver-diene, die dann nicht mit der Kohle rüberkommen, ich würde lieber oben in der Mansarde liegen mit meinen unzähligen Beschwerden, pleite.

Was werd

ich mich sorgen würd ich meiner Verantwortung ins Auge sehen

anstatt meinen Mysterien?

ist wohl das großartigste Statement, das du je von dir gegeben hast. War ich nicht auch schon vor Random House so begeistert? Wenn aber du »den Mund aufmachst, um zu singen«, dann bist du das Ende … und der Anfang … der größte lebende Dichter Amerikas und ich denke der Welt, »keine hyazinthi-sche Fantasie wird diesem verhüllten Manne gerecht.«

Wir sollten wirklich zusammen nach Paris und Venedig fahren, binnen eines Jahres.

CARROUSSADY heißen diese drei gewaltigen Genies, aber jetzt ruinier deine Widmung bloß nicht mit *dem* Anagramm.

Eine mögliche Weiterlichkeit

mach »jumping with jazz *into* the Pacific« worüber du schon überlegt hast … vielleicht, nur vielleicht … SPÄTER, in einem Pennerimbiss in der 3rd St.

Ich bin wohl auf dem besten Weg zu einem großen Nervenzusammenbruch, ich war noch nie so aufgedreht und ausgelassen – wie bei dir, ich geh an die Decke vor lauter Wörtern Wörtern – Sie kommen schweigend in einem ver-rückten Traum, ich habe alles gelöst, etc. – Gut schlecht, was soll's, Okay, Allen, Neal C. Ich werde ihn in 15 Minuten in seiner Werkstatt für rund-erneuerte Reifen treffen, Wein aus meiner Taschenflasche trinken während er arbeitet, wir werden über dich reden, zum gemeinsamen Abendessen nach Hause gehen, uns danach am Abend eine Dose zischen, wir sind unzertrennlich, unveränderlich, unlösbar, eins. Die »Französische Zwiebelsuppe« in diesem Pennerladen schmeckt wie ein Tagesgericht des geheimnisvollen Fremden aus der Dose, ich habe Meerrettich reingetan.

Ich hielt's für eine gute Idee, so Randbemerkungen wie die in deinem Brief an mich einzubauen – »I think of this week's humiliations« ist am Rand mit »opening statement« überschrieben, du weißt, was ich meine … »the shame of my poor beat down brother« hat als Überschrift »Beispiel«, und »the whole crooked ass unlazarus like lot of em« dann mit Fluch und »not a come in a carload« schließlich überschreibst du mit »expansion of curse«, eine lupenreine Methode. Nebenbei, du solltest nicht »crooked assed« sagen, lass einfach »crooked ass« seinen Weg als Adverb selbst finden.

Love for sale, Daddy, love for sale.[12]

Lass mich wissen, wie es mit [William Carlos] Williams in der River Street war, falls ihr zusammen dort hingegangen seid.

Bill [Burroughs] hab ich noch nicht geschrieben, werd ich aber heut Abend, denn ich denke, ich gehe jetzt für zwei Monate nach Mexiko.

Was meinst du, wann wir nach Paris fahren sollten? Ich werde noch vor Jahresende durch NY kommen, als Matrose, dann können wir Pläne schmieden und schreiben; ein farbiger Kumpel von mir will mit mir rüber, entweder mich dort treffen, oder mit mir fahren, er hat vor, reizenden weißen Mädchen die Möse zu lecken und ich will sie ficken und lecken … aber mit dir würden daraus gleichzeitig gewaltige Genet-Underground-Expeditionen und Glanz für unsere beiden Bücher kurz vorm Erscheinen, und [Bob] Burford, [Allan] Temko, alle zusammen[13], und Wein, das volle Programm. Ich bin völlig sexsüchtig geworden, und gleichzeitig übrigens völlig hetero, also kein männliches Au ohne ein MiAU … Wenn du weißt dass der »geheimnisvolle Fremde« ursprünglich eine meiner Formulierungen war und sich, wie du sagst, »so liebevoll mit meinen vermischt« hat, dann können wir sowieso nichts dran machen – Ich glaube, ich könnte auch in Teilen meiner Prosa Passagen finden, die einige deiner Gefühle wiedergeben, lassma gucken, aber egal, mach dir da mal überhaupt keinen

12 Berühmter Jazzstandard von Cole Porter aus dem Jahr 1930.
13 Kerouac hatte 1949 gehofft, zu einer Gruppe seiner Freunde aus Denver zu stoßen, die alle in Paris lebten.

Kopf, denn ich sprühe nur so und ich brauche nichts oder brauche mir über nichts Sorgen zu machen, solange ich meinen Wein und Shit und Möse habe, denk ich mal. Hab seit drei Monaten kein mehr weggesteckt, außer – Mist, sag's Dusty. Nein andererseits, Himmel, scheiß drauf – gerade in diesem Moment kommen, ich spinne, zwei Männer mit Weinflaschen und einem Wickelkind die Straße lang, bleiben ein paar Augenblicke auf einen Schluck in einem Hauseingang am Wasser stehen, das Baby ist zu jung um zu verstehen – mir wurde klar, dass sie einfach nicht wissen, wie absolut traurig das Leben oder sie selbst oder die ganze Leere ist, verdammt ich bin high und weg und ein Verrückter – inzwischen betrunken, vom Wein, während ich dir das hier schreib, gib mir Bescheid, (O für Fhri cirhe eu) P

Bitte sag Carl Solomon, er soll mir per Post auf der Stelle die ersten 23 Seiten von *On the Road* schicken damit ich sehe, woran ich arbeite, ich selbst habe davon keine Abschrift. Okay? bitte mach das, es ist wichtig.

Eugene [Brooks] hat mir großartige brauchbare Vollmachten geschickt, das ist meine Rettung; ich bin ihm kolossal dankbar; er hat noch nicht mal was berechnet; aber wenn ich ihn sehe, oder später, bald, kann ich wenn er es braucht was auch immer geben, oder was weiß ich, du weißt schon, peinlich; aber er ist auf jeden Fall großartig und richte ihm persönlich meinen Dank mit deinen eigenen Worten aus, da ich ihm kürzlich schon per Brief gedankt habe.

Ich fang noch in dieser Woche mit dem Abtippen meines Romans an.

Ich schwafel hier nur herum, weiß nicht was ich sage, ich muss jetzt Brot kaufen gehen und an manchen Tagen wie heute ist Neal völlig abwesend sagt nur »Yeah, yeah« zu allem und jedem, hört nicht zu, ist tatsächlich ein bisschen schwerhörig und ihm ist einfach alles egal – und das, letztendlich, ist der Grund, warum ich kein dauerhaftes konventionelles Verhältnis zu ihm aufbauen kann … es ist mir egal, ob er entspannt *ist*, ich bin begeistert und aufgeregt und das ist alles, ich werde den Weg zu meinen Quellen ohne ihn beschreiten. Er ist einfach der un-beruhigendste Kerl der Welt. Übrigens, schreib doch bei nächster Gelegenheit mal ein paar Zeilen an Carolyn, sie ist wirklich ein klasse Mädel und die einzig denkbare Nachfolgerin für Joan (nicht Dusty, die ist nicht so intelligent wie C.).

Also mach's gut, Kumpel, ich muss los – morderoga. Tschüss, Allen Berg
Grüß alle herzlich von mir – grüß Alan Ansen falls du ihn siehst und sag ihm es tut mir immer noch leid, dass ich unsere Verabredung in seiner Bude in Elmhurst versäumt habe und stattdessen hierher gefahren bin.

»Gegenüber vom Felsendorf das von seinen Kakteen lebt ist die Welt die des

jungen Jesus; man treibt seine Ziegen nach Hause, mit langen Schritten kommt
Pantrio gedankenschwer durch die Reihen blauer Agaven, sein Sohn hat ihn
vor einem Monat sitzen gelassen und ist mit einer selbst gemachten Mambo-
trommel barfuß nach Mexico City gewandert, seine Frau sammelt Blüten und
Flachs für seine Stickereien […] die jungen neugierigen Zimmerleute des Dorfes schlürfen auf den Ziegenfarmen Pulque aus Krügen und Shelli-melli-mahim
der Weltweiten Mohammedanischen Fellachen Dämmerung und Einbruch der
Nacht, Ali Babe sei gesegnet.« *Road*
Aber bitte benutz keins meiner neuen Wörter (etwa Fellachen in großem Um-
fang, wie zum Beispiel ich das mache) bis irgendwann später, wobei mir schon
klar ist, dass »neugierig« ein Du-Wort ist.
Jack

Allen Ginsberg [o. O., New York, New York?] an Neal Cassady und Jack Kerouac [San Francisco, Kalifornien]

20. März 1952

20. März?

Liebe Leute:
Also Neal ich hab deinen Roman gelesen und er macht sich gut. Sogar der frühe
verklemmte Teil über Eltern liest sich jetzt flott (beim dritten oder vierten Mal.
Vor zwei Jahren habe ich ihn schon ein paarmal gelesen) und mit jedem Lesen
wird er besser – all die verzweifelten Anstrengungen waren nicht vergebens
daran solltest du nichts auch ändern. Er wird außerdem besser beim Wieder-
lesen, mir wird immer mehr der Humor klar – die Teile, die du erfunden hast,
sind ziemlich großartig – ich war schon damals von der eingestürzten Veranda
und dem alten Harper hingerissen. Dein Eindruck, dass du langsam in Fahrt
kommst und es dir leichter fällt dich in allerlei Einzelheiten zu ergehen à la
Proust scheint zu stimmen. Wie in deinem Brief an Carl [Solomon] beschrieben – egal ob du genug Selbstvertrauen hattest oder nicht, auf die Art weiterzumachen – du hast recht. Je wilder und persönlicher du bläst, desto besser, es
hört sich von Seite zu Seite schöner an.
Ich habe Carl so verstanden, dass er dir geschrieben hat, du sollst Schreib-
unterricht nehmen (obwohl er deinen Roman akzeptiert und mag – mehr, als
er öffentlich zugibt), aber ich glaube er – ich weiß es sogar – kann keinen Deut
von seiner ganz persönlichen Metaphysik der Verlegerei lassen – ein metaphy-

sisches Gemäuer von einiger – eigentlich ist es ziemlich toll – Größe durch
dessen Labyrinth er dieser Tage (das vergangene Jahr) geistert – also vergesst
einfach – sage ich, von meinem Aussichtspunkt auf der arschkitzelnden Spitze
des Ostküsten-Wolkenkratzers – alles was er sagt und folgt weiterhin deinem
und Jacks Herzen. Carl macht sich Gedanken um die Form – und verwechselt buchstäblich was immer »Form« auch sein mag mit den kurzlebigen, ja
wöchentlich sich ändernden Erfordernissen und Meinungen in seinem Verlag.
Ihr seht (beide), er hat bei Wyns inzwischen eine Unmenge Ärger und Strei-
tereien am Hals. Er ist dort wirklich der Einzige, der überhaupt Ahnung hat
und alles Hippe, was er in die Wege leitet, wird ihm kaputt gemacht und führt
sofort zu Problemen im Verlag; er ist kurz vor einem Nervenzusammenbruch.
Er hat sogar eine Woche Urlaub genommen, diese Woche. Ist alleine in die
Wälder nördlich von N. Y. auf eine Erholungsfarm für »physisch-mental er-
schöpfte Geschäftsleute« gefahren. Er hat unter anderem folgende Probleme:
1. Die Sorge, wie sich wohl Jacks Roman entwickelt – Jacks Beschreibung hat
ihm Angst gemacht.
2. Das De-Angulo-Buch[14], das Wyn posthum an einen externen Lektor gegeben hat, dessen Überarbeitung zu einem ausgewachsenen literarischen Streit
zwischen de [A]ngulos Witwe und dem Büro auf der einen, und Ezra Pound
höchstselbst auf der anderen Seite geführt hat.
3. Die Tatsache, dass Wyn in mehrere teure Bücher wie das von Jack investiert
und jetzt Angst hat, noch mehr Geld rauszutun für [Alan] Ansens Roman (der
bester Ansen ist) obwohl sie ihn verlegen wollen wenn er fertig ist und Ansen
nicht weiterschreiben will bis sie ihm gentlemanlike einen symbolischen Vorschuss von $ 150 bis $ 250 zahlen (Carl steht da zwischen den Fronten).
4. Mehrere großartige Ideen von Carl, die sie früher oder später auch aufgreifen werden, aber von denen sie wegen der Umstrukturierung des Verlags noch
keine Notiz genommen haben etc.
5. Meine eigenen verrückten Gedichte und Holmes Buch, die der Verlag abgelehnt hat und die jetzt anderweitig erfolgreich sind.
6. Er will, kriegt jetzt aber kein Buch von Alan Harrington.
Alles in allem hat Carl – ich dränge ihn und bequassele ihn und versuche ihn
dahin gehend zu beeinflussen, dem schädlichen Einfluss der Bürohengste ent-
gegenzuwirken (wir planen sogar, das Huncke-Projekt wieder auf zu neh-

14 Jaime de Angulo (1887–1950) war Linguist und Ethnologe, der die Mythenwelt der indigenen
Bevölkerung in Kalifornien und Mexiko aufzeichnete und beschrieb.

men) – tatsächlich angefangen, diese neue literarische Bewegung, die, wie du, Jack, schon vor Jahren gesagt hast, tatsächlich nur aus uns besteht, in die Öffentlichkeit zu tragen. Alles in allem fange ich wirklich an zu glauben, dass wir mit uns dreien inzwischen den Kern einer völlig neuen historisch wichtigen etc. etc. amerikanischen Schöpfung haben. Niemand weiß, wie gereift wir inzwischen schon sind, noch nicht.

Ich habe deshalb alles hintangestellt, auch meine Einschiffung, um Gedichte abzutippen und Carl zu beschwatzen. Außerdem hat er *Junk* von Bill zurückgeholt und versucht, sie zum Lesen zu bringen und im Augenblick sind sie noch zu verträumt das zu verstehen aber das werden sie innerhalb der nächsten drei Wochen, glaube ich.

Das alles um Neal zu sagen, wie wichtig es für die Zukunft Amerikas ist, schnell zu arbeiten – Denver ist einsam und sehnt sich nach seinen Helden, wartet mit Träumen voller Tränen wie Billie Holiday und arbeitet wie er will und nicht wie Carl sagt – denn das Entscheidende ist, was Neal interessiert, dich, und das ist großartig oder was weiß ich.

Wir sind es, die wichtig sind – (nicht so sehr unsere jugendlichen Egos aber) unsere Herzen unsere wahrhaftigen ureigenen Herzen – das ist das Ende – wie rum wir das auch immer sehen. Tee Hee.

Lieben Gruß

Papst Ginsberg

Allen Ginsberg [New York, New York] an Jack Kerouac [San Francisco, Kalifornien]

ca. später März 1952

Lieber Jack:

Habe deine Briefe bekommen, John hatte mich schon vorgewarnt. Du bist der Einzige, der die Gedichte wirklich verstanden hat – [William Carlos] Williams weiß eine Menge, aber den ganzen nackten Schrottplatz hat er im Mondschein seiner Intelligenz, anders als du, nicht verstanden. Ich glaube kaum – bisher hat er sich mehr wie W. C. Fields aufgeführt – ein bisschen Landarzt; redet immer wieder vom »Erfinden« einer reinen Sprache und weiß wo sie zu finden ist – aber bestimmte Dinge unserer Generation oder ein gegenseitiges Verstehen entgehen ihm – aber wie auch immer, bisher ist er tadellos, kein Theater, keine Egos, nur eine erstaunliche Zusammenarbeit – sagte tatsächlich er wolle eine

Einleitung schreiben, sagte er bräuchte auch nicht jeden Gedanken zu Ende zu denken – »so wie Cézanne seine Leinwände unvollendet ließ«, wenn er mit einer Ecke der Leinwand nicht mehr weiterwusste.

Wir sind in Paterson herumgelaufen, haben uns aber in einem teuren Restaurant in der Innenstadt etwas betrunken, unterhielten uns über einen Freund von ihm, den ich in Mexiko getroffen habe, über Genet (den er mag), über Pound und Moore – ich wies ihn auf die Hirschgeweihe und alberne Schilder im Restaurant hin. Dann schauten wir nach dem alten Schwimmloch mitten zwischen den Präriehundbauten, fuhren mit dem Auto durch die Gegend, hielten an und klaubten am Flussufer eine Handvoll Müll zusammen und machten dann und dort im Licht eines Reklameschilds am Fluss ein Gedicht darüber (ein Stück alter Beton, ein kleines Stück Blech, ein Pin von einem Webstuhl, 200 Jhr. alte Hundescheiße.) Ich wollte mit ihm in Bars gehen aber er ist alt und wollte nach Hause, wir gingen in eine und konnten mit den Leuten nicht viel anfangen, eine abgetakelte weiße Kapelle mit Akkordeon, dann fuhr er mich nach Hause; saßen im Auto. Er sagte: »Wozu überhaupt das Ganze?« Ich sagte: »Warum?« Er sagte: »Ich werde alt – noch zwei Jahre und ich bin siebzig.« Ich sagte: »Haben Sie Angst vor dem Tod?« Wir beide schauten die asphaltierte Vorstadtstraße entlang und er sagte: »Ja, ich glaube, das ist's.« Dann sprachen wir kurz über den Asphaltbelag (woraus der wohl besteht?), als wäre er die Mauern des Universums. Besuchte ihn später in seinem Haus, ging hoch in sein Schreibzimmer, ging mit ihm das Buch durch, das ich ihm dagelassen hatte, diskutierten die Verteilung der Gedichte und wie schwer es sein wird, sie zu veröffentlichen. Las mir einen Brief von Robert Lowell aus Amsterdam vor (»wie eine graue Stadt im Mittleren Westen.«) Lowell wird Cal genannt – Kürzel von Caligula, aufgrund irgendeiner alten Schülerapokalypse vor vielen Jahren – bei der sich, während sie über Rom sprachen, Lowell aus dem Fenster eines Hotels in Chicago lehnte und »ICH BIN JESUS CHRISTUS« schrie bevor Alan Tate, der berühmte Kritiker, ihn wieder ins Zimmer zog und nach dem Arzt rief. Genau wie eine Mischung aus Cannastra und R. Gene Pippin. Aber ausweglos, glaube ich. Werd Williams deinen Brief zeigen.

Dein besonderes Verständnis bestimmter Dinge ist allerdings meine Rettung: Lucien, zum Beispiel, mochte die Gedichte, sagte aber, die besten seien die, die ihn »amüsieren«. Hollander an der Columbia mochte sie, zerbrach sich aber den Kopf wegen Anordnung und griechischen Titeln damit sie wie Gedichte aussähen; Kingsland mochte die gekünstelten über Marlene Dietrich. Dusty mochte (eek!) die metaphysischen am liebsten. Aber Gedanken »unvorhergesehen gewonnen aus dem Erz dunklen Geistes«, das ist das einzig wahre Niveau. Danke für deine präzisen Kommentare, sie decken sich vollständig mit meinen eigenen Vorstellungen – trotz alledem hast du »ernsthaft« über Arbeit gesprochen; prägnanter als jeder, den ich kenne. Ich vermute, das ist jetzt der Test. So viel zu Verallgemeinerungen.

»Long Live the Spiderweb« ist ein experimentelles Gedicht; ursprünglich gewissermaßen spontan, aber es ist auch nur einmal bewusst be- und überarbeitet worden, hinsichtlich Halbreimen, Reimen, Rhythmus, Anordnung der Zeilen auf der Seite, und der Bildstruktur (Spinne, Netz, Fliegen, etc. etc.) Danach habe ich dann versucht ein Gedicht zu schreiben, das so »modern« aussieht wie die in der Zeitschrift *Poetry*. Lucien und Dusty mögen es, Hollander auch. Aber ich fand es zu sehr auf Kunst gemacht und konventionell, in gewisser Weise, obwohl vielleicht (was Lu glaubte, es im Ursprung Horror ist). Was meinst du, lohnt es sich, die Sache so anzugehen, oder sind die so gut oder anders als der Rest? Ich habe bemerkt, dass du es bemerkt und gefragt hast, ob es wie andere oder »überarbeitet« worden ist) (welch Feingefühl von dir!) – was hast du gedacht – dass es prätentiös ist – ich habe das kurz geglaubt, bin aber nicht sicher. Würde gern deine Meinung hören – brauche nur einen halben Satz oder zwei Worte dazu – so wie ich nicht sicher bin, was ich tun soll – methodisch – in Zukunft. Williams mag Kakerlaken-Wohnheim als Teil des Ganzen auch, deshalb bleibt's drin.

Williams sagte übrigens, dass er nie wirklich in Paterson gewesen ist, nur als junger Mann, da ist er viel in der Gegend herumgezogen – das ganze Gedicht selbst ist Imagination, eine Kopfgeburt – wollte nur einen Blick auf die River St. für einen aktuellen Epilog werfen, nachdem das Spiel jetzt gelaufen ist (wie ein Epilog in der Hölle oder jenseits der Welt).

Ich glaube Neal müsste noch »Ode to Sunset« (konventionell) in einem alten Brief greifbar haben (falls er die greifbar hat) schau es dir vielleicht an und vergleiche. Ich vermute, unkonventionell könnte besser sein – aber im Krankenhaus habe ich sechs Monate lang Zeile für Zeile an konventionellem Gedicht gearbeitet – in der ganzen Zeit habe ich praktisch nur dieses eine Gedicht geschrieben. Verstehst du, das erste ist purer Gedanke. Aber so viel Kopfarbeit, Zeit, Geduld, Handwerk sind in das andere geflossen. Wünschte, ich könnte sie nebeneinander veröffentlichen.

Du kannst Bill [Burroughs] unter 210 Orizaba[15] schreiben und ihn darauf hin-

15 Burroughs wohnte bis Anfang Dezember 1952 in der Calle Orizaba 210 in Mexico City. (A. d. Ü.)

weisen, deine Anschrift nicht an Kells Frau weiterzugeben. Er wohnt immer noch in 210 Orizaba. Habe beigelegten Brief von Laughlin bekommen, der *Junk* abgelehnt hat. Arbeite immer noch an Taschenbuch bei Wyn, wird vielleicht klappen.

Ich weiß du liebst mich aber ich reise nun mal gerade nicht und bin noch durch das Ideal der Ärzte hier angebunden und nicht auf Kicks mit dir in San Francisco aus und Neal, und nimm mir das nicht übel. Als ich zuerst dir geschrieben (auf liniertem gelbem Papier) und versucht habe, wieder in den Club aufgenommen zu werden, habe ich mich wie ein Außenseiter gefühlt. Soll bloß keiner über mich lachen oder mich hinter meinem amerikanischen Buckel beschimpfen. Großartiges Bild hast du geschickt, wäre auch gern drauf gewesen. Lege Hochzeitspartyfoto von mir und Lucien bei, gefaltet. Ich habe noch vier Stück davon, also kann ich das zum Verschicken auch ruinieren. Neal sieht älter aus, jüdisch, sehr ernsthaft und auf einem mächtigen Rechtschaffenheitstrip. Ich habe Informationen von oben, dass er heil durch die Hölle gekommen ist, zu der er verdammt wurde, er steigt jetzt aus dem Fegefeuer empor, ist vielleicht schon raus, seine Seele ist nicht mehr in Gefahr, es wurde ihm kürzlich sogar ein Grab gewährt, das Schlimmste ist für ihn vorbei und er ist in ein neues Universum eingetreten. Ich glaube, deswegen ist er in den beiden vergangenen Jahren dem Anschein nach so still gewesen, und verschlossen.

»Trembling of Veil«: zwei Jahre nach Harlem in ein Tagebuch geschrieben, oder ein Jahr. Zu einer Zeit als ich bewusst versucht habe, mein mystisches Sehen wiederzuerlangen; das meinte der Titel. Schleier nicht gleich zerrissen, nur leicht bewegt. Der Aspekt der Erscheinung eines Baums die einer durch und durch mystischen Präsenz sehr nahe kam, die während der East-Harlemer-Visionen den Blick auf das Universum überschwemmte. Versuchte anstatt abstrakt eine bestimmte Sache so zu beschreiben, wie sie mystisch aussieht. Eintrag im Tagebuch an diesem Tag (in Paterson) ist im Wesentlichen wie das Gedicht; zwei Sätze später folgt entsprechende Aufzeichnung und Erklärung der Methodik des Sehens mit Wörtern über eingebildete Zwecke für die Ewigkeit. Das habe ich die ganze Zeit gemeint, wenn von Visionen die Rede war. Davon abgesehen dass Blick auf alles im Universum ein paar Augenblicke plötzlich klar und umfassend war für ein paar Sekunden – sechzig vielleicht – im Buchladen und aus Durgins Fenster. Ich erkläre das wieder und wieder weil ich versuchte, mir über meine eigenen Gedanken klar zu werden und herausfinden wollte, ob das noch jemand getan hat oder tut (nicht auf Gras) – sagen dir diese Gedichte, die ich schon so oft übererklärt habe, das Gleiche, oder hast

du es bereits verstanden? Oder habe ich an diesem einen Punkt zu viel Tsimmis[16] gemacht? Ich meine, vermitteln diese Gedichte irgendetwas Neues, über meine Erklärungen hinaus? Dein »Richmond Hill« scheint mir auf genau dem gleichen Weg zu sein – die fünf Zeilen in der Mitte über Ameisen in Orchestern solltest du unbedingt beibehalten, ist dasselbe wie der Rest, und macht die Dinge eher klarer, das ist völlig klar. (»Es hat einen eigenen Klang (PLICK) der verloren geht es sei denn in der Stille auf dem Land etc.«) Und warum das Pfui? Aus gleichem Grund habe ich Wert der eigenen nackten Gedanken nicht begriffen? Das ist ziemlich trügerisch – Ich weiß wirklich nicht wann ich mich verständlich mache und wann nicht – dass andere sie verstehen gibt mir ein gutes Gefühl, was die Echtheit meiner eigenen Gedanken angeht. Auch das eine Überraschung – aber nur wenige verstehen sie wirklich. Diejenigen, die sich tatsächlich Gedanken machen. Der Teil über »area breathes« ist auch wichtig. Kannst du mir ein Gedicht zum Geleit schreiben (du und Neal zusammen oder jeder eins?) über ähnliche Dinge – nicht so sehr über Engel und Fremde als den tatsächlichen rätselhaften Austausch sehr merkwürdiger wahrhafter Gedanken die wir miteinander gemein haben? Oder sowieso was du willst.
Vor deinem Brief ist mir »arms of the trees« übrigens gar nicht so merkwürdig vorgekommen. »Green hairy protuberances« schien mir viel merkwürdiger. Darum finde ich es auch verwirrend – mir ist nie aufgegangen – aber wem schon – was da vor sich geht, im Gedicht.
Mir war gar nicht klar, wie ernsthaft du mit traumähnlichen Sätzen und verschachtelten Wendungen in Strömen arbeitest. Wird besser und besser. Habe gerade angefangen, *Finnegans Wake* von Joyce zu lesen, mit Nachschlüssel. Joyce ist zu schwierig – albert zu viel mit Sprachkonzepten und geschichtlichen Abstraktionen herum, man versteht ihn also kaum, wenn er sich auf abseitige literarische Angelegenheiten bezieht. Aber Joyce auf Amerikanisch (Bop-Fantasien in Zeilen, »ohne Hemd, ohne Hut, während der Mond ihm über die Schulter schielt« ist großartig – bringt deinen ganzen unerschöpflichen Sinn für die Großartigkeit des Neal-Bill-Huncke-mich-Baums rüber), das könnte gehen und würde gelesen werden. Faulkner macht es auch ein bisschen so und hat es verstanden. (Vielleicht wären nicht allzu viele Fremde und spezielle Monde von Vorteil.) Auch Kojote mit Hundegrienen fiel mir auf, genau genommen sind mir folgende Sachen in diesem Abschnitt aufgefallen: Kojote, Bild im Baum mag Wein der Reue nicht wegen Ähnlichkeit zu irgend-

16 Auch *tzimis*; Jiddisch für Aufruhr, Tumult, Erregung. (A. d. Ü.)

welchen Mittelschichtromanen (mein Martha Gellhorn[17] Drapenport-Hühner-jegliches-Golgatha); mochte wie ein Irrer über das Lenkrad gebeugt; mochte hastiges Geheimnis geriet aber über den ganzen Scheitelpunkt-der-Nacht-Satz ins Grübeln; mochte alte Wortkaskaden etc etc. Müssen reden.

Der ganze Satz über »Mein Daddy stolzierte« leuchtet, bis hin zur Abfalltonne.

Jetzt kam zweiter Brief auf der Rückseite von Eisbahnformularen an. Neal arbeitet zu hart an seinen Geldproblemen, zu schade, dass er nicht mehr Ruhe für seine eigene Arbeit hat. Weiß er nicht, dass ihm vergeben ist und er sich nicht durch völlige Erschöpfung selbst kreuzigen muss? nicht mehr? Werde in einem Jahr noch mal dran denken müssen, wenn ich ihn vielleicht unterstützen kann. Du Bastard ich bestreite hiermit vehement dass Geheimnisvoller Fremder auf deine Kappe geht, du wirst morgen von Anwalt Brooks hören. Na klar klau ich von dir. Aber haben wir ihn nicht beide zusammen an dem Tag an der York Avenue erfunden? Lass bloß die Finger von meinem Ruhm. Loch.

John [Clellon Holmes] will seinen Roman »GO« nennen. (so jedenfalls der Vorschlag seines Lektors Burroughs Mitchell. Ach ja? Wir wär's mit GO, MAN. Aber vielleicht go. Besser »GO!«

Die beiden Verbesserungsvorschläge sind angenommen, bes. focasle. Zu schade, dass ich dich nicht sehen kann, bevor das Buch rauskommt, wird aber vielleicht irgendwie klappen. »River Street Blues« ist ein weiteres mehrmals überarbeitetes Gedicht, aber noch nicht fertig – wird ein langes Gedicht mit echten Bluessongs drin und mehr Einzelheiten über Paterson werden.

Geheimnisse – ich dachte, du hättest mir vor langer Zeit mal was zu Verantwortlichkeiten gesagt.

Ich weiß nicht wie oder wo ich die Song-Rhetorik oder unseren Hart Crane unterbringen soll also kann es zurzeit alles Mögliche bedeuten.

Paris? Würde schon gern fahren aber woher soll ich wissen wann? Williams sagt er will mir ein $ 1000-Stipendium von Arts and Science verschaffen wenn das Buch raus ist. Vielleicht damit?

Habe ich noch mehr Anmerkungen zu dem crooked-ass-Gedicht gemacht? Habe es vergessen. Bis zu »expansion of curse« hast du alle vermerkt (außer der ersten) schreib sie auf und schick sie, ich arbeite sie ein.

Wenn du in NY vorbeikommst kannst du bei mir unterm Dach wohnen –

---

17 Martha Gellhorn (1908–1998) wurde als Kriegsberichterstatterin im 2. Weltkrieg, durch ihre Romane und nicht zuletzt die Ehe mit Ernest Hemingway bekannt.

ich bin nicht immer da, kostet mich nur $ 4,50 die Woche, die kann ich auf-
bringen.

Außerdem bin ich schon seit Monaten nicht mehr richtig flachgelegt worden.
Dusty will nichts von mir wissen, und um was anderes habe ich mich nicht gekümmert. Zu müde, zu erfolglos. Muss aber wieder damit anfangen, ohne verliere ich jedes Gefühl für die Welt. Aber so ganz ohne Beziehungen zu Frauen
und voller Probleme so ohne Sex kann es ja auch nichts mit uns werden, wirklich. Frag Caroline [Carolyn] um Rat. Genau genommen sind wir verrückt, das
meine ich ganz ernst, und deshalb möchte ich auch gar nicht nach Europa um
dort vor einem Haufen wohlmeinender Bewunderer den Whitman zu geben,
die ich in meiner Eitelkeit für dumm halten werde. Warum also soll ich in Europa weitermachen? Vielleicht begegne ich dort der Liebe, das wäre ein Grund,
aber in Europa hat oder hatte jeder triste Hemingway-Affären. Ich will nicht
nach Paris fahren, um schreiben zu können.

Wie merkwürdig in Paris zu sein.
Ich sitze auf der Spitze
des Eiffelturms und schaue
einen Engel auf Sacre Cœur an,
der Kirche und wünschte er wäre
lebendig und könnte mir in die Augen schauen.
Na so was Paris ist Paterson etc.

Verstehst du mich? Es ist so egomanisch ein einsamer Schriftsteller in Europa
zu sein, und deshalb will ich da gar nicht unbedingt hin. Obwohl vielleicht
verrückte Abenteuer warten. Dabei, Kingsland hat Genet in Paris getroffen.
Kingsland hat eine riesige Party gegeben (ich war nicht dabei – er glaubte mich
unterwegs) auf der Hohnsbean, Auden und seine Jungs, [Chester] Kallman etc.
waren; berühmte Cembalisten und Grafen und Mäzene, und Marianne Moore
etc. Schon erstaunlich von Kingsland. Er lebt mit einer alten Tunte, netter Kerl,
an der 57 St. Gleich um die Ecke von Marian Holmes, die ständig besoffen ist
und John ist nicht mehr da (J. Holmes, meine ich).
Schreib mir nicht, schick mir keine Exzerpte, die bekomme ich von Carl, verschwende keine Zeit, aber schreib häufiger kurze Briefe, knappe Tatsachen
über das was los ist – verbring nicht zu viel Zeit damit. Ich habe Zeit zu schreiben, und das mache und will ich auch.
Habe eine Nachricht an Neal beigelegt, seine Arbeit gelesen und glaube ebenso

daran wie an meine für mich und deine für dich, und halte nichts von Bills *Junk* oder Johns *Go*. Er [Neal] erinnert mich immer an den grimmigen Julius Cäsar in der Straßenbahn in Denver und die ehernen Knochen der Reinheit treten in seinem *First Third* zutage. Am Ende sollte die ernsthafteste Bekundung einer ernsthaften Seele stehen, die das Amerika dieser Tage je gesehen hat, falls er so natürlich weitermacht wie bisher. Er kann es sich leisten, locker zu bleiben und die Dauerangestellten an die Macht zu lassen. Die wahre Soße Cassadys wird über die Seiten rauschen wie der Niagara.

Lieben Gruß
Allen

Jack Kerouac [Mexico City, Mexiko] an Allen Ginsberg [Paterson, New Jersey]

10. Mai 1952

c/o Williams (Burroughs)
Orizaba 210, Apt. 5
Mexico City, Mexiko

Lieber Allen:

Bill und ich haben zehn Tage gebraucht, um diese hervorragende Schreibmaschine nebst Farbband aufzutun und uns erst kürzlich wieder an unsere jeweiligen Bücher gesetzt.

Ich habe keine Ahnung, wie Hilda, Joan [Havertys]'s[18] Sirenenfreundin aus Albany (weißt schon, die Brünette) vor einem Monat in einem Brief an Kells Frau von meiner Reise nach Mexiko hat erzählen können, wenn nicht da irgendjemand aus New York, der meine Pläne kennt, ihr und vielleicht auch Joan einen Tipp gegeben hat, und auch wenn es egal ist, warum? Versuch doch das Leck für mich auszumachen, die feine englische ist das nicht …

Neal hat mich in Sonora, Arizona, an der mexikanischen Grenze abgesetzt. Er hatte alle Sitze in seinem Wagen (Kombi) abmontiert und Kissen und Babys und Carolyn zigeunermäßig und zufrieden im Fond. Ich ließ die glückliche Familie hinter mir und brach in der Morgendämmerung zu meinem neuen Abenteuer auf. Passierte den Drahtzaun hinein nach Sonora (es war Nogales Arizona, entschuldige, ich ging rüber nach Nogales Sonora). Um Geld zu sparen

---

18 Kerouac versuchte zu dieser Zeit, seiner zweiten Frau Joan Haverty aus dem Weg zu gehen.

kaufte ich mir ein Busticket zweiter Klasse nach Süden … was zu einer kolossalen Odyssee über holperige Pisten durch Dschungel wurde mit Umsteigen in andere Busse und Übersetzen auf provisorischen Flößen über Flüsse wobei das Wasser manchmal bis über die Reifen stand, großartig. Nicht lange und ich tat mich, in der Gegend um Guyamas, mit einem mexikanischen Hipster namens Enrique zusammen indem ich ihn als wir vor einem Nopal-Kaktus standen fragte, ob er schon mal Peyote probiert hätte; ja, hatte er; er zeigte mir, dass man die Kaktusfrucht auch ihres Geschmacks wegen essen kann; Mescal ist der Peyote-Kaktus. Er fing an, mir Spanisch beizubringen. Er hatte, um den Schein zu wahren, selbst gebasteltes Reparaturzeugs für Radios Ohme und Amperes dabei, er (er ist 25) hat das sogar unter anderem mal gelernt, aber wir haben es schließlich benutzt *pour cacher la merde*, wennde verstehst, die wir in einem morgenländischen Dorf oder Städtchen namens Culiacan abgeholt haben, dem Opiumzentrum der Neuen Welt … Ich aß Tortillas mit carne in afrikanischen Stockhütten im Dschungel, Schweine bis an die Knie; ich trank reinen Pulque aus einem Eimer, frisch vom Feld, von der Pflanze, unfermentiert, reine Pulquemilch auf die du das große Kichern kriegst, großartigstes Getränk von Welt. Ich aß merkwürdige fremde Früchte, Erenos, Mangos, alles Mögliche. Ich saß mescaltrinkend hinten im Bus und sang Bop für die mexikanischen Sänger die neugierig waren, wie der wohl klingen mochte; ich sang »Scrapple from the Apple« und »Israel« von Miles Davis (Entschuldigung, das hat Johnny Carisi geschrieben, hab ich mal in Reno kennengelernt) (trug einen karierten Überzieher mit Pelzkragen). Sie haben mir all ihre Lieder vorgesungen, dies mexikanische »Ah ya ya ya yay yoy yoy« Lachen-und-Weinen; in Culiacan stiegen wir aus dem Bus, ich, Enrique und sein Knappe sechs Fuß groß und Indianer Girardo, wie eine Expedition gingen wir die heißen mitternächtlichen Adobestraßen lang direkt zu den indianischen Stockhütten am Rande der Stadt; in Meeresnähe, Wendekreis des Krebses, sehr warme Nacht, aber angenehm, keine Spur von Frisco mehr, kein Nebel. Zwischen der Lehmziegelstadt und einigen Hütten öffnete sich ein riesiger Platz, den wir im Mondlicht überquerten; in einer der Hütten voraus eine Funzel; E. klopfte; Tür wurde von einem weiß gekleideten Indio mit großem Sombrero geöffnet, wie Hunkey das Gesicht mit den Augen voll Verachtung gesenkt. Ein paar Worte, wir gingen hinein. Auf dem Bett saß ein großes Mädel, Frau des Indios; und dann sein Kumpel, ein ziegenbärtiger (nicht modisch, einfach unrasiert) Indio-Hipster-Junkie, und zwar Opiumesser, barfuß und abgerissen und träumend an der Bettkante, und wie Hunkey; und auf dem Boden ein betrunkener schnarchender Soldat der nach Suff gerade O [Opium] gegessen hatte. Ich setzte mich aufs Bett, Enrique kauerte sich auf den Boden, Big Girardo stand in einer Ecke wie eine Statue; der spöttische Gastgeber machte eine Reihe ärgerlicher Bemerkungen; eine davon konnte ich übersetzen: »Folgt mir dieser Americano aus Amerika?« Er war mal in Amerika gewesen, in L. A., vielleicht zwölf Stunden lang, dann ist er ausgerückt … also er der Held des verlorenen Heldenstammes Mexikanischer Fellachen Nachmittags und Mexiko (ich habe vom Bus aus den hell leuchtenden Jupiter gesehen) gab mir ein Medaillon zum Ansehen, wohl entweder von seinem Hals oder dem eines anderen gerissen, verstehst du, aber ich glaube es war seines und er hatte es gerettet und fuchtelte damit herum um zu zeigen, wie dieser Amerikaner (ein Bulle vielleicht) ihm das in L. A. vom Hals gerissen hatte, so war das gewesen, traktiert hatte man ihn in Los Angeles und er war zu seinen Nächtlichen Hütten zurückgekehrt. Daher der Zorn … Und weißt du, Allen, alles läuft in einem indianischen Spanischdialekt ab und ich kapiere alles, jedes bisschen, fast perfekt, mit meinem frankokanadischen Kopf mitten in diesem Dakkar[19]-Dorf.

> Ich glaubte mich jenseits von Darwins Kette
> Ein phosphoreszierender Jesus Christus im All,
> kein Champion der Fellachen-Nacht
> Mit meinem Frankokanadischen Kopf

Dann gab mir der mit der Verachtung im Blick, recht stämmig gut aussehend geheimnisvoll, ein Kügelchen und redete auf meinen Enrique ein (der auf dem Boden hockend Freundschaft und Coolness erflehte aber erst bestimmte Prüfungen zu absolvieren hatte, wie das bei einem Treffen zweier Stämme so ist) also schaute ich auf das Kügelchen und sagte Opium und der mit der Verachtung in den Augen lachte und war froh; zog das Gras heraus, drehte mehrere zigarrendicke Tüten, die er mit O beträufelte und herumreichte. Nach dem zweiten Zug war ich high; ich saß direkt neben dem Indio-Opium-Helden der, wann immer er sich in das Gespräch drängen konnte, anscheinend geistlose vielleicht auch mystische Bemerkungen von sich gab, die alle aus Pragmatismus in ihrem Tran überhörten – alle, auch der junge Girardo, knallten sich zu. Ich wurde high und begann alles zu verstehen was sie sagten, und sagte es ihnen,

---

19 Bezieht sich auf Allen Ginsbergs schon erwähnte Gedichte *Dakkar Doldrums* und *Denver Doldrums*. (A. d. Ü.)

und plauderte auf Spanisch drauflos, der mit der Verachtung im Blick kramte eine Statuette hervor die er aus Gips gemacht hatte … wenn man sie umdreht, ist sie ein riesiger Schwanz; damit ich kapiere hält jeder sie sich ernst vor den Hosenstall, mit dem Anflug eines Lächelns vielleicht, von der anderen Seite ist es denk ich mal eine Frau oder vielleicht auch ein Mann. Dann erzählten sie mir (dauerte eine halbe Stunde, schrieb alles in mein Notizbuch), dass man auf Spanisch für Gesso, Gips, auch Yis oder Gis[20] sagt. Ich habe ihnen von Zotzilaha, dem Fledermausgott, erzählt, Yohualticitl, der Göttin des Lichts, Lanahuatl, dem Gott der Aussätzigen, Citalpol, dem Großen Stern; und sie nickten (aus meinem Notizbuch). Dann sprachen sie offenbar über Politik, und bei Kerzenlicht sagte der Gastgeber an einer Stelle »Die Erde war unser«, »La terra esta la notre« oder so ähnlich … Ich hörte es glockenklar und schaute ihn an und wir verstanden (ich meine, was Indios betrifft) (und schließlich war meine Ururgroßmutter in Gaspe, 1700, bekanntlich Indianerin, die meinen Vorfahren den französischen Baron geheiratet hat) (jedenfalls wird das so in der Familie berichtet) – dann wurde es Zeit sich hinzulegen, die drei Reisenden gingen in Hunkeys Hütte und man ließ mir die Wahl zwischen Boden und Bett, eine Strohpritsche aus zusammengebundenen Stöcken mit einem Stück Pappe als Isolierung, unter dem der Heilige Junkie sein Besteck und den Stoff aufbewahrte. Er bot sein Bett uns allen dreien an, aber es war zu schmal und so legten wir uns auf dem Boden lang und nutzten meinen Seesack gemeinsam als Kissen, ich knobelte mit Girardo darum, wer außen liegen durfte, legte mich hin, Hunkey ging raus um Shit zu holen und wir bliesen die Kerze aus. Aber vorher versprach Enrique noch, mir am Morgen alle Geheimnisse dieser Nacht zu erklären was er dann später vergaß. Ich wollte wissen ob es eine geheime Indio-Untergrund-Organisation von revolutionären Denkern gibt (mit nichts als Verachtung für amerikanische Hipster wie John Hoffman und Lamantia, die nicht wegen Drogen und Kicks hierherkommen sondern vorgeblich der Wissenschaft halber und sich überlegen fühlen, das jedenfalls deutete der Mann mit der Verachtung im Blick an) und nicht mit reiner Allen-Ginsberg'scher Freundschaft an einer Ecke des Times Square, was diese Indios eigentlich wollen, verstehst du, keinen Scheiß und Dünkel, sie brauchen Hunkies) (letzte Woche habe ich mit Neal in Frisco Lamantia besucht, er wohnt in dem früheren kleinen Steinschlösschen von Hymie Bongoola (du weißt schon wer [Jaime de Angulo]) mit Blick auf Berkeley Kalif. Er lag mit Hymies vier-

20 Beide Worte ähneln phonetisch dem amerikanischen »jizz« = Sperma. (A. d. Ü.)

zehn Jahre alter krebszerfressener Angorakatze auf dessen prächtiger Couch und las im *Buch der Toten*, der Kamin und das wertvolle Mobiliar brachten uns in Stimmung, drei Freunde von der Calif. U schneiten herein, ein Hauptfach-Psychologe, der offensichtlich sein Burroughs ist, ein hochgewachsener gut aussehender Besitzer des Hauses (ein bisschen der Jack K.) (der sich auf dem Fußboden fläzte und schließlich einschlief obwohl vielleicht auch sein schwuler Liebhaber) und ein junger eifriger intelligenter Bursche der dir ähnlich war; das war sein Kreis, und natürlich gab er den Lucien, sie redeten über Psychologie à la »Gestern auf Peyote habe ich schon wieder dieses Pink vor dem verdammten schwarzen Hintergrund gesehen«, »Na ja (Burroughs), das wird dir doch erst mal nicht wehtun.« (beide kichern) Dann: »Versuch mal dieses neue Zeug, das gibt dir vielleicht den Rest, ist der größte Kick überhaupt, Mann.« (Kichern, wendet sich ab, tückisch und gehässig ist er, Lamantia, sehr unfreundlich, sehr tuntig, beim Weiterreichen des Joints berührte ich kurz seine Hand und sie war kalt und wie eine Schlange). Er zeigte mir seine Gedichte über die Indianerstämme des San-Louis-Potosi-Plateaus, habe den Namen des Stammes vergessen, sie handeln von seinen Peyote-Visionen, und sie, die Zeilen sind

    angeordnet
        wie
            hier, des Effekts wegen, nur komplizierter.

Aber ich war an dem Abend enttäuscht von Neal, dass er nicht wenigstens die [?] kapierte überhaupt stattdessen den ganzen Abend das Wort führte und über [?] Mist schwätzte, »Tuck tuck, dem Ingenieur ist nichts zu schwör« [?] wie ich ihm später sagte, wir waren wie zwei italienische Bergbauern, die vom ortsansässigen Adel auf einen abendlichen Plausch ins Schloss geladen und wegen Guidros pausenlosem Geschwätz über sein Pferdefuhrwerk durchgefallen waren. Was Neal wütend machte, und am nächsten Abend stritten wir uns zum ersten Mal, seit wir uns kannten – er weigerte sich rundheraus, mich zu Lamantia zu fahren. Am nächsten Tag machte er das wieder gut (auf Carolyns Drängen hin, die uns beide liebt) und holte beim Chinesen Abendessen, für mich das Größte. Aber als ich mich in Nogales von Neal verabschiedete spürte ich eine unterschwellige traurige Feindseligkeit, außerdem hatte er mich mit einem Höllentempo dort abgeliefert und wollte von dem geplanten Picknick an der Straße in Arizona nichts mehr wissen noch nicht mal im Imperial Valley. So geht's nun mal, keine Ahnung. Aber Neal war großartig und großzügig und gut und ich kann mich nur über eines beschweren, und das ist billig, will sagen, er redete überhaupt nicht mehr mit mir, bloß »Ja, ja«, geradezu gelangweilt, aber er hatte zu tun, aber er ist tot, aber er ist unser Bruder, also Okay, vergiss es. Er muss dringend mal wieder richtig ein losmachen, so viel kann ich dir sagen; aber vorläufig ist er bis zum Anschlag und ohne Ende materialistisch vom Geld und Ängsten beim Lebensmittelklauen besessen und nichts anderem, im Ernst. Carolyn kommt zeitweise monatelang nicht aus dem Haus während er jeden Tag arbeitet, jeden Tag bei der Bahn und anderen Jobs, um Sachen bezahlen zu können die sie nie benutzen, wie Autos, kein Tropfen mehr zu trinken im Haus, auch kein Shiiitt mehr und Neal ständig weg. So viel zu meinen Beobachtungen; Carolyn ist eine großartige Frau. Ich glaube, es wird bei ihnen besser laufen, wenn sie nach San Jose ziehen, aufs Land, und dann kann C. wenigstens einen Garten anlegen und ihren Spaß in der Sonne haben, wo sie jetzt wohnen gibt's keine Sonne, oder irgendwas, obwohl ich nie in meinem Leben so glücklich war wie dort in diesem großartigen Dachgeschoss mit der 11. Auflage der *Encyclopedia Britannica* ... aber meine Klagen sind völlig nebensächlich, das werd ich dir auch noch mal persönlich erklären, und verstehst du, ich will keineswegs als der undankbare Schwager erscheinen, der hinter ihrem Rücken herumquakt, denn das bin ich nicht, ich war schon seit Jahren nicht mehr so behütet und glücklich und das Erste, was Neal zu mir sagte, war »Mach alles, was du willst, Mann.« Aber zu Culiacan: als die Kerze aus war lag ich noch eine Stunde wach und lauschte den nächtlichen Geräuschen im Afrikanischen Dorf; nahe der Tür waren knirschende Schritte zu hören, wir drei versteiften uns; dann bewegten sie sich weiter; und Klänge, Rhythmen, wilde Tiere, Insekten. Hunkey kam zurück und schlief, oder träumte. Am Morgen sprangen wir drei gleichzeitig auf und rieben uns die Augen. Ich ging in der freien Natur auf einem 1000 Jahre alten indianischen Steinscheißhaus scheißen. Enrique zog los und besorgte mir gut 50 Gramm T für den Gegenwert von drei Dollar, was hier in der Gegend teuer ist, aber sie wussten dass ich Knete hatte. Dann wurde ich wieder high und lauschte hockend auf die Mittagsgeräusche des Dorfes, eine Mischung aus Gurren, Summen, Afrikanisch, Welt-Fellachen-Klängen, von Frauen, Kindern, Männern (im Hof hackte der Höhnische mit einem Speer und perfekt gezielten wuchtigen Schlägen Zweige klein, plauderte dabei und lachte mit einem anderen Speerträger, verrückt); Hunkey saß bloß mit offenen Augen auf dem Bett, reglos, ein toter verrückter mystischer Franziskus sag ich dir, fertig. Enrique rollte riesige indianische Joints und lachte über meine amerikanischen Sticks, die ich drehte. Eigentlich drehen sie nur welche in der Größe von Lucky Strikes, damit sie auf der Straße rauchen können, rund, fest. Dann bekam ich einen Tattrich (kein Essen und tagelang nur kiffen) und sie schauten mich erstaunt an; ich schwitzte. Der Höhnische ging los und brachte mir etwas Warmes zu essen; ich aß zufrieden; sie brachten mir scharfe Peperoni, um meinen Organismus wieder in Schwung zu bringen; ich trank eine Limo dazu; sie stürzten wieder los, um eine Suppe zu holen etc. Ich hörte, wie sie völlig bekifft darüber diskutierten, wessen Essen das nun sei … »Maria« … sie tratschten über sie; mir wurde die enorme Komplexität des indianischen Mittagsklatsches und der Liebesaffären klar, etc. Hunkeys Frau kam herein und warf kichernd einen kurzen Blick auf mich; ich verbeugte mich. Dann war ich von Cops und Soldaten umringt. Stell dir vor, die wollten nichts anderes (obwohl mir das Herz in die Hose rutschte) als Gras; ich schenkte ihnen einen ganzen Schwung. »Jetzt werd ich doch noch in Mexiko verhaftet«, ging mir durch den Kopf, aber nichts passierte, und wir brachen auf, Safari, Winken, und fertig; in der Tageshitze ließ uns Enrique eine kurze Pause in der alten Kirche einlegen, um zu verschnaufen und zu beten; dann ging's weiter, wir ließen Girardo mit Gras und 20 Pesos in Culiacan zurück, stiegen in den Bus nach Mazatlan, wurden von einem jungen Intellektuellen eingeladen, Angestellter der Buslinie (zwei Mission Orange-Limos) (in einem verrückten Straßencafé) der sagte, er lese Flammarian … Ich erzählte ihm, ich lese Existenzialisten, er nickte, lächelte. Auf dem Weg nach Mazatlan traf Enrique eine Frau, die uns ihr Haus in Mazatlan und Essen für 10 Pesos die Nacht anbot, und Enrique akzeptierte weil er sie flachlegen wollte, ich hatte zwar keine Lust, ein spanisches Paar beim Liebesspiel zu beobachten stimmte aber zu; in Mazatlan brachten wir unsere Sachen zum Haus ihrer beiden Tanten in den Dakar-Slums (weißt du, Mazatlan ist schlicht wie eine afrikanische Stadt, heiß und flach direkt am Strand, keine Touristen was auch immer, wirklich der wunderbarste Ort Mexikos aber kaum jemand weiß das, eine staubige wilde verrückte Stadt an den wunderschönen Stränden Acapulcos) und dann gingen Enrique und ich schwimmen, rauchten Bombentüten im Sand, gingen zurück und [?]

»Schau dir die Mädels an darum dreht sich die Welt« – drei kleine biblische Mädchen in Roben und (ich weiß gar nicht, warum ich das schreibe ich muss mich ans Abtippen machen) Um zum Ende zu kommen, ich bestand darauf, nach Guadalajara weiterzufahren, anstatt die Nacht bei dem Mädchen zu verbringen, jetzt wo wir immer näher kamen begierig darauf, Bill den Großen

Meister zu treffen. Also gab er ihr einen Kuss zum Abschied und sie wurde stinksauer und schrie mich an und wir hauten ab, und am Morgen Guadalajara, wo wir über den riesigen Markt schlenderten und Obst aßen. Der Strand von Mazatlan wo wir den fünf Meilen entfernten Mädchen nachgeschaut hatten, in der Ferne rote, braune und schwarze Pferde, die Stiere und Krähen, die riesigen ebenen saftgrünen Wiesen, die riesige Sonne die über den Three Islands im Pazifik versank, das war einer der großen mystischen aufrüttelnden Momente meines Lebens – in diesem Moment begriff ich, dass Enrique großartig war und dass der Indio, der Mexikaner großartig war, ehrlich, einfach und perfekt. Im Bus jetzt von Guadalajara schlief ich (wir kamen übrigens durch Ajijic, Helens kleines Steindorf); es gibt keine schönere Landschaft als den Bundesstaat Jalisco, Sinaloa ist auch wunderschön. In Mexico City kamen wir in der Dämmerung an. Um Bill nicht zu wecken gingen wir zu Fuß in die Slums und schliefen in einer Bruchbude für Kriminelle für fünf Pesos, ganz aus Stein und pissten, und kifften, und schliefen auf einer miserablen Pritsche … er sagte ich solle auf der Hut vor dem Revolverhelden sein. Aus naheliegenden Gründen wollte ich ihn Bills Anschrift nicht wissen lassen und erzählte ihm, dass ich Bill am Abend vor der Post treffen würde, ging mit meinem Seesack zu Bill, den Staub des großartigen Mexiko an den Schuhen. Es war Samstag in Mexico City, die Frauen machten Tortillas, aus dem Radio erklang Perez Prado, ich aß für fünf Centavos Schleckpulver, auf das ich zum ersten Mal vor zwei Jahren mit Bills kleinem Willy abgefahren bin. Der Geruch der heißen Tortillas, die Stimmen der Kinder, die Indiojugend, die alles im Blick hat, die ordentlich gekleideten Stadtkinder von den spanischen Schulen, großartige Wolken der Hochebene über dünnen pinienartigen Bäumen von Morgen und Zukunft.
Als ich hereinkam wirkte Bill wie ein verrücktes Genie in vermüllten Zimmern. Er sah wild aus, aber die Augen unschuldig und blau und schön. Letztendlich sind wir ja doch die dicksten Freunde. Zuerst fühlte ich mich wie ein heruntergekommener Narr, den es in ein Land voller Tausendfüßler, Würmer und Ratten verschlagen hat, verrückt mit Burroughs in einer Bude, aber so war es nicht. Außerdem drängte er mich, bei ihm statt bei Enrique zu bleiben, brachte mich irgendwie dazu, am Abend nicht zu dem Treffen mit dem Jungen zu gehen, und seitdem habe ich meinen heiligen Enrique nicht mehr gesehen. Will sagen einen Typ der mir beibringen könnte, wo es was zu kaufen gibt, wo man wohnen kann und das für fast nichts im Monat; aber stattdessen habe ich mich wieder dem großen St. Louis der amerikanischen Aristokratie zugewandt, und so wird es wohl auch bleiben. War das eine richtige Entscheidung?

Der Junge, meine ich, es tut mir leid, dass ich ihn so versetzt habe – aber Bill kann es sich nicht leisten, Kontakt mit jemand anderem als Dave[21] zu haben, seine Lage ist heikel. Sein *Queer* ist besser als *Junk* – inzwischen glaube ich, dass es eine gute Idee war, die beiden zusammenzupacken, mit *Queer* können wir auch die Wescotts, Girouxs und Vidals dazu bringen, sich draufzustürzen, nicht nur die Leute, die sich für Junk interessieren, verstehst du? Titel? »Junk oder Queer« oder irgendwas … he? JUNK ODER QUEER ODER JUNK, ODER QUEER JUNK UND QUEER Aber Titel muss auf beides hinweisen. Bill ist großartig. Großartiger als er jemals war. Joan geht ihm ganz furchtbar ab. Joan hat ihn erst groß gemacht, lebt pulsiert heftigst in ihm weiter. Wir sind zusammen ins Ballett Mexicano gegangen, Bill tänzelte auf die Straße, um Bus zu erwischen wir sind für ein Wochenende nach Tenecingo [Tenancingo] in den Bergen gefahren, haben ein bisschen geschossen (es war ein Unfall, weißt du, da gibt's gar keinen Zweifel) … Im Canyon herrschte Tiefe. Bill in all seiner Tragik stiefelte oben auf dem Hügel entlang; wir hatten uns am Fluss getrennt, um getrennte Wege zu gehen – *zur* gepflasterten Straße und der geteerten Hauptstraße nach Tenencingo [Tenancingo] hatte Bill mir am Abend zuvor noch gesagt, ich solle immer auf der *rechten Straße bleiben* – aber jetzt nahm er die linke Straße, die einen Grat hinauf am Rande des Abgrunds entlangführte und dann wieder zurück, um den Fluss zu umgehen – ich wollte in der unaussprechlichen Sanftheit dieses Biblischen Tages und Fellachen-Nachmittags meine Füße an jenem Ort waschen, wo die Mägdelein ihre Kleidungsstücke zurückgelassen hatten und setzte mich auf einen Felsbrocken (schüttelte ein paar Spinnen runter aber es waren nur die kleinen Spinnen, die den Fluss der Honige beobachteten, den Bach Gottes, Gott und Honig, im Strom des Goldes, die Steine sind weich, das Gras wächst bis zum Ufer, ich wusch und badete meine armen Füße, watete durch meinen Genezareth und machte mich auf Richtung Straße (inzwischen Löcher in meinen Schuhen, bin auf zehn Mäuse runter in diesem fremden Land), nur einmal ließ mich der Canyon vor Tiefe und Tragödie noch einen Bogen schlagen, traf Bill wartend an der Theke eines Drugstores in Tenencingo [Tenancingo]. Am Abend waren wir zurück, nach Dampfbad etc. Marker [Lewis Marker] hat Bill verlassen; bisher habe ich zwei Frauen gehabt, eine Amerikanerin mit riesigen Titten, und eine herrliche mexikanische Hure im Haus. Habe eine ganze Reihe toller Amerikaner getroffen … aber gestern sind sie alle wegen Gras verhaftet worden, schreib dir die

---

21 Dave Tercerero war William Burroughs Freund und Drogendealer in Mexico City.

Namen später (Kells [Elvins] war dabei, als wäre Kells ein Kiffer) (oder Pusher)
Bill und ich sauber, cool; wir haben Dave [Tercerero]. Bill und ich wollen rie-
sigen Brief von dir über die Situation bei Wyn, was uns beide betrifft (mein
Manuskript kommt bald, 550 Seiten); Neues über [Jean] Genet, vorsätzlicher
Mord? Neues über alles und jedes, und noch mal ich will wissen wo verdammt
noch mal meine ersten 23 Seiten von *On the Road* sind! (Fügst sie für mich
ins Manuskript ein?)
Schreib
J.

Allen Ginsberg [Paterson, New Jersey] an
Jack Kerouac [o. O., Mexico City, Mexiko?]

416 East 34 Street
15. Mai 1952
12:00 Mittags
Paterson, N. J.

Mein teuerster Jack:
Eben kam dein Brief an, den ich sofort beantworte. Dachte mir schon, dass du
in Mexiko bist; das war ein gewaltiger Trip, habe ihn auf der Karte nachver-
folgt. Lucien und ich waren im letzten Sommer auch in Mazatlan, via Ajijic
und Guadalajara (Ajijic ist wie du weißt Treffpunkt der Subterraneans). Aber
so gut wie niemand fährt je nach Culiacan, durch Sonora, das kennt keiner.
Irgendwie muss ich das Leck sein. Aber sofern es die Anwesenheit von Kells
Frau nicht unmöglich macht, will ich deine Spuren vollständig verwischen und
der Welt verkünden (Seymour [Wyse] in London, [Bob] Burford in Paris, jedermann in N. Y.), dass du dich eingeschifft hast.
Deine Beschreibung von Mexiko ist das Größte, was ich je gelesen habe.
Auch »Ich glaubte mich jenseits von Darwins Kette« schaurige Formulierung,
gibt's da noch mehr Strophen?
Ich kenne diese Klippe bei Neal, so ist er nun mal in seinem Schicksal, dagegen kommt auch die Liebe nicht an; aber das ist OK weil genau da ein anderer, unbekannter Neal anfängt (und schreibt), und wer weiß schon, welches
Selbst sich hinter dieser Maske verbirgt, welcher persönliche Weltekel, welch
steinerner Blick?

Ich kann nicht nach Mexiko kommen weil ich Angst habe, wieder der Nacht zu verfallen, vielleicht bis zum Tod, oder dem Vergessen jenseits der bleichen Zärtlichkeit des New Yorker Alltags. Ich möchte in der Dunkelheit nicht allein und von deiner oder Bills Gnade abhängig sein – denn ich selbst habe kein Geld – mich noch weiter und tiefer von der Welt entfernen, die ich kenne und zumindest etwas liebe. Dein Brief ist gewaltig und hat mir Angst gemacht, ich wollte sofort runterfahren, wie du gesagt hast, beschwingt und heiter, aber anstatt vorhersehbare Kicks zu haben fürchte ich mich vor Arschtritten der Polizei, verlotterten Tagen ohne einen Penny in der Tasche. Ich schreibe kaum etwas, nur ein paar Stunden am Tag – depressiv, völlig am Ende, unbekannt; außerdem könnte ich dann nicht meine Eltern um Hilfe bitten, was ich so fürchte ich womöglich müsste, lauter solche Sachen, kindlich und schüchtern blass. Ich weiß noch dass der Trip mit Lucien durch die ständige Todesgefahr Spaß war und Folter zugleich. Ich könnte meine Verzweiflung nicht ertragen wenn ich das Gefühl hätte, es gäbe keinen anderen Weg als den noch tiefer in die Nacht. Ich werde kommen sobald ich genug Geld habe um mich entspannen zu können. Ich bin immer noch traumatisiert und kraftlos durch die York-Avenue-Apokalypse[22] und Gefängnisse und Anwälte, [Bill] Cannastra[23], Joan [Burroughs][24]. Ich weiß nicht, was ich glaube, aber dein Brief löst eine große Angst in mir aus, Angst um dich, obwohl ich um die erhabene Größe der Szene weiß, und Angst um mich, obwohl ich weiß, wenn ich hereinspaziert käme es würde unser großartigstes Treffen überhaupt. Ach, lass mich noch etwas zaudern, bis sich mein Schicksal deutlicher zeigt, bevor ich auf der anderen Seite versinke.

Mein Herz sank schlagend
und Honig strömt' in meine Glieder
als wir nebeneinanderlagen
einer in des anderen Arm;

22 Der Autounfall vom 21. April 1949; Herbert Huncke und Jack Melody wollten ihre in Ginsbergs Wohnung an der York Avenue untergestellte Hehlerware in Sicherheit und Ginsberg einen Karton mit Manuskripten zu seinem Bruder Eugene Brooks bringen. Der gestohlene Wagen drohte in eine Polizeikontrolle zu geraten und überschlug sich bei der anschließenden Verfolgungsjagd, Ginsbergs Manuskripte landeten auf der Straße, und alle wurden verhaftet. (A. d. Ü.)
23 Bill Cannastra war im Oktober 1950 zu Tode gekommen, als er betrunken aus dem Fenster einer gerade anfahrenden U-Bahn zu klettern versuchte. (A. d. Ü.)
24 Joan Burroughs starb am 6. September 1951 an den Folgen eines Fehlschusses, den William Burroughs im Zuge eines »Wilhelm-Tell-Spiels« auf sie abgegeben hatte. (A. d. Ü.)

es lag so viel Freude
in unserer Umarmung,
wog auf bloßen Schenkeln
wie auf der Seele nackt.

Ach Davalos,[25] dein Blick!
dein Seufzen, es ist zu spät;
Die Schwere ist verflogen,
verschwunden in der Nacht.

Dritte Zeile von unten taugt nichts, kann momentan keine bessere finden. Traf
Dick Davalos vor ein paar Tagen zufällig abends im Remo, wir starrten einander an und tauschten mit leiser Stimme Komplimente aus, und trafen uns
zwei Abende später auf der verregneten Lexington Avenue und gingen nach
Hause und vögelten wieder miteinander. Fast schon wieder verliebt, aber die
impulsive Lieblichkeit des ersten Zusammentreffens ist verschwunden, alles
voller Wolken, sobald die Erfüllung in Sicht ist kann ich mich nicht mehr dran
freuen, als ob der Unfall und später die Fantasie mehr Gefühle auslösten als
später ein geplantes Treffen. Ich sehe ihn morgen Abend wieder und werd ihm
deinen Brief vorlesen. Er fragt nach dir, ging noch monatelang auf der Suche
nach uns in die Lex Bar, die Einladung zur Thanksgiving-Party hat ihn nicht
erreicht. Erklär das Bill.

[...]

Wenn wir uns treffen erzähl ich von unserem Mazatlan, ja erinnere mich an
Three Islands, für mich großartigste Vision der Welt überhaupt (außer Harlem
natürlich) war die große hügelige spanische Ebene zwischen Tepic und Guadalajara, nur ein paar Meilen hinter Tepic – wir gondelten im Sonnenuntergang
den ungeheuren Hang hinab in die größte Grasebene die ich je gesehen habe,
als wir aus den Bergen kamen, lang gezogene Wolkengebilde hingen auf halbem Weg zwischen Himmel und Erde, vom Hang aus konnten wir über die
Wolken hinwegblicken und sahen in der Ferne zusammengekauert Tepic kleine
verlorene Stadt. Und erinnerst du dich in dieser Gegend an die Straße bergauf
und bergab zwischen Miniaturbergen, ein ganzes kleines Königreich aus Hütten jenseits der Straße am Fuß eines niedrigen Dschungelhügels?
So allein bist du wäschst deine Füße in einem Flüsschen nahe Tenincingo

25 Dick Davalos war ein Schauspieler und Freund, mit dem Ginsberg eine kurze Affäre hatte.

[Tenancingo] im ewigen Nachmittag, musst dort zur Vollendung gekommen sein was die Einsamkeit im Universum betrifft.

Kells [Elvins] verhaftet hört sich schrecklich an, schreib mir was mit ihm wird, was er sagt. Grüß ihn von mir.

Nichts Neues bisher zu Genet, trotzdem werden Pläne geschmiedet, Taschenbücher von ihm in allen Drugstores in ganz Amerika zu verkaufen, Carls Idee. Also, wie ich vor zwei oder drei Wochen nach Frisco schrieb (du warst wohl schon weg). Ich habe deine ersten 23 Seiten von *On the Road* aufgetrieben, Carl hatte sie nach Frisco geschickt (gegen meinen Rat), aber sie sind in guten Händen und ich werde schreiben damit man sie hierher zurückschickt. Wenn du sie haben willst, schreib mir und ich schick sie dir zu.

Bei Wyn wartet alles auf das Manuskript. Schick weiter Bücher so schnell du kannst. Dort aber nichts Neues seit meinem letztem Brief an Bill. Außerdem, Jack, rate ich dir, Bücher zuerst an mich und nicht Carl zu schicken, so dass ich sie sofort lesen kann und vorbereitet bin, falls es Probleme geben sollte. Weiß wie gut sie sind und möchte sie so schnell wie möglich in Angriff nehmen, Carl ist da vielleicht ein Hemmschuh, da er wie ich sagte in allerlei Geschäftliches verwickelt ist (du hast ja keine Ahnung wie verwickelt das Geschäft ist), schick sie also bitte mir nach Paterson und ich gebe sie an Carl weiter. Kein Agentenhonorar etc., will nur so sicher wie möglich stellen dass mit dem Verlag alles in richtigen Bahnen verläuft. Carl hat schon wieder Bedenken und spricht von Überarbeitung, bei vertraglicher Rate von 100 pro Monat.

Hier passiert sonst eigentlich nichts, alles heiße Luft. Mein Buch ist auch noch nicht angenommen. Hab Louis Simpson gesehen, wollte dein Buch, wie übrigens auch Scribner's, also mach dir keine Sorgen, ich wollte aber, ich hätte deinen Vertrag gesehen.

Mit Burford bin ich in Kontakt, beziehungsweise habe ich ihm geschrieben und gefragt, ob ich eine Nummer von *New Story* herausgeben kann: will Carl, mich selbst, dich, Bill, Huncke (vielleicht Harrington und Holmes und Ansen) alle zusammen in einer Hammerausgabe bringen.

Ich bin zunehmend an deiner Idee vom Skizzieren interessiert und davon besessen. Sag mir bitte, was du schreibst und worüber. Meine eigenen Gedichte sind größtenteils wie deine Skizzen hier und da, theoretisch.

Ich leg einen Abzug des Bildes bei, das du mir geschickt hast, ich habe eine großartige wunderbare Vergrößerung und weitere Abzüge plus Negativ, wird also nie verloren gehen. Vergrößerung, monumentale liegende Personen, zurzeit auf meinem Schreibtisch in Paterson.

Deine Pläne klingen großartig; ich verspreche, mich dir in etwa einem Jahr anzuschließen, wenn die Zeit für mich reif ist. Ich habe das Gefühl, eine Menge zu verpassen. Aber wie kann ich zu euch kommen ohne einen Penny, gerade mal magere Arbeitslosenschecks und keine Perspektive, es sei denn nach meinem Buch. Könnt ihr beide für mich sorgen, du und Bill? Muss abwarten, wie es mit euren Finanzen steht.

Sag Bill ich hätte dir gesagt, du sollst die Finger von Smack[26] lassen, unbedingt, Jack, Ti-Jean, fang gar nicht erst damit an.

Genau, dulde keine Änderung in deinem Buch außer vielleicht ein paar Bezüge oder Sätze zu klären: ich habe zum Beispiel etwas Mühe, deine Briefe zu verstehen (am meisten vielleicht wegen deiner aesopschen Ausdrucksweise wenn du von T. [Marihuana] und O. [Opium] sprichst.

Hast du meinen letzten Brief bekommen? nach Frisco? Wird Neal ihn weiterleiten?

Na gut, ich werde Carl deinen Brief zeigen, und über die Entwicklungen so berichten wie sie sich entwickeln. Sag Bill, nichts Neues, warten auf *Queer*. Habe außerdem seine Kurzgeschichte an *American Mercury* geschickt, werd sie wenn die absagen für *New Story* oder *Hudson* nehmen.

Bleibt alle dran, und gerat mir um Himmels willen nicht in Schwierigkeiten, das würde mir das Herz brechen.

Lieben Gruß
Allen

Wie du siehst, kann ich von den Verlegern nicht lassen: wenn ich nichts mache, dann passiert hier überhaupt nichts, das weiß ich. Sobald ich unser aller Ruf und Stellenwert etabliert habe, bin ich auch wieder besser drauf. Aber wenn ich nicht hier in NY wäre und den Schlamassel in Ordnung halten würde, würde hier alles eingehen. Die leben alle in einer anderen Welt.

P.S. Davalos ist in NY Geheimkick. In Antwortbrief nicht erwähnen außer per Code – vielleicht dargelos. (La Coq du Classe). Ich will zum Amazonas (werde ich irgendwie schaffen). Traf Ed White, bekam einen Brief von Seymour – der nie was anderes sagt als »Wie geht's dir, alter Knabe?« Er fährt nach Paris um Burford und Jerry Newman zu treffen, die vor einem Monat gefahren sind.

26 Slang für Heroin.

Jack Kerouac [Mexico City, Mexiko] an
Allen Ginsberg [Paterson, New Jersey]

18. Mai 1952

Lieber Allen,

Bill sagt er will dir einen Brief schreiben in dem er deine Gründe »Angst vor dem Dunkel« anficht, derentwegen du nicht runterkommst – während er gleichzeitig gar nicht will, dass du losfährst, bevor *Junk* oder *Queer* klar sind, logisch. Wir wollen, dass du der große hippe New Yorker Agent und später mal Herausgeber wirst, wenn wir Geld verdienen kannst du eine Agentur aufmachen und die Manuskripte von allen vertreten ... Holmes, Harrington, Ansen, Neal, dir selbst, Carl, Hunk. Nebenbei, wo *steckt* überhaupt Hunkey? Ich meinerseits traue den Ausflügen mit Bill in den dunklen Dschungel nicht so recht ... seine Geschichten von Schlangen machen mir Angst ... »hier gibt's eine Boa die bis zum Alter von so und so auf den Bäumen lebt und sich dann aufs Wasser verlegt« (mit tödlich gelangweilter Stimme). Und wenn die Malariamücke dich sticht, dann versenkt sie ihren Arsch in dir, anders als üblich; und wenn du auf dem Boden schläfst, dann geht die größte Gefahr von einer bestimmten Giftschlange aus, die hat so viel Gift, du stirbst einfach, es gibt kein Gegenmittel. Und die Auca, ein Stamm von Menschenjägern; und gesetzlose Gegenden und gesetzlose Städte wie Manta an der Küste; und im Dschungel ernährt man sich hauptsächlich von Affen, etc. Aber wenn ich genug Knete habe, dann fahre ich natürlich. Irgendwann, aber behalte das für dich, vielleicht auf dem Weg von Ecuador nach Paris, zisch ich durch New York auf eine Woche der Wiederbegegnungen und heimlichen Kicks, vielleicht einen Monat lang hey?

Ich weiß, du wirst *On the Road*[27] lieben – bitte lies es ganz, noch niemand hat es bisher ganz gelesen ... Neal hatte keine Zeit, Bill auch nicht. *On the Road* ist durch und durch inspiriert ... das kann ich jetzt sagen, wenn ich auf diese Sprachlawine zurückschaue. Es ist wie der *Ulysses* und sollte entsprechend ernst genommen werden. Wenn Wyn oder Carl darauf besteht, es zu kürzen, um die »Geschichte« verständlicher zu machen, dann werde ich mich weigern und ihnen ein anderes Buch anbieten, das ich sofort schreiben kann, weil ich jetzt weiß, wohin ich steuern muss. *Dr. Sax* kann ich jederzeit anfangen ... oder

---

27 Das Manuskript, das Kerouac zu dieser Zeit *On the Road* betitelte, wurde erst nach seinem Tod als Teil von *Visions of Cody* veröffentlicht. (A. d. Ü.)

The Shadow of Dr. Sax, ich bin bereit, brauche nur ekstatisch über meine Vision des SCHATTENS während meines 13. und 14. Lebensjahrs in der Sarah Ave. in Lowell zu improvisieren, die in dem Mythos selbst gipfelte wie ich ihn im Herbst 1948 geträumt habe … aus dem Blickwinkel meiner reifentreibenden Kindheit unter dem Aspekt des Unheimlich Fremden. Außerdem, da *On the Road* endlich unter Dach und Fach ist, fange ich jetzt hier in Mexiko natürlich mit dem Skizzieren an … um die Grundlagen für mein Fellachen-südlich-der-Grenze-Buch zu schaffen, über Indios, Probleme der Fellachen, und Bill, den letzten Amerikanischen Giganten mitten unter ihnen … im Grunde ein Buch über Bill. Das sind zwei Sachen. Und hätte ich mal ein paar Augenblicke Ruhe und wäre in der Nähe von Bibliotheken (sagen wir, ich wohnte auf dem Columbia Campus oder in Paterson oder in einem billigen Zimmer nahe 42nd und 5th Avenue), dann würde ich meinen Roman über den Bürgerkrieg schreiben, Tolstois Macken von 1812 auf die 1850er übertragen, mit anderen Worten einen historischen Roman, ein großes persönliches Vom-Winde-verweht mit Kavalleriehelden à la Lucien und Einberufungskrawallen wie von Melville mit Bartleby und Krankenschwestern von Whitman und ganz besonders doofe Soldaten aus der Lehmpampa die in der Morgendämmerung in den grauen Nebel und die Leere vor Chickamauga[28] starren. Erfahre dabei immer mehr über den Bürgerkrieg. Aber ich bin mir nicht sicher, welcher (der beiden ersten) Pläne zuerst fertig sein wird … wird wohl *Dr. Sax* sein.

Also das hier ist Skizzieren. Aber erst mal, erinnerst du dich, im letzten September hat Carl das Neal-Buch schon mal angefordert und wollte es haben … Das Skizzieren hat mich mit aller Macht am 25. Oktober überfallen … so stark, dass ich mich gar nicht um Carls Angebot gekümmert habe und erst mal alles in Sichtweite skizziert habe, wodurch *On the Road* einen anderen Dreh bekommen hat, von der konventionellen erzählerischen Bestandsaufnahme hin zu der großen mehrdimensionalen bewussten und unterbewussten Beschwörung von Neals Wirbelwind-Persönlichkeit. Skizzieren (Ed White bemerkte so nebenbei bei dem Chinesen in der 124th [Street] in der Nähe von der Columbia: »Warum skizzierst du nicht einfach wie ein Maler auf der Straße, nur eben mit Worten?«) was ich tat … direkt vor dir läuft alles in einem unentwirrbaren Trubel ab, du brauchst nur deinen Geist zu leeren und die Worte herausströmen zu lassen (welch mühelose Engel der Vision steigen Auge in Auge mit der Realität auf) und mit 100%iger persönlicher Aufrichtigkeit sowohl seelisch

28 Schlacht bei Chickamauga, Georgia, am 18. und 19. September 1863. (A. d. Ü.)

als auch sozial usw. zu schreiben und es alles schamlos hinzuknallen, egal, was kommt, aber zügig, bis ich manchmal völlig beflügelt war und vergaß, dass ich schrieb. Traditionelle Quelle: natürlich Yeats' Schreiben in Trance. Das ist die *einzige Art zu schreiben*. Ich habe jetzt schon lange nicht mehr skizziert und muss wieder damit anfangen, denn durch die Übung wird man besser. Manchmal ist es peinlich, auf der Straße oder irgendwo draußen zu schreiben aber es ist vollkommen ... man kann damit nicht scheitern, es ist das Beschriebene an sich, logisch.

Verstehst du jetzt Skizzieren? – nichts anderes als die Gedichte die du schreibst – aber übertreib es nicht, du bist normalerweise nach 15 Minuten Kritzelei fix und fertig – in dieser Zeit habe ich ein Kapitel beisammen und komme mir ein bisschen verrückt vor, dass ich es geschrieben habe ... Ich lese es und es kommt mir vor wie die Bekenntnisse eines Geisteskranken ... dann am nächsten Tag klingt es wie großartige Prosa, tja. Und genau wie du schon sagtest sind die besten Sachen, die wir schreiben, immer die, die argwöhnisch beäugt werden ... Ich glaube, die beste Zeile in *On the Road* (du wirst wohl anderer Meinung sein) ist (natürlich abgesehen von Beschreibungen des Mississippi »Lester [Young] ist einfach wie der Fluss, der Fluss entspringt in der Nähe von Butte Montana zwischen gefrorenen Schneegipfeln (Three Forks) und mäandert hinab durch Staaten und ganze Territorien von dunklem ödem Land voller Weißdorn der vom Graupel knistert, verleibt sich Flüsse ein, in Bismarck, Omaha und kurz vor St. Louis, noch einen in Kay-ro, weitere in Arkansas, Tennessee, wälzt sich sintflutartig mit schlammigen Neuigkeiten aus dem ganzen Land und einem Brausen unterirdischer Erregung nach New Orleans hinein als sauge das Pulsieren des ganzen Landes in manischer Mitternacht an seinen Innereien, fiebernd, heiß, Mississippi, großes Schlammloch ranzige Wasserklaue alter Froschlaich Seelentatze Titan aus dem Norden voller Drähte, Geilheit und kaltem Holz.«)

Was glaubst du, wie ich bei den letzten vier oder fünf Wörtern landen konnte wenn nicht in Trance?

Ich habe die ganze Methode Neal erklärt. Aber hier kommt jetzt diese (die beste) Zeile »The charging restless mute unvoiced road keening in a seizure of tarpaulin power ...«[29] Das ist offensichtlich etwas, was ich wider besseres

---

29 »Die unermüdlich heranstürmende stumme stimmlose Straße wimmert unter dem Ansturm der schlagenden LKW-Planen ...« Die Stelle wurde im Original belassen, weil laut Herausgeber Bill Morgan (Mail an den Übersetzer) das Bild von der »tarpaulin power« für Kerouac eine zentrale Bedeutung hatte.

Wissen von mir geben *musste* … auch *Tarpaulin*, nur keine Angst, offensichtlich ist das der Schlüssel … Mann es ist eine Straße. Die Leute werden 50 Jahre brauchen um zu begreifen, dass ich von einer Straße spreche. Ich kann mich sogar noch genau daran erinnern, wie ich bei dem Wort *Tarpaulin* gezögert habe (dachte sogar daran, »Tarpolon« oder so was zu schreiben) aber irgendwas sagte mir, dass »Tarpaulin« genau das war, woran ich gedacht hatte, »Tarpaulin« war was es ist … Verstehst du etwa Blake? Dickinson? und Shakespeare, wenn er versucht, dem allgemeinen Tenor des Verderbens eine Stimme zu verschaffen, »peaked, like John a Dreams«[30] … macht einfach, was er hört … »greasy Joand does keel the pot; (and birds sit brooding in the snow …«[31]). Wie auch immer ich hab all die Poesie ziemlich über und ruh mich jetzt aus und knall mir was und geh ins Kino etc. und versuche Gore Vidal zu lesen [*The*] *Judgement of Paris* das in seiner Machart so hässlich durchsichtig ist, der Protagonist-Held ist hetero aber völlig camp (mit seinem scheußlichen Tattoo auf dem Oberschenkel) und erzählt Scheiße, das einzig Gute daran, sagt Bill, sind die satirischen schwulen Szenen, besonders Lord Ayres oder wie er auch heißt … und die erwarten, dass wir wie Vidal sind, großer Gott.) (Regredieren zu Schüler-Imitationen von Henry James.) Falls Carl Genet tatsächlich in alle Drugstores Amerikas bringt, dann hat er seinem Jahrhundert einen Dienst erwiesen.

Hör mal, letzten Dezember habe ich Eric Protter aus einer Laune heraus eine kleine Kurzgeschichte über J. [Jean] geschickt – hieß »Worüber die jungen französischen Autoren schreiben sollten« und das war der Traum von Neal (du weißt doch dieser Dialog wo er sagt: »Ich verstehe deinen Spektralsender nicht, Brooklyn macht mir Angst, die Hochbahnen sind einfach verrückt, ich will zurück zu den weißen Hügeln von Frisco« (Faksimile) »diese Trulla von dir, diese Knete, diese wilden Orgien mit Matrosen und die Spießer, die mit ihren Hunden unterm Arm über die brennende Brücke liefen, Ehrenwort« (und all das) habe ich an *New Story* geschickt, aus allen Namen französische Namen gemacht (Neal ist Jean) und die Städte in französische Städte geändert (New Orleans – Bordeaux) aber der kleine Stinker hat sie zurückgeschickt und meinte, er wolle was Konventionelleres. Du kennst die Sorte. Also Vorsicht. Du willst dass ich dir (mein lieber Agent der du jetzt bist Junge) ein paar Skizzen schicke etc. na ja, ist alles in *Road* … klar kannst du dir für einzelne Ver-

---

30 William Shakespeare, *Hamlet*, II/2. (A. d. Ü.)
31 William Shakespeare, *Liebes Leid und Lust*; Schlusslied, *Winter*. (A. d. Ü.)

öffentlichungen da rausholen was du magst, für mich ist das ganze Ding egal[32], kann alles veröffentlicht werden … (außer offensichtliche Fälle). Du kannst aus jedem Teil kürzere Teile machen … schick Jazzteile an *Metronome*, an Ulanov[33] den eitlen Schwanz, er glaubt, dass sein Vokabular das Maß aller Dinge ist.

Was Peyote betrifft – das gruukt in der Wüste, um unsere Herzen bei lebendigem Leibe zu fressen.

Was du machen könntest, falls Lucien mit Cessa im nächsten Sommer nach Mex kommt, ist mitfahren, wenn wir dann noch hier sind.

Gut für dargolos [Davalos] … bestimmt hat er die alte Dusty an diesem Abend abgewiesen. Was sagt Ed White? Wo ist Holmes? »Calling for Rock and Rise« ist irgendwo in *Road* … um Seite 490 herum. Ich spare mir einen Kommentar zu deinem brillanten Brief … wir sollten jetzt anfangen zu verhandeln; schreib oft (wenn du Zeit dafür hast) ich und Bill sind einsam. Laut Vertrag kriege ich 10 % bis 10000, dann mehr, 15 % … wir können *Road* Scribner's zeigen oder Simpson oder Farrar Straus (Stanley Young) wenn nötig, den Titel zu *Visions of Neal* ändern oder so was, und ich schreibe neues *Road* für Wyn.

Aber mich deucht so 'n Scheiß nicht nötig. Ist *Queer* nicht großartig?

Jack

Allen Ginsberg [New York, New York] an Jack Kerouac [Mexico City, Mexiko]

12. Juni 1952

Lieber Jack:

Das Manuskript kam vor ein paar Tagen an, *On the Road*. Carl hat es gelesen, ich habe es einmal gelesen, und jetzt ist es bei [John Clellon] Holmes.

Ich weiß nicht, wie das jemals veröffentlicht werden soll, es ist so persönlich, die Sprache so was von sexgeladen, alles so was von voll mit Bezügen auf unsere ganz eigene Mythologie, ich habe keine Ahnung, ob ein Verleger daraus schlau wird – mit schlau draus werden meine ich nachvollziehen, was welcher Figur wo passiert.

Die Sprache ist großartig, du bläst meistens einen großartigen Ton, deine Einfälle werden durchweg von einem ausgemacht ekstatischen Stil getragen. Auch

---

32 Im Original »egal«. (A. d. Ü.)
33 Barry Ulanov war Jazzkritiker und ein früher Verfechter des Bebop.

grenzt der Klang der Sprache bisweilen an die alles andere als unschuldige Sprache des Herzens (»warum habe ich das geschrieben?« und »Ich bin ein Verbrecher«). Da wo du kontinuierlich und gut schreibst, die Skizzen, die Ausführungen, das ist das Beste, was je in Amerika geschrieben wurde, glaube ich wirklich. Ich höre jetzt nicht auf, dir eine Lobeshymne zu schreiben, obwohl ich vielleicht sollte etc. etc. aber das ganze Buch geht mir nicht aus dem Kopf und beunruhigt mich. Es ist verrückt (nicht bloß genial verrückt) sondern unzusammenhängend verrückt.

Na du kennst ja dein Buch. Ich bin sicher, Wyn wird es zurzeit nicht nehmen, und ich wüsste auch nicht wer. Ich glaube, die *New Story*-Leute Europa könnten es veröffentlichen, aber hast du überhaupt vor es zu überarbeiten? Was hast du da zu Papier zu bringen versucht, Mann? Das weißt du wohl selber am besten.

Das hier ist kein wichtiger Brief, Bills kenne ich mit Grund nicht. Ich werde, ganz alleine, das Buch ein zweites Mal lesen, nächste Woche, und dir einen 20 Seiten langen Brief schreiben, mir das Buch Abschnitt für Abschnitt vornehmen und meine Reaktionen schildern.

Jetzt nur auf die Schnelle ein paar Eindrücke:

1. Du sagst immer noch nichts über Neals Vergangenheit.

2. Du hast deine eigenen Reaktionen geschildert.

3. Du bringst die Chronologie beider durcheinander, so dass man kaum sagen kann, was wann passiert ist.

4. Die komplett surrealistischen Abschnitte (die lautmalerischen wie die ohne Sinn) (im Teil, der auf die Tonbänder folgt) sind einfach nur eine Manie, Manie.

5. Tonbänder sind teilweise eine Manie, sollten gekürzt und hinter die abschließende Reise nach Frisco verschoben werden.

6. Klingt so, als würdest du einfach vor dich hin blasen und die Dinge zusammennageln, sie höchstpersönlich auseinanderreißen, einfach aus Aberwitz, oder Verzweiflung.

Ich glaube, das Buch ist großartig, aber auf eine verkehrte Art verrückt, und *muss* im Hinblick auf Ästhetik und Veröffentlichung gekürzt werden, umkonstruiert. Ich sehe niemanden, New Directions, Europa, der es so wie es ist veröffentlicht. Wird keiner, wird keiner.

HODOS CHAMELIONTOS ist bei Yeats eine Reihe von unzusammenhängenden Bildern, die nichts miteinander zu tun haben, Chamäleon der Imagination das in der Leere herummacht oder Manie.

Solltest *Sax* im Rahmen eines Mythos belassen, im RAHMEN, und den Rah-

men nicht zerstören indem du in *Sax* über Luciens einstmals goldenes Haar oder Neals großen Schwanz oder meine miese Gesinnung sprichst, oder deinen verschwundenen Knochen. Das Buch selbst ist der verschwundene Knochen. *On the Road* schleppt sich einfach erschöpft über die Ziellinie der Bedeutung irgendwohin (oder zu mir, der die Geschichte kennt); es ist durchaus zu retten. Ich meine, es muss gerettet werden. Du hältst einem den ganzen gottverdammichten Schrottplatz inklusive Ich agh up erp esc baglooie hast du nicht gelesen wasichdir sage ich versuchich ichdenk versuch ich mei Mama issinOrdnung aber du musst auf den Sinn achten den Sinn achtern, jub, jack, fik, jeder kanns boppen, du Blubberer, Zag, Nealg, Loog, Boolb, Joon, Hawk, Nella Grebsnig. Und wenneschon nich sinnvoll sein willst, verdammt, dann pack vor lauter Verständlichkeit den Nonsense eingedampft in einen heftigen Nervenzusammenbruch auf eine Seite (wie [William Carlos] Williams es in einem Teil von *Paterson* gemacht hat, die Schrift steht schief und quer, und anschließend kommt eine wirklich tolle Auflistung der geologischen Schieferformationen unter den verdammten Wasserfällen, und weiter bis er sagt »Dies ist ein Gedicht, ein GEDICHT.«) und dann erzähl einfach weiter als wäre Nichts passiert weil Nichts passiert ist. Nichts hat grade irgendwas *unterbrochen*. Doch nichts unterbricht ständig so einfach querbeet, du erzählst so vor dich hin und schreibst »er kommt aus dem Zimmer wie ein Verbrecher – dann hängst du was dran – wie ein Fremder (wer hat je von dem gehört?) dann hängst du was dran – dann noch wie ein schwarz geflügelter Rubens – dann wirst du poetisch und schreibst – wie ein rosa geflügelter Stuubens, die herumhüpfende Klassenkanone der Grundschule, Himmel und Hölle, das Spiel der Erzengel, Himmel gibt's, Wolken gibt's, derweil er die janze Zeit einfach aus dem Zimmer kommt, aber du hast uns nicht nur via Steubenville und urk ep Bluuch hoch in die Wolken geschickt sondern ich habe mich auch via JK selbst unterbrochen. Na gut, vielleicht ist ja alles dreidimensional und ästhetisch und menschlich gesehen in Ordnung, also werd ich wieder wieder wieder lesen dein ganzes Buups, pups kotz, (und Määänsch, Joyce hat das gemacht, aber du scheißt nur *ziemlich oft* gedankenlos mit diesen Tricksereien um dich, und das kommt nicht so gut.) ich werd dein ganzes Buch noch mal lesen
und dir dann Zug um Zug Bericht erstatten *wie es sich macht.*
Und im Übrigen sei nicht zu geschockt über das eben Gesagte denn ich der einzig wahre Allen Ginsberg habe gerade mein Buch von 89 Gedichten auf schlicht perfekte 42 zusammengestrichen, habe die ganzen komischen Sachen und den Scheiß und den Wichskram über Leute gestrichen, um es schmal und

menschlich zu halten, denn JETZT IST ACTION ANGESAGT. Dass is wasser
sacht, wobei nur Gott weiß, von welcher Art Action er hier eigentlich redet.

*Anmerkung der Herausgeber: Als Kerouac Ginsbergs Brief erhielt, wohnte er
bei William Burroughs in Mexico City, arbeitete am Manuskript von Dr. Sax
und war wie immer pleite. Er borgte sich Geld von Burroughs, fuhr für einen
kurzen Besuch zu seiner Schwester nach North Carolina und machte sich dann
auf nach San Francisco, um bei Neal Cassady zu wohnen, der angeboten hatte,
ihm auf der Suche nach einem Job bei der Eisenbahn behilflich zu sein.*

Jack Kerouac [San Jose, Kalifornien] an
Allen Ginsberg [Paterson, New Jersey]

8. Oktober 1952

Allen Ginsberg
Hiermit möchte ich dir und dem ganzen Rest des Haufens mitteilen, was ich
von dir halte. Kannst du mir beispielsweise mal erklären … bei all dem Gerede
über Taschenbuchstile und dem neuen Trend über Drogen und Sex zu schreiben warum mein 1951 geschriebenes *On the Road* nie veröffentlicht wurde? –
warum sie Holmes' Buch [*Go*] das lausig ist verlegt haben und meins nicht weil
es nicht so gut ist wie ein paar andere Sachen die ich gemacht habe? Ist das das
Schicksal eines Idioten, der seine eigenen Angelegenheiten nicht auf die Reihe
bekommt oder der allgemeine Furzmief von New York im Allgemeinen …
Und du von dem ich dachte er sei mein Freund – du sitzt da und sagst mir ins
Gesicht dass *On the Road* das ich bei Neal geschrieben habe »nicht perfekt«
sei als ob jemals irgendetwas was du oder ein anderer gemacht hat »perfekt«
gewesen wäre? … und lass bloß den Zeigefinger unten und die Verteidigungs-
reden … Glaubst du etwa ich merke nicht wie neidisch du bist und wie du
und Holmes und Salomon ihr alle euren rechten Arm dafür geben würdet so
etwas wie *On the Road* schreiben zu können? Und mir keine andere Möglichkeit lasst als dämliche Briefe wie diesen zu schreiben denn wenn ihr Männer
wärt könnte ich mir zumindest die Befriedigung verschaffen, euch allen aufs
Maul zu hauen – müsstet ihr viel zu viele Brillen abnehmen. Also ihr gottver-
dammten kleinen Scheißer seid doch alle gleich und immer gleich gewesen
und warum habe ich jemals auf euch gehört und mit euch herumgeschleimt
und gefurzt – fünfzehn Jahre meines Lebens mit den Ratten von New York

verschwendet, von den jüdischen Millionären an der Horace Mann die mir wegen dem Football in den Arsch gekrochen sind und die sich inzwischen zieren würden, mir ihre Frauen vorzustellen, bis hin zu Leuten wie euch … na klar Dichter … zumindest entfernt eine Miniversion davon … barock niedlich verpackt vertretbar (Kleingedrucktes mitten auf der ordentlichen Seite eines Gedichtbands) – Du hast mir nicht nur mit deiner Feststellung wehgetan dass es in *On the Road* nichts gäbe worüber du nicht Bescheid wüsstest (was eine Lüge ist da ich mit einem Blick sehe dass du nie auch nur den Hauch einer Ahnung von selbst so was Einfachem wie Neals Arbeitsleben gehabt hast und was er macht) – und [Carl] Solomon der vorgibt ein interessanter Heiliger zu sein, behauptet dass er nichts von Verträgen versteht, ich werd mich doch in zehn Jahren glücklich schätzen können an Weihnachten bei ihm auch nur durchs Fenster sehen zu dürfen … so reich und feist wie er dann sein wird vom Geld dürrer Horrorgestalten aufgedunsen zu einem Riesenbovist aus selbstgefälliger Arschkriecherei … Parasiten seid ihr, einer wie der andere, ganz wie Edie gesagt hat. Und jetzt sogar John Holmes, der wie jeder weiß ein Leben voller Illusionen führt über alles und jeden und über Sachen schreibt, von denen er keine Ahnung hat, und das obendrein noch voller Feindseligkeit (wird deutlich in den haarigen dürren Beinen von Stofsky[34] und dem »peinlichen« Pasternak, der Hurensohn ist sogar eifersüchtig auf seine eigene kokette Frau, ich hab nicht um Marians Aufmerksamkeit gebuhlt … peinlich in der Tat, ich kann mir vorstellen dass jeder der auf normalen Beinen rumläuft peinlich wirkt unter weibischen Arschwacklern und Tunten wie ihm) – Und seine Arbeit umweht der Geruch des Todes … was also hat er, der keine Ahnung hat, für ein Recht irgendein Urteil über mein Buch zu fällen – Er hat noch nicht mal das Recht verdrießlich darüber zu schweigen – Sein Buch ist lausig, und dein Buch ist gerade mal Mittelmaß, und ihr wisst es alle, und mein Buch ist großartig und wird niemals veröffentlicht werden. Passt bloß auf, dass ihr mir in New York nicht über den Weg lauft. Und passt ebenso auf dass ihr nichts darüber verbreitet, wo ich gerade bin. Ich werd nach New York kommen und jedem Leck nachgehen. Ihr seid alle zusammen ein Haufen unbedeutender literarischer Egomanen … ihr schafft es noch nicht mal aus New York rauszukommen ihr seid so was von lächerlich … Sogar [Gregory] Corso der mit seinen Tannhäuser-Triumphwagen alle über den Haufen fährt fängt jetzt damit an … Sag ihm

---

34 In John Clellon Holmes' Erstling *Go*, der die gleiche New Yorker Szene der späten Vierziger zum Thema hat, wie Kerouac sie in *On the Road* beschreibt, war »Stofsky« das Pseudonym von Allen Ginsberg und »Pasternak« Kerouacs Alter Ego. (A. d. Ü.)

er soll abhauen ... sag ihm er soll sich in seinem eigenen Grab besuchen ... Mir blutet jedes Mal das Herz, wenn mein Blick auf *On the Road* fällt ... Ich verstehe inzwischen, warum es großartig ist und warum du es nicht magst und wie die Welt ist ... und speziell was ihr seid ... und was du, Allen Ginsberg, bist ... ein Ungläubiger, ein Neidhammel, deine Späßchen täuschen mich nicht mehr, ich seh die gefletschten Zähne darunter ... Nur zu, mach was du willst, ich möchte Frieden mit mir selbst ... Ich werde bestimmt keinen Frieden finden bevor ich nicht völlig den Schmutz und den Makel New Yorks von den Händen gewaschen habe und alles wofür du und die Stadt stehen ... Und das weiß jeder ... und [Hal] Chase wusste es schon damals ... weil er von Anfang an ein alter Mann war ... Und jetzt bin ich ein alter Mann ... Ich habe gemerkt dass ich für junge Schwule nicht mehr attraktiv bin ... Geh deine Corsos blasen ... Ich hoffe er rammt dir ein Messer zwischen die Rippen ... Macht nur weiter so und höhnt und hasst einander und werdet neidisch einer auf den anderen und ... Meine ganze Geschichte mit New York ist die fast schon witzige Chronologie eines wirklich dämlichen Li'l Abner[35] der von den großen Schweinehaien aufs Kreuz gelegt wird ... Ich seh den Witz darin durchaus ... und lache genauso viel wie du ... Aber an dieser Stelle lache ich nicht ... Paranoia, ich und Paranoia ... Durch Leute wie dich und Giroux ... sogar bei Giroux hast du mich in die Kacke geritten was Geld angeht weil er dich nicht leiden konnte ... ich kam an dem Abend mit Neal und Neal wollte vom Fleck weg ein Buch aus dem Büro klauen, klar, was würdest du sagen wenn ich zu dir ins N O R C [National Opinion Research Center] kommen und Sachen klauen und mich darüber lustig machen würde ... und Lucien mit seinem miesen kleinen Ego versucht mir einzureden um Sarah weinen zu sollen und erzählt mir dann am tiefsten Tiefpunkt meines Lebens dass es furchtbar einfach wäre, mich zu vergessen ... Wenn er nicht inzwischen blöd und dumm vom Saufen ist sollte er doch wissen, dass das auf jeden zutrifft ... wie einfach man verschwinden kann ... und komplett vergessen wird ... und nur ein dunkler Schmutzfleck auf der Erde bleibt ... aber na gut. Und ihr alle, sogar Sarah, ihr seid mir völlig egal und ob ihr je von diesem schwachsinnigen Brief erfahrt ... ihr habt es mir alle versaut ... mit Ausnahme von Tony Monacchio und ein paar anderen Engeln ... und so sage ich euch, sprecht mich nie wieder an oder versucht zu schreiben oder irgendetwas mit mir zu tun zu haben ... mal davon abgesehen,

---

35 *Li'l Abner* war ein Comicstrip von Al Capp, der von 1934 bis 1977 in vielen Zeitungen in den USA erschien. Der Strip ähnelt einer satirischen Familiensaga und parodierte den American Way of Life. (A. d. Ü.)

dass ihr mich wohl nie wiedersehen werdet … und das ist nur gut … für euch alberne Narren ist der Zeitpunkt gekommen zu verstehen, worum es bei der Poesie geht … Tod … also sterbt … und sterbt wie Männer … und haltet den Mund … und vor allem … lasst mich in Frieden … und lasst euch nie wieder bei mir blicken.

Jack Kerouac

Allen Ginsberg [New York, New York] an Jack Kerouac [San Francisco, Kalifornien]
ca. 1.–7. November, aber vor dem 8. November 1952

Lieber Jack:

Bin gerade durch mit *Doctor Sax*, nach der ganzen vorherigen Scheiße um *On the Road* und deinen Brief fällt es mir schwer dir zu schreiben … schwer zu akzeptieren oder zu leugnen, dass es deinen Brief wirklich gibt – aber das nur nebenbei.

Ich glaube, *Dr. Sax* ist besser als *On the Road* (ich äußere mich hier nur über Ordnung und Erscheinungsbild – *On the Road* hat sicher großartige originelle Methode) und ich glaube auch, dass man es veröffentlichen kann – im Gegensatz zu dem, was ich von *On [the] Road* dachte. Meiner Meinung nach ist *Sax* als abgeschlossenes Vorhaben großartig gelungen.

Trotzdem glaube ich du kannst noch mehr damit machen und es sollte umgeschrieben werden, es ist hier und da immer noch verworren und knirscht. Aber im Ganzen gesehen ist die Konstruktion größtenteils perfekt – vor allem die abschließenden Offenbarungen auf den letzten Seiten, und die im Allgemeinen vernünftige Methode macht es möglich, die Freuden der Wortschöpfungen zu jedem Zeitpunkt zu genießen.

Ich glaube dass du mit *On the Road* und *Sax*, das die Richtung noch mal glasklar verdeutlicht, auf eine dicke Ader gestoßen bist, was Originalität und Methode des Prosaschreibens angeht – Methode ähnelt ganz nebenbei Joyce ist aber in Ursprung und Machart und Stil ganz allein von dir, Ähnlichkeiten sind rein vordergründig, deine Neologismen keine nebulösen philologischen Präzisierungen sondern akustische (hör-bare) Erfindungen, die Bedeutungen transportieren.

Und du hast es geschafft, dass der hörbare Rhythmus deiner Prosa, darin ist auch Joyce ein Spezialist – der natürlichen Abfolge innerhalb der Satzkonstruktion keinen großen Schaden zufügt. Er musste Sätze auflösen und verhunzen und Worte verschlunzen und vernebeln um sie in eine melodiöse Abfolge zu bekommen. Deine Melodien, fällt mir auf, sind häufig in eine irisch-Joyce'sche Satzmelange gepackt, allerdings mit einem natürlichen Neal'schen Sprachrhythmus.

Deine Bildsprache – die schlicht der Luciens entspricht, ist außerdem neu-alte demütige Poesie (Beispiele folgen).

Die philosophische Linie ist zufriedenstellend und manchmal sogar sublim. Mit zufriedenstellend meine ich stimmig und gleichmäßig. Nicht einfach nur ein Geduldsspiel.

Die Struktur von Realität und Mythos in ihrem Hin und Her ist ein Genie-streich: der Mythos ist in der kindlichen Fantasie verankert und erhält so [?] durch diesen Rahmen seine Realität.

Das Problem mit der Realität in deinem Buch ist, dass sie glaube ich durch-gehend nicht besonders interessant ist, mich langweilt sie, weil sie teilweise aus einer Reihe von Ereignissen besteht, die durch nichts weiter verknüpft sind als allgemeine Assoziationen – sprich es gibt keine echte innere Struktur, die einen weiterlesen lassen möchte um herauszufinden, was im richtigen Leben von [?] passiert, für das sein grandioses Fantasieleben ein Symbol ist. Auch ver-wässert es das Interesse an den Erinnerungen an das wahre Leben, da diese an nichts wirklich persönlich Wesentliches gebunden sind – mit Ausnahme der Anspielung auf die Entdeckung des Sex. Auch die Flut, solange sie anschwillt, hilft das Interesse zu halten, im wahren Leben. Solltest du also dazu tendie-ren, dieses Buch zu verbessern, könntest du hinzufügen, was auch wirklich da war – eine große Realitätskrise so wie du sie in den letzten Jahren hattest, oder eine frühere Krise im wirklichen Leben wie Sex, ich weiß es nicht, womit auch immer der imaginierte Mythos im wahren Leben korrespondieren mag, menschliche Entwicklung vorpubertäre Heimsuchungen und Traumata. Das soll nicht abgebrüht klingen, ich dichte hier auch nicht, nur Beobachtungen. Die Realitätsseite der Bücher wurde für mich von dem spezifischen Interesse an den beschriebenen Erfahrungen, Anekdoten und Ereignissen etc. zusam-mengehalten, und in zweiter Linie durch die beständig brillante Sprache – bis-weilen hatte ich das Gefühl, es gibt eigentlich gar keine Handlung, es passiert lediglich was innerhalb der Sprache, aber das war auch genug – obwohl das wie in Teilen von *On the Road* zu viel sinnlosem Bop führen kann, der die Auf-merksamkeit bindet, selbst wenn man zu folgen versucht.

Ich habe die Mängel der naturalistischen Seite des Buches beschrieben, über die ich nachgedacht habe; das heißt, ich respektiere die Gesamtstruktur des Buches, möchte dir aber klar und deutlich auch meine Meinung dazu unterbreiten, was die Details anbelangt, immer noch, trotz etwaiger Schrecken deiner Kritik.

Ich müsste das ganze Buch noch einmal lesen um sagen zu können, was, wie ich meine, an dem eingearbeiteten mythologischen Gefüge nicht funktioniert. Gerade jetzt scheint mir damit alles in Ordnung zu sein. Am Anfang dachte ich, es sei zu vage, bis ich zu den weitschweifigen Erklärungen zur Haltung der Dovisten kam, Blook, etc. S. 191 – so atemlose Erklärungen, die auch noch zu einem Zeitpunkt kamen, als ich schon ziemlich verwirrt von all dem Durcheinander war (war dabei, dich zu verfluchen – dieser dämliche Kerouac hat es nicht mal für nötig gehalten, diesem ganzen übernatürlichen Geschwätz einen Plot zu verpassen – lässt einen mit einem unverdauten Haufen von Bildern und Bezügen und Gerüchten allein) aber dann kamst du ja mit einer Erklärung für das Ganze – die ich zu diesem Zeitpunkt so oder so unmöglich hätte geben können, aber dann so klar, dass es wie ein Wunder wirkte (wie das große Aufräumen in einem Kriminalroman inklusive Indizien). Gott sei Dank.

Blook ist nicht so interessant, wie er sein könnte … wie er im Gespräch war, keine wichtige Schöpfung, beim alten Blook bist du gescheitert – die Szene, in der er Kind trifft während er eine Zwiebel vergräbt, fehlt – und voller Entsetzen schreiend davonläuft, du hättest schreiben können »Ti Jean taucht just in dem Moment hinter dem Busch auf, wo der blasse Blook traurig Selbstgespräche am Zwiebelgrab führt« oder einen ähnlichen Nonsens unter Verwendung der Wendung düsterer Blook. Vielleicht mit Sax bei seiner Fahrt zur Burg.

Die Ideen sind alle sehr originell und es muss schwierig gewesen sein, sie umzusetzen, wiewohl ebenso großen Spaß gemacht haben sie zu ersinnen wie jetzt zu lesen. Großartige Idee die Fahrt zum Schloss, großartiger Moment wie Sax und der Junge die Stadt beobachten, großartig die Auseinandersetzung zwischen Dovisten und Evilisten – ich glaube sogar dass es vorteilhaft wäre, den Details der mythischen Welt mehr Zeit und Aufmerksamkeit zu widmen – das ist der eigentliche Kaviar des gesamten Buches – dermaßen intelligent, dermaßen zutreffend als metaphysischer und *gesellschaftlicher* Kommentar, dermaßen *hip* und doch so allgemein in seinen Bezügen. Ich weiß wirklich nicht warum du davon nicht mehr bringen und ein umfangreicheres Buch daraus weben kannst.

Würde gern mit dir reden – über den Plot.

[…]

Realitätsteil um die Gedichte ist verwirrend. Wo sind all die alten Gedichte geblieben die du vor Jahren in Dianas Wohnung hattest? Ich habe ein paar davon.

Ich verstehe sie nur zum kleinen Teil, und auch die nachlässige und diffuse Art nicht, mit der du sie in den Text eingebaut hast. Kommen mir wie zusammengestoppelte Einsprengsel vor. Sollten Gedichte sein (aber aussagekräftigere, im spezifischen Kontext von Dovisten und Evilisten mit Stellenwert, oder in Bezug auf den Riesenvogel am Schluss, oder Bedeutung von Sax' Vorbereitungen. Aber bei der ersten Lektüre schienen deine Gedichte nur ein verdammtes Chaos zu sein und ich habe laut »O Scheiße« gesagt als ich sie sah, ich dachte sie würden lustig ausfallen, aber es war nur ein Haufen interessanter Zeilen (hodos chameliantos – Chamäleon Metaphorik) mit ein paar erhellenden Ausnahmen hier und dort – die Gedichte waren viel zu wenig Teil der ganzen Verschwörung, es sieht so aus, als hättest du sie aus reinem Enthusiasmus da reingehauen. Hast du als Kind jemals irgendjemand Älteres besucht (wie alte Schwarze oder Lehrer) und jeden Tag in ihrem Wohnzimmer mit all den schweren Vorhängen gesessen und zugehört, wie sie ihr Leben abspulen, hast Kekse knabbernd zugesehen, wie sich ihre Welt vor deinen unschuldigen Augen entfaltet hat, ohne irgendetwas davon zu verstehen?

Vielleicht sollte Sax früher auftauchen und eine engere Beziehung zu ihm entwickeln, dem Leser mehr Details seiner Vorkehrungen verraten werden, mehr Action und eine größere Vertrautheit mit der Dutchess, Blook, Sax. Der Zauberer (all diese großartigen Figuren, verstehst du, haben jeweils kaum mehr als eine oder zwei Seiten – und sie sind die Hauptdarsteller in diesem Buch – die sich ihrem Charakter und Alltag und Witz und Gerüchten etc. und Anekdoten widmen – so dass ich so gut wie nichts über Condu und den Zauberer weiß – sie scheinen eigentlich die gleiche Figur zu sein, und nicht unterschiedliche Charaktere – und Adolphus Ghoulens (soll er als Autor des Dokuments fungieren?) (einfach weil der Name so witzig ist?) und Amadeus Baroque – könnten alle eine wirklich hübsche Mozartkomödie abgeben (wie die wunderbare Karriere von Boaz Jr., bis alles durch eine starre Kinderbildersprache zu wirr wird – ein bisschen anachronistisch im Hinblick auf die reale Ebene) werden vernachlässigt und nicht wirklich mit Leben erfüllt – du behandelst sie, als wäre sie nur da, um auch mal genannt und dann wieder fortgeschickt zu werden als Teil des allgemeinen Spaßes, aber sie müssen weiterentwickelt werden – ansonsten geht ihre eigentliche Bedeutung (die nur du in deinem eigenen Kopf kennst) am Durchschnittsleser vorbei, und das schließt mich ein.

Die Erscheinung sollte detaillierter sein – nicht komplexer – der Plot ist komplex genug, schlicht vereinfacht und solider. Worte wirken, weiß auch nicht was ich da meine. Aber zum Beispiel die Dutchess taucht drei Mal auf, man weiß wirklich nicht, welche Beziehung all die Evilisten zueinander haben – und einen Dovisten sieht man nie in Aktion, man hört nur Gerüchte (was vielleicht o.k. ist) über sie. Die Gnome und der ganze noch kompliziertere Apparat ist ein bisschen zu weit hergeholt und sehr Science-Fiction. Wenn du willst schick ich dir eine detaillierte Beurteilung, welche der mythischen Details funktionieren und welche mir anachronistisch scheinen – das ist ein sehr wichtiger Punkt. Größtenteils funktioniert der Mythos, als großartiges Symbol so stabil wie ein Kleiderschrank, einige Details (alte Schmecker-Konversationen über B zwischen dem Fledermausmann und der Contessa) sind brillant, und im Großen und Ganzen ist das meiste Schliff, Raffinement, intellektuelle Gewandtheit – alles was du (absichtlich) bei *Town and City* in den intellektuell dekadenten Abschnitten von Francis nicht zustande gebracht hast – aber hier [ist] diese Unbeholfenheit nie Konversationskomödie wie du dir das gerne so vorstellst. Um den Brief jetzt zusammenzufassen, ich habe beschrieben was ich falsch (und O.K.) an den beiden Strängen deines Fledermausbuches finde, die Realwelt-Erzählung und die Mythos-Erzählung und Struktur.

[...]

In *On the Road* hast du es zum größten Teil nicht geschafft, diese gespenstische menschliche Vision von Neal zu erzeugen.

Dieses Buch ist eine *echte* Vision, die erste in Amerikan. Lit. seit wer weiß? Praktisch gesehen – dass die Evilisten mit dem Schiff untergehen, mit der Schlange vernichtet werden, ist ein großartiger Witz in Sachen Zufall – so was kommt vor, wie Joan A. [Adams]

Nebenbei bemerkt hältst du mich in deinem langen Brief fälschlicherweise für einen Evilisten, weil ich kein bekennender Dovist mehr bin. Ich bin, wie Ti Jean, ein pragmatischer Junge, der in bestimmten Augenblicken fühlt, dass Dr. Sax verrückt ist und man sich eher von ihm fernhalten sollte. Auch das eine Haltung à la [W.C.] Fields.

Ich habe gehofft, von dir zu hören. Mein Vater sagte, ich hätte einen Brief zu Hause in Paterson, von Cassady, vielleicht Antwort auf meine Postkarte, aber er hat ihn an mich weitergeschickt habe ihn aber noch nicht bekommen, hoffe es wird nichts Böses sein, hoffe es ist ein großes Knallbonbon oder zumindest normales Herumgekrächze.

Ich habe den Geheimnisvollen Fremden nicht erfunden. Dein Buch stellt durchaus eine Herausforderung dar. Was es mit meiner Mittelmäßigkeit auf sich hat werden wir sehen, ob und wann ich damit fertig werde. Bis dahin kann ich nur zugestehen, das Genie zu $^9/_{10}$ Schweiß ist etc. Ich bin schlechter als mittelmäßig, ich bin ein totaler Versager. Und gestern bekam ich einen Brief von Carl, der mir nahelegte, *Empty Mirror* doch zu verbrennen, da es nicht kurzweilig, sondern »Leiden in dieser Form von Selbstmitleid wertlos« sei.

Ich arbeite noch immer am selben Ort, da wo wir uns letztes Mal getroffen haben. Ein paar Tage später habe ich Herb [Huncke] für fünf Minuten getroffen. Ich will ihn zurzeit nicht sehen. Ich habe eine niedliche kleine Bude mit Heizung und heißem Wasser in der Lower East Side, sehr ordentlich und sauber, deine eigene Mutter würde sich nicht schämen hier zu wohnen wenn du weißt was ich meine. Drei kleine Zimmer, Schlafzimmer, Küche, Wohnzimmer, alles $ 33,80 im Monat sogar möbliert. Jeder der zu Besuch kommen oder übernachten will ist eingeladen, jede Menge Rückzugsmöglichkeiten.

Meine Anschrift lautet 206 East 7th Street Apt. 16 NYC (zwischen Avenue B und C). Dusty [Moreland]'s Klamotten etc. sind hier, sie aber nicht, wir sind mittlerweile wohl auseinander; ich weiß nicht, wo sie schläft. Spare mir Details da ich diesen Brief mit den wichtigen Informationen beenden will.

Wenn du willst lass mich wissen, wie du dir die finanzielle Seite vorstellst. Ich glaube ich weiß, wie man *Sax* rausbringen könnte, mit oder ohne Überarbeitung (obwohl Jack glaub mir hör auf mich was ich über dein Werk sage). Ich werde mich mit Carl und Holmes besprechen (von denen ich nicht weiß, für wen sie gerade als Agent zugange sind).

Schlage vor du fragst MCA ob sie dich vertreten – bezweifele aber dass sie wollen.

[Bob] Burford würde es wohl so wie es ist verlegen, glaube ich. [New] Directions vielleicht überarbeitet. Auch Louis Simpson Bobbs-Merill wenn überarbeitet, vielleicht auch so.

Übrigens habe ich nicht den Eindruck, dass es in dem Buch sexuell anstößige zu zensierende Stellen gibt, kann alles so bleiben wie es ist.

Pass bei den Verhandlungen *T.&C.* [*The Town and The City*] ins Taschenbuch zu verkaufen auf. Sollte man M. C. A. fragen. Kann dir alle praktischen Details schreiben, wenn du willst. Als ich das letzte Mal versucht habe dir zu helfen hast du wirklich auf mich geschissen –

Wie immer lieben Gruß

Allen

Alles in allem ist das Buch ein Triumph für dich, Jack, ein Beethoven-Melville'scher Triumph, so wie du es dir immer (oder auch nicht) vorgestellt hast. Soll ich es Van Doren zeigen? Würde ihm gefallen.

Ich habe die Lower East Side zum ersten Mal erkundet, ihre Tiefe und Weit-
läufigkeit die ich nie erkannt habe – einige Straßen wie mexikanischer Räu-
bermarkt.

Jack Kerouac [San Francisco, Kalifornien] an
Allen Ginsberg [Paterson, New Jersey]

8. November 1952

Lieber Allen,
ich habe deinen Brief viele Male gelesen. Er ist sehr nett, und es ist sehr nett von
dir mein Schreiben zu verstehen. Ich habe mich geehrt gefühlt. *Doctor Sax* ist
ein Mysterium. Ich werde es so lassen, wie es ist, aber nicht aus den gleichen
Gründen wie bei *On the Road* (wütend etc.), sondern weil ich es wirklich so
mag, wie es ist, ein paar deiner Vorschläge werde ich aufgreifen, wie düsterer
Blook und das Kind. *Doctor Sax* ist nur das, was in Sachen Lowell ganz oben
im Topf schwimmt … die Wahrheit ist wie Wahn in mir vergraben, in meinem
Kopf, der manchmal so was von Feuer fängt. Ich versuche mit dir von Bruder
zu Bruder zu sprechen, als wären wir frankokanadische Brüder. Ich beschäf-
tige mich nicht länger mit Literatur, so wie du sie verstehst, mit Wörtern wie
»verbal« oder »Bilder« etc. und Ähnlichem, na ja den ganzen »Utensilien« der
Kritik etc., denn das was mich dazu bringt, »lausiger kleiner Strand im Schilf«
zu schreiben, ist vor-literarisch, jedenfalls habe ich so gedacht bevor ich all die
Wörter gelernt habe mit denen die Literaten beschreiben, was sie tun. In diesem Augenblick schreibe ich ganz und gar aus meinem Französisch im Kopf
heraus, *Doctor Sax* habe ich völlig high auf Gras geschrieben ohne eine Pause
zum Nachdenken einzulegen, manchmal kam Bill [Burroughs] ins Zimmer
und damit war das Kapitel beendet, einmal brüllte er mich mit langem grauem
Gesicht an, weil man den Rauch im Hof riechen konnte. Du weißt, dass ich
wütend auf dich war, aber du weißt auch, dass so was bei mir schnell wieder
vorbei ist, und ich wollte dir schon viele Male schreiben und sagen: »Na ja,
du weißt doch, manchmal werde ich wütend« etc. Für mich warst du immer
schon mein kleiner Bruder, mein kleiner Petushka, auch wenn du jüdisch bist,
denn du bist wie ein kleiner russischer Bruder. Lucien hat mir immer wieder
gesagt, ich soll nicht wütend auf dich sein – wenn schon dann soll ich wütend
auf die werden, die mich verletzen wollen, wie er selbst? Neal war plötzlich
sauer auf mich, er hat mit keinem mehr geredet, beim Telefonieren mit mir ein-

fach aufgelegt, ich hatte mir für $ 4 die Woche ein kleines Zimmer an der Pennermeile besorgt und mir alles ganz wunderbar eingerichtet (und schrieb an einem neuen großen Roman wie *Town and City*), so dass ich zum ersten Mal seit Jahren wieder glücklich war und mir sagte: »Neal war doch schon immer verrückt, seit er damals den Kopf in meine Wohnung in Ozone Park gesteckt und mir weisgemacht hat, schreiben lernen zu wollen«, quel Schwachsinn eh was? Aber eines Nachts schlief ich im Zug auf einer alten schäbigen Couch, tief und fest nach drei Tagen und Nächten voller Arbeit und ohne Schlaf, da beugte sich Neal über mich, hing lachend über mir, »*Da* bist du also, Kumpel! Komm schon, jetzt komm schon, kein Wort, komm schon jetzt«, und ich, der ich immer nett sein möchte, gehe also mit, zieh wieder bei ihm ein und dann ist CAROLYN sauer auf mich, etc. Streitsüchtige Menschen, ich hasse Menschen, ich kann Menschen nicht mehr ausstehen. Gerade hat das Telefon geklingelt mich zur Arbeit gerufen, ich habe so die Nase voll davon – Deshalb habe ich so lange gebraucht dir zu antworten, die Eisenbahn.

Soll doch John Holmes sich um *Doctor Sax* kümmern, noch etwas, das deinen Brief betrifft, und dich, immer ängstlich dass etwas nicht »richtig« ist etc. wie Arthur Schlesinger Jr. und Adlai Stevenson und die Harvard Law School und die Vereinten Nationen und Dean Acheson jederzeit bereit bei jedem Anlass mit einer detaillierten Einschätzung auf einen loszugehen ... wozu? wozu? wozu? wozu?

Verstehst du?

GO ist schon in Ordnung wenn man es zwischen Buchdeckeln sieht, es ist aufrichtig, Seite für Seite ... Truman Capote, Jean Stafford sind Seite für Seite voller Scheiß ... also sag ich, Holmes ist besser als sie.

Ach ich würde dich so gerne treffen, vielleicht klappt es ja Weihnachten, je nach meinen Reiseplänen. Der ganzen Gang einen guten Morgen.

Dein Freund

Jack

PS: Als du dir gesagt hast »Ah, hat der blöde Kerouac nicht an den Plot gedacht, es einfach bei einem unverdauten Berg von Bildern und Anspielungen belassen« hast du nicht mehr dran gedacht oder dass es mal LIEBE war, die unsere Poesie beflügelt hat, und keine bemühten Techniken. Ja du hast den Balzac'schen Schliff begriffen (und ah ich eben nicht) das bedeutet dass du das Buch WIRKLICH verstanden hast so wie ich dachte keiner könne das, wir beide haben diese Hellsichtigkeit – mein guter Junge.

1953

Anmerkungen der Herausgeber: Einen Großteil des Winters 1952/1953 arbeitete Kerouac bei der Eisenbahn in Kalifornien, während Ginsberg in New York daran arbeitete, Verleger für die Bücher seiner Freunde zu finden. Als Werbemaßnahme für Burroughs' erstes Buch, Junkie, *das Carl Solomon im Verlag seines Onkels, Ace Books, herausbringen wollte, fragte Allen Jack um Erlaubnis, seinen Namen im Rahmen der Verlagswerbung nennen zu dürfen. Das führte zu einem heftigen Zerwürfnis zwischen Allen und Jack, der es sich verbat, namentlich im Zusammenhang mit diesem oder irgendeinem anderen Buch seiner alten Freunde genannt zu werden. Ginsberg nahm die Sache mit Humor; seine sarkastisch-freundschaftliche Antwort auf Kerouacs Sottisen überzeugte den Freund davon, überreagiert zu haben – wie dessen nächster Brief zeigt. Kerouac bat darin seinen alten Freund erneut, als sein Agent gegenüber den New Yorker Verlegern zu fungieren.*

Jack Kerouac [San Louis Obispo, Kalifornien] an Allen Ginsberg [New York, New York]

7. Mai 1953

Lieber Allen:

Bist du gewillt dein Glück mit *Sax* und *Maggie Cassidy* zu versuchen vorrangig *Sax*. Sie sind in der oberen rechten Schublade in meinem Rolltopschreibtisch, 94-21 134th – Wenn du einverstanden bist *Doctor Sax* zu vertreten (Über *Road* waren wir uneins, nicht *Sax*, richtig?) Ich werde schreiben und meine Ma benachrichtigen, damit sie es dir gibt, wenn du dich meldest. Weiterhin, wenn Phyllis Jackson *T&C* fallen lässt, geht auch das auf dich über. Ich sehe einfach keinen Sinn darin, dass *Doctor Sax* in meinem Schreibtisch vor sich hin gammelt. Schick es wohin auch immer – aber lass es (*Sax*) nicht einfach Krethi und Plethi lesen – als Nächstes wird wie du weißt dieser Stil bei *New Writing* und anderswo auftauchen – Scheiß auf Martha Foleys[1] Sohn und seinen Text-

---

1 Martha Foley war Herausgeberin der Zeitschrift *Story*.

auszugsscheiß – sieh zu, dass *Sax* einen ehrenwerten Auftritt bekommt als die architektonische Schöpfung und Symphonie, die es ist, bitte – wenn du *Sax* (und auch *Maggie*) nicht vertreten willst, dann sag es mir schnell – mir geht's immer noch jämmerlich – sogar schlechter – mein Kopf dreht immer schneller und rasender wie der Strudel hinein in den Abfluss eines Whirlpools – ich bin am Verschwinden Verschwinden – Aber ich bin auch ruhig und arbeite und schlafe. Wie geht es dir?

Anmerkung

Neal [Cassady] hat sich schwer verletzt – fiel von, wurde von einem Güterwagen gestoßen, fiel auf einen eisernen Prellbock, hatte eine klaffende Brustwunde, Fuß gebrochen stand rechtwinklig zum Knöchel – ist jetzt auf Krücken zu Hause – schreib ihm – ich habe ihn im Krankenhaus besucht – ich habe Carolyn noch nicht getroffen werde aber vielleicht wieder dort einziehen – Ich bin jetzt in den Bergen – Bremser – will jetzt im Sommer in die Wildnis gehen und lernen auf mich gestellt zu überleben fischen und indianischer Eichelbrei und jagen etc. mich vorbereiten auf den Punkt wenn ich es im Kulturleben und der Zivilisation nicht mehr aushalte.

Was ist mit A. A. Wyn und *Maggie Cassidy*?

Hoffe dir geht es gut – Schreib mir bitte Bills aktuelle Anschrift und frag ihn – also ich werd ihn nach Kells Elvins' Anschrift fragen, er ist irgendwo in Frisco, segeln …

Ich finde alles so öde, du nicht auch?

Jack

Allen Ginsberg [New York, New York] an
Jack Kerouac [o. O., San Louis Obispo, Kalifornien?]

13. Mai 1953

Lieber Jack:

Ich habe gestern deinen Brief bekommen. Werde sofort an Neal schreiben. Bill habe ich heute geschrieben und ihm deine Anschrift gegeben. Seine ist jetzt: W. S. Burroughs, c/o U.S. Consulate, Lima, Peru. Er wird wohl noch zwei Wochen dort sein. Er schreibt YAGE-Buch.

Ich hab dir eine Menge zu erzählen – hatte einen Job bei einer Literaturagentur, wurde gefeuert, bin arbeitslos (aber Geld von Arbeit für Bruder) und voller Ideen und Literatur. Werd das im nächsten Brief alles erklären. Ich werd den ganzen Sommer über schreiben, muss ein (weiteres) Buch zusammenstellen und habe großartiges neues Werk in Arbeit, das auf Imagination und neuer Philosophie gründet.

Dr. Sax und *Maggie* kann man veröffentlichen und ich werde sofort Schritte unternehmen, damit sie rauskommen.

Du musst alles mir überlassen, oder mir vertrauen, oder irgendwas. Mach doch Folgendes: Sag deiner Mutter Bescheid, dass ich zu ihr rauskomme (das Monster lasse ich zu Hause) und beide Bücher hole. Schick mir einen Brief mit einer Mitteilung an Phyllis Jackson bei M. C. A. in dem steht:

»Bitte unternehmen Sie alle notwendigen Schritte, um einen Verlag für *Doctor Sax* und *Springtime Maggie* (*Maggie Cassidy* oder was auch immer) zu finden, so schnell wie möglich und wie es Ihnen sinnvoll erscheint. Während meiner Abwesenheit von New York wird Allen Ginsberg alle Angelegenheiten, die diese beiden Bücher betreffen, in meinem Namen regeln.«

Mehr braucht da nicht drinzustehen. Ich habe heute schon telefoniert, um das in die Wege zu leiten. Wyn hat *Maggie Cassidy* abgelehnt.

Alle weiteren Kontakte sollten über mich laufen, Jack, bitte. Ich bin sicher dass ich ganz genau weiß, wie ich mit dieser Situation umgehen muss.

Ich werde die Vorteile nutzen, die M. C. A. bietet, auf Basis einer Kooperation, die ich mit ihnen ausgehandelt habe. Wenn sie nichts unterbringen können – obwohl die interessiert sind und wollen – dann werde ich selbst damit hausieren gehen, mit ihrer Zustimmung und ihrem Segen.

Bitte schick mir die Mitteilung wie geschildert, damit ich sie weiterreichen kann, und bitte nimm mit niemandem Kontakt auf, bis ich es dir sage (niemandem im Verlagswesen).

(Cowley[2] weiß übrigens nicht, dass du mit *On the Road* noch andere Pläne hast, so wie du es mir in N. Y. erklärt hast. Er ist weiterhin professionell freundlich gesinnt.)

Morgen schreibe ich mehr. Schick mir mit Antwort die oben erwähnte Mitteilung.

Lieben Gruß

Allen

---

2 Malcom Cowley (1898–1989) war ein amerikanischer Schriftsteller, Dichter, Journalist und Literaturkritiker. In den fünfziger Jahren war er unter anderem beratend für Viking Press tätig, und sein Eintreten für *On the Road* führte schließlich dazu, dass Viking Kerouacs Roman verlegte.

Allen Ginsberg [New York, New York] an
Jack Kerouac [o. O., New York, New York?]

2. Juli 1953

Donnerstagmittag

Lieber Jack:
»Nur« ein paar Zeilen zu generellen Plänen:
1. Könntest du ein paar weitere Abschriften – Durchschläge – von *Sax* und
Maggie beibringen. Wir sind auf dem richtigen Weg, werden sehen, dass wir
Teile auch in *New Writing* und verschiedenen anderen großen Anthologien
die ich vor Augen habe (*Perspectives*) unterbringen können. Lassen sie parallel
herumgehen und sparen so Zeit.
2. Hast du noch irgendwelche kürzeren Stücke welcher Art auch immer, die
du in dergleichen veröffentlichen möchtest (siehe oben). Bring sie auch bei.
3. Könntest du selbst für schon genannten Zweck eine Liste von Auszügen aus
Sax und *Maggie* zusammenstellen? (Wie M. Lowry es gemacht hat)
4. Gibt es irgendwelche Teile von *On the Road* Fassung I oder II von denen du
glaubst, dass sie in der Endfassung enthalten sind oder die du gern jetzt schon
veröffentlicht sehen möchtest? Bring sie mit.
5. Kannst du mir Abschriften von *On the Road* I und II zum Analysieren
zukommen lassen (für meine eigenen Gedichte) und für den Essay, den ich
schreiben möchte:
             EINFÜHRUNG IN DIE PROSA JACK KEROUACS
über die ich ein halbes Jahr lang nachgedacht habe so dass ich jetzt über sie
schreiben kann. Wegen des Feiertags bin ich das ganze Wochenende von Freitag vier Uhr bis Montagmorgen weg. Walter Adams hat sich für Freitag früher
Abend angekündigt; und Alan Ansen hat mich versuchsweise für Samstagabend raus nach Woodmere eingeladen. Ich würde über die Tage wirklich gern
raus an den Strand oder in die Berge fahren (in der Regel bin ich nie länger als
zwei Tage weg – aber immerhin haben wir den 4. Juli), weiß aber nicht wohin.
Wenn ich eine Idee hätte würde ich alles andere absagen und abhauen.
Wie immer, wie Bill sagt,
Allen

Vielleicht sage ich tatsächlich auch alles andere aus Prinzip ab.

Allen Ginsberg [New York, New York] an
Jack Kerouac [o. O., New York, New York?]

13. Juli 1953

Lieber Jack:

Geschäfte:

Ich habe jetzt endlich *Maggie* mit dem Absagebrief bei Wyn abgeholt und MCA übergeben. Stellte sich als extrem schwierig heraus, sie haben mich immer wieder abgewimmelt und sind ausgewichen. Gott allein weiß warum. Ich brauche auf jeden Fall noch die folgenden Unterlagen:

1. Eine Abschrift deines Vertrags mit Wyn. Hast du den überhaupt noch oder hast du ihn zurückgeschickt, so wie ich dich verstanden habe? Wenn du ihn hast, ich brauch ihn. Wenn nicht werd ich ihn mir von denen holen.

2. Die ganze Korrespondenz mit Wyn, soweit es die geschäftliche Seite betrifft. Besonders Briefe (wenn welche) zur Ablehnung von *On the Road* (*Visions of Neal*-Fassung) und *Dr. Sax*. Haben die überhaupt solche Briefe geschrieben, oder wurde das alles mündlich verhandelt? Wenn nicht, werde ich sie mir auch von Wyn besorgen. Ebenso Briefe, in denen sie Überarbeitung verlangen etc. Insgesamt brauche ich also drei Dokumente definitiv sowie alles, was noch irgendwie dazugehört. Das ist sehr wichtig. Schick sie mir per Post oder bring sie noch diese Woche vorbei. Wenn du die drei Sachen hast, lass es mich wissen. Carl [Solomon] sollte von augenblicklichen Verlagsplänen nicht mehr wissen (als er schon weiß). Solltest du ihn also treffen oder irgendjemanden, der mit ihm über dich sprechen könnte, sag nichts. Ich habe mich heute nur so weit geäußert dass ich *Maggie* und *Sax* unterzubringen versuche und sonst gar nichts gesagt. Er weiß seit der letzten Runde von [Malcolm] Cowley etc., aber dabei sollte es auch bleiben und weitere diesbezügliche Gespräche sollten unverbindlich und allgemein gehalten werden. Es sei denn, du hast andere Pläne, dann lass mich doch bitte davon wissen. Auch das ist sehr wichtig. Heikel. Schwierig.

MCA glaubt, dass der kürzere Text, der Cowley vorliegt, auch *hierzulande* veröffentlicht werden könnte (oder im Ausland), sie wollen versuchen herauszufinden, was er damit angestellt hat. Er ist seit drei Wochen unterwegs und in sieben Tagen zurück.

Ich habe eine Nachricht von der Post, dass ich morgen drei Einschreibebriefe (von Burroughs) abholen kann. Die Fortsetzung von YAGE.

Am Mittwochabend bin ich unterwegs (ebenso wie Lucien diese Ratte) habe also Dienstagabend Zeit und Mittwoch.

Habe *Confidence Man*[3] beendet. Geht um die Leere zwischen Freunden, den Bruch arglosen Vertrauens, zwischen Menschen. Ergründet diesen Totenschädel »Wirklichkeit«, der schon *Pierre* in den Selbstmord getrieben hat.
Habe mit deinem Essay angefangen.
Lieben Gruß
Allen

Jack Kerouac [Richmond Hill, New York] an
Allen Ginsberg und William S. Burroughs [New York, New York]

21. Nov. 53

Lieber Allen, lieber Bill:
Muss glaube ich einen Brief an euch beide schreiben, sitze vor meiner Schreibmaschine, habe einen Goofball[4] intus, Weinglas leer – gerade geschäftlich an [Malcolm] Cowley wegen *New World Writing* geschrieben und das Folgende eingestreut: »In der letzten *New World Writing* sehe ich, wie Libra[5] oder Gore Vidal versucht, Sie vom Sockel zu holen, um sich selbst in die Position des großen neuen Chefkritikers zu hieven, was so was von lachhaft ist, der Kerl ist einfach eine anmaßende kleine Tunte. 1950 wurde mir gesagt, dass die Homosexuellen einen großen Einfluss auf die amerikanische Literatur haben, aber das stört mich eigentlich nicht so sehr wie bestimmte dumpfe Individuen, die zufällig schwul sind und sich selbst gnadenlos ins Rampenlicht gespielt und deshalb einen vorübergehenden Einfluss haben, zweitklassige Anekdotenerzähler wie Bowles, prätentiöse alberne Weiber mit einem Riecher für Titel wie Carson McCullers, clevere Dramaturgisten, gewichtige Selbstbeweihräucherer, die wie Vidal zu naiv sind, um sich für ihre Position zu genieren, wirklich es reicht – glaube, ich werde mich demnächst auch outen und gebe eine Erklärung ab – zum Beispiel hat jedes einzelne originelle musikalische Genie in Amerika »im

---

3 Hermann Melville, *Maskeraden oder Vertrauen gegen Vertrauen*. Roman, aus dem Englischen (USA) übersetzt und mit Anmerkungen versehen von Christa Schünke, Butjadingen 1999. (A. d. Ü.)
4 Goofball (oder auch später »Goofs«): Tranquilizer. (A. d. Ü.)
5 Gore Vidal, der *New World Writing* 1951 mitbegründete, veröffentlichte im Herbst 1953 in der vierten Ausgabe der Zeitschrift den Essay *Ladders to Heaven: Novelists and Critics*, in dem er u. a. auf »McCullers, Bowles, Vidal und Capote« einging, unter dem Pseudonym »Libra« – eine Anspielung auf sein Geburtssternzeichen Waage.

Gefängnis oder Zuchthaus gesessen; ich versichere Ihnen, das gleiche Gilt für die Literatur« – Wie ist das? Und in der nächsten Zeile: »Das ist die Stunde von« – (Musikgenies wie Bud Powell, Bird, Bill Holiday, Lester Young, Jerry Mulligan, Thelonious Monk) – Denen hab ich's gegeben, was! hey? Diesem Vidal werd' ich's besorgen; dem werd ich seine Libra zu fressen geben; das Arschloch schieß ich ad astra a?

Zweck dieses Briefes ist es zwar nicht derart herumquasseln, muss aber noch dringend sagen, hatte schon Dolophine-Visionen und nach 48 Stunden high auf amerikanisch-synthetischer Chemie ist mir jetzt tatsächlich kotzübel und so sauf ich und mach mich mit Schlafmitteln zu – aber zwischen diesen Gefühlen eine ganz große Zärtlichkeit und Liebe für euch zwei Burschen, zusammen oder jeden einzeln, wünschte es gäbe einen himmlischen Ritterschlag, den ich euch geben könnte oder etwas, das ihr schätzen würdet – und bald geht jeder von uns seiner Wege, drei Richtungen – aber schließlich und in einem Jahr wahrscheinlich sind wir sowieso wahrscheinlich alle in Mexico City – doch jetzt will ich eine Rede halten, eine Tischrede, eine wichtige gelungene fette Zigarre Steak verputzt Tischrede, weiß aber eigentlich nicht was ich sagen soll, bin kein George Jessel, weiß ihr versteht etc. und schreib einfach und schick diesen Brief und Goofballs haben mich jetzt voll erwischt, ihr Jungs seid okay, ihr Jungs werd innen Himmel kommen ya, ihr Jungs, paar patente Burschen, das was, da wa, ihr werds schon richtig machen, okay, im Himmel Hund, lieb euch.

Wie immer

Jack

1954

Anmerkung der Herausgeber: Ende 1953 hatte Ginsberg genug Geld für eine Reise an die Westküste gespart, wo er Neal Cassady in San Jose besuchen wollte. Er hatte beschlossen, das Ganze gemächlich anzugehen und längere Zeit zu bleiben, ja sich in San Francisco vielleicht einen Job und eine eigene Wohnung zu suchen. Er verließ New York im Dezember und reiste über Florida und Kuba nach Mexiko; von unterwegs schickte er lange, anschauliche Briefe, in denen er Land und Leute beschrieb. Da Ginsberg durch abgelegene Gegenden kam und selten länger an einem Ort blieb, hatte Kerouac keine Möglichkeit, ihm zu antworten. Die Korrespondenz aus dieser Zeit ist deshalb einseitig.

Allen Ginsberg [Merida, Mexiko] an Jack Kerouac,
Neal Cassady und Carolyn Cassady [San Jose, Kalifornien]
vor dem 12. Januar 1954

Lieber Jack und Neal und Carolyn:

Ich sitze in der Dämmerung auf dem Balkon der »Casa de Huespedes« in Merida und schau die Straße entlang bis hinab zur Plaza – habe ein großes Zimmer für fünf Pesos die Nacht, gerade zurück von acht Tagen im Landesinneren. Bin mit dem Flugzeug aus dem schrecklichen Havanna und dem noch schrecklicheren Miami Beach gekommen. Dieser ganze tropische Sternenhimmel – hab mir gerade den Magen mit einer ausgiebigen Mahlzeit und Codeinetas vollgeschlagen und mich hingesetzt, um die Nacht zu genießen – erste Ruhepause seit längerer Zeit.

Habe in Jacksonville Bills [Burroughs] Marker [Lewis Marker] getroffen – einen reizenden Burschen, der aus eigener Tasche $ 12 für meine Reise gestiftet hat, sehr simpatico – aber, und, ich *muss* sagen, Bills Geschmack in Bezug auf Jungens ist schon makaber – (gelinde gesagt etc.) er sieht derart ausgehungert aus und klapprig und kläglich verbittert und »laid« – französisch für hässlich und mit einem abstoßenden Muttermal unter dem linken Ohr – und Haut wie von einem schlecht rasierten Bluter. Der erste Blick auf ihn war ein Schock – armer armer Bill! In so eine ungesunde kurzsichtige quasselige Vogelscheuche verliebt zu sein! Hatten ein großartiges langes Gespräch über mystische Ignu-Persönlichkeiten und haben Rum getrunken und in einer großen muffigen Wohnung in einem Haus in den Slums gewohnt, das ihm gehört.

In Palm Beach habe ich die Burroughs-Familie angerufen und bekam einen großen Bahnhof – Weihnachtsdinner und sie brachten mich in einem schicken Hotel unter, fuhren mit mir zu den Sehenswürdigkeiten der Stadt und fragten mich über Bill aus, worauf ich sagte, er sei »ein sehr guter Schriftsteller der vielleicht auch mal ein wirklich großer wird«, was sie anscheinend sehr gern hörten, und ich war froh, das in biederster Bob-Merims[1]-Manier vorbringen zu können. Burroughs-Vater sehr nett, hat was von Bills angeborener Weisheit.

In Miami Beach nur eine Nacht für $ 1,50 geblieben und all die wahnsinnigen Hotels gesehen – Meile um Meile – kann man gar nicht hingucken, noch nie ein so übermäßiges unwirkliches Spektakel gesehen. Traf außerdem Alan Eager[2] in einem Birdland, das es dort gibt. Key West ziemlich wie Provincetown, nichts los dort, fuhr nachts in einem Laster über die Keys. Von Havanna will ich nicht weiter reden – irgendwie ein trostloses verfallendes Relikt aus einer anderen Zeit, bröckelndes Gemäuer, *Schwermut* wohin man schaut und ich versteh die Kubaner selbst auf Kuba nicht. Habe mich 20 Meilen außerhalb der Stadt und ohne einen Penny in ein kleines Dorf verlaufen und wurde mit einem Mann, der mir Drinks spendierte, im Zug zurückgeschickt. So traurig, so gastfreundlich, aber ich wollte nichts wie weg, kapier dieses Schicksal nicht. Zum ersten Mal wunderbare Blicke aus Flugzeug auf die Erde, karibische Inseln, tolle grüne landkartenartige Yucatanküsten-Landkarte da unten mit verkrusteten Kalksteinkratern im Boden und engen Sträßchen und Wege wie Ameisenpfade dort unten und kleine Städte wie Pilze in Nestern und Täler zwischen Nachmittagshügeln und Windmühlen.

Blieb drei Tage in Merida hier im Hotel, lernte zwei Indios aus Quintana Roo kennen und fuhr mit der Kutsche um die Stadt herum, lernte den Bruder des Bürgermeisters kennen und wurde ins Rathaus zu den Feierlichkeiten an Neujahr eingeladen – Bier und Sandwiches umsonst mit Blick auf die Plaza vom Vorbau des Rathauses; am selben Abend, Neujahr, Abendanzug – New Yorker-Pariser-Londoner Gesellschaft Typ »Country Cloob« (Club) Champagner gratis und Französisch und Englisch und Deutsch sprechende Industrielle und spanische Yucatanmädchen frisch mit Schulabschluss aus New Orleans – alle

1 Bob Merims war Ingenieur und ein Freund von Lucien Carr.
2 Alan Eager war ein Jazzmusiker, den Ginsberg und Kerouac aus New York kannten.

im Smoking und Party-Abendkleid an Tischen unter Sternen – nichts passierte, bin einfach herumgegangen und habe mit den Leuten geredet, danach ging ich Richtung Innenstadt und hörte miesen Mambo in den Tanzschuppen und trank wenig und lag um fünf Uhr morgens im Bett. Am nächsten Tag nach Chichen Itza, konnte dort umsonst in einem Haus neben den Pyramiden wohnen und habe jeden Tag in einer Hütte mit den Einheimischen für sieben Pesos gegessen, bin zwischen großartigen Ruinen herumgelaufen – nehme nachts die Hängematte hoch auf die Spitze der großen Tempelpyramide mit (habe die ganze tote Stadt für mich, da ich im Archäologen-Camp wohne) und betrachte die Sterne und die Leere und Totenköpfe auf Steinstelen eingemeißelt und schreibe und döse auf Codeinetas vor mich hin. Jemand aus der Hütte, in der ich esse, führt mich umsonst herum, und jeden Abend trinke ich vor dem Abendessen etwas in Richmans Mayaland Hotel, rede mit reichen Amerikanern, lerne 35-jährige Ginger B. kennen, die völlig vernarrt in Lieder und Trachten aus Yucatan ist, dumm, langweilig, nörgelig, traurig. Sterne über Pyramiden – Tropennacht, Wald voll zirpender Insekten, Vögel und vielleicht Eulen – hörte ein Mal eine heulen – große Steinportale, Basreliefs unbekannter Vorstellungen, ein halbes Tausend Jahre alt – und früher am Tag Steinschwänze gesehen, tausend Jahre alt moosüberwachsen und voller Fledermausscheiße in einer tröpfelnden Steinkaverne in einer Mauer. Hoher Himmel schweigend über dem Nachtwald – obwohl ein Händeklatschen großartige Echos von den diversen Steinstelen und Arenen erzeugt. Fuhr dann weiter nach Valladolid – schon fast vollkommen blank – in Zentral-Yucatan und Abend mit Englisch sprechendem Amigo, der mir den Turm zeigte und mich zum Essen in sein Mittelklassehaus einlud, wo seine Frau sich respektvoll verbeugte, und einen Film über Geister – am nächsten Tag ein schrecklicher erbärmlicher Zug zehn Stunden lang in eine Stadt namens Tizinia [sic: Tizimin] zur ältesten Fiesta Mexikos; im Zug altehrwürdige Indios aus Campeche und Tabasco mit großen Säcken voller Lebensmittel und Babys und Hängematten; der mehr als volle Zug, nicht mal mehr Stehplätze, fuhr um vier Uhr morgens los und bis Nachmittags, entgleiste ein Mal, Defekte, kam in einer völlig überfüllten kleinen Stadt mitten im Nirgendwo an – mit einer albernen Stierkampfarena und vierhundert Jahre altem Dom, belagert von alten Indios, Kerzen, alle wollten die drei hölzernen Könige aus der Zeit der Conquista sehen (drei Magier) – die Kirche völlig verraucht und so voller Kerzen, das Wachs auf dem Fußboden zentimeterdick und glitschig – dachte ich wäre der einzige Amerikaner hier, traf aber im Zug zurück einen Optiker aus Buffalo, der erzählte, ein berühmter Dokumentarfilmer namens Rotha[3] sei mit Kameras da – (habe einmal Rotha-Filme im Museum of Modern Art gesehen) – Fahrt zurück schrecklich – die *Güterwagen* mit Bänken an den Seiten und zur Mitte hin, aus Holz, made in Mexiko und völlig roh, 110 Leute pro Wagon, die stundenlang an den Plattformen und *Trittbrettern* hingen – auch ich – sitzen war wahnsinnig unangenehm, zehn Stunden lang – und hatte mein Codein liegen gelassen! (Bin *nicht* abhängig ganz nebenbei habe es nur zwei Mal genommen) alte Frauen und Babys schliefen auf meinen Schultern und meinem Schoß ein, alle litten, sinnlose stundenlange Stopps in der Nacht, um Gleise oder Lokomotive zu wechseln.

Hatte im Dom von Tizimin Priester getroffen, der mich mit nach hinten nahm und rauchte und die heidnischen Gebräuche der Einheimischen bei diesem Fest verfluchte, und so ging ich mit ihm zu seinem Dorf »Colonia Yucatan«, eine Art Vorstadt à la *Levittown*[4] oder Wohnprojekte für Veteranen – außerdem fuhr er mich mit seinem Jeep am nächsten Tag durch die Wälder von Quintana Roo – dann zum Bahnhof und der schrecklichen Zugfahrt. Dann ein weiterer Tag in der großen Stille von Chichen Itza – erinnerte mich an einen früheren Traum über eine zukünftige Welt mit großen grasbewachsenen Plateaus und Ebenen und Prärieplateaus bis zum Horizont, mit vielen abgestuften Grasdächern auf tropfnassen Steingemäuern und wilden in Stein gehauenen Ornamenten überall rundherum – stand auf und schaute von oben auf den Dschungel, der sich auf allen Seiten bis zum Horizont erstreckte, ein Wirklichkeit gewordener Traum. Und wer kam da hoch, wenn nicht der Optiker mit seiner hübschen Kamera.

Bin seit heute wieder in Merida. Traf einen Haufen Maler aus Mexico City auf Vergnügungstour, um die Provinz kennenzulernen und sprach französisch und werde heute Abend (Samstagnacht) zu einem großen *grand baille* (Tanz) gehen – und morgen Professor Stromswich besuchen wegen Informationen über die Ruinen von Mayapan – außerdem Brief von Bill aus Rom im Konsulat abholen und vielleicht ein Geldtelegramm von zu Hause – hab nur noch $ 25, das reicht bis Mexico City, aber nicht viel weiter, und ich will noch mehr von Südmexiko sehen, also habe ich Gene [Eugene Brooks] gebeten, mir ein paar mehr $ zu schicken. Mein Spanisch ist jetzt so, dass ich ohne Mühe in Erfahrung bringe, was ich wissen will, aber ich mache immer noch Fehler die mich dann und wann Geld kosten – mehr als mir lieb ist – zum Beispiel habe

3 Paul Rotha (1907–1987) war ein englischer Dokumentarfilmer und Kritiker.
4 Die amerikanische Firma Lewitt & Sons baute in den späten vierziger Jahren komplett durchgeplante Vorstädte, in denen alle Häuser nach dem gleichen Schnittmuster gefertigt wurden. (A. d. Ü.)

ich die falsche Art Hängematte gekauft und so vor ein paar Tagen neun Pesos veschwendet.

In Merida gibt's auch einen »homöopathischen Apotheker«, will sagen, ich bin mir nicht sicher, anders als ein Arzneimittel-Apotheker – heißt George Ubo, ist schon überall in den U.S. und Yucatan gewesen und zeigte mir auf einer drei mal drei Meter großen Karte, wie ich überall hinkomme. Bisher habe ich überall jemanden getroffen, der mir in Englisch oder Spanisch oder Englisch-Spanisch die Stadt gezeigt hat, aber niemand wirklich Großartigen – außer eines Abends letzte Woche in Merida in dem teuren Hotel, ging in die Bar, um für einen Peso einen Reiche-Leute-Tequila zu trinken und stieß dort zufällig auf einen betrunkenen brillanten älteren Spanier, der in Französisch auf mich einredete, ein großartiger weltmüder Monolog voller Abscheulich- keiten und Paris und N.Y. und Mexico City und der später von seinen Body- guards weggeführt wurde, damit er sich im Pissoir übergeben konnte – habe später herausgefunden, dass er der reichste Mann der Halbinsel Yucatan ist – berühmte Persönlichkeit, der vor 20 Jahren eine Hure geheiratet hat und dem überall alles gehört und der sich jeden Abend mit ehrwürdig wirkenden inter- nationalistischen Spics mit weißen Bärten à la Jaime de Angulo – die an jenem Abend auch dort waren und ihn zu besänftigen suchten – im Hotel betrinkt – eine Art alter bösartiger Claude [Lucien Carr], voller Kummer und reich und dem Leben gegenüber von betrunkener Gleichgültigkeit.

Moskitos hier unten sind schrecklich – alle Betten haben M-Netze und ich habe mir eins für die Hängematte gekauft.

Übrigens, Jack – du kommst am Zoll hier in Merida nicht ohne Impfausweis vorbei – und alle Indios haben Impfnarben, die sie »mit Stolz« tragen – es ist wirklich ein fast unumgängliches Muss. Ich hatte Ruhr und habe sie mit Pillen wegbekommen, war also nicht schlimm. Man wird hier niemanden finden, der keine Medikamente nimmt – nicht nur die Touristas, obwohl es alle Touristas machen – jeder nimmt sie.

Wenn ich mehr Geld hätte, wäre es möglich, Quintana Roo mit Bussen und von Eseln gezogenen Schmalspurbahnen zu durchqueren, und am Nachmit- tag auf felsigen Maultierpfaden dreizehn Kilometer durch den Dschungel zu wandern – oder mit dem Boot für vierzig Pesos rund um die Halbinsel zu fah- ren – kann ich aber nicht machen, weil zu teuer für meinen Geldbeutel. Wäre aber für irgendjemanden irgendwann eine nette Tour. Gibt überall Menschen, die Reisenden sofort helfen – es ist wie in einer Grenzregion – Ingenieure sind dabei eine Straße hindurchzubauen, die nie fertig wird.

Von [Bill] Garver habe ich einen Brief bekommen, schreibt, er sei immer noch in D. F. [Mexico City] und will mich dort treffen.

Der Mann vor Ort, Chef der Archäologen, Namen hatte mir das Museum of Natural History in N. Y. gegeben, hat sich als wertvoll erwiesen – hat mir einen Ausweis gegeben, mit dem ich in allen archäologischen Camps unterkommen kann, umsonst, ich fahre überall da hin, wo eine Ruine ist. Tolle Art zu reisen und Ruinen zu sehen. Schreibt mir ein Briefchen an Botschaft in Mexico City. Lieben Gruß,

Allen

P. S. Hatte einen großartigen Traum – muss nach Europa, um Film zu drehen, wie Bill per Zug Italien verlässt.

Anmerkung des Übersetzers: Ginsberg war das ganze Frühjahr bis in den Früh-sommer des Jahres hinein im südöstlichen Teil Mexikos unterwegs und schrieb weiterhin an Jack Kerouac, Neal und Carolyn Cassady in San Jose. Von dort aus antwortete ihm Kerouac im März 1954 wohl postlagernd nach Mexico City, aber als Ginsberg gegen Ende Mai endlich in San Jose eintraf, war Kerouac schon wieder in New York.

Jack Kerouac [San Jose, Kalifornien] an
Allen Ginsberg [o. O., Mexico City, Mexiko?]

ca. März 1954

Lieber Allen:

Der beiliegende lange interessante Brief von Burroughs aus Tanger deutet darauf hin, dass er einen »komplett neuen Denkansatz« braucht und zeigt, wie wir alle uns gerade in den letzten vier oder fünf Monaten verändert haben und über das, was wir für die Sonne, den Mond, oder das Alles und das Aller-größte gehalten haben, zu neuen Ansichten gekommen sind. Neal zum Beispiel ist plötzlich religiös geworden und propagiert Reinkarnation und Karma[5]. Ca-rolyn weiß alles über Karen Horney (»Inner Conflicts« oder das spätere)[6] …

5 Die Cassadys hatten zu diesem Zeitpunkt die Lehren des amerikanischen Mystikers Edgar Casey für sich entdeckt.
6 Karen Horney war Psychoanalytikerin und schrieb das Buch *Our Inner Conflicts*, New York 1945 – *Unsere inneren Konflikte*, München 1973.

sagt, dass alles die gleiche Sache ist, nur in unterschiedlicher Erscheinungsform. Und wirklich ist ein allgemeiner Bahaismus überall zu spüren, sogar im Radio hört man einen Prediger sagen, es sei »falscher Individualismus«, der einen Menschen dazu bringe, nicht mehr zu »arbeiten« – und so versteht plötzlich jeder, was es mit »falsch« und »richtig«, »Essenz« und »Form« auf sich hat etc. Als ich deinen Chiapas-Brief bekam, war ich mit Neal und Al Sublette high, hörte Gerry Mulligan und Chet Baker, und las von deinen echten dröhnenden Trommeln und wie die Indios im Gänsemarsch zum Laden kommen und du aufspringst und glotzäugig trommelst, um sie zu beeindrucken und sie nennen dich Jalisco und du hantierst mit den Medikamenten herum. Hast du inzwischen eigentlich dieses Geheimnisvoll-Erotische gefunden, wegen dem du dort hingefahren bist? Lohnt sich ein Besuch?

Soll ich runterkommen und meditieren, oder nach New York zurückkehren, oder soll ich unter einem Baum an der Eisenbahn in Kalifornien leben, oder in eine verlassene Adobehütte im Tal von Mexiko ziehen und jeden Samstagnachmittag [Bill] Garver treffen? Alleine oder zusammen mit Al Sublette? Oder runter nach Chiapas mit oder ohne Al Sublette? Al sagt er will meditieren und allem entsagen, gesteht aber auch seine Schwäche für Drogen, Suff, Möse und all die anderen zahllosen unausweichlichen Rauschzustände des Jazzzeitalters und des ganzen Apparats. Er ist kein Intellektueller. Ich ziehe es inzwischen vor, allein loszuziehen und das in jeder Hinsicht, komme aber nicht von den Fesseln und Verpflichtungen der Freundschaftheit los und habe schon vor langem erkannt, dass nicht nur ich der betrogene Messias bin, sondern auch du, und auch Neal, und Bill, und Zilen, und Zunkey, und Mush, und Crush. Von den zehn Richtungen des Universums wird gesagt, dass sie kommen und dir strahlende Hände in Form eines Rads auf die Stirn legen. Das heißt, so sieht es aus, wie die Motten des Lichts, und dieses Atlantis-Radar, das wir am Himmel über der New School gesehen haben und von dem du gesagt hast, es sei ja sowieso schon immer seit Anfang der Ewigkeit dort gewesen, und jetzt behauptet Neal, dass sie in Atlantis schon Atomenergie hatten und Gurdieff und Ouspensky und Bill Keck und all die trostlosen gesellschaftlichen Nebensächlichkeiten wollen uns erneut weismachen, dass alles, was schon einmal passiert ist, wieder passieren wird. Wieder wird ein Mädchen zu mir kommen; und wieder wird man mich der Beihilfe nach der Tat bezichtigen; und ich werde wieder Ruhe finden und wieder tief im goldenen Licht im Schoß des Geistes schlafen. Aber all dies muss so sein, wir müssen ein Treffen abhalten, oder gar nichts wird, Ost trifft West oder nichts; deswegen will ich ein Treffen zwischen uns organisieren oder überhaupt nichts, Ort, Zeit nennen, Pläne für Lebensunterhalt und Ideen offenlegen; ich habe die Lehre und kann sie dir weitergeben. Neal ist für die Lehre des Dharma verloren. Er hat und wie ich schon sagte zur gleichen Zeit eine andere Lehre für sich entdeckt (des vor kurzem gestorbenen Edgar Cayce, ein Supernaturalist, der Menschen per Selbsthypnose-Diagnose geheilt hat) und kommt wie ein Billy Graham im Anzug daher, redet wie ein Wasserfall, erklärt, es gäbe schließlich doch »wissenschaftliche Beweise« für Reinkarnation und Neals Interesse an der Sache hat kurioserweise etwas Melvillehaftes, »die Welt würde vom Bösen überschwemmt werden, gäbe es nicht doch das Gute im Innern«, und ein Rad der Gerechtigkeit sorge dafür, dass es uns Hundemördern schlechter und schlechter ergeht, bis wir bereuen und Hunde werden und von Hundemördern getötet werden und als Meditierende wiedergeboren werden, bereit für die Vollendung. Aber das soll er dir selbst erzählen. Das ist überhaupt die Hauptsache, dass er es dir selbst erzählt, und du dir selbst ein Bild machen kannst (das Wesen seiner materialistischen Häresie, kann man es wohl nur nennen). Aber der Unterschied besteht eigentlich nur in der Wahl der himmlischen Ansprechpartner, verschiedene Verbindungen, der Pusher ist vermutlich der gleiche. Jetzt legt Neal los, die Welt hat keinen Anfang und kein Ende, die karmisch ätherische Akasha Essenz Substanz vibriert ununterbrochen in all den Millionen Universen und unsere Atman-Wesenheiten hetzen herum … und ich glaube, dass es einstmals nur Leere gab und Schweigen, und dass es wieder so sein wird, wenn die ganze Aufregung vorbei ist, durch unseren eigenen Willen sich Faden für Faden auflöst und unsere Egos und Wesenheiten vergehen, aber wir haben heute Abend auch Bennies[7] eingeworfen und ich schreibe diesen gewichtigen Brief und leere meine Notizbücher für dich so dass du dir selbst ein Bild machen kannst und Neal wird später diktieren.

7 Benzedrin. (A. d. Ü.)

Allen Ginsberg [San Jose, Kalifornien] an
Jack Kerouac [o. O., New York, New York?]

18. Juni 1954

Lieber Jack:

Ich bin in San Jose, habe deine Briefe, habe Neals Cayce-Geschichte auch gehört; bisher nichts zwischen uns passiert hier. Aus Nordmexiko hatte ich dir
eine Postkarte geschickt; habe Burroughs geantwortet etc., das alles ist aus der
Welt geschafft, bleibt mir nur noch zu sagen, dass ich in Mexiko keinesfalls geheimnisvoll tun wollte. Ich habe ständig Briefe an alle und jeden geschrieben,
jede Woche oder so, einige sind nie angekommen, ich war außerdem in einer
abgeschiedenen Gegend, wo es mit der Post schwierig war; ich habe nicht absichtlich ein Geheimnis aus alldem gemacht, obwohl mir der ganze Wirbel im
Nachhinein gefallen hat. In *T and C [The Town and The City]* bezeichnest
du Stofskys[8] Fähigkeit, sich in Luft aufzulösen, als eine seiner Tugenden (auf
Reise(n) verschwinden und plötzlich wieder auftauchen), und daran musste ich
denken, als ich hörte, dass ich als vermisst gelte.

Na ja, dann mal zu diesem Brief.

Wenn du schon Ende März hier abgereist bist, hast du die Briefe, die ich dir
und Neal hierher geschickt habe, nicht mehr gelesen; ich weiß nicht ob du Lucien schon getroffen hast, der hat auch einen Bericht der Ereignisse bekommen. Aber du kriegst die Geschichte, da ich annehme, dass du sie nicht kennst.
[Ginsberg berichtet im Folgenden von dem Erdbeben in Mexiko, das er vor
Ort an einem »Mount Acavalna« erlebt und bereits ausführlich in einem Brief
vom 4. April 1954 geschildert hat.][9]

[...]

In Mexiko landete ich in meiner letzten Nacht schließlich in Mexicali und
schaute aus meinem Zimmer auf der Müllklippe über dem ärmlichen Barrio
Kasbah, Wellblechhütten den ganzen steilen Abhang hinab so weit das Auge
reicht, weiße Dächer und schmutzige kleine Gärten mit Superhighway und
noch so 'ner Klippe, wo es in die Stadt und zu den Hipsterstraßen nahe der
Grenze geht, jedenfalls stand ich auf einer Müllklippe in der Dunkelheit und
begriff, ich war am Ende meiner Mexikoreise.

Am ersten Abend hier (nachdem ich eine Woche mit Verwandtschaft rund um

---

8 Hier trügt Allen Ginsbergs Erinnerung: Sein Alter Ego in Kerouacs erstem Roman *The Town
   and The City* hieß Leon Levinsky. Siehe Fußnote 17 auf Seite 114.
9 Dieser Brief ist in der vorliegenden Auswahl nicht enthalten. (A. d. Ü.)

L. A. verbracht hatte) machte Neal mich high und redete ohne Ende, türmte vor mir das ganze fragmentarische Cayce-Gebilde auf wie einen unvollendeten Tagtraum. Das Großartige ist, dass er trotz aller offensichtlichen Absurditäten die Vorstellung von einer perfekten Idee entwickelt hat, etwas Religiöses, egal ob Stimmen aus dem Stein oder Buddha-Ballons oder Cayce' Seelenwanderung, eine neue Ebene des Begreifens hat sich für ihn als reale Möglichkeit und Notwendigkeit aufgetan. Das sind die Pfade, die zum Himmel führen, ich habe das Glotzen der Eisriesen[10] und die Wälder des absoluten Arden an der 8th Avenue nicht vergessen, die Empfindungen des Erhabenen, um die wir wissen, großartige Schritte und Hinweise auf diese Treppe nach oben:

Auf Codein im Bus nach Veracruz: Ein Bild wie aus einem Giotto-Gemälde, Abbild einer himmlischen Reihe heiliger Frauen, die eine goldene sternfunkelnde sich in den Himmel hineinschraubende Treppe emporsteigen, anmutig gleichmäßig die winzigen goldenen Stufen empor, Tausende von kleinen Heiligen in blauen Kapuzenumhängen mit runden lieblichen lächelnden Gesichtern schauen direkt auf mich, den Betrachter, während sie hinaufsteigen, die Hände winkend erhoben, Handflächen nach außen gekehrt. Erlösung! es ist wahr, so simpel wie auf diesem Bild.

Obiges ist nur eine willkürliche Vorstellung.

Und aus all diesen widerstreitenden Theologien habe ich mein Credo gemacht:

CREDO:

1. Die Bürde der Welt ist die Liebe.
2. Der Geist verkörpert alle Visionen.
3. Der Mensch ist so göttlich wie seine Vorstellungskraft.
4. Wir schaffen in dem Maße eine Welt göttlicher Liebe, wie wir sie uns vorstellen können. (Das heißt, wir müssen fortwährend die vorgegebene leere Welt interpretierend neu gestalten (mangelnde Vorstellungskraft bedeutet Tod durch körperliches Verhungern) gemäß dem extremsten Absoluten göttlicher Liebesgöttlichkeit, die zu empfinden uns möglich ist.)

Über Neal habe ich noch nicht viel gesagt, werde das aber wann immer im nächsten Brief. Im Augenblick besteht mein größtes Vergnügen darin, ihn wie in einem großartigen Traum anzuschauen, das Unwirkliche daran, dass wir uns wieder in derselben Raum-Zeit-Sphäre bewegen. Als sei er auferstanden aus einer toten Vergangenheit, frisch und voller Leben, wenn auch mit dem Ballast

---

10 Bezieht sich aller Wahrscheinlichkeit nach auf eine von Blakes Illustrationen zu Dantes »Göttlicher Kommödie«: *The Primaeval Giants Sunk in the Soil*, 1824–27. (A. d. Ü.)

alten Wissens, aber wir haben noch nicht angefangen zu reden. Ich weiß noch nicht, was ich ihm erzählen möchte. Oder er mir.

Was dich betrifft, Kerouac, so ist völlig klar, dass deine himmlische Pflicht, dein Buddha-Ballon, das Schreiben ist, und dass deine Traurigkeit auf eine Art unverdient ist, die nur dadurch verständlich wird, dass man sie akzeptiert.

Was ich sagen will, das Gebilde deiner Werke und ihrer Großartigkeit ragt makellos vor meinem inneren Auge auf. In meinem Kaffeesatz lese ich immer noch von $$$ und RUHM für dich, und wenn auch nicht in den nächsten zehn Jahren, dann doch im Laufe deines Lebens.

[...]

Deine Vereinsamung ist wie die meine traurig und furchtbar, vor allem, was die Sackgassen Geld und Liebe angeht, aber noch ist das Leben nicht vorüber, uns allen bleibt noch viel zu schreiben und viel an uns allen gegenseitig anzuerkennen, nicht nur unseres Menschseins wegen, sondern weil wir etwas versucht und tatsächlich erreicht haben, und zwar beim Schreiben und möglicherweise auch einen gewissen spirituellen Blick, zumindest inzwischen. Und Neal, der Geld hat und geliebt wird, steht verzweifelt vor dem Himmelstor, weil er mit seinem Leben unzufrieden ist. Weiß Gott welcher Hunger sich hinter der Leere verbirgt, oder verbarg, jetzt sucht er in seiner Seele. Was Bill angeht, der meint, er sei verloren. Lucien kennt seinen Weg, hat aber vielleicht eine Periode vor sich, in der er seinen spirituellen Horizont erweitern muss, um Tiefe und Größe seiner Möglichkeiten Raum geben zu können, und dem geht vielleicht ein eher seelisches Gefängnis voraus, keines des Daseins.

Lieben Gruß,
Allen

PS: Mein Gedicht ist noch nicht fertig, ich schicke es dir so wie es jetzt ist und demnächst die fertige Fassung.

Neal wird *Visions of Cody* lesen, wenn du es per Einschreiben und versichert schickst. Wir haben darüber gesprochen, warum er diese Sachen nicht lesen will.

Was hast du seit unserem letzten Treffen geschrieben?

Hast du Lucien getroffen?

Hast du Holmes, Kingsland, Solomon und die anderen getroffen, Alene [Lee], und Dusty [Morland]? Sag mir, was es Neues von ihnen gibt.

Schreib mir wann immer und wenn du willst, keine Angst.

Wie immer
Allen

Bitte schick mir die Seiten über Acavalna zurück. Davon gibt's keinen Durchschlag.

Wenn du mir Tipps oder Ratschläge geben kannst, lese ich demnächst auch
Bagavad Gita und Buddhistisches.

Jack Kerouac [New York, New York] an
Allen Ginsberg [o. O., San Jose, Kalifornien?]

nach dem 18. Juni 1954

Lieber Allen:

Habe am vergangenen Freitagnachmittag trunken vom Wein angefangen, und
heute Morgen nüchtern aufgehört, mit zwischenzeitlicher Sauferei in der Stadt,
wo ich Kingsland, Ansen, Holmes, Cru und Helen Parker getroffen habe, hier
also ein langer halb-verrückter Brief; ich schmeiß die verrückten Teile nicht
raus, weil sie dich vielleicht amüsieren werden und du dich amüsieren würdest
anstatt dich nicht zu amüsieren. Ich habe sie betrunken geschrieben, sie sind
voller Klatsch, aber vielleicht lustig; die ersten vier Seiten …

Ich lege einen Brief von Bill aus Algiers bei mit Material, das du vielleicht noch
nicht kennst, und das du bitte unbedingt zurückschicken sollst, so wie ich jetzt
deine Acavalna-Notizen zurückschicke. Unbedingt!

Dein Brief wurde freudig empfangen, denn ich dachte zwischen uns sei etwas
schiefgelaufen und du würdest mir keine dicken Briefe mehr schreiben. Beim
Lesen wurde mir ganz warm vor Stolz und Glück, dass du mir das alles geschrieben hast.

Und ich wollte dir viele edle und brüderliche Dinge berichten. […]

Kürzlich hatte ich eine Affäre mit einer Fixerin namens Mary Ackerman, die
du vielleicht kennst, Freundin von Iris Brody, hat mich und Kells [Elvins] in
dessen gelbem Jeepster 1952 in Cuernavaca gesehen; kennt jeden, aber ist so
scharf und so wie Camille [Carolyn Cassady] lebensmüde und verrückt, dass
ich bei ihr einfach nicht mithalten kann; nach einer Überdosis ging sie [Mary]
zum Beispiel einfach ins Krankenhaus. Aber bei mir ist es für die Liebe sowieso zu spät, also die Liebe zu lieben, oder Frauen zu lieben, ich meine Sex
und Verpflichtungen eingehen und Zusammenleben wie in einer Ehe oder rede
ich dummes Zeug. Deinen langen Brief an Kingsland habe ich gelesen.

Inzwischen treffe ich ständig Chester Kallman[11] und seinen Pete [Butorac]. Im

---

11 Chester Kallman (1921–1975) war ein Freund und zeitweiliger Liebhaber von W. H. Auden.

Remo habe ich mich kürzlich mal wieder völlig albern betrunken und *à la* Sub-terraneans über mich selbst geärgert. Ich möchte ein ruhiges Leben führen, bin aber so anfällig für Schnapsi-Schnaps. Ich bin sehr unglücklich und habe Alb-träume; wenn ich saufe; nach einer abstinenten Woche bin ich glücklicher als je zuvor im Leben, fange dann aber schleichend an mich zu langweilen und frage mich, was ich jetzt tun soll; ich bin dabei, zwei dicke Bücher zu schreiben, weil ich sonst nichts zu tun habe und es eine Schande wäre, all die Erfahrungen in Sachen »Begabung« – wie Carolyn sagt – zu vergeuden und mal allgemein ge-sagt, ich habe ein Meer von Traurigkeit durchquert und zu guter Letzt den Weg gefunden. Und ich bin ziemlich überrascht, dass du, ein unschuldiger Novize, den inneren ersten Raum von Buddhas Tempel in einem Traum betreten hast; du wirst gerettet werden – Der Himmel würde vor Jubel und Hosianna wider-schallen, wenn jemals etwas im Himmel dinglich WÄRE, oder jubeln könnte, wo Jubeln ein Nichts ist – Himmel ist ein Nichts – […]
WALTER ADAMS hab ich nicht getroffen.
DIANA HANSEN CASSADY hab ich getroffen, auf der Straße, sie hat mir Fotos von Curt [Diana und Neals Sohn] gezeigt und sagte, sie hätte lange Briefe von Neal über Edgar Cayce bekommen, hat sie sich da verplappert? aber sie kann die Bücher nicht finden, die er meint, und ihr ist es sowieso egal und sie stand blödelnd auf dem Bürgersteig und ich war spät dran und sie auch.
JOSE GARCIA VILLA stand im Village auf dem Bürgersteig und während Lu-cien und ich da entlangschlenderten, kam er auf uns zu, traurig, Filipino, und wir redeten miteinander und er sagte: »Wie geht's dir, Lucien?« und gab uns dann die Anschrift seiner neuen Zeitschrift … aber ich habe ihm keine Gedichte geschickt.

Kleines zorniges Japan
    Stiefelt vorwärts mit Bomben
Um den Westen
    Auf den verhüllten Gipfel
Des Fuyukama zu blasen
    So mögen die Lotusperlen
Blüten in Buddhas
    Tempel Auge des Dharma
Sich öffnen aus
    Der Mitte des Pazifik
Von innen heraus und über
Die Innere Natur Weltmitte

Das ist aus meinem neuen Buch mit Gedichten *San Francisco Blues*[12], das ich geschrieben habe, als ich im März bei Neal ausgezogen war und im Cameo Hotel an der Third Street Frisco Pennemeile wohnte – schrieb in einem Schaukelstuhl am Fenster, schaute runter auf die Saufbrüder und Bebop-Saufbrüder und Huren und Streifenwagen – und ich zitiere das, um deine Aufmerksamkeit auf den Umstand zu lenken, wir sind was den Kopf des jeweils anderen betrifft ja konsequent geradezu hellseherisch und das schon seit Jahren, dass es in diesem Gedicht eine »Perle« gibt, die du in deinem Brief auch im Zusammenhang mit Buddha erwähnst (obwohl du das durchgestrichen und »Ballon« daraus gemacht hast) – und das weist auf den Tempel hin, den inneren Raum, die Chinesische Mauer, und dazu gibt es übrigens auch einen Traum von mir, in meinem *Traumtagebuch*[13] (das ich inzwischen fast fertig abgetippt habe) – [...]

Ein paar tausend andere Beispiele unseres hellsichtigen Einsseins später.

LUCIEN habe ich wie schon gesagt getroffen, bin an einem Sonntagmorgen zu ihm nach Hause gegangen, hatte einen Pint Whiskey dabei, weil ich ihm von einem anderen Abend noch drei Bucks schuldete, und obwohl Cessa etwas angesäuert war, bestand ich darauf, dass wir ihn mit Eis in eine Flasche füllten, die wir mit in den Park nehmen konnten, wo sie mit dem Kind in die Sonne wollte, also im Park bechern Lou und ich kräftig, ein großartig riesiger Cocktail und schon kommt HELEN PARKER mit BRUCE und TOMMY [Parkers zwei Söhne] und setzt sich zu uns, und dann muss ich pinkeln und geh mit Tommy quer rüber zur Washington Park Toilette und wir kommen an STANLEY GOULD vorbei, der sagt »Wer ist denn das, Tommy Parker?«, und da kommt GREGORY CORSO braun gebrannt von skandinavischen Schiffen und mit Bürstenhaarschnitt und sieht wie ein toller Strandguträuber-Dichter aus und greift sich mein Buddha-Buch und liest ungerührt eine Zeile, sagt dann aber »Ich weiß es ist großartig, du kannst es mir nicht mal borgen, oder?« – »Nein, ich muss das ständig bei mir haben.« – »Weiß ich«, sagt er und wir reden über dich und er sagt: »Wenn Allen zurückkommt, dann lass ich ihn links liegen, der kann mich mal« – ich sage: »Warum redest du so über Allen, was issn bloß mit euch beiden?« – »Der kann mich mal«, sagt er, als würde er sich mit irgendwas rumquälen ... Ich habe Mary Ackerman gewarnt, bloß keinen Hass auf Gregory zu entwickeln, denn so weit ist sie, ich habe ihr gesagt: »Er ist

12 2. Strophe des 21. Chorus. (A. d. Ü.)
13 Jack Kerouac, *Book of Dreams*, San Francisco 1961. – *Traumtagebuch*, Augsburg 1978, Deutsch von Werner Waldhoff. (A. d. Ü.)

nichts anderes als du, alles ist von der gleichen Essenz«, und dann kommt ein Hipster rüber und spricht uns an.

Ich war bei HELEN PARKER und hatte mächtig Spaß und dann kam ALAN ANSEN mit WILLIAM GADDIS und ich mochte Gaddis nicht, denn es sah so aus, als wäre Ansen seinetwegen unglücklich ... Ich habe meine Hand auf As Kopf gelegt und ihn getätschelt und er ging mit Gaddis weg und kam wieder zurück zu mir und Helen und abends haben wir uns betrunken und den Mambo getanzt ... und am Morgen setzte die süße Helen ihr Osterhütchen auf und ging durch die Straßen des Village zur Arbeit – gutes tüchtiges Mädel – Hat sich schließlich JACK ELIOT vom Hals geschafft, den singenden Cowboy, der sie offensichtlich eine Menge Geld gekostet hat, aber armer Jack, er kann nicht arbeiten, er ist wie ein Rotkehlchen, er singt ...

Also schlendern JACK ELIOT und ich durch die Straßen des Village und wir hatten gerade die ganze Nacht zwei schwarze Schwestern gevögelt und er stimmt den Memphis Special und andere Songs an und wir laufen BILLY FAIR über den Weg ein großartiger 5-String-Banjo-Genius aus Nuuorleans und Bumm? BILL FOX fährt vorbei und ich halt ihn an, indem ich in Richtung seines Wagens brülle und er steigt aus und ich sage: »Bill, lass die beiden Jungs dir was vorsingen, nur unter uns« und wir haben ein Singfest und Hundertundzwei Schulkinder scharen sich um uns und hören zu und dann kommt ein alter Saufbruder aus Frisco dazu mit seiner Flasche und gebrochener violetter Nase und ihm gefällt Jack Eliots Gesang so gut, sagt er, greift in sein Hemd und, mein Gott, Junge, hier hast du mein letztes Sandwich.« – »Ich bin auch aus Oklahoma!« – und die Sonne geht unter – und ich habe einen Pickel an der Nase.

ALENE LEE hat mich angerufen, sie arbeitet jetzt offenbar hart als Kellnerin in Rikers Restaurant auf dem Columbia-Campus an der 115. und Broadway, ich geh also zu ihr nach Hause, bringe ihr wie versprochen das Manuskript von *Subterraneans*[14] und erzähl ihr, dass ich sie immer noch liebe und wir gehen händchenhaltend die Straßen entlang, denn weißt du, mein Junge, ich liebe alle Frauen ... aber anstatt ein großer Liebhaber zu sein, betrinke ich mich mit JORGE D AVILA, Ed Whites Jungen und seinem großartigen Kumpel aus Puerto Rico HERNANDO, der wirklich erste Mensch den ich in dieser Welt getroffen habe, der die Worte Buddhas vollständig und unmittelbar verstanden hat ... ein großartiger Typ, wirst du später kennenlernen, Architekt, bis-

---

14 Jack Kerouac, *The Subterraneans*, New York 1958. – *Bebop, Bars und weißes Pulver*, Reinbek 1979, 2010, Deutsch von Hans Hermann. (A. d. Ü.)

lang … Siehst du, Allen, an Buddha ist nicht mehr dran als das – Alles Leben ist ein Traum – aber später, ich erklär's später … es heißt nicht IST WIE ein Traum, es IST ein Traum … verstehst du? Also habe ich mich mit den Jungs in der West End [Bar] betrunken und JOHNNY DER BARKEEPER fragt immer noch nach seinem Exemplar von *The Town and The City* und um Mitternacht schau ich auf einen Blick bei Rikers rein und da hetzt Alene auf ihren kleinen Beinen umher, die mir zuzuzwinkern scheinen, und die Arme sausen an ihren Schenkeln entlang, fest entschlossen »normal« zu sein und doch verrückter als je, wenn du mich fragst … das ganze Gift und der Schmutz, den diese lesbischen Psychoanalytikerinnen diesen armen unschuldigen Avant Guarde Negerinnen aufzwacken, wirklich mein Lieber, das sind Sachen, die ich dieser kleinen Fotze erzählen könnte aber nicht werde.

JOHN HOLMES, ich flitze zu seiner Wohnung 123 Lexington und klingele an der Haustür und er arbeitet sich gerade die Treppen hoch mit einer Einkaufstüte voll Gin, wir gehen rein, Shirley [Holmes] ist da, wir betrinken uns, ich flitze raus und hol Mary, sie setzt sich einen Schuss, wir gehen zurück, wir spielen alte Billies, alte Lesters, immer so weiter, wir kippen um, als am nächsten Tag Shirley zur Arbeit weg ist, gehen ich und Mary und John in eine Bar an der 3rd Avenue und trinken und reden den ganzen Tag lang und ich sage zu John, wir sind auf ewig Brüder und es ist mir ernst damit. – Shirley kommt abends nach Hause, findet drei besoffene Penner in ihrem Zimmer, seufzt, lehnt sich an die Tür genau wie Marian [Holmes], und es ist wieder genau das gleiche Ding wie mit Marian, und John »schreibt« tagsüber, und *Go* ist immer noch nicht als Taschenbuch raus, aus verschiedenen Gründen, und er ist »pleite« – er sagt, »1952 hatte ich eine Menge Geld« »aber jetzt« … und er ist traurig, wegen des Geldes, denke ich, aber wir haben geredet und haben uns wieder vertragen, und natürlich fragt er voller Interesse und verständnisvoll nach dir. Aber er ist misstrauisch, was den Grund meiner Besuche angeht – also lasse ich ihn lieber in Ruhe.

JETHRO ROBINSON habe ich nicht getroffen.

HENRY CRU ist zurück, hat eine Bude an der West 13th Street und Mary hat eine Zeit lang da gewohnt und er geht jeden Samstagnachmittag los und sucht die Straßen nach Sperrmüllmöbeln ab und setzt bei den Buchmachern vor dem Remo $ 50 (verliert immer wieder mit Correlation) und samstags abends gibt's bei ihm Bier vom Fass und Mucho Coukamongas, Kerouac, UNTERSTEH dich und bring irgendwelche Männer zu meiner Party mit, du weißt dass ich keine Tunte bin nicht wahr du sollst jede einzelne Couchkamongo die du auftreiben kannst zu meiner Bierparty mitbringen aber Gott sei dir gnädig wenn du wie beim letzten Mal diese Tunten anschleppst (ich hatte Pete Butorac und Chester Kallman angeschleppt, um vier) – Kerouac, ich muss dich TADELN, hörst du, ich muss dich« etc. und Mary hat vor seinen Augen nackt gebadet und er hat das nachgeäfft und trinkt immer weiter Bier aus riesigen Gläsern 30 Zentimeter hoch und hat Kisten davon herumstehen und ist ständig am Essen und fett und wenn er seine gesegneten Coukamongos um sich hat, rührt er sie nie an und wenn sich Gelegenheiten wie durch Mary und mich ergeben, als wir zwei sechzehnjährige mexikanische Schwestern im Dunkeln auf Touren gebracht haben, wird er rot und macht Witze, der arme alte verlorene Henri. Von SEYMOUR [Wise] habe ich nur gehört, durch SAM KAINER, ich war drüben in Mark van Dorens, um *Doctor Sax* abzuholen das ich dort gelassen hatte, bei seinem Sohn CHARLES, Mark war nicht da, hatte mir aber schon geschrieben und gesagt, *Sax* sei »eintönig und letzten Endes wohl ohne Sinn«, sagte zunächst »ein beachtliches Werk, aber ich wüsste nicht, wo ich es unterbringen könnte«, wodurch mir klar wurde, dass er wirklich nichts begriffen hat, mal ehrlich, aber Charles war freundlich, Giroux wird demnächst einen Roman von ihm bringen (mein Lieber) und er hatte seine Liebste dabei VARDA KARNEY, die von meinen Reden über Buddha ganz schwärmerisch wurde und fasziniert war und wissen will wie man *Dhyana* und *Samadhi* und *Samapatti* praktiziert und schon kommt eine Truppe Jungs herein, und Sam Kainer, ich sage: »Sam Kainer, wo habe ich den Namen schon mal gehört?«, und na klar!! er ist der Typ, der die ganze Zeit in Seymours Bude in St. Johns Wood gewohnt hat, mit ihm gekifft hat, Bop-Sessions veranstaltet hat, er trägt einen Ziegenbart und ist sehr cool und wie Philip Lamantia und hip – und sagt, Seymour war eine Zeit lang Ted Heaths Bandmanager, Ted Heath Bigband, der englische Woody Herman. JERRY NEWMAN Ich bin mit ihm nach Sayville gefahren und wir haben uns seinen gewaltigen Couckamonga-Beständen gewidmet, Gras und Whiskey, und bin mit ihm in Antiquitätenläden gegangen wo er Lampen für sein riesiges neues CBS-artiges und mit dem Geld seines Vaters gebautes Tonstudio gekauft hat, das schönste riesigste Teil, das du je gesehen hast mit schalldichten Wänden, so dass wir da drin orgiastische Schreiorgien abhalten könnten und niemand würde je etwas hören (gleich um die Ecke von Holmes) und wo er jetzt wichtige Platten und das dicke Geld macht – und sagt, er will große Sessions mit Brue Moore und Alan Eager und Al Haig veranstalten. BRUE MOORE habe ich endlich kennengelernt, mit meinem Kumpel Gould, und Brue sagt, er kommt aus Indianapolis, Mississippi, nicht weit von Green-ville, am Fluss, und sagt: »Lass uns zusammen Wein trinken, du glaubst, ich trinke Whiskey, du solltest mich Wein trinken sehen, wir gehen runter zur Bowery und machen ein Feuer auf der Straße und trinken Wein und ich werde Saxophon spielen« – das machen wir, mit Gould, im Oktober. Sieh zu, dass du dann bei uns bist, Melville. Ich Liebe Dich Immerzu.

JETZT HÖR MIR ZU, ALLEN, du solltest UNBEDINGT, wenn möglich, Al Sublette im Bell Hotel in Nr. 39 Columbus St. Frisco besuchen, mit oder ohne Neal, damit Al dir ganz Frisco zeigen und dich herumführen kann, denk dran und mach es … er ist ein großartiger Kerl, leg für mich ein gutes Wort bei ihm ein, bitte, er ist wütend auf ma, auf mich – groß verrückt gut und vielleicht der erste hippe Negerschriftsteller in Amerika, falls er kapiert – Nicht dass er Avant Guarde ist, er ist verstehst du ein ehrlicher einfacher Hepcat mit einer GIGANTISCHEN BEGABUNG FÜR WÖRTER, ein worteschleudernder Narr, weiß es nicht, ein wahrer DICHTER in dem Sinn, wie er in Elisabethanischer Zeit verstanden wurde, und, was Wunder, ein Säufer, und auch Fixer. Ich könnte ganze Epen über seine Vision von Amerika schreiben, seine, das ist's was ich meine, Al.

PHILIP LAMANTIA, Ed Roberts, Leonard Hall, Chris McClaine, Rexroth[15], besuch sie, während du in Frisco bist. Es ist deine große Chance, die Berkeley-Achse zu begreifen, – Ist Saint da? … Jaime d'Angulos Haus … große Peyote-Helden wie Wig Walter versorgen sich dort; schau dir Wig an, wenn du kannst, den »Cash« aus Bills Roman *Junkie*.

[…]

Jack

P.S. Sal Paradise *On the Road,* das ich in *Beat Generation* umbenannt habe, damit ich es verkaufen kann, wurde gerade von Seymour Lawrence bei *Atlantic Monthly* abgelehnt – Little Brown mit derselben kleinen Leier über »Handwerk«, die er bereits 1948 bei »The Death of Georg Martin« angeschlagen hat, das ich an *Wake* geschickt hatte – weißt du noch? Das Buch liegt jetzt bei E. P. Dutton – Arabelle *New World Writing* sitzt auf vier Arbeiten von mir – Alle anderen liegen ungelesen im Schreibtisch meines Agenten und verstauben – wofür zum Teufel soll das gut sein?

15 Kenneth Rexroth (1905–1982) war ein jahrzehntelang einflussreicher Dichter und Autor der amerikanischen Westküste mit Wohnsitz in San Francisco.

Allen Ginsberg [San Jose, Kalifornien] an
Jack Kerouac [o. O., New York, New York]

ca. 10. Juli 1954

Lieber Jack:
Danke für deinen Brief. Ich freue mich immer, wenn uns die Lust an den ewig
langen Briefen packt.
Zurzeit versuche ich die schon erwähnten Gedichte, von denen du ein paar Brocken in dem Brief an Kingsland gesehen hast, zu bearbeiten und abzuschließen
und abzutippen. Will jetzt den Tag nicht mit einem Brief an dich verbringen,
heute nur der allgemeine Tratsch, das aber ausführlich.
Ich werde mit dir gemeinsam alles über den Buddhismus lernen. Ich bekomme
hier die verdammten Bücher nicht. Ich war noch nicht in der Hauptbibliothek
von San Jose, werde aber in ein oder zwei Tagen hingehen und sehen, was ich
finde. Vielleicht haben sie den Warren[16] dort. Eliot erwähnt ihn in den Anmerkungen zu *Das wüste Land*. Schick mir deine Unterlagen, damit werde
ich anfangen.
»Zeig mir, dass du dir nichts vorstellst, und ich werde dir den Himmel zeigen.«
Verstehe ich vollkommen. Ich mach keine Witze, aber die starren Prinzipien,
mit denen ich die Zerstörung meiner Vorstellungen von Paradiesen und Gott
und Systemen betrieben habe, sind der eine Block oder die Mauer gewesen, die
mich seit meinen 1949er-Visionen [*sic:* 1948] oder was immer sie waren – vielleicht dein *Samadhi*? – vom Erreichen eines tieferen Nichtwissens abgehalten
haben. Ich hoffe, du nimmst mir diesen Rückgriff darauf nicht übel. Sie waren
die stärkste Erfahrung, die ich je gemacht habe. Ich wäre dir dankbar, wenn
du darüber nachdenken und dich kritisch äußern würdest. Darüber haben wir
uns nie verständigen können. Wenn du den Eindruck hast, dass sie unserem
Lernen und unserer derzeitigen Wahrnehmung im Wege stehen, stelle ich das
zurück. (Sie waren allerdings die Vollendung der Wahrnehmungen vom Wald
von Arden und Reklametafelmonstern) Trotzdem stelle ich sie gern zurück.
Neal versteht Nichtwissen nicht, er glaubt kitschigerweise, dass es ein negati-
ver Lebensansatz ist, was es in den falschen Köpfen wohl auch sein kann. Ich
meine ein negatives Blabla, nur Worte.
Deine Vision auf zwei Blättern. Ist diese Klarheit darin neu? Spuren davon
finden sich auf den letzten Seiten deines *Dr. Sax* (Gang über die Hinterhöfe),

16 Henry Clark Warren, *Buddhism in Translations* (1909). (A. d. Ü.)

219

aber verstehe ich richtig, dass diese Empfindung eine noch überwältigendere Form als vorher angenommen hat?

Van Doren irrt sich. Was hat er sonst noch gesagt? Ich werde ihm früher oder später schreiben und zu erklären versuchen, dass er ein Fehlurteil gefällt hat. Ich lege dir Bills Brief bei. Der neue Denkansatz scheint ihn mit all den Credos auf der ersten Seite über die zerstörerischen Kräfte des Todes voll getroffen zu haben, ich habe ihm geschrieben, er soll hierherkommen wenn er möchte, ein freundlicher Brief, obwohl es mich angesichts der Probleme graust, aber ich habe gesagt ich würde mich freuen, ihn zu sehen, und das würde ich natürlich auch, obwohl ich erschöpft bin und er vielleicht erschöpfend ist. Es scheint ihm besser zu gehen. Gestern kam ein Brief von ihm, er schrieb, dass er krank war, Probleme mit den Knochen, vielleicht Arthritis.

Ich werde demnächst Details berichten, bitte mich zu entschuldigen, damit ich meine Gedichte für dich fertig machen kann.

Ich habe drei Tage und zwei Nächte mit Al Sublett im Bell Hotel verbracht, war völlig aus dem Verkehr gezogen, er hat mich mit großartiger Feinfühligkeit empfangen und wir haben zwei Gallonen Wein getrunken und geredet, geschlafen, sind zum Coit Tower spaziert. Er hat liebevoll nach dir gefragt, trägt dir absolut nichts nach, war gar nicht nötig, ein gutes Wort einzulegen. Ja, jetzt weiß ich, wer Sublette ist, der Kreis hat sich geschlossen, schreibe demnächst mehr dazu.

Carolyn und ich kommen miteinander klar und verstehen uns. Ich bin Myschkin, und Neal ist derjenige, der das Beste aus mir herausholt, obwohl mich der Schmerz über den Verlust von Liebe und nacktem Körper manchmal rasend macht, bisher versuche ich Seele, Herz, Gefühl zu schenken ohne Rücksicht auf den Ertrag, ein universelles Problem. Carolyn hat dieses Schema bemerkt und es scheint, dass Neal darauf eingeht und sich ein bisschen öffnet. Ich habe mich für einen Bremser-Job beworben, aber zurzeit gibt es keinen, ich werde ein paar Wochen warten und es dann noch einmal versuchen. Ich glaube, dass ich den Job schaffen kann, wenn ich ihn kriege. Soll ich, der ich die Höhle der Nacht[17] betreten habe, mich vor einer Lokomotive fürchten? Schick mehr NY-Tratsch. Grüß Lucien herzlich.

Allen

---

17 Im Zuge seiner Mexiko-Reise war Ginsberg mit einer Gruppe Indios zu einer abgelegenen riesigen Höhle vorgestoßen, die von den Indios *Acavalna*, »Haus der Nacht«, genannt wurde. (A. d. Ü.)

PS: Grüß mir Holmes, Ansen und Helen [Parker] und alle. Zeig Holmes oder Ansen, was immer sie von meinen Briefen interessiert. Sag bitte besonders Alan, dass ich gerne von ihm wüsste, was er von Bill in Europa mitbekommen hat. Er hat in einem früheren Brief eine Anmerkung gemacht, die sehr lustig war. Wenn er Zeit hat zu schreiben. Ich habe hier noch einen ganzen Stapel verschiedenster Briefe liegen, der von Mexiko übrig geblieben ist und will die aber nicht alle beantworten, nur noch dir und Bill schreiben.
Zeig niemandem das neurotische Sexzeugs.

Was sagt Lucien?

Wenn ich mein Buch fertig zusammengesammelt habe denke ich auch wieder über Verleger nach. Inzwischen kann ich dir auf alle Fälle nur raten, mit deinen Arbeiten auf allen regulären und irregulären Kanäle hausieren zu gehen, die sich anbieten. Man weiß nie, was einem zufällt. Vielleicht ergibt sich etwas durch das Gesetz des Durchschnitts. Wenn sich diese Methode komplett erschöpft hat, werden wir uns etwas anderes einfallen lassen. Aber vielleicht hast du ja auch einfach mal Glück. Hast du schon mal das versucht, vielleicht ist das eine gute Idee: Wer in NY, der irgendwie Einfluss hat, könnte verstehen, worum es geht? Wer, wer? Nicht Hershey. Faulkner ist weit weit weg. Versuch vielleicht Faulkner zu fassen zu kriegen. Die wirklich Großen werden es kapieren. Hören wir auf, unsere Zeit mit Zwischenhändlern wie Cowley zu vertrödeln. Lass uns direkt zur Quelle vorstoßen. Fällt dir dazu irgendwas ein? Mir so aus dem Handgelenk nicht. Übrigens, haben wir schon alles bei New Directions versucht? Ach ich weiß, dass es dir zum Halse heraushängt, aber lass uns doch zunächst mal was versuchen.

Ich kann *Visions of Bill* nicht schreiben, mit fehlt deine Vorstellungskraft und das Herz für Details, du bist im Grunde doch der großartigere Fahrer. Ich kann nichts anderes machen als mich hinzusetzen und Gedankenbruchstücke für Gedichte hinzukritzeln. Wenn ich Prosa schreibe werde ich so bedächtig, es wird immer leer und hoffnungslos, wirklich ins Nichts wie die Acavalna-Notizen. Die habe ich der Fakten wegen für Lucien aufgeschrieben. Bill und Ansen meinen ich sollte Prosa versuchen, aber ich weiß gar nicht, wovon die da reden, es ist unmöglich, es würde mich umbringen wenn ich durchgängig an einem Schreibtisch sitzen und mich in abstrakten Themen verlieren und schreiben und schreiben und schreiben würde. Für so eine harte Arbeit bin ich viel zu niedergeschlagen. Ich tue was ich kann, ohne dabei in Selbstquälerei zu verfallen. Dich scheint das Prosaschreiben ja nicht zu quälen, aber für mich ist es wirklich völlig entnervend. Es scheint so ein Mist zu sein, die Prosa, die ich

geschrieben habe. Ich bin nicht so anspruchslos wie Neal, der das ja sogar kann. Ich bewundere deine Prosa, aber fühle mich viel zu verzweifelt, um jemals diesen gewaltigen Detailreichtum und die Freiheit und das Fließen zu erreichen. Lieben Gruß, Baby.
Allen

Jack Kerouac [Richmond Hill, New York] an Allen Ginsberg [San Jose, Kalifornien]

23. August '54

Lieber Allen,
widme diesen Joint zum Anfangen dir. Habe mir beim Lesen deines Briefes eine Liste von Anmerkungen gemacht, der ich beim Schreiben folgen werde. »Das Leben könnte ein Traum sein«, ja, diese Melodie habe ich verstanden und ihre Sänger auch und es war ein kleiner Engel aus Afrika, der mich darauf angeturnt hat, Bob Young heißt er, er hat ganz kurz geschnittene (keine) Haare und ein schwarzes Gesicht und Lippen und wollte, dass ich mit in seine Bude komme etc. hat mir aber nur Drinks in der Bleeker Tavern spendiert, gab wirklich merkwürdige und mysteriöse Sachen über diese Melodie von sich, wie du auch … Ich habe ihm gesagt, das Leben IST ein Traum, er meinte nein, nur wenn du mit mir leben würdest … vielleicht lernst du ihn ja irgendwann mal kennen, wenn du willst.
Was Antisemitismus bei der SP [Southern Pacific] betrifft, ja, die Hinterwäldler bei der Bahn sind Antisemiten, was immer das in Kalifornien heißen mag. Al Hink [Al Hinkle] solltest du in seinem wirklich einfältigen und ignoranten Kommi-Trip nicht auch noch bestärken, du solltest kein liberaler Narr à la Burroughs sein und sagen, dass er tatsächlich den guten alten amerikanischen Widerspruchsgeist verkörpert – »traditionellen amerikanischen Widerspruchsgeist« hast du es genannt, aber einen Toryismus aus dem 18. Jahrhundert, der sich auch noch auf die Seite des militärischen Feindes schlägt, kann man nicht »gesunden Widerspruchsgeist« nennen, das ist regelrechter Verrat an der Regierung und der Armee, was denn sonst? Lass Al nach Russland gehen, wenn er es dahin schafft. Thomas Paine war kein Tory. […]
Inzwischen setzt sich Cowley für mich ein – Arabelle Porter von *New World Writing* hat gerade Jazz-Textexzerpte gekauft (wie Neal und ich uns Folsom

St. Little Harlem reinziehen, Jackson's Nook, und Anita O'Days Nachtclub an der North Clark St. in Chi) (mit ein paar dazwischengeschmuggelten Sachen aus *Visions of Neal*, etwa »Lester ist wie der Fluss, der in Butte Montana nahe einem Ort namens Three Forts entspringt, kommt dann vögelnd runter etc. etc.) (du weißt schon, eine der besten Passagen aus *Visions of Neal*, die das Licht der Welt gedruckt immerhin innerhalb des nächsten Jahres in *New World Writing* erblickt) – Cowley hat das auf den Weg gebracht, also habe ich ihm geschrieben und gedankt und er schrieb zurück und sagte »Vielleicht wird jetzt ein Verlag *On the Road* akzeptieren« und er sagte »Zeig Arabelle Porter als Nächstes das Kapitel über das mexikanische Mädchen in dem Baumwollzelt im San Joaquin Valley« – Vielleicht musst du also Rexroth gar nichts von mir zeigen, aber ich will auch nicht ständig Briefe schreiben, vielleicht weil ich faul bin? oder schlau?) (und warum sollte ich schlau sein, ich bin doch kein Geschäftsmann) – Ich habe den Titel von *On the Road* in *Beat Generation* geändert in der Hoffnung, es zu verkaufen, und außerdem sehe ich die »beatitude«[18] in »beat« jetzt viel klarer als je zuvor, was es vielleicht zu einem international verständlichen Wert macht, in Französisch, Spanisch, den meisten romanischen Sprachen, denk nur mal an »be-at« – »be-at-itude« – und »beat« gehört mir, so wie ich das sehe – (jedenfalls als Buchtitel) – Der kleine Kacker Littlebrown Seymour Lawrence hatte 1954 ein ganzes halbes Jahr Zeit und hat meinem Agenten immer wieder gesagt, es sähe sehr gut aus, und schließlich wurde es doch abgelehnt, wie es hieß durch einen Lektor von LB [Little, Brown] obwohl andernorts von 12 Leuten angenommen (der Redaktion von *Atlantic Monthly* aus irgendwelchen Übernahmegründen) und zu allem Überfluss schreibt mir der kleine Scheißer Seymour noch mal, trotz allem ein weiteres hartes Briefchen zum Thema »Handwerk« (das erste hat er anlässlich der Ablehnung von Tod des Vaters George Martin verfasst, das wie jeder weiß ein Meisterwerk und vollendetes Kapitel ist) – diese Nervensäge von kleiner Tunte. Ich sage dir es macht mich so wü-hü-hü-hü-tend! Bin ich trotzdem so jut, dass die gute alte Seele Gevatter Malcolm Cowley für mich eintritt? – O ja p.s.s.s. Ich habe $ 20 für die Geschichte bekommen, stell dir vor. Das ist mein erstes Honorar seit 1950. Nein seit 1953. Na ja, Viking kann immer noch zuschlagen, wenn sie es wollen und für $ 250 dabei sein, das Gleiche gilt für Wyn.

[…]

18 (Glück-)Seligkeit (A. d. Ü.)

Vielleicht sollten wir gar keine Briefe mehr schreiben und bis wir uns wiedersehen uns gegenseitig absolut vertrauen. Derjenige der weiß spricht nicht. Übrigens habe ich mir meine Vorliebe für Schnaps abgewöhnt und trinke praktisch nichts mehr. Wirst du sehen. Es ist einfach so, dass sich mein *Geschmack* geändert hat. Wie Nichtrauchen. Musste das auch ... ich bin zu alt, ich bin 33, um die ganze Nacht aufzubleiben und zu saufen ...

Irgendeine Liebe an der Küste? Such dir ein nettes MG-Mädchen vom Russian Hill, bändel mit dem Yacht-Set an, dem Yacht-Set, Buddha Boy ... wenn du kannst, ist nur gut für dich ... Ich sehe dich schon im Yosemite vor mir, mit Hornbrille, Bermudashorts, eine Kamera um den Hals. Die Schwulen der Remo [Bar] sind wie du weißt dort im Black Cat, Ecke Columbus/Montgomery.

[...]

Ich muss mich wohl in Geduld fassen, bis ich dich wiedersehe, denn ich komme bestimmt nicht nach Kalifornien, wenn überhaupt, ich fahre nirgendwohin ... ich habe einen kleinen Plan, aber meine Pläne sind immer so dürftig ... ich werd's aber versuchen, erzähle dir später ... aber ich hoffe Bill zu sehen, er macht bestimmt einen Zwischenstopp in New York. Vielleicht solltest du zusammen mit Bill versuchen, ein Haus in Mexico City zu bekommen, kostet nur $ 200 oder weniger als $ 300 und ihr habt sechs oder sieben Zimmer und große Teegesellschaften, zu denen Paul Bowles nicht eingeladen wird, und du fängst mit deinem Verlag in einem leeren Zimmer im ersten Stock an. Ihr beide arbeitet in Kalifornien und spart dafür. Bill könnte in der Konservenfabrik nebenan arbeiten, har har har.

Was für einen großartigen Brief habe ich gerade von ihm bekommen, in einem Satz heißt es: »Er (Paul Bowles Hobbes) lädt die langweiligsten Tunten von Tanger zum Tee ein, aber mich hat er noch nie eingeladen, was sich angesichts der Überschaubarkeit der Stadt zu einem veritablen Affront auswächst« – und »Ich kann mir nicht helfen, habe aber das Gefühl, dass du mit deiner unbedingten Keuschheit zu weit gehst. Mal davon abgesehen, dass Mas'tion [Masturbation] nicht keusch ist, es ist lediglich ein Weg, dem Problem auszuweichen, ohne eine Lösung überhaupt zu versuchen. Vergiss nicht, ich hab mich mit dem Buddhismus beschäftigt und ihn praktiziert, wenn auch auf meine übliche schludrige Art. Das Fazit, das ich gezogen habe, und ich behaupte hier nicht, als ein Erleuchteter zu sprechen, sondern nur, dass ich versucht habe, mich auf den Weg zu begeben, wie immer mit unzureichender Ausrüstung und Wissen – wie eine meiner Südamerikaexpeditionen, bei denen ich jeden nur denkbaren Unfall hatte und jedem Irrtum aufgesessen bin, Ausrüstung verloren und mich verlaufen habe, auf einem kahlen Berggipfel oberhalb der Vegetationsgrenze in den kosmischen Winden schlotterte, unterkühlt bis aufs Knochenmark mit der finalen Angst eines Verlassenen: Was mache ich kaputter Exzentriker hier eigentlich? ein Bowery-Prediger, der Bücher über Theosophie in der öffentlichen Bücherei liest, (Eine alte Reisekiste voller Manuskripte in meiner East-Side-Kaltwasserbude), der sich selbst für einen Geheimen Weltrevisor im Telepathischen Kontakt mit Tibetischen Adepten hält? – Kann er jemals die gnadenlosen, kalten *Fakten* einer Winternacht erkennen, in der er in einem Operationssaal mit dem blendend weißen Licht einer Cafeteria sitzt – NO SMOKING PLEASE« – (Du erzählst nichts als Müll, Bluesnigger New York Song hier) – (ich) – Bill: – »NO SMOKING PLEASE – *Erkenne die Tatsachen und dich selbst*, ein alter Mann, der seine verlorenen Jahren hinter sich hat, und was kann er noch erwarten, da er Die Fakten erkannt hat? Einen Reisekoffer voller Manuskripte, um sie auf einem Trümmergrundstück an der Henry Street abzuladen?… also lautete meine Schlussfolgerung in Sachen Buddhismus, dass der Westen ihn als etwas *Historisches* nur *studieren* kann, dass es Sache des *Verstehens* ist und Yoga hierzu mit Gewinn praktiziert werden kann. Aber er ist, für den Westen, keine ANTWORT, keine LÖSUNG. WIR müssen durch Handeln lernen, Erfahrung, und Leben, und das heißt in erster Linie durch LIEBE und durch LEIDEN. Ein Mensch, der den Buddhismus oder irgendetwas anderes als Mittel benutzt, Liebe aus seinem Dasein zu tilgen, hat in meinen Augen ein Sakrileg begangen, das der Kastration vergleichbar ist.« (Tathagatas kannsde nicht kastrieren) (das Unkastrierbare kastrieren? die unsichtbare Liebe?) (sichtbar jenuch wenn du die Augen aufmachst und schaust) (issnichso?) (Ich habe selber Zweifel, wie du siehst, ich mache diese kleinen Witze) »Du hast die Macht zu lieben verliehen bekommen, um sie zu gebrauchen, egal welche Pein sie dir bereiten wird.« (wow) »Buddhismus läuft häufig auf eine Form von Psychojunk hinaus … Ich darf hinzufügen, dass ich von diesen kalifornischen Vedantisten nichts als einen Haufen Schwachsinn präsentiert bekommen habe, und ich beschuldige sie, ohne herumkritteln zu wollen, ein Haufen Schwindler zu sein.« »Überzeugt von ihrem eigenen Grundsatz, recht zu haben, womit sie ihren anderen Fehlern Selbstbetrug hinzufügen. Kurz gesagt, ein bemitleidenswerter Haufen von Psychos, die sich von der ungewissen menschlichen Reise zurückgezogen haben. Denn wenn es eine Sache gibt, deren ich mir sicher bin, dann diese: das menschliche Leben hat eine *Richtung*.«

Aber ich, lieber Allen, sage, nicht in Richtung Leere.

Bill sagt auch, hier eine Prosakostprobe: »Kiki lässt langsam Stück für Stück meiner Kleidung verschwinden. Er mag sie so sehr, und mir ist es so egal.« Wie war das mit DeCharlus[19]!

Okay, Allen, auf Wiedersehen.

Jean-Louis

Extra p.s. Cowley sagt, er erwähnt mich zwei Mal im letzten Kapitel seines neuen Buches im Oktober.

Und nebenbei p.s. ich habe meinen Schriftstellernamen in Jean-Louis geändert. JAZZ TEXTEXZERPTE von JEAN-LOUIS Weißt du noch Incogniteau?

Allen Ginsberg [San Francisco, Kalifornien] an Jack Kerouac [o. O., New York, New York?]

5. September 1954

5. Sept. – Sonntag 10:30 abends
554 Broadway, Zimmer 3
Hotel Marconi, S. F. Cal.

Cher Jean-Louis Le Brie:

Danke für deine Briefe, alle so freundlich, alle toll zu bekommen, welche Freude, obwohl es Zeitverschwendung ist etc. Es macht mir mehr Spaß, die zu lesen als so gut wie alles andere – aber schreib natürlich nicht wenn dir nicht danach ist. Ist anstrengend zu schreiben mit Brandblase am Daumen (der Schreibhand) und ohne Schreibmaschine. Na gut: was ist hier drüben so passiert [...] Carolyn hat Neal und mich erwischt – kreischte, – ich glaube sie ist ein Nagel zum Sarg – schrie, – ihre bisherige Heuchelei schlug ins Gegenteil um – war es das? – oder vielleicht sollte ich kein Urteil fällen – aber es war nicht komisch, das Ausmaß von Beleidigung und Horror und ich glaube sogar Gehässigkeit, Empörung, etc. (Sie platzte um vier Uhr morgens in mein Zimmer im Haus) (obwohl ich mit nichts hinter dem Berg gehalten habe, verstehst du – es ihr sogar gesagt – sie hatte ihr O. K. gegeben – aber alle Details später kann jetzt nicht schnell genug schreiben) aber so oder so eine schreckliche Szene –

---

19 Baron de Charlus, eine Figur aus Marcel Prousts *Auf der Suche nach der verlorenen Zeit.* (A. d. Ü.)

hat mich rausgeworfen – Neal hatte einen Aussetzer, rannte raus zur Arbeit – ich saß da und starrte sie an. Sie redete und mir schien, ihr Gesicht wurde grün vor Bosheit. »Du bist mir schon immer im Weg gewesen, schon seit Denver – jeder Brief von dir war eine Beleidigung – du versuchst dich zwischen uns zu drängen« und mehr, schrecklich – solch eine Wucht, Celinisch, ich wurde ganz starr vor Schrecken – fühlte mich vom Bösen geradezu *durchtränkt*. Die beiden hassen sich, Neal und Carolyn, bringen sich gegenseitig ins Grab. Aber ich kann's dir nicht so beschreiben wie ich es in Wirklichkeit sehe, will nicht den Levinsky-Oberpriester markieren. Ich war froh wegzukommen. Nahm also meine $ 20 und fuhr rauf nach Frisco zur obigen Adresse – (ich hatte kein Wort zu ihr gesagt – war mit so was wie einem hoffnungslosen Gefühl verstummt, dass sie verrückt ist – versuchte aber mit einer Art innerlich traurigen Einstellung zum Ganzen durchzuhalten – ich war ja nicht gekommen, um sie fertigzumachen) und zog hier in [Al] Subletts Hotel (er ist ein paar Blocks weiter hoch ins Marconi gezogen, von seinem Fenster aus kann man das Vesuvio sehen) und bin wie ein Verrückter herumgelaufen. Habe einen Job in der Marktforschung gefunden, $ 55 die Woche, übliche Arbeitszeiten, nächsten Monat – an der Montgomery, Bankenviertel – schon am ersten Abend ein Mädchen getroffen – ein *großartiges* neues Mädchen, das mich versteht, ich sie – zweiundzwanzig, jung, *hip* (hat mal gesungen, dicker Kumpel von [Dave] Brubeck, kennt all die schwarzen Typen, Ex-Hipster-Mädchen) hübsch auf wirklich klassische Art, *normal* – schreibt Werbetexte für eines der besseren Warenhäuser – versteht mich – sie hat einen wilden Verstand, schärfer als *jedes* andere Mädchen, das ich kennengelernt habe – wirklich – ein wahrer Schatz – und so ein schönes Gesicht – was für ein *zartes* hübsches Gesicht – Jugend an sich – und wirklich scharfsinnige Agenbite-of-inwit[20]-Gedanken wie Lucien – Thos. Hardy. Wir treffen uns jetzt seit einer Woche, wir reden und schmusen und werden es sicher auch noch treiben – *aber* sie hat ein Kind (mit 18 geheiratet, Kind vier Jahre alt), hat in San-Jose-Rasthäusern gesungen und kennt Mrs. Green[21] [Marihuana], etc. Was für ein Schatz. *Und* sie ist nicht flippig, Gott sei Dank. Keine dumme Spießerin in irgendeiner Form, aber *nicht* flippig. Sheila Williams. Wir kannten uns erst einen Abend, da hat sie schon versucht,

---

20 Eine Formulierung von James Joyce aus *Ulysses,* die wiederum ein altenglisches Traktat paraphrasiert, dessen Titel *Ayenbite of Inwyt* sich im 14. Jahrhundert den mangelnden Sprachkenntnissen jenes Mönches verdankt, der es aus dem Französischen übersetzte. (A. d. Ü.)

21 »Mrs. Green« oder auch nur »Green« hier und im Folgenden ein Euphemismus für Marihuana. (A. d. Ü.)

mir einen verrückten Job in ihrem Laden zu besorgen – haben uns sofort verstanden – wie wild und großartig. Na ja, mal sehen wie das weitergeht – Gott sei Dank kann nichts Hässliches passieren, dazu ist sie einfach zu prächtig – versteht sich auch mit Sublett, etc. Aber wir laufen zusammen herum, nur wir zwei und sitzen in ihrer Wohnung und trinken Kaffee und reden – und sie kapiert die *richtig* guten Zeilen meiner Gedichte, versteht sie nicht nur generell, sondern versteht die speziellen Kniffe – zur Genüge.

Um mit anderem fortzufahren: Ich wohne im Hotel Marconi – geführt von Lesben – am ersten Abend sagen sie zu mir: »Hiers dein Schlüssel. Wenn du jemanden in dein Zimmer mitnehmen willst, nur zu und viel Spaß, wir sind selbst die ganze Nacht besoffen« – und das sind sie. Mittelgroßes Zimmer $ 6 weicher Teppich im Stockwerk ungestört, Sublette eins drüber und – Horror! Vergangenen Freitag hat mich Sheila zu einer riesigen Party bei irgendwelchen Ingenieuren auf Telegraph Hill mitgenommen. Komme früh um halb fünf nach Hause treffe Sublette und Cosmo (einen schrägen egoistischen kleinen neunmalklugen Dichter), ziehen los und holen Kaffee, die Cops gucken uns aus, durchsuchen uns und finden bei Cosmo weißes Pulver. Ins Gefängnis, die ganze Nacht, kaum eine Woche hier, als Obdachloser (obwohl ich $ 18 habe und ab Montag einen Job und ein Zimmer und wegen Party einen Anzug trage) eingelocht, Sublette und ich empört (in meinem Zimmer gab es eine Pfeife, aber sie haben nicht danach gesucht) doch eigentlich großartiger Spaß – am nächsten Tag freigelassen, Cosmo musste vier Tage drinbleiben – das Pulver war nichts anderes als Fußpuder, kein Junk – hat er ihnen wieder und wieder gesagt, aber sie glaubten ihm nicht und zur Analyse weggegeben und ließen ihn schließlich laufen. Bill sollte sich also besser vorsehen.

[…]

Zu guter Letzt lege ich dir noch *Siesta in Xbalba* bei. Das wird wohl noch eine Weile nicht fertig sein (ich versuche weiterhin, es etwas länger zu machen), aber so ist es das Beste, was ich innerhalb von vier Monaten geschafft habe – fünf Monate. Der handgeschriebene Teil entwickelt immer noch keine Vision von Europa, so wie ich sie mir vorgestellt hatte, erwähnt es nur und dann ist Schluss. Zeig es vielleicht Lucien und vielleicht Cowley? falls du damit klarkommst – vielleicht ist es zu oft überarbeitet und damit formalistisch geworden.

Ja, Rexroth war einfach nur eine Idee, falls sich sonst nichts ergeben würde. Cowley ist viel besser. Übrigens, der Dichter vom Typ Ansen hier heißt Robert Duncan, Freund von Pound, betreibt einen beschissenen aber offenen Dichterkreis à la Pound am S. F. College, war hier bei mir im Hotel und hat da die getippte Version deiner »Grundlagen« der Prosa gesehen (erinnerst du dich, hast du in der 7th St. geschrieben) und sie *kapiert* (merkwürdigerweise besonders den Teil über das Nicht-Überarbeiten und die gesamte Idee der Spontaneität) und fragte, ob er sie sich ausborgen und abschreiben dürfe und wollte deine Anschrift haben und wissen, wer du bist etc. Also er ist ein lustiger Typ, schwul, seine Gedichte sind völlig verrückt und surrealistisch und er ist mit Lamantia befreundet und auch seine Gedichte taugen nicht viel, weil im Ästhetischen zu sehr mit seiner Empfindsamkeit angesichts des akkuraten Klangs seines Geseieres befasst – Licht, etc. – das ist das Thema – aber das ist schon in Ordnung, er ist nett ein neugieriger Kerl, redet zu viel wenn er vor seinen Studenten steht, lauter junge Corsos.

Neal – spielte Schach mit Dick Woods und war für alles andere blind etc., davon abgesehen auf eine schräge Art und Weise freundlich zu mir, aber er ist *verrückt* – die Sache ist die, Jack, er leidet wirklich an beginnendem Wahnsinn – der Sargnagel s. o. Carolyn, der verzweifelte Sex – jetzt rast er schrecklich erbärmlich verrückt durch die Gegend und kriegt nicht mal *Sex* hin – wurde von seinem Zugschaffner beim Wichsen erwischt – vögelt siebzigjährige Spiritualistin in S. J. [San Jose] – der Spinner Cayce, an den er sich klammert wie an irgendeine Lehrmeinung im Irrenhaus – nicht ganz ernsthafte Manie – ich seh ihn schon den Blutigen Highway[22] entlangrasen und den hohlen Hass anderer Fahrer auf sich ziehen – ich glaube, er hasst Carolyn – aber wohin soll er – bei drei Kindern kein Entkommen von der Bahn. Nachdem ich weg war, sind beide los und haben (o Schreckenskomödie) einen Rorschach-Test gemacht (der möglicherweise mehr oder weniger genau den Grad an klinischem Wahnsinn anzeigt, wenn du daran glaubst, was weder du noch ich tun, aber in gewisser Weise vielleicht Neal) und er berichtete mir wild durcheinander von vier Schlussfolgerungen: 1. Sexuell sadistisch; 2. Prä-psychotisch; 3. »trügerisches Denksystem«; 4. hochgradig angstanfällig. Also was Nummer 3 betrifft heißt das, wenn er überhaupt irgendetwas hat, dann eine Art verrücktes »Cayce-Sex-Fahren-T[23]«-System, das ihn auf eine Art selbständig zwanghaft krankhaft wie in einem Hamsterrad vorwärtstreibt. Er schreibt überhaupt nicht mehr »Ich habe über Sex geschrieben und verstehst du, das ist Sünde, ich weiß etc.« Und Carolyn stimmt zu »Wofür ist das alles denn gut, was ihr Kunst nennt? Es ist einfach Dreck.« Ich sag dir dieser Haushalt ist – und jetzt so viel Geld in Schund,

---

22 Der Highway zwischen San Francisco und San Jose war in den vierziger und fünfziger Jahren eine der unfallträchtigsten Straßen Kaliforniens, ja der USA. (A. d. Ü.)
23 T hier und im Folgenden lautmalerisch für »tea« gleich Marihuana. (A. d. Ü.)

das *Schach*, manisch. Er will nicht mit mir reden, höchstens auf so distanzierte Art. Kommt in mein Zimmer in Frisco, legt sich aufs Bett und fummelt an sich herum. Du weißt, ich hab mein eigenes Verständnis von Sex jeder möglichen Art, aber da stimmt irgendetwas nicht mit seiner völligen Hingabe ans Wichsen und der Verzweiflung dabei. Er sagt grundsätzlich: »Ich habe keine Gefühle – hatte nie welche«. Ich meine, wir vögeln wie gehabt, aber lies weiter. Er hat einen kranken Magen – Übelkeit beim Essen, vielleicht Magengeschwüre. Sein Leiden ist – na ja, nicht Leiden, seine *Schmerzen* oder das Abnabeln von Beziehungen oder schönen netten Kicks verselbständigt sich immer mehr, wird immer überladener, drückend. Er sieht das auch, sagt ab und an, dass es ausweglos ist, fährt noch schneller. Ich mache alles was ich kann um ihm die Stange zu halten – im Sinne der Freundschaft, meine ich – der Schwanz interessiert mich gar nicht mehr so sehr – schien mir eine echte Zweckentfremdung zu sein. (Ich meine dieses Urteil resultiert nicht unbedingt aus einer krankhaften Gier, sauer zu werden.) Würde sogar Gelübde ablegen ihn in Ruhe zu lassen etc. wenn er nur wieder ruhiger und für-sorglich sein und offen für sanfte Kicks und Bilder und Gedichte werden und auf alle möglichen Sachen abfahren würde – und keine Zeit mehr für Jazz-Kicks – er hat zu viel zu tun – Schach. Oder wenn wir schon mal losziehen, dann in einer wütenden Hatz und zu high, zu schnell unterwegs, alles zu toll und schrecklich. Also wir beide lieben uns, *daran* gibt es nun keinen Zweifel, aber alles was irgendwie mit einer echten Begegnung oder natürlichem Vergnügen zu tun hat scheint *unmöglich* zu sein. Weder als Allen noch als Levinsky noch als Dichter noch Freund aus alten Zeiten scheine ich ihm einen Kick geben zu können. Ich meine, er mir schon und ich ihm auch, aber alles fliegt vorbei und ist unwirklich und den größten Teil der Zeit in die düstere Wirklichkeit der Nichtigkeiten gedrängt, die passieren. Was Carolyn betrifft, ich weiß oder kann mir vorstellen, dass sie als Ehefrau gelitten hat, vielleicht um zu rechtfertigen wie sie jetzt ist aber ich habe den starken Eindruck, dass sie in bestimmter Hinsicht tödlich ist – sie macht sich nichts aus Neuem (Plastiken oder Gemälden, wenn man darauf hinweist) – ich meine, sie entwickelt keinerlei aktive Neugier oder Ästhetik oder Interesse an Kicks und lebt ihre ruinöse einspurige Vorstellung davon wie man eine Familie organisiert strikt anhand ihrer Vorstellungen, Vorstellungen, die ein verrückter Abklatsch von *House Beautiful*[24] sind und wirklich auch nicht weiterbringen und darüber

24 Die älteste Zeitschrift für Wohndesign (gegründet 1896), die auch heute noch verlegt wird. (A. d. Ü.)

hinaus auch unrealistisch sind, bedenkt man den Horror des Hauses und dass es dringend eine Kraft des Mitgefühls oder der Einsicht oder Liebe oder Tao oder was auch immer braucht. Vielleicht ist es unmöglich. Sie ist ein hysterischer Typ – das heißt, sie wechselt zwischen verschiedenen Ebenen der Unaufrichtigkeit hin und her, was ich zuerst nicht verstanden habe, aber jetzt kapiere. Muss es wohl so akzeptieren oder lassen, ist ja nur meine Reaktion auf das Ganze. Ich fühlte mich erleichtert beim Aufbruch in die Armut – Sorgen um Arbeit, frei von dem verrückten angstbesetzten Ärger im Haus, alleine in Frisco. Und wenn ich mich erleichtert fühle, etwas im Zusammenhang mit Neal den Rücken zu kehren, dann stimmt da was nicht. Ich weiß, oberflächlich betrachtet klingt das, was ich dort mit Neal gemacht habe, ziemlich monströs, wie Carolyn mir mit einiger Berechtigung unvermittelt entgegengeschleudert hat, aber das ist nicht der Grund für ihre Probleme, sie hat mir übrigens verboten, ihn jemals wiederzusehen. Ich habe einen Horror vor einer Gefühllosigkeit gegenüber der gesamten Situation, die darauf *besteht,* das einzig *Richtige* zu sein, selbstgerecht *endgültig* ewig etc. Na gut, jenuch davon, es ist einfach nur hässlich und ich kann das alles nicht so wiedergeben wie ich es gesehen habe. Aber, ich meine, ich habe das Böse um mich herum gespürt – ihr Ungestüm und das Horrorgefühl erinnerten mich an Augenblicke in einem Krankenhaus in N.J. [New Jersey], als meine Mutter mir in einem rasenden Anfall beharrlich Vorwürfe machte und mich anbrüllte, ich sei ein Spion. Wenn du dich an die Geschichte erinnerst, ich hatte dir von meinem Gefühl der Endgültigkeit und bedingungslos müden Verzweiflung und hoffnungslosen Vergeblichkeit erzählt, das mich befiel, als ich mit vierzehn meine Mutter auf einen verrückten schrecklichen Trip nach Lakewood mitnahm, wo sie von mir allein gelassen in einem Drugstore mit einem Schuh in der Hand umringt von Cops völlig ihrer paranoischen Angst verfiel. Während ich Carolyn zuhörte fühlte ich die gleiche müde Unausweichlichkeit und Unmöglichkeit der Realität und verrücktem Schrecken, und danach – ein müdes erschöpftes Gefühl im Hintergrund, wollte irgendwo anders hin, dem unmöglichen *Ende* der Kommunikation entgehen und mich ausschlafen. Seit ich mich hier herumtreibe ist das verflogen, aber es ist bestimmt nicht in San Jose verflogen, für Neal, der in der Hölle lebt und für sie, die in der Hölle lebt und ich denke auch nicht für die Kinder.

[…]

Also Bill schreibt, dass er am 7. September in Gibraltar aufbrechen und früher oder später hier ankommen wird. Gott weiß was passiert. Jack mein Junge nun reiß dich mal am Riemen. Ich werd versuchen, es vielleicht mit Sheila auf die

Reihe zu bringen, auf jeden Fall versuchen. Ich will alles was ich kann mit und für Bill tun, alles was er will, aber die Unmöglichkeiten seiner Ansprüche sind letzten Endes zwangsläufig, es sei denn, ich lasse mich von ihm nach Asien oder wohin auch immer verschleppen, um seinen Vorstellungen von seiner Verzweiflung und Sucht Genüge zu tun. Du musst einfach versuchen, ihn auf den Boden der Tatsachen zurückzuholen. Ich bin nicht einfach zickig oder nur nicht willens, ihm eine gewisse Zeit lang beizustehen. Ich mag ihn wirklich und würde auch eine Wohnung mit ihm teilen, wenn er sich mit dem Gegebenen zufrieden zeigen würde, aber er ist nun mal hektisch und wie du weißt besitzergreifend. Er hatte (obwohl er es gar nicht wollte) in N. Y. C. eifersüchtige Wutausbrüche, sogar wegen Dusty [Moreland] war er vergrätzt. Die Situation hier mit Sheila bedeutet Irrenhaus pur. Ich weiß nicht, wie ich das auf die Reihe kriegen soll. Bill wird versuchen, seine Vorstellungen so durchzudrücken, dass ich gar nicht anders *kann* als dagegenzuhalten, und das wird für ihn dann ein heilloser Horror werden. Seit dem Sommer Mitte letzten Jahres ist er sicher etwas ruhiger geworden, aber er legt immer noch sein ganzes Leben in meine Hände. Selbst *ich* bin nie so weit gegangen. Also musst du ihm klarmachen, dass er es mal langsam angehen lassen soll. Das alles hat nichts damit zu tun, dass wir nie wieder miteinander reden werden etc. Was immer es auch ist – und natürlich ist es das, was er darin sieht, mal ausgenommen die grundsätzliche Bindung aneinander, die so endgültig und dauerhaft ist, was ihm jetzt noch irreal vorkommen mag, sofern er meine höchst eigenen Gedanken nicht ebenso unter der Fuchtel hat wie seine eigenen – er ist ein echtes Miststück. Du *musst* also versuchen, ihm für die kommenden Dinge den Rücken zu stärken oder mit etwas Tao und O. K.-Hippness zu unterstützen, damit er keinen Horror daraus macht. Ich kann einfach nicht sein ein und einziger Ansprechpartner für alle Zeiten sein, ich kann nur der ihm nächste und beste sein. Na du weißt ja, egal und tschüss, solange jeder glücklich mit dem ist, was man sich sonst noch abgreifen kann. Himmel was für eine Situation. Umringt von verrückten Heiligen, die sich aneinanderklammern und ich der verrückteste von allen? Und sag Lucien, er soll mit Bill reden. Er kennt sich mit symbiotischen Beziehungen ja aus und sollte ein paar hilfreiche und konstruktive Worte parat haben. Was mich betrifft habe ich mir fest vorgenommen, geduldig und so un-böse wie möglich zu sein.

Keine Zeit – zu müde – North Beach zu beschreiben – Typen – ein verrückter Peter du Peru (in Gestik und Tonlage genau wie Peter Van Meter und *beide* kommen aus Chicago). Aber Du Peru (welch ein verrückter Name für einen Subterranean) ist wie [Carl] Solomon ein Zen-Ex-Amnesie-Schock-Patient, der keine Socken trägt und immer beat ist und *empfindsam* und neugierig und interessiert und der beste mystische Kopf, den ich hier getroffen habe. Versteht mich auch. Wir reden – sind zusammen herumgelaufen und er hat mir verschiedene Verrücktheiten der Barock- und Regency- und Rathausarchitektur in der ganzen Stadt erklärt.

Und unser Freund Bob Young, mein Lieber, das ist wie ich *glaube* ebenderselbe kleine schwarze Engel, mit dem ich es *tatsächlich* schon einmal *getrieben* habe in der E. 7th Street vor nicht einmal einem Jahr – frag ihn. Trägt elegante Kleidung? sehr traurig entzückend, ja das muss er sein, sogar an den Namen *glaube* ich mich zu erinnern. Wir haben uns betrunken im White Horse kennengelernt. Eigentlich eine traurige Angelegenheit, schauderte mich richtig.

Was die Amerikanische Revolution betrifft, das *war* doch eine Revolution oder etwa nicht? Die »traditionellen Widerständler« – also die Torys waren keine Widerständler, das waren unsere Vorväter, die Paines. Aber weder Hinkle (noch ich) halten eine Revolution oder Eroberung der U. S. durch den roten Osten für gut. Vielleicht Hinkle doch, wenn ich es mir recht überlege. Ich sag ja auch nur, dass die U. S. sich in den Händen von Leuten wie jenen Verlegern befinden, die du hasst, und sie reiten uns mit allen anderen Spengler'schen Komplotten direkt in die Grütze. In der gegenwärtigen Situation sollten wir Asien unterstützen und nicht bekämpfen. Und wenn wir wirklich kämpfen (aus irgendwelchen verrückten Gründen), dann wird es das *Ende* sein. Die Roten sind genau das, wofür Burroughs sie hält – böse – vermutlich – aber genug von diesem Quatsch. Ja, Al [Hinkle] ist nett, und auch Helen [Hinkle] während der Krisenzeiten im Cassady-Haushalt – sie haben mir den ganzen Horror überhaupt erst verklickert. Ich dachte, ich würde durchdrehen. Sie wussten Bescheid.

Keine langen Briefe mehr, dafür gelegentlich ein kurzes Briefchen wenn es etwas Neues gibt. Halt mich auf dem Laufenden, sobald es gute Nachrichten von den Verlegern gibt. Kein Platz hier, um über Shakespeare zu reden. Ich mag dein Tao, es ist menschlicher. Außerdem habe ich einige chinesische Nebelberg-Gedichte gelesen – denn wie ich schon in *Green Auto* gesagt habe »wie chinesische Zauberer können wir die Unsterblichen verwirren, mit unserer Intellektualität, verborgen im Dunst«[25]. Und mein Gedicht übrigens auch über Sakyamuni (der den Buddhismus nach China brachte), der vom Berge kommt. Die meisten meiner Titel dazu sind mir eingefallen, als ich mir die *Bilder* der Nebelberge und

---

25 *The Green Automobile*, in: *Reality Sandwiches*, San Francisco 1963. – *Das Grüne Automobil*, in: *Jukebox Elegien*, München 1981, Deutsch von Bernd Samland. (A. d. Ü.)

der Weisen angesehen habe, die die *Arhats*[26] gemalt haben – geh in die Abteilung für Bildende Künste in der N. Y. Public Library und *schau schau schau* dir die großartige Sammlung chinesischer Malerei ganz genau an – Visionen eines physischen Tao, sofern man einen spirituellen Einblick erlangen kann durch die stoffliche Vision der Berge, der in riesige Traum-Unendlichkeiten zurückweichenden Bergreihen, die voneinander durch Unendlichkeiten von Nebel getrennt sind. Die Bilder von den unendlichen Bergwelten sind meine Favoriten, gleich gefolgt von den großartigen bauchstreichelnden oder fertigen oder schrecklich anzusehenden W. C. Fields-*Arhats* in Lumpen mit langen Ohren, die gemeinsam über ein Manuskript mit Wolkengedichten kichern.

Außerdem gibt es ein Buch, *The White Pony*, Hrsg. Robert Payne, mit allen möglichen Übersetzungen chinesischer buddhistisch-taoistischer Gedichte aus Tausenden von Jahren – einfach zu lesen, was für ein Vergnügen, so viele – und Bill Keck hat mein Exemplar dieses Buches, mit Anmerkungen, wenn er es nicht an jemanden verliehen hat. Sag ihm, »Ich bitte ihn, es Balloon zuliebe wiederzufinden und dir zu geben, wenn's keine allzu großen Umstände macht« – falls du ihn triffst.

Wann schickst du mir den Essay über Buddha? Werd ihn mit Vergnügen lesen.

[...]

Grüß Gregory von mir. Sag ich hätte gesagt »Das genaue Versmaß einer freien Zeile anzugeben ist zurzeit nicht möglich (ebenso wie freie Versstrophen und Ausgangszeilen zu machen, um deine freie Form des Songs zu *variieren*, wie musikalische Variationen), aber ich glaube, das ist ein wunderbares Problem, dessen Lösung man sich widmen sollte. Ich bin weiterhin daran interessiert, von einer Lösung zu hören.« Richte ihm meine herzlichen Grüße aus – wuschel ihm vielleicht über den Kopf, knuff ihm die Nippel. Vielleicht ist er ja doch in Ordnung.

Erinnerungen an Kells. Ich bin ein wandernder taoistischer Landstreicher – wie dieses Mex-Gedicht zeigt – oder wäre es gerne, *falls* ich dieser ewigen Fixierung auf die Metaphysik des Eins-Seins doch nur entkommen könnte – obwohl ich weiß, dass man es vergessen muss, um es zu erlangen, einfach nur es und nicht irgendetwas anderes sein lassen. Ich hänge an diesem Paradox fest und kann es einfach nicht aus meinem Kopf bekommen. Das ist ein *Block*, den ich nicht loslassen kann, mein Verderben. Irrenhaus.

Wo wo – ist Carl Solomon?

26 Ein Arhat ist ein buddhistischer Mönch, der das Nirwana erreicht hat. (A. d. Ü.)

Allen Ginsberg [San Francisco, Kalifornien] an
Jack Kerouac [o. O., New York, New York?]
vor dem 26. Oktober 1954

Lieber Jack:

Das Chaos regiert! Nach einem schockierenden Briefwechsel scheint Bill von seiner wilden Raserei wieder runter zu sein. Jetzt ist er unten in Fla. [Florida]. Mein Brief an ihn war vielleicht etwas zu heftig, aber die folgende Korrespondenz hat einige der bösen Gefühle wieder ausgebügelt und die ganze Situation deutlich entlastet. Falls es dich interessiert, ich hoffe wirklich, dass er hier rüberkommt, wollte das immer, aber nicht mit dieser Besessenheit. Die kenne ich nur zu gut. Aber so oder so, jetzt ist er unten in Florida. Und was passiert als Nächstes? Seine Erbschaft verflüchtigt sich allmählich – hat sich auf $ 100 pro Monat reduziert, wie er schreibt. Kann vielleicht nicht nach Tanger. Weiß nicht, was er machen soll. Will eigentlich gar nicht unbedingt nach Kalifornien, sagt er, aber unter bestimmten Umständen vielleicht doch, sagt er auch. Ich habe ihm geschrieben und ihn eingeladen rüberzukommen, ihm das Fahrgeld zur mexikanischen Grenze angeboten, wenn er wegwill. Und würde auch die Miete für eine kleine Wohnung oder Zimmer hier übernehmen.

[...]

Ich wohne zurzeit in einer großen verrückten Whg. am Nob Hill mit Sheila [Williams], die übrigens Jerry Newman kennt, hörte von ihm durch einen ehemaligen Toningenieur-Freund von Brubeck, den sie kennt. Al Sublette ist ständig hier und trinkt Wein und isst und redet und Sheila und er verstehen sich gut. Sie ist eine Art Kaufhaus-Angestellten-Version von Dusty [Moreland], aber jünger und mit Kind und neigt häufiger zu mädchenhaft psychologischen Mini-Dramen (ich bin irgendwie ein alter müder Mann, ich schaff dieses Auf und Ab mit dem Liebeswahn nicht mehr) – und die Samen des Zerfalls dieser Liebesaffäre sind ganz unübersehbar schon gesät, jetzt da wir uns häuslich eingerichtet haben. Ich wünschte, es wäre einfach nur still und häuslich, damit ich schreiben kann. Aber ich ziehe eine Spur Burroughs hinter mir her und sie eine von Ex-Liebhabern und Kaufhaus-Cocktail-Freunden und unbestimmter Kindlichkeit. Nur Gott weiß, was passieren wird.

[...]

Wegen Sheila und Herumziehen und Vögeln und Abenden in North Beach und Kaufhaus-Typen (nur lästig) habe ich nichts mehr geschrieben, seit ich aus San Jose weg bin. Inzwischen hat sich alles etwas beruhigt und ich arbeite diese Woche wieder an einem Buch, das etwa zu ⅓ fertig ist. Vielleicht noch einen Monat und dann schicke ich dir ein Exemplar, Titel vielleicht *The Green Automobile*. Ich habe deinen Brief an Neal geschickt und ihn gefragt, was du ihm geschrieben hast und habe noch keine Antwort er hat sich nicht geäußert – habe ihn nicht mehr gesehen, seit die Bullen immer mal wieder bei ihm aufkreuzen, aber jetzt wieder alles in Ordnung, keine Gefahr mehr.

[...]

Ich werde dir noch zu deinen S. F.-Gedichten schreiben. Sie stehen dem Kern der Poesie näher als alles, was man sonst wo finden kann, aber da ich mich in den beiden vergangenen Jahren eher darum bemüht habe, eine Ausdrucksform zu finden (wie Cézanne sagte, er wolle Bilder malen, die wie die Klassiker in den Museen aussehen, und das hat er) sind deine Gedichte in einigen speziellen Momenten (zum Beispiel Ted der FBIler; Teile von Neal vor Gericht; andere kleine Skizzen vom Fenster aus) durchaus gelungen. Ich sag jetzt lieber nichts mehr, bevor ich nicht zu Hause bin. (Schreibe das am Freitagnachmittag in meinem Büro an der Montgomery Street) und schau sie mir noch mal an – auch wenn sie formal sind und gleichzeitig ungeschminkt.

Sheila hasst mich, weil ich ein spießiger alter pessimistischer Begriffsmensch und kein Dostojewski'scher Liebhaber bin. Zurzeit vögele ich übrigens zum ersten Mal regelmäßig, was für eine Erleichterung, da nun endlich angekommen zu sein. Wie ich höre, machen Burford (und Baldwin?) Bill und mich schlecht. Wo liegt das Problem? Ich habe keine Ahnung, warum Burford auf diese Weise reagiert, wenn er nicht doch, wie Ed White in Dustys Wohnung sagte, einfach nur ein Schwätzer aus Europa ist, der einen einzuwickeln versucht.

[...]

Ich schreibe demnächst wieder,
Allen

Bill meinte du wärst wegen meines Briefes an ihn sauer auf mich. Solltest du nicht sein – ich tue alles, was in meinen Kräften steht, für ihn. Wenn ich ihm nicht geschrieben hätte, würde er immer noch in diesem tragischen Selbstmitleid verharren. Sogar Bill weiß das im tiefsten Inneren.

Anmerkung der Herausgeber: Ginsberg hatte Angst davor, dass Burroughs nach San Francisco kommen und sein Leben okkupieren würde. Er liebte Burroughs als Freund, wollte ihn aber nicht als Liebhaber. Deshalb wurde er wütend, als Kerouac an Burroughs schrieb, Ginsberg warte auf einen Besuch von ihm.

Jack Kerouac [Richmond Hill, New York] an
Allen Ginsberg [San Francisco, Kalifornien]

26. Oktober '54

Lieber Allen:

Danke für deinen Brief und dass du durchblicken lässt, du hättest mir verziehen und deine Wut über meine kleine Notlüge gegenüber Bill sei verraucht – damit er sich besser fühlt, habe ich praktisch bloß wie eine alte Oma runtergeleiert: »Insgeheim will er wirklich wieder mit dir zusammen sein denn weißt du Bill sonst würde er doch nicht so viel schreiben und diskutieren und alles noch mal wiederkäuen« – Mein eigentliches Gefühl war, dass vielleicht *du* Bill gar nicht mehr haben wolltest, weil er so seltsam und erschreckend und *verschlossen* geworden ist.

1. Er hat auf absolut nichts reagiert, was ich gesagt habe, besonders was den Buddhismus betrifft – wie Lucien ist es ihm »vollkommen schnuppe«.

2. Du hättest mich niemals in diese Beurteilungen miteinbeziehen dürfen, denn die haben allesamt mit Begierde und Begehrlichkeiten von Homosexuellen zu tun, und da bin ich kein Experte.

3. Burroughs respektiert meine Intelligenz nicht, aber mehr noch, er respektiert auch meine *Macht der Täuschung* nicht.

4. Ich werde niemandem mehr für nichts etwas vormachen oder ihn hintergehen und rufe alle von uns auf, zu den Beat-Generation-Bekenntnissen von 1947 zurückzufinden und zur Aufrichtigkeit *à la* Luciens trunkenen Wahrheiten im Morgengrauen.

Die »Notlüge« galt nur Bill *für* Bill – gleichzeitig war mir durchaus bewusst, dass du ganz hetero mit einem Mädchen zusammen bist und ich habe Bill das auch gesagt. Ich weiß nicht, was er dir geschrieben hat (über meine Ansichten.) »Unheiliger Kanuck« verordnet dir Liebschaften, die mir fernliegen, wie denn das, wer sind denn hier die Schwulen, also wirklich – ich könnte doch keinen Sex mit Bill haben und was liegt denn näher als ein alter Liebhaber, der ihn erneut liebt? Ich meine, warum hast du dich so aufgeregt? Bist du sicher, dass Neal der Verrückte ist, oder bist *du* es? Ich glaube, du warst auf Hundertachtzig und hast deinen heftigen Ablehnungsbrief an Bill in dieser Aufregung geschrieben. Ich will nicht unfreundlich sein und ich will mich nicht streiten und ich will nicht als »gemein« missverstanden werden – Aber ich glaube wirklich, dass wir alle mal eine ernst gemeinte Beichte ablegen und den sich auf-

gestauten Hass aufeinander eingestehen sollten, der sich in letzter Zeit angesammelt hat, denn der wird weiter wachsen, wenn er nicht mit den Wurzeln
rausgerupft wird, […]

[Bob] Burford hat dich *nicht* runtergemacht, er hat ganz im Gegenteil große
Achtung vor dir und will auf der Stelle von dir hören – über amerikanischen
Konsul oder Burford, c/o L'Eau Vive, Soissy Sur Seine, Frankreich – *Visions
of Cody* hat ihn glatt umgehauen, der A. A. Wynn-Teil, und wollte *Beat Generation Road* bei Knopf vorlegen, aber mein Agent wacht eifersüchtig darüber, dass sich niemand einmischt und ich hoffe, ich habe keinen Mist gebaut,
als ich mich seinem Urteil angeschlossen habe – er ist Gott, es geht langsam –
dieser Cowley-Artikel sollte es gebracht haben, was meinst du? Buch ist bei
E. P. Duttons – [James] Baldwin hat Bill runtergemacht, nicht dich, hat Bills
Manuskript irgendwo gesehen. – Sag Al Sublette, ich habe einen neuen großartigen Pianisten namens Cecil Taylor getroffen, spielt wie [Oscar] Peterson
auf klassisch, schnelle Läufe aber Brubeck-Strawinsky-Prokofjew-Akkorde,
ein Juilliard-Klassizist – er, wie Baldwin, farbig, ich glaube schwul, – Baldwin
ist schwul. Ich kapier dieses ganze Schwulsein nicht. Burford hat Bill runtergemacht und gesagt: »Wenn ich an das Böse glauben würde, dann ist er böse«.
Burford sagt, der einzig andere böse Mensch, den er kennt, ist Temko (!) (?) –
Ich habe [Eric] Protter runtergemacht, war da betrunken. – Deine Gedichte
sind bei Bill – ich glaube, sie sind großartig, was willst du, Whitman mit An-
klängen von Melville. –

[…] Ich meine, Cowley sollte sich *Naked Lunch* ansehen. Ich werde *Sax* [Al-
fred] Kazin zeigen, er war kürzlich im TV, sprach über Melvilles atemloses
Stottern und großartig. Weißt du, dass meine *San Fran Blues*-Gedichte alle
spontan auf die Schnelle geschrieben worden sind? darauf kommt's an. Nicht
allzu gut, eher Niemandsland, bin ich sicher, bis auf einige … bildlich dünn.
Na und? Meine Gedichte sind Prosazeilen.

Ich habe gerade einen Trip nach Lowell gemacht, die ganze Dulouz-Legende
alle 35 Bände in mein Hirn gebrannt – soll ich mich wirklich mit so vielen
immer wiederkehrenden Details herumschlagen? Spukschloss oberhalb meines Geburtshauses, das ich nicht mehr gesehen habe, seit ich drei war … da hat
Sax seine Wurzeln. Der ganze Lowell-Trip so enorm, ich kann gar nicht so viel
Luft schnappen, wie ich zum Erzählen bräuchte … später. Bin müde. Froh dass
du geschrieben hast und nicht wütend bist und ich nicht wütend bin und lass
uns in Einverständnis ruhen. […] Falls du übrigens Fragen zur Leuchtenden
Wahrheit hast, frag mich. Ich bin jetzt klarer denn je. Was das Tao betrifft, das

sind nur Äußerlichkeiten, so wie ich in Mexiko ein Tao-Hobo in Beans und Jeans bin, aber etc. mit anderen Worten, ich habe Gnosis und apokalyptische Sicherheit jenseits aller Zweifel erreicht und mein Geist ist jetzt bereit, sich auf das Ende zu konzentrieren.

Jack

WICHTIG! (geschrieben nach 12 Stunden Schlaf) Ich hatte $ 30 Bares für eine Winterlederjacke in meinem Schreibtisch und Bill wollte mit dem Taxi nach Richmond und sah durch den Wind aus und wollte Geld (für Ritchie) und nahm alles – Anstatt es zurückzuzahlen, ist er nach Florida gefahren – Schreibt nicht mal mehr – Ich habe seine Adresse nicht – Es wird Winter und kein Mantel für den armen alten Poe – schick mir die gottverdammte Adresse – ich gehör hier nicht zu denen, die Einkünfte haben. Das Geld gehört in Wirklichkeit meiner Mutter. – Ich will dieses Geld *zurück*.

Was ist eigentlich mit der Handlungsvollmacht passiert, die du hast? Mein Agent Sterling Lord will mein Buch auch für eine französische Ausgabe nach Frankreich verkaufen und das alles abwickeln. Es sei denn, er arbeitet als Geheimagent für Giroux, der ihn mir empfohlen hat.

Und was noch? – Sieht so aus, als sei Neal schließlich in den Absichten von Karma-Gea abgesoffen – ich fürchte, wir sehen ihn nicht mehr wieder. (ist also alles im Eimer und verloren).

Anmerkung der Herausgeber: Im Dezember flog Ginsberg zur Hochzeit seines Bruders nach New York, der am 18. des Monats heiratete. Er hatte so die Möglichkeit, viele alte Freunde wiederzusehen, darunter auch Kerouac. Aber eine Woche später war er schon wieder in San Francisco, wo er sich Hals über Kopf in Peter Orlovsky verliebt hatte, ein attraktives Modell des Malers Robert LaVigne. Orlovsky war erst kurz zuvor wegen »psychischer Probleme« aus der Armee entlassen worden. Ginsbergs Leben änderte sich auf einen Schlag: Er zog aus der gemeinsam mit Sheila Williams gemieteten Wohnung aus und mit Orlovsky und LaVigne zusammen, dessen Wohnung und Atelier sich an der Gough Street befanden.

Jack Kerouac [Richmond Hill, New York] an
Allen Ginsberg [San Francisco, Kalifornien]

22.12.54

Lieber Buddy-Boy,
ich bin nicht verrückt. Du hättest vor den bärtigen Künstlerszenetypen in der
Menge keine Show abzuziehen brauchen. Ich habe kürzlich einen Film mit
Alistair [Alastair] Sim gesehen, »Christmas Carol«[27] – hast du dir Sim jemals
angesehen? Wusstest du, dass Seymour [Wyse] Alistair Sim sehr schätzt? Wie
großartig er ist. Wie ein großartiger englischer Dichter, der aber Schauspieler
geworden ist. Größer als Dylan Thomas, wie eine echte Herbert-Vaughan-
Herrick-Wyatt-Größe, in der Schauspielerei, im Gesichtsausdruck, in der In-
terpretation. Ich fühle mich so sentimental wie unser lieber Rabbi.
Die Nacht ist kalt. Eiskalt. Schnee. Eis. Meine Beine sind kalt. Heute Nachmittag habe ich lange meditiert und versucht, in der Essenz des Geistes zu verweilen. Man kann darin nicht verweilen, kann nur einen flüchtigen Blick darauf
erhaschen und sogar drauf starren, und darüber nachdenken, aber da wir nun
mal von den drei Gunas besessen sind, Sattva, Rajas und die andere [Tamas]
(die Klarheit des Lichts, die Energie der Bewegung und die Trägheit des dunklen Körpers) kann man nicht die ganze Zeit sitzen etc. Aber die Großartigkeit
von Dickens ist die gleiche Sache, die auch [John Clellon] Holmes so großartig
macht … ein gewaltiges Ach-Was-Zum-Teufel-Machen-Wir-Einen-Drauf …
wie Holmes auf früheren Partys mit erhobenem Bierglas … mit den Lyndons
und Durgins und Wer-zum-Teufel-Anderen … wie Cannastra. Vielleicht bin
ich eines Tages wie Scrooge, ein geläuterter mürrischer Buddhist, der plötzlich
loszieht und auf der Straße tanzt? Es spielt keine Rolle, ist alles dasselbe. Unsere Balzacs und Dickens und Heiligen Dostojewskis wussten das.
Machs gut
Jack

P. S. Sei sicher, sicher zu sein, um sicher zu sein, sicher zu sein.
Aber in Wirklichkeit kannte Scrooge zunächst nichts anderes als seine geizige

---

27 USA 1951. Der Film kam in Deutschland unter dem Titel *Charles Dickens – Eine Weihnachts-
geschichte* in die Kinos. Alastair Sim spielt die Hauptrolle, »Ebenezer Scrooge«. (A. d. Ü.)

Selbstbezogenheit; dann wurde er davon befreit und wandte sich den Menschen zu.

Was das Verweilen in der Essenz des Geistes betrifft, so ist das wie bei Edie [Parker], die sagte, sie wolle in mein Arschloch kriechen und sich dann zusammenrollen. Ich kann nicht in die Essenz des Geistes kriechen und mich dort einrollen, denn die ist Kein Körper, Kein Schoß. Aber ich kann *damit* verweilen. Das Geheimnis des Buddhismus ist, Dhyana am Morgen, am Nachmittag, am Abend und das jeden Tag zu praktizieren. Nichts anderes. Wenn man sich schließlich so lange intuitiv gemüht hat, dann öffnet und öffnet es sich in die grenzenlose Leere und Weite und etc. Das alles ist eindeutig. Zeig meinen Kram nicht [Robert] Duncan und den Holmes. Ich treffe in Kürze meinen Agenten wegen *Sax*. Cheflektor [Joe] Fox hat sich mittlerweile für *BEAT* ausgesprochen ... die anderen sind beim Lesen. Frohes neues Jahr.

Jean

Allen Ginsberg [San Francisco, Kalifornien] an Jack Kerouac [o. O., New York, New York?]

29. Dezember 1954

Lieber gütig königlicher Geist:

> Ich bin krank, gütiger Kerouac, dein ehrwürdiger Allen
> ist krank bis in alle Ewigkeit! Plagt sich einsam
> schlimmer und schlimmer von Tag zu Stund ...
> aber ich brauche ein bisschen süße Zwiesprache
> schmerzlich wie die Tränen dieses großen Prinzen Sebastian.
> (nach Catull)

fürchtete du wärst sauer auf mich, weil ich lieblos, der Schrieb war lieblos. Bisher Alistair Sim nicht gesehen, ich bin krank, einen Tag zu Hause, nicht zur Arbeit, schwere Erkältung, Penicillin, bin fast taub, außerdem wieder krank vor Liebe, bin in Boheme-Künstlerwohnung Gough Street gezogen, Sheila [Williams] kam geschniegelt überraschend in ihrer Mittagspause vorbei, fand mich angezogen schwitzend in Klause auf Pritsche am Boden, Neal kichert und spielt mit Rotschopf [Natalie Jackson] in anderem Zimmer den Flur runter, ich bin in einen zweiundzwanzigjährigen Heiligen verliebt, der mich liebt, lebt auch dort, aber was für eine schreckliche Szene ist das hier. Traf vor einem Monat zufällig Maler Robert LaVigne Ignu-tief beseelt sechsundzwanzig Jahre Bart Ecke Polk-Sutter[28], wir gingen zu ihm seine Bilder anschauen, Sutter entlang von Polk-Sutter Fosters Cafeteria, wo ich eines Nachts betrunken hinging mir die Subterraneans-Szene anzusehen und nach Peter Carl-Sol DuPeru zu suchen (den ich am ersten Abend in [Al] Sublettes Zimmer hier in San Francisco kennengelernt hatte), einsam, ging also auf den Bart zu, fragte ihn nach DuPeru, kannte er nicht, wir redeten, er lud mich ein Bilder anzusehen, gingen zu dem Haus an der Gough St., ich kam in das Zimmer – das alles vor einem Monat – und sah großes modernes wahrhaftiges Bild eines nackten Jungen, mehrere von ihm, bekleidet und unbekleidet. Dann kam der Junge sein Modell hereinspaziert, der Maler trieb es auch mit ihm, sanfte russische, kafkeske Seele hochgewachsen rothaarig, respektvoll, schweigsam, und ich kam in selber Woche zurück, wurde erwartet – und so begann Liebschaft – großartiges Haus, wie ich dir sagte, brachte Neal sollte das rothaarige Mädchen kennenlernen, letzte Woche landeten sie im Bett und auch danach – langer Flur, große chaotische Zimmer, Tee in Küche, ganz wie früher, wir treffen uns dort, reden, Neal stürmt um 9 Uhr morgens rein WC Fields-Oliver Hardy, zieht seine Hose an oder aus, treibt es mit dem Mädchen, lacht wieder, zieht ihre Kleider an, sie sein Unterhemd, sie ziehen einen durch, – wir beide sind uns ohne Umschweife in unserer Sehnsucht einig, wir beide hatten in den letzten zwei Wochen in der Wohnung im ersten Stock dieses riesigen viktorianischen Holzhauses so viel zärtlich-jugendliche Kicks, alles riecht nach Bildern, nach vorne raus Atelier von LaVigne, Peter Orlovsky lernt im mittleren Zimmer (das ist der Junge) und Natalie Exfreundin von Stanley Gould seit vier Monaten Zimmer hinten – so stehen wieder zarte und verheißungsvolle 115th-St.-Freuden ins Haus, für mich, Neal fühlt das Gleiche, und eine Nacht bevor ich nach New York aufbreche – teilt LaVigne mir mit, dass er geht, rätselhaft, verlässt die Stadt um in der Nähe von San Diego malen zu gehen (nachdem seine Ausstellung jetzt läuft, wilde farbige Akte und Bilder von Fosters), Ende seiner Liebschaft mit Peter, so wie wohl meine endete, als ich Houston Richtung Dakar Doldrums verließ, er sagt also, dass er geht, ich soll mich doch bitte so häufig wie möglich mit Peter treffen, wenn er weg ist, braucht einen Freund, braucht süßen Gefährten, ich zittere, ich erkenne die Liebe, ich bin verloren, mein Herz schmilzt wieder dahin – wie ich die Frauen hasse, ich ertrage es nicht, nicht verliebt zu

28 Straßenkreuzung in San Francisco, Sutter Street und Polk Street. (A. d. Ü.)

sein, ertrage es nicht, nicht vor echter Zärtlichkeit dahinzuschmelzen, wie ein Kind Süßigkeiten braucht, genau das stimmt zwischen mir und Sheila nicht, ich liebe [sie] nicht wie schmerzliche Liebe sein kann, mein Herz ist bei ihr kalt. Also sag ich zu LaVigne: O Himmel nicht schon wieder, warum um Himmels willen bittest du mich? Ich kann nicht ewig auf den Knien liegen und Schwänze lutschen wie früher – aber er meint, Peter weiß das und versteht mich, denk bloß, Mann, Kalifornien hat mich verändert, wie ein Traum – auf den ich gewartet habe. Eingedenk all dessen fuhr ich also nach New York, aber da war noch diese Nacht die ich dort verbrachte und mit Peter redete, der mir sagte, dass er im Traum auf mich zugekommen wäre, mir die Arme um die Taille gelegt hätte und ich im Traum überrascht war. Dann im echten Leben im Flur umarmten wir uns, ein wahrhaft süßes Gefühl in meiner Brust, zu viel, musste fast weinen, aber menschliches Leben ist so armselig kläglich vergänglich, was will ich überhaupt? Natürlicher Bursche – wird dafür geliebt. So folgte eine Nacht der Umarmungen, kein Sex. Dann NYC, dann ich zurück, zog bei Sheila aus, hierher – inzwischen steht sie plötzlich auf Al Hinkle, während ich weg war (sogar schon bevor ich weg war, ging eines Abends aus und blieb die Nacht fort, Al schaute rein, besorgte ein bisschen Wein, sie redeten auf dem Fußboden und verstanden sich bestens) – während ich also weg war, trieb sie es mit Hinkle, süß, gefällt mir – eines Abends wartet sie also auf ihn, ich bin in NY, dann geht sie aus, er schaut vorbei, weiß nicht wo sie ist, oder dass ich in NY bin, er geht rüber zu Fosters Polk und Sutter, um nach ihr oder mir zu suchen, sie ist dort gerade gegangen, er rüber zum Haus Gough Street, sucht nach Ginsberg, Rotschopf sagt ich sei weg, er fragt, ob er sich für ein paar Stunden hinhauen kann, schläft, wacht auf, geht pissen, kommt um die Flurecke und da läuft ihm der nackte Neal in die Arme (er hatte keine Ahnung, dass Neal ständig dort ist – und alles während ich weg bin), sie lachen, Dostojewskische Kreise in diesem Haus. Ich komme zurück, alle sind voll beim Kiffen, Peter zum ersten Mal mit Neal und Rotschopf Natalie high und VERSTEHT plötzlich auch, auf eine kindische Peter-Lorre-Art – auch er ein Myschkin – ABER ach, jetzt fängt der traurige Horror an, LaVigne macht mich auch an, ich lande mit ihm im Bett, obwohl ich es um alles in der Welt gar nicht wirklich will, als ich dann hierher ziehe schlagen wir ein Bett auf, wir drei treiben es im gleichen Bett, aber ich steh wirklich nur auf Peter, Peter bekommt Schuldgefühle weil er nur auf mich steht, obwohl wir alle Robert LaVigne für sein trauriges geniales Ignu-Selbst und seinen Bart lieben – und eines, ich versteh nicht, warum er sich zurückzieht, welch genial trauriges Wissen um Ver-

luste er hat (wie ich mit Neal in Texas) – inzwischen haben Peter und ich verrückte Gespräche über GEDANKEN, ich lese Natalie und allen laut *Visions of
Neal* vor, Neal wieder stündlich erwartet, wilde Vögelnacht mit Peter und Bob
auch dabei – und dann dreht Bob (LaVigne) durch, sieht dass er auf der Ver-
liererstraße ist, Peter verändert sich, ich komme ihm arrogant und roh vor, er
ist sauer, spricht nicht, schließt sich mit Peter in Zimmer ein und fleht ihn an,
droht? Ich nichts gehört, wir versuchen zu reden, Bob und ich sind mehr oder
weniger verwandte Seelen, Schwule, kann's nicht sagen, hassen und lieben einander, Peter verstört und schuldbewusst und Robert treu, ich leide jetzt, Ärger
im ganzen Haus, alle tagelang aufgebracht, wer wird wen umbringen? Aber ich
will Robert nicht hintergehen oder verletzen, schleife Pritsche also in mein
Einzelzimmer, trotzdem steigt Anspannung, Bob fühlt sich von mir betrogen,
ich immer verliebter, er immer verzweifelter – liebt obwohl er jetzt jede Woche
weg sein wird, kann Hoffnung auf den goldigen Knaben immer noch nicht aufgeben, er hält mich für böse und spöttisch (wie schon Hal Chase), hätte mir
den Jungen nur für schnelle Kicks geschnappt, Peter hat sich inzwischen mir
versprochen, Versprechen wankt, schließlich treffen wir drei uns in der Küche,
böse Hassszenen, Peter liebt beide, alte Treueschwüre, neue sinnlichgeistige
Kicks, Bob und ich haben uns vielleicht nie besser verstanden als jetzt, wenn
auch durch Schwaden von Angst, Nebel des Maya, viel Ironie, er anklagend,
ich halt's nicht aus, dass er glaubt, ich sei gemein zu Peter, den ich liebe, Peter
inzwischen mehr und mehr von dem Streit vergrätzt wir können nicht aufhören als sei das vorherbestimmt – Robert sagt: »Ihr beide wartet doch nur
darauf, dass ich abhaue, um es zu treiben«. Ich sage: »Ohne deinen Segen können wir uns keine Rosen schenken = Rose braucht Perfektion, die verdanken
wir dir, jetzt nimm sie nicht wieder weg«. Robert sagt ironisch »werd's nicht
wieder tun«, Peter sagt schließlich, ach welch Komödie, »Ihr beide könnt mich
mal« – nur Burroughs wüsste das zu würdigen. Aber schließlich zerfließen wir
alle vor Traurigkeit, ich kann nicht verhehlen, was ich will, Robert kann nicht
verhehlen, was auch er wollte, Peter, dass er es nicht braucht – seine Unschuld
lässt uns alte Säcke zu Jammerlappen werden, er will schließlich auch Mädchen,
ebenso wie Lehrer, gütig königlicher Geist, trotzdem würde süßer Prinz auch
uns lieben, und mich nach all den hoffnungslosen Jahren – will sagen, das ist
auch ein wenig Selbstbetrug, aber Peters Art ist harmonisch und tatsächlich ein
größeres Versprechen von süßer Kameradschaft als bei jedem anderen, den ich
getroffen habe, ich, der ich die Hoffnung schon lange aufgegeben hatte, und
gerade erst begonnen habe angesichts von Qual und Traurigkeit der Liebe auf-

zutauen, gerade heute Abend auf meinem Krankenlager. Na ja, wir alle sind auf eine bestimmte Weise gestrickt, Peter ein Einzelgänger, Robert ein Einzelgänger, ich alleine, Sheila tauchte gegen Mittag auf und verstand traurig, was mit mir los war, sie liebt mich, ich mag sie, aber zu mehr reicht es bei mir nicht, abschließendes Gespräch, keiner von uns beiden will Robert mit dem anderen und Peter betrügen, wir wollen abwarten – aber tief im traurigen alten Herzen der Liebe weiß ich jetzt schon, dass daraus nichts wird, nicht so einfach, es sei denn, das war jetzt das Vorspiel aus Qualen vor dem Glück, das sich aber nie wieder so voller Unschuld einstellen wird, ich bin traurig, liege im Bett schweißgebadet von Erkältung, zu alt, um mich wirklich noch mal an das Selbstmitleid mit achtzehn-zwanzig zu erinnern, aber unglücklich, bis ich anfing daran zu denken, dass das Leben gelegentlich zufällig auch süß ist, vielleicht genau das, vorübergehend. Und in seinem Tagebuch (ich habe hineingeguckt, er würde mich dafür umbringen) schreibt Robert von seinem Leiden an Gott, der ihn so erschaffen, dass Nacktheit und wahre Schönheit ihn quälen, er ist wirklich toll, trotzdem können wir nicht reden.

So stellt sich die Situation jetzt dar, Natalie kocht mir Tee, unterdessen ist die Miete fällig, Robert ist auf dem Sprung, das Haus dabei auseinanderzugehen, ich muss mir eine neue Bude oder ein Hotel suchen – will hier in der Gegend bleiben in der Nähe von Peter und Polk Gulch irgendein Hotel bis in zwei Wochen der Gehaltsscheck kommt, der für kleine Wohnung reicht, lese inzwischen *Visions of Neal* und *San Francisco Blues*.

Ich weiß schon, vielleicht wirst du irgendwann angesichts des Lebenschaos die Arme gen Himmel werfen und es auf Dickens' Art akzeptieren, aber ich sage immer noch, Jack, obwohl ich nicht heilig geworden bin, weil ich ständig egoistisch an der Vorstellung von einer reinen Vision geklebt habe, um heilig zu sein, und keinen strengen barhäuptigen Guru hatte, der WUSSTE, nur Van Doren, der aber eher Zweifel säte – wenn wir den Glauben oder die Einsicht haben weiter darauf zu beharren, dann bleibt unser wertvollstes Ziel das Namenlose. Ich warte auf ein solches Leben, das mich auf absolute Bindungslosigkeit reduziert, mag sein, weil niemand der so geläutert ist wie ich sich gefühlsmäßig vorstellen kann, so zu existieren

nicht einmal die menschliche
Vorstellungskraft vermag
die endlose Leere
der Seele zu füllen

(Das ist nach all unseren Diskussionen und deinem letzten Brief schlicht einfältig, vielleicht bis zu einem Punkt, wo ich wieder schweigend dasitze und Gemüse koche wie damals 49 in Harlem hoffnungslos bis meine Pforte schwieg und lautlos aufschwang und das Licht des Himmels hereinließ) die Suche nach einem Weg nicht aufgeben, welcher auch immer sich anbietet, je direkter desto besser. Aber was für ein verrücktes Glücksspiel ist das. Ich werde erst mal versuchen, einen draufzumachen und dann wieder sterben, wenn ich sicher bin, dass es für mich im Leben nichts Schönes mehr zu entdecken gibt, aber das hat praktisch kein Ende, wiederholt sich immer wieder, zumindest die Traurigkeit. Also praktiziere dein Dhyana und bring mir die heiligen Nachrichten.

Werde deine Prosa Duncan nicht zeigen, dafür Rexroth. Schick *Sax*. Was *S. F. Blues* betrifft, dieses exzellente Buch: ich habe es nochmals langsam halb durchgelesen (hatte es schon einmal auf dem Rückweg im Flugzeug über Kansas durchgelesen) und Notizen gemacht was mir gefällt. Muss sagen es sind einige absolut großartige Gedichte dabei, und zwar bisher folgende: ich meine die absolut vollendeten

· in the reel of wake up
middle of night
flophouse nightmares
· Then I'll go lay my crown
· There was a sound of slapping
· Rhetorical third street
· Swing yr umbrella
· Betwixt hill and house
· Heaven and heaven
Your corners open out
· I also have loud poems.

aber es ist eindeutig, wie viele davon großartige schöpferische Dichtung sind. Übrigens, die Plastikdecken und eine Reihe anderer ähneln stark imagistischen Gedichten und W. C. Williams. Obwohl ich ja noch nicht ganz wieder durch bin. Wo findet die Verhandlung gegen Neal statt?

Ich hatte mir eine Abschrift von Joan Rawshanks[29] machen lassen, falls ich sie

---

29 Hier Kürzel für *Visions of Cody*. (A. d. Ü.)

mal brauche, andernfalls hast du eine mehr. Will Neals Joan-Anderson-Brief[30] herausbringen. Habe Bill the dope geschrieben und auch einen langen Brief, er hat mir ebenfalls geschrieben. »Gottverdammt, hier ist keiner, mit dem man reden kann«, oder »Ich wünschte, hier gäbe es jemanden, mit dem man reden kann.«

Neal kommt am Achten oder vielleicht Sechzehnten direkt nach NYC, sagt er jedenfalls. Bringt vielleicht Rotschopf mit oder Sheila oder wer weiß wen. Wenn er fährt. Wenn, dann schreibe ich dir, wann und wohin.

Allen

(habe außerdem via Paterson Weihnachtskarte von Lizzie Lehrman aus Südafrika bekommen. Sie ist verheiratet.)
Carl Solomon ist nicht aufgetaucht, kannst du nachforschen?

---

30 Cassady schrieb seinen epischen, 13 000 Worte langen »Joan-Anderson-Brief« im Dezember 1950. Er beschreibt darin eine kurze Affäre; sein erzählerischer Stil veränderte sowohl Ginsbergs wie auch Kerouacs Art zu schreiben beträchtlich. Der Brief ging später verloren, aber Teile davon dienten Cassady als Ausgangsmaterial für seine Autobiografie *The First Third*, das einzige Buch, das er jemals vollendete.

1955

Allen Ginsberg [San Francisco, Kalifornien] an
Jack Kerouac [o. O., New York, New York?]

12. Januar 1955

Lieber Jack:

Hier liegt dein neuer Brief – ich kann nicht antworten, mir geht heute Abend
zu viel durch den Kopf, muss bis morgen warten oder Freitagabend (heute ist
Mittwoch), aber habe dir schon einen langen Brief geschrieben, nicht abgeschickt, wollte noch mehr schreiben, habe ich aber noch nicht, schicke ihn also
ab, dreht sich komplett um weltlichen Hickhack, verzeih mir, dass ich den sa-
kralen Brief mit Hetzereien beantworte. Lies erst die anderen Briefe.
Seither (ich habe ihn praktisch gleich nach meiner Rückkehr geschrieben) bin
ich in ein Zimmer an der Kreuzung Polk Sutter gezogen, sechzehn Fenster
an der Hausecke, Blick auf Polk Sutter Fosters Cafeteria, der große Schauplatz roter Neonszene im Licht der Straßenbeleuchtung, auf den ich von oben
runterschaue, kann in alle Fenster sehen, große heimliche Intrigen, bin immer
noch verliebt, der Junge liebt mich wir schlafen nicht wir reden, wirklich bisher
nichts Körperliches (mit ein paar Ausnahmen) wir reden, großartiger Geliebter für mich, jung, versteht mein wissbegieriges Herz, ich seine Heiligen, er hat
auch Visionen, morgens auf dem Weg zum Unterricht verneigen sich die Bäume
im Park verwundert vor ihm – aber Robert LaVigne hasst inzwischen ihn und
mich, wir wohnen alle in derselben Straße gegenüber, ich führe über alles ein
Tagebuch im Stundentakt, fünfzig Seiten seit dem Ersten des Jahres, mein eigenes Protokoll, mit mir passiert gerade etwas Großartiges in Frisco, nach dem
Mädchen zum ersten Mal im Leben ein Junge – ich werde zumindest wissen,
was ich da verliere, wenn ich in Heiligkeit dahingehe – wenn überhaupt –
Werde dir davon berichten, habe aber auch nichts mehr geschrieben seit ich mich
an Silvester krank ins Bett gelegt habe, vier Tage nicht gearbeitet, jeden Abend
zu Hause mit Fieber Tagebuch geschrieben, Selbstmitleid soweit machbar aus-
gemerzt, neuartige Knabenliebe, will es nicht scheitern lassen, auch Gedichte.

Ich bin glücklich, Kerouac, der geheiligte Allen
hat's schließlich geschafft. Ich hab meinen Traummann gefunden

und mein Idealbild eines ewigen Knaben
wandelt auf den Straßen von San Francisco,
ansehnlich, und trifft mich in Cafeterien,
und liebt mich. Ach, halt mich nicht für abscheulich.
Ohne Visionen ist es schwer, alles zu schlucken,
und wenn sie wirklich werden, ist die Welt wie der Himmel.

Ich habe deinen neuen Brief sorgfältig gelesen. Ich werde dir morgen etwas zur Lehre schreiben. Ich werde dir ein paar Überlegungen zukommen lassen, wie man die Maschinerie der Gedanken stoppen kann, zwecks Begutachtung. Ich werde ernst sein. Ich werde lesen. Einen weiteren Tag.
Briefe von Bill aus Tanger. Ich leg dir ein paar seiner Texte bei. Schick sie mir schleunigst zurück. Bitte. Ich finde, du solltest das sehen. Eine Kurzgeschichte über seinen Finger, und ein Kapitel KAPITEL 1 des großartigen neuen Buchs, das Bill in Tanger zu schreiben angefangen hat. Schick sie zurück. Lese *Visions of Neal*. Dieser Duncan hat seine Gedichte schon vor Jahren geschrieben, sind seine eigenen Gedanken, nicht wie deine. Ich habe dich beklaut, nicht er. Bill erwähnte, dass du das erwähnt hast[1]. Hier in der Nähe in Berkeley gibt es eine weitere Zeitschrift namens *Folio*, die mit einem von der riesigen Ford-Stiftung gesponserten Radiosender verbandelt ist. Gerd Stern, Werbeleiter bei KPFA, hat mich angerufen und gefragt, ob er etwas von uns haben kann, darf ich ihm ein paar Skizzen oder einen Abschnitt aus *Visions of Cody* geben? Nach eigenem Ermessen.
Probehalber könnte ich ein Stück von *Visions of Neal* an Crazy Lights geben, falls ich meine Meinung nicht ändere, ich werde dich benachrichtigen. Ich lege dir auch die Rechtsvollmacht bei, die ich wiedergefunden habe, du siehst, ich bin ehrlich, nimm sie an dich, aber vernichte sie nicht, man weiß nie, wenn du in die Wüste gehst und mich sitzen lässt schick sie zurück, wenn du stirbst oder so, vererb sie mir, ich werde deine Hinterlassenschaften bewahren. Ich werde schreiben. Danke, dass du mich gebeten hast zu schreiben, darum wollte ich immer gebeten werden, nichts gibt mir einen größeren Kick, so wie Neal dich gefragt (und gebettelt) hat, dass du ihm lange Briefe schreibst.
Lieben Gruß
Allen

---

1 In einem Brief vom 5. September 1954 berichtete Ginsberg Kerouac, dass er Robert Duncan eine Abschrift der *Grundlagen der spontanen Prosa* gezeigt hätte. Kerouac befürchtete daraufhin, Duncan würde seine Ideen klauen.

Ist Carl Solomon noch auf freiem Fuß? Hier ist er nicht, nie angekommen. Denk bloß nicht, ich hätte nicht gemerkt, wie großartig *Visions of Neal* Skizze für Skizze und Satz für Satz ist. Ich bin spät damit dran, muss aber mal sagen, dass ich weiß, um wie viel besser du bist als ich. Einsame Eminenz. Na ja vielleicht werd ich eines Tages schöpferisch sein – aber so viel Leiden – denk ich mir manchmal.

Neal fährt nicht nach NYC sondern schnell nach Mexiko und zurück. Er arbeitet immer noch bei der S. P.

Allen Ginsberg [San Francisco, Kalifornien] an Jack Kerouac [o. O., New York, New York?]

Freitag 14. Jan. 1955

Lieber Jack:

Bin gerade aus der Bücherei zurück mit Goddards Leitfaden (Golden Path)[2], 1954 Philo Lib *Buddhist Texts*, dickes Buch mit vielfältiger Auswahl, und zwei Bände (II und III) von Rhys Davids *Dialogues of Buddha*[3]. Darin werd ich erst mal eine Zeit lang lesen.

Deinen Brief noch mal gelesen: schreib weiter. Da mir das Vokabular nicht geläufig habe ich Probleme, derzeitigen Gedanken zu folgen. Ich werd mich aber baldigst mit den Bezeichnungen und Stadien vertraut machen, das mag Kommunikation für dich, für mich erleichtern.

Ich habe keine, oder nur wenige, Zweifel, dass du die grundlegende einzige Wahrheit begriffen und wahrgenommen hast (mittels mentaler, physischer Empfindungen). Für mich unterscheidet sich diese Wahrnehmung von einem allgemeingültigen oder sogar spezifischen Gedanken, gedanklichem Symbol, oder literarischer Vision (Bereich emotional poetisch leidenschaftliche Welt) darin, dass diese Wahrnehmung die Wahrnehmung einer anderen völlig unbekannten Sphäre einer sagen wir »nicht-menschlichen« Empfindung ist, wie ich das fortan nennen will (das Unbekannte oder Unerkennbare, jenseits von poetischem Konzept oder Vorstellungskraft und auch jenseits von Möglichkeiten der Darstellung durch Begriffe). Für den Anfang habe ich also ein X, das »unaussprechlich«, »unerkennbar« und »undenkbar« ist. Glaube dass dieses

2 Dwight Goddard, *The Buddha's Golden Path: The Classic Introduction to Zen Buddhism.*
3 T. W. Rhys Davids, *Dialogues of the Buddha*, Oxford 1899.

X trotzdem erfahren werden kann. Ich stelle mir vor, dass man es kommunizieren kann, darauf anspielen kann, darauf hinweisen kann (mit Finger, Bild, X, Gedicht, Wort, etc.) (Auch Brief). Der Verständigung über das Thema sind Grenzen gesetzt.

Immer wieder bin ich auf das Problem gestoßen, dass diejenigen, die mir diesen »Bruch der Wirklichkeit«, oder Einbruch der Ewigkeit in die Zeit, erfahren zu haben scheinen, ihn auf ganz unterschiedliche Art beschreiben – ich würde davon ausgehen, dass sie alle das identische X erfahren haben –, aber wenn es um übereinstimmende Symbole und Umstände geht, unter denen X erfahren wurde, obwohl doch alles auf ein Erlebnis jenseits der Grenzen des Verstehbaren hindeutet (Begriffsvermögen, Imagination, sogar Erinnerung) (die Erinnerung an das Erlebte, wie bei Dante, »lässt mich hier im Stich«), obwohl wie ich sagte alle Zeichen auf eine Art Bruch in der Wirklichkeit hindeuten, Durchbruch eines X, unterscheiden sich die kleinen Beschreibungen des X verwirrenderweise, und die Umstände unter denen X sich manifestiert, scheinen auch zu variieren. Peter Orlovsky (der wie mir scheint etwas begriffen hat – tatsächlich) sagt, dass es bei ihm passiert, wenn er sich völlig verausgabt. Bei mir nur wenn ich völlig leer bin. Bei anderen ohne ersichtlichen Grund, etc. Bei dir nach Vorbereitung. Was denkst du denn über unsere X? Ich vermute, dass deine Buddha-Erfahrung und meine mit Blake auf gleicher Stufe stehen. Aber wie soll ich das erkennen.

Meine Minuten nach Blake waren so erfüllt, jenseits jeglicher Beschreibung des Unaussprechlichen, dass ich mir damals und bis zum heutigen Tag geschworen habe, an dieses Eine zu glauben, von dem ich mich inzwischen nur noch an die absolute absolute absolute absolute absolute Absolutheit erinnere, unendliche Absolutheit, will sagen die völlig Unmöglichkeit (für mich nicht zu begreifen) eines anderen Einen. Aber nur weil ich mir ein Anderes nicht vorstellen kann heißt das noch nicht, dass ich das endgültige X erblickt habe – vielleicht gibt es weitere Entwicklungsstufen des X, die nur nach weiteren Erfahrungen vorstellbar sind, die du mir mit den buddhistischen Lehren und Methoden offerierst. Dafür halte ich meinen Geist offen und außerdem aus dem Grund, dass ich, obwohl ich zeitweise dachte, hoffte, musste, durch ihre ureigene Art, Perfektion diese Erfahrung weiterhin zu durchleben, das Wie zu erlernen, um die ganze Zeit in diesem leuchtenden Raum zu verbleiben, weltlich, das nicht unter Kontrolle hatte – vielleicht ein Signal, während ich nichts ahnte, aber seitdem nicht wieder.

Da ich, Allen-Kopf, ihr Wesen nicht erkennen konnte, sondern nur das Nicht-

Ich, das ich während der Erfahrung war, verstand ich nach einem Jahr, in dem sich meine Meinung dazu ständig änderte (ich hatte meinen Verstand wirklich komplett darauf reduziert und war absorbiert, ziemlich komplett, vielleicht doch nicht absolut komplett, nicht nicht absolut, war immer noch in der York Ave., etc.) – ich erkannte, oder meinte, dass, indem ich alle Dinge auf diesen einen Gedanken reduziert hatte, sich dieser Gedanke, immer noch menschlich, früher oder später in einer nicht-menschlichen Erfahrung verkörpern könnte – der Gedanke (ein Abbild, ein Schatten des X) plötzlich zu X werden würde und verschwände, der Gedanke sich auflösen würde (ein Vehikel, um über den Fluss zu setzen, ein Bild, um sich darauf zu konzentrieren und es dann wegzuwerfen) und was übrig bliebe, wäre ich im reinen gedankenlosen Zustand von X.

Die Gedanken, Gedanken an X, fand ich bald heraus (1950–1951), waren selbst die Mauer, oder sagen wir das Schloss am Tor, und keineswegs der Schlüssel. Ich hatte die Erfahrung von X mit den Gedanken an X ersetzt. Ich musste die Gedanken an X also ganz bewusst aus meinem Kopf entfernen und dachte paradoxerweise, dass ich mein Ziel vielleicht erreichen könnte, indem ich meine ständige Beschäftigung damit opferte.

Außerdem habe ich mich dadurch vielleicht fälschlicherweise (durch Lektüre über das Tao und Konfuzius und Yeats und Blake) in diese Richtung weiterbewegt: Da alle Dinge eins sind, ist das völlige Eintauchen in die Vorstellung von dem Einen ein Eintauchen in das Einzige, was das Eine nicht ist, um es mal so zu sagen. Um also in das Eine einzutauchen, musste ich in seine Manifestation eintauchen, die Welt, konkret Persönliches wahrnehmen (zu dieser Zeit habe ich auch angefangen, freie Verse zu schreiben) – und habe mich so sehr auf die Welt eingelassen, dass ich das Eine darüber aus den Augen verlor, und daher Teil der Welt wurde, und deshalb eins mit dem Einen – singen wie der Tao-Vogel singt. Auch beeinflusst durch Gedicht Nr. 1 von Laotse (habe es nicht greifbar, sagt aber, dass das innere Mysterium, X, und die Manifestation des Universums Eins sind – die Menschen geben beidem unterschiedliche Namen und schaffen so ein metaphysisches Wirrwarr – wer die Manifestation benennt oder berührt, berührt auch das innere Mysterium.) Aber auf die Vorstellung von dem Einen zu verzichten (und das Streben des Ichs nach Heiligkeit und Erleuchtung, in sich selbst ein Vorgang, bei dem das Selbst wie Christus vom Himmel Nirwana herabsteigt, um von der Welt gekreuzigt zu werden – in ihr zu leben, sterblich zu sein) empfinde ich als das grandioseste Paradox überhaupt, in sich selbst möglicherweise der Weg zur Heiligkeit. Dies Hin und Her der Gedanken. Wie du siehst bin ich in gewisser Weise – besonders mit meiner letzten Liebschaft – stetig dem Pfad gefolgt, und wenn auch nur um herauszufinden, dass es der falsche Weg ist, trotz meines »Vertrauens« in die Art und Weise, wie ich Hinweise bekommen habe – Warnungen des nicht immer weisen Van Doren, den ich für einen mahnenden Engel hielt als er mir sagte, ich solle die ganze Metaphysik vergessen und ein Buch über die Soziologie des modernen China lesen. Van Doren ist berühmt dafür, mit metaphysischen Paradoxen zu arbeiten und ich interpretierte das als eine ernst gemeinte spielerische *Arhat*-Unterweisung in Sachen Askese – keine ichbezogene Heiligkeitsmaßlosigkeit, um Allen zu glorifizieren. Ich dachte, das sei die Strafe dafür, dass ich (des Öfteren) »Ich will ein Heiliger sein« gesagt habe. Im Ernst. War darauf gefasst, nicht zu sein, um zu sein.

Allerdings begann ich '53 nach unterschiedlichen Erfahrungen – Versuch in den Niederungen der Arbeitswelt zu leben, allerlei Persönlichem, bedeutungsleerer Liebe etc. oder eher unglücklicher Liebe – zu verstehen (in *Grünes Auto*[4] – und ganz nebenbei sind meine Gedichte, wie ich ja schon sagte, ein Protokoll aller wichtigen Augenblicke des ganzen Zyklus, *Empty Mirror* dabei die Phase in der ich nicht versucht habe, auf die Ewigkeit zu schielen) oder zu glauben, dass die Vorstellungskraft letztendlich ein Bild der Welt malt, das vom Herz (ich hatte ein Recht auf Herz) bestimmt wird, und so habe ich wieder damit angefangen, an meiner Imagination zu arbeiten, um mich des Lebens zu freuen, bin nach Mexiko gefahren und habe Neal besucht.

Aber inzwischen »vermag [nicht einmal] die menschliche Vorstellungskraft die endlose Leere der Seele zu füllen«, wie es in dem Gedicht aus dem Flugzeug heißt. Ich bin von der Welt absorbiert. Die Welt ist so wirklich, wie sie es zu der Zeit, als ich meine ersten Visionen von X hatte, nicht war.

Und jetzt ist es vielleicht an der Zeit, sich in der absoluten Illusion der absoluten Realität zu üben, sprich Zeit, sich dem Unvorstellbaren auf andere Art zu nähern, nur dieses Mal nicht durch das Denken an X, sondern indem der Geist von allen Gedanken geleert wird. Damals kannte ich keine entsprechende Methode, obwohl ich schon früh wusste, dass dies der richtige Weg ist.

Aus diesem Grund, oben genanntem Grund, zögere ich inzwischen, ernsthaft über die Harlemer Visionen zu sprechen, halte mich dabei sehr zurück, wie bei Lucien, und zögere ebenso mich auf irgendeine Form von Doktrin einzulassen. Und jetzt tauchst du mitsamt Doktrin und Methode auf, mit allen Anzeichen

4 Siehe Fußnote 25 auf Seite 233.

einer erfolgreichen Methode und der richtigen Doktrin im Rücken – will sagen, den kaum misszuverstehenden Beschreibungen (ganz leichte Zweifel habe ich) deiner Erfahrungen von X oder etwas Entsprechendem (inzwischen sowieso jenseits meines Begriffsvermögens).

Geh aus diesen Gründen in künftigen Briefen, in der Prosa, behutsam mit mir um. Verstehst du warum? Wenn du mich verscheißerst, bringst du den Sachverhalt in meinem Kopf durcheinander. Wenn du die Bezeichnungen der einzelnen Stadien der Erleuchtung falsch verwendest, oder einer Erfahrung eine Beschreibung oder Bezeichnung zuordnest, die diese nicht völlig zutreffend wahrhaftig (chinesisches Zeichen für Wahrheit ist Mensch, der zu seinen Worten steht) wiedergibt, wirst du mich verletzen und es mir auch schwerer machen, dir zu folgen. Im Enthusiasmus deiner Prosa, in ihrer Leichtigkeit, die Ewigkeit vorstellbar werden zu lassen, wird mir deutlich, dass du verschiedenen Ebenen von Erfahrung die gleiche Wichtigkeit zubilligst, selbst den geringeren, so dass ich nicht in der Lage bin, die tiefen von den weniger tiefen und tiefe von den tiefsten zu unterscheiden.

Ich zweifele in dieser Hinsicht nicht an dir, das Tiefste wird in den Briefen deutlich, daran kann es keinen Zweifel geben.

Ich versuche nur, genau zwischen dem zu unterscheiden, was du sagst, und der Bedeutungstiefe zu verschiedenen Augenblicken und in Äußerungen und Beschreibungen in den Briefen. Irgendwann mal hast du mir vorgehalten, ich würde literarische und tatsächliche Visionen verwechseln.

Dann: sicher, ich muss mit spirituellen buddhistischen Übungen anfangen. Wenn du deine Klarheit – eindeutig beobachtete Phasen und Methoden, eine Übungsfolge, besonders Augapfel, Ohrapfel, Buchapfel, Kicks etc. Phänomene, Übungen, speziellen inneren körperlichen und mentalen Hinweisen verdankst, dann hilf mir auf die Sprünge.

Ich habe es noch nicht über, die Menschen zu lieben – dich zum Beispiel – und will es mir also noch nicht abgewöhnen. Das wird vielleicht Verwirrung stiften. Will mich aber weniger selbstsüchtig, selbstmitleidig aufführen etc., derweil Studien vorantreiben und mental enthaltsam bleiben, emotional.

Ich bin jetzt nicht wirklich auf deinen Brief eingegangen. Ich möchte dir erst mal stärker verdeutlichen, welchen Weg ich in der Vergangenheit gegangen bin, im Hinblick auf eine eventuelle Ernsthaftigkeit, mit der du ihn inzwischen deuten magst, denn deine Ernsthaftigkeit war von Anfang an ziemlich ernst. Wollte dich wissen lassen, was ich alles durchgemacht habe. Dieser Brief fasst mehr oder weniger recht deutlich zusammen, was ich schon bei diversen Gelegenheiten versucht habe rüberzubringen und ermüdenderweise vielleicht auch schon gesagt habe, in Briefen oder persönlich.

Ich habe den Eindruck, dass in diesem Brief eine Art *Arhat* spricht, ein nüchterner *Arhat*, oder? Sofern nicht einfach wieder mein Ego hinter diesem Umschwung steckt und ich es nicht merke.

Ich führe jetzt ein noch genaueres Tagebuch meines weltlichen Lebens, als ich gestern schon berichtet habe und werde es dir zuschicken.

Entschuldige, dass ich diese Materie noch nicht gemäß buddhistischer Terminologie behandele, aber ich weiß noch nicht genug. Ich hasse es, einfach nur geschwätzig über interessanten literarischen Tratsch zu berichten, an dem ich irgendetwas finde, werde also eine Zeit lang nicht dazu in der Lage sein, das Dharma mit dir in Dharma-Begriffen zu erörtern, bis ich ein paar Erfahrungen im Sinne meiner eigenen Empfindungen damit gemacht habe. Bitte schreib mir weiterhin. Ich werde rasch antworten, und falls ich nicht dazu komme, an dich denken.

Goddard ist berühmt, ich werde herausfinden, ob er noch lebt.

Schau dir Suzukis Bücher an.

Beachte, dass ich meine literarischen Studien (Catull, Latein, Versmaß) für dieses Projekt unterbreche.

Allen

Jack Kerouac [Richmond Hill, New York] an Allen Ginsberg [San Francisco, Kalifornien]

18. bis 20. Januar 1955

18. Jan. 1955

Lieber Allen, dieser Brief gliedert sich in drei Teile, der erste erfreulich, der zweite bedauerlich, der dritte ernsthaft und philosophisch.
ZUERST DER ERFREULICHE TEIL. Ich will dich nicht mit Gedanken vergiften, die die Existenz meines Ichs betreffen, deines Ichs, irgendwelcher Ichs, vieler Ichs verteilt auf viele Lebewesen oder vieler Ichs vereint in einem Weltumfassenden Ich; auch nicht mit Ideen von oder über Erscheinungen, die ich dir eines Tages belegen werde, mit Hilfe der Buddhas und ihren Sutren, ist nur symbolisch und so dahergesagt. Dazu später. Mit anderen Worten, zunächst die erfreulichen menschlichen Neuigkeiten über »mich« und »derlei«. Nein,

ich habe meine Bücher nicht an den Mann gebracht. Vielmehr hat Knopf nach dem ganzen Ärger ums Abtippen, das mich nächtelang schuftend den ganzen Dezember gekostet hat, *Beat G.* zurückgeschickt und der Cheflektor Joe Fox hat sich ziemlich abfällig geäußert, sagt es ist nicht mal ein »guter Roman«, was nicht stimmt. (Aber Seymour Lawrence hat *Subterraneans* gelesen und eine sehr schöne traurige Absage geschrieben, wie schön meine Arbeit doch sei und »Kerouac, warum kommen Sie nicht von diesen Beatgen.-Themen los«.) Wie auch immer, das jetzt betrifft Eugene [Brooks] und mich. Heute Morgen sind wir zusammen zum Gericht gefahren und saßen weiter hinten, suchten hektisch in seiner Aktentasche nach der eidesstattlichen Erklärung zu meiner Krankheit[5], die Doktor Peronne (dein Peronne) gestern Abend ausgestellt hatte und in der er ausdrücklich erklärt: »Dieser Mann gehört ins Bett, bis sein akuter Zustand sich gebessert hat.« Aber ich war nicht böse auf Gene und er sagte, mach dir keine Sorgen. Jenuch dass er freundlich jenuch war, so früh aufzustehen und diesem hilflosen Adonis zu helfen, der bald wieder in die Leere zurückkehren wird, aus der er kam. Auch Joan Haverty war da, hatte aber keine Nachricht bekommen, dass ich einen Vaterschaftstest beantragt und auch keine Tochter hätte. Aber sie wurde gleich darüber informiert und auch, wie krank ich sei (laut Unterlagen Veteranenministerium). Sie kam ganz reizend rüber und fragte: Darf ich mich zu euch setzen? Na klar. Und weißt du was? Sie ist zum Katholizismus konvertiert und redet von der schmerzensreichen Jungfrau Maria und Jesus etc. Und wie sie ihren Frieden gefunden hat. Hat sich äußerlich nicht verändert, dünner. Zeigte mir Bilder von der Tochter die mir ähnlich sieht, glaube ich, besonders auf dem Foto, wo sie missbilligend die Augenbrauen runzelt, also vielleicht doch von mir. Aber liebt sie so sehr, will nicht, dass ich sie treffe oder meine Mutter ihr je Geschenke schickt, die sie da reinziehen etc. Sagte: »Es tut mir leid, ich wusste nicht, dass du so krank bist«. Das Kriegsveteranenministerium muss der Polizei einen Bericht über meinen Zustand geschickt haben, der offenbar schlechter ist, als mir klar war. Aber ein freudiges Gefühl durchströmte mich bei dem Gedanken, dass ich vielleicht bald sterben könnte, oder jung, welch eine Befreiung, welch allumfassende Süße. Joan war reizend, war aufmerksam, spöttelte ein bisschen über meinen Buddha (ich hatte eine große Versandtasche dabei, falls sie mich sofort in der Gruft eingekerkert hätten, darin auch die *Buddha Bible* von God-

---

5 Kerouac litt an einer Form von Venenentzündung, die sich auf die ganze Konstitution auswirkte.

dard, meine eigene PRAJNA-Auszüge abgetippt aus allen möglichen Quellen in öffentlicher Bibliothek, und meinen neuen Roman die lange Nacht des Lebens und Notizbücher mit chinesischen Schriftzeichen, die ich ihr zeigte, sie aber nicht ansah). Sie sagte, sie wolle kein Geld von mir, wenn ich keins hätte; ist geläutert (in puncto hilflose Frau) und hat beschlossen, den Stier bei den Hörnern zu packen und mit der Tochter nach NY zu ziehen und zu arbeiten und vielleicht eine Kindertagesstätte zu eröffnen etc. Kinderliebe. Mädchen heißt Janet Michele Kerouac, geboren im Feb. 1952. Blaue Augen. Sagte, mein Buddhismus sei mein »kleines Spiel«, das zu meiner Persönlichkeit passe. »Du spielst dein kleines Spielchen und ich meins« – ziemlich hipper Auftritt. Süße Blicke. Eugene sagte sogar, sie sei nett zu mir gewesen und schien mich zu mögen. Gene schien interessiert. Gene zog los, um mit dem Anwalt zu sprechen, der den Fall vertrat, rief meinen Arzt an etc., stand dann irgendwann im Flur und ließ seinen Blick durch die dicken Brillengläser über all die schwarzen abgekämpften falschen Väter und Mütter und Kinder schweifen und verstand das Leben. Schließlich gehen wir alle gegen Mittag in das Zimmer des Richters, der von vorheriger, langwieriger Verhandlung noch ganz erschöpft ist und nur sagt: »Wenn dieser Mann arbeitsunfähig ist, dann stellen wir den Fall zurück«. Also wird erst mal nichts passieren, falls Joan nicht sauer wird oder ich reich und berühmt etc. und ich habe die Wogen geglättet, ihr gesagt, wenn man mich in Ruhe lässt, würde ich auf den Vaterschaftstest verzichten und das Geld (für den Test) ihr geben. Der Fall ist also ausgesetzt (Gene sagt, er schätzt für ein Jahr) und Joan und meine Bewährungshelferin machen schwer einen auf Kumpel und schütteln sich die Hand und die Frau meint: »Ich hab euch doch gesagt, es ist besser, das unter euch zu lösen« und großes Frauenphilosophieren, während Gene die Ohren offen hält, um Frauen zu kapieren. Und anstatt in den Knast zu wandern, komme ich nach Hause, lerne das Herz des Großen Dharani auswendig das Kronen-Samadhi von Lord Buddha, rezitiere es kniend, trinke Wein und nehme Bennies und lese deinen Brief und verbinde mir die Beine. Jetzt treffe ich Gene am Freitag, geh mit ihm ins Kino und bring ihm vielleicht etwas Geld mit, das er sich verdient hat, wie meine Mutter meinte. Meine Mutter ist noch nicht zu Hause, kennt die großartige Neuigkeit noch nicht. Und Joan meinte, ich soll schreiben und das werde ich auch. Jetzt bin ich mehr als bereit für die Wüste, erst noch nach Süden und das Stück Land roden, auf dem meine Familie ein Haus bauen will, Bäume fällen und Stümpfe verbrennen und Gras mähen und Garten einsäen, wenn ich kann. Bin voll auf Nikotin, verdammt, muss es mir wieder abgewöhnen.

ZWEITER BEDAUERLICHER TEIL. Dein langer Brief über die schmerzliche Liebe. Wenn du wie ich der Liebe und der Welt entsagen willst, dann wirst du am Schmerz der Entsagung leiden, die sich in Form von Ennui und »was soll ich tun, was soll ich träumen?« einstellen wird, kapiert. Aber wenn du nach der schmerzlichen Liebe greifst, wirst du ergo an der schmerzlichen Liebe leiden. Ich hab den ganzen Brief kapiert und fand den Dostojewski großartig und den nackten Neal, wie er im Flur Hinkle in die Arme läuft (wie damals, als wir drei uns zufällig in Watsonville über den Weg gelaufen sind und eine tolle Pokerrunde mit den Bremsern gespielt haben) – Peter O. klingt ziemlich großartig und ich weiß, was immer auch passiert, du wirst wissen, wie du sein trauriges Herz besänftigen kannst. Mach das unbedingt, bevor es zu spät ist, bevor alles verfliegt. Beruhige auch den Canuck-Maler. Zieh dich raus, oder wenn nicht ziehen, dann raus, denn wie kann ich mehr wissen als beim Burroughs-Deal … hör zumindest mit den Retourkutschen auf, mach andere nicht traurig, sei immer freundlich und verzeih und leide. Ich leide an der Einsamkeit, den langen Nachmittagen nach Dhyana oder sogar schon vorher, was bleibt denn noch zu tun? Brief ist wunderbar, ich habe ihn am Morgen Zeile für Zeile gelesen, jedes Stück genossen, wie ich deine Briefe liebe, mein prächtiger reizender Allen. Und mach dir keine Sorgen, dass ich jemals wieder sauer auf dich bin – ich schwöre dem zum allerletzten Mal ab, immer dann, wenn ich sauer auf dich war, stellte sich später raus, dass ich mich aus eingebildeten Gründen aufgeplustert habe. bah. Nie wieder werde ich dich böse anschauen oder wirst du ein hässliches Wort von mir hören, denn ich habe verstanden, dass du bereits ein Heiliger bist und wirklich ein Heiliger. Ich verstehe deine Bedenken hinsichtlich der Form einer ausgiebigen Diskussion von »X«, die auf nichts anderes als einen breiten rationalen philosophischen schulmäßigem Hip-Dichter-Hintergrund zurückgreift. Du brauchst Vertrauen. Was meine ich mit Vertrauen? Nehmen wir an, Buddha sagt, wenn du in höchstes *Samhadi* gebettet bist, kommen all die unzähligen Bodhisattvas aus den vier Richtungen des Universums und legen dir ihre Hand in einem Strahlenkranz auf die Stirn? – und meine vertrauensvolle Antwort ist WARUM NICHT? (da sie unsichtbar, unergründlich, unvorstellbar sind.) Was also die schmerzliche Liebe betrifft, so ist schmerzliche Liebe gleich schmerzliche Liebe und bezüglich des Tao die Oberfläche der Realität, und was deine Formulierung in Sachen »Realität« betrifft, fallen mir ein paar Irrtümer auf. … deine Worte: »ABSOLUTE ILLUSION VON ABSOLUTER REALITÄT« und hier liegt die Crux deiner Fehleinschätzung, was auf mangelndes Wissen zurückgeht, das du dir jetzt anfängst anzueignen. (Im Übrigen wenn du auf Catull und Versmaß als *Basis* der Dichtung verzichtest, drückst du dich keineswegs vor den Erfordernissen eines akademischen Studiums in Eigenregie, es kann für Dichtung keine andere Grundlage ohne Schlupflöcher geben als den Buddhismus. Ich werde dir in dieser Hinsicht später noch Dylan Thomas auseinandersetzen, um die kindliche Unschuld seiner Gedanken deutlich zu machen.) Erscheinungen sind die Illusion, die Wirklichkeit ist die Wirklichkeit. Erscheinungen sind dein chinesisches Äußeres, das du auch meinst, wenn du sagst »wenn Visionen Wirklichkeit sind, ist das der Hafen – Himmel« – mit anderen Worten, etwa, der Körper – der Körper ist nicht wirklich, die Vision ist es – *also ist die Vision des Nichts letzten Endes ebenso real wie der Körper* – aber die Vision des Nichts ist, stimmt's?, die Vision der Vision, Essenz des Geistes. Jetzt hör dir mal das an: Während ich gestern in der U-Bahn das Diamant-Sutra las, nein, das nicht, das Surangama Sutra, wurde mir klar, dass jedermann in der U-Bahn und all ihre Gedanken und Interessen und die U-Bahn selbst und die billigen Schuhe und Handschuhe etc. und das Cellophanpapier auf dem Fußboden und der jämmerliche Staub in den Ecken alles ein einziges Sosein und Essenz war. Ich dachte nach. »Essenz des Geistes ist wie ein kleines Kind, das keinerlei Unterschiede kennt.« Und ich dachte: »Essenz des Geistes liebt alles, weil sie weiß, was alles ist.« Und ich sah, dass diese Leute, und auch ich in etwas kleinerem Ausmaß, alle in unserer Ichbezogenheit begraben waren, die wir für wirklich hielten … aber das einzig Wirkliche ist das Eine, die Eine Essenz, aus der alles gemacht ist, und so halten wir gleichermaßen unseren begrenzten und verwirrten und vergifteten Geist (der sich nach Verabredungen, Kummer, Sorgen, Liebe sehnt) für unseren Wahren Geist, aber ich habe den Wahren Geist höchstselbst gesehen, Allumfassend und Eins, der keine beliebigen Vorstellungen über diese Unterteilungen des Selbst und dergleichen pflegt, der nur verschieden erscheinend, unbegrenzt ist, unaufgeregt, unvergiftet durch das Leiden des Selbst-Anhaftens an der Gestalt, der Geist ist ES selbst, das ES … Als ich das Cellophan anschaute, war es gleichsam mein kleiner Bruder, ich liebte es wirklich … verstand also, wenn ich dort im Wahren Geiste sitzend mein Selbst und seinen begrenzten Geist vergessen würde, und die eingebildeten und ausgedachten Leiden (die wie du weißt mit dem Tod verschwinden) (wie Melvilles Schemen auf den Straßen vor hundert Jahren im dunklen Amerika mit Eis und Schnee auf dem Gehweg, hätte er keinen KÖRPER gehabt, wäre er durch endlosen Raum gefallen) (nicht mal ein Gehweg) (alles leer, alles Halluzinationen von Gestalt) wenn ich im Wahren Geiste dort sitze, wie die

Chinesen im Tao sitzen, und ohne mein Selbst, aber ganz dem Nicht-Selbst unterworfen mit hängenden Armen, um das Karma sich erfüllen zu lassen, werde ich die Erleuchtung erreichen, indem ich die Welt als einen jämmerlichen Traum begreife.

Das ist kein Scheiß und ich glaube das wirklich und werde dir nicht nur das irgendwann einmal beweisen. Was dein In-die-Wüste-gehen betrifft, das ist nicht nötig (Skorpione in deinen Taschen), das ist was für mich, wenn es sich denn als der Weg zum wahren Samboghakaya bleib-immer-dran erweist, dann werde ich dir berichten und dann ist immer noch Zeit, dir zu sagen, dass du es tun sollst. Aber ich kann nichts tun, um deine Vision von schmerzlicher Liebe zu ändern, die letzten Endes die von Sebastian [Sampas] ist, und neulich Abend wurde mir klar, dass Sebastian, als er bei Anzio fiel, durch den Kugelhagel hastete, um einem verwundeten Kameraden zu helfen (er war Sanitäter) und als Tathagata in seinem traurigen Charles-Boyer-Algiers-Krankenhaus starb. Wer weiß? Trotzdem gibt es nichts anderes als zu sitzen. Der Trick ist Dhyana, zweimal täglich. Ich werde dir, wie erbeten, in puncto »spezielle innere körperliche und mentale Hinweise« auf die Sprünge helfen.

DRITTER ERNSTHAFT PHILOSOPHISCHER TEIL – Zum Auftakt, ich habe deinen »X«-Brief Eugene gezeigt, weil er deine Briefe sehen wollte, und hab ihm Peter-O.-Brief nicht gezeigt, statt dessen »X« und sein Kommentar war: »Zeig das nicht meinem Vater.« Ups. Das Reden über »Umschwünge« etc. Schätze ich.

Gerade jetzt im Augenblick kann ich mich wegen blöder Euphorie, Wein und Benny nicht hinsetzen und das wahre Dhyana praktizieren. Aber es gibt einen Trick:

Trink eine kleine Tasse Tee, schließ zunächst mal die Tür ab, dann leg ein Kissen aufs Bett, ein Kissen an die Wand, kreuze Füße, lehn dich an, aufrechte Position, lass den Atem komplett aus der Lunge und hole wieder tief Luft, schließe sacht die Augen und fang nicht nur an, leicht wie ein Kind zu atmen, sondern lausche auf den Klang, der dem Schweigen innewohnt, der wie du ja weißt das Schhh des Meeresrauschens ist und unter allen zufälligen Nebengeräuschen liegt. (Es ist der Klang des Imaginären – der Klang des Geistes und alles Geistigen überall). Das sind Tathagatas, die für mich singen. Auch für dich. Das ist die einzige Lehre. Babys hören es. Es hat niemals begonnen, es wird nie aufhören. Tathagata heißt »der aus der Soheit Gekommene und in die Soheit Gegangene«. Das ist die Essenz der Buddhaschaft. Der erste Hinweis nach fünf bis zehn Minuten ist ein Wonnegefühl beim langsamen Ausatmen, und deine Muskeln sind bereits entspannt und dein Magen arbeitet nicht mehr und dein Atem geht langsam, dieses Wonnegefühl beim Ausatmen heißt, dass du jetzt in Samadhi eintrittst. Aber grabsch nicht danach. Die Wonne ist körperlich und mental. Geräusche oder Blicke interessieren dich jetzt nicht mehr, Augen geschlossen, Ohren unterschiedslos aufnahmebereit. Vielleicht juckt es irgendwo, du willst dich kratzen; kratz dich nicht; das Jucken ist Einbildung, wie die Welt; es ist »das Werk von Mara dem Verführer« (in dir selbst) der dich zu täuschen versucht, damit du dein Samadhi abbrichst. Und während du voller Wonne atmest, lausche dem diamantenen Klang der »Ewigkeit«, betrachte die Milchstraße hinter deinen Lidern (die weder hell noch dunkel ist, keiner willkürlichen Vorstellung vom Sehen Raum gibt). Körper vergessen, ruhig, friedlich. Ich habe den Tee erwähnt, der wurde 300 vor Christus von Buddhisten genau zu diesem Zweck eingeführt, für das Dhyana. Wenn das Wonnegefühl da ist, erkennst du durch INTUITION (an dieser Stelle lassen wir X hinter uns), welch unterschiedliche Auslegungsmöglichkeiten du bezüglich deiner täglichen Unternehmungen und der langen Nacht des Lebens im Allgemeinen hast, ihre Irrealität, Unheimlichkeit, Traumhaftigkeit, wie wiederum die Harlem-Vision. Sodann kannst du, wenn du willst, die Gedanken mit ein bisschen Tantra anhalten; um die Gedanken anzuhalten, könntest du bei jedem Ausatmen sagen: »Die Gedanken sind angehalten« oder »Es ist alles Einbildung« oder »Geistes-Essenz liebt Alles« oder »Das ist nur ein Traum« oder »(Verehrung dem) Tathagata des Nicht-Anhaftens« (meint, nicht den Gedanken anhaften). Indem du den Kontakt zu deinen Gedanken abbrichst, bleiben sie auch nicht mehr an dir kleben; sie kommen und gehen, sicher, wie Träume im Schlaf, aber du würdigst nicht mehr ihr Wesen, du würdigst die Essenz. Wenn du das eine halbe Stunde gemacht hast, stellt sich ein weiteres Wonnegefühl ein. Aber dann beginnen die Beine zu schmerzen. Versuch so oft wie möglich diese Beinschmerzen so lange wie möglich auszuhalten, denn du verstehst in genau dem Augenblick, wo sie kaum noch auszuhalten sind, wo du es keine Minute länger ertragen kannst, und plötzlich, während ein paar Sekunden dieser Minute, vergisst du die Schmerzen auf der Stelle, womit sie sich als pure Einbildung des Geistes erweisen! Aber bleib bei deinem Körper, mit dem du dich entwickeln musst. Versuch es weiter mit den Beinen, oder besser noch, leg eine Pause ein, massiere sie, und fang noch einmal an … Übe *Dhyana* EIN Mal pro Tag, aber das ausführlich, denn es braucht schon 20 Minuten, bis die Gedankenmaschine zur Ruhe gekommen ist. Du wirst das, was du suchst, schlicht durch *Dhyana* finden, denn das verweilt in sich selbst, wie meine Vi-

sion der U-Bahn, »im selbst-losen Einssein mit der Soheit, die Tathagataschaft
ist.« (Leere, Ruhe, ewiger Frieden)

Jetzt was zu den Worten. Was du sofort brauchst, ist das Diamant-Sutra. Falls
du das nicht in deiner Philo-Sammlung hast (die ich zu gerne mal sehen würde)
dann lass es mich wissen und ich tippe es so schnell wie möglich ab und schicke es dir. Das ist die erste und höchste und endgültige Lehre. Ich glaube, du
bist bereit für das Diamant-Sutra. Darin sind oder werden all deine »X« beantwortet. »X« ist schlicht die Essenz, die der Gestalt zugrunde liegt … als
Essenz ist es die Quintessenz der Leere … ist Nirwana, die Höchste Perfekte
Weisheit. Die kristallene Wirklichkeit. Gestalt ist ein Traum, Essenz ist Wirklichkeit. Schöpfung ist Illusion mit realem Ursprung.

(Zwei Tage später) Ich weiß, dass diese Briefe sich scheiße anhören, weil sie alle
ständig den gleichen Grad von Enthusiasmus für Gedanken haben, die manchmal vor Kraft explodieren und manchmal schwächlich implodieren, aber das
ist wie *Atmen* und der Enthusiasmus ist wie das Leben, das das Atmen erst
möglich macht.

Ich habe den ganzen Tag darüber nachgedacht, aber mein Versuch, dir etwas
via dieser Briefe nahezubringen, ergibt einfach keinen Sinn. Ich werd es dir
einfach persönlich erzählen müssen; eine Art Vortrag aus meinen Some-of-
Dharma-Notizbücher zusammenstellen, denn das Schreiben darüber und die
Monotonie haben keinen Anfang und kein Ende. Ich will dein X oder die Harlem-Vision nicht bagatellisieren; es ist nur so, dass du sie nicht prägnant genug
beschrieben hast, damit sie sich von den 1000 Samadhi-Empfindungen, die ich
schon hatte, unterscheidet. Ich werde sie dir übrigens schicken, dann bist du
selber in der Lage, dich daran zu erinnern und zu urteilen.

Am Buddhismus ist nichts »Unmenschliches«, er ist einfach eine Religion für
»fühlende Wesens« was heißt alle Wesen, die Gefühl besitzen und deshalb verantwortlich sind und unter der Fuchtel von Leiden und Tod. Ach, ich hab's
satt zu reden. reden.

Ich denke, als Nächstes schicke ich dir am besten meine persönlichen Aufzeichnungen zum Dharma, ohne Kommentare, denn diese Briefe werden einfach zu viel. Da stehen Tausende von Sachen drin, warum soll ich die für dich
alle noch einmal aufschreiben?

Ja, bring Neals Joan-Anderson-[Brief] heraus, das ist ein Meisterwerk und war
der Ausgangspunkt für meine Gedanken zur Prosa, obwohl Neal das egal ist
oder er es nicht versteht; doch diese vollgetippte Seite, auf der er atemlos das
Bild eines Toilettenfensters zeichnet, ist die wildeste Prosa, die mir je unterge-

kommen ist, und ich ziehe sie Joyce oder Proust oder Melville oder Wolfe oder wem auch immer vor.

Bills Interzone Tanger ist großartig, unvergesslich, er scheint sich auf hundert unberechenbaren Tangenten sehr weit hinauszubewegen und ein wirklich großer Autor zu sein, besonders weil er sich kompromisslos damit beschäftigt. Seine Fingergeschichte ist so präzise, die Prosa. Unvergessliche Sache, in aller Kürze. Ich hätte aufschreiben sollen, was mir dazu eingefallen ist, als ich die Geschichten letzte Woche gelesen habe. Ich bin innerlich völlig abgespannt; zwei Tage lang habe ich wie ein Mathematiker mit dem Problem gekämpft, wie man die Sieben Großen Elemente in die Tat umsetzen kann ... ein Problem, das im Surangama [Sutra] gelöst ist, aber aufgrund der schlechten Übersetzung oder im Sanskrit nicht abgeschlossenen Gedankenführung nicht völlig klar wird; das hat mich aber so erschöpft, dass ich diesen unfertigen Brief an dich auf den Weg bringe, mit der Bitte um Zeit für Erholung. In meinem nächsten Brief werde ich erst mal einfach ein bisschen plaudern und dann die Anmerkungen zum Dharma abtippen. Darin all die Probleme von Karma, willkürlicher Vorstellung, etc. Bla bla Wörter Wörter. Glaub jetzt bloß nicht, dass ich vom Glauben abgefallen bin, nein, ich hab bloß von den Wörtern und vom Briefeschreiben die Nase voll; ich mache langsame, aber sichere Fortschritte. Carl Solomon müsste jetzt in Denver bei Rudolf Halley sein. Wie kann ich das herausfinden? Aus der Wohnung an der Madison müsste er inzwischen raus sein.

Bev Burford geht im März nach Frisco. Einer der besten Teile in *Visions of Neal* ist der über Samstag-Nacht-Rote-Neons-Lassen-Mich-An-Schokoladebonbonschachteln-In-Drugstores-Denken, weißt du noch? – genau richtig für Crazy Lights – Entschuldige diesen langweiligen Brief. Ich bin sehr froh, dass ich nicht ins Gefängnis muss. Jetzt fahre ich in diesem Frühjahr oder Sommer oder Herbst nach Frisco und esse jede Menge Chowmein aus der Pfanne und trinke Wein mit Al – werde wieder in Chittenden Riverbottom wohnen und mehr Gedichte über Gras schreiben – mit dem Zipper in die Wüste fahren direkt von 3rd und Townsend [Street], die ganze Strecke bis zur Yuma-Wüste – Hier lamentiere ich über das Dharma herum und bekomme nichts darüber zu Papier. Geduld. Warte auf den folgenden. Währenddessen nimm bitte Vorliegendes und die beigefügten Storys von dir und Bill und schreib wieder, wenn du was hast. Was sind deine unmittelbaren Gefühle hinsichtlich deiner ersten buddhistischen Lektüre?

Jack

266

Allen Ginsberg [San Francisco, Kalifornien] an
Jack Kerouac [o. O., New York, New York?]

14. Feb. 1955

Lieber Jack:

Habe gerade deinen zweiten Brief bekommen. Übrigens habe ich Bill geschrieben und ihm $ 20 geschickt und will ihm immer mal noch ein paar $$ schicken, wenn ich es mir leisten kann. Ich schulde ihm sowieso etwa 60. Er hat mir eine Geschichte geschickt die ich dir sofort weiterleite, über einen Mann der durch sein Arschloch spricht. Außerdem ein paar Anmerkungen zu Berichten über einen Engländer, der bei Wilhelm Tell den gleichen Fehler gemacht hat wie er. Wäre schön, wenn du ihm ein paar ermunternde Worte zu seiner Methode in Sachen Prosa schreiben könntest, was er mir schickt ist so interessant wie Kafkas Tagebücher und Fragmente, es quält ihn aber offensichtlich, dass das Fragmentarische und die »Desorganisation« des Materials ihn deprimiert. Ich habe zurückgeschrieben, er soll dem Material die Form belassen, in der es kommt. Du könntest ihm aus deinem Wissen heraus das Gleiche empfehlen und ihn darin bestärken, dass dieser *Naked Lunch*-Stil aus Tanger die richtige Vorgehensweise ist. Rexroth mag Bills Arbeiten nicht, Belson und Gerd Stern auch nicht. Es wird schwierig sein, es zu promoten oder damit hausieren zu gehen. Wahrscheinlich würde ihm ein Schuss Akzeptanz von irgendwoher guttun. Wenn du kannst mach doch mal Werbung für ihn bei *New World Writing* wenn du kannst. Ich meine, die Südamerika-Briefe sind noch das Präsentabelste. Seither hat er nichts mehr komplettes zusammengestellt, das wird einige Zeit dauern. Er meinte auch er hätte einen Brief aus Tanger im Stil des *New Yorker*. Der wäre doch gut für *New World*, weil er bestimmt von beißenden Untergangsszenarien nur so wimmelt. Wenn du meinst, du könntest [Arabelle] Porter dafür gewinnen, sich damit zu beschäftigen, könnte ich dir das Manuskript schicken oder auch direkt an sie. Hier kann ich zurzeit nicht mehr für ihn tun als vielleicht einen Schuss Kurzes in einer der kleinen Zeitschriften.
Schuss ist hiesige Terminologie, schuss-mäßig (»Blutgruppe Schusstrunken« sagt Sublette, zurück von See, sticht Lucien lucienmäßig aus.)
Scheiß auf Schuss.
Rexroth meint, deine Arbeit ist wie sie ist, obwohl er sonst nicht allzu viel Sinn für Burroughs hat, und obwohl Rexroth manchmal auch ein bisschen Scheiße erzählt, ist er in Ordnung. Wie auch immer, Kerouac bewundert er definitiv am meisten, wer immer das nun wieder ist, hat verstanden, dass dir die Zu-

kunft gehört und würde alles ihm Mögliche tun, damit du veröffentlicht wirst. Er berät Laughlin. Er hat Laughlin *Visions of Neal* gezeigt und ihm alle möglichen Geschichten über uns erzählt, auch Auden und hat Cowley geschrieben und über dich gesprochen etc. und sagt im Übrigen, du seist schon eine Legende, auch ohne etwas veröffentlicht zu haben. Er schlägt jetzt drei Sachen vor. 1. Vielleicht kommt Bewegung in die Sache, wenn *New World Writing* raus ist. Warte bis dahin ab und sieh dann zu, dass du in jener Woche Manuskripte rumgehen lässt. 2. Nimm auf jeden Fall Kontakt mit Edmund Wilson auf. Er ist (laut Rexroth) der Einzige, der tatsächlich genug Einfluss hat, wenn es darum geht, ein Buch zu veröffentlichen. Van D. [Doren], Cowley und Trilling haben in dieser Hinsicht praktisch kaum was zu sagen. Wilson ist in der literarischen Welt die graue Eminenz hinter dem Thron. Er hat an Cowley geschrieben und ihm vorgeschlagen, ein Manuskript an Wilson zu schicken. Du kannst Cowley ja danach fragen, schlag es ihm vor oder bestärke ihn darin, oder lass mich das tun falls du wegfährst, oder setz deinen Agenten darauf an, falls ihm das möglich ist und er kapiert. Rexroth hat mir diese Vorgehensweise mehrfach vorgeschlagen und glaubt, dass Wilson darauf einsteigt. 3. Was New Directions betrifft, das ist durchaus eine Möglichkeit. Sobald ich *Sax* bekommen habe, gebe ich es Rexroth und sag, er soll das bei Laughlin anstoßen. Er hat Laughlin bereits vorgeschlagen dich zu verlegen, ich glaube, er braucht nur ein normales fertiges Buch, das man veröffentlichen kann, um damit weiterzumachen. Dafür würden sich *Sax*, *Maggie*, *On the Road* und vielleicht *Subterraneans* und spätere eignen. Die drei Genannten scheinen am ehesten dafür in Frage zu kommen. Ich bin froh, dass du mir *Sax* schicken willst. Was meine Geschmäcker betrifft, würde ich gerne damit anfangen. Schick mir unbedingt eine Abschrift hierher. Vielleicht klappt es ja.

Ich schicke dir *Visions* sobald ich es noch einmal komplett gelesen habe, und die Gedichte. Eilt doch nicht, oder?

[Gerd] Stern war »hingerissen« von Neals Joan-Anderson[-Brief].

Crazy Lights ist, wie du vorhergesagt hast, eine Totgeburt, der Herausgeber hat der Stadt den Rücken gekehrt, kein Geld um es zu durchzuziehen. Ich weiß, dass meine Projekte sich nur selten verwirklichen, aber so ist das Leben, ich versuch's weiter. Eines wird früher oder später. Bei *Junk* hat's jedenfalls geklappt.

Na ja genug von diesen Angelegenheiten.

Deinen letzten langen Brief hat Neal, also kann ich dir dazu nichts sagen. Ich habe versucht, Goddards *Golden Path* zu lesen fand ihn aber zu weitschweifig.

Habe mir dann die anderen Bücher gegriffen und die Bücherei durchwühlt, bis ich auf eine überarbeitete (1952) Ausgabe von Goddards *Bible* stieß, die gleiche, die du hast, die habe ich mitgenommen, ohne sie verbuchen zu lassen – fiel mir aber erst auf als ich schon auf der Straße stand, ich nehme an, die ist jetzt für eine Weile mein.

Ich hab das Diamant-Sutra durchgelesen, eine vollendete Darstellung, fand ich. Ich habe mir Stellen angestrichen und werde mir in Kürze Notizen dazu machen und alles was mich angeht dir schicken. Am stärksten verwirrt hat mich der Gebrauch des Wortes »beliebig«. Alle Vorstellungen sind beliebig, da sie anders als die Soheit sind, es sind Vorstellungen.

Für die Soheit des Nichts fehlen mir noch weitere Erfahrungen. Soheit, sozusagen.

Um die Soheit voranzubringen werde ich mich bemühen, Goddards Buch zu meistern und zu meditieren.

Übrigens registriert Peter O. [Orlovsky] aufmerksam deine Briefe und das Goddard-Buch und liest es mit großer schlichter Ernsthaftigkeit durch. Ich glaube er hat einige frühe Stufen (Mitgefühl) schon erreicht, weiß aber in dieser Hinsicht zu wenig über die Rubriken, um darauf zu verweisen. Außer mir ist er hierherum der Einzige, der bewusst so drauf ist. Er sitzt inzwischen auch und meditiert und hat dabei merkwürdige Empfindungen, scheint auf dem richtigen Weg zu sein.

Ich bin kurz davor sogar selbst meine Ansichten zum Schwengel bis zur Erschöpfung zu strapazieren. Scheint als könnte man ihm nicht entsagen, muss ihn einfach so lange traktieren, bis er unwirklich wird. Selbst mein eigener Schwanz etc. wird mir Jahr für Jahr unwirklicher. Je befriedigter er ist, desto näher die Entsagung. Dem jage ich nach.

Deine Briefe sind sehr sinnvoll, hilfreich, denk nicht, dass dein Aufwand vergeblich ist, denn ich achte wirklich auf Details und welche Hinweise ich auch immer erkennen kann, halte danach Ausschau. Je mehr du über Dhyana schreibst, Meditation, Schneidersitz etc., desto mehr glaube ich, dass das für mich sinnvoll sein könnte – genau darin brauche ich Unterricht, um Soheit zu entwickeln, in dieser Methode, glaube ich. Auch die erzählerischen Beschreibungen des Nichts sind hilfreich.

Als Nächstes werde ich Lankavantara lesen, dann Surangama, dann das Buch von Anfang an.

Burnett ist süß, in Ordnung, Anton [Rosenberg] der netteste aller schweigsamen Kumpel. Ich kenne Sherry nicht gut genug um einfach bei ihr anzuklopfen, aber danke, vielleicht eines Tages. Besorg mir die Anschrift von Chase und ich werde ihm mit Neal einen Brief schreiben. Vielleicht.

Es gibt hier einige Zen-Schriften in Französisch. Informationen zu dieser Spielart der Lehre kannst du bei Alan Watts vom Asia Institute in S. F. bekommen. In New York gibt es einen Zen-Tempel. Telefonbuch. Ich war dort. Vielleicht lehrt Suzuki ZURZEIT an der Columbia. Er ist wirklich großartig. Seine Bücher sind ausschließlich Sammlungen von Schriften und seine wirklich verblüffenden Kommentare das Intelligenteste, was ich neben Goddard kenne. Weißt du im Übrigen, dass Irving Babbitt in Harvard um die Jahrhundertwende herum ein Buch über Buddha schrieb und damit Eliot etc. dahin gehend beeinflusst hat, Sanskrit zu studieren? Und natürlich waren die Bostoner Brahmanen, und die Transzendentalisten, Thoreau, Buddhisten. Ich meine, Thoreau oder Emerson haben sogar ein paar buddhistische Schriften übersetzt. Eine Neuengland-Tradition.

[...]

Nebenbei, erinnerst du dich an ein ähnliches Gedicht von mir über E. Harlem: »Many seek and never see, anyone can tell the why. O they weep and o the cry and never take until they try it in their sleep and never some (summon) until they die. I ask many, they ask me. This is a great mystery.[6]«

Ich schreib dir bald wieder. Habe ich deinen Brief richtig verstanden, dass du aus NYC wegwillst, und kannst du mir deine Adresse schicken, falls du sofort fährst?

Perfekter Wald für Bikkhu-Einsamkeit ist in der Nähe von Palenque, Säume des unerforschten Regenwalds im Landesinneren von Guatemala Peten. Auf der Shields-Finca, wo ich gewohnt habe, gibt es klares Bergwasser und Einsamkeit und Hängematte und Strohhütte umsonst, vielleicht sogar Essen. Lass mich wissen, wenn es so weit ist, dann schreib ich der Signora, eventuell wohl eher, gewiss baut sie dir eine Strohhütte am Rand des Dorfes mitten im Wald. Für ein Bikkhu-Leben kenne ich in Mexiko keinen besseren Ort als Chiapas, falls du nicht ein Wüsten-Bikkhu sein willst. Vielleicht gibt es auch noch Wälder in der relativ unerforschten Küstenregion zwischen Lake Chapala Richtung Acapulco, jedenfalls keinen Highway. Soll ein wildes Land sein, abgeschieden und keine Wüste.

Lieben Gruß,

Allen

---

6 Allen Ginsberg, *The Eye Altering Alters All.* In: *Collected Poems*, S. 7, New York 1985. (A. d. Ü.)

Jack Kerouac [Rocky Mount, North Carolina] an
Allen Ginsberg [San Francisco, Kalifornien]

4. März 1955

Lieber Allen:

Anbei ein Brief für Bill, kannst du den bitte verschicken, weil ich mir zurzeit kein Auslandsporto leisten kann und du ihm sowieso schreibst. Hier meine Reiseroute.

1. Derzeit im Süden, babysitte und spüle Geschirr für Familie, schreibe großartiges neues Buch über Buddha, bin schon halb durch. *WAKE UP*

2. Fahre im Mai nach N. Y. und packe etwa 100 Pfund Manuskripte und Mutter in Lastwagen (vom Bruder [Schwager]) und bringe sie hierher

3. Im Juli per Anhalter und mit Frachtzügen nach Texas mit Rucksack und Schlafsack und Sutren, für ungestörte Samhadis …

4. Zwei Monate in der Wüste

5. Im September S. P.-Zipper nach Frisco – also bleib um Himmelwillen dort, bis ich angekommen bin

6. Im November zurück in den Süden mit Frachtzügen

7. Xmas arbeiten für Paris und Tanger $ (für Schwager) (für Schiff und arabisches Brot)

8. 1956 in Europa (Afrika … Bus Indien …)

Ich habe an Cowley geschrieben. Wenn alles, was du über Rexroth sagst, wahr ist etc., dann schreib bitte Briefe an Sterling Lord (mein Agent) und sag ihm, was Sache ist, ich werde ihn aufklären was dich betrifft. Hat er dir inzwischen *Sax* geschickt? Hatte ich ihm gesagt. (Dieses ganze Cowley-Gequatsche und nie Knete.)

Nach dem Buddhismus-Leitfaden will ich als Nächstes ein gewaltiges *Visions of Bill* schreiben, wie *Visions of Neal* (aber sag ihm nichts, bitte denk dran, ihm nichts zu sagen, das würde große spontane Studien von ihm verderben). Keine Schreibmaschine, somit ist erst mal eine Weile Schluss mit meinen langen Dharma-Briefen. *Some of the Dharma* hat jetzt schon über 200 Seiten und nimmt feste Form als eigenständiges großartiges nützliches Buch an. Ich habe noch nicht mal angefangen zu schreiben. *Visions of Bill* wird ziemlich wild und großartiger als *Tristram Shandy*. Ich habe vor, der großartigste Schriftsteller der Welt zu werden und dann Tausende im Namen des Buddha zu bekehren, wenn nicht gar Millionen. »Frohlocket, denn ihr sollt Buddhas werden!«

Ich habe etwas absolut Merkwürdiges und doch Alltägliches begriffen, ich

glaube ich habe einen tiefgreifenden Wandel durchgemacht. Zurzeit fühle ich mich völlig glücklich und völlig frei, ich liebe alle Menschen und habe vor, das auch weiterhin zu tun, ich weiß, dass ich eine imaginäre Blüte bin und mein literarisches Leben ist nichts anderes und meine literarischen Errungenschaften sind nichts anderes als imaginäre Blüten. Die Wirklichkeit besteht nicht aus Bildern. Aber ich mache die Sachen so oder so, weil ich mich von meinem Selbst befreit habe, frei von Illusionen bin, frei von Zorn, ich liebe alle Menschen in gleicher Weise, wie gleichermaßen leere und gleichermaßen kommende Buddhas. Ich habe lange wilde Samhadis um Mitternacht auf einem Flecken Gras im finstersten Wald gehabt. Es gibt überhaupt keinen Grund, in einem Zustand von unwissender Angst und Gier nach weltlichen Trips weiterzumachen, Bis später
Jack

Wir sehen uns im Sept.!

Allen Ginsberg [San Francisco, Kalifornien] an Jack Kerouac [o. O., New York, New York?]

13. März 1955

Lieber Jack:
Anbei die Abschrift eines Briefs, den ich [Sterling] Lord geschickt habe. Neal ist übers Wochenende hier mit Natalie [Jackson] in 1010 Montgomery St. Hat einen Zweiwochenbart, wie ein Hobo, sieht traurig aus, Urlaub. Die beiden fuhren also für einen Abend nach L. A. und kamen zurück mit vier Strafzetteln wegen Geschwindigkeitsüberschreitung (und sein Führerschein ist sowieso schon weg) und Carolyn hatte ihn gewarnt, er brauche nicht zurückzukommen wenn er fahren würde, deshalb kampieren die beiden auf meinem Bett, Peter [Orlovsky] brütet in seinem Zimmer vor sich hin, düstere russische Depression, ich versuche mir ein faules Wochenende mit Lesen zu machen, Pounds neueste Übersetzung »The (chinesische) Classic Anthology (Gedichte) defined by Confucius« (als Herausgeber).
Immer noch beim Surangama-Sutra, ist schwer zu lesen, ich folge nicht richtig, obgleich es schon irgendwo hinführt, es funktioniert schon, aber ich kann mich nicht auf die Leitsätze konzentrieren. Ich werde weiter so lange dranbleiben, bis es klappt. Schwer zu folgen, zu verstehen. Gewaltiges Gebilde, größtes

furchterregendes Gebilde von Hinweisen. Habe nie etwas Durchdringenderes in der Hand gehabt.

Anfang '56 nach W. Europa werd ich mich dir anschließen. Ich hatte mir schon vorgenommen, Anfang des Jahres zu fahren. Hier habe ich Schulden und muss länger arbeiten, um das Geld für die Reise zusammenzukriegen. Aber Januar oder Februar nächsten Jahres sollte ich mehr oder weniger schuldenfrei sein. Meine Bude ist großartig, Kamin, längliches dunkles Bohemezimmer, überall türkische Teppiche, gemütlicher Sessel zum Lesen, Webcor Victrola mit drei Geschwindigkeiten gerade aus dem Leihhaus erworben, Betten, Tisch und Bücher, Neal und Hinkle den ganzen Nachmittag beim Schach am sonnigen Fenster zur Straße hin.

An deinem Streben gibt es nichts auszusetzen.

Ich hatte nur ein paar wenige Augenblicke des Befreitseins, während ich Monkey [Montgomery] Hill hinaufstieg und mir den Telegraph Hill und das Bankgebäude als Produkt meiner Vorstellung oder Nicht-Produkt meiner Vorstellung vorstellte. In den vergangenen Monaten hat das Diamant-Sutra wirklich sehr dabei geholfen, den Geist für ein paar Augenblicke zu klären. Dhyana praktiziere ich nicht.

Lass bei Gelegenheit von dir hören.

Neals Botschaft? »Achte auf all die reifen Red Rock Tomatoes, die vielleicht aufkreuzen.«???

Lieben Gruß
Allen

Na klar werde ich im September auf jeden Fall hier sein.

Jack Kerouac [Rocky Mount, North Carolina] an
Allen Ginsberg [San Francisco, Kalifornien]

20. April 1955

20. April

Lieber Allen,
gibt's was Neues von den Manuskripten?
Das ist meine neue ständige Anschrift. Hast du *New World Writing* gesehen und was hältst du davon? Nichtsdestotrotz ist *B Generation* ein weiteres Mal abgelehnt worden, dieses Mal von Dutton.

Was gibt's Neues aus Frisco? Rollen die Züge? Wie geht's Al Sublette, was machen die Schiffe?

Ich bin inzwischen dabei, *Buddha Tells Us* abzutippen, komplett neu und in voller Länge, was vom Material her (und hauptsächlich) eine Art amerikanisches Transkript ist, eine amerikanische Erläuterung des grandiosen und mysteriösen Surangama-Sutra in einfachen klaren Worten. Ich habe mir Suzuki in der New York Public Library angesehen und garantiere dir, dass ich alles, was er mit Worten zur spezifischen Dharma-Lehre sagt, auch tun kann und das besser. In NY ist nichts los, ich war vor drei Wochen da.

Habe neue Gedichte geschrieben, Bowery Blues, *à la* SF Blues aber nüchtern (nicht gut).

Jack

P. S. Habe seit Monaten keine Antwort aus Tanger bekommen.

Allen Ginsberg [San Francisco, Kalifornien] an Jack Kerouac [Rocky Mount, North Carolina]

22. April 1955

Lieber Jack,

1. Rexroth hat *Sax* gelesen und sagte, »das würde er nicht kaufen« – »er soll ruhig einem bourgeoisen Verleger überlassen, das rauszubringen – also wenn ich $ 90 000 auf den Kopf zu hauen hätte, würde ich so was wie *Visions of Neal* verlegen, das sonst nie jemand in die Finger nehmen würde. Das gefällt mir besser, ist origineller aber wenn du möchtest, dass ich meinen Einfluss geltend mache, um Druck bei Laughlin zu machen, dann für etwas, das sowieso kein anderer verlegen würde und irgendjemand wird das (*Sax*) früher oder später verlegen. Klingt als wäre es auf Gras geschrieben – wie diese auf Benzedrin unregelmäßig gesponnenen Spinnennetze – die Sätze sind durchweg diffus, als würde er im Zickzack und nicht geradewegs auf die Pointe des Buches zusteuern. Also ich weiß, dass das große Literatur ist, aber ich habe das Gefühl, dass er irgendwie auf Abwege gekommen ist, die falsche Spur. Jetzt schau dir Burroughs an, der es nie zu irgendetwas wie Kerouac bringen wird, aber er weiß, wie man schreibt – obwohl er trotzdem nicht schreiben kann – aber er fängt sofort mit der Geschichte an und und man liest sie in einem Rutsch durch, er kennt nur eine Richtung, erzählt dir, was passiert ist, erregt deine Aufmerksamkeit und hat dich schnell gefesselt.«

Das waren nicht exakt seine Worte, aber seine Antwort. Er schätzt offenbar alles was ich ihm gebe und liest es auch durch (hat sogar nach Bills Material aus Tanger gefragt), kann ihn aber nicht dazu bewegen, etwas zu unternehmen. Er schlägt weiterhin Edmund Wilson und Grove vor. Ich schick dir die Manuskripte zurück – wohin? *Visions* zu dir und *Sax* an [Sterling] Lord? Ich habe beide noch mal gelesen, beide sind großartig, tut mir leid, dass Rexroth so ausweicht, er ist ein schlechter Dichter mit großem Ego, hat aber nichtsdestotrotz was kapiert. Ich habe sie hier jedem gezeigt, den ich mag, Peter, Sheila etc. und die Reaktionen waren heftig. Nebenbei, »Joan Rawshanks« ist mittlerweile ein Mythos in N. Beach und Umgebung. Rexroth hat ohne mein Wissen große Teile von *Visions* diversen Leuten vorgelesen, inklusive Duncan (der inzwischen auf Mallorca ist), und zitiert immer wieder Duncans Reaktion – »Wie Katherine Mansfield bei der Lektüre des *Ulysses* sagte: dem hier gehört offensichtlich die Zukunft, ich bin nur froh, dass ich an Tuberkulose sterbe.« Ich bin mir nicht sicher, ob bei Rexroth schon alle Möglichkeiten ausgeschöpft sind. Wenn du noch eine Abschrift von *On the Road* oder *Subterraneans* übrig hast, lass sie an mich schicken oder schicke sie selbst, ich werde es damit bei ihm versuchen. Vielleicht ist es vergebliche Liebesmüh, vielleicht auch nicht. Wenn du mir sagst, wohin du sie haben willst, schicke ich dir unterdessen *Visions* und *Sax* zurück. Ich habe ausreichend Briefmarken, schicke sie als Einschreiben etc.
Edmund Wilson ist immer noch eine gute Idee.

[...]

Kannst du mir eine zweite oder frühe Fassung von *On the Road*, die nicht gerade unterwegs ist, zuschicken? Kann ebenso jede greifbare Abschrift sofort für jede Möglichkeit gebrauchen.
Ich schick dir auch Buddha *SF Blues* zurück, das ich eine Zeit lang mit mir rumgeschleppt habe. Ich habe Teile daraus abgetippt und bei einer Zeitschrift namens *Voices* eingereicht, die mich nach Gedichten gefragt hatte (wurde von [Louis] Simpson herausgegeben) und sie haben sie zurückgeschickt und meine Gedichte auch. Also Pfui. Ich lege die paar abgetippten Teile bei, die Auswahl war eher zufällig. Damit du siehst, dass ich sie abgetippt habe. Ein kurzes Gedicht von mir haben sie genommen, habe das Geturtel meiner Schwester bei einem Date nachgeäfft.
Hermann Hesse hat einen Roman namens *Siddharta* geschrieben, über einen Buddha-Jünger, habe ich gestern Abend gelesen, in keiner Hinsicht spezifisch. Kämpfe mich immer noch durch Surangama. Ich komme einfach nicht durch

und lege es immer wieder zur Seite, um Sachen wie die gerade herausgekommenen Essays von [William Carlos] Williams zu lesen, oder Pounds *Translations from Chinese* Gedichte, gesammelte Gedichte von Laura Riding, *History of Surrealist Painting*, [D.H.] Lawrence Gedichte, [Aldous] Huxleys Buch über Peyotl (ist nur an einer Stelle interessant – die Beschreibung eines Cézanne, den er high betrachtet hat) – (aus dem Gedächtnis) – »bizarres Bauernkoboldgesicht, das mich anzüglich von der Wand herab angrinst, ein Selbstporträt.«

Ich habe einen tollen Piccolo mit drei Geschwindigkeiten für $ 40 gebraucht gekauft und eine Aufnahme von Bachs h-Moll-Messe, die ich mir jeden Abend vor dem Einschlafen anhöre. Ich schreibe fast nichts, aber wenn, dann merkwürdig.

> Hier gibt's niemanden
>   zum Reden,
> San Francisco Haus
> 12. April 55
> Neals Autotür schlägt zu
>   draußen vor der Jalousie
> in der Dämmerung. Große
>   Kunst erlernt
> in Einsamkeit.
>   Ein leerer Aschenbecher.
> Denk dir noch eine Zeile aus
>
> …

Na ja, das ist nur albernes Gekritzel. Ich bin hier jetzt schuldenfrei und als ich gerade damit anfangen wollte, Geld für Europa zu sparen etc., bin ich gefeuert worden. Zum 1. Mai werde ich durch eine IBM-Rechenmaschine ersetzt, das ganze Büro wird dichtgemacht. Vielleicht bitten sie mich noch, einen weiteren oder auch zwei Monate zu bleiben, vielleicht auch für das gleiche Gehalt $ 350 im Monat nach New York zu gehen, vielleicht aber auch nicht. Jetzt habe ich ein halbes Jahr Anspruch auf $ 30 die Woche Arbeitslosengeld. Keine Ahnung, was ich machen soll. Außer Peter und Neal gibt es hier niemanden, den ich mag, SF ist trist und ich bin so weit weiterzuziehen und meine 30 per vielleicht in L. A. zu kassieren und mir L. A. reinzuziehen. Aber ich muss wohl für Europa-Geld arbeiten, oder sollte ich die Shoolbank drücken? Schul? (*Shool* ist

Synagoge) – Gib mir doch einen Rat, was ich deiner Meinung nach tun soll. Wie es mit dem Job hier weitergeht, weiß ich definitiv erst am 1. Mai. Nehmen wir an, ich verschwinde vier oder fünf Monate, dann kann ich versuchen, mein Gedichtmanuskript abzuschließen, was ich noch nicht habe und auch nur mit mehr Liebe Muße was auch immer, mit Zeit – ich meine, mit der Zusammenstellung befasse ich mich, wenn mich nichts mehr einschränkt, – im Moment weiß ich einfach nicht, was ich tun soll. Nicht in der Lage, mich zu entscheiden. Bill schreibt, er hätte dich nach deiner Adresse gefragt, aber keine Antwort von dir bekommen. Ich hatte ihm gesagt, weiter nach NYC zu schreiben, werde ihm jetzt aber 1131 Raleigh schicken.

Mein Bruder schrieb, er hätte *New Writing* erhalten – die ich in SF nicht habe auftreiben können – und dass er Ostern in Rocky Mount war und dich per Brief gefragt hatte, ob du oder deine Mutter nach da unten mitfahren wollt, aber keine Antwort, außer dass du ihm *New Writing* geschickt hast. Danke, dass du so nett zu ihm bist. Auf seine eigene Art scheint er da durchaus empfänglich zu sein.

Er schrieb mir auch, dass Carl Solomon in Haus 22, Station 3, Pilgrim State Hospital, L. I., New York, ist, wo auch meine Mutter war. Carls Mutter hat Gene angerufen und sagte, Carl bittet mich ihm zu schreiben, was ich gestern getan habe. Was wird mit Carl wohl noch alles passieren?

Schick mir neuen *Bowery Blues* trotzdem.

Sublette arbeitet unter Mew auf Fisherman's Wharf – Restaurant Sabella, drückt gelegentlich, säuft ständig. Wir sehen uns, er schaut zweimal täglich vorbei, aber außer mit Neal, der immer willkommen ist, und Peter kann ich mit niemandem mehr reden und will alleine sein und lesen und schreiben. Neal kommt noch immer mit seinem Mädchen Natalie, er hat einen meiner Schlüssel und kommt mit dem Rotschopf zum Vögeln hierher, sie ist völlig fertig, bleibt hinterher hier um mit mir zu reden, was ich nicht mehr aushalte (obwohl sie eine hippe rothaarige Verrückte ist, vergeudete Tage), aber ich bin zu müde mir all dieses verlorene Gerede anzuhören, zu mühede mühede.

Williams Prosa in *Collected Essays* ist deiner sehr ähnlich. Wenn und falls ich abschließen kann, was ich gerade mache und er dann immer noch lebt, wird er erstaunt sein. Habe seit New York keinen Kontakt mehr mit ihm gehabt.

Schreib mir, was du vorhast, vielleicht können wir was zusammen machen.

Neue Anschrift statt Büro ist 1010 Montgomery St., S. F.

Jack Kerouac [Rocky Mount, North Carolina] an
Allen Ginsberg [San Francisco, Kalifornien]

3. Mai 1955

Lieber Allen:
Bitte schick mir alle Manuskripte an diese Anschrift, sobald es dir passt.
Sag Neal, ich hab's kapiert und alles ist in Ordnung.
Wie kommt's, dass Bill nicht auf meinen handschriftlichen Brief vom Februar
geantwortet hat? – kannst du da noch mal nachhaken.
Giroux möchte auch meine weniger wichtigen Arbeiten sehen und deshalb will
ich jetzt alle meine Manuskripte haben.
Mit freundlichen Grüßen,
Jean

Der wilde meisterliche Satz in *New World* ist nicht aus *On the Road*, sondern
aus *Visions of N.*

Allen Ginsberg [San Francisco, Kalifornien] an
Jack Kerouac [o. O., Rocky Mount, North Carolina?]

27. Mai 1955

Lieber Jack:

[...]

Schick mir sofort *Subterraneans* für Rexroth her, doch doch, das ist eine gute
Idee und kann in keinem Fall schaden und führt vielleicht zu was. Ich würde
das tun. Unbedingt.
Was deinen Agenten Lord betrifft, ich denke das Beste ist, Manuskripte bei
ihm zu belassen, damit er damit arbeiten kann und sich die Zeit nimmt die er
braucht, denn ich habe den Eindruck, dass diese Leute von sprunghaftem Verhalten, oder dem, was sie für sprunghaftes Verhalten halten, ohne Ende genervt
sind – Cowley (habe ich von Rexroth gehört) war genervt von deiner Pseudo-
nym-Klamotte in *New Writing*. Aber ich denke ganz ernsthaft, je weniger man
mit ihnen über so etwas redet, umso besser, man muss sie vielleicht einfach in
Ruhe das Schicksal beharken lassen. Aber wen interessiert das schon? Schreib
die wichtigen Briefe an Giroux, ganz nach Gefühl, wenn er sie nicht versteht
dann vielleicht ein anderer in 12 ¼ Jahren. Lass deine Manuskripte bis auf wei-

teres bei Lord, würde ich sagen, und arbeite auf den anderen Kanälen, wie es dir möglich ist, wie bei Rexroth, ergreif die Möglichkeiten, die sich ergeben. Schick die *Subterraneans* an mich. Oder an Rexroth, wenn dir das lieber ist, Anschrift 187–8th Ave., SF. Aber schick sie am besten mir, wegen meiner Eitelkeit, nehme ich an.

Ich denke, es ist am besten, wenn du deine Manuskripte bei Lord lässt und nicht mehr daran denkst, bis er sich bei dir meldet, aber wo immer du hingehst, schick ihm deine neue Adresse.

Was ist cityCityCITY?

Ich habe mich hier mit Williams getroffen, er ist alt und krank, er fragte mich wo ich die ganze Zeit gewesen sei, sagte ich solle ihm neue Manuskripte schicken und ich habe von dir erzählt und Cowley (mit dem er befreundet ist) und Rexroths Einschätzung und er meinte, er würde gerne etwas Prosa lesen, deine Blickrichtung interessiert ihn wirklich, glaube ich, schau dir etwa die »Notes on the Short Story« und Auszüge aus den Tagebüchern an, die vergangenes Jahr in seinen *Selected Essays* veröffentlicht worden sind, schau sie dir vielleicht mal an, er hat nicht deine Kraft, aber den wahren Geist des Schöpferischen und versteht ihn. Such also ein paar Seiten (zwei oder drei oder fünf) irgendwelcher purer Prosa heraus und schick sie mir, ich schick sie ihm zusammen mit meinem eigenen Manuskript, oder an ihn in 9 Ridge Road Rutherford, N. J., aber hier schlage ich nicht aus Eitelkeit vor, dass du sie an mich schicken sollst, denn seine Frau schirmt ihn von allem fremden Schriftverkehr ab, da seine Augen schlecht sind und sie ihm alles vorlesen muss, glaube ich. Wenn er diese Prosa versteht, stellt er vielleicht für dich den Kontakt zu seinem Lektor bei Random House her, heißt McDonald oder so. Jedenfalls hätte ich gerne, dass ihm klar wird, was du machst, bevor er stirbt, und dann wird er auch die wahre Historizität meines Briefes in *Paterson* verstehen in dem du und Melville erwähnt werden, er dachte, das sei nur so ein verrückter Wink von mir in Sachen Subterraneans.

Besuch in NYC Kingsland wegen Neuigkeiten von mir – wolltest du nicht dorthin?

Ich vermute, du drehst in gewisser Weise durch, weil der Abbruch des Bewusstseinsprozesses um Vision oder X dich in den Augen der absoluten Welt als Verlierer dastehen lassen würde, keine Welt wie Sakyamuni, der traurig vom Berge kam, nichts erreicht, aber alles schließlich verstanden. Ich meine, das Fehlen eines weitergehenden inneren Antriebs, jetzt, und was man machen soll angesichts der Millionen Dinge in der Außenwelt, obwohl Carl [Solomon] gesagt hat: »Alles, was passieren wird, ist bereits passiert.« Also DREH NICHT DURCH, schade deinem Körper nicht, pass endlich auf dich auf, erhole dich, wenn du erschöpft bist und finde heraus, was du als Nächstes tun musst. Einen besseren Rat habe ich nicht für dich. Liebe gibt es reichlich. Da die Gedankenmaschine nicht innehalten kann und nur Körper und Bewusstsein übrig bleiben, sind wir auf die absolut reale banale uns umgebende Welt beschränkt und auf die Realität unserer Herzen (menschlich) Lieben und Imagination, da letztere nicht zerstört werden kann, weil das zu schmerzhaft ist. Kannst du nicht zu mir hier rüberkommen? Ich bete, dass du kommst. Ich habe eine ganz und gar separate Couch für dich, habe ein großes Zimmer, Küche im Flur, günstiges Essen und bin im nächsten halben Jahr völlig unabhängig und bekomme $ 30 die Woche, heute erster Tag und schon kam mein Scheck. Außer den Schecks habe ich kein Geld mehr, aber das ist genug für die Miete und Essen für uns beide, für Muße. Wie viel brauchst du um hierherzukommen? Schreib mir schnell, ich treffe demnächst Neal und werd ihm etwas Bargeld für deinen Besuch abknöpfen, er wird damit herausrücken, vielleicht mit Kusshand, er hat sich von seiner Frau getrennt und ist in der Stadt und freischwebender denn je. Ja, komm doch unbedingt hierher. Ich möchte dich so gerne sehen und diese Stadt ist leer ohne dich. Wir können es ja ruhig angehen lassen, ich beende mein Buch und dann können wir vielleicht abhauen und runterfahren und ein für alle Mal (davon träume ich immer noch) Hollywood erobern. Das wäre doch ein Plan, und ich glaube, dass wir das schaffen. Davalos wird in einem Monat wieder hier sein, falls du ihn nicht in NYC getroffen hast. Auf Wodka hatten wir schon einen ganzen Film beisammen, er hat einen Regisseur, aber vielleicht können wir uns da dranhängen. Komm, fantastischer Traum. Da unten gibt es so viel Geld, und niemand mit auch nur etwas Geschmack in Sicht, der das so ausgeben könnte wie wir. Auf jeden Fall wäre es mir ein Vergnügen, unsere nervtötende Armut mal wieder für eine Sause mit dir zu teilen. Ha! auf Lucien, falls du ihn triffst, Kingsland sagt, dass er demnächst wieder Vater wird. Oder komm rüber und bleib auf meiner Gästecouch, bis du eine eigene Bude hast. Überhaupt ist alles, was ich hier habe, auch deins. Also komm her und bring mir was über Buddhas Lehren und Poesie bei. Traurig, dass Selbstwertgefühl durch die äußere Nichtbeachtung so ramponiert wird, aber da dies zu den Voraussetzungen des Handwerks gehört, musst du das durchstehen – und der arme Bill in Afrika, dem sogar unsere trügerischen literarischen Hoffnungen zwecks Unterstützung abgehen. Hat er inzwischen eigentlich geantwortet?

Schreib mir umgehend wie viel $$ du brauchst, um den Bus oder was auch immer für die Reise hierher zu bezahlen und ich werde Neal sofort bearbeiten. Wir können hier auch zusammmen Radiosendungen machen – Gerd Stern hatte mich dringend darum gebeten und ich habe noch nichts gemacht.
Lieben Gruß
Allen

Ich bin wirklich genauso verzweifelt wie du, erwarte aber noch weitere 50 Jahre zu leben, wenn nicht ewig.

Jack Kerouac [Rocky Mount, North Carolina] an Allen Ginsberg [San Francisco, Kalifornien]

1. Juni 1955
(trinke Mondkind-Schocktails)

Lieber Allen:
Okay, dein Brief überzeugt mich, dass ich rüberkommen sollte, es ist der beste Brief, den ich je von irgendjemandem bekommen habe, deine Erklärungen zur absolut realen banalen uns umgebenden Welt, der wir uns stellen müssen, an-statt zu versuchen, das X mystisch zu durchdringen, sind ziemlich gut, aber ich möchte dir das Ganze noch aus anderer Perspektive erläutern, persönlich geht das besser, lass mich nur so viel sagen, »diese Welt« *ist* »X« – ist ein schon längst zu Ende geträumter Traum (wie Carl sagt) – und Erlösung ist wie alles, worüber wir nachdenken können, nicht mehr als eine willkürliche Vorstellung. Hast du dich erst mal in einen Tathagata verwandelt, unterwirfst du dich allen Lebewesen zum Wohle ihrer schlussendlichen Befreiung – diese Wesen und mannigfaltige Millionen Dinge sind nichts anderes als Manifestationen, rein geistige Träume, die vom Schoß des Tathagata ausgestrahlt werden (Christen würden sagen, von der Gnade Gottes), so dass sein (des Soheit-Meisters-des-Heiligen-Honigs) Mitgefühl als Strahlen verstanden werden können, die man hier wirken sehen kann wo … mir fehlen gerade die Worte … du keine Begierde mehr in dir spürst, obwohl du nach außen hin Begierde begehrst, keine Leiden-schaften, obwohl du machst, was du willst, du triffst keine Unterscheidungen mehr (in Wirklichkeit ist es dir tief drinnen so oder so egal, wie New Yorker Tuffstein), und du findest dich geduldig damit ab, dass du kein Ego mehr hast

(natürlich). »Das Leben, das du danach führst, ist das Universelle Leben eines Tathagata, wie es sich in seinen Wandlungen manifestiert.«

[...]

In der Einsamkeit des Lieabeslebens der Wirklichkeit – Wahrhaftig hast du nichts anderes zu tun, als nichts zu tun und freundlich zu sein und telepathisch Samantabhadrahs Nie Erlahmendes Mitgefühl zu verbreiten. Samantabhadrahs Nie Erlahmendes Mitgefühl ist der transzendentale Klang der Stille, psstpsspsssspssss. Das gleiche Mitgefühl kann in transzendentaler Erkenntnis verwirklicht werden, die hier schon erwähnten himmlischen Strahlen des Nachtfalterlichts. Transzendentales Denken ist das erhabene Denken des Samadhi, die Samapatti-Wandlungen und Strahlen ... die anderen drei transzendentalen Sinne, Geruch, Geschmack, Gefühl, gehören eher zur tierischen Ebene und da weiß ich noch nicht, wie sich dort das Nie Erlahmende Mitgefühl manifestiert.

Schick mir also in Gottes Namen $ 25 und ich trampe nach Salt Lake City und nehme von dort Frachtzüge der Southern Pacific direkt hinein in die Wüste von Oakland ... mit ein paar kostenlosen Mahlzeiten in Denver – en route – und wir werden uns bestens amüsieren – Wein, Weib und Gesang – ich bring meine Bremserlaterne mit, nur für den Fall, dass ich mich später nach Arbeit bei der Bahn umsehen muss – von da aus werd ich dann runter nach Mexiko fahren – Meine große Hoffnung ist, dass wir zusammen nach Tanger fahren können und den Göttergleichen Burroughs treffen und vielleicht schaffen wir es ja auch ansonsten – meine Mutter hat letzte Nacht geträumt, dass ich *Beat Generation* für $ 100000 nach Hollywood verkauft habe.

Ich will, ich muss nach NY, um Lord zu treffen, Cowley, andere, ich werd also zu [Dick] Davalos gehen und sagen: »Schau mal, mein Junge, ich möchte, dass du *Beat Generation* Perlberg und Seaton zeigst, und sag ihnen, dass wir ein großartiges Filmskript daraus machen, mit Dick Davalos als Dean Moriarty (als Neal) und Montgomery Clift als Sal Paradise (Jack) und Marlon Brando als LuAnne und Allen Ginsberg als Carlo Marx und unsere zweite Produktion wird *Burroughs On Earth* sein.«

Im Übrigen habe ich eine konkrete Idee für Hollywood, hat mit einer ganz neuen Form des Schreibens zu tun, die Roman mit Film kombiniert, wie DER FILMROMAN zeigen wird – ich glaube, das wird für dich (und mich) die Antwort in Sachen Geld und Shakespeare-Kunst sein – falls irgendjemand das aufgreifen will – warte bis ich dir erklärt habe, wie es funktioniert – schick unterdessen die $ 25 oder mehr, wenn du kannst, wenn ich das Geld für den Bus hätte, würde ich sofort losfahren. Was die Fahrt nach New York betrifft, dafür habe ich zehn ärmliche Dollar von meiner Mutter und werde hin und zurück trampen und bei Stanley Gould auf dem Fußboden übernachten müssen. Bitte antworte mir schnellstmöglich, schick mir die Telefonnummer von John K [Kingsland] und seine Anschrift, beim letzten Mal habe ich Kingsland angerufen und seine Nummer hatte sich geändert. Ich will Kingsland besuchen, Davalos, alle miteinander. Wenn du meinst, dass die Prosaauswahl die ich dir für Williams geschickt habe, nicht gut jenuch ist, lass es mich wissen und ich schick dir sogar noch Besseres. Ich würde dir heute auch einen tolleren Brief schreiben, aber meine Augen tun weh und ich schreib dir nächste Woche einen grandiosen Hammerbrief, bevor ich für deine Couch packe. O Mann, ich kann's kaum noch erwarten, die Kicks und wir guten alten Kumpel du ich Neal.

Ich habe Venenentzündung ... aber ich glaube, bis ich mich zum Trampen nach Denver aufmache wird die weg sein ... werde dort in Bev [Burford]s Souterrain wohnen, high ... [Justin] Brierly treffen ... dann weiter per Daumen nach Salt Lake City Neals Geburtsstadt ... Sag Neal, falls ich irgendwas in Denver für ihn erledigen soll, wie seinen Vater besuchen, Botschaft, werd ich machen, oder sonst was ... Kannst du mir das Geld wirklich besorgen? Würde heißen, ich kann rüberkommen und mit dir an der Küste sein und wir gehen zusammen Chow Mein essen, ein alter Traum von mir und ich will mir unbedingt mit dir das hippe Frisco der Subterraneans reinziehen, Neal und ich haben diese Ecke von Frisco immer mit wilden Folsom-Street-Na-mach-schon-los-Typen unsicher gemacht ... Ich bin inzwischen fest davon überzeugt, dass die Welt nur ein mentaler Traum ist, den der Honigschoß des Himmels ausstrahlt, sogar hässliche Hummer wissen das ... Ich sage das, weil ich beschlossen habe, mich wieder Wein und Grün zu widmen, aber keine Goofs mehr, eine bewusste Entscheidung, um das Wesentliche nicht zu vergessen, Mitgefühl, wie ich dir erzählt habe, Heiliges Honig Nirwana und nicht abzudriften und kaputt und nicht mit jedermann hart ins Gericht zu gehen (vernagelter Fettarsch), denn auf Green ist mir die natürliche Freundlichkeit meiner nicht-high Persönlichkeit immer peinlich gewesen ... natürliche, »überwältigende«, aber geregelte, heitere Freundlichkeit, so wie mit Jamie und Cathy [die Kinder von Carolyn und Neal Cassidy] und meinen Weingläsern und Verbänden und weißt du nicht, dass Gott Puh-Bär ist? Oder der Berg der Größte?

Jack

Allen Ginsberg [San Francisco, Kalifornien] an
Jack Kerouac [o. O. New York, New York?]

1. bis 6. Juni 1955

5. Juni 1955

Lieber Jack:

Mein neunundzwanzigster Geburtstag, nachdem 2. Juni vorübergegangen war,
wachte ich die folgende Nacht nach einem Wein betrunken um zwei Uhr morgens in der Stille der Leere auf, Geburtstagsnacht, mit »klagte in den wehenden Wind«, die abschließende Zeile von Blakes geheimnisvollem Kristallenen
Schrein[7]: Ich hatte das Gedicht bis zu diesem Augenblick nicht verstanden,
denn es bedeutet, dass er jahrelang im kristallenen Schrein seines Geistes verweilt hatte, aber, obwohl »ein andres London [England] sah ich dort« – ich
schaffe es kaum, einen einzelnen Gedanken weiterzuverfolgen – als

>»Doch als ich nach der inneren Form
Voll Inbrunst griff mit glüh'nder Hand,
Barst das Kristall-Gelass und ich
Als wie ein Säugling weinend stand:
Säugling, der weint in Wüstenein,
......
Und ich stand draußen wie zuvor
Und klagte in den wehenden Wind.«

Dies ist ein anderer Brief, der bedeutsamste, wie ich spüre, da ich am Rande
der Verzweiflung stehe, und wenn ich bloß ausdrücken … oder besser noch,
meine geistige Verfassung genau beschreiben könnte, die von einem Gefühl für
die Leere begleitet wird, seit über zwei Wochen wabern jetzt Kopfschmerzen
durch mein Gehirn wie Gedanken, zumindest seit ich aus Hollywood zurück
bin, und das morgendliche Erwachen in den monströsen Albtraum meines
Lebens hinein, ich werde kontinuierlich von meinen eigenen unausweichlich
wiederkehrenden Träumen daran erinnert, dass – aber wie kann ich die Trost-
losigkeit dieses Zustands beschreiben, kann ihn kaum erklären, die ständige
Wiederkehr sinnloser Gedanken, dieses Gefühl, in einem Traum zu leben, der

---

7 William Blake, *Der kristallene Schrein.* Deutsch von Alexander von Bernus, in: W. B. Yeats,
   Gedichte, Heidelberg 1958.

jetzt enden oder durch die freudlos brutale Erkenntnis eines großen Irrtums des Bewusstseins zerstört werden muss, dass ich jahrzehntelang nur Tagträumen nachgehangen habe, inzwischen gehe ich wie alle anderen aus der Jugend in eine Welt über, in der alle gleich sind, konfrontiert mit finanziellen Problemen, die entweder gelöst werden müssen oder einem die weiteren 60 oder 70 gegebenen Jahre zusetzen werden, in denen Kunst, wie wenig ich mir davon auch erkämpfen kann, denn ich bin blockiert und die Leere lastet schwer auf mir und fürs Erste werde ich kein anderes Thema finden, und dieses ist ein tödliches, niemand interessiert sich dafür und außer Klagen habe ich überhaupt nichts vorzubringen, traktiere den tauben Himmel mit meinem nutzlosen Flehen, obwohl ich doch gewaltige Fantasien hatte, einen modernen *Kristallenen Schrein* zu schreiben, in modernen Versen, ein riesiges Traumgebilde, aus dem ich am Ende erwache, um das plötzliche Bewusstsein auszudrücken

Ich hatte einen Engel zum Freund
Schon Abends langweilt er sich mit mir
Auch Mitternachtsliebe fand ein End
Ging dann umher im Morgenlicht
so harsch und trüb, er war mein Feind
   Aber das ist gar zu schlicht, albern.

6. Juni 1955
Größtenteils meine Besessenheit von Peter, die üblichen Leiden des Liebesmangels, er will nicht mit mir schlafen, schließlich habe ich es vergangene Nacht mit dem Mädchen von unten getrieben, die mich liebt, heute fühle ich mich besser, denn mit Peter habe ich mich selbst in eine Klemme manövriert – du musst ihn dir ansehen, wenn du hier bist.
Und außerdem heute schließlich ein Brief von Bill, ich hoffe es ist wahr: »Gerade zurück von vierzehntägiger Kur in Klinik – habe 30 Pfund abgenommen – was normal ist plus üblichen handfesten Horrorerscheinungen. Immer noch krank und sensibilisiert bis hin zu Halluzinationen. Alles sieht überdeutlich und anders aus, wie frisch gewaschen. Wahrnehmungen schlagen wie Leuchtspurgeschosse ein. Ich spüre eine zunehmende starke Intensität und gleichzeitig eine Kraftlosigkeit, als könnte ich mich nur *hier* behaupten, zurück in diesem käsigen, toten Fleisch, das ich mit dem Beginn der Sucht hinter mir gelassen hatte. Ich fühle mich, als wäre ich nach Jahren aus einem Konzentrationslager zurückgekehrt. Kein Sex. Kein Hunger. Einfach noch nicht wieder

lebendig, aber fühle mich wie nie zuvor. Junk ist Tod, ich will das nie wieder sehen oder damit in Berührung kommen oder damit zu tun haben. So wie ich mich jetzt fühle würde ich eher Lotterielose verkaufen, als meine Finger nach dem Business ausstrecken.«

Er erwähnt auch »Ich habe einen langen Brief von Jack« und müsste dir inzwischen zweifellos geschrieben haben. Aus dem Obenstehenden scheint sich deutlich zu ergeben, dass unsere Handlungen eine Bedeutung haben, dass Bill sich ebenso in einem Loch befunden hat wie wir alle, und dass er zumindest für den Augenblick von den offensichtlichen, eindeutigen Erfordernissen, das Notwendige zu tun, um da herauszukommen, beflügelt ist. Weiß Gott, was das Eindeutige für mich oder dich ist, aber den Junk-Tod in die Schranken zu weisen scheint das Richtige für ihn zu sein, ich hoffe nur es hält an.

Ich habe deine Traumaufzeichnungen an [William Carlos] Williams geschickt und mit diesem Manuskript 20 Seiten aus *Visions of Neal*, »Joan Rawshanks in the Fog«, die ich vor einiger Zeit mal abgetippt habe. Damit sollte eine Menge abgedeckt sein, ich hoffe nur er hat die Geduld, es zu lesen, vielleicht muss seine Frau es ihm vorlesen, in diesem Fall kommt vielleicht nicht allzu viel bei ihm an, da sie möglicherweise nicht so empfänglich dafür ist wie er, dann klappt es vielleicht nicht, ist Zufall. Ich hoffe es gefällt ihm, obwohl ich nicht weiß, was er in seinem geschwächten Zustand für dich tun kann, selbst wenn es ihm gefällt, für mich ist früher auch nichts dabei herausgesprungen. Aber es wäre schön, wenn es etwas Anerkennendes in schriftlicher Form gäbe.

Neal scheint für überhaupt nichts gut zu sein – er ist zwar da, reagiert aber auf überhaupt nichts, nicht auf mich, dich, auf jeden Fall nicht nach außen hin, obwohl er mir versichert, dass er da ist und mich wahrnimmt etc., aber ich sitze zum Beispiel in The Place, einer Bar, die ganze Nacht neben ihm und er spielt Schach, nichts anderes scheint ihn zu interessieren, aber ich bin ratlos wenn es darum geht, mir Kicks vorzustellen, die auch ohne ihn Spaß machen.

Ich glaube es würde mir wirklich ziemlich viel helfen, wenn du herüberkommen könntest, weiß zwar nicht wie, wünschte aber, du könntest. Ich bin so desorganisiert. Ich bin dabei, meinem Bruder zu schreiben und ihn zu bitten, dir etwas Geld zu schicken und weiß nicht, ob man auf ihn zählen kann oder nicht, aber ich schäme mich nicht oder habe Angst zu fragen. Wir werden sehen, was passiert. Ich hasse es, so dilettantisch zu klingen, vom Leben gebeutelt, aber ich laufe seit einer Woche hohläugig und voller Unruhe über all das herum, was eine Sackgasse gewesen zu sein scheint (in der Liebe und beim Schreiben, und Leben) (scheint stärker als das allgemein vorhandene Gefühl zu sein, im

Leben eine Sackgasse zum Tod zu erblicken) und weiß nicht, was zu tun ist, hab mich einfach selbst gebeutelt.

Eine kleine Botschaft aus der Vergangenheit: Skizze:

»Hinterhof des realen Betriebsbahnhofs, San Jose im Blick, dämmrig jenseits der weißen Vorberge, im Vordergrund eine Fabrik mit dicht gestaffelten V-Dächern, – eine Blume zwischen dem Heu auf dem Asphalt – vielleicht die schreckliche Heublume, ein spröder harter schwarzer Stängel wie eine Rebe, ein Nimbus brauner Dornen wie Jesu Krone, mehrere Dutzend, jede einen Zoll lang, Blumenkrone aus gelblich schmutzigen Dornen, und schmutzig und trocken ragen in der Mitte weiche Büschel heraus wie ein verdreckter Rasierpinsel, der ein Jahr lang im Dreck gelegen hat – gelb, gelbe Blume, Blume der Industrie, harte hässliche Blume mit Dornen – hat aber die Form der großen gelben Rose im Kopf, nichtsdestoweniger eine Blume – so spröde, dass der Wind sie von der Bank nahe beim Schuppen weht, wo ich in der Sonne sitze und schreibe – ich muss aufstehen und sie wiederholen. Das ist die Blume der Welt, hässlich, verschlissen, spröde, vertrocknet – gelb – Wunder von Leben im Schotter, das zu plötzlichem Leben erwacht – Disteln.«

Außerdem besteht die Möglichkeit, dass Neal dir ein Bahnpass-Ticket besorgt, mit dem du rüberkommen kannst, das muss ich mit ihm noch besprechen.

Triffst du vielleicht auch Meyer Schapiro? Vielleicht besuchst du Carl in Pilgrim State. Eventuell will mein Bruder da rausfahren, um Naomi zu besuchen. Aber warum diese selbstzerstörerischen Besuche?

Ich kann Miss Grün nicht allzu oft besuchen, macht mich zu depressiv und unruhig. Jedes Mal wenn ich drauf bin, wird mir noch deutlicher klar, wie schrecklich mein Leben ist. Alle Dinge scheinen überdeutlich zu sein, so wie bei Bill, wenn er von Junk *runter* ist.

Ich schwöre, keine echten Kicks hier, es wäre zwar alles zu haben, aber ich kann die ganze Szene nicht noch mal durchhecheln, es sei denn du kommst und gibst mir mit deinem Enthusiasmus Auftrieb, da Neal immer noch so verschlossen ist.

[...]

Das Dumme ist, dass die finanziellen Probleme realiter keineswegs aus der Luft gegriffen sind, sondern beinhart vorhanden, ich zerbrech mir ständig den Kopf darüber. Wie zum Teufel sollen wir $$ für Europa zusammenbekommen, und was machen wir, wenn $$ alle sind? Wie sollen wir leben, wenn nichts eine Zukunft zu haben scheint? DAS beunruhigt mich. Besonders da keins der Gedichte, die ich möglicherweise noch schreibe, jemals genug $$ abwerfen wird, dass ich auch nur daran denken könnte, damit Probleme zu lösen. Bei Prosa mag das anders sein, deiner Lage ist im Lauf der Dinge wahrscheinlich abzuhelfen.

Alas, mit diesen miesen Bemerkungen verabschiede ich mich. Ich habe deinen Abriss über Tathagata im letzten Brief noch einmal gelesen, dann aber wieder aus dem Fenster in die Sonne geschaut und mir wurde klar, dass ich mich in fünf Monaten eifrig und energisch und planvoll um meinen Lebensunterhalt kümmern muss. Ich bin durch den Wind. Und das ist kein Witz.

Dein,
Allen, Der Trottel.

Jack Kerouac [New York, New York] an Allen Ginsberg [San Francisco, Kalifornien]

29. Juni 1955

Juni-Duunie

Lieber Allen Altes Haus:

[…] Habe deinen Traum von Joan[8] bekommen und Lucien und ich haben darüber diskutiert und sind von da aus auf deinen Mexiko-Trip gekommen. Lou sagt immer noch, dass er dort leben möchte. Wie du siehst bin ich nach New York gekommen mit, um einen Deal mit – scheiß Schreibmaschine, das ist eine fürchterliche Schreibmaschine, nichts funktioniert – ich bin nach New York, um einen Deal mit Cowley zu machen und habe gesagt: »Hier sind 27 Seiten des Romans, den ich gerade schreibe (das gewaltige Ray-Smith-Epos *Road*), bringen Sie Viking dazu, mir $ 25 im Monat zu zahlen und ich gehe nach Mexiko und lebe in einer Hütte und schreib den Roman zu Ende.« Cowley lachte und Jennison[9] war bei ihm und beide meinten: »Ist das ein Überfall oder was, Mann?« Also krieg ich's vielleicht. Und außerdem habe ich ausführlich über dich gesprochen und Cowley gesagt, dass er baldigst *Naked Lunch* lesen muss und er willigte ein und sagte, er würde sich an Burroughs aus den Beschreibungen in *Beat Generation* erinnern. Dann sagte er: »Kennen Sie einen Dichter namens Gregory Corso?« Es sieht so aus, als hätte Gregory ein Buch heraus-

---

8 *Dream Record: June 8, 1955. – Traumaufzeichnung: 8. Juni 1955.* In: Allen Ginsberg *Jukebox Elegien*, Deutsch von Bernd Samland, München 1981. (A. d. Ü.)

9 Keith Jennison war Lektor bei Viking Press; im Verein mit Malcom Cowley überzeugte er den Verlag davon, *On the Road* zu kaufen.

gebracht und einen Volltreffer gelandet, *The Lady on Brattle Street* oder so ähnlich [*The Vestal Lady on Brattle*]. Lucien meinte, Gregory sei oberflächlich und würde Erfolg haben, aber du seist der bessere Dichter. Aber Lucien sagte auch, du und ich, wir würden nur Scheiße labern und uns wie Idioten in literarischen Illusionen wiegen und sagte, Paul Bowles sei ein großartiger Schriftsteller, ich sagte, um Himmels willen, zeig mir Paul Bowles' *Visions of Neal* und Paul Bowles' *Doctor Sax* und sein *Some of the Dharma*, sein etc. etc. etc. und dann können wir ein Urteil fällen. Ich bin dann sehr literarisch geworden, Typ eifersüchtiger Literat und o was haben wir die ganze Nacht geredet, ich wünschte, du hättest das alles mitbekommen. Darüber hinaus ist »citycitycity« so weit fertig, dass ich es mit Malcoms Segen an Sciencefiction-Zeitschriften schicken kann. Und heute Giroux angerufen wegen *Buddha*. Und *Beat Generation* ist bei Dodd Mead oder so was. Und ich bin hier und versuche ein paar Dollars zu machen und Sachen ins Laufen zu kriegen. Eines Tages werde ich so weit sein, dir unter die Arme zu greifen. Dass *Town and City* verlegt wurde, ist dein Verdienst, ist dir das klar, du hast es Stringham gegeben. Stringham gab es Diamond etc. und dann Kazin. Herrgott noch mal, hat Neal oder ist Neal dabei, einen Bahnpass zu schicken?

[…]

Schreib mir. Wir müssen mich einfach da rüberkriegen.

Jack

Allen Ginsberg [San Francisco, Kalifornien] an Jack Kerouac [o. O., New York, New York?]

5. Juli 1955

Lieber Jack:

Deinen Brief vom 27.–29. Juni bekommen[10]. Gerade von einer Reihe von Trips zurück, Yosemite, Reno, Lucus Bebees Virginia City, Lake Tahoe, Peter beim Trampen nach New York auf dem ersten Teilstück begleitet.[11]

Neal sagt, er kann kein Bahnticket besorgen. Er hat sich nicht sonderlich angestrengt, aber vielleicht kann er es auch nicht. Er hatte eines für sein Mädel Na-

---

10 In dieser Auswahl nicht enthalten. (A. d. Ü.)

11 Peter Orlovsky trampte nach New York, um seinen jüngeren Bruder Lafcadio an die Westküste zu holen, da ihre Mutter kurz davor war, Lafcadio in eine Nervenheilanstalt einweisen zu lassen.

talie [Jackson] besorgt, und die hat es nicht benutzt und es ist abgelaufen und so schnell bekommt er kein neues. Und Hinkle hat eins für Sheila [Williams] besorgt, das sie nicht benutzt hat und auch schon abgelaufen ist. Übrigens sind die Hinkles zurück nach San Francisco gezogen, mit Familie, und Neal unterhält immer noch sein Liebesnest mit Rotschopf Natalie. Er hat deinen Brief mit der Botschaft an Carolyn gesehen, er bekommt alle deine Briefe zu sehen. Was will Cowley mit *Beat Gen.*? weiteren Versuch unternehmen? Von Bill habe ich seit Wochen nichts gehört und mache mir Sorgen.

Du kannst nichts Besseres machen, als deinen Namen Kerouac beizubehalten. Was ist »City City City«? Hast du nie erklärt.

Die Senora aus Mexiko ist hier und wird am Ersten nächsten Monats für ein paar Wochen wiederkommen, vielleicht ist sie hier, wenn du hier bist und in dem Fall könnte es passieren, dass sie dich einlädt, deine Zeit im Dschungel von Chiapas zu vertrödeln, das ist wirklich eine Möglichkeit, obwohl man wahrscheinlich doch ein paar Dollar für Essen einplanen sollte, denn sie ist arm. Aber man kann umsonst bei ihr wohnen und es gibt kein günstigeres Essen in Mexiko. Plus Pferde, etc., Personal.

Ich werde Mark Schorer[12] treffen und zusehen, ob ich nicht einen Assistentenjob in Berkeley bekommen kann, wenn im Herbst mein Arbeitslosengeld ausläuft, und Griechisch studieren und Prosodie. Wenn das nichts wird, komme ich vielleicht zu dir nach Mexiko.

Ich verstehe nicht, warum Corso so berühmt ist. Ich habe ein Gedicht von ihm über [Charlie] Parker in der *Cambridge Review* gelesen, herrliche Schwarzdrossel mit Horn, Langnasenpelikan. Aber ich weiß immer noch nicht, was oder wie er es anstellt, dass Cowley von ihm gehört hat.

Was hat Lucien über Joans [Burroughs] Traumgedicht gesagt? Ich war nicht sauer auf ihn, ich habe in diesem Absatz nur was über den Schnurrbart seines Schwiegervaters gesagt, hatte gehofft, er sei beeindruckt von der Theorie. Er hat so viel Angst vor der Lehre, dass ich das Wort immer wieder benutze, wie [Bob] Merims. Streich den letzten Satz. Ich habe sowieso keine Angst vor seinem finsteren Blick, jedenfalls wenn ich so weit weg bin.

Ich sollte Cowley Gedichte schicken und werde das auch über kurz oder lang tun, wenn ich hier mit allem durch bin. Kein Wort von [William Carlos] Williams. Du?

---

12 Mark Schorer war Professor an der University of California Berkeley. Im Prozess gegen *HOWL* sagte er später zugunsten von City Lights aus.

Von meinem Bruder keine Nachricht, ob er dir das Geld geschickt hat oder nicht. Ich habe ihm noch mal geschrieben und gefragt, ob. Lass mich wissen, wenn du es bekommen hast.

Neal hat mir die beiliegenden Beitragsquittungen der Brotherhood of RR Trainmen[13] gegeben, damit ich sie dir schicke. Er sacht, du sollst nach New Orleans trampen, von wannen täglich zwei Züge nach L. A. abgehen, und damit und mit ein bisschen Quatschen hier und da solltest du durchkommen. Er sagt, du kennst dich mit dem Drumherum aus. Zuerst den Schaffner fragen, und der erzählt es dann den anderen, wenn die Strecke gewechselt wird oder die Linie oder was auch immer keine Ahnung. Schreib mir, wenn du weitere Erklärungen brauchst, die quetsche ich dann aus ihm heraus. Ich habe es schon einmal versucht, und dabei kamen obige Sätze heraus. Nützt das irgendwas? Er meint, ja.

Wo wohnt Alene [Lee] noch mal? Ich will, dass Peter sie kennenlernt.

Ich bin arm, aber meine Miete ist bezahlt und es gibt jede Menge zu essen, ich kaufe billig ein, Steaks etc. die 30 pro Woche sind schon in Ordnung.

Gibt Gregory mächtig an? für was wen? Was sagt er zu [John] Hollander in Harvard? Meine öden Anmerkungen – ich frage mich, ob sie seine Entwicklung gefördert oder gehemmt haben.

Ich habe dein Schach Neal vorgelesen, der bloß kicherte.

Vergib mir heut Nacht liebes Knochengerüst.

Ich werd wieder schreiben. Das hier nur, um dir die Tikx zu schicken.

AG

Jack Kerouac [Rocky Mount, North Carolina] an
Allen Ginsberg [San Francisco, Kalifornien]

14. Juli 1955

Lieber Allen,
habe gerade einen $ 25-Scheck von Eugene [Brooks] erhalten. Briefchen anbei besagt: »Ich habe mehrfach von Allen gehört. Er teilt mir mit, dass du kürzlich in New York warst. Außerdem hat er mich gebeten, das Beiliegende zu schicken. Meld dich bei mir, wenn du in die Stadt kommst. Mit freundlichen

---

13 Die »Brotherhood of Railroad Trainmen« war eine 1883 gegründete Gewerkschaft der Bremser verschiedener Eisenbahnlinien in den USA. (A. d. Ü.)

Grüßen« – Ist er genervt, dass ich ihn in NY nicht besucht habe? Gut, ich werd ihm heute noch schreiben und erklären, dass ich bei meinem letzten Trip nach NY nur herumgeschnorrt habe und zum Glück nicht bis zu ihm durchgedrungen bin. Ich werd den richtigen Ton schon treffen, will sagen, mach dir keine Sorgen.

Er ist ein großer Dostojewski'scher Bruder.

Jetzt habe ich also Geld, um nach New Orleans zu kommen und werde mich dort mit Schlafsack auf die Zipper-Flachwagen schwingen und 500 Meilen durch die Nacht rollen, außer manchmal (bei Regen) mit Neals Gewerkschaftspapieren vielleicht eine Freifahrt im Dienstwagen erbetteln können. Sag Neal, dass ich keinem eine Freifahrt in einem Personenzug abschwatzen kann, da ich, wie er sich vielleicht erinnert, kein Bremser auf Personenzügen war und ich den Jargon nicht kenne und die Routine, aber wenn du ihm das sagst, wird er bloß hochgehn, aber wir können nicht alle wissen, was er weiß. Jedenfalls werde ich schon irgendwie hinkommen.

Werde innerhalb der nächsten Woche losfahren, denn ich muss noch meinem Schwager im Geschäft helfen Fernsehapparate ausliefern, da sein Gehilfe krank ist, ich bekomme 75 Cent die Stunde und habe dann mehr Knete, wenn ich mich auf den Weg mache. Ich sollte also DEFINITIV UND ZWEIFELSOHNE (Großbuchstaben, damit du dir den Termin besser merken kannst) nicht später als 10. August am allerspätesten in Frisco ankommen und zwischen dem 1. und 10. August auf jeden Fall. Das ist für Kalifornien (1. Aug.) genau die richtige Zeit. Wir werden uns zusammen ein paar Monate Frisco reinziehen und dann, würde ich vorschlagen, machen wir uns zusammen gen Süden Grenze Kalifornien-Mexiko auf, wo wir eine Lehmhütte mieten können und du 20 von deinen $ 30 die Woche Arbeitslosengeld für die Rückreise nach NY sparst oder sogar, wenn wir früher fahren, für Tanger. In einer Adobehütte könnten wir sogar, sagen wir in Mexicali oder Gadsden oder Tijuana oder jeder anderen Kalif.-Mex. Grenzstadt, von $ 5 die Woche leben (auf der Mex-Seite) und du kannst 25 deiner Arbeitslosenun. sparen – das sind 100 in einem Monat. Ich glaube, das ist eine praktische Idee, denn in Frisco wirfst du das Geld schon durch die teure Miete in einer großen Stadt zum Fenster raus. Wenn du dann so weit bist, wieder zurück in den Osten zu gehen, fahr ich in den Süden nach Mexico City wieder an der Westküste lang (Mazatlan etc.) und miete mir eine Hütte. Ich hab ein Minimum an Travellerschecks für das, was ich in Mexiko in der Zeit nach der Rückfahrt vorhabe, und ein Minimum an Bargeld, um jetzt zu dir rüberzukommen – und dann werde ich mir wie immer $ 25 vom Blut-

spenden holen, für Wein und Chow Mein – vielleicht such ich mir auch einen Teilzeitjob irgendwo um Frisco, fände es großartig, wieder in der Gepäckaufbewahrung der Bahn zu landen (für $ 15 die Nacht). –
Derweil beantworte ich jetzt erst mal deine jüngsten Fragen.

1. Cowley sagt, er will *Beat Generation*, er und Keith Jennison, »um es noch mal zu versuchen« – ich habe ihnen gesagt, dass ich mich für meine Albernheiten '53 entschuldige und Keith klopfte mir auf die Schulter – Sterling Lord glaubt, dass sie es jetzt vielleicht herausbringen – aber ich sehe wie immer schwarz – vor allem, weil ich nach NY mit der ausdrücklichen Bitte um $ 25 im Monat für neuen Roman Hütte in Mexiko gekommen war und Cowley mich deswegen veräppelte, meine eigentlichen Bedürfnisse und den kranken Fuß nicht sah, etc., nur vage was von einer $ 250-Auszeichnung der American Academy of Art and Letters für mich irgendwann sagte, und hat ein paar meiner Geschichten an *Paris Review* geschickt.

2. »cityCityCITY« ist mein großer Sciencefiction-Ausblick auf die Stadt der Zukunft, habe Bill eine Abschrift davon geschickt, ziemlich wüst, ich erzähl dir davon wenn wir uns sehen, ziemlich hip, ziemliche Marihuana-Schreibe, düster, etc., überhaupt nicht wie Burroughs, wobei – solche Sachen könnte ich auf Gras ohne Ende machen – hab es während der Army-McCarthy-Anhörungen geschrieben und so hat es einen wilden hippen politischen Beigeschmack. Dave Burnett wollte es und hat es verstanden und hat nur an ein paar Stellen Grammatik geändert, mir aber immer noch nicht die $ 50 gezahlt. Kafkaesker Horror etc.

3. Ich habe Dusty getroffen und ihr gesagt, dass Peter kommt, auch Gregory gesagt, dass »Allens neuer Engel« kommt etc. Ich schulde Dusty einen Dollar – werde ihn Montag schicken – übrigens wohnt sie inzwischen in der 38 Morton St., war da nicht Kammerer?

4. Schick an Cowley ALLES von *Naked Lunch*, ich hab ihm alles darüber erzählt, wie wir auf den Titel gekommen sind – schick es als GANZEN ROMAN, hör auf mit dieser Dreiteiler-Geschichte herumzukaspern, es ist EIN ROMAN, eine große Vision … der *Junkie*-Teil führt die Leser auf die vertrackteren Teile *Queer* und *Yage* hin, die noch vor ihnen liegen.

5. Corsos Ruhm beruht auf dem beiliegenden GEDICHTBAND, bewahr ihn für mich auf. Nette Widmung. Also, er hat ein Stück geschrieben, das er *Beat Generation* nennen wollte und änderte den Titel in *This Hungup Age*, nachdem er mein Ding in *New World* gesehen hatte – Einakter, der in Harvard aufgeführt wurde, großer Erfolg, er bekam große Rezensionen wie in *World Te-*

legram, eine große Rezension von einem der festangestellten Redakteure mit großer Schlagzeile »Gregory schreibt Gedichte für uns, die wir nicht verstehen« etc., alles darüber wie der Redakteur Gregory schreibend in einer Kellerwohnung unter den Brücken des Village oder so was entdeckt hat. Gregory hat mächtig mit der Bostoner Schickeria angebändelt. und Harvard-Jungs. und Mädels. Und dann haben wir uns verbündet und seine Gedichte an Burnett geschickt, eins ist Jack K. gewidmet, hab ich dir das erzählt?

6. Geh nicht nach Berkeley und studier Griechisch und Prosodie, komm von diesem Pound-Kick runter, Pound ist ein Ignoranter Dichter – Wie oft muss ich dir noch sagen, dass eine buddhistische, eine ZUKUNFT IM OSTEN vor uns liegt – Griechen und Gedichtformen sind Kinderkram, das weiß sogar Neal (ohne höhere Bildung). Studier Sanskrit in Berkeley und fang an, wichtige Sutren zu übersetzen, die noch nie übersetzt wurden und schreib Gedichte aus buddhistischer Sicht. Die Griechen sind ein Haufen ignoranter Schwanzlutscher, das ist jedem Idioten völlig klar, – besser als das, noch großartiger und tiefer als Buddhismus ist die Urbevölkerung Afrikas, wo die alten Männer, wenn die Zeit zum Sterben gekommen ist, sich hinsetzen und sich in den Tod hineindenken, Pari Nirvana, sie nennen das DER WAND GEGENÜBERTRETEN –

Und brauchst du mich, so gib mir deine Hand
Ich warte auf dich an der letzten Wand.

Mach dich frei von Pound ... ich hab ihn kapiert und er macht absichtlich auf Griechisch und ist mit seinem oniomanischen griechischen Expressioni nur modisch ... Schwachsinn. Er und Hopkins leiden beide darunter herausstellen zu müssen, wie toll sie sind, und Yeats auch ... als Dichter mag ich Dickinson und Blake ... Aber sogar die sind ignorant, weil sie einfach nicht wissen, dass alles leer ist im Innen und Außen der zehntausend unendlichen Richtungen des ungebrochenen Lichts. Bitte, Allen, wach auf ... wenn du gerade mal am Buddhismus zweifelst, weil du, ich weiß gar nicht, wie ich es ausdrücken soll, etwas verhaftet bist, ich versteh es einfach nicht, ich dachte wirklich, du seist intelligent und Bill auch – Neal ist inzwischen viel kompetenter mit seinem Cayce, der im Grunde auch nicht so weit weg ist, Cayce glaubt an Purusha, aber davon abgesehen ist er praktisch reiner Buddhist. Ich werd dir Cayce erklären. Was nicht heißt, dass ich so klug bin, es ist nur, dass mir das Licht zuteilwurde, als ich aufgehört habe zu denken. Ich bekenne, ich werde sehr ungeduldig, wenn ich Menschen sehe, die der Lehre teilhaftig werden und sie nicht annehmen ... Ignoranz treibt aus Gewohnheit und mit Macht ihre Wurzeln immer tiefer, je älter wir werden, wie ein Baum.

6. Kein Wort von [William Carlos] Williams – schreib ihm zumindest und frag ihn, ob er irgendwas gelesen hat, denn wenn seine Frau ihm alles über die Pissflaschen hinweg vorgelesen hat, wird es nicht klappen (alte Drachen), ich werd nie verstehen, was sie machen, wenn sie mit Prosa- oder Dichtergenies verheiratet sind.

7. Alenes [Lee] Anschrift ist immer noch die gleiche, Paradies, ich glaube 501 E. 11.

8. Zu Joans [Burroughs] Traumgedicht, Lucien hat es nicht gesehen, ich habe es hier vergessen, er hat es dann später in deinem Brief gesehen, aber da hattest du ihn schon als »besoffen und goldig« tituliert, anstatt einfach nur goldig, und ich war sowieso nicht dabei, als er es gelesen hat, also auch kein Kommentar – grundsätzlich würde ich sagen liebt Lucien dich und hält dich für einen freundlichen Heiligen ... mach dich nicht so abhängig davon, was er denkt, der Alte Oberpriester Monacchio kennt ihn besser als du und sein Urteil lautet: »Du begreifst nicht, dass Lucien ein relativ schlichter Typ ist, der versucht, das Leben zu genießen – viel schlichter als etwa du oder Ginsberg.« Sehr sehr wahr. Daraufhin hab ich mir Lucien angeschaut und bemerkt, dass Tony einfach recht hat. Zum Beispiel hat Lucien mir mal eine ganze Nacht lang erzählt, wie er einen Kerl bei einer Schlägerei verprügelt hat, obwohl ich ihm gesagt hatte, dass mich überhaupt nicht interessiert, wer dabei gewonnen hat – er ist einfach ein ganz normaler Typ ... Einfach ein gewöhnlicher Bursche, sagt Tony.

9. Ich hoffe, ich kann die Senora kennenlernen, würde Chiapas gerne im Winter versuchen, im Sommer würde ich's vielleicht nicht aushalten.

Es zeigt sich, dass all meine ewigen Lieblingsautoren (Dickinson, Blake, Thoreau) ihr Leben in kleinen Einsiedeleien beendet haben ... Emily in ihrem kleinen Haus, Blake in seinem, mit Frau, Thoreau in seiner Hütte. Das glaube ich wird auch mein letzter Umzug sein ... obwohl ich noch nicht weiß wohin. Wird drauf ankommen, wie viel Geld ich zusammenbekommen kann. Auch wenn ich alles Geld der Welt hätte, ich würde immer noch einer bescheidenen Hütte den Vorzug geben. Ich glaube, in Mexiko. Al Sublette meinte mal, was ich wolle, sei eine strohgedeckte Hütte in Lowell, ziemlich starker Tobak, so was zu sagen. Wie auch immer, ich wollte ja direkt Richtung Mex City, aber nachdem Gene die $ 25 geschickt hat, kann ich mir Frisco leisten und werde kommen. Ich freu mich auf das Reden. Und Chow Mein und Wein. Und Spaziergänge. Neal. Vielleicht Miss Greenie. Außerdem möchte ich eine Woche im Flusstal am Chittenden Pass verbringen. Außerdem möchte ich das buddhistische Kloster an der 60 Las Encinas Lane in Santa Barbara besuchen. Außerdem könnte ich versuchen, als Bikkhu am oberen Salinas in der Nähe von Wunpost den Fluss entlangzuwandern, wirklich wilde Gegend. Ich möchte einfach nur einen Ort finden, wo mich nichts und niemand davon abhalten kann, mal einen ganzen Tag in Trance zu verbringen oder ich mich nicht in Bewegung setzen muss, wofür auch immer. Ich *weiß*, der Schlüssel liegt in den alten Yoga-Geheimnissen Indiens, von Dhyana gar nicht zu reden, und dass jeder, der wie du Dhyana nicht praktiziert, einfach im Dunkeln herumtappt. Der Geist hat seinen eigenen ihm innewohnenden Glanz, aber der enthüllt sich nur, wenn man zu denken aufhört und den Körper hinfortschmelzen lässt. Je länger du diesen Stillstand im Lichtschein halten kannst, desto großartiger wird Alles (was Nichts ist), der diamantene Klang des köstlichen Schhhh wird lauter, geradezu furcherregend, – die transzendentale Empfindung, fähig zu sein, durch die Welt zu schauen wie durch Glas, klarer; etc. All deine Sinne werden gereinigt und dein Geist kehrt zu seiner ursprünglichen, vorgeburtlichen, ureigenen Perfektion zurück. Kannst du dich nicht mehr erinnern, wie es vor deiner Geburt war?

Lies so wie ich das Diamant-Sutra jeden Tag, sonntags das Dana-Wohltätigkeits-Kapitel; montags Sila Freundlichkeit; dienstags Ksahnti Geduld; mittwochs Virya Begeisterung; donnerstags Dhyana Gelassenheit; freitags Prajna Weisheit; samstags Abschluss.

Indem du mit der größten aller Sutren lebst, tauchst du ein in die Wahrheit, dass alles die Eine Unterschiedslose Reinheit ist, Schöpfung und Erscheinungen, und wirst frei von Vorstellungen wie Selbst, andere Selbst, viele Selbst, Ein Selbst, was absurd ist, »nur irdische Wesen betrachten Individualität als persönlichen Besitz« – kein Unterschied zwischen diesem Stern und jenem Stein. *Buddha Tells Us* ist von Cowley, Giroux, Sterling L. [Lord] fostig [frostig] aufgenommen worden – ein wichtiges Buch. Es wird für viele ein Grund zum Konvertieren sein, wenn es erst mal verlegt ist und gelesen wird. Wenn ich damit bei den Geldwechslern durchkomme, werden es die Leute, die es ernsthaft lesen, schon verstehen. Ich meine, ich habe es mehr als drei Mal gelesen und es hat definitiv die magischen Kräfte der Erleuchtung, es ist wahrlich ein See des Lichts. Ich wünschte, ich hätte noch eine Abschrift für dich. Jetzt ist es (vermutlich) bei der Philosophical Library in NY, Leute die Suzuki verlegen. Ich bin wirklich neugierig, welches Schicksal ihm beschieden sein wird.

Schlussendlich amüsiert mich die kindische Ignoranz besagter Cowleys, Giroux, Leutchens überall, aber ich hänge nicht weiter der Vorstellung nach, dass dies etwas anderes als ein Traum ist, aus dem sie ein bisschen später als ich erwachen werden, und das schadet vielleicht auch gar nicht, meine ich, bin da ganz kindisch. Meine Schwester wurde sauer auf mich und meinte, ich glaubte wohl, Gott zu sein, ich sagte: »Was, bist du eifersüchtig?« – O was für ein fürchterlicher Haushalt, in dem ich bin … will hier weg … jeder verübelt mir mein cooles Sihibhuto-Sitzen am Morgen, coole Trance, sie arbeiten hart, um mir zu zeigen, wie fleißig sie sind, sie hantieren herum, rastlos, stolz, empört, schimpfen mich dies und das, O hätte ich nicht durch die Weisheit des Indes (das französische Wort für das Nichts) ein so dickes Fell, wäre ich jetzt noch wütender und hätte mehr Grund wütend zu sein als 1952, als ich auf alle wütend war sogar dich … aber ich sehe ein, es ist ein Traum, ein unangenehmer Traum.

Und was eine Frau betrifft, welcherart Mann verkauft seine Seele für eine Fotze? Eine verdammte wahrhaftige FOTZE – ein großer Schlitz zwischen den Beinen, der mehr nach einem Verbrechen als sonst was aussieht.

Wirklich, mein Lieber, inzwischen wird mir fast schlecht, wenn ich eine Frau sehe und daran denke. Und was die Hosenbeutel betrifft, die können sie meinetwegen in ein Baumwollfeld pflanzen und Mondschein draus sprießen lassen. Trotzdem, nur einen Tropfen Wein und ich bin wieder zu allem Möglichen bereit. Aber langsam habe ich die Nase von der Westlichen Welt wirklich voll und frage mich, was mir wohl in Ceylon oder Burma oder Japan (ja, Tokio, DER angesagte Ort) passieren würde. Hast du *Commpassionate Buddha* gesehen, ein Taschenbuch? Von E. A. Burt, auf Seite 194 findet sich ein großartiges Sutra von einem gewaltigen Chinesen namens Hsi Yun. »Weil die Erkenntnis aller Menschen durch ihr eigenes Sehen, Hören, Fühlen und Wissen verschleiert ist, nehmen sie die spirituelle Brillanz der ursprünglichen Wesenheit nicht wahr.« Ich nehme an, du weißt, was das heißt, oder nicht?

Es heißt, es gibt Eine Essenz, zum Beispiel enthält jeder Regentropfen unendliche Universen voller Leben, deren Essenz ungebrochenes Licht ist. Die Essenz des Holzes ist die gleiche wie die der Luft. Ein Wasserstoffatom hat diese Form, ein anderes jene … beide haben keine Essenz.

Hin und Her in alle 10 000 Richtungen ist Materie vergänglich
Hin und Her in alle 10 000 Richtungen ist Raum vergänglich
Und Gedanken sind vergänglich …

Ameisen beachten uns nicht, Ameisen beachten andere Ameisen nicht,
Ameisen-Ameisen-Ameisen beachten andere Ameisen-Ameisen
nicht
Bist du zu »alt« oder zu »gebildet«, um dich darauf zu konzentrieren?
Kannst du dich nicht mehr an deine Babyängste erinnern?
Was, irgendein Wiener Lüstling hat dir was von »Erwachsenwerden«
erzählt?
Erzähl mir was über diesen Wiener Lüstling, gibt es nicht in unendliche
Richtungen eine unendliche Anzahl von Universen in die unzähl-
baren Atome seines Körpers hinein?
Und gibt es nicht in unendliche Richtungen eine unendliche Anzahl
von Universen innerhalb der unzählbaren Atome des Raums sämtli-
cher Universen aller 3000 Chillokosmen?
Ist dieser erwachsene Wiener zu kultiviert, um über derlei Angelegen-
heiten nachzudenken? Keine Zeit für die Wirklichkeit? Wirklichkeit
ist Bilder? Erscheinungen? Epiphanien? Schösslinge? Fantastische
Emanationen? Luvoid Madblake[14]?
Wirklichkeit ist Persönlichkeit?
Wirklichkeit ist Skelette?

In der Essenz gibt es nichts
als Essenz –
Und die Essenz ist ungebrochen.
Ziegenbock bumm
Unter Schmerzen an
Tag kawumm.

P S P S: Ich möchte mir außerdem die buddhistische Kirche südlich von Sun
Hung Heung an der Washington St. ansehen. Al Sublette und ich haben eines
Abends betrunken beim Bau geholfen. Wir gehen hinein und sitzen und beten.
Ich kann ein komplettes Gebet auswendig, das ich in der Kirche im Sprech-
gesang rezitieren kann.
Traf auf der Straße zufällig Jose Garcia Villa zusammen mit seinem großen
Liebhaber, ich schleppte beide zur ich glaube White-Horse-Bar, ich meine,
beiden verstanden und waren traurig. Jose sagte, er könne Hopkins am bes-

---

14 Lautmalerisch für »Love old mad Blake«.

ten leiden. Gregory mochte er nicht. Aber das tut keiner, wie Helen Parker, die G.s Buch schlechtmachte und sagte: »Na ja, darum braucht man sich keine Gedanken zu machen.«

Ich war ein paar Tage mit Helen zusammen. In der Bude. Etc. Sie hält sich gut. Dann traf ich zufälligen den alten WASP Bingle Frankel. und er erzählte, [Alan] Ansen macht überall Ärger, ist in Afrika verschwunden, Nord, oder Italien oder irgendwo, seit Weihnachten kein Wort von ihm und Frankel glaubt, er ist tot. Er sagte auch, DU würdest jung sterben. Er war deprimiert und saß in einer Bar und ließ den Kopf hängen. Irgendwann beachtete er mich gar nicht mehr. Ich habe ihm einen ganzen Abend lang vorgejammert, was ich gerne mit einem Tonband aufgenommen hätte, ihm die Höchsten Geheimnisvollen Poetischen Aspekte des Buddhismus erläutert, auf die er mit lauten Bravorufen in der Bar abfuhr, aber am nächsten Tag war ich Luft für ihn. Die Szene im Riviera ist einfach so. Deshalb freue ich mich auch schon wirklich auf Frisco, Allen werd nicht sauer, aber ich möchte mich jeden Abend, fast jeden Abend, mit Pat Henry im Ohr hinlegen, und hoffentlich Green, und Wein, und mir die neuste Musik anhören, schließlich bin ich ja Amerikas neuer Jazzkritiker und Experte oder etwa nicht? – Außerdem freu ich mich auf die üblichen Frisco-Spezies wie Leonard Hall den Buddhisten zu treffen und Chris MacClaine und die verrückten angeturnten Dichter und Ed Roberts und Charles Mew und all die hippen Spaßvögel und Al und ich singen auf den Straßen Jazz … und ja, ich würde gern Sheila [Williams] ficken und jede andere auch, warum nicht. Alles was ich brauche ist ein Drink … ich trinke ewiglich. trinket immer und ihr sollet niemals sterben. Solange du hinter einem Hund herläufst, wird er dich nicht beißen; trinke immer, bevor du durstig wirst, dann wird der Durst dich niemals finden. Argus hatte hundert Augen, um zu sehen, ein Butler sollte (wie Briareus) hundert Hände haben, mit denen er uns unermüdlich Wein einschenkt. Meine Lehrzeit ist vorüber, ich bin ein freier Mann in diesem Gewerbe der Weingewohnheitssäufer. Komm, mein braver Kumpel, schenk mir einen ein und segne den Wein, bete, wie ein Kardinal. Würdest du sagen, eine Fliege könnte dies alles wegschlucken? Der Durst des Asbestgesteins[15] ist nicht weniger unstillbar als der meiner Autorenschaft. Lange Trinkgelage auf freier Wildbahn sind null und nichtig zu meiden.

Der Fluss wird nichts davon abbekommen, ich schlucke alles weg.

Jacky Boy (Schreib)

15 Asbest von »Asbestos«, dem griechischen Wort für »unvergänglich«.

Allen Ginsberg [o. O., San Francisco, Kalifornien?] an
Jack Kerouac [o. O., Rocky Mount, North Carolina?]
nach dem 14. Juli 1955

Juli marsch, 55

Racketyjack:

Ich werd jedes olle verdammte Gebrabbel studiern, das ich will, seis Griechisch oder Griekisch und ich werd auch über Sanskrit nachdenken, wenn
irgendjemand weiß wie man das ausspricht, da ich hinter dem Klang her bin,
KLANG, Sanskrit ist die richtige Sprache aus so gut wie fast jedem Grund,
außer wer weiß, ob die noch gesprochen wird? Ich nehme das mal an, allerdings bleibt noch Zeit für Griechisch, Chinesisch, indische Gelatine und Pali
Afrikaans, jeweils zehn Jahre, ich hab noch 50 vor mir und kann Sanskrit genauso gut in alle Ewigkeit studieren, was ich vielleicht auch tatsächlich tun
werde, vielleicht, ich wollte eigentlich Sanskrit studieren (ging mir durch den
Kopf), ich hab mich noch nicht entschieden was, ich wollte nur noch einen anderen nichtlateinischen Klang in meinem Kopf bekommen zum Boppen: und
zusätzlich, wo ich jetzt Pferde und Maultiere reiten kann und grüne Autos
fahre (kann mir 120 Meilen und fünf Stunden hinter meinem schwarzen Buggy
gutschreiben) würde ich, wenn ich eingerosteten Kopf weiterhin benutzen
könnte, um sogar Musique höchstselbst zu studieren, alles über Harmonien
und Hemidemisemiachtel herausfinden und selbst Opern schreiben und besonders Zoroastrische Massenszenen, – besonders dabei die Untersuchung des
körperlichen Klangs der Zeit – vielleicht am Beispiel Bach'scher Strukturen –
du solltest und wirst meine fantastischen Bachplatten hören, nichts als reinste
erhabene ja eigentlich irrationale Augenblicke, ich habe sogar daran gedacht,
Zahlen zu studieren, Mathematik, aber das ist albern, nur um die Strukturen zu
erkennen, die er bewusst verwendet hat, die grundsolide Form, wie ich meine –
all das, weil ich in neuesten Gedichten über Rhythmen stolpere von denen ich
bloß gehört habe, aber nicht so richtig weiß, worin sie sich unterscheiden und
vielleicht ja darauf komme, dass so was viel mehr Spaß als Marktforschung
macht, vielleicht mache ich auch Lehrerprüfung und lese detailliert über die
ganze verdammte Entwicklung der englischen Prosodie von Chaucer bis Kerouac. Aber wie dem auch sein mag, ich habe diese Sachen belegt und zugleich
an fünfzig Seiten gerade fertiger und neuer Gedichte meines neuen Buches gearbeitet, Gedichte 1952–55, ist jetzt halb fertig, weitere fünfzig habe ich noch
vor mir, werde so weiterarbeiten wie bisher – letztendlich wieder zehn Stunden

per diem am Schreibtisch – sobald du kommst kannst du mir was beibringen und mich für die Überarbeitungen züchtigen – fürs Lesen von Corsos originellem, gutem Buch, ich begreife welch gutes Vorstellungsvermögen er hat, von Wörtern, und wie schön das sein kann und mir ist klar, wie sehr ich das vernachlässigt habe, (ein Gedanke, der mir vor zwei Tagen kam, dass ich im Versuch den prophetischen Stein der Stimme aus dem Stein einzufangen, meine Gedichte wieder den Berg hinunter bis zum absolut sprichwörtlichen Anfang mit Williams' *Empty Mirror* gerollt habe, so dass eine sprichwörtlich prosaische Stimme erklingt, die etwas Sprichwörtliches sagt, aus der wirklichen Welt, und sei es nur: Der Baum vor mir wackelt und gleichzeitig schreien die Vogeljungen, und nicht, Vodelchen [Vögelchen] im Baum haben Angst, so dass ich (ich selbst) nichts hinzufügen muss, ich will einfach nur damit anfangen Auge zu sein, im Klang, später wird das Auge sprechen) – jedenfalls die Gedichte auf einen Monolog ohne Bilder oder Melodie (Titel des langen Gedichts schon drei Jahre alt) zu reduzieren, und wenn ich dann runter bis auf den blanken Knochen sprichwörtlicher Fakten bin, Melodie hinzufügen, daran arbeite ich jetzt (oder habe es geplant mittels Studium fremder Klänge und dann Melodie und Prosodie) und später noch mehr betörende Halluzinations-Speckrollen dranzupacken wie die Denver, Dakar und Holy Doldrums. Corso hat jedenfalls nicht nur eine angeborene Begabung, Wörter rauszuhauen, unglaubliche Zartheit, außerdem einen geheimnisvollen Kick, der sich noch nicht herauskristallisiert hat, wenn er doch nicht so ein egoistisches Arschloch wäre, in seinen Gedichten. Aber er schreibt immer noch besser als Hollander, der inzwischen Professor in Harvard ist. Hollanders Bruch (und ich verwende das Wort hier wie Faulkner in [A] *Fable* sagt, im geologischen Sinne) setzt nicht mit Harvard ein, sondern hat damit zu tun, dass er, zunächst mal, nicht heilig genug ist – was mich an einen Spruch wie von Burroughs erinnert, der in einem meiner Träume auftauchte, »wir bieten unser Gehänge auf dem Marktplatz an, aber diese zynische Truppe eingefleischter Tunten will die nicht haben.« Wie dem auch sei ich WAR in Berkeley und habe Berkeleys Trilling-Blake-Forscher Mark Schorer getroffen und ihm kurz und bündig das Manuskript auf den Schreibtisch gelegt und gesagt, ich würde Prosodie für einen MA studieren wollen und vermutlich noch etwas Musik und Griechisch dazu – und er sagte, das hat hier noch niemand gemacht, ich bin zwar nicht sicher, doch nein, am Fachbereich Englisch können Sie nur Englisch studieren, nicht mehr als drei Kurse pro Semester, ansonsten in anderen (Musik, Griechisch und Buddha) Abteilungen – es vielleicht bei der Vergleichenden Literaturwissenschaft versuchen. Aber da wird es wohl auch nicht gehen. Na ja, vielleicht überlegt er es sich ja noch anders, wenn er mein Halb-Buch gelesen hat, aber ich habe da ernste Zweifel, also werde ich machen, was mir gefällt und mir raussuchen, was ich will, ohne MA, den will ich aber wegen hervorragender Knetequelle als möglicher Lehrer, in Zukunft, wenn nötig, ob in Winesburg oder Cambridge, besseres Gewerbe als Marktforschung. Es gibt noch einen anderen Gesichtspunkt, nämlich den, wenn ich an eine Uni gehe und es dort für fünf Monate bis einem Jahr aushalte, glaube ich, dass ich vielleicht ein Stipendium an Land ziehen könnte, oder einen einfachen Lehrauftrag, der mich in die Lage versetzt, auf Jahre hinaus mit sagen wir $ 1500 im Jahr auszukommen, mich vielleicht durch Fulbrights nach Europa bringt, oder dem Orient näher wegen Sanskrit, was auch immer, vielleicht studiere ich Chinesisch, aber das sind alles vorläufige Fantasien, da mein ärmliches Arbeitslosengeld im Oktober oder November ausläuft und dann werde ich Knete brauchen, einzigst. Das Einzige was ich nie wieder tun möchte, ist, in einem Büro zu arbeiten wie in diesem Jahr, komplette Zeitverschwendung, mal abgesehen davon, dass ich wenn nicht – es wäre ganz bestimmt das erste Mal – mich wie Neal oder Lucien auf etwas Lebenslängliches einlassen muss. Da du bald hier sein wirst, schicke ich keine Gedichtbeispiele, nur dieses Stück Rhythmus:

Leafy heads on long poles
revolve up and down
in the dangerous yellow breeze
and newborn robins cry in their nest
at the top of the whirling tree.

[…]

Darüber hinaus habe ich JETZT keine Visionen. Ich warte auf deine Ankunft, werde mich dann aber nicht widersetzen.

Ich habe Philip Lamantia getroffen, habe nach einer Party bei Rexroth mit ihm sechs Stunden in einer rund um die Uhr geöffneten Cafeteria verbracht und er hat mir erzählt, wie er es mit frommen Indios in Mexiko gemacht hat, traf Priester und hatte Visionen, Erleuchtungen, ist jetzt Katholik geworden, lehnt Peyote, Pot, Saufen ab und »bin dabei, meinen Samen zu bewahren«, obwohl er mit einer Gogo (Name des Mädchens) verheiratet ist und Bibeln für die »Laien« von Tür zu Tür vertreibt. Er glaubt, dass er auf einer niedrigeren und demütigeren Ebene wieder in die Herde von Christus und Maria aufgenommen worden ist, von Wahn und Sünde errettet, und erwartet direktere Ver-

bindung zur Quelle zu haben. Christus kam durch die Zeit »gekracht«. Er hat
die ganze Nacht geredet (sah seriös aus wie James Mason, Finger trommelten
nervös, ruhige Stimme, wie Hunckes charmantes Lächeln, wenn er lächelt) und
ich war genervt, denn was war mit MEINEN Visionen? Jedenfalls ist er völlig
hin und weg, liest die Kirchenväter, höchst gebildet, hat jetzt den Kick an der
Theologie entdeckt, wie vordem Pippin und auch Durgin mal waren, wenn-
gleich er (Lamantia) ja Visionen gehabt hat (echte von Monstern auf Peyote
und immer mal, seit er vierzehn ist) und dann diese eine entscheidende, die
alle vorherigen hinwegfegte, beim Lesen von Mohammed schwebte er über
seinem Körper, glückselig, ein Engel erschien ihm und sagte, er müsse zurück,
er weinte und wollte nicht, Glückseligkeit hier überwältigend, Engel winkte
ihn runter und sagte, er hätte das wahre Licht zum ersten und letzten Mal erblickt, und dann wachte er weinend auf und »stürzte hinaus auf die Straße,
um in den Himmel zu schauen und fand auch die Erde in Licht und Glanz
gebadet« von X, was etwa fünfzehn Minuten andauerte. Der einzig wirklich
wilde Kopf hier, ich hatte auch den Eindruck, er ist ein bisschen verrückt, hält
seinen Samen zurück und redet nun über Marientheologie, intellektualisiert
seine Visionen. Er weiß auch einiges über Buuda [Buddha]. Du solltest auch
mit ihm reden, mal abgesehen davon, dass er auch ein engstirniger Katholik
ist, aber du bist ein alter Katholik, könnte interessant sein herauszufinden, wer
der interessanteste Katholik ist den ich persönlich kenne, bei ihm klingt das
so interessant wie Peyote, ich meine ein hipper Katholik, wie die Jünger »alle
ausflippten, als sie den auferstandenen Christus sahen«, aber nicht auf Hipster
Nachtclubniveau dahergeredet.
Peter [Orlovsky] streift inzwischen durch NYC und seinem letzten Brief zufolge ist niemand da. Er wird Ende August oder Anfang September wieder
hier sein …

[…]

LoveLoveLove
Lovedog
Allen

Jack Kerouac [Mexico City, Mexiko] an
Allen Ginsberg [San Francisco, Kalifornien]

Sonntag 7. August – '55
212 Orizaba St.
Mexico DF, Mexiko

Lieber Allen:

Bin hier unten mit Bill Garver – bin beim Trampen gen Westen durchs schreckliche Texas vom Kurs abgekommen und für Kicks hier runtergefahren – bin
aber immer noch unterwegs nach Frisco, werde im September dort sein –
hauptsächlich will ich hier eine komplette Penicillinbehandlung für mein Bein,
aber ohne amerikanische Arztrechnungen – je älter ich werde, umso hartnäcki-
ger das Bein – Bill Garver und ich haben alte Freunde von Bill B gefunden und
Bill G. ist sauber – außer einem gelegentlichen Drink rühre ich nichts an, habe
mir gleich am ersten Tag was durch Shit geholt. Fühle mich ziellos, vergänglich,
unfassbar traurig, weiß nicht, wohin ich unterwegs bin, oder warum. Wünschte
ich wäre jetzt in Frisco, aber so eine lange Fahrt. Werde in etwa einem Monat
für $ 10 mit der SP nach Nogales fahren – bis Culiacan kommt Bill mit – du
verstehst. Unterdessen habe ich bei Bill auf dem Fußboden geschlafen. Morgen
bekomme ich eine Adobehütte auf dem Dach. Was hinkünftige Lebenspläne
betrifft, wünsche ich mir nur barmherzige, wunschlose Einsamkeit – es ist so
hart, im Westen ein Bikkhu zu sein – es wird auf eine Art stromlinienförmiger
amerikanischer Bikkhu hinauslaufen müssen, denn bisher hat alles, was ich
getan habe, Aufmerksamkeit auf sich gezogen. Vielleicht fahren wir über Weihnachten zusammen nach NY – Vielleicht ist meine Mutter auch wieder da – ich
habe Ruhr, schreib mir einen Brief. Bill lässt dir herzlichste Grüße ausrichten.
Jack (Beat)

Botschaft von Bill [Burroughs]: »Ich habe dir vor einem Monat einen Brief
geschrieben und dachte, du könntest ja mal antworten.« P. S. »Mach um Himmels willen keinen Quatsch mit O oder H in Kalifornien, schlimmster Staat
der ganzen Union.« »Grüß ihn von mir.«

    Er liegt im Bett und liest Time –
    Old Dave gestorben, vor einem Jahr – der
    Alte Ike aus Bills Buch. – Seine Frau

Ist die schönste – wow –
Welch eine Indio und welch eine
Hohepriesterin, Billy Holiday –
Ihr Straßenname: Saragossa –
Wie Genet Heldenname –
Für einen Nachmittag
Verliebte ich mich in sie
Durch sie traf ich
Mrs. Green und stimme dir
Zu, die ist langweilig. –

Sei nicht sauer auf mich,
In einem Monat bin ich da –
Schreib was du vorhast –
Grüß mir den Alten Unentwegten Neal –

Bewusste beständige Barmherzigkeit und alltägliche Zufriedenheit für welchen Weg auch immer, – ich meine, simple Kicks, – Ruhe – was mehr brauchen wir? Ich meditiere, ruhe, bete, esse, schlafe, wichse und gehe da- und dorthin, bis meine Zeit hier abgelaufen ist.
J.

Allen Ginsberg [San Francisco, Kalifornien] an Jack Kerouac [Mexico City, Mexiko]

vor dem 15. Aug. 1955

Lieber Jack:
Habe deinen Brief vor einigen Tagen bekommen, dann fiel Peter Orlovsky mit Brüderchen in SF ein, fünfzehn Jahre alt und völlig auf Waschzwang, musste alle erst mal unterbringen.
Robert LaVigne der Maler ist irgendwo in der Nähe von Mazatlan, wenn ich seine Anschrift auftreiben kann schicke ich sie dir, du kannst auf dem Weg hier rauf bei ihm auf dem Fußboden schlafen und essen.
Falls du immer noch Ruhr hast, du kennst doch die braune Enteroviaform, wenn es damit nicht besser wird ist soweit ich gehört habe eine kräftige Antibiotika-Dosis gut – Terramycin, glaube ich.

Ich lege erste hingekritzelte Fassung eines Gedichts bei, das ich geschrieben habe, deinem Stil näher als alles andere. Fünfzig Seiten meines Buches sind fertig, und fünfzig habe ich glaube ich noch vor mir. Vor Ende des Sommers bin ich damit nicht fertig. Wenn du mich nicht davon überzeugst, dass meine wahre Berufung irgendwo anders liegt, ziehe ich nach Berkeley, ich habe ein billiges Haus gefunden ($ 35 im Monat) ein Zimmer, eine Hütte aus Shakespeares Arden mit braunen Dachschindeln und Blumen rundherum, großer netter Garten, abgeschieden, Aprikosenbaum, Stille, auch Küche und Bad, Fenster Richtung Sonne, nahe Shattuck Avenue (Key-System-Elektrobahn), sechs Blocks von der Uni, perfekter Ort um sich zurückzuziehen, zur Ruhe zu kommen, denn nichts anderes will ich, seit mich das Schreiben mehr denn je in Anspruch nimmt. Eventuell muss ich wegen Lebensunterhalt in einem Hospiz arbeiten gehen, und MA-Arbeit anfangen, Kurs in Altenglisch ist Pflicht und was sonst noch, nicht, werde dort also alleine sein und also kannst du dich gerne dort niederlassen, für ein Jahr, zwei Jahre, einen Monat, wie lange auch immer, es gibt jede Menge zu essen, ich esse günstig, wenig Geld, aber genug, um in die Stadt zu fahren, wir werden schon zurechtkommen. Hier in der 1010 Montgomery Street werde ich noch drei Wochen oder vielleicht länger sein, um den 5. Sept. über die Bay ziehen. Neal hat Whg. in der Stadt, falls du irgendwann mal über Nacht dort bleiben willst. An meiner ursprünglichen Einladung, hierherzukommen, hat sich nichts geändert etc., außer dass das Häuschen mit Garten es jetzt mehr zu einer shakespearschen Bikkhu-Zuflucht macht, besser.

Eine Kunstgalerie hier hat mich gebeten, in diesem Herbst eine Dichterlesung zu organisieren[16], vielleicht können du und Neal und ich einen Abend bestreiten; außerdem können wir was immer wir wollen bei Berkeley Radio KPFA auf Band aufnehmen und senden.

Ich habe ein paar wichtige Berkeley-Professoren getroffen, aber ich bin ein namenloser Niemand und kann niemanden mit nichts beeindrucken, also werde ich wohl ein Jahr lang arbeiten müssen, danach kann ich Geld von Uni bekommen und es durch Fulbright-Promotion an Asiens Harvards schaffen, wohin auch immer, hoffe ich. Ich glaube, vorläufig muss ich diese Marschroute einschlagen, ansonsten einfach irgendwo arbeiten, wenn das Geld ausgeht und nichts weiter ins Auge fassen was die finanzielle Zukunft angeht. Was meinst du? Brief von Bill, er will mich zu den bisexuellen Stämmen in Südamerika schicken, aber wie soll ich? kein Gold.

---

16 Daraus sollte die berühmt gewordene Six-Gallery-Lesung entstehen. (A. d. Ü.)

Komm hier hoch und leiste mir Gesellschaft, ich habe niemanden mit dem ich reden kann. Ich bin weiter am Surangama Sutra. Lese außerdem surrealistische Gedichte und Lorca, übersetze Catull aus dem Lateinischen.

Ich werde [Karena] Shields die Mexikanerin treffen und ihr sagen, dass du deine Adresse für sie in der US-Botschaft hinterlegst, möglicherweise kommt sie in einer oder zwei Wochen durch Mexico City.

Ich dachte, ob es dir wohl möglich ist, über eine mexikanische Apotheke Meskalinsulfat bei Delta Drug Co. zu bestellen und mit hierher zu bringen? Ich schick dir einen Scheck dafür, kannst du's rausfinden? Delta Chemical Works, 23 West 60th Street, NY 23, NY, eine kleine Flasche kostet $ 7.

Ich schreibe demnächst, komm auf jeden Fall.

Lieben Gruß

Allen

PS: apropos Nachrichten von Bill Garver??? Ich habe in den vergangenen zwei Monaten keinen Brief mehr von ihm bekommen. Bin im regelmäßigen Austausch mit Burroughs. Ich habe hier etwas »Aitsch«[17] probiert aber so teuer, ein Jammer. Bring Codeinetas mit, ein paar Röhrchen, ja? Grüße an Garver.

Ed Wood, der beim Tod von Joan [Burroughs] dabei war, ist in der Stadt und Geschäftsführer bei The Place, wichtigste North Beach Bar, und Sandy Jacobson, Freund von Kells [Elvins], ist auch in der Stadt bei schon erwähntem Sender KPFA. [Chris] MacClaine ist Koch-Kellner im schon erwähnten The Place. Will mir außerdem ein Klavier besorgen und Grundlagen Musik studieren, Bluesgedichte schreiben.

Seit Peter weg ist hab ich eine Menge geschrieben, nach diesem ganzen Jahr tut Einsamkeit mir gut, obwohl ich dabei auch ziemlich deprimiert verrückt werde. Ich kann das Leben nicht ab.

Sei nicht böse auf mich, komm wann immer du willst, komm nicht nur weil Eugene dir $ 25 geschickt hat, aber komm auf jeden Fall, baldmöglichst, komm in aller Ruhe in shakespearesches Haus.

Im Augenblick versuche ich auf den fünfzehnjährigen [Lafcadio] Orlovsky aufzupassen, der durchs Leben stolpert, ist wie verheiratet sein und ein verwildertes Problemkind haben, verrückte Kicks, Pathos des wahren Lebens. Sie wollen sich hier in der Stadt eine Wohnung suchen, ich zieh nach Berkeley und sehe zu, dass ich Land gewinne.

---

17 Heroin. (A. d. Ü.)

Guy Wernham der Lautreamont-Übersetzer wohnt über die Straße in möbliertem Zimmer, kommt rüber und übersetzt mir Genet, Genet-Gedichte, trinkt Tee und zittert ehrfürchtig und verloren wie Bill, sieht in gewisser Weise wie Bill aus ohne Bills Genie-Charme.

Mir geht's so weit gut, bin eigentlich sogar glücklich.

Außerdem werden wir einen Wagen haben, um reinzufahren.

Lieben Gruß

Ginsberg

Jack Kerouac [Mexico City, Mexiko] an Allen Ginsberg [San Francisco, Kalifornien]

19. August
(nicht April)
1955
c/o WM Garver
212 Orizaba St.
Mexico DF

Lieber Allen:

Hast du die Besprechung über Alan Harrington im *Time* Magazine für den 22. Aug. gesehen? Knopf hat seine Saga herausgebracht, erinnerst du dich? Er scheint sich auf einen Kompromiss eingelassen und den Titel von *An American Comedy* in *Revelations of Dr. Modesto* geändert zu haben ... *Time* und *Newsweek* machen sich darüber lustig, wie sie es mit der ganzen aktuellen Literatur machen, als ob die Tatsache, dass sie aktuell zeitgenössisch ist, sie harmlos machen würde.

Derweil nehmen die Genies bei United Press weiterhin kein Blatt vor den Mund: Lucien schrieb: »Ich wollte deine (Matrosen) Papiere (die ich bei ihm gelassen hatte) an einen afrikanischen Schiffsflüchtigen verkaufen, aber der sagte, sie seien nutzlos«, und Hudson schreibt: »Fahrt ihr etwa alle in dieses museumsreife verschlafene Land Mexiko?«

Ich selbst habe gerade 150 verdammt poetische Meisterwerke aus dem Ärmel geschüttelt, *Mexico City Blues,* ein jedes von gleicher Länge und Stil. Es ist eine einfache Welt, in der so schwer zu sterben ist –

Garver lässt grüßen.

Ich möchte die Senora nicht treffen – Ich will nicht aus Bills Bude ausziehen. Ich bin völlig versessen und high auf Mexikanisch. Kennt Robert LaVigne Mrs. Green und all die anderen mexikanischen Brautjungfern? (Vergiss nicht, mir das zu sagen.)

Ich werde am 15. Sept. oder 1. Okt. in Frisco sein – werd dich in Berkeley schon finden. Peter erinnert mich an eine Idee, die ich für Peter Martin in der Fortsetzung von *Town and City* hatte, mit lauter verrückt gewordenen Brüdern. Ich bin sicher, er ist ein Heiliger, und würde mich nie lustig machen – über ihn oder fünfzehnjährigen Bruder.

Dein *Howl für Carl Solomon* ist sehr mächtig, aber ich will nicht, dass es durch zweitrangige Korrekturen beim nachträglichen Überarbeiten kaputt gemacht wird. Ich will deine sprachliche Spontaneität oder gar nichts, das gilt für dich und Gregory Corso, ich will keine zerhackten behinderten Gedichtmanuskripte lesen.

Schick mir Robert LaVignes Adresse (ich möchte ein paar Tage in Mazatlan schwimmen gehen) und weitere spontane pure Gedichte, Originalmanuskript von *Howl*, um den 1. oder 15. Sept. herum mach ich mich hier auf.

Scheiß auf Carl Solomon. Er ist ein Voyeur im Irrenhaus. Er ist okay. Grüße Al Sublette und Neal herzlich von mir. Sag Neal, dass ich ihn immer noch innig liebe und immer werde, er ist mein Bruder Okay.

Garver ist ein großartiger Kerl, den Burroughs verkennt, der nicht zuhört, weil er so von Wien absorbiert ist. Garver kannte einen jüdischen Promoter, der seinem Analysten noch $ 25 000 zusätzlich zu seinem Honorar aus der Tasche gezogen hat. Erzähl mir keinen Scheiß über Innisfree.

Will dein Gedicht noch mal lesen, – werde Vorschläge machen, wie etwa, der erste Wurf ist der einzigartige Wurf, alles Weitere das öde Verträpfeln der Zeit – etc.

Dir auch lieben Gruß

Jack

P.S. [...] Und – in *Howl* mag ich »mit einer Vision von perfekter Möse und Sperma« – und – »Genitalien und Manuskripte schwenkten« (ähnelt deiner Prosa über Peter, wie er mit den *Illuminations* unterm Arm durch Texas trampt) – und besonders mag ich »die wieder in Denver starben« (Leave my Dying Denvers) und »selbst verabreichte endgültige Lobotomie der Wahrheit«.

Jawohl, ich stimme dir zu, es ist eine gute Idee für einen MA oder irgendwas an die Univ. of Calif. zu gehen, das ist das richtige Ambiente für dich, hab bloß keine Angst, ein mordsgroßer Collegeprofessor zu werden, Literatur- und Buddhismus- und Orientalische-Kunst-Gelehrter Dichter und Kritiker wie Cowley, *Allen Ginsberg*. Im Juni laufen Cowley und ich durchs Village, und Meyer Shapiro geht an uns vorbei, erkennt mich aber nicht oder erinnert sich nicht, sagt aber mitten auf der Straße »Malcom Cowley« und ich sage »Meyer Shapiro«, – merkwürdige Szene.

[...]

Allen Ginsberg [San Francisco, Kalifornien] an Jack Kerouac [Mexico City, Mexiko]

1010 Montgomery
25. August 1955

Lieber Jack:

[...]

Die Seiten von *Howl* (Titel passt)[18] sind die ersten Seiten, die ich geschrieben habe, wie vorliegend. Ich habe sie noch mal abgeschrieben und dir die 100 % Originalfassung geschickt. Eine frühere Fassung existiert nicht, ich habe es getippt so wie es aus mir rauskam, deshalb ist es so chaotisch. Hier bei mir habe ich die sauberen und erweiterten Abschriften. Du hast genau das, was du haben wolltest.

Mir ist klar wie recht du hast, es ist das erste Mal, dass ich mich hingesetzt und einfach drauflosgeschrieben habe, kam ganz nach deiner Methode, klingt wie du, ist praktisch eine Imitation. Du bist darin schon so viel weiter. Ich weiß nicht, was ich beim Dichten mache. Ich brauche Jahre der Abgeschiedenheit und konstantes tägliches Schreiben, um deine Fülle und Freiheit und Wissen der Form zu erreichen.

[...]

Wir sind auf Peyote in der ganzen Innenstadt herumgelaufen, P&I [Peter und ich], haben Betty Keck getroffen und erkannten im St. Francis Hotel Moloch Molochrauchendes Gebäude im roten Strahlenglanz der Innenstadt, mit Ro-

---

18 Kerouac hatte vorgeschlagen, *Howl* sei doch wohl ein guter Titel für Ginsbergs Gedicht. Allen hatte es anfänglich *Strophes* genannt.

boteraugen ganz oben und Totenkopf abermals im Dunst. Und ich erkannte in mir und ihm eine Leere zwischen den Wissenden, bei uns beiden.

Und hat dich [Meyer] Shapiro dann wiedererkannt?

Frag Garver, ob es möglich ist, das Meskalin zu bestellen, lass ihm die Delta-Anschrift da und sag mir, was los ist, damit ich bestellen kann. In diesem Monat hat es die erste Festnahme in Kalifornien wegen Besitz von Peyote gegeben. Kerl in San Mateo. Unbekannter Hipster, möbliertes Zimmer.

Denk an billigen Mexikaner-Bus, der vom Westküsten-Pan-Am-Highway durch die Wüste (schau dir Guaymas, Culiacan oder Hermosillo an) direkt nach Mexicali fährt, dadurch vermeidest du die ganzen Amerikaner unterwegs. Auch schöne Busfahrt über Sierra Madre von Durango nach Mazatlan, jeweils etwa sechzehn Stunden. Mexicali-Bus trifft in Santa Ana auf die Hauptverkehrsstraße, meine ich.

Ich habe kein Geld, aber wenn üble Schwierigkeiten $$ schreib sofort und ich werd Neal oder irgendwen anpumpen, und lass mich wissen, wohin ich es schicken soll.

Bern Porter oder City Lights Buchladen hier wollen einen Gedichtband von mir herausbringen, vielleicht auch von dir, muss man herausfinden. Eine kleine Zeitschrift in Südkalifornien hat ein kurzes Gedicht von mir gebracht und mein Vater hat mir eine Kopie der *NY Herald Tribune* geschickt, die es noch mal abgedruckt haben, das machen die jeden Sonntag. Merkwürdig. Unverständliche Anmerkung zu »The Shrouded Stranger«, ausgerechnet.

Einhundertfünfzig Gedichte? Und ich hab mich den ganzen Monat lang mit zwanzig kleinen Piefkes abgemüht! Bisher fünfzig Seiten plus *Howl*.

Neal ist nicht mehr bei der Eingreiftruppe der Bahn sondern hat wieder festen Job, kann seine Tage und Nächte also planen.

Wie ich schon sagte, du hast das Originalmanuskript von *Howl*.

Stichproben aus Blues wunderbar. Ich habe Bill geschrieben. Ist nicht tot. Ähem (kicher) ich habe Lobotomie Wahrheit etc. in der neuen Fassung gestrichen. Werden wir drüber reden.

Herzlich
Allen

Allen Ginsberg [San Francisco, Kalifornien] an
Jack Kerouac [Mexico City, Mexiko]

30. August 1955

1010 Montgomery
30. August

Lieber Almond Crackerjax:

[…]

City Lights Buchladen hier bringt Broschüren heraus – fünfzig kurze Seiten –
von hiesigen Dichtern und einen Reprint von W.C. Williams und einen von
Cummings und wollen nächstes Jahr *Howl* rausbringen (unter diesem Titel),
ein Heft für dieses Gedicht, sonst nichts – wird ein Heft füllen.
In zwei Tagen ziehe ich in das Häuschen in Berkeley um, Blumen und Ruhe.
Wenn du noch länger bleibst, schick mehr MexCity Blues. Grüße an Garver.
Septemberhitze in SF lässt Milch stocken.

»Welche Sphinx aus Zement und Aluminium schlug ihnen die Schädel
   ein und fraß ihr Gehirn und Einbildungskraft?
Moloch Moloch Einsamkeit Hässlichkeit! Mülleimer und unerschwing-
   liche Dollars! Kinder kreischen unter den Treppen! Alte Männer
   schluchzen in Parks!
Moloch! Moloch! Vergilbte Schatzanweisungen! Geisterbanken!
   Hauptstädte ohne Augen!
Roboter-Apartments! Schwänze aus Granit und monströse Bomben!
Visionen! Omen! Halluzinationen! Alles den amerikanischen Bach hin-
   unter!
Träume! Wunder! Ekstasen! Die ganze Bootsladung gefühlvoller
   Scheiße!«
etc.

Lieben Gruß,
Allen

Jack Kerouac [Mexico City, Mexiko] an
Allen Ginsberg [San Francisco, Kalifornien]

1.–6. September 1955

Lieber Allen:
(Vielen Dank für das Wahnsinnsgeld – jetzt werd ich wahnsinnig)
Du, der du das zärtlichste Herz und die höchste Weisheit besitzt. Sollte ich
jemals zu deiner Blake'schen Horror-Hütte in Berkeley (yak!) kriechen und
die Krümel von deinen Knochen klauben können, Wak! Lak! Der Junge lak!
Smak! Trak! Schak! Yok! pock – smock – da kommt dann einige Tipperei auf
uns zu.

[...]

Ich habe gute Nachrichten. Mr. Cowley hat mir Knete $ 200 von der Academy
of Arts and Letters besorgt, die ich in monatlichen Schecks von 50 Bucks bekomme, die ich in Travellerschecks umtauschen und schreiben werde. Habe
außerdem »Mexican Girl« für $ 50 an *Paris Review* verkauft. Habe großartigen
herzlichen Brief von Malcolm [Cowley] – und jetzt will er das Vorwort zu *Beat
Generation* bei Viking schreiben. Ich mach mich selbst komplett verrückt mit
Mrs. Greening. Weiß nicht, was ich tue und wo ich bin.
Brauche eine Schreibmaschine, brauche deine Freundschaft.

[...]

Freitag 2. Sept. Habe Grün ins Klo geworfen, bereite mich auf Besuch bei dir
vor. Kein Meskalin, Mann wurde letzte Woche an der Grenze mit Meskalin
verhaftet. – Will mein Ziel erreichen.
Meine Beine sind wieder ganz schlimm, Penicillin wirkt nicht mit Mrs. Green.
Holmes hat mir geschrieben. – Außerdem wollen die Verleger von Suzuki in
NY (Philos. Library), dass ich ihnen 600 Exemplare garantiere, wenn sie mein
»sehr gut geschriebenes« Buddha-Buch verlegen sollen. Ich kenne keine 600
Leute, die $ 3,50 haben. Werde den Titel in *Wake Up*[19] ändern.
Samstag. Wieder Mrs. Green, hartes Mädchen. Werde in einer Woche von
heute aufbrechen, nehme Zug nach Santa Ana, Bus nach Mexicali, tippeln nach
LA, Zipper nach Frisco. Komme über den Winter zurück, Grashütte irgendwo
um Acapulco, wenn wir unsere Gespräche in Berkeley beendet haben und
ich etwas gearbeitet habe und durch Frisco geschlendert bin. Keine Schreib-

19 Jack Kerouac, *Wake Up – A Life of the Buddha* erschien erst 2008 in den USA und 2011
    auf Deutsch unter dem Titel *Lebendiger Buddha* (München, Deutsch von Ursula Gräfe.).
    (A. d. Ü.)

313

maschine, keine Fantasie, ich entschuldige mich für mein jämmerliches zitterndes Fleisch.

Nachmittag – Jetzt trinke ich Whisky wie Lucien und bin am Flippen. Ich *langweile* mich. Garver redet, aber nicht mit mir. Wünschte Bill B. wäre hier, wegen der guten alten bezaubernden Kicks von Mexiko. Er hat meinen Brief vom 30. Aug. nicht beantwortet, schreibt an Garver. Falls er von den Berbern in Ouedzen ausgeweidet wird, hat er das verdient, sage ich, fürs Herumspionieren und in alle Ewigkeit für das heimliche Verstümmeln von Katzen[20]. Ich sehe es geradezu vor mir, wie er von ein paar gleichgültigen desinteressierten Nomaden flachgelegt und unbekümmert aufgeschnitten wird, während der Nachmittag sich hinzieht … Und Bill sagt: »Was? Moment? Wo?« und plötzlich wird er mit seiner Liebesaffäre konfrontiert sein, einem arabischen Beil. Wenn ja, heißt das, ich werde mit *meiner* Liebesaffäre konfrontiert sein, Schafen im Himmel.

Wir sehen uns zwischen dem 16. und 23. September, obwohl du mir das inzwischen nicht mehr glauben wirst.

Jockolito

Fahre Freitag – kann's kaum erwarten, dich zu sehen.

---

20 Eine Zeit lang scheint es Burroughs tatsächlich Spaß gemacht zu haben, Katzen zu quälen; erst in späteren Jahren wurde er zu einem hingebungsvollen Katzenfreund.

1956

Anmerkung der Herausgeber: Ende September 1955 stand Kerouac tatsächlich vor der Haustür von Ginsbergs Häuschen in Berkeley. Genau in dem Augenblick, als er dort auf Allens Rückkehr wartete, traf dieser sich zum ersten Mal mit Gary Snyder, um die Dichterlesung in der Six Gallery vorzubereiten. Die Lesung fand am 7. Oktober statt, Jack war auch anwesend, mochte jedoch selbst nicht lesen. Allen, Gary Snyder, Philip Lamantia, Philip Whalen und Michael McClure lasen und Kenneth Rexroth führte als Moderator durch den Abend. Im Oktober unternahmen Gary und Jack an einem Wochenende einen Ausflug in die Berge, der zur Grundlage für The Dharma Bums *wurde. Im November beging Natalie Jackson Selbstmord, gerade als Neal Jack gebeten hatten, sie im Auge zu behalten. Beide Männer waren von ihrem Tod erschüttert, und Neal kehrte zu seinem Leben mit Carolyn in Los Gatos zurück. Nach einer Stippvisite bei den Cassadys gegen Ende November zog es Kerouac zu seiner Mutter, die mit Jacks Schwester und ihrem Schwiegersohn in Rocky Mount lebte. Für die folgenden Monate blieb Jack in North Carolina, wo er an mehreren Büchern arbeitete, darunter* Visions of Gerard.

Allen Ginsberg [Berkeley, Kalifornien] an
Jack Kerouac [Rocky Mount, North Carolina]

1624 Milvia St.
Berkeley, Cal.
10. März 1955 [*sic*: 1956]

Lieber Jack:
Anbei Brief von John Holmes. Ich werde auch an ihn schreiben. Den Brief von Jonathan Williams[1], den ich bereits erwähnte, schicke ich dir ebenfalls mit. Ich habe ein paar Aufzeichnungen aus NYC, hab ich dir mal gezeigt, die ich ihm schicken werde. Ich habe auch daran gedacht, eine Zusammenfassung

---

1 Jonathan Williams war der Besitzer von Jargon Press.

von Bills *Naked Lunch* zu schreiben und ein Beispiel von Bills Routines zu schicken. Jonathan Williams' Brief ist was er ist. *Black Mountain Review* wird von Charles Olson herausgegeben (der Dichter mit dem Gedicht über haarigen Tisch, das ich dir mal in Buchhandlung in Berkeley zeigte). Robert Duncan ist jetzt auch in N. C., unterrichtet am Black Mountain [College], anscheinend ein ganz schön verrückter hipper Haufen da. Ich habe Williams geschrieben, dass du ebenfalls in N. C. bist, mit dem Vorschlag, dass Duncan doch mal bei dir vorbeischauen könnte, schließlich hat der *Visions of Neal* gelesen.

W. C. Williams hat scheinbar entweder deine Prosa, die ich ihm geschickt hatte, nie erhalten oder nie gelesen, wohl auch meinen nachfolgenden Brief mit *Howl* drin nicht. Er hatte an City Lights geschrieben, er wolle ein Vorwort schreiben, wenn ich ihm Manuskript schicken würde, direkt habe ich von ihm nichts gehört. Ich habe ihm nochmals eine Abschrift von *Howl* geschickt und werde mich später erkundigen, was mit deiner Prosa geworden ist.

Cowley war in der Stadt, ich habe kurz mit ihm gesprochen, er erinnerte sich nicht an mich, dann bekamen wir Streit wegen Burroughs. »Halt dich bloß von ihm fern«, riet er mir, »wie ich höre, hat er seine Frau umgebracht.« Er erwähnte *On the Road* und sagte, das würde noch Zeit brauchen, auch wegen der Sache mit den Verleumdungsklagen[2]. Anscheinend haben sich alle in dieser Angelegenheit ziemlich aufgeblasen. Diesmal mochte ich Cowley nicht.

Lucien schrieb: »Jack war ein paar Tage bei uns. Wirkte recht munter. Fand seinen Kram über Bruder Gerard ebenfalls ziemlich gelungen. Freue mich, euch beide auf einem weniger obskurantistischen wirren Trip zu sehen. Hab auch seine Erzählung in *Paris Review* mit Vergnügen gelesen. ... Ich wurde kürzlich zum Leiter des Nachtbüros ernannt, was wohl bedeutet, dass ich zumindest eine weiße Weste habe, wenn auch von Armut gezeichnet.«

Orlovsky ist in ein großes fröhliches modernes Wohnbauprojekt eingezogen, hat Lafcadio erst mit Peyote gefüttert und dann dafür gesorgt, dass er flachgelegt wurde. LaVigne hat große Ausstellungen mit Spontanzeichnungen in The Place und City Lights Buchladen. Ich hatte letzte Nacht einen spitzenmäßigen Traum von Neal, er zog in meine alte Wohngegend in Paterson. Ich schleppe Gepäck im Greyhound-Bahnhof in SF, $ 13 am Tag, und hab mich bei MSTS

2 Der Viking-Verlag hatte von Kerouac nicht nur verlangt, sämtliche realen Protagonisten in *On the Road* mit Pseudonymen zu versehen, sondern auch noch Erklärungen einzuholen, dass sie auf eine Verleumdungsklage verzichten würden, sollten sie sich in dem Roman ungünstig dargestellt finden. (A. d. Ü.)

und MCS³ um einen Platz an Bord beworben, hoffe, innerhalb von zwei Monaten was zu bekommen.

Snyder lebt jetzt mit [Locke] McCorkle im Mill Valley zusammen, [Philip] Whalen kommt ein paarmal in der Woche zum Abendessen rüber, ich verbringe ein paar Nächte die Woche bei Peter, wenn ich arbeite. Habe Moloch überarbeitet, ist jetzt drei Seiten lang – »Moloch, dessen Brust ein kannibalischer Dynamo ist,« etc.

Wir sehen uns, wenn die ZEIT gekommen ist.

Lieben Gruß

Allen

Anmerkung der Herausgeber: Im April kehrte Kerouac in die Bay Area zurück und zog bei Gary Snyder ein, der in einer Holzhütte in Mill Valley wohnte und seine Abreise in ein buddhistisches Kloster in Japan vorbereitete. Mit Snyders und Whalens Hilfe bewarb Jack sich für den Sommer um einen Job als Feuerwächter auf einem abgelegenen Berggipfel in Washington State nahe der kanadischen Grenze, während Allen Arbeit auf einem Schiff der Handelsmarine fand, das Radarstationen im nördlichen Polarkreis mit Nachschub versorgte.

Allen Ginsberg [USNS *Joseph F. Merrell*, San Francisco, Kalifornien] an
Jack Kerouac [Mill Valley, Kalifornien]

ca. Ende Mai 1956

Allen Ginsberg, Yeoman
USNS Joseph F. Merrell
TAKV-4
c/o Fleet P.O.S.F., Cal.

Jack:

Beiliegend $ 20, zehn die ich dir schulde, zehn weil ich reich bin. Wenn du für den Trip gen Norden noch mehr brauchst, lass es mich wissen.

Habe die Korrekturfahnen zu meinem Buch erhalten [*Howl and Other Poems*] und Ferlinghetti bat um zusätzliche Gedichte, die er mit aufnehmen könnte,

---

3 MSTS: Military Sea Transportation Service; MCS: Military Sealift Command. Einrichtungen der US-Navy, die den Nachschub zu See sicherstellten. (A. d. Ü.)

also hab ich ihm Holy! etc. und ein neues vierseitiges Greyhound-Gedicht geschickt, das du noch nicht kennst. Ich verlasse die 16th und 3rd Street-Werften Triple A Pier 64 am 4. Juni in Richtung Nachschubbasis Oakland, am 8. weiter nach Hawaii, danach hoch nach Seattle, glaub ich, und dann in die Arktis. Ich bin etwa bis Ende Juni in Seattle, und an Wochenenden frei, also werde ich einen Hubschrauber mieten, um Desolation Peak einen Besuch abzustatten. Diverse Briefe von Bill [Burroughs] in Berkeley, die ich noch nicht gesehen habe. Mein Bruder Eugene hat einen kleinen Jungen bekommen, den sie Alan Eugene Brooks genannt haben. War mir gar nicht klar, dass er mich so liebt. Ich nehme mal an, wir sehen uns noch bevor ich ablege, könnte eigentlich sogar dieses Wochenende mal nach Mill Valley rauskommen. Ich hab Burroughs' Yage City [Robert] Creeley gegeben.

Der Mensch von *Needle* wird »Railroad Earth« nicht abdrucken – die jungen Italo-Anarchisten in ihren Zoot-Suits, die ihn protegieren, meinen, das sei kein politischer Anarchismus und sie bezahlen ihn dafür, dass er letzteren publiziert. Er sagt, es tut ihm leid. Ich hab ihn bei der Creeley-Lesung getroffen.

Ich habe *Howl*-Abschriften verschickt, an T. S. Eliot, [Ezra] Pound, [William] Faulkner, [Mark] Van Doren, Meyer Schapiro, [Richard] Eberhart, [Lionel] Trilling, bis sie alle waren (die Abschriften). Ich bin ja gespannt, was T. S. Elliot machen wird. Ich hab auch jedem einzeln noch über dich geschrieben. Komische Briefe, jeder für sich betrachtet. Stell dir vor, T. S. Elliot.

Ich habe Kopfschmerzen und laufe in S. F. herum. Freitagnachmittag mit Geld und Aktentasche und Gedichten und Lederjacke und Khakihemd und Hosen und Haarschnitt mit nix zu tun. Habe hier im Chinesenpostamt in Nähe des Chinatown-Parks haltgemacht.

Was ist mit Neal – du warst zwei, drei Tage bei ihm?

Lieben Gruß

Allen

Allen Ginsberg [USNS *Sgt. Jack J. Pendleton*, Point Barrow,
Alaska] an Jack Kerouac [o. O., Desolation Peak, Washington?]
12.–18. August

12. August 1956

Lieber Jack:

[...]

Bin jetzt seit einem Monat die Nordküste Alaskas rauf und runter, nun nörd-
lichster Punkt, Point Barrow. Die Sonne scheint die ganze Nacht, oder zumindest letzte Woche zu Mittsommer, schrecklich schauderhafte Totenblässe die
ganze Nacht hin durch die Wolken, und diese Woche hängt jede Nacht fantastisch eisenglühende Sonne für ein paar Stunden über dem Horizont, klares
Wetter. Das Wasser immer in Bewegung, Wolken immer in Bewegung, Vögel
gleich Wolken und ich wie ein transparenter wabernder Dunstschleier, überall
wandelnd. Ich verbringe nachts viel Zeit am Bug, oft auf den Knien, betend,
aber weiß nicht zu wem oder was. Ich hab an dich gedacht und wollte schreiben, aber wusste nicht, was ich sagen sollte, was du annehmbar finden würdest
und bin immer noch beunruhigt. Ich dachte daran, dir ein riesiges Neid-Sor-
gen-Liebes-Geständnis zu machen, aber die Sonne blendet und warum dich
belästigen. Und Gregory Corso ist in S. F., hörte ich durch Whalen und bekam
dann einen kurzen verrückten Brief von ihm – so scharf –.
»... Amerika-Schrei war peinlich ... aber das waren Novalis und Wacken-
roder auch. Und Kleist ließ die Amazone ihren Liebhaber gleich roh auf der
Bühne essen die deutschen Dichter sind das Letzte. Las *Howl* und dachte
wozu, wenn Rimbaud uns alle schon mit 19 ausgestochen hat. Du bist alt.
Ich bin alt. Unser Geheul klingt mehr nach schwächlichem Gekeuche denn
nach GRRRRRRRRRRRRRRRRRRRRS. Und die Liebe. Wir sind zu alt um
sagen zu können, was Liebe ist. Ein Leichtes für uns, es Zen-Polemik-Jun-
gensschwanz zu nennen. Wenn du vor deinem 30. Jahr kein großes Gedicht
geschrieben und gelebt hast, gib es auf. Ich habe das [Archibald] MacLeish erzählt und der hat mich aus Cambridge gewiesen. Mach's gut, Gregory Corso.«
Und er hat ein Theaterstück im Repertoire, allererste Sahne, verrücktes Stück
namens »Way Out«, das ganz im Stil seines Gedichts über Bird geschrieben
ist, poetischer Hip-Talk, und auch ganz wunderschön.

[...]

Außerdem Brief von Burroughs und Ansen in Venedig, wo die ihren Spaß im
»Mohammedanischen Paradies mit Knaben« haben, und Auden wird eventuell

im Herbst zu ihnen stoßen. Bill hat London auf London fluchend verlassen und Seymour Wyse ebenfalls, über den er klagt, er habe ihn fortwährend versetzt.

Endlich auf ein Gewässer voller Eisschollen gestoßen und zwei Tage dazwischen herumgefahren, mit Rumpf dagegengekracht und Steuerruder gebrochen und einer der Räume geflutet, das ist alles wieder behoben, vor ein paar Tagen habe ich den ganzen Tag Taucher beobachtet, wie sie in Marsanzügen unter Wasser schwammen und habe Fahrt in einem kleinen Landungsboot vor Barrow im Schatten der gigantischen Schiffsrümpfe mitgemacht, um Zeitungen abzuliefern. Die Arbeit ist einfach, viel Freizeit. Habe nicht mehr masturbiert, seit wir Seattle verlassen haben, folglich letzte Woche endlich eine Flut erregender Tagträume und Nachtträume, kamen auf wie Taifun und ich fing an, langes Gedicht darüber zu schreiben, und schließlich hörte es auf und ließ mich mehr oder weniger friedvoll und obenauf schwimmend zurück. Es findet alles im Kopf statt. Ist verflogen.

Die Arbeit hier ist beendet (jetzt der 18. August) und werden wahrscheinlich heute oder morgen Richtung S. F. auslaufen. Habe das Wochenende frei und werde, wenn ich kann, Bibel beenden.

Habe ein *Howl*-Exemplar von City Lights bekommen, sieht in Ordnung aus ein bisschen schludrig mit ein paar typografischen Fehlern, und sie haben das Joan-Traum-Gedicht weggelassen, das ich drin haben wollte, und haben einige andere reingenommen, die mir nicht wichtig waren. Werde mir das nächste Mal in Ruhe Zeit lassen und nicht so versessen darauf sein, ein Buch fertig zu bekommen.

Schrieb an Gregory, er soll mal schön in S. F. bleiben und sich nicht vom Fleck rühren, möglicherweise will City Lights ein Buch mit ihm machen.

Habe bislang $ 850 auf der Bank in N. Y. C. von diesem Trip plus dem Geld von meiner Mutter[4] (Stand zum Ende des laufenden Monats August). Werde in S. F. sein. Hoffe von dir zu hören – wenn du wieder da bist? – wenn möglich früher – und Pläne zu machen für baldige Rückkehr mit Rucksack durch Neumexiko Grand Canyon und Chicago per Anhalter, werde Schlafsack kaufen, vielleicht mit Zwischenhalt in Mexiko? Ich müsste jedenfalls in zwei Wochen in S. F. sein, wenn Schiff Pläne nicht ändert. Der Postdienst ist unregelmäßig, ich weiß nicht, ob diese Nachricht bei dir ankommt, bevor ich hier abreise, oder bis S. F. an Bord behalten wird.

Du musst einsam oder seltsam fremd sein, wenn du keine Post bekommst, in all der Einsamkeit da auf dem Berg.

---

4 Ginsbergs Mutter hatte Allen testamentarisch überraschend $ 1000 hinterlassen.

Ich habe Tagebücher geschrieben, und Notizen und ein paar Psalmen und das lange Sexgedicht, bislang über Haldon [Chase] und Neal.

Ich habe auch an Hal geschrieben und ihm den Zeitungsausschnitt und dein Beileid übersandt. Kurze Mitteilung, stand drin, dass ich eventuell durch Denver kommen und bei ihm reinschauen würde, wenn er da ist.

Traf ebenfalls [Bob] Merims, bevor ich S. F. verließ, für halbe Stunde, er auf dem Weg nach Japan, gab ihm Garys [Snyder] Anschrift. Hörte von Whalen, Marthe [Martha] Rexroth zurück in S. F. Whalen *ist* ein Fels in der Brandung, wie du gesagt hast.

Bild von Walt Whitman – ich habe gerade letzten Monat auch eine umfassende Biografie fertig gelesen. Jemals diesen Ausdruck in seinen Augen bemerkt, als sei er auf der Hut? Kein bisschen wie die Gedichte. Ich habe es schließlich begriffen, als ich während des Trips das Masturbieren aufgab – er verbirgt seine Homosexualität und seine Weichheit, Furcht und Scham. Der ausdruckslose, unter gesenkten Lidern wachsame Blick, er hat sich selbst unterdrückt. Sein Tagebucheintrag, armer Whitman, »seine Gefühle sind in ihm verschlossen, (gleichgültig) ob seine Liebe, Freundschaft etc. erwidert werden oder nicht.« Deshalb hat Whitman nie großartige schöne heiligenmäßige Fotos von sich gemacht, mit denen er Zugang zur Welt der Jungens hätte erflehen können. Bemerkenswerte Sache ist die komplette Offenheit im Schreiben.

[...]

Aber nach all dem Bibellesen und Nachdenken bin ich wie üblich nur verwirrter, was das heilige Leben anbelangt, das unserer harrt. Über kurz oder lang werde ich wohl vollkommen arm neu anfangen müssen und gänzlich aufgeben. Ich glaube, wenn ich fertig damit bin, mich um Bill zu kümmern, falls ich das tue und aus Europa zurückkehre, wird es schwer sein, zu leben und Arbeit zu bekommen und ich werde zu alt sein, um mit Jungs zu ficken, also werde ich außen vor stehen und ohne Freunde und überhaupt nicht mehr wissen, was ich tue. Wir werden sehen. Lass mich wissen, wo du bist und im September sein wirst.

Lieben Gruß wie immer

Allen

Anmerkung der Herausgeber: Nach der Rückkehr von seinem Feuermelder-Job hielt sich Kerouac nur wenige Tage in San Francisco auf und zog dann nach Mexiko weiter. Später im selben Jahr trafen ihn dort Ginsberg, Corso und die zwei Orlovsky-Brüder.

Allen Ginsberg [Berkeley, Kalifornien] an
Jack Kerouac [o. O., Mexico City, Mexiko?]

1624 Milvia
10. Okt. 1956

Lieber Jackie:

Entschuldige späte Antwort – immerzu herumgelaufen, immerzu herum-
gehangen, ganze Zeit in SF, auf Neals Entscheidung gewartet, was und wann.
Gerade nach Berkeley zurückgekehrt für ein paar Wochen Runterkommen
bevor es nach Mexiko losgeht.

Ich, Peter, Gregory und möglicherweise bärtiger Hubert [Hube the Cube],
möglicherweise Gui de Angulo werden alle am 1. November nach Mexico
City fahren. Peter und ich werden Gregory mitbringen. Ich kaufe gerade für
$ 100 seine Platten (für meinen Bruder), damit er Geld hat, um überhaupt fah-
ren zu können.

So viel ist geschehen – zuerst Neal – er ging zu seinem Sehtest, farbenblind,
und hat geschummelt, Dr. Strange hat ihn durchfallen lassen – derselbe Dr.
Strange, der mich schon genervt hat. Er arbeitet momentan zwar noch, könnte
aber diese Woche bei S. P. als Bremser rausfliegen. Hängt noch in der Luft, er
muss noch mal ins S. P.-Krankenhaus für einen Nachtest – sie können's nicht
glauben. Er weiß nicht, was passieren wird. Ich schreibe mehr dazu gegen Ende
der Woche. Ära geht zu Ende. Neal voraussichtlich erledigt für SP, sofern er
nicht einen Job in der Gepäckaufbewahrung oder dergleichen bekommt. Er
sagt auch, er wolle wieder schreiben, vielleicht, über seine Gedanken nach
Cayce. Er hat ein neues Mädchen, das ihn liebt, eine Bette aus Chicago. Das
»Nummer eins«-Mädchen aller Unterweltler, Buchmacher, Gangster, Mission Street, runde Augen, Wimperntusche, Hosen, süßer kleiner Körper, ist
die Ruhe selbst, Junkie, Köpfchen, bumst mit Nigger-Mädels, bläst Cowboys
(Trompete) in Gässchen, dreimal verheiratet, achtundzwanzig Jahre, Autos
und Babys und Ehemänner daheim in Chicago, steht auf seinen Körper, will
sich von ihm nicht für sein Rennbahngeld auf den Strich schicken lassen.
»Baby, ich steh nicht auf Pferde, aber wenn du drauf stehst, dann sollte ich das
jetzt wohl besser auch tun.« Gui hat ihr ein Paar Ohrringe geschenkt. Peter,
Greg und ich haben uns weiter mit Gui angefreundet, also verbringen wir Tage
und Nächte in ihrer Bude, und Gregory meckert die ganze Zeit an ihr rum. Sie
im Krankenhaus wegen Operation, ihr weibliches Innenleben entfernt, kann

324

keine Babys mehr bekommen – sie hat auch keine Brüste, hat Gregory eines Tages zufällig gesehen. Seltsames Mädchen. Denkt über Tod und Auslöschung nach, jetzt wo sie aus dem Krankenhaus raus ist, kann nicht alleine zu Hause bleiben, wir rasen ständig runter nach North Beach, wo sie schwach und in sich zusammengesunken erschöpft um einen Laternenpfahl herumwandert, bringen sie heim. Sie sollte uns alle eigentlich nach Mexico City fahren – doch es geht ihr zu schlecht, von der Operation, um die anstrengende Fahrt zu machen, und das Auto schafft's wahrscheinlich auch nicht, also wird sie, wenn überhaupt, mit dem Zug nachkommen oder uns Weihnachten in NY treffen. Neal sagt, er wird nicht mitkommen, wegen Arbeit, und Versprechen, die er Carolyn gegeben hat. Aber etwas Hoffnung gibt es noch. Schreib du ihm doch vielleicht und frag ihn noch mal. Er muss einen neuen Job klarmachen – bis jetzt ist noch nichts passiert, vielleicht passiert auch nichts mehr – warten auf Schritte von SP, vielleicht unternehmen sie ja gar keine.

Gregory hat ein großartiges Gedicht geschrieben, ein ganz ganz großes finales Gedicht mit Titel »Power«. Extrem witzig – alles hat seine Bedeutung, hängt zusammen über acht Seiten lang bisher, noch im Entstehen – vorletzte Nacht erstmalig bei Gui zu Hause laut vorgelesen (mit Tonband), Hubert, ich, Lamantia, Gui dort, alle völlig fertig – ein gutes großartiges Gedicht, ähnlich *Howl*. Und die Woche in der Stadt, Randall Jarrell, Writer-in-Residence der Library of Congress, ich treffe also Jarrell und beleidige ihn in Witt-Diamants[5] Haus, beleidige hauptsächlich seine Frau, durch betrunkenes dämliches Herumargumentieren, dann einige Nächte später Party zu Ehren Jarrells bei Parkinsons in Berkeley, Whalen, Gregory, Hubert, Peter und ich stören ungeladen, Temko ist auch da, wir treiben Jarrell in die Enge, nötigen ihn, sich mit uns inmitten der Ansammlung verstummter Professoren auf den Fußboden zu setzen, Gregory fängt an zu quasseln: »Sind Sie wirklich ein Faschist wie Rexroth mir erzählt hat??« ... Shelley ... der kleine Gregory ... Jarrell irgendwann nur noch mit uns beschäftigt, die Party so gut wie vergessen – nach einer Weile erhebt er sich, um den Professoren Gute Nacht zu sagen, und Gregory lässt sich auf der Couch bei Jarrells Frau nieder, hält ihr die Hand, charmant, ich rezitiere eines von Gregorys Gedichten für sie, als sie zur Damentoilette ins obere Stockwerk geht ... gute Nacht ... zwei Tage später ruft Witt Diamant Gregory an, die Jarrells möchten ihn treffen, ihn zum Abendessen aus-

---

5 Ruth Witt-Diamant war eine Förderin der Künste und Gründerin des San Francisco Poetry Center.

führen … er geht hin, mit »Power« unterm Arm, erklärt er sei Vegetarier, deshalb muss er Eier und Salatblätter essen, derweil sie Wein und Krabben und Hummer in sich reinstopfen und es dauert nicht lange, da hüpft er mit ihnen händchenhaltend die Straße von Fisherman's Wharf entlang … sie wollen ihn adoptieren … Jarrell hat sein Buch in Diamants Haus gelesen, hält es für großartig … falls er irgendwie Geld brauche, soll er einfach an sie schreiben … Jarrell will sein Buch rezensieren, besser, ein Vorwort für das nächste schreiben … er müsse sie besuchen und eine Weile bei ihnen in Washington bleiben … er sei ein großartiger Dichter … sollte er nach Europa gehen wollen, werde Jarrell ihm helfen, ein Guggenheim-Stipendium zu bekommen … auch nach Washington zu kommen und Aufnahmen für die Library of Congress zu machen. Das komplette Programm. Völlig irre. Inzwischen hat Gregory sein großartiges »Power« vollendet, hat in Ferlinghetti Verleger, Rückendeckung von Jarrell, Aussicht auf Geld, Ruhm, etc. Stell dir bloß vor, einfach so, innerhalb von Tagen Tagen. Er hat Jarrell auch auf deine Arbeit angesetzt, er will sich das ansehen. *Howl* mag er nicht sonderlich, ach, leider Gottes, bin ihm wohl zu sehr auf den Geist gegangen, aber ist schon in Ordnung, ich hab W. C. W. [William Carlos Williams] und ich will sowieso wieder in die Anonymität zurückkehren. Aber denk doch nur, was für ein unverhoffter Glücksfall von Liebesgunst für den kleinen Gregory. Zu viel. Sogar [Michael] McClure schlich sich auf Duncans Lesung (literarisch mystizistisch konnte ich nicht verstehen) von der Seite an mich heran und fragte, wie er mit Gregory Kontakt aufnehmen könne. Ah, Gold, Honig, ich bin nicht von meinem Weg abgekommen.

Na ja, ich bin für den Rest des Monats hier draußen mit Whalen, außer Dienst. Ich fahre am 21. Oktober nach S. F. rein, um für Lesung auf gleicher Bühne mit Gregory zu stehen, wir beide zusammen, die finale Lesung in San Francisco, Gregory mit großartigem »Power«, das an dem Abend öffentlich vorgestellt wird, das Publikum wird toben. Ich werde großes schwules Gedicht lesen, vielleicht. Dann werde ich so am 23. nach L. A. abreisen, um meine Verwandten zu besuchen. Eventuell mit Gregory. Peter muss noch bis 1. November arbeiten und wird dort zu uns stoßen. Dann werden wir alle zu dir nach D. F. kommen. Dies ist der vorläufige Plan. Also: Du kannst definitiv bis zum 7. Oktober [November] mit unserer Ankunft rechnen – in der Orizaba 212. Schau dich mal um, ob es da irgendwas gibt, wo wir uns alle für ein paar Wochen einquartieren können – Hurra, endlich in Mexiko zusammen! Was hast du zu den Fahrpreisen per Schiff ab Vera Cruz herausgefunden? Warte, hier kommt mein Plan für nach Mexiko – ich muss ohnehin einen Monat in den Osten zurück, um meine Eltern zu sehen, meinen Bruder besuchen, Lucien treffen, Village, etc. Ich will und muss. Also werde ich ein Schiff ab NYC nehmen, da ich ganz sicher weiß, dass man von dort eins für 160 oder weniger kriegen kann. Aber es gibt ebenso ziemlich sicher die Möglichkeit, ganz legal als Überarbeiter auf ausländischen Schiffen zu fahren, womit wir das Fahrgeld sparen würden, ich und Peter, und du vielleicht, wenn du willst, wobei Fahrgeld nicht so wichtig ist, bloß eine unbedeutende Kleinigkeit. Wenn du nicht mehr warten sondern direkt von Mexiko starten willst, dann guck doch ab Vera Cruz oder sonst wo und ich besorge die $$ und du fährst vor und besuchst Bill, oder zerrst ihn nach Paris, oder mach was immer du magst. Das können wir ja alles abmachen, wenn wir dort ankommen – in D. F.

Ark ist raus, sie werden dir wahrscheinlich zehn Exemplare schicken, der verwirrend obskure Aufmarsch und etc. … ist Shakespeare, wie du sagst.

Schon von deiner Mutter gehört?

Ja, wir werden uns in Tanger vorsehen. Ich höre von Bill, er ist immer noch runter vom Stoff, immer noch am Warten, erwartet uns spätestens zum Januar und kann warten, sagt er, erwartet uns alle und klingt zufrieden.

Kein Warten mehr, wir alle fahren mit dem Boot in den Himmel, jetzt Weihnachten oder früher.

Also … froh, glücklich, du wirst nach Europa kommen … ich werde das Geld auch schon vorher austeilen, damit es keine Nervereien und Abhängigkeiten wegen Geld gibt, jeder soll frei sein, wie er Lust hat herumzulaufen, ohne Bedingungen, einfach nur Spaß haben … Wenn ich es in kleinen Beträgen verteile, werden wir uns leider alle nur anpöbeln, ich kenne mich inzwischen. Also mach dir überhaupt keine Sorgen wegen Europa. Außerdem wird Gregory uns allen Stipendien und Zuschüsse und Subventionen organisieren.

Peter will deine Rosa flachlegen. Außerdem haben wir zusammen Ruth Weiss gebumst, ich sie von hinten gefickt, sie auf Knien bläst Peter, dann umgekehrt. Sie zuerst verlegen, aber nach einer Weile fingen wir alle an, glücklich mit unseren Schwänzen und Mösen Unfug zu treiben und alle wachten zufrieden auf. Jetzt kennst du meine genauen Pläne … antworte bald, bist du da, ich meine noch da? Entschuldige, dass ich nicht früher geschrieben hab, hing in SF herum ohne jeden Tag genau wissen was tun, wartete darauf, zum Cottage zurückzukehren, um zu schreiben und dies schließlich auch getan.

[…]

Lieben Gruß
Allen

Jack Kerouac [Mexico City, Mexiko] an
Allen Ginsberg [San Francisco, Kalifornien]

10. Okt. '56

Lieber Allen:

Die literarische Neuigkeit ist, dass Grove *Subterraneans* für die erste Ausgabe ihrer *Evergreen Review* (eine Quartalsschrift) haben will, diesen Winter, zu 1 Cent pro Wort, und es sind etwa 50.000 Wörter also $ 500 – Geld für Paris – doch Sterling Lord ist enttäuscht, weil Don Allen es nicht zuerst als Hardcover bringen will – und ich bin enttäuscht, weil Don Allen *Doc Sax* mit *Gerard* kombinieren will, um »ein gutes Buch daraus zu machen«, als wäre *Sax* für sich allein nicht bereits ein *chef d'ouevres*. Des Weiteren beende ich gerade den zweiten und abschließenden Teil von *Tristessa*, es wird nun, nebst dem eher leichten Anfang vom vergangenen Jahr, doch ein großer trauriger Roman sein. Meine Prosa ist jetzt sehr abgehackt und knapp und treffend komisch auf den Punkt und schmerzhaft – nichts Blumiges – also ist erster blumiger Teil von *Tristessa* für die Blumen zuständig.

Ein paar Fellachen-Gauner haben mir ein ganzes neues Buch voller wunderschöner Gedichte geklaut, die waren sogar noch besser als *Mexico City Blues*. Vielleicht könnt ihr, du und Peter und Gregory und Creeley, mir helfen, sie zurückzuerobern? Wir packen uns die Taschen voll mit Baseballschlägern und Messern und Steinbrocken. Es ist so enttäuschend, ich habe überhaupt keine Lust mehr, jemals wieder Gedichte zu schreiben – Ach.

Wie sind die Fotos für *Mademoiselle* geworden?

Leier mal Walter Lehrman oder irgendjemandem ein Bild von mir raus und steck es einem *Life*-Fotografen zu, damit ich auch in *Life* komme.

Ich hätte bei Peter bleiben sollen, anstatt hierherzukommen, denn Garver ist entsetzlich und ich fühle mich grauenhaft hier. Das einzig Gute ist, ich habe angefangen zu malen – ich nehme mit Klebstoff vermischte Wandfarbe, nehme sowohl Pinsel als auch Fingerspitze, in ein paar Jahren kann ich prima Maler sein, wenn ich will – vielleicht kann ich dann Bilder verkaufen und ein Klavier kaufen und auch Musik komponieren – denn das Leben ist langweilig.

Jack

Anmerkung der Herausgeber: Wie geplant kam es im Anschluss an eine Lesung von Ginsberg und Corso in Los Angeles zur Wiedervereinigung der Gruppe in Mexico City. Nach einem kurzen Aufenthalt in der Stadt machten sich Allen,

Jack, Peter und Lafcadio per Auto auf den Rückweg in die Vereinigten Staaten, während Corso auf sein Flugticket nach Washington, D. C., wartete, wo er eine Zeit lang bei Randall Jarrell leben wollte.

Jack Kerouac [Orlando, Florida] an
Allen Ginsberg [New York, New York]

26. Dezember 1956

26. Dez.
1219 Yates Ave.
Orlando, Florida

Lieber Al:

Weit davon entfernt, dir die $ 6 zu schicken, die ich dir schulde, habe ich bereits [Sterling] Lord gebeten, mir etwas zu leihen und mir $ 40 für meine Hin- und Rückfahrt mit dem Manuskript zu senden, aufgrund der Frohen Weihnachten, die ich hier unten mit dem Kauf von Truthähnen und Whiskey für alle und Geschenken hatte. Außerdem weiß ich nicht, wo diese Passfotos abgeblieben sind, also werde ich um den 8. Jan. herum meinen Reisepass beantragen müssen und somit wird drei Wochen ab dann der 29. Jan. sein, gerade eben vor unserem Abdampf-Datum, also nehme ich an, dass wir es schaffen werden.

In Washington sagte Gregory, er würde mit uns zusammen auf demselben Schiff auslaufen … Aber er dachte wohl, Paris sei eine Hafenstadt, denn als ich ihm dann sagte, wir führen nach Le Havre oder Marseille oder Gibraltar, wurde er fuchsteufelswild und sagte, er würde dann eben allein ein Schiff nach Paris nehmen, weil er nämlich keine Lust hätte, in beschissenen Zügen über Land zu Sura[6] zu fahren …

Wir haben uns in Washington bestens amüsiert, ich hab in Randalls Wohnzimmer den Washington Blues geschrieben, derweil er und Greg rausgingen, um mit irgendeiner Art Psychiater rumzuquasseln … Jarrell ist ein großer Merims-Typ und wirklich reizender Mann … Am Abend meiner Ankunft fingen ich und Gregory an, zusammen mit Öl auf Leinwand zu malen, dann flippte G. aus und sagte: »Stopp, lass mich hier allein machen, ICH HAB'S,« und fängt an, mit großen knalligen Tuben in allen Farben auf die Leinwand einzuflatschen und einzuklatschen … am nächsten Tag sieht das aus wie eine surrealistische

---

6 Hope Savage, genannt Sura, war Gregory Corsos vormalige Freundin. (A. d. Ü.)

Stadt ... nächsten Abend nehme ich mir die großen Tuben und male ein riesenhaftes schreckliches Dr.-Jekyll-Gesicht, und dazu noch eine surrealistische Katze ... schenke ich Jarrell, er wollte es haben ... dann habe ich seine schöne Tochter (Stieftochter) Alleyne Garton gezeichnet ... die mich und G irgendwie liebt, uns beide. Wir rasten in einem Mercedes Benz herum, kauften $ 10-Weihnachtsbäume, besuchten Zoo, Antiquitätenläden, etc. G. war von mir genervt, weil ich seine verfluchten *antique shoppes* langweilig fand ... aber als ich ging, fühlte er sich besser. Ich habe den ganzen Familienwhiskey ausgetrunken und verzog mich high mit großen Washington-Hipstern in die Nebenstraßen und verpasste dabei fast meinen Bus und verlor fast meinen Rucksack mit sämtlichen Manuskripten und Bildern und Utensilien ... aber Gott ist Groß und hat ihn mir wiederbesorgt. Randall gab mir im Tausch gegen den riesigen langen Mantel einen riesigen langen Ledermantel mit Pelzkragen, einen scharfen roten Pullover und eine hippe scharfe Mütze für Paris ... aber sogar dieser neue Mantel ist viel zu schwer für die Welt ... keine Ahnung, was ich tun soll.

In meinem *Berkeley Blues* fand ich dieses Haiku: »Blumen/streben krumm und schief/geradewegs in den Tod«, was ich für besser halte als »heftiger Regen peitscht die See« ... und der Grund, warum du nie darüber geredet hast, ist wohl, dass du es heimlich für dein krummes Blumengedicht gehortet hast, ohne dich zu erinnern, woher das kam. Aber weißt du, ich glaube, während ich dir »Amerika«[7] geschenkt habe, ein Amerika, so wie du es schließlich durch *Visions of Neal* verstanden hast, hast du mir ja die Prosa von *Visions of Neal* geschenkt, es war nicht nur Neals Brief, sondern deine verrückten sprunghaften Mir-doch-egal-Briefe, die dieses ganze Skizzieren ausgelöst haben, die haben den Bruch mit dem amerikanischen Formalismus à la Wolfe ausgelöst. Wir lernen also alle voneinander und heulen mit, aber mein Gott, es wird zu vieles von zu vielen Leuten geschrieben, sogar guten Schriftstellern, Berge nutzloser Literatur wachsen überall in der modernen Welt und unzählige Horden noch ungeborener Schriftsteller im Schoß der Zeit werden kommen und das Gebirge noch höher werden lassen, ein Haufen purer Scheiße, die an den verborgenen Glanz von Neal nicht heranreichen, bis Céline pisst, Rabelais lacht ... örgh. Und alle Welt in NY so völlig mit UNMÖGLICHER multipler Leserei schnell wie Howard [Fast][8] beschäftigt

7 Allen Ginsberg, *America*, in: *Howl and Other Poems*, San Francisco 1956. – *Amerika*, in: *Das Geheul und andere Gedichte*, Wiesbaden 1959, Deutsch von Wolfgang Fleischmann. (A. d. Ü.)

8 Howard Fast (1914–2003) war ein berühmt-berüchtigter amerikanischer Viel- und Schnellschreiber, der besonders in den frühen fünfziger Jahren durch sein Eintreten für den Kommunismus und nach 1956 durch den Austritt aus der KP Aufsehen erregte. (A. d. Ü.)

und es kümmert keinen und niemand macht die Augen auf oder hört zu, das alles ist einfach nur ein riesiges aufgeregtes über-erregtes Geschwür. Deshalb bin ich ratlos, ich glaube, mein *Some of the Dharma* stellt meine anderen Bücher in den Schatten, weil es diesem Problem dummer Multiplizität und blindwütiger Wortklauberei Rechnung trägt.

Wie dem auch sei, ich habe an John Holmes geschrieben und deinen späteren Besuch im Januar vorbereitet, du wirst also von ihm hören. Gregory will mit uns zu [William Carlos] Williams, wartet also doch auf mich und fahrt nach dem 8. Jan., damit ich Williams treffen kann. Ich kann mich jetzt bei Stipendien auf Jarrell berufen, Guggenheim ist zu schwierig, finde mal was über andere heraus, falls du in all dem nervösen Wahnsinn da Zeit findest.

Ich habe für den Umzug meiner Mutter nach meiner Abreise alles vorbereitet, und noch ein bisschen Geld für Europa, abzüglich des Tickets … das heißt, hast du immer noch die Absicht, mein Ticket zu zahlen? Andernfalls werde ich nicht mitkommen können, denn das entspricht den Kosten für ihren Umzug. Zum Herbst werde ich Geld haben, um es dir zurückzuzahlen, mach ein Darlehen draus, ich schulde dir jetzt bereits die $ 40 vom letzten Frühjahr, leih mir jetzt das Geld für die Überfahrt und nächste Weihnachten werde ich dir alles zusammen insgesamt $ 200 zurückgeben, wenn sich bis dahin meine Mutter in Long Island eingelebt hat und ich ihre monatlichen Sozialleistungs-Schecks bekomme. Okay? Aber wenn nicht okay, dann lass es mich wissen. Abgesehen davon habe ich diese Verträge noch nicht unterschrieben und es könnte noch etwas schiefgehen. In Sachen Geld wirst du alles von mir zurückbekommen, mach dir in dieser Hinsicht keine Sorgen, Jarrell meinte, ich würde reich werden. Bald mehr, weiterer Brief, länger, aber schieß mir inzwischen einen zurück.

Jack

1957

Anmerkung der Herausgeber: Mitte Februar fuhr Kerouac mit dem Schiff nach Marokko, um Burroughs zu besuchen und ihm bei der Zusammenstellung des Manuskripts von Naked Lunch *zu helfen. Ginsberg und Orlovsky kamen Ende März nach und stießen in Tanger zu Jack. Corso beschloss, direkt nach Paris zu fahren, wo er gern die Beziehung zu seiner alten Freundin Hope Savage, die er Sura nannte, aufgefrischt hätte, sie aber wollte unbedingt nach Indien und machte sich kurz nach Gregorys Eintreffen auf den Weg. Kerouac, des Lebens in Marokko überdrüssig, brach von dort nach Paris auf, musste allerdings feststellen, dass er weder bei Gregory noch seinen anderen Bekannten in der Stadt unterkommen konnte, und nach einem kurzen Aufenthalt in London reiste er wieder nach Hause. Kaum zurück in den USA, fasste er zusammen mit seiner Mutter Gabrielle den Beschluss, nach Berkeley zu ziehen.*

Jack Kerouac [New York, New York] an
Allen Ginsberg und William S. Burroughs [o. O., Tanger, Marokko?]

ca. Ende April – Anfang Mai 1957

c/o Whalen

Lieber Allen, lieber Bill:

Ja Manuskript sicher in den Händen von Frechtman[1] in Paris. Als ich abfuhr, hatte er's noch nicht gelesen. Schreibe euch aus Joyce' [Glassman][2] Bude in NY, wo ich mich rüste mit meiner Mutter [nach Kalifornien] umzuziehen, warte nur noch, ob Neal sich bereitfindet, wenn nicht, Bus. Das 4.-Klasse-Postschiff ist Mist, nehmt das ja nie, fahrt 3. Klasse, ich musste mein Essen zusammenschnorren wie ein blinder Passagier, wäre glatt verhungert ohne meine Campingpötte,

---

1 Bernard Frechtman übersetzte u.a. Jean Genet ins Englische; Ginsberg hatte ihm durch Kerouac Burroughs' *Interzone*-Manuskript zukommen lassen. (A. d. Ü.)

2 Joyce Glassman war zu jener Zeit Kerouacs Freundin. Unter ihrem späteren Namen Joyce Johnson schrieb sie später zwei Bücher über ihr Jahr mit Kerouac. –Joyce Johnson, *Zaunköniginnen*, Gräfelfing 2010, Deutsch von T. Linquist.

auf Jutematratze geschlafen, unter Soldaten und Arabern, nicht mal Decke, und musste mir die Campingpötte von muffigen Köchen in der Küche füllen lassen. Wollte von Aix en Provence nach Norden trampen, kein Schwein gehalten, Trampen schlecht in Europa. Hab mir aber die Cezanne-Gegend und auch Arles reingezogen, erzähl ich euch später. Paris war die Pest: kein Zimmer und die lieben amerikanischen Freunde konnten mich alle nicht bei sich auf dem Boden schlafen lassen, Mason Hoffenberg hätte können, aber wollte nicht, mit Gregory war nix wegen seiner Vermieterin, hab mir fünf rasende Tage alles zu Fuß reingezogen, dann nach London und Vorschuss abgeholt, Schiffsticket gekauft, auch ganz London reingezogen samt Aufführung der Matthäuspassion in der St. Paul's Cathedral, und Seymour [Wyse] gesehen, der in 33 Kingsmill wohnt … Gregorys Adresse zuletzt Hotel des Ecoles, Rue Sorbonne, Paris. Seinetwegen hab ich mich gleich am ersten Abend betrunken und fast mein ganzes Geld ausgegeben, deshalb musste ich auch so schnell weg aus Paris. Paris besser als erträumt, klasse, unglaublich, Allen es wird dir gefallen … aber steig NICHT in St. Germain Montparnasse ab, geh lieber ins alte Montmartre, da ist's billig, Kinderkarussells auf der Straße, Künstler, abgefahrene Künstler, Arbeiterviertel … (nicht mehr angesagt, die schwachsinnigen Amerikaner sitzen jetzt alle in Montparnasse-Cafés, als könnten sie im Remo und The Place nicht genug davon kriegen bäh). Also geh nach Montmartre, wenn du hinkommst. Lass ja den Louvre nicht aus, hab mir alles angeschaut … umfangreiche Notizen über die Bilder dort, in mein Tagebuch. In Paris hat mich nicht mal Frechtman auf dem Boden (seiner Wohnung) schlafen lassen … infolgedessen gab's lediglich Hotelzimmer für eine Nacht, morgens vor die Tür gesetzt und die meiste Zeit mit vollem Rucksack auf dem Buckel Paris angeschaut, manchmal in Hagel Regen und Schnee. Aber hat mir richtig gut gefallen und die ganze Fahrt war's wert finde ich jetzt wieder zurück in NY, das Geld war's wert und die Scherereien. Bin jetzt in Kontakt mit Whalen und im Begriff dort hinzuziehen. Jüngste Meldung: in *Publisher's Weekly* von dieser Woche [29. April 1957] langer Abschnitt über Verbot von *Howl* und Aufruf an Redakteure und Journalisten, was zum Kampf gegen das Verbot beizutragen, wo doch demnächst die Gerichtsverhandlung sein soll.[3] Die wird sich

---

3   Ginsbergs Buch *Howl and Other Poems* wurde in San Francisco vom Zoll beschlagnahmt, als es aus England vom Druck kam. Später im Mai wurde die Anklage gegen den Verleger Lawrence Ferlinghetti fallen gelassen, nachdem dieser eine zweite Auflage des Buches in den USA in Druck gegeben hatte, womit die Zollbehörde nicht mehr zuständig war. Diese Strategie ging auf, bis Ferlinghetti im Juni wegen Veröffentlichung und Verbreitung obszönen Schrifttums verhaftet wurde.

bestimmt nicht schlecht auswirken, und die amerikanische Ausgabe wird danach weggehen wie warme Semmeln. Angeblich ist Viking ganz aufgeregt wegen *On the Road* und erwartet, dass es ein Bestseller wird (alte Geschichte, eh?).

Schlechte Neuigkeit ist, dass Joan [Haverty] schon wieder mit den Bullen hinter mir her ist, sie glauben ich bin noch in Europa (hoffe, sie haben die Passagierlisten nicht überprüft) und sind dabei, sich meine Einnahmen bei Sterling Lord zu krallen etc., grade wo ich mich abmühe, Ma an die Küste zu schaffen. Mein Plan ist, in ein paar Monaten eine Blutprobe machen zu lassen und ein für alle Mal Klarheit zu schaffen. Dieses Miststück, und dabei ging's mir grade so gut, kein Herumsaufen und voll Vorfreude mich ganz auf die Duluoz-Legende zu konzentrieren, dämliche Zicke, wie eine Schlange schnappt sie mir nach den Fersen. Sie hat einen Arzt an der Hand, der beweisen soll, dass sie nicht arbeiten und ihr Kind versorgen kann, wegen Tbc. Sie hat hinterhältige Anrufe bei Sterling gemacht, der sie ohne mein Zutun sofort durchschaut hat und dichtgehalten hat. Das heißt Allen, wenn ich die weitschweifigen Briefe von denen kriege, werde ich sie beantworten und dir den Brief schicken, damit du ihn aus Casablanca schickst, als ob ich dort wäre.

Und wie läuft's in Casa, irgendwelche Jobs? Ist Bill bei dir? Peter? Schlägt Peters Kur an? Elyse [Elise Cowen] gesehen, die dich furchtbar vermisst, hätte fast geweint, hab ihr erzählt was ich konnte. Nicht mal Seymour hat mich in London bei sich absteigen lassen wegen so einer Fotze, die mich nicht ausstehen konnte, ich werde langsam wie Burroughs. Seymour immer noch schlank und jungenhaft, aber so komisch gefühlskalt, wobei, als wir einen Abend durch den Regent Park spazierten und ich ihm sagte, er müsste sich nicht jede Sekunde verblenden lassen (vom Nichtwissen), stieß er einen Schrei der Erkenntnis aus. Er ist in Ordnung, aber England tut ihm nicht gut, alles total trist. Trotzdem guter Kontakt für dich in London. Geh ins Mapleton Hotel in London und nimm eine »Schlafzelle«, billiger geht's nicht (Mapleton und Coventry Street). In Paris Montmartre. Zieh dir unbedingt die Cezanne-Gegend rein, die genau wie auf Gemälden aussieht (jedenfalls im Frühling), und Arles dazu, die bewegten Zypressen am Nachmittag, gelbe Tulpen in Fensterkästen, sagenhaft.

Whalen und Rexroth und Ferlinghetti und Spicer machen Tonbandaufnahmen für Evergreen, werde deine und Garys [Snyder] einlesen. Brief bekommen vom Dichterling aus New Haven [John Wieners], nachdem ich ihm *Book of Blues* geschickt hatte. »cityCityCITY« ist zuletzt (leider) honorarfrei bei Mike Grieg in Frisco gelandet (New Editions).

Esquire will was über dich machen, wie ich höre, und sie wollen ein Kapitel aus *On the Road*.

Joyce kriegt von Random $ 200 als Option auf ihren Roman und kommt demnächst nach Frisco und bleibt eine Weile, auch Elise kommt vielleicht mit nach Frisco.

Bevor ich fahre, werde ich mich mit Lucien treffen. Don Allen der Trottel will immer noch *Subterranean[s]* »verbessern«, das ist geheim (sagt Sterling): wir werden es ihnen wahrscheinlich wegnehmen und MacGregor[4] geben (halt das geheim, sagt er) ... Aber sie haben tatsächlich »October Railroad Earth« UNVERÄNDERT (!) genommen, soll mit deinen Gedichten in *Evergreen 2* kommen, sehr gut, wird ein sensationelles Heft geben.

Ich bin deprimiert und genervt und dass Gregory mir in Paris Deprimiertheit und Genervtheit vorgeworfen hat, hat's nicht besser gemacht, immerhin einen fidelen Tag hatten wir, als wir mit einer Riesenblase französischer Mädchen und irischer Motorradschwuler im Luxembourg-Park Cognac trinken waren ... und lernte an dem Abend die ganzen amerikanischen Hepcats und Maler in Paris kennen, Baird und andere. Traf Jimmy Baldwin, der mich ebenfalls nicht bei sich auf dem Fußboden schlafen ließ. Ich musste einfach weg aus Paris, ging nicht anders, in England wollten sie mich bei der Einreise nicht ins Land lassen, hielten mich für einen Penner (mit meinen letzten sieben Shilling) und mit meinen tollen orientalischen Stempeln aus Tanger für einen Spion ... grässlich ... bis ich ihnen Rexroths Artikel in *Nation* zeigte und der Beamte mich anstrahlte, weil Henry Miller in seiner Stadt gewesen war und drüber geschrieben hatte (Newhaven, England). Jetzt bin ich also wieder zu Hause, auf der *Nieuw Amsterdamn* gekommen, fahr bloß nie mit einem »Luxusdampfer«, der absolute Schlauch, ich in Jeans unter lauter Laffen, angeglotzt von Kellnern im Speisesaal, alte Frachter sind besser, Essen letztlich doch nicht so umwerfend und wer will schon auf See essen ... Preis $ 190.

Hatte eigentlich vor, dir einen dicken Freudenbrief mit Neuem von meiner Reise zu schreiben, aber dieser Joan-Hammer hat mich wieder in die totale Depri gestürzt, ich soll vorgeladen werden und überhaupt ... genau wie vorher. Wie soll ich da je als Bhikku durchkommen? Selbst wenn ich beweise, dass es nicht mein Kind ist, die Unkosten, die Scherereien, ihre hochnäsige Fresse noch mal sehen zu müssen, und wenn der Richter mich trotzdem dazu verdonnert, das Kind zu unterstützen, weil es sonst niemand macht, was mach

4 Robert MacGregor war Cheflektor bei New Directions.

ich dann? Schreiben und Bhikkuschaft an den Nagel hängen und mir eine feste Anstellung suchen? Eher spring ich von der Golden Gate Bridge. Und wenn ich abhaue, kann meine Mutter mit $ 78 im Monat kaum durchkommen und sogar ihre paar Pennys würden sie sich noch krallen kommen. In dem Fall würde ich jemand ermorden, rat mal wen. Eine Machete habe ich auch. Ich werde auf den Propheten hören. An ihren Früchten sollt ihr sie erkennen. O Gott all meine Verbrechen sind harmlose große Unterlassungsverbrechen gewesen und schlimmstenfalls »subterrane Sabotage« wie Billy sagt. Was würden die Leute sagen, wenn ich plötzlich mit einem Schwert der Erkenntnis hereinplatzte? Nichts … weil gar nichts passiert wäre. Hör her Bill Burroughs, wenn du sagst was ich sage hätte »nichts zu bedeuten«, dann bedeutet es genau das! Allen, wenn du Afrika verlässt, nimm unbedingt massenhaft Zigaretten mit, die Ziggis in Frankreich und England kosten umgerechnet 60 Cent das Päckchen und sind Mist. Kaum in New York hab ich fröhlich Tabak gekauft wie ein Irrer. In Paris besorg dir eine Kochplatte, denn das Essen an den Straßenständen ist spottbillig und sagenhaft lecker … Pasteten, Käse, Sülze, unglaublich. Was habe ich für schöne Kirchen gesehen, Sacre Coeur auf dem Montmartrehügel, Notre Dame etc. etc. Nur eins hab ich nicht gesehen, zieh dir's rein, nämlich den Eiffelturm, den heb ich mir für dich und mich auf, irgendwann in den nächsten fünf Jahren. Montmartre wird mich zurückholen … und da waren Van Gogh, Cezanne, Rousseau, Lautrec, Seurat und Gauguin allesamt zugange und haben ihre Bilder in Schubkarren die Straße hochgekarrt.

Und hör her Bill Burroughs, wenn ich sage »ich weiß alles«, dann weil ich nichts weiß, was ein und dasselbe ist.

Dann sehen wir weiter.

Schreib mir, Allen, c/o Whalen, wo ich in etwa zehn Tagen sein werde, … grüß Peter herzlich von mir … Vom Postschiff aus hab ich euch zum Schluss noch zugewinkt, aber ihr zwei könnt nicht so weit gucken und habt bloß an der windgepeitschten Kaimauer gestanden und blind aufs Meer gestarrt. Grüß mir Bill das alte Haus, der eine gute Seele ist sage ich, und scheiß auf sein ganzes Gerede. Wir sehen uns alle im Himmel.

Jack

Jack Kerouac [Berkeley, Kalifornien] an
Allen Ginsberg [Tanger, Marokko]

17. Mai 1957

1943 Berkeley Way
Berkeley, Calif.

Lieber Allen:

Sende bitte beiliegenden Brief für mich an Joan Haverty (Kerouac) in N. Y., die wird mir dann etwas zum Unterschreiben nach Tanger schicken für ihre Portorico-Scheidung (sagt sie). Ich soll vorgeladen werden, aber alle glauben, ich bin noch in Tanger. Wenn du den Scheidungsschrieb kriegst, sende ihn mir nach Berkeley – (an meinen neuen festen Wohnsitz mit meiner Ma unter obiger Adresse) (prima möblierte Bude für $ 50 im Monat) dann kriegst du ihn von mir zurück zum Abschicken und das wird's dann tun. Sie sagt, sie will sich wieder mit jemand verheiraten, der das Kind adoptiert, sagt, sie will kein Geld bloß die Scheidung.

Besorg mir bald meine Schreibmaschine und schreib dir langen Brief. Neals Frau wirft jetzt *mir* vor, ich hätte einen schlechten Einfluss auf ihn, sagt, du hättest wenigstens »ein Motiv« – verdrehte Welt. Whalen geht's gut. Dein Name in lokalen Klatschspalten (Herb Caen), Phil schickt dir den Ausschnitt. Bills Buch schlägt immer höhere Wellen. Ansen, tut mir sehr leid, dass wir uns nicht gesehen haben, aber ich hatte Zeitprobleme – Wir sehen uns ein andermal. Hast du was von Frechtman[n] gehört?

Don Allen sehr zufrieden mit »Sather Gate« – mit Tonbändern auch. W. C. Williams ist sauer wegen einem linken Brief, in dem *Gregory* aus Paris um Privatkredit bittet, habe den Brief gesehen, *du* hast nichts Verkehrtes gesagt. Kann ich nicht auch Beklopptenrente kriegen wie Peter?[5] Hab Ronny Lowenson [Loewinsohn] in Beach gesehen, erinnert an Lamantia. Al Sublette wegen Ladendiebstahl eingebuchtet, [Bob] Donlin Bartender in Monterey. [Gene] Pippin hat nach dir gefragt. Hal Chase ist aus Berkeley weg. Neal immer noch der Alte, pumpt mich an und quatscht von Cayce.

Bitte mach schnell mit Joans Brief.

Lieben Gruß

Jack

---

5 Orlovsky erhielt nach seiner medizinisch bedingten Entlassung aus der Armee eine monatliche Invalidenrente.

Allen Ginsberg [Tanger, Marokko] an
Jack Kerouac [Berkeley, Kalifornien]

31. Mai 1957

c/o US-Botschaft, Tanger
31. Mai 1957

Lieber Jack:

Deine zwei netten Briefe erhalten, einen aus NY und deine Zeilen aus Berkeley, und Heimweh bekommen nach Häuschen und Frisco und Mill Valley, jetzt
wo du schon wieder traulich zurückgekehrt bist mit deiner Mutter und fester
Wohnung unter den grünen Ginnybäumen. Später; erst mal – liegt bei Brief
von Joan Haverty als Antwort auf deinen mit Papier zur Unterschrift. Soweit
wir (Bill, ich, Peter) sehen können, will sie wirklich die Scheidung. Erspar dir
drum lieber die Peinlichkeit, an der US-Westküste aufgespürt zu werden und
unterschreibe die Papiere – sie müssen dort notariell beglaubigt werden, also
zwecklos weiter so zu tun, als wärst du hier – und leite sie an ihren Anwalt
weiter. Musst ja keine Rückadresse angeben, wenn du Sorge hast, dass sie dich
trotzdem aufspürt. Ihre Rückadresse auf Brief war 200 W. 68 St. Apt 4-C,
NYC. (Wir können sie hier nicht notariell beglaubigen lassen, da nur auf Botschaft möglich, mit Pässen etc.) Vermutlich hast du damit endlich die ganze
Geschichte vom Hals.

Ansen ist hier und wollte ein paar Zeilen beilegen, allerdings ist er heute Morgen auf eine Fünftagetour nach Südspanien, Granada und Cordoba. Solange
er hier war, haben wir an Bills Manuskript viel geschafft. Wir haben den ganzen Worthort getippt (auch Teil, den du schon getippt hattest – mit einigen
Änderungen, Zeichensetzung, Einteilung in Abschnitte), und sind dann rück-
wärts an anderes verwandtes *Interzone*-Material gegangen, ganze Kapitel, aus
den Briefen zusammengekramte und eingearbeitete Routines – so dass wir
im Augenblick ungefähr zweihundert Seiten Material abgeschlossen oder ab-
schlussbereit haben – hatten sogar Eric angestellt tippen. *Interzone* erscheint
jetzt als Mosaik sämtlicher Routines, Szenen auf dem Socco Chico, Träume,
wissenschaftlicher Theorien und Gedankenkontrollfantasien, die Bill sich in
den letzten drei Jahren ausgedacht hat, und es endet mit der Enthüllung (Ra-
diosendung von einem verrückten Propheten vielleicht) von *Word Hoard*. Dies
alles wird bis 8. Juni erledigt und in doppelter Ausfertigung getippt sein, dann
brechen wir alle von hier nach Spanien auf. Dann muss nur noch älteres auto-
biografisches Briefmaterial durchgegangen werden, um noch mal hundert Sei-

ten persönlicher Geschichten zwischen *Yage* und *Interzone* einzufügen – die Arbeit daran hat schon begonnen. Ich weiß nicht, wo wir es machen. (Ansen war klasse, kam an und fing sofort an zu tippen, las sämtliche Notizbücher durch und legte in Schönschrift ein Riesenregister des ganzen Materials in den Briefen an, Sätze, Ankündigungen, Routines, die dann alle chronologisch eingearbeitet werden können.) (Schuftete dran wie ein professioneller pedantischer großer Gelehrter mit einer chaotischen Bibliothek voll ehrwürdiger alter Handschriften des Bill Venerabilis.)

Wir arbeiten jeden Tag, anschließend gehen Peter und ich einkaufen – Ansen und Bill teilen sich die Ausgaben – und abends große Festmahlzeiten gekocht, Paul Lund ist noch da. Bill und Peter kommen nicht toll miteinander aus; und ich häufig beleidigt von Bill, bis er sich eines Abends high auf Majoun über mich lustig machte und ich aufsprang, ihm mit Jagdmesser das Khakihemd aufschlitzte und mir hinterher Vorwürfe machte.

Ansen kommt in ein paar Tagen zurück, um mit der Arbeit weiterzumachen; dann fährt er nach Venedig, und wir fahren nach Madrid. Danach nix wissen. Ich habe kein Geld mehr und dringende Briefe an Neal und WCW und nach Hause geschrieben. Williams (hast du glaub ich durch Whalenbrief gesehen) hat $ 200 beim National Institute Art and Sciences lockergemacht. Aber was hat Gregory angestellt? Er hätte mir's wohl wirklich fast vermasselt. Sei's drum, das ist zurzeit meine Barschaft. Sobald du genug über hast, um mir was zu schicken, tu's bitte. Bill meint, du würdest das ungern tun, weil du glaubst ich verprasse es bloß. Wie dem auch sei, später im Jahr werde ich hier langsam auf dem Trocknen sitzen, darum wenn du was abknapsen kannst, lass es nicht deswegen bleiben – ich werde zu blank sein, um irgendwas zu verprassen. Ich kann von Spanien nach Venedig fahren und bei Ansen unterkommen – Aber Bill will da nicht hin. Dabei könnte es billig sein, Ansen hat eine Bude und toll sich Italien reinzuziehen. Auch einladen von Bill Ullman, Sommer billig in italienischer Villa zu verbringen, die er bei Florenz gemietet hat – achtzehn Zimmer für achtzehn Dollar im Monat. Komisch, er hat uns plötzlich aus heiterem Himmel hierher geschrieben und Asyl angeboten. Oder wir können von Spanien aus nach Paris gehen. Mir wär das lieber und Bill käme mit. Merims ist auch da. Jedenfalls sieht es vage so aus, dass wir hier mit Rucksäcken abziehen (ich und Peter) und Madrid ansteuern und Bill dort treffen – er will schnell und direkt hin, wir nehmen 3.-Klasse-Busse. Bleiben vielleicht eine Weile in Madrid und brechen dann im Juli nach Paris auf. Die Post wird uns von hier nachgesandt, wenn wir dann weg sind.

Bill sitzt gerade auf dem Bett und liest neue *Time* über Unruhen in Formosa. Paul Bowles traf vor drei Wochen ein und kam vorbei, mit [Ahmed] Yacoubi, der ein junger schöner gut gelaunter Araber um die fünfundzwanzig ist, im Freizeithemd aus Indien im Paris Cafe lümmelt und Mädchen nachpfeift. Bowles verabreichte uns tanganjikisches T und sagte, Kenia wäre bewaffnetes hungerndes Konzentrationslager für Einheimische. Peter und ich sind ihn besuchen gegangen und alles sehr freundlich, er lud mich zum Schneckenessen ein und redete über Gertrude Stein und wir gingen zu ihm nach Hause und Ansen schlief um drei Uhr nachts auf Couch ein und er spielte indische Musik vom Tonband und rollte riesige Tüten und unterhielt sich mit Bill über Medizin. Jane B. [Bowles] auch anwesend, sie hielt Peter für einen Heiligen. Auch ein toller englischer Maler Francis Bacon, der aussieht wie ein zu groß geratener siebzehnjähriger englischer Schuljunge, in Dublin geboren, fing spät mit dreißig zu malen an und jetzt ist er siebenundvierzig und trägt Turnschuhe und enge Jeans und schwarze Seidenhemden und sieht immer aus als wollte er zum Tennis gehen, will sich auspeitschen lassen und malt irre Gorillas in grauen Hotelzimmern in Abendgarderobe mit tödlich schwarzen Regenschirmen – meinte, er würde ein großes pornografisches Bild von mir und Peter malen. Ist ein bisschen wie Burroughs – malt nebenbei, spielt in Monte Carlo und gewinnt und verliert sein ganzes Geld von der Malerei, sagt, er kann jederzeit Koch werden oder Händler, falls er die Malerei vergeigt – interessanteste Erscheinung hier. Bowles trägt Nylonanzüge und ist sehr intelligent und klingt wie Bill Keck, ist allerdings klein und hat nervösen Magen und Bill will ihm Opium beibringen und er hat kurze blonde Haare. Yacoubi malt kindliche Kamele wie Klee und ist großer Hipster und liebt T, Neal würde ihn mögen. Manchmal rennt er in strahlend weißen Gewändern rum und pfeift Mädchen nach – sagt, er stammt aus heiliger Familie von Mohammed ab, und hat hochwichtige Dokumente vom Sultan als Beweis … Aber ansonsten ist Tanger immer noch lahm. Ich kann's nicht erwarten hier wegzukommen, nur dass wir so viel am Manuskript getan haben, da tut's mir nicht leid zu trödeln. Peter liest oben *Bartleby*, hat letzte Woche angefangen Bilder der Bucht zu malen. Ich lese gerade Israel Potter und hab viel Koran gelesen und auch *Typee* und viele Melvilles. Nichts geschrieben außer Träumen und bisschen Tagebuch. Ansen geht nach Catalana und schafft an, »hat jeden Tag nach dem Mittagessen einen Jungen«. Er lässt dich grüßen und bedauert, dass er dich nicht gesehen hat. Wie geht's dir, was treibst du? Bill in letzter Zeit ruhiger, hatte Leberbeschwerden, isst deshalb kein Majoun mehr und trinkt nicht so viel, leichter

auszuhalten. Wir wissen nicht sicher, wo wir hingehen werden. Peter hier unglücklich, will weitersehen mit Mädchen und Europa – bald, bald. Aber er hat viel gelesen. Erzähl mir, was es Neues gibt. Was ist mit deinen Büchern und was ist mit meinem vor Gericht passiert? Schreib.
Lieben Gruß, wie immer
Allen

Anmerkung der Herausgeber: Das Folgende wurde von Ginsberg am selben Tag auf einen Brief an Kerouac von Peter Orlovsky geschrieben.

Unterbrechung, hier Allen – nein, noch nichts von Frechtman gehört. Wie war Gregorys Brief an WCW? und dein Besuch bei ihm? Wo sitzt Sublette zurzeit leider Gottes im Knast? Hast du Chase vor der Abreise noch gesehen, oder sonst wer? Wir haben Juan [Joan Haverty] den Brief geschickt, den du uns geschickt hast, und ihre Antwort liegt bei wie schon in meinem anderen Brief gesagt. Besorge bitte unbedingt das tolle Bild, das LaVigne von Peter gemacht hat, heb es für uns auf, und lass es bei Whalen. Welcher Dichterling aus New Haven??? War das John Wieners aus Boston? Sag Whalen, er soll unbedingt Gedichtmanuskript an Wieners schicken – Adresse hat er – für *MEASURE*. Schicke Wieners auch was von Burroughs. Das ist ein weit verbreitetes kleines Litblatt, wie *Black Mountain*, mit praktisch demselben Personal und Segen von Olson und WCW. Er hat mich heute um Material angeschrieben und wollte wissen, wo Lamantia ist, auch Whalen und Snyder, sagte, er hätte von [Sterling] Lord was bekommen, das ihm gefällt, von dir, und würde es veröffentlichen (hat »zehn Seiten des Buchs« erhalten) (vermute es ist *Book of Blues*). Sag Whalen auch, er soll Grieg das »Grüne Auto« geben, das ich ihm geschickt habe, für *New Editions*, falls er nicht kann oder es nicht dem *Berkeley Review* gegeben hat. Elise schreibt, dass die Mädels alle drei bald nach Frisco kommen wollen. Was mit Lucien passiert, als ihr euch gesehen habt? (sein Name ist jetzt aus meinem Buch draußen). Mies von Baldwin, Corso, Frechtmen, Wyse, so ungastlich zu sein, bei mir benehmen sie sich hoffentlich besser.
OK melde mich wieder ab,
Lieben Gruß,
Allen

Jack Kerouac [Berkeley, Kalifornien] an
Allen Ginsberg, Peter Orlovsky, William S. Burroughs und
Alan Ansen [Madrid, Spanien]

7. Juni 1957

Lieber Allen und Peter und Bill und Monsieur Ansen:
Also erst mal, Allen, hab ich die Scheidungspapiere bekommen, die du netterweise geschickt hast, hab sie notariell beglaubigen lassen, unterschrieben,
per Einschreiben geschickt, mit jede Menge Empfangsbescheinigungen zum
Beweis, und jetzt hoffe ich also man lässt mich in Ruhe, damit ich mir mein
Hüttchen fürs einsame Leben bauen kann … Und ich hab meinen Aufenthalt
an der Westküste bekannt gegeben, aber gesagt, ich wäre unterwegs nach Florida oder Mexiko oder sonst wo (Tricks vorbeugen, mich zu schnappen) …
mwi hi hi ha ha … Ich hab nie im Traum gedacht, ich sollte dir die $ 225 nicht
geben, weil du sie verprassen würdest, sag Bill, er soll aufhören seine eigenen
Gedanken meinem Spiegelbild unterzuschieben, ich hab sie nur schlicht nicht,
aber warte bis Oktober, da wird der Bär los sein in NY mit Veröffentlichung
von *On the Road* und vielleicht Taschenbuchangebot und Filmoptionen und
Auszügen etc., du solltest sie also definitiv vor Weihnachten kriegen, keine
Sorge. Was Neal betrifft: ja, Peter, geht ihm gut, aber er hatte sich zehn Dollar
von mir gepumpt, angeblich waren seine Kinder hungrig, und dann musste
ich einen Monat später nach Frisco und ihn am Zug abpassen, aber er wühlte
nur zwei Bucks aus der Tasche und redete in einem fort. Er ist verrückt wie eh
und je, fotzenfroh, aber ich kriegte einen Hammerbrief von seiner Frau, von
wegen ich hätte einen schlechten Einfluss auf ihn, weil er Fortschritte damit
gemacht hätte, sich zum Guten zu ändern, sagt sie (sie definiert Dharma als
den rechten Weg, dabei bedeutet es eigentlich »der Sinn«). Neal überredet mich
also die Nacht in No. Beach zu verbringen und ein paar Puppen aufzutun, ich
war über Nacht mit einer zusammen, aber das war eine Lesbe, fürchte ich. Ich
lernte den fantastischen Hubert Leslie kennen, der genau wie DuPeru ist (auch
den getroffen, immer noch derselbe) und Hubert will mich sogar bei mir zu
Hause in Berkeley besuchen kommen (stell dir vor, Hube the Cube und meine
Mutter im selben Zimmer!) Hube ist ein toller Maler, bei seinem letzten Werk
nahm er Butter, er ist wirklich nicht dumm, er versteht was von PLASTIZITÄT
der Malerei, auch wenn er für seine Brauntöne Scheiße nimmt, ist das wie's
sein sollte.) Leonard Hull und Doris sind auch zwei sehr tolle Leute, Doris
ist Hubes »Mutter« etc. und sie haben völlig irre Freunde, die vorbeikommen

und mit großen Nasadeln tiazurpen … Aber lass mich erst über *Howl* berichten. Die ganze Sache (Anklage) wurde in Washington von hippen Zollanwälten oder so abgewürgt und die lachen nur darüber, also stürzten die doofen irischen Bullen hier aus eigenem Antrieb los und kauften *Howl* im Laden und nahmen den netten Japs fest, der sofort von der Civil Liberties Union gegen Kaution rausgeholt wurde, aber als ich hinkam, standen keine *Howls* mehr im Regal. Ferling war verreist und wird bald aufkreuzen, um sich in aller Form verhaften und rausholen zu lassen. Es ist widerlich – noch schlimmer ist, dass sogar einige Intellektuelle sagen, es wäre zu schmutzig. Ich hab den Verdacht, die Intelligenzija Amerikas ist wirklich so feige, dass sie irgendwann vor den dummen dicken irischen Bullen zu Kreuze kriechen könnte und dann wird es hier wie Deutschland, ein Polizeistaat. Ich mach mir ernsthaft Sorgen und Bill [Burroughs] hat's ja schon immer gesagt. Rexroth allerdings brennt förmlich und ein paar gibt es die nicht so feige sein werden, also keine Sorge Allen. Schreib ein großes Gedicht, das »Wail« heißt und anfängt: »Klagt um die Krüppel Marokkos, die auf dem Socco Chico auf dem Bauch kriechen, Klagt um die obdachlosen Araberjungen, die am Meer auf Tischen schlafen, den Kopf in der Hand, KLAGT um etc. etc.« ein großes geniales Weltweites Fellachen-*Howl* statt bloß dumme amurikanische Hepster. Klagt um die Knäblein in ihren mohammedanischen Beutelhosen! – Klagt um die empörten amerikanischen Schwulen, die schmutzige Bilder in den Wind werfen! – Klagt um die Zwei-Meter-Päderasten, die kleine Jungen hin zum Flur verführen! – Allen, ich hab grade ein irres Gedicht geschrieben und es John Wieners geschickt, ja Whalen und ich haben ihm einen großartig irren Brief geschickt, dazu Corso, er und ich Gedichte, Gary [Snyder] auch, alles gebongt, wir werden alle genommen und in den nächsten drei Nummern veröffentlicht: Mein Gedicht ging: »Pulling off the human drawers of girls!/Leaving whole pussywillows unblown!/Because I'm a breathless tree!« was ich neulich Abend Ronny Lowensohn [Loewinsohn] im Place vorgelesen habe. Mike Grieg von New Editions veröffentlicht mein »Neal And The Three Stooges« in dieser Nummer, soll ich ihm jetzt dein »Grünes Auto« schicken? Es liegt bei Phil [Whalen] gleich um die Ecke. Wurde abgelehnt von pinseligen neidischen Berkeleyer Highschooljungs. Sag Ansen, wir werden uns sowieso im Laufe des nächsten Jahres sehen, denn wenn ich im Herbst den großen Reibach mache, treffe ich euch alle in Paris und gehe mit nach Venedig. Paris geht mir nicht aus dem Sinn und es war großartiger, als du dir vorher träumen lassen kannst! – in ein, zwei Jahren also treffen wir uns da … Allen G., das ist so was von irre, so was von irre, Allen, dieser Satz »Ansen schuftete an dem Manuskript (von Bill) wie ein professioneller pedantischer großer Gelehrter mit einer chaotischen Bibliothek voll ehrwürdiger alter Handschriften des Bill Venerabilis« (!) – Gregory schrieb Williams vorigen März oder April einen langen Brief, in dem er um Geld bat und sagte, du und ich hätten Geld wie Heu, nur er wäre arm, aber irgendwie kam es doch rüber wie eine linke Tour, die wir aufgezogen hatten. Ja, du solltest Ullmans Angebot annehmen und Florenz ist eine Wucht. Was meine jüngsten Arbeiten betrifft: Gedichte und etwas Prosa, versuche einen großen Roman zu schreiben, Titel *Avalokitesvara*, aber beim letzten Bennyeinwerfen ist er in metaphysische Diskussionen versumpft … habe jedoch »Die Vision der Ziegenhirten« gemalt, rote Hirten die ein cremeweißes Kreuz am Himmel angucken, mit wirbelnden blauen Wolken drum rum, außerdem (auf Peyote in ?s Häuschen) mehr irre Blumen, die aus einem (schwarzen) Topf platzen, und ein Bild vom Rangierbahnhof, das ich durchs Gras schleifte wie ein irrer bohemischer Moderner (was ich nicht bin) und Smerdjakow[6] im Garten Eden gemalt (Mist) und noch eine Blume gemalt und ein Mädchen im Bett gemalt und schließlich eine Kreidezeichnung von Maria und Josef, aber damit bin ich noch nicht weit. Ach so, und eine perfekte Zeichnung von Whalen im Schneidersitz mit seiner Pfeife, heißt »Buddha Red Ears«, oder hatte ich dir das alles schon erzählt?

Allen, inzwischen machen hier in der Stadt Gerüchte die Runde, du wärst mehrfach auf der Straße und im Place gesehen worden, als ob du Hitler wärst und niemand will glauben, dass du wirklich »tot« bist. Außerdem bist du sogar in New York »gesehen« worden und wo ich hinkomme werde ich vorgestellt als »der Typ, dem *Howl* gewidmet ist!« (du Ratte!) [?] Na jedenfalls wurde *Howl* von der Zollgerichtsbarkeit durchgewinkt oder so ähnlich (lass es dir von Whalen im Einzelnen erklären), aber jetzt ist die hiesige Polizei an der Sache dran. Schreib um Himmels willen an Frechtman, zeig's jemand anderem, wenn es ihm nicht gefällt, etwa Cocteau oder Genet selbst. Al S. [Sublette] sitzt wegen Ladendiebstahl, er kommt in dreißig Tagen definitiv raus. Mein Besuch bei Gregory war an sich schon eine scharfe Geschichte. Ja ich werde das LaVigne-Bild von Peter holen gehen, möchte es mir gern genau anschauen. »Dichterling aus New Haven« ist John Wieners (er hat bereits Sterling Lord mit seinen »ungebildeten« Briefen genervt). Gary hat Phil Whalen scharfe Buddhagewänder geschickt – außerdem ist Garys Schwester in Mill

---

6 Pawel Smerdjakow ist eine Figur aus Fjodor Dostojewskis Roman *Die Brüder Karamasow*.

Valley und ich werde mich ranschmeißen. Schick Wieners dein und Bills Material und Petes auch und er will auch Schnappschüsse haben, er ist offen für alles. Ich finde, er wäre besser für »Grünes Auto«, *New Editions* ist spießig, finde ich. Als ich mich mit Lucien getroffen habe, hat er nicht mehr getrunken, still, musste aufhören, ich hab getrunken, mich *be*trunken, er war sehr freundlich und nett und ich erzählte ihm komplette Geschichte von allen und er lachte. In Paris schmeiß dich ran an amerikanische Mädchen im Cafe Bonaparte nahe Cafe Deux Magots nahe der Kirche St. Germain de Pres, besser als Männer wie [James] Baldwin etc., sie haben Kohle und wollen geliebt werden, so macht's Gregory, aber versuch in Montmartre zu wohnen, nur halbe Stunde zu Fuß. London Mist, kannst du dir schenken, es sei denn du willst Bobbys im Nebel erdrosseln. Sieh zu, dass du durch Aix kommst und auch Arles, und lass ja nicht den Louvre aus, lass gar nichts aus … (wirst du schon nicht) … wünschte ich wäre dabei. Jetzt wo meine Mutter richtig eingelebt und glücklich ist, könnte ich wohl auch glücklich werden – aber die drei Mädels werden bald eintreffen (Joyce, Elise, Carol) und Neal voll aufgedreht, wird eine heiße Zeit. Neuer Dichter auf der Bildfläche, kleiner inkunablöser Burroughs mit Brille namens Dave Whitaker … (siebzehn). Schick mir Anweisungen wegen »Grünes Auto«, ob für Grieg oder für Wieners. Angeblich ist ein Bild von dir und Gregory und Laff im neuen *Esquire* (Julinummer) und dieser dämliche Rexroth-Artikel ist in *New World Writing* Nr. 11, wo ich »auf seine bescheidene Art« vom Schlage Célines und Becketts bin. *Esquire* hat abgelehnt, was wir ihnen angeboten haben, und zwar nach einem mordspestigen Mittagessen, wo sie mich mal angaffen wollten die Wichser … Ich hätte ihnen meinen Schwanz ins Maul rammen sollen, das wollen sie doch im Grunde … Ich werde jetzt noch langen Brief speziell an Pete schreiben, aber auch für alle zum Lesen.
Ti Jean

Anmerkung der Herausgeber: Kerouacs Mutter war in Kalifornien keineswegs glücklich, deshalb zogen sie nach Orlando, um in der Nähe von Jacks Schwester Nin Blake zu sein.

Jack Kerouac [Orlando, Florida] an
Allen Ginsberg, Peter Orlovsky und Alan Ansen [Venedig,
Italien]

21. Juli 1957

Lieber Allen und Peter und Alan:
Endlich meine Mutter endgültig neu einquartiert in netter Bude hier in Orlando, wo ich mein eigenes Zimmer habe – hat mich mehrere hundert Dollar
gekostet und mich finanziell ruiniert, aber alles ist geregelt, sie sagt, sie will hier
nie wieder weg, und billige Miete $ 45, die sie selber packt mit ihrer monatli-
chen Stütze – und morgen werde ich diesen Hitzewellenhorror gegen die kühle
Hochebene von Mexico City eintauschen, wo ich mit $ 33 eintreffen werde
und verzweifelte Bettelbriefe an Malcolm Cowley und Agent schreiben muss.
Falls Garver tot ist und mein Dachzimmer besetzt, gehe ich für 7 Pesos pro Tag
ins Hotel Solin wo Esperanza lebt und kaufe Kerzen und heiliges Kraut und
Benzinkocher und Kartoffeln und schreibe zweite Hälfte von *Desolation Angels*. Allen, der listige Cowley will, dass ich mehr Kindheitsszenen für *Doctor
Sax* schreibe und sie bis 1. Okt. abliefere, und ich vermute, er wird ohne meine
Erlaubnis alles Fantastische raushauen, wie er auch eine Menge aus *On the
Road* rausgehauen hat (von dem Rezensionsexemplare verschickt sind) (*On
the Road* undezimierbar, anders als *Sax*) ohne meine Erlaubnis zu haben oder
mir auch bloß die Fahnen zu zeigen! O Schande! Schimpf und Schande über
amerikanische Geschäftspraktiken! Also lasse ich *Sax* ungekürzt der Vollständigkeit halber (honorarfrei) von Mike Grieg veröffentlichen und Viking darf
Sax verhunzen? Du bist jetzt sehr berühmt, Allen, apropos werde ich diesen
Herbst zweifellos Geld bekommen und werde dir vor Weihnachten hoffentlich Bankscheck über $225 schicken. *Road* müsste die nächsten Wochen nach-
gedruckt werden, gebunden hat es nur 305 Seiten. Abgefahrenes Buch übrigens – (erster Dostojewski'scher reiner Roman in Amerika). *Evergreen Review*
Nr. 2 ist auch klasse, »Howl«, »Railroad Earth«, Gutes von Gary, McClure,
alle auf Hochtouren, netter Umschlag. Elise [Cowen] ist höchst mysteriös nach
Frisco gekommen, Joyce [Glassman] in N. Y. und fragt sich, wo ich stecke, hat
$500 für die Reise. Lieber arm als am Arsch. Deine Engelpostkarten aus Spa-
nien bekommen. Wenn alles läuft wie gedacht, sollte ich im Mai in Paris zu
euch stoßen. Muss bis 15. Aug. *Beat* für *Harper's* oder *Saturday Review* erklären, großer Artikel. LuAnne [Henderson] und Neal und Al Hinkle schwebten
bei mir in Berkeley zur Tür rein, als ich grade dabei war, den Karton mit *On

the Roads von Viking auszupacken, alle high geworden beim Lesen, LuAnne wollte in derselben Nacht mit mir ficken, Autsch, musste los (Busfahrkarte). Stanley Gould und Al Sublette gemeinsam an einem irren Abend gesehen, nach dem Elise ganz fertig und verängstigt war. Sag Gregory, ich hab ihm geschrieben, aber wohin den Brief schicken? Lafcadio brütet in N. Y. vor sich hin. *Desolation Angels* völlig ungeordnet. Geht's Bill gut? Triffst du ihn in Paris? weiß er, dass ich ihn liebe? (Weil ich ihn in meinen Briefen nie liebevoll erwähne.) Soll Viking dir Expl. von *Road* schicken? – ärger dich nicht über den Zusatz, den Cowley wollte, auf Seite sechs ungefähr, über die »Intellektualität« von dir und Bill und Joan [Burroughs] im Gegensatz zu Neals knallharter hungriger Reinheit. Cowley hält mich für einen Einfaltspinsel, stimmt schon, ich bin ein Spinner. Wer will uns Scheißkerle schon rechtfertigen?

Peter, ich hab das LaVigne-Bild nicht geholt, keine Zeit. Peter, schreib eine verrückte Geschichte, Mike Grieg will meine »heimlichen Genies« in seinen *New Editions* rausbringen – dich, Jack Fitzgerald, Hunkey, Laff etc. Wie wär's mit einem netten Essay über portugiesischen Barock von Sr. Alan Ansen? Don Allen ist mit Jonathan Williams nach Frisco gekommen, Whalen mag ihn nicht besonders (er verachtet so vieles, u.a. meine Art zu schreiben, à la »*On the Road* muss ein gutes Buch sein, die Viking-Lektoren haben es ja drei Jahre lang bearbeitet«) – und Rexroth sagte auf einem großen Treffen: »Wir, die wir Macht bei den Verlegern haben«, sprich, sie haben's alle mit der Macht, die einem die Dichtung gibt, nicht mit der Dichtung selbst. Rexroth meint, *Road* sei großartig, und hat es mir auch geschrieben. Selbst Mark Schorer hat versucht mich zu erreichen. Jedenfalls verpulvere ich mein ganzes Geld, bevor ich reich werde, und kann mir jetzt eine prima Bude in Mex City leisten und über Winter nach Hause fahren, alles ist endlich geregelt. Auf zur Panama Street[7]. Schreib mir c/o hierher, bis ich dir mex. Adresse schicke. Ich schreibe euch allen bald langen Brief. Wirst du jetzt Guggenheim beantragen, Einsendeschluss 1. Okt.? Ich schon. Gary kommt anscheinend in den nächsten Monaten nach Kalif., per Frachter. So, Seite zu Ende.

DIAMANTENZERTRÜMMERNDER SCHEISSDRECK
Jack

---

7 Die Panama Street war eine bekannte Gegend mit Prostituierten und Bordellen in Mexico City.

Jack Kerouac [Brownsville, Texas] an
Allen Ginsberg [Venedig, Italien]

9. August 1957

Lieber Allen:

Dieser Brief ist statt eigenem auch an Bill gerichtet, um ihm zu sagen, dass
Bill Garver tot ist, begraben irgendwo in Mexico City bei Joan [Burroughs],
gestorben letzten Monat ungefähr. Das war die erste Katastrophe, dann bin
ich zu Esperanzas Hotel gegangen, sie ist verschwunden, dann in derselben
Nacht das Erdbeben, bei dem ich mich in diesem Hotelzimmer mit sechs Meter
hoher Decke schlotternd unterm Bett verkroch (erwachte aus Tiefschlaf zum
wie ich wortlos dachte natürlichen Ende der Welt, dann sagte ich: »Das ist
ein gigantisches Erdbeben!« und wartete ab, während das Bett auf und nieder
ging, die Decke dumpf knarrte, die schwingenden Schranktüren hin und her
ächzquietschten, dazu das tiefe Grollen und die STILLE des Ganzen in meinem Ewigkeitsraum). Ein Horror nach dem andern wie üblich in Weltunter-
gangsmexiko. Jetzt, wenige Tage später, gehe ich herum und sehe, dass das
Gebäude, auf dem »Burroughs« stand, auseinandergebrochen ist, alle Fenster
gesprungen und vom Namen vorn nur noch »Burrou« übrig. Wie auch immer,
ich schrieb den gewünschten Artikel, WAS IST DIE BEAT GENERATION,
über unsere Visionen, deine, meine, Bills, Philip Lamantias, Gregory. Visionen von »Teufeln und Himmelsboten«, Joans, Hunkeys, Garys, Phils – sogar
Alenes und des Jungen vom Times Square mit der Wiederkehr Christi. Ich
hoffe, sie bringen den Artikel, darin zeige ich, dass »Beat« die »zweite Religiosität« der abendländischen Zivilisation ist wie von Spengler prophezeit. Ich
erwähne auch Neals Religiosität und Luciens Versuch, in einer Kirche Asyl zu
bekommen, was wirklich die abstruseste Verrücktheit überhaupt ist. Außerdem schreibe ich neue Szenen für *Doctor Sax*, aber ich habe beschlossen mich
mit Cowley anzulegen und eine Klausel in den Vertrag eingefügt gegen Besei-
tigung von (abstruser) Fantastik und überhaupt gegen weitreichendes redak-
tionelles Versaubeuteln. Ich habe jedoch gerade noch $ 17 und warte auf Ret-
tung. Mach mich am 15. September auf Rückweg und gehe im Oktober nach
New York. Joyce [Glassman] wollte hier zu mir stoßen.
Ich muss immer an Bill Garver denken … und an November, als wir hier alle
zusammen waren. Hab keine Schreibmaschine und überlege mir, den alten
Maler Alfonso um eine anzugehen, oder Donald Demarest von den *Mexico
City News*, der dich und Denise Levertov vorigen Sonntag in der Besprechung

einer Malerautobiografie erwähnte (der Maler, Lester Epstein, soll ein »Aficionado« von dir und Henry Miller sein). Ich hab Viking gebeten, dir Expl. von *On the Road* zu schicken. Ach was habe ich für ein einsames Zimmer, Decke sechs Meter, Freudenhausspiegel, keine Fenster, mitten im Stadtzentrum. Außer zum Schreiben habe ich keinen Grund der Welt hier zu sein, vor allem da mein Gang in die Panama Street Katastrophe Nr. 3 war. Die Huren sind *komplett* von den Straßen vertrieben worden, anscheinend vom grassierenden Krebsgeschwür des Amerikanismus. Und außerdem bin ich noch ohne mein heiliges Kraut! Schreib mir nach Florida, ich reise ab.
Jack

Allerjüngste Meldung – ich hab die asiatische Grippe und fahre nach Hause.

Allen Ginsberg [Amsterdam, Niederlande] an
Jack Kerouac [New York, New York]
28. Sept. 1957

Lieber Jack:
Durch Wien und München gekommen, Woche in Paris, dann hier hoch nach Amsterdam, hier bei Gregory auf dem Fußboden geschlafen. Irre Szenen in Holland – tolle Stadt – alles spricht Englisch, es gibt hippe Dichterbars, Bopbars, surrealistische Zeitschriften, die Gregorys Gedichte bringen und *Howl* und *Road* besprechen werden, und Burroughs kriegt hier Auszüge publiziert. Kanäle, stille Straßen mit Trauerweiden und Psychiaterpraxen, keine Wohnungsnot, billiges Essen, 12 Cent große blutige Roastbeef-Stullen, Bier und Käse, prächtige Museen mit Rembrandt und Vermeer – und ein Museum mit fünfundfünfzig Van-Gogh-Gemälden – zwanzig Meilen weiter noch eins mit fünfundneunzig Van Goghs – und die Hurenstraßen – großes Rotlichtviertel ordentlich und sauber und still – Mädels sitzen im Fenster wie Mannequins, wie Holländerpuppen in Puppenhäusern, im Erdgeschoss, Fenster hell und sauber, sie sitzen auf Stühlen, Beine übergeschlagen, stricken still vor sich hin und warten auf Kunden in stillen Straßen – Straße um Straße mit Mädchen in hellen Erdgeschossfenstern – wie im Himmel – und sie schreien dich nicht an und packen dich am Arm – stricken einfach ruhig weiter. Neal würde durchdrehen. Und schöne Kanäle an Seitenstraßen. Peter hat sich Bart und Schnurrbart abrasiert. Ich bin die ganze Nacht schlaflos durchs Schlachterviertel Les

Halles (Markt) getigert bis 7 Uhr morgens, Riesengedicht geschrieben über Karren voll Lungen und Hörnern, die noch vom nackten Ziegenschädel abstanden – in Paris – wir sind den Eiffelturm hinaufgestiegen, schöne Traummaschine am Himmel – größer als gedacht – und nach Belgien getrampt – schauten uns Rotterdam an und gingen in die Museen dort. Tabak hier auch billig – Freunde hier und Mädels nett – schöne Stadt – wir sind um ein Haar nach Schweden weiter.

Bill ist in Tanger und schreibt, er ist OK, stößt vielleicht in Paris zu mir wenn Peter abreist nach NY.

Wir haben *Times*-Rezension vom 5. September gesehen,[8] ich hätte fast geweint, so gut und wahr – na jetzt musst du nicht mehr befürchten nur in meiner Widmung zu existieren und ich werde in deinem gewaltigen Schatten weinen müssen. Was läuft in NY? Wirst du verfolgt? Kracht uns eine irre wilde Welle des Ruhms um die Ohren? Was sagt Lucien zur *Road*-Rezension? Ich dachte, das mit Extralänge und Bild wird wohl sein Schwiegervater gedeichselt haben. Ich schreibe grade eine kurze Einleitung zu Gregorys Buch *Gasoline*, wie wär's du schreibst auch eine Seite vorweg – schick sie Ferl ergänzend zu meiner – wir geben ihm gemeinsam einen Startschuss – denn er wird bestimmt allgemein runtergemacht, wenn er den Leuten nicht richtig nahegebracht wird – alle in S. F. machen ihn laut Ferlinghetti als »Schaumschläger« runter und deswegen will Ferlinghetti nicht mal »Power« veröffentlichen. Erzähl auch Don Allen von »Power«.

Werde 15. Okt. nach Paris in Zimmer mit Gaskocher zurückkehren und dort bleiben. Schreib bald, Neuigkeiten. Grüß Lucien herzlich – triffst du ihn?
Allen

---

8 Gilbert Millsteins glühende Besprechung von *On the Road* in der *New York Times* machte das Buch zum Bestseller und startete Kerouacs Karriere.

Jack Kerouac [New York, New York] an
Allen Ginsberg [Amsterdam, Niederlande]

1. Oktober 1957

New York 1. Okt.

Lieber Allen:

Natürlich jetzt in der Lage dir deine $ 225 diesen Herbst zu schicken. Hast du
Gregory in Amsterdam getroffen? Ich schreib ihm noch extra. Erst mal musst
du Peter sagen, dass ich ihm einen langen schönen Brief über die russische Seele
geschrieben habe, aber geschickt an c/o Orlovsky statt c/o Ansen, Venedig, deshalb liegt er wahrscheinlich noch dort und er muss den Brief unbedingt anfor-
dern … er war auch an dich … wichtig, dass du ihn liest. Hier passiert absolut
alles, u.a. letztes Satori-Wochenende mit Lucien und Cessa und Kindern und
Joyce [Glassman] in seinem neuenglischen Spukhaus nördlich von hier auf dem
Lande mit Vögeln, die zu den heiligen Fenstern reinschauen, große benebelte
Dostojewski'sche Party mit Hautevolaute wo ich Der Idiot war etc., echt so irre,
ich könnte einen Roman allein über dieses letzte Wochenende schreiben, Lucien
und ich drehten im Mondschein-Spukhaus komplett durch mit wilden Coyote-
schreien und Geschnatter und hochgradig wahnsinnig, wie wir in Shorts im alten
Wohnzimmer saßen, während die Mädels zu schlafen versuchten. Als dann alles
schlief habe ich vier Stunden massive musikalische Verarsche von allem auf Har-
monium gespielt, unglaublich lange Sonaten, donnernde Oratorien, hättest du
hören sollen. Ein gewisser Leon Garen (solltest du kennenlernen, zwanzig, Hepcat) wird ein Stück über Neal aufführen, wenn ich es schreibe, bietet mir ein Wochenende im Taft Hotel in Zimmer mit Blick übern Broadway, Stullen umsonst
und Schreibmaschine, wenn ich's durchziehe, was passieren kann (scharfes Stück
über Neal, Pferderennen, den Abend mit dem Bischof etc., mit dir und Peter
drin). Aber jemand anders namens Joe Lustig mit Geldgebern im Rücken will
auch ein Stück über Neal haben. Zudem Hollywood aktiv hinsichtlich *Road*,
Marlon Brandos Manager (sein Vater) angeblich interessiert. Italienischer Verlag
hat *Road* gekauft. Grove Press hat *Subterraneans* auf neuer Basis als gebundene
große Nummer gekauft. *Esquire* hat nebenbei geschriebene Baseballstory für
$ 400 gekauft (schon alles ausgegeben). *Pageant* hat Artikel über Beat für $300
gekauft. Habe Einleitung zu einem Fotoband von Robert Frank geschrieben[9],

9 Robert Franks *The Americans* wurde zu einem der einflussreichsten Fotobücher des 20. Jahrhunderts. (A. d. Ü.)

wird auf Französisch übersetzt, für die englische Ausgabe (Verlag Delpire). Ferlinghetti bekommt mein *Blues* per Post. Brief von Robert Olson, der meint, dass ich ein Dichter bin, sagt er, nachdem er die Ontariosachen und »Three Stooges« gelesen hat (ich hab dir doch Expl. von den »Three Stooges« New Edition nach Venedig geschickt, oder?) Bob Donlin war in NY (mit dem üblen Hittleman) wurde vom *Playboy* mit mir fotografiert, wie er mich auf der Straße küsst, nach Foto füttere ich ihn per Hand in der Cedar Bar, Creeleys verrückte Künstlerkneipe. Donlin und ich stürzten in der Bowery auf dem Bürgersteig, ich mich mit Stanley Gould auf die Bowery gestürzt. Unglaublich viel passiert, fast unmöglich zu erinnern, u.a. vorher großes Viking-Press-Hotelzimmer mit Tausenden von schreienden Interviewern und *Road* in Originalmanuskriptrolle hundert Meilen lang auf dem Teppich ausgerollt, Flaschen Old Granddad, große Artikel in *Saturday Review*, in *World Telly*, himmelarschüberall, alle verrückt, Brooklyn Collitsch wollte, dass ich eifrigen Studenten Vorträge halte und mordsintellule Fragen beantworte. Natürlich war ich im Fernsehen, großer Interviewauftritt, John Wingate Show, irrer Abend, ich antwortete engelsgeduldig auf böse Fragen, Briefe in rauen Mengen, sie würden mich lieben, zuletzt ein Telefonanruf von Little Jack Melody. Ich hatte Nervenzusammenbrüche, zwei, jetzt hab ich Hämorrhoiden und hüte das Bett lese *Der Idiot* und ruhe innerlich aus. Ich hatte total böse Anfälle von bösen Geistern und die irrsinnigsten Träume aller Zeiten, wo ich am Schluss Riesenparaden schreiender lachender Kinder (mit meinem weißen Stirnband) die Victory Street in Lowell langführe und schließlich nach Asien rein (die Parade soll mir Deckung vor den Bullen geben, wenn sie gucken, scharen sich die Kinder um mich, verstecken mich singend, schließlich steigen Bullen glücklich auf Parade ein und sie endet in großem Gewändergewalle in Asien.) Ich hab den Peterismus gepredigt, auch im Fernsehen, über Liebe, den Nealismus, alles, hab grade die ultimative Hammerpredigt in Amerika abgelassen, die dich umhauen würde, wenn du genauen Wortlaut wüsstest … große rauschende Partys endlich, wo alte Feinde in wildem Durcheinander um mich rum schreien – (Bill Fox etc.) … neu, dass Norman Mailer was auf mich hält, Telegramm von Nelson Algren, in dem er mich lobt, etc. etc., kurzum wir brauchen keine Presseagenten mehr (hab Sterling gesagt, er soll kleine Details unserer Gedichte und Burroughs uns überlassen, er ist voll mit Verträgen und $$$ beschäftigt und fassungslos über unsere harmlosen Forderungen, du als Dichter machst dir keine Vorstellung von Irrsinn in NY). Wirst du schon, wenn du wieder hier bist. Jetzt hör zu, Viking will *Howl* und deine andern publizieren und Grove auch, sie wetteifern drum wer dich als Erster erwischt, triff deine Wahl, ich glaube *Howl* muss unters Volk, die Rezeption hat noch gar nicht richtig angefangen.

Aber ich versteh nichts von Politik, wenn es Ferlinghetti vergrätzen würde lass es. Ich erzähle dir nur die Neuigkeiten ... sie wittern, dass du mit *Howl* Geld verdienen wirst. *Howl* laut Whalen auf Grove-Platte Mist weil gekürzt und [James] Broughton labert in einem fort, Whalen stocksauer. Eine Million andere Sachen passiert, ich wünschte nur du und Peter und Greg wären hier, gar nicht zu reden von Burroughs und Ansen, war viel zu viel, vor allem Fernsehen hat mir den Rest gegeben, Riesenkamera ganz nah an mir dran: »Haben Sie jemals Rauschgift geraucht?« »Was halten Sie vom Selbstmord?« ultimative Hammerfrage »Was suchen Sie?« »Ich warte darauf, dass Gott sein Gesicht zeigt.« (war ernst gemeint, hatte erst eine Woche zuvor im Krankenbett im traurigen Süden drüber nachgedacht). Ich drehte durch und musste weitere Auftritte bei Tex and Jinx, Barry Gray etc. und und und absagen, *Look*, aber schließlich habe ich doch noch zwei Radiosendungen etc. etc. geschafft, wo ich mit einem sexbesessenen Radiomann schwadronierte, der schließlich eine komplett betrunkene Aufnahme von mir und ihm und Leo Garen mitschnitt, wie wir uns über junge Fotzen auf der Organo Street auslassen, und dieser sexbesessene Ex-Alkoholiker will Lucien unbedingt zu den AA bekehren, was bei Lou sofort ins »Ich will's nicht hören«-Fach fällt, überhaupt zum Schreien und Brüllen komische beknackte Sachen, die mit allem bei Dostojewski mithalten können. Joyce und ich legen echt den Tag über bis vier den Hörer daneben, weil es alle fünf Minuten wie wild klingelt. Ed Stringham kam ständig an mit verrückten »Hipstern wie Neal«, die unbedingt mit 110 Sachen und mir die Fifth Avenue runterbrettern müssen, einer davon Howard Schulman, Dichter, der mich zu Lafcadio fuhr und wir klopften an eine üble Tür und jemand drin brüllte wir sollten abhauen, zwei Männer, nicht Laff ... keine Ahnung wo Laff ist, nur Gerücht er würde im Buchladen Fifth Street Rede halten (muss ich an uns denken). Schulman wie Ronnie Cherney wenn er nicht aufpasst, aber könnte es schaffen. Übrigens hab ich mir nach der Sendung die Hucke vollgesoffen mit John Wingate dem Fernsehinterviewer, wir mussten auseinandergezerrt werden ... da siehst du mal ... will sagen, er war nicht so übel, aber Fernsehen ein übles Geschäft. Seine Mitinterviewerin wollte wissen, ob ich Sex für »schmutzig« hielte, ich sagte »Wer sagt das?« sie sagte »James Could Gozzens« ich sagte »Nein er ist die Pforte ins Paradies.« »Ach das glaube ich nicht« »Mach die Tür zu und lass es uns machen!«, sage ich leise, sie wird rot, »HAST DU'S GEFÜHLT?«, brülle ich ... großes Zen. Anton [Rosenberg] getroffen, der Buch mit schlicht weißem Papier eingebunden hatte, auf einer Seite mit Tinte »ZEN« drauf, auf der andern »HOO«. Er wollte mich von Don Allen loseisen, dass ich mit ihm und Burnett einen durchziehe. Anton sehr freundlich, nennt mich Playboy »unserer« Generation, sagte er, und wollte mir ein Auto für $ 20 000 verkaufen, als ob ich die hätte … »Du hast sie noch nicht«, schrie er beim Händler. Selbst Thurston Wallace getroffen, fiel in einer Bar über mich her, herrje ich hab mich wie Burroughs gefühlt … bin natürlich nicht mal zur Columbia gegangen, wo die West End Bar voll war mit *Road* lesendem Jungvolk … Fanbriefe zuhauf, von sechzehnjährigen Mädchen die mich im Fernsehen gesehen mich lieben … was für eine Gelegenheit für den Großen Liebhaber, der ich nicht bin … bin ein stiller Sam-Spinner, im Grunde stiller verträumter Hinayana-Feigling … bzw. Hinayana nach Avalokitesvara. Ralph Gleason aus Frisco brachte bessere Besprechung von mir als Rexroth! Beste Besprechung überhaupt wurde im Michigan State Prison geschrieben, wo alle Insassen natürlich auf Neal abfuhren. Beste Besprechung überhaupt aus Mississippi, wo ein Rezensent am Schluss schrieb: »Ach ich wünschte ich wäre wieder jung«. Alle reden über dich … du musst dich jetzt in Paris ins Zeug legen und was geschafft kriegen … du wirst schon noch absahnen. Morgen soll ich eigene *Life*-Doppelseite kriegen, aber ich bin langsam so genervt, dass ich bald vor lauter Genervtheit ausflippe und *Life* sage, sie können mich mal. Hatten schon hundertfünfzig Farbfotos von mir geschossen, auf Sheridan Sq. in der Hocke, redend, betrunken Penner in der Bleecker Street anblaffend etc. … auch Bilder in *Harpers Bazaar* gefolgt von Interview mit intelligenter Bürgertussi, die sich praktisch in meinen Armen betrank. Ich kriege Fanpost von Bürgertussis und dergleichen, Cessas Mutter aufgebracht über das Buch. Mein großes Satori war, als Cessa mich anschrie: »Halt deine große Klappe«, als ich mich auf Party bei ihnen idiotisch aufführte, ein Arzt wollte ihren Kindern Grippespritzen geben und ich brüllte: »Quält eure Kinder nicht«, und Arzt und alle schockiert, am Schluss alle betrunken am Boden. Lucien und ich waren völlig wahnsinnig, ich selbst am Steuer mitten durch den Wald gebrettert zwischen kleinen Bäumen durch und über Müllhaufen … hab Lucien noch nie so geliebt … und er sang immerzu »Getting to know you«. Und ich dachte (bei alledem) die ganze Zeit an Burroughs. Hab das Manuskript bei [Donald] Allen abgeliefert, *Word* vom restlichen Manuskript getrennt zum Einstieg für ihn. Dicke Freundschaft mit Mr. Von Hartz[10] geschlossen. Erzähl mir von

10 Ernest von Hartz war Lucien Carrs Schwiegervater.

Paris, sobald Schock nachlässt und du irgendwo Ruhe hast, wenn Film kauft komme ich dich bestimmt diesen Winter besuchen oder eher Frühling, Mai, dann könntest du dort vertrauensvoll auf meine einstweilige Unterstützung warten. Schreib. Noch viel mehr passiert, aber ich heb's für nächstes Mal auf. Jean-Louis

Allen Ginsberg [Amsterdam, Niederlande] an Jack Kerouac [o. O., Orlando, Florida?]

Amsterdam Amer Express
9. Okt. 1957

Lieber Jack:
Haben die Woge an Schönheit vom 1. Oktober erhalten, die über dich in Amerika reinbricht – Gregory war nach dem Lesen fix und fertig, für Peter wurde ganze Welt himmlisch. Ich dachte, was haben wir für einen unausweichlichen irren Traum von Leben gefunden. SPAR DEIN GELD!!!!!! Weiß der Himmel, wie sehr wir in Vergessenheit geraten, wie unpopuläre Melvilles, wenn Russland auf dem Mond landet und die Welt UNS satthat! (gestern Abend in tollem ruhigem Schwulenclub mit tanzenden Männern dachte ich, eigentlich dachte Gregory, er hört Bill Haley R&R singen »Little Rock, Little Rock, Little Rock, Little Rock, Have Yourself a Ball«). Ja wir schlafen in Gregs Bett in nettem Zimmer in Amsterdam, wir braten Steaks und essen abgedrehtes holländisches Brot und schwedisches Brot und Gregory schreibt verrückte Gedichte »O Leute O meine Leute/etwas komisch Architektonisches/wie ein randalierender Kannibale/kam gestern Nacht nach Haarlem/und fraß einen Kanal auf« und »Vier Windmühlen, Bekanntschaften/wurden eines Morgens gesichtet/Tulpen essend« und wir ziehen durch Amsterdam im Nebel, vorbei an gewaltigen Museen voller Vermeers und nerven die Holländer mit verrückten Appellen, beim Kanälefressen mitzumachen. In letzter Nacht in Paris die ganze Nacht wach geblieben in Les Halles Fleisch und Lastwagen Schlachthof und großes Fleischgedicht geschrieben über Lastwagen voll Lungen, endet »Mitverschwörer, Esst«. Und hier haben wir uns gestern Nacht betrunken und riesiges Kettengedichtmanifest mit unsern Forderungen an den kommenden Mond geschrieben – sehr schöne Verse, Dutzende kleiner Notizbuchseiten, Peter tönte: »Ich kann's nicht erwarten bis ich auf den Mond komme bis

ich dort die runde Ebene sehe und weinend die nackte menschliche Gazelle mit langen Haaren und hohen Wangenknochen 50 Stundenmeilen über Niemandsland läuft wie ein Jeep hinter Forellen her«, – und Gregory: »Ich kann's auch nicht erwarten den traurigen Engel der Straßen in seiner ureigenen Gasse zu sehen, Hände vorm Gesicht, Flügel alles bedeckend, weinend vor himmlischem Weh und Sehnsucht nach Ebbets-Field-Schreien.«

Habe Bill heute Abend Ausschnitt aus *London Daily Telegraph* geschickt mit Beschreibung der neuguineischen Krankheit »Kuru«, auch »Lachkrankheit« genannt. Seltene tropische Krankheit, von der Bill vielleicht noch nicht gehört hat, laut Zeitung eng verwandt mit Latah und Amok: »Zwanzig Eingeborene sind derzeit im Krankenhaus von Okana dabei, sich buchstäblich totzulachen …« Manche Dörfer sind angeblich voll von »lachenden Männern und Frauen«. »Auf dieses unkontrollierbare Lachen folgen Erschöpfung, Lähmung und Tod.« Gregory hat gerade eben das Gedicht dazu geschrieben. Ich schicke es Bill, er versteht er Gregory jetzt. Als Motto auf der Titelseite von *Gasoline* zitiert Gregory Bills Zeilen über »Spieltische, wo um unglaubliche Einsätze gespielt wird«. Don Allen, dem ich meine Einleitung gegeben habe, soll sie dir zu lesen geben. Wie auf der Karte gesagt, schreib wenn du willst ein paar Zeilen oder eine Seite zu Gregory und schick sie Ferl als zusätzliches Vorwort oder Umschlagtext. Sein Buch ist verrückt und vollkommen. Weiß der Himmel, was aus der Dichtung wird, wenn das explodiert und wenn Ferlinghetti dein Buch nimmt. Gib [Donald] Allen das Gedicht »Zizi's Lament«.

Zurück zum Geschäft: was Bills Manuskript betrifft weiß ich ganz genau, wie idiotisch sich meine Briefe an [Sterling] Lord anhören, aber auf solche Kleinigkeiten gründet Lord der Herr sein Paradies. Er hat zwei Briefe voller Instruktionen. Also du übernimmst dort bei dir und ich arbeite hier. Philip Rahv vom *Partisan Review* hat einen Abschnitt (»The Market«, glaube ich). Bitte ruf ihn an und finde raus, was er vorhat. Wir haben ihm in Venedig einiges vorgelesen und er meinte er fände es gut, deshalb hat Ansen ihm den Teil geschickt.

Wieners hat eine Seite und wird die veröffentlichen. Kann sein, dass er mehr veröffentlicht, wenn er mehr zu sehen kriegt.

Mike Grieg müsste einen Abschnitt bringen können.

Don Allen Grove etc., darüber weißt du alles.

Combustion könnte eine Doppelseite bringen, aber ich nix Kontakt. Wenn du Zeit hast, schick ihnen was.

Die *Needle* auch, falls sie noch erscheint?

Es ist nur eine Frage von Rumrennen und mit Leuten reden. Wahrscheinlich

New World Writing, falls du Arabell[e] Porter anrufen kannst. Gebrauch deine Fantasie, würde ich sagen. Du musst dich reinhängen bis zum Wahnsinn. Na, lass mich wissen, was du davon hältst. Ich erwähne diese kleinen Adressen, damit wenigstens Kostproben und Abschnitte ausgewähltes Publikum erreichen und Bill subterranen Ruhm und Resonanz eintragen.

Ferlinghetti dachte mal daran, den Teil der südamerikanischen *Yage*-Briefe als kleinen Prosaband der Pocket Poets zu veröffentlichen. Er schreibt jetzt, er würde das Manuskript wohlwollend lesen, um zu schauen, ob man vielleicht einen abgefahrenen Sechzigseitenabschnitt wie »Market« rausbringen kann. Ich werde dazu so viel hundertprozentigen Druck auf ihn ausüben, wie ich kann. Schick ihm das Buch, wenn NY-Leute durch sind. New Directions-Jahrbuch taugt diesmal nichts, alles ausländische Übersetzungssachen.

Werde dann in Paris Beckett aufsuchen und schauen, ob er helfen mag. Frechtman hat es, aber er wird in der Sache nur nerven. (Er bietet an, dir einen Übersetzer zu suchen – vielleicht gute Idee, da der auf literarische stilistische Dinge achten würde, was im normalen Geschäftsbetrieb unter den Tisch fallen könnte. Schadet jedenfalls nichts, wenn du ihm ein Exemplar schicken kannst, entweder über mich oder an seine Adresse: 27 Rue de Michodiere, Paris, Frankreich. Er hat Genet und Guignols Band übersetzt – künstlerisch könnte er also tatsächlich hilfreich sein – nicht wegen Verbreitung, sondern um inspirierte Übersetzung zu bekommen.)

Expl. von »Three Stooges« nicht bekommen, *Road* auch nicht – schick mir noch ein *Road* extra für das Fenster der Buchhandlung Mistral von amerikanischem Hepcat Jerry Newman. Falls du welche hast. Falls irgendwelche interessanten Zeitschriften- oder Presseausschnitte sendbar – ich kriege nichts zu sehen – wie von der Welt vergessen.

Nichts Neues vom Prozess, doch vermutlich ist er durch. Bringt Lucien die Geschichte überhaupt? Ich wünschte er tät's, er hat einen Namen. [Henry] Miller war beim Prozess – und spätere Entwicklungen könnten auch Freiheit für Millers Bücher bringen – und vielleicht Bills – nicht undenkbar – vielleicht mag Ferl andere Fälle in SF testen. Zeig das hier Lucien. Hallo Lucien. Sag Jack, er soll sparen.

Deine ganzen verrückten Neuigkeiten wunderbar. Schreib Genaueres, o Heroischer! Fernsehantworten klasse – was hast du zu Rauschgiftrauchen gesagt? Zu *Howl*, Ferl hat mir $ 100 geschickt, Buch in 4. Auflage, schon 5000 verkauft, wird noch mehr werden, – es kommt gut rum. Könnte Viking oder Grove das wirklich übertreffen? Das ist die Frage. Wie auch immer, ich weiß es nicht.

Aber City Lights hat's nun mal genommen, vor langem schon, und Prozess geführt, und Ferl ist einmal damit in die roten Zahlen gerutscht, deshalb habe ich ihm schon gesagt, ich werde nicht in NY damit rumhuren. Sag Lord, wenn er *Howl* selber (oder ein anderes Gedicht) irgendwo abdrucken kann und mir ein bisschen Kohle verschafft – in *Life* (vielleicht würde Rosalind Constable das sogar unterstützen, nicht wahr) oder *Look* (wer weiß?) oder *New World Writing* (schon eher), dann soll er das unbedingt versuchen und dann mein Agent sein, wenn er Lust hat. Das würde Grove nicht vergrätzen, die Sache mit denen ist gelaufen, und würde nur die City-Lights-Verkäufe ankurbeln. Wie auch immer, richte es Lord aus und bitte ihn, sich umzuhören und drüber nachzudenken, wenn er mag.

Hab dir dicken Brief aus Venedig geschickt, geht um Europa, hast du den bekommen?

Guggenheim eingesandt – als Referenzen: Van Doren, Williams, Bogan, Rexroth, Eberhart, Josephine Miles, Witt Diamant und dich.

Hätte auch Cowley genommen, wusste aber nicht, wie er dazu steht.

Wenn du an Hollywoods Götter verkaufen kannst – gut, aber besteh vielleicht auf wirklich toller fantasievoller origineller kreativer Bearbeitung – mit Neal und mir und dich als Schauspieler – aber alles, damit Film etwas Reines wird, selbst falls großer kommerzieller Reinfall. Welchen Zweck sonst, und welche Kraft sonst, hat Zen-Armut – als alles zu fordern? Schreib wild und tollkühn Geschichte, o Weltzertrümmerer!

Was und wo die ultimative Hammerpredigt?? Die du erwähnst.

Von Grove-Platte nie was gehört. City Lights und Fantasy wollen, dass ich das ganze Buch in Paris aufnehme, und werden tolle Platte rausbringen, wenn ich's mache. Mach ich bald.

Schöner Spruch mit dem stillen verträumten Hinayana-Feigling. Was hörst du von Neal? Schreib mir nach Paris, sag allen, es ist großartig. Ich schreibe bald. Hab Bill deine Neuigkeiten geschrieben. Gutnacht.

Lieben Gruß,

Allen.

Allen Ginsberg [Paris, Frankreich] an
Jack Kerouac [o. O., Orlando, Florida?]

Paris,
American Express, Ginsberg
16. Oktober 1957

Lieber Jack:

Gestern Abend nach Paris zurückgekommen, habe schönes warmes Zimmer, groß, mit Zweiflammengasherd, vierter Stock, 9 Rue Git Le Coeur, eine Straße vom Place St. Michel, sehe vom Fenster aus Seine.

Peters Brief berichtet Einzelheiten. Wie es scheint, ist Lafcadio im Orlovsky'schen Hühnerstall eingesperrt, am Durchdrehen. Mrs. Orlovsky auch am Durchdrehen. Wer übler durchdreht können wir nicht sagen, weil Laf nicht schreibt. Situation klingt auf jeden Fall bedrohlich – d.h. nach den Briefen befürchten wir, dass sie die Polizei holt und Lafcadio in Klapse steckt. (Er dreht wahrscheinlich durch, weil sie ihn nervt, sich nicht um ihn kümmert und ihn bewegen will, sich an seinen Vater Oleg zu wenden und seinem eigenen Vater wegen Geld zu drohen, und will, dass er geht.) (Sie ihrerseits ist von ihm genervt, er ist durchgedreht, und sie ist pleite und hat Schulden und wahrscheinlich Angst.) Jedenfalls großes Kuddelmuddel.

Wir glauben, wir sollten was unternehmen, weil die Situation anscheinend außer Kontrolle gerät und es am Ende passieren kann, dass sie ihn einliefert. Ähnliche Situationen früher mit anderen Brüdern, die sie eingeliefert hat.

Peter denkt an sofortige Rückkehr in die Staaten – wenn sonst nichts hilft und wenn Situation so schlimm ist wie oben.

Darum, wenn du kannst, würdest du für uns nachforschen und schauen, was du tun kannst? Dazu müsstest du mal rausfahren, schauen ob sie ihn nicht schon eingeliefert hat, ihn in die Stadt holen (wenn er mitkommt), ihm ein Zimmer besorgen und ihm genug Geld zum Essen dalassen. Du kannst dafür das Geld nehmen, das du mir schuldest.

Ich weiß nicht, ob du dafür schon genug Geld hast – das ist alles hypothetisch – wir versuchen uns eine Möglichkeit auszudenken, dass Peter nicht sofort zurückfahren muss.

Peter hat ohnehin vor, in zwei Monaten zurückzufahren, vor Weihnachten. Wenn du die Sache wenigstens für jetzt hinbekommen und die akuten Krisen beheben könntest, würde sich vielleicht alles beruhigen und Peter könnte bis dahin in Ruhe hierbleiben. Wenn nicht und die Situation bleibt so schlimm, reist er sofort in die Staaten – lässt sich von der Botschaft wegen Familiennotstand heimschicken.

Ich schicke diesen Brief Luftpost spezial etc. Ich weiß, die Verantwortung nervt dich vielleicht, mich würde sie nerven, das ganze Ansinnen.

Ich weiß nicht, was diese Woche bei dir ansteht und wie groß der Druck anderer wilder Ereignisse ist, und ob du überhaupt in der Lage bist was zu tun. Wenn du's versuchen kannst, bitte fahr sofort mit einem der aufstrebenden PS-Fanatiker hin und schreib uns, was los ist.

Wenn du nichts tun kannst, antworte bitte sofort und sag uns Bescheid, damit wir Vorkehrungen für Peters Rückkehr treffen können. Mit andern Worten, wir müssen von dir in so was wie zwei, drei Tagen hören – länger warten geht nicht.

Normalerweise, nehm ich mal an, regeln sich solche Angelegenheiten buddhamäßig von selbst und Aktivität bringt gar nichts (Die Sonne geht ohne mein Zutun auf und unter) – aber mit Laf, dem Lieben Laf, könnte was richtig Übles passieren, das ist unsere Sorge.

Deshalb noch mal, Mensch Jack, schreib uns sofort, ob du hinfahren kannst oder nicht, damit wir große hysterische Aktionen anzetteln können.

Peter besorgt, traurig.

Ansonsten alles prima, wir haben Corso aus Amsterdam gerettet, haben drei Wochen lang dort die Sau rausgelassen. Heute [Barney] Rosset gesehen, wenn du diesen Brief kriegst, ist er in NY. Frechtman gesehen, er hatte Burroughs-Manuskript noch nicht mal gelesen. Ich hab's mitgenommen und habe Becketts Adresse und werde es ihm morgen bringen. KiKi[11] wurde in Spanien von eifersüchtigem Orchesterdirigent erstochen, sagt Bill. Jane Bowles ist durchgedreht und im Englischen Krankenhaus. Bill schreibt noch mehr. Ich hab dir ja neulich schon geschrieben. Gregorys Buch wird klasse. Meine Familie hat dich im Fernsehen gesehen und sagt, du hättest auch über *Howl* geredet, klasse. Prozess ist anscheinend gewonnen, Schlagzeile im *Chronicle*. Ich schreibe grade großes Gedicht ans restliche Universum, jetzt wo wir von der Erde abgehoben haben – größte Nachrichtenmeldung (sag's Lou) seit Erfindung des Feuers. Ist dir klar, dass wir bald (in zehn Jahren) auf dem Mond sein werden und noch zu unsern Lebzeiten mit Brüdern vom Mars einen durchziehen? Es wird da draußen noch andere geben, und wir werden sie ganz bestimmt erreichen –

---

11 KiKi war ein junger Geliebter von William Burroughs in Tanger.

und unsere Gedichte auch – ich werde Whitman für das ganze Universum neu schreiben – habe großes Gedicht angefangen. Neulich Abend in Amsterdam den Mond mit neuen Augen betrachtet.

Also, also, also lieber Jack, bitte gib Antwort, rette Lafcadio aushilfsweise (selbst wenn es ein Riesenkuddelmuddel ist) und wenn du ihn nicht retten kannst, mach dir keinen Kopf deswegen, sei nicht sauer auf uns, aber schreib uns, wie die Situation ist, wenn du nicht hinfahren kannst, finden wir andern praktikablen Weg. Schwer, von so weit weg Sachen zu regeln.

Kannst Eugene anrufen und um Wagen und Hilfe bitten, wenn du willst – er wird wahrscheinlich verständnisvoll reagieren, auch wenn's ihm vielleicht nicht passt, eingespannt zu werden – aber wahrscheinlich nicht, er wird es als Abenteuer sehen und froh sein, in deiner Gesellschaft glänzen zu können. Gregory geht's gut, wohnt bei uns, schreibt. Paris klasse. Wünschte es gäbe keinen Wurm, der an meinem Glück nagt. Ich bin frei und leide nicht mehr, habe ich eigentlich auch noch nie, nur alle andern scheinen Probleme zu haben. Grüße an Lucien und Merims (der neulich über große Party in seiner Bude geschrieben hat) – heute Dexter Allen und Baird und Mason gesehen, ah, ich bin bereit, in meinem Zimmer Bohnen zu kochen und nur auszugehen, um Bilder anzugucken und 18–24-jährige unverdorbene Engel kennenzulernen – alte Engel sind zu kaputt. Von weiblichen Engeln lass ich noch die Finger, grade frisch angekommen, wird sich aber sicher bald Nettes ergeben, wetten.

Schreib, was es Neues gibt.

Lieben Gruß,

Allen

Was sagt Holmes? (John Clellon)

Jack Kerouac [Orlando, Florida] an
Allen Ginsberg [Paris, Frankreich]

18. Oktober 1957

Lieber Allen samt Anhang:

Ich habe grade Ferling meinen Senf zum Thema Gregorys Poesie geschickt: wie folgt: »Ich glaube, dass Gregory Corso und Allen Ginsberg die zwei besten Dichter in Amerika sind und dass sie sich nicht miteinander vergleichen lassen. Gregory war ein harter Junge aus der Lower East Side, der wie ein Engel über die Dächer stieg und schön wie Caruso und Sinatra italienische Lieder sang, aber mit *Worten*. ›Liebliche Mailänder Hügel‹ brüten in seiner Renaissanceseele, der Abend legt sich über die Hügel. Der sagenhafte und wunderbare Gregory Corso, der einzigartige Götterbote Gregory. Lest Langsam und seht selbst.«

(Okay?) Wie du weißt, (oder nicht?) hat Ferling von Sterling mein *Blues* angefordert und wir haben es ihm geschickt. Ich hab Ferling gesagt, wenn er es als Nächstes macht, soll er mein Buch *Blues* nennen … nette Serie, *Howl*, *Gasoline*, *Blues*!!! Einstweilen hab ich »Zizi's Lament« abgetippt und Don Allen geschickt, dessen Brief sich postalisch mit deinem Vorwort zu *Gasoline* überschnitten hat, das in Ordnung ist, ziemlich gut sogar … vor allem »hippes Pissen«. Es swingt also alles … aber hier kommt (glaube ich, hoffe ich) die richtig tolle Neuigkeit: ich hab ein Stück geschrieben, einen Dreiakter für den Broadway oder Off-Broadway, erstens, Leo Garen wird es definitiv in seinem jiddischen Theater an der 2nd Avenue aufführen, aber wir haben auch Lillian Hellman und große Produzenten an der Leine, den großen Presseagenten Joe Lustig, der im Frühjahr auch dermaßen gewaltige Dichterlesungen organisieren wird, dass es sich für euch alle voll rentieren wird, Anfang Frühling nach Hause zu kommen und mitzumachen … er will es mit Jazz aufziehen und ich werde ihm klipp und klar sagen, er soll ein Stück bringen, einen Dichter ein Gedicht lesen lassen, ein Stück bringen, einen Dichter ein Gedicht lesen lassen, aber NICHT Jazz und Dichtung vermischen wie auf SQUARE OF SAN FRAN. Joe wird auf unsern Rat hören, er ist ein netter jiddischer Heiliger, überhaupt Allen, du musst dich mit ihm verbünden und ihn beraten, dass er Leute wie Chas. [Charles] Olson und Gary [Snyder] lesen lässt statt Richard Howard und Popa Ididoud (auch wenn der möglicherweise interessant klingt). Das Stück wird *Beat Generation*[12] heißen und ist erst der Anfang … inzwischen brennt Leo Garen auch darauf Gregorys Stücke zu sehen … du kannst diesen abgefahrenen kleinen (Direktor-)Irren über Joyce Glassman erreichen, 65 West 68, mach Dampf. Stücke! Aufführungen! Aus der Autorenloge auf die Bühne springen, um blumige Reden zu halten! Homburger! Opern! Rotes Futter in schwarzen Mänteln! Millionen! Geld! Fotzen! – Betrunken auf der Bowery wie Jack Dempsey! Mit Stanley Gould im Ritz auf den Kopf fallen! Frühmorgendliche Whiskey Sour im White Horse! Mülleimer auf Caitlin Thomas schmeißen! Die Füße von Nonnen küssen! – Ist euch Ratten eigentlich klar,

---

12 Kerouacs Theaterstück erschien erst 2005 im Druck . (A. d. Ü.)

dass die Väter der Kirche St. Francis of Assisi 34th Street New York tatsächlich eine Messe für mein geistliches und weltliches Wohl lesen, auf Bitte von
zwei geheimen Dostojewski'schen Nonnen in einem Kloster in Connecticut,
wegen der Sachen die ich im Fernsehen gesagt habe? Ich hab mein Stück in 24
Stunden geschrieben, nicht weniger, konnte nicht schlafen, bis es geschafft war,
siehst du. – alles spricht fürs Spontane. Und jetzt kommt die große Meldung,
die ich machen wollte: ALLEN! du wirst in dem Stück Allen Ginsberg spielen! auf nach NY und werde ein großer Schauspieler, schreie Rimbaud auf der
Bühne, wälz dich zwischen Mutter und Tante des Bischofs in Neals imaginä-
rem Wohnzimmer! es handelt vom Abend mit dem Bischof, zuvor ein Tag beim
Pferderennen und im ersten Akt eine Szene in Al Sublettes Küche mit dem
großen Al Hinkle und dem kleinen Charley Mew! Eine Komödie! der Dialog
ergießt sich wie Wasserfall über die Seiten! – große Rolle für Peter als Peter,
wenn er »can't recall the hours, flowers« singt (Peter schick mir bitte Titel und
Text dieser tränendrüsigen Rock-and-Roll-Nummer, ich will sie rechtzeitig ins
Skript einarbeiten, damit die großen Produzenten mit Zigarren im Mund sie
verstehen können * – tolle Rolle für Peter, zuletzt schreien Peter Allen und Jack
dem Bischof ein heilig heilig heilig entgegen … ich hab den Verdacht, dass ich
damit das amerikanische Theater neu erschaffen habe … es ist noch nicht mal
getippt! Ich hab's eben erst fertig! Leo Garen fährt nach Florida, um es sich anzuschauen! Flugzeuge hoch über mir in der Luft! – Wenn ich um Neujahr N. Y.
zurückgehe, kümmere ich mich wieder um das Burroughs-Manuskript, einstweilen hat es Don Allen, ich habe Joyce Glassman Philip Rahv anrufen lassen,
Antwort demnächst … Peters Gazelle auf Mond schön … alles schön, Gregory,
Allen, alles … Mein jüngstes Gedicht geht so: »Fleisch der Zahler/Geist stellt
Rechnung.« (Ich nenne diese Kleinen »Emilies«) – Allerjüngstes Gedicht: »I
wooed her with the soft young glue.« – uuu – (nämlich um Amerika, ich war
einst jung). Schrieb ein Gedicht »Schämte mich zu sehr Jesus Christus mein
Arschloch zu zeigen« und am nächsten Tag hatte ich Hämorrhoiden.
Jean-Louis

P. S. Du hast den Prozess in SF gewonnen. Mein Geld ist noch nicht da – bald!
P. S. Deutschland hat grade *On the Road* gekauft, Rowohlt Verlag.
Allen – an Geld bis jetzt nur die Kohle für eine Kurzgeschichte bekommen –
aber mehr im Anzug und im Januar $ 8000 Tantiemen! Wann und wie und wo
willst du deine Kohle? (Gerücht in N. Y., dass ich sie dir nicht geben will!)

Allen Ginsberg [Paris, Frankreich] an
Jack Kerouac [o. O., Orlando, Florida?]

13.–15. November 1957

13. Nov. 57 Paris

Lieber Jack:

Gregory hat seinen Brief vorbeigebracht, ich lege noch eine Seite bei und spare
Briefmarken und versichere dir, wir sind immer noch hier, nicht über den At-
lantik gehüpft – dass ich so still bin, liegt bloß daran, dass ich vor einem Riesen-
berg unbeantworteter Briefe sitze, grade zwei Wochen mit asiatischer Grippe
krank im Bett gelegen habe, bis grade eben, und Buch über Apollinaire lese
und mehr Französisch lerne. Plötzlich kann ich Französisch ein bisschen besser lesen – nicht genug, um Bücher zu lesen, aber genug für Gedichte, die ich
in Büchern zitiert sehe – ich fahre voll auf französische Dichtung ab, ging in
eine große Buchhandlung, sah französische Übersetzungen ganzer Stücke von
Majakowski, Broschüren mit guten schrägen Gedichten von Jessenin, dann
die Riesenregalreihen mit französischen Bohemiens des XX. Jahrhunderts,
Max Jacob, Robert Desnos (eine Französin sagt, ich sehe im Profil wie Desnos aus), Reverdy, Henri Pichette – ihre ganzen kolossalen Bücher, Fargue,
Cendrars etc., Namen, ich hab sie nicht gelesen, nur von jedem ein paar gelesen, alle persönlich und lebendig, Prevert, und die ganzen schrägen Surrea-
listen, deshalb will ich Französisch verbessern und sie mir reinziehen, nichts
übersetzt, und alles prima Kerle, das erkenne ich an den seitenweise großzügig
ausgebreiteten langzeiligen Schreibereien, die sie hier jetzt seit fünfzig Jahren
veröffentlichen – was für schmerzliche Schätze für Grove oder City Lights,
wenn irgendeiner mal genug Zeit und Intelligenz haben würde, um sie alle zusammenzustellen und herauszugeben und zu übertragen, wäre großartig in
den USA zu lesen – das meiste echt so gut wie unbekannt. Auf jeden Fall wird
mein Französisch zu meiner Freude besser, und eines Tages werde ich wie R.
[Richard] Howard sein und französische Bücher bei mir zu Hause in Paterson
haben und sie vielleicht genießen können.
Gregory siehst du ja selber, schon in Frisco wurde er besser, und ist seitdem
noch besser geworden, und ist jetzt noch reifer, und ist wie ein Apollinaire,
produktive und goldglänzende Zeit für ihn, auch in seiner Armut wunderbar,
wie er hier von Hand in Mund lebt und durchhält, Tag für Tag, bettelnd und
tricksend und werbend, aber er schreibt Tag für Tag wunderbare Gedichte wie
das beiliegende – schon genug beisammen für weiteres tolles Buch seit City-

Lights-Manuskript vom letzten Monat. Gregory ist in seiner inspirierten goldenen Phase, wie in Mexiko, aber noch mehr, und nüchterner ernster, ruhiges Genie, jeden Morgen nach dem Aufwachen tippt er zwei bis drei Seiten Gedichte aus der Nacht davor, grenzen an Absonderlichkeit, und jetzt geht er noch weiter, wird in eine klassische Phase eintreten und möglicherweise konstruktivistische Gedichte bauen und große Formen probieren, sein Genie strotzt von Absonderlichkeit.

Wir bekommen auch massenhaft klasse Junk, besser als alles, was ich je mit Bill oder Garver hatte, so reines Horse, dass wir's sniffen, einfach sniffen, keine hässlichen viaginalen Nadeln, und Kick fast so gut wie beim Schuss, aber länger anhaltend und auf lange Sicht stärker. Hier auch sehr billig, und das bei Besuchen im Louvre.

Paris noch gar nicht erkundet, nur meterweise, noch steht feierlicher Besuch von Friedhof Per Lachaise aus, Apollinaires Menhir (MENHIR) besuchen, und Montparnasse zu Baudelaire.

Granit von Efeu umrankt.

Ich saß weinend im Cafe Select vorige Woche, früher Stammlokal von Gide und Picasso und dem feinen Jacob, und erste Verse einer großen feierlichen Elegie auf meine Mutter geschrieben –

»Leb wohl
mit langem schwarzem Schuh
Leb wohl
rauchende Korsetts und Spanten aus Stahl
leb wohl
kommunistische Partei und zerrissener Strumpf
O Mutter
Leb wohl
mit sechs Scheiden und Augen voller Zähnen und langem schwarzem
    Bart um die Scheide
O Mutter
leb wohl
Klavierspielstümpernd drei Lieder die du kennst
mit einstigen Liebhabern Clement Wood Max Bodenheim meinem
    Vater
leb wohl
mit sechs schwarzen Haaren auf dem Wulst deiner Brust

mit deinem hängenden Bauch

mit deiner Furcht vor Oma die sich am Horizont anschleicht

mit deinen Ausredeaugen

mit deinen Fingern wie faule Mandolinen

mit deinen Armen wie fette Veranden in Paterson

mit deinen Schenkeln wie unabwendbare Politik

mit deinem Bauch wie Schornsteine und Streiks

mit deinem Kinn wie Trotzki

mit deiner Stimme die für die heruntergekommenen völlig kaputten
    Arbeiter sang

mit deiner Nase voll miesem Sex mit deiner Nase voll vom Sauregur-
    kengeruch in Newark

mit deinen Augen

mit deinen Augen wie Tränen für Russland und Amerika

mit deinen Augen wie Panzer Flammenwerfer Atombomben und
    Kampfflieger

mit deinen Augen wie falsches Porzellan

mit deinen Augen wie Tschechoslowakei von Robotern attackiert

mit deinen Augen wie Amerika sündengefallen

O Mutter O Mutter

mit deinen Augen wie Ma Rainey sterbend in einer Ambulanz

mit deinen Augen wie Tante Elanor

mit deinen Augen wie Onkel Max

mit deinen Augen wie deine Mutter im Kino

mit deinen Augen wie du patzt am Klavier

mit deinen Augen wie du von Polizisten in der Bronx zur Ambulanz
    abgeführt wirst

mit deinen Augen wie du irrsinigerweise in die Abendschule zum Mal-
    unterricht gehst

mit deinen Augen wie du im Park pisst

mit deinen Augen wie du im Bad schreist

mit deinen Augen wie du am Operationstisch festgeschnallt wirst

mit deinen Augen wie dir die Bauchspeicheldrüse entfernt wurde

mit deinen Augen wie Abtreibung

mit deinen Augen wie Blinddarmoperation

mit deinen Augen wie entfernte Eierstöcke

mit deinen Augen wie Frauenoperationen

mit deinen Augen wie Schreck
mit deinen Augen wie Lobotomie
mit deinen Augen wie Schlaganfall
mit deinen Augen wie Scheidung
mit deinen Augen allein
mit deinen Augen
mit deinen Augen
mit deinem Tod voller Blumen
mit deinem Tod wie das goldene Sonnenscheinfenster …«

Ich schreibe am besten wenn ich weine, ich habe überhaupt viel über dieses Weinen geschrieben, und Idee zu großer erweiterbarer Form eines solchen Gedichts, werde es später fertig schreiben und große Elegie daraus machen, vielleicht stellenweise weniger Wiederholung, aber ich muss einen Rhythmus hinkriegen zum Weinen.

Zu Lafcadio: Gute Neuigkeiten, plötzlich erschien der lang verschollene Vater Orlovsky auf der Bildfläche, kam zu Besuch, versprach $ 10 die Woche Unterhalt für Familie, sprach ernst und würdevoll mit Laf, die Krisen im Haus hören nicht auf, sind aber nicht mehr so kritisch, keine Verrücktheiten mehr, kann also warten mit Peters Rückkehr – uns war beim Schreiben nicht klar, dass du schon aus NYC weg warst – inzwischen hat uns Joyce Glassman geschrieben und vorgeschlagen, dass sie bei Donald Cook nachfragt, die Situation dort ist also im Griff und wir haben vernünftigen guten Brief von Laf bekommen, er hat Bart, sagt er, und wird ein großer Raum-und-Zeit-Künstler werden und zeichnet unentwegt und hat uns ein feuerrotes Gesicht in Kreide vom Raumfahrer-Mystiker Laf mit roter Schutzbrille geschickt.

Sag Bescheid, wenn Stücke fertig sind. Ich glaube, schmink dir das Beat-Generation-Gerede ab und überlass es andern, das ist bloß eine Idee, lass dich nicht von ihnen beschwatzen, dass du zu sehr auf Slogans abfährst, egal wie gut, lass Holmes das alles schreiben, so wie »S. F. Renaissance« zwar stimmt, aber keine große Sache (für uns). Ich vermeide es lieber allgemein von SF zu reden, als ob es ein Ganzes wäre. Du machst dich nur wild mit Publicity-NY-Politik, wenn du sie lässt oder dich aufgerufen fühlst die BEAT-Trommel zu schlagen – du hast zu viel anderes zu bieten, um dich daran zu fesseln und jedes Mal darüber reden zu müssen, wenn jemand deine Meinung zum Wetter hören will – es wird dir nur peinlich werden (ist es dir wahrscheinlich schon) – Dieses Kind soll lieber Holmes schaukeln. Wenn dich nächstes Mal jemand fragt, sag es war einfach so ein Spruch, den du eines schönen Tages ausgespuckt hast, und er bedeutet etwas, aber nicht alles. Sag ihnen, du hättest sechs Scheiden.

[...]

Mason Hoffenberg hat Bills Manuskript [*Naked Lunch*] gelesen und es zum allerallergrößten Buch aller Zeiten erklärt, das er je gelesen hat, Mason hat es Olympia [Press] gegeben und versichert mir, dass es genommen wird (Mason hat für den Verlag ein Pornobuch geschrieben und kennt die Leute und ist auch Berater), er ist überwältigt von WSB und nach seiner Reaktion habe ich großen Erleichterungsseufzer ausgestoßen, ich glaube alles wird gut mit dem Buch, es wird hier in Gänze erscheinen, ungekürzt. Derweil hat Bill mir noch mal dreißig Seiten geschickt und sagt, es kommen noch mal hundert mit neuer ultimativer Figur wie »Großinquisitor«, die das ganze Buch in einem Gesamtthema zusammenfassen wird, einen einzigen Strom und interzonalen Zeitrahmen, und alle Lücken schließen und alles in vollkommener Ordnung und Wonne vereinen, also.

Ich nehme an, es wird hier dann im Frühling erscheinen. Ich rechne diese Woche mit einem Bescheid und werde dann Bill benachrichtigen. Falls. Ich glaube, es wird hinhauen, sie werden es nehmen, wenn auch zu lausigen Bedingungen, sie zahlen nur $ 600 pro Auflage (d.h. bei Neuauflage bekommt er noch mal 600) aber ich will versuchen einen ordentlichen Vertrag zu bekommen, der alle Zeitschr.rechte für *Evergreen* Bill vorbehält etc. Ich muss [Sterling] Lord kontaktieren und Namen seines Pariser Büros erfahren, damit sie die rechtlichen Sachen regeln, da ich nicht persönlich für noch so einen Reinfall wie mit Wyn verantwortlich sein will. Allerdings sind bei der prekären dubiosen Olympia die Veröffentlichungsbedingungen offenbar zwangsläufig ungünstig und man kann nicht viel machen als eben, was die Hauptsache ist, das Buch ein für alle Mal gedruckt kriegen. Vielleicht gehe ich zu nervös und zu übereilt vor, bloß um das Buch gedruckt zu kriegen ohne Rücksicht auf halluzinative Ehren der Branche, die Bill verdient hat und einfordern könnte – was meinst du? Ich weiß nicht, ich wäre froh, wenn es endlich angenommen würde. Aber ich sehe zu, dass Lords Pariser Büro eine Auge darauf hat.

[...]

Ich kriege massenhaft Briefe, auch von vielen unbekannten jungen Geschäftsleuten, die mir tränenreich zu meiner Freiheit gratulieren und sagen, sie hätten ihre Seele verloren. Ich muss ihnen allen antworten und mehrere Dutzend Briefe schreiben – weshalb ich selten in Schreibmaschinennähe gehe, weshalb ich dir nicht geschrieben habe. Und dann bin ich LaVigne sechs Briefe schuldig, und Whalen, und McClure hat wieder angefangen mir zu schreiben (ihn packte der Wahnsinn, als er dein *Blues*-Buch sah, offenbar zeigt Ferl es herum) und nannte es das größte Gedicht seit Milton – sagte auch, er hätte beim Lesen von *Road* geweint, bei der Pissoirszene mit Neal, wo ihr streitet. Und Bill schulde ich immer Briefe – und mein unvollendetes Projekt, noch einen Fünfzigseitenbrief an dich über die Fortsetzung unserer Europatour zu vollenden – hab dir immer noch ganz Italien und Wien und München und Amsterdam zu erzählen – wird bald geschehen – und tippe Gedichte, was ich selten tue – es fehlt die Zeit für die vielen großen blumigen Werke. Du musst von solchen Sachen begraben sein, mehr als ich, ich wünschte, ich wüsste Genaueres. (Ach so, ich habe Lords Adresse gefunden, lass gut sein.)

Immer noch kein Zeichen von Genet. Welchen Roman schreibst du grade? »Zizi's Lament« ist übrigens über eine neue Krankheit, zu der wir Bill einen Zeitungsausschnitt geschickt hatten, KURU, verwandt mit asiatischem Amok und Latah, eine Lachkrankheit, »wo sich ganze Dörfer krank- und totlachen«. Ich fand die Platte saumäßig (hab sie hier Malerhipstern vorgespielt und mich kaputtgeschämt), aber Ferl meint, ich sollte eine neue komplette LP sprechen, die er dann bei Fantasy Records rausbringen will (alles unterschrieben und geregelt), werde also ganzes Buch und auch neue Gedichte aufnehmen, sobald ich nach Grippe Stimme wiederhabe. Meine Platte bei Grove ist zensiert und ich bin wütend, mein eigener Ton ist mir peinlich, denn in dieser speziellen Lesung habe ich in Teil zwei und drei (die sich unter Tränen in Schönheit und unblödeliger Intensität steigern) wirklich tränenreichen Ernst bewahrt – und ich bat Grove diese beiden Teile auf die Platte zu drucken – Vorschlag wurde ignoriert – inzwischen glaube ich, dass diese Platte ein einziger Murks ist – sie haben sich den großen Brocken entgehen lassen, diese Geier. Doch es spielt eigentlich keine Rolle. Außerdem bringe ich demnächst gute Platte raus, oder auch nicht gut, aber jedenfalls. So empört, dass ich mein Expl. der Platte hier für 800 Francs für Essen verkauft habe (weniger als $ 2 für jemand, der nach England will). Buchhändlerfreund hier von Ferlinghetti hat große Schaufensterauslage mit fünfzig Expl. meines Buches[13] und verkauft jede Woche ein paar, was mir ein kleines Einkommen verschafft.

Bestseller Nummer wie viel bist du derzeit? Wie traumhaft das alles ist. Gott sei Dank. Neal will $ 5000, oder hat er nicht geschrieben? Wir beide haben

---

13 Besitzer des Mistral Bookshops war George Whitman, ein alter Freund von Lawrence Ferlinghetti.

über dein Geld gesprochen, unsere Fantasien und Ansprüche, aber was wir auch in die Krallen kriegen, an Neals ultimative Große Forderung von fünfzig- oder zehntausend für Pferderennen wird es nicht rankommen. Was willst du unternehmen? Ich sollte ihm einen Brief schreiben. Ich frage mich, was er sich vorstellt. Als der *Howl*-Prozess vorbei war, verkündete der *SF Chronicle* das Ergebnis in einer Riesenschlagzeile über die ganze Titelseite – was er sich wohl gedacht hat? – und hat er dich im Fernsehen gesehen?

[…]

Ich habe nie ein Expl. von *Road* bekommen, falls du mal Zeit findest, das Nötige anzuschieben. Sag Viking, in Paris ist kein einziges Exemplar im Verkauf und sie könnten auch hier ein Vermögen machen. Auf Englisch – auf jeden Fall mehrere hundert Stück. Vermutlich zu wenig auf Lager.

Mit Verlaub, ich war es, der Ferl vor einigen Monaten zum 10. Mal vorschlug, dass er dein *Blues* noch mal für City Lights liest. Ich hab ihm auch gesagt, er soll Bills Buch im Hinblick auf einen kurzen druckfähigen ausgewählten Burroughs lesen – vielleicht *Word*. Doch ob jetzt mein Vorschlag ihn dazu veranlasst hat oder nicht, wenn er dich wegen deinem Buch kontaktiert (er wird wahrscheinlich etwas tun, nehme ich an) dann erinnere ihn, dass er Bills liest, und lass es ihm zukommen, wenn Grove damit durch ist, ich könnte mir vorstellen, er macht es. Auf die Art gäb's was von Burroughs in USA. Bei Durchsicht deiner letzten Briefe nach unerledigten Sachen. (Peters Brief nach Venedig nie bekommen.)

Mein Vater und Bruder schreiben, du hättest im Fernsehen wirr und sonst wo gewirkt, warst du high? Ich vermute, sie haben das verrückte Drama nicht mitgekriegt, Traum.

Bekam langen verrückten Rimbaudbrief von einem Jungen in Bordentown Reformatory.[14] Schrieb darauf verrückten Rimbaudbrief an [Rosalind] Constable und meinte, Luce sollte mich (und dich) (und Peter und Greg) auf Geheimreise Russland schicken. Sie meinte, sie hätte den Brief weitergegeben, wer weiß? Und wünschte uns alles Gute, war traurig, in unserer Größe. Hab Gary geschrieben. Whalen in N. W.

Lieben Gruß,
Tränen und Küsse
Allen

---

14 Der Dichter Ray Bremser saß zu der Zeit in diesem Gefängnis in New Jersey ein.

15. Nov.: Olympia [Press] hat Bills Buch abgelehnt, aber werde versuchen sie umzustimmen und könnte es schaffen. *Partisan* hat mir $ 12 für ein Gedicht geschickt und ich ihnen drei Corsos. Wir könnten Anzeigen gratis kriegen und um $ werben, um Bill selbst zu veröffentlichen oder per Subskription im schlimmsten Fall.

Jack Kerouac [Orlando, Florida] an
Allen Ginsberg [Paris, Frankreich]
30. November 1957

Lieber Allen:

Dein Gedicht ist sehr schön, vor allem »Augen wie Ma Rainey sterbend in einer Ambulanz« (warum schreibst du nicht »Aumbulanz«, das hieße dann Aum-Fahrzeug ...) ... na, und Gregorys »Süßelchen im Sonnenbogen« wirklich fantastisch ... Ich schreibe das grade sehr betrunken, verzeih, auch ich habe tausend neue Gedichte, aber ich bin müde und zu müde, um dir welche zu schicken ... später. Ich fahre in drei Wochen nach NY, um zweimal am Abend im Village Vanguard aufzutreten und meine Prosa zu lesen, fange mit *Road* an und schiebe später *Visions* und *Poems* nach ... ich mach es für viel Geld die Woche und wenn das mich nicht zum Säufer macht, dann überhaupt nie was ... im Grunde stehe ich diesem Abenteuer skeptisch gegenüber, aber das Geld ist nötig. Holly[wood] wird mein Buch wahrscheinlich gar nicht kaufen, Brando ist ein Scheißkerl, antwortet nicht auf Brief von größtem Schriftsteller in Amerika und dabei ist er bloß ein lumpiger Hofnarr auf der Bühne, bin sauer, deine $ 225 schicke ich dir also sobald ich kann, wahrscheinlich Dezember oder Januar, wenn ich Tantiemen bekomme, keine Sorge, und damit hast du die Rückfahrkarte auf jeden Fall sicher. Wie du mir die Hinfahrt ans andere Ufer bezahlt hast, bezahle ich dir die Rückfahrt. Ohne Verkauf Film habe ich eigentlich nicht viel mehr als die Kohle von *T & C* [*The Town and the City*], eine Schande. Ihr habt euch alle wegen nichts verrückt gemacht. Ich bleibe Bhikku, bis ich sterbe. Aber ich hoffe, als Nachtclub-Unterhalter lerne ich Produzenten u.a. kennen und ich werde abgehen wie ein cooler KLANGMUSIKER wie Miles Davis und hoffentlich nicht zu viel trinken. Ich werde in drei Wochen in Henri Crus Bude wohnen, 307 West 113th St. [Paul] Carroll von *Chicago Review* bat mich ihm Sachen zu schicken, ich habe ihm »Lucien Midnight«-Gedichte geschickt (neue, die du noch nicht kennst, erst gestern Nacht geschrieben) und andere

Gedichte. Jay Laughlin wird einen Auswahlband von *Visions of Neal* machen, vielleicht einhundert Seiten bester Prosa, als schicken schlanken Privatdruck für $ 7,50, erst mal zum Einstieg, sagt er, ist brieflich sehr nett und höflich und hat mir kleine Broschüre seiner wirklich ganz ausgezeichneten Gedichte geschickt. Er ist ein sehr guter Dichter. Mir graut vor diesem bevorstehenden New-York-Trip, aber ich bin hier unten dick und träge geworden. Ich werd diesen Trip wahrscheinlich in der Bowery beenden, aber wie Esperanza immer sagte: I DUNT CARE. Nein, Gregory, ich werde nicht auf Luciens Fußboden in Tränen ausbrechen, Lucien sorgt dafür, dass ich glücklich lache. Lucien ist mein Bruder. Diesmal werde ich Laff auftun und ihn unter meine Fittiche nehmen, wenn er in die Stadt kommt. Mit Kohle vom Vanguard werde ich Ölfarben kaufen und weitere heilige Bilder der Jungfrau Maria malen, meiner Mutter, und deiner Mutter, Mutter. Bin ungeheure endlose nacktköpfige Riesenwolke und nicht mal mehr für Irrenhäusler verständlich, was für ein Schicksal für einen schlichten Footballspieler! Hab einen Irrenhausbrief von einem gewissen B. Zemble bekommen und schicke ihm ein spontanes Gedicht zurück, Gregory würde drüber ausflippen, so verrückt ist es […]
Mit andern Worten, ich habe Gregorys Geheimnis entdeckt, weil ich so listig und irre bin. Aber ist mir egal. Ich bin mittlerweile ziemlich guter Romancier, mein Werk in Arbeit zurzeit ist *The Dharma Bums* über Gary [Snyder] und 1955 und 56 in Berkeley und Mill Valley und ist echt besser als *On the Road*, wenn ich bloß nüchtern genug bleiben kann, um es fertigzukriegen, jetzt wo ich weiß, dass ich mich mit den üblen Gilbert Millsteins in New York zum Riesenrindvieh machen werde. Wenn ich den Verkauf von *Road* an Film schaukeln kann, auf dieser Spritztour, dann kommt Brando mich vielleicht im Nachtclub gucken, ich werde einen Treuhandfonds gründen und auf der Zen-Spinner-Straße entschwinden und ihr könnt alle mitkommen. Das ist meine Aufgabe bei diesem trostlosen Tun. »Das ganze mittelalterliche Europa in einem Zoll Shakespeare«, habe ich gestern Abend geschrieben, wo es heißt: »Poor perdu! thin helm!«[15] Wow. Außerdem lese ich grade *Don Quijote*, wahrscheinlich das gottvollste Werk eines Sterblichen überhaupt, Gott sei gedankt für Spanien! Alle Lebewesen sind natürlich *Don Quijote*, denn Leben ist Illusion. Ho ho ho ho ho ho ho ho ho ho ho ha ha aha ah woeieield.!« Ich werde also dein Geld bald schicken, All, keine Sorge, Alle, übers, ober und hast du den Brief bekommen, den ich dir vor einem Monat zur Weiterleitung an Burroughs geschickt

---

15 King Lear IV,7, etwa: »Armer Verlorener, mit dünnem Helm (des Haars).« (A. d. Ü.)

habe? Na, ich werde dir später schreiben. Ich bin genervt und traurig und wütend und schreibe grade einen großen Roman, *The Dharma Bums*, wow, wenn sie den erst zu lesen kriegen! Wie klasse Gary darin ist, und Whalen ... du wirst sehen. Einstweilen habe ich nicht mehr zu sagen als: Wir werden alle sterben. Neal schreibt nicht. Neal klasse. Neal sagt: »Ha! Ich werde jetzt dem Sieg erliegen«, während er mit mir Schach spielt, zum Hohn auf meine Bemerkung, ich würde ihn Schachspiele gewinnen lassen, weil ich Bodhisattva ... Ich hab auch ein klasse Stück über Neal geschrieben, das im *Herald Trib* erwähnt wurde, und jetzt lesen es vier Produzenten, aber es ist elend kurz, aber das macht nichts ihr sweet daddies bitte betet, dass ich im April zu euch kommen kann, weil ich euch umarmen will, arme Perdus. So, hier spricht John the Roi: Nicht auf das candy gal treten.
Joh Perdu

Allen Ginsberg [Paris, Frankreich] an Jack Kerouac [New York, New York]

5. Dezember 1957

Lieber Jack:
War gestern Nacht high auf Junk und dachte an dich, sagte mir, wir dürfen – jetzt wo wir berühmt sind – uns nicht vom unterschiedlichen Grad unseres Ruhms oder Ruhmeswelten auseinanderdividieren lassen, sondern müssen in unberühmter Einsamkeit näher zusammenrücken, Brüder, ich lege das nur als Zusatz zu Peteys Brief bei und mache es deshalb nicht länger, sondern werde langen Brief schreiben. Ich dachte wieder an das, was du schreibst. Ja Brando muss ein Scheißkerl sein, es geht ohnehin schon zu lange, dass er überhaupt nie mit uns in Kontakt getreten ist und inzwischen schlechte Filme macht, ein erbärmliches Karma. Ferlinghetti hat mir gestern $ 100 geschickt, wir haben also zu essen, ich habe Gregorys $ 20 Mietrückstand bezahlt und er ist vorübergehend bei uns eingezogen und wir haben Genet und Apollinaire Schweinkram gekauft und ein Heftchen mit Junk und eine Streichholzschachtel mit schlechtem Kif und eine große teure Literflasche mit allzweckiger Maggi-Würzsauce. Ach, dieses Village Vanguard klingt potenziell trostlos, sie werden dir nicht zuhören, ich wünschte, wir wären da, um die Stimmung der Leute zu heben und sie aufzurütteln, so wie du's für uns in SF gemacht hast, aber vielleicht wird ja alles gut – du solltest es wie ein Heiliger machen, zu ihnen sprechen auch wenn

es demütigend ist, vielleicht wird es das ja und trotzdem prima – viel Glück und trink nicht zu viel und hadere nicht mit NYC. Wäre eine Wucht dabei zu sein, du klingst einsam angesichts NY, ich wünschte ich könnte diesen Irrsinn dort mit dir teilen. Keine Eile jetzt mit den $224, Grove Press wird siebzehnseitiges mexikanisches Gedicht »Xbalba« bringen und es wahrscheinlich diesen Monat bezahlen, und ich habe noch $35 von Feldmans Beat-Generation-Anthologie bei Citadel (darüber wirst du Bescheid wissen) (für Abdruck von *Howl*) und es kommt auch noch Geld von City Lights – ist dir klar, dass ich bis jetzt (zusätzlich zu zweihundert Freiexemplaren) von ihnen wunderbarerweise $200 bekommen habe? Du wirst ein bisschen Kohle in ähnlicher Höhe für *Blues* kriegen, wenn sie es drucken. Also schick das Geld wenn du es hast, ich bin überhaupt nicht sauer oder so (du erwähnst es oft, da dachte ich, du denkst, ich bin ungeduldig) und hatte vor Neujahr eh nicht damit gerechnet. Die Nachricht von *Visions of Neal* ist klasse, das ist die große Prosaperle, was werden sie auswählen und warum nur hundert Seiten? Hoffe vielleicht später für Burroughs Ähnliches. Olympia hat Manuskript abgelehnt. City Lites sehr interessiert auch Burroughs zu sehen. Don Allen braucht zu lange. Bill schreibt, er baut es peu à peu zu großer sorgfältig angelegter Struktur aus – das vorliegende Manuskript wird in die Lücken des neuen leviathanischen Konzepts eingepasst werden müssen – mehrere hundert Seiten davon schon fertig, sagt er – und wird nach Neujahr in Paris sein. *Partisan Review* hat jetzt nach langem wilden Brief von uns zwei Gedichte von Gregory genommen – sollte sie bewegen, Passagen aus *Visions of Neal* vorabzudrucken, bevor ND [New Directions] damit rauskommt. Sie haben auch zwei Gedichte von Levertov genommen – die Pest grassiert (haben wir ihnen geschrieben). Brief von Holmes, er kommt Weihnachten her. Und Parkinson nicht gesehen doch seit gestern in der Stadt. Peter und Gregory malen viel, Peter merkwürdige rote Engel auf roten Bäumen, Gregory macht an unserer Wand diese Woche sprühende Abstraktionen auf Leinwandpapier. Ich schüchtern, wage deshalb Pinsel nicht anzurühren – auch der Grund warum ich so wenig schreibe, aber ich komme drüber weg, glaube ich, hoffe ich, ich schäme mich derzeit so dürftig und wenig zu schreiben. Kläglich. Schäme mich wie eine Birne. Ist G. Millstein übel, außer dass er voller NY ist? Seine Besprechung rührte zu Tränen. Van Doren, du erinnerst dich, stand immer auf Don Q., und ich stand auf letzten Seiten, wo er »erwacht«. Hab deinen Brief an Burroughs weitergeleitet, er dir noch nicht geschrieben? Ich glaube, ich komme bis auf weiteres noch nicht nach Hause, sondern bleibe noch sechs Monate hier in Paris und dann vielleicht mit dir und

Bill im Frühjahr Reise nach Osten – erst will ich nach Moskau wenn's geht, danach den Erdball umrunden. Ich will eine große Vision haben, bevor ich in die USA zurückkehre. Komm bald nach Paris wenn du kannst Süßer. Ich dachte gestern Abend, du schreibst nur gut (abgesehen von der Prosa) über die, die du im Geiste liebst – Bill, Lucien, Neal, Huncke, deinen Vater – das heißt die, die deine Väter sind, die dir eins auf die Nase geben, und nicht über uns, die dir die Füße küssen (einstweilen ich und Peter) – was du mit Phil und Gary machst, über sie – mit genauen traurigen 3-D-Details und nicht Begebenheiten nur schnell runtergehaspelt wie in *Desolation*. Vielleicht malst du mich und Peter eben nicht genau aus Sorge, uns zu verletzen (mit dem, was du siehst) – aber ich würde lieber in tragischer Genauigkeit beschrieben als en passant als fröhliches Kerlchen geküsst werden. Aber schreiben erschöpft. Schöne junge versteckte Bar hier in Rue Huchette mit ausgerissenen existenzialistischen Schuljungen von siebzehn und ihren fünfzehnjährigen Freundinnen, niemand hat 40 Franc für ein Glas Wein, wir nahmen Ansen mit, um sich Jungen mit schulterlangen Haaren und D'Artagnan-Bärten anzuschauen. Peter in einem Monat in NYC, hoffen wir jedenfalls, und wird dich vielleicht mit Laff im Vanguard besuchen. Lieben Gruß, bleib uns treu, ich gebe in Antwort wieder, was du für mein Gefühl in deinen Briefen auch schreibst.
Allen

Jack Kerouac [Orlando, Florida] an
Allen Ginsberg, Peter Orlovsky und Gregory Corso [Paris, Frankreich]
10. Dezember 1957

Lieber Allen und Peter und Gregory:
Grad heute eure wunderbaren Briefe gekriegt und nicht mal die Zeit gehabt, sie noch mal zu lesen und verdauen, und doch möchte ich aufspringen und sofort antworten mit Blablablas … Was ich sagen will, habe grade meinen leuchtenden neuen Roman *The Dharma Bums* über Gary [Snyder] fertig geschrieben, die echte Wäldlervision von Gary, nicht surrealistische romantische Vision, meine eigene reingeistige wahrselbstige Waldvision des Ti Jean aus Lowell von Gary, nicht was euch wirklich besonders gefallen wird, obwohl durchweg wirklich eine Menge Zen-Spinnerei drin ist und vor allem: die ganzen ungeheuer vielen Details und Gedichte und Ausrufe von *The Dharma Bums* end-

lich zusammengerafft in einen rauschenden Erzählfluss auf einer hundert Fuß langen Schriftrolle. Ich hab also Cowley geschrieben und es ihm gesteckt, und wenn Cowley es nicht bringen will, wird's jemand anders machen, denn es ist wie *On the Road*, echt muskelstrotzende Prosa. Aber wenn *Subterraneans* im Februar rauskommt, werde ich furchtbar stolz sein, dass ein richtig schönes Gedicht von mir endlich erschienen ist, und das nächste Ziel ist: *Doctor Sax*. Am *Subterraneans*-Manuskript habe ich in tagelanger Arbeit die Verschandelung durch Don Allens Kommas und dämliche Änderungen rückgängig gemacht … und jetzt ist es ursprünglich, leuchtend, rhythmisch, all das, was eine zukünftige Literatur von tollen jungen Kerlen verheißt. Darf ich sagen, Peters Gedichte über rote Fußspur im Schnee ist richtig große Poesie, ich erkläre hiermit Peter Orlovsky zum großen amerikanischen surrealistischen Dichter erster Güte. Peter, ich hoffe, du bist wirklich in einem Monat in New York und wie gesagt, ich werde bei Henri Cru sein, aber KOMM DORT AUF KEINEN FALL HIN! Henri hat meinethalben das strikte Gesetz erlassen, dass ich dort wohnen kann VORAUSGESETZT keiner meiner Freunde kreuzt auf, also ruf mich einfach dort an, und wir machen irgendeinen Treffpunkt aus, den wir gern hätten, Fugazzy, Helen Elliott, Joyce, wo auch immer, überhaupt Peter, wie wär's du steigst bei Joyce Glassman ab in ihrer neuen Anschrift 338 E. 13, wo sie eine total riesige Bude hat mit großer Küche und allem, wo du wohnen kannst, weil ich bei Helen W[eaver] landen will. Ich hab grad Laff einen langen Brief geschrieben, dass ich ihn treffen werde. Ja, Al, ich weiß, Lesung wird desaströs werden, aber ich denke ich werde sie zum Schwingen bringen, damit ich noch zwei weitere Wochen engagiert werde und dir dein Geld schicken und auch was beiseitelegen kann für meinen eigenen triumphalen Paris-besuch (trostlos, sich auf der Straße zu treffen) im März, wenn ich angebraust kommen und Burroughs, Ginsberg, Corso, Orlovsky, Ansen und Cocteau alle in einem Rotzbett antreffen werde, wollte sagen Rosenbeet, ich meine alle in einem Pott, ich meine alle auf einmal, außerdem hat Gallimard grade *On the Road* gekauft und mir Francs vorgeschossen und es wird auf Französisch 1958 in Paris erscheinen, jetzt haben also Genet und ich denselben Verlag. Offen gesagt, in den letzten zwei Monaten hat mich nichts anderes interessiert als mein Friede. Ihr wisst ja, was Christus sagte, wenn er in ein Haus kam: »Meinen Frieden bringe ich euch«, oder beim Gehen: »Meinen Frieden lasse ich euch«. Das ist der größte Kick überhaupt. Den ganzen Tag einfach dasitzen und nichts tun, sich an Katzen und Blumen und Vögeln freuen. Mein flinker Finger beim Gedichtschreiben ist flinkfingerig, aber Gregory du hast recht,

Schönheit ist langsam, aber weißt du, wenn du jetzt nicht auf deine eigene übersprudelnde Art sprichst, kann es sein, dass du für alle Zeit den Mund hältst, das war Shakespeares Gesetz, was meinst du, wie er so schnell und so viel und so gottvoll geschrieben hat? Das Hagedorngegraupel vom Narren Lear und der tanzende Narr und Edgar im Moor, das waren alles schnelle wilde Gedanken. O, ich pisste mehr Wasser als Matrose der mehreren Meere als Matts satter Aphorismus erlaubt, und hätte ich langsam und abwägend geschrieben, dürftest du mich dann Matt-Rose nennen. Ein aphoristischer Lionel Trilling, wie er wie Henry James seine imaginären Satzstrukturen abwägt. Poesie wäre die »Ode an den Westwind«!? Wach auf, Poesie ist Shakespeare und niemand als Shakespeare und komm mir nicht Poundsch und nicht Tolstoisch nicht ja nicht mit Widerreden! Shakespeare ist ein riesiger Kontinent, Shelley ist ein Dorf. Warum bestehst du drauf, Gregory, ANDERS zu sein und dir den abseitigen Shelley als Helden zu erwählen, warum hast du Angst wie alle andern zu sein und die Überragende Größe des Barden Will Shakespeare anzuerkennen? Wie, frag Burroughs nach Shakespeare, er hat Jahre mit dem Unsterblichen Barden auf dem Schoß verbracht … Burroughs gibt sich überhaupt selbst wie Shakespeare. Hör wie Burroughs redet. Lass dich vom Mächtigen Burroughs nicht täuschen. Gregory, du bist im Begriff mit dem größten heute lebenden Schriftsteller der Welt in Kontakt zu kommen, William Seward Burroughs, der ebenfalls sagt, dass Shakespeare das Höchste ist. Apollinaire ist auf dem Kontinent Shakespeare wahrhaft ein Kuhfladen auf der Wiese. Der größte französische Dichter ist Rabelais. Der größte russische Dichter ist Dostojewski. Der größte italienische Dichter ist Corso. Der größte deutsche Dichter ist wahrscheinlich Spengler, soweit mein wurstiges Wissen reicht. Der größte spanische Dichter ist natürlich Cervantes. Der größte amerikanische Dichter ist Kerouac. Der größte israelische Dichter ist Ginsberg. Der größte Eskimodichter ist Lord Bleaky Iglooloo. Der größte Burroughs'sche Dichter ist die Welt. Also, Jungs, wir sehen uns im März in Paris, und schüttelt euch keinen von der Palme, und hebt mir ein paar Mädels auf, und etwas Harry [Heroin], und kippt nicht die Tische um, und keine Bange, ist mir scheißegal […] und das war's dann. Ich bin betrunken. Wie ihr seht schreibe ich diesen Brief in betrunkenem Zustand. Okay. Sagt Alan Ansen, er soll in diese Schwulenbar gehen in derselben Straße wie Cafe Napoleon ungefähr fünf Straßen weiter, wo alle rumsitzen und Kaffee und Wermut nippend klassische Jukebox hören, ich war mal mit irischem Motorradfahrer aus Dublin da. Oder schmachtet Ansen nach langhaarigen Jünglingen aus Naturburschenhöhlen? Armer Ansen? Seinen Augen viel Segen, küsst seine Augen für mich! Hallo Ansen! Hallo Burroughs! Hallo da drüben ihr Mütter! Wie geht's euch? Hallo Allen! Augen wie Ma Rainey sterbend in einer Ambulanz! Es gibt Süßelchen im Sonnenbogen! die kleinen roten Monsterinnen spreizbeinig auf der Sonne! Der schwarze Cowboy! Das Haus ohne Speck! Hallo Peter Bruder, wie geht's Junior, küss den Boden auf dem du gehst! Hallo ihr ganzen Franziskaner! Hallo da drüben! nehmt noch einen Cognac! Hallo ihr Elenden … Ende der gloriosen Durchsage, Ende des Bla-Wusts, wir sehen uns alle in Paradies-Paris im März, da werden wir die Fackel des Heiligen entzünden.

Allen, weißt du, warum ich gesagt habe ich wäre größter amerikanischer Dichter und du größter israelischer Dichter? Weil du mit Americana erst was anfangen konntest, als du *Visions of Neal* gelesen hattest, vorher warst du ein großer Burroughs'scher Runtermacher von Americana. Erinnerst du dich an Hal Chase und die Wolfeaner und die Dunklen Priester? Plötzlich hast du Americana von Neal gesehen und allen, und konntest was mit anfangen, und hast sie ausgeschlachtet, doch dein Herz ist im Gebirge, o Stamm des Gebirges, Gebirge Judäas! Habe ich nicht recht? Du WEISST DASS ICH RECHT HABE. Burroughs' eigenes Americana ist mühelos, es ist Brad, wie er auf dem roten Ledersitz kommt, daher ist er durch und durch Americana, wie ich (mit Jugendgedichten an Americana) aber du bist erst später drauf eingestiegen. Das ist Wahrschau Ginsberg'scher Dichtungsgeschichte. Weil du kein Amerikaner bist, du bist ein Magier, und gehörst zur sehnsüchtigen neuen Kultur des 21. Jahrhunderts, die magisch sein wird, Orthodoxie, Höhlengefühl … deshalb können dich alte müde abendländische Franziskanermönche Italiens nicht überzeugen, weil du im Grunde ein Araber bist und vor allem ein aramäischer russischer Mutterlandsmann. Juden und Araber sind Semiten, und Juden und Araber und Russen sind alle im tiefsten Sinne Orthodox. Wenn du weitere Auskünfte möchtest, überweise 25 ¢ für Broschüre.

[…]

Also das ist ein komischer Brief, doch es ist alles wahr … Wenn ich im März nach Paris komme und mich betrinke und umkippe, könnt ihr mich alle in der Gosse von St. Denis tottrampeln und ich werde auferstehen und Hm hi h iii hii hii hi ha ha machen und Quasimodo sein und die blutigen blumigen Straßen des heiligen Herzens runterrennen und kleine Mädchen in Stücke reißen, ihr Lieben, und dann werdet ihr mich mit Lucien auf dem Old Smoky festsetzen müssen und wir kippen schwappende Eimer mit Wilson Rye Whiskey über euren beglückten Häuptern aus und krönen euch mit Gewindegewinn … nicht?

Jack Kerouac [New York, New York] an
Allen Ginsberg [Paris, Frankreich]

28. Dezember 1957

Lieber Allen ... Lieber Alleyboo:
Bin in Joyce' Küche und urplötzlich traurig brüte ich am Tisch vor mich (während sie zum Abendessen Hamburger macht) »Ich wünschte Allen wäre hier« und sie sagte »Geht schon, wir haben genuch Fleisch für noch einen Hamburger.«
Irre Bude in portoricanischer 13th Street nahe Avenue A ... wo ich mich verkrochen habe, heute Nachmittag habe ich endlich allen gesagt, mit Publicity wäre ich für den Rest des Lebens fertig. Ich verstehe, an welchem Punkt Rexroth sagt, ich bin ein »unbedeutender Tom Wolfe« (kann er das wirklich über *Sax* sagen?) Alle greifen uns an wie verrückt, Herbert Gold etc. etc., du und ich werden inzwischen gleichermaßen heftig angegriffen. Meine Mutter sagt, jeder Niederschlag gibt Auftrieb. Ich hab neulich Abend deinen ganz entzückenden Cousin Joel [Gaidemak] getroffen, er gab mir Flasche Vitaminpillen, dein Vater hat geschrieben, ich soll nach Paterson kommen »reden«. Ach reden reden, ich hab letzte Woche vor 1500 Leuten geredet. Ich hab gut gelesen. Lucien sagte: Ja, ich hab gut gelesen. Lucien traurig, bewundert, wie ich es durchstehe, der gute Lucien schlief auf zweitägiger Sauftour im Bad auf dem Boden. Wünschte du wärst hier. Mit Joyce Schluss gemacht, weil ich großartige sexy Brünette ausprobieren wollte, erkannte dann plötzlich Verworfenheit der Welt und dass Joyce meine Engelsschwester ist und kam zu ihr zurück. Las Heiligabend mein Gebet vor betrunkenem Nachtclub, alles hört zu. Lamantia war hier und hatte irre Tage mit ihm, wo wir fünf Meilen den Broadway langgelaufen sind über Gott und Ekstase brüllend, er verfiel ins Beichten und fiel wieder raus, er flog ab nach Frisco, kommt bald zurück, er stieg in große Publicity-Interviews mit mir ein und war voll heiliger Beredsamkeit. Großer neuer Dichter: Howard Hart, ein purer Peter, Katholik, Lamantias Kumpel. Ich werde dicken Roman über letzte Woche schreiben, damit du dir das ganze Geschehen komplett reinziehen kannst und um dich auf was hinzuweisen. Du wirst sehen ... Entschuldige meinen letzten Brief, vermutlich Paranoiarückfall, ich bin ein komischer gieriger Depp. Ich giere nach endgültiger ultimativer Freundschaft ohne Reibereien, wie mit Neal in der Anfangszeit, nicht nach halbgaren Spöttelfreundschaften wie mit Gregory. Du hast nie über mich gespöttelt, aber ich über dich. Warum bloß? Ich sage dir, dies ist der Anfang von etwas Großem, packen wir's,

lassen wir's sein, lassen wir die Publicity sein, gehen wir ins Verborgene für das endgültig Große, vielleicht Höhlen von Gold, mit Gary und Pete, und Laff, und Bill. Und wenn Greg will. Ich sage, ich sage, scheiß auf das Monster. Auch keine Dichtung mehr um der Dichtung willen, à la Wörter raushauen, sondern echtes Sprechen ich zu dir und du zu mir, he horch, he sprich, wie Neal zu Joan Anderson (apropos, ich entnehme Robert-Stock-Artikel, dass Gerd Stern jetzt als SF-Dichter angesehen wird, deshalb denke ich, ja, er hat den Joan-Anderson-Brief gestohlen, wir sollten ihn jetzt auf jeden Fall zurückholen.) Ach, in Wirklichkeit werde ich gar nichts tun, wahrscheinlich sehe ich dich nie wieder, weiß nicht was ich tun werde, ich mag einfach meinen Frieden. Komm mich in meiner Höhle besuchen. Wünschte ich würde über transatlantische Leitung mit dir reden. Du hast recht, du hast recht, du hast ewig ewig recht, ewig ewig hast du recht. Mach's gut. Go tt sei m dir. Las ombras vengadora TU WAS DU WILLST HÖR NICHT AUF MICH
Jack

1958

Allen Ginsberg [Paris, Frankreich] an
Jack Kerouac [Orlando, Florida]

9 Rue Git Le Coeur Paris 6
4. Jan. [*sic:* 1958]

Lieber Jack:

Schrei mich nicht so betrunken und bösartig an wie in erstem Aerogramm aus
Fla., ist schon sehr verletzend, ich weiß nicht was ich antworten soll – lehre
sanfter. Literarisch bin ich völlig im Arsch, das ist wahr, ich schreibe zu wenig
und sitze fortwährend eingerostet am schwarzen Klavier anstatt ekstatisch zu
spielen. Genau genommen schreibe ich in letzter Zeit nur auf Junk ordentlich
(schauderhafter Traum) – obwohl ich großartige Ideen habe. Das Letzte sind
zehn Seiten politische Lyrik (wie Blakes Französische Revolution) (Dann warf
Necker sich, ganz erfüllt vom Gekreisch der goldenen Schnuckelchen in seine
Festtagskleider, und die feuchten Wände des gewaltigen Louvre erbebten unter
seiner Stimme als er schrie: »Guillotine!« Beispiel à la Blake). Blake passt auf
Whitman wie angegossen für ein zeitgenössisches Epos über Untergang Amerikas[1]. […]
Wir haben Sterling Lord besucht, er hat uns alle drei zum Abendessen mit seinen Freunden ausgeführt und unterhielt sich netterweise fast die ganze Zeit
über mit uns, wir haben ihm Gregorys neues verrücktes Gedicht über SF vorgelesen – das er im Auftrag von *Esquire* geschrieben hat. »Ich blickte auf Alcatraz, meinen Bocksfuß umklammernd ob lebhafter Erinnerungsflut aus Dan-
nemora O stämmiges Alcatraz weinend an Neptuns Tisch und sah wie einen
großen schwarzen Herd dasitzen den Tod.«[2] Er zieht sich grade an, Sonntag-
abend, nimmt mit geborgten 10-Mil-Franc-Schein mit benebeltem Hipster von
oben Zug nach Deutschland um dort Vertreter zu werden – hat die letzten paar
Monate im Schlafsack bei uns auf dem Boden gepennt – will versuchen Zeich-

---

1   *The Fall of America: Poems of these States, 1965–1971* (San Francisco: City Lights, 1973).
    (A. d. Ü.)
2   Ginsberg zitiert hier frei ein Potpourri von Phrasen aus Corsos »Ode to Coit Tower«. (A. d. Ü.)

nungen von Ghulen oder Encyclopedia Britannica an Soldaten in Frankfurt zu verkaufen hat sich grade heute zur Abreise entschlossen um sein Glück zu versuchen und Deutschland zu sehen. Hat mir aufgetragen dir den Namen von Mädchen beizulegen, Joy, die dich erwartet, er hat sie gevögelt aber satt sie lebt in Paris indonesisches Künstlermodell simpel gestrickt eigentlich Typ Heimchen kannst sie haben, sagt er, als Ersatz für [Alene] Lee und Pariser Mädel. Wie auch immer, *Esquire* hat uns beiden vielversprechende $ 35 angewiesen nach Ablieferung von SF-Gedichten, er schrieb eines und ich habe »Grünes Auto« geschickt hergerichtet aber immer noch dreckig und »Über Kansas«, sie wollen sie nicht, aber sie haben mir $ 35 geschickt – vielleicht drucken sie ja auch ein Gedicht wer weiß.

[...]

Ja, Schluss mit der Poesie um der Poesie willen – auch wenn ich bislang noch keine Phase rein manischen unrevidierten Schreibens hinter mir habe wie du und Greg und mich erst noch auflockern muss – siehst ja Obiges ist wenn auch bildreich noch recht uneben und unreif und zu zielgerichtet – obwohl ich gern ein Ungeheuer von einem goldenen politischen und historischen Poem über den Untergang Amerikas schreiben würde, in dem es sogar um [John Foster] Dulles[3] geht – wenn man Lyrik aus Abfalltonnen machen kann warum nicht aus Zeitungsschlagzeilen und Politik? Über Dulles sprechen wie Blake über die französischen Könige spricht denen fröstelnd eisige Schauer über die Arme laufen bis hin zu ihren schwitzenden Zeptern. Aber ich schreibe so wenig unter Mühen und revidiere und will hinsichtlich eines freien Ausdrucks einfach nicht in den Tritt finden und habe Albträume mein Gedicht nicht halten zu können. Es ist nicht so dass ich betreffs Schreibmethode nicht deiner Meinung bin – ich habe nicht deine Footballer-Energie endlos Papier vollzuschreiben. Ich bin nervös und leicht reizbar und muss mich zum Stillsitzen zwingen – jedenfalls in letzter Zeit – zu anderen Zeiten kam es mich natürlicher an. Ich denke mal dass so viel Publicity nachteilig ist. Nun, wie gesagt, ich prophezeie dass mir ohnehin eine natürliche Obskurität beschieden ist was mir das Problem aus der Hand nimmt. Scheiß auf den Bullshit. Und Bill ist in Tanger ganz groß in Form hat weitere Seiten mehrere Hundert, ich habe einige an *Chi[cago] Review* geschickt. Knöpf dir Don Allen vor und finde heraus was los ist – von dem ist seit Monaten nichts mehr zu hören. Sag Lucien Hallo und das Beste zum Neuen Jahr an die Familien aller. Ich bin triste, es regnet heute hier in Paris und den

3 John Foster Dulles war US-Außenminister unter Präsident Dwight D. Eisenhower.

Flur hinauf steht ein Zimmer leer. Vielleicht gehe ich diesen Monat nach London, ich hatte traurigen überschwänglichen Traum, Englands Brustwehr und
ich konnte nicht rein, ich hatte keine Pfund oder etwas was ich hätte eintauschen können – derselbe Traum den ich vor zwei Jahren davon hatte nach Europa zu gehen. Nächstes Jahr denk ich mal habe ich dann traurige Träume um
überschwängliche Einreise in Indien auf dem Rücken von Elefanten. Schreib
mir doch Neues und Analyse der Monster-Szenerie von NY – vor allem was
Lu über all das zu sagen hat. Ich hab ihm vor einer Weile geschrieben. Ich denk
an nichts anderes als dass es merkwürdigerweise an uns – wem sonst – liegt die
USA zu retten – oder was sollen wir sonst schon tun? Quijote wacht während
der letzten fünf Seiten auf.
Lieben Gruß,
Allen
Schreib mir wegen des Geldes Bescheid.

Jack Kerouac [Orlando, Florida] an
Allen Ginsberg [Paris, Frankreich]

8. Januar 1958

Lieber Allen:
Mein Tantiemenscheck kommt im Februar, ich schick dir das Geld dann auf
einen Schlag. Sterling sagt mir, du und Gregory ihr stellt Überlegungen hinsichtlich meiner Reichtümer an … hat er euch nicht gesagt, dass ich bei all dem
Trubel um *ROAD* nur um die $ 4500 kriege? Ohne Filmrechte, versteht sich,
und es tröpfelt von überall. Mit diesem Zaster leiste ich eine Anzahlung auf ein
Häuschen für mich und meine Mutter, mein Emily-Cottage für meine Alters-
Haikus, weit draußen auf Long Island, weiter als Lafcadio Northport. Habe
eben Burroughs-Manuskript weggeschickt (das, das er mir geschickt hat mit
dem schwulen Bullen der den Typ an der Essensausgabe beim Vornamen an-
spricht und ein anderes über Joseliot), an Ferlinghetti, der gefracht hat, gebe
Ferling Don Allens Privatanschrift wegen des kompletten *Naked Lunch*. –
Ferling ist nicht der Ansicht, dass *Mexico City Blues* Lyrik ist nur weil ich das
da drin sage … In der *Chicago Review* werde ich Leitgedicht haben (Emp-
fängnis bei bebendem Fleisch) und Leitartikel darüber was SF-Lyrik ist, na
also. ich hab Ferling deswegen die Meinung gegeigt. Ferling denkt wie Gregory, dass ich Prosa schreibe (wie ich selbst sage) ZEILEN MACHEN KEI-

NEN DICHTER … Lyrik ist Lyrik, je länger die Zeile desto besser wenn es schließlich an zweiseitiges Satzhurra à la Cassady geht. Große Attacke gegen mich in der *Nation* wo es heißt, ich bin als Dichter ein alberner Junge und Richard Wilbur ein heroischer Mann. Bleiben Typen wie [Richard] Wilbur und [Herb] Gold nachts auf in der Hoffnung wir reiten kritische Attacken auf sie? Herrgott. Jeder hat mich auf dem Kieker weil ich mir im Village Vanguard die Seele aus dem Leib gelesen habe ohne Rücksicht auf meine Erscheinung, meine »Haltung« etc., wie ein wahnsinniger Zenheiliger hab ich gelesen, wie du's mir gesagt hast, wie ich's eh gemacht hätte, aber du hast mir vorher das Selbstvertrauen gegeben. Steve Allen will Album mit mir machen, hat er mir grade geschrieben. Dein Cousin Joel war dabei, lieb, dein Vater hat mir aus Paterson geschrieben. Ich hatte eine Riesenzeit. Habe starken neuen Typen kennengelernt, Zev Putterman, aus Israel, Theaterregisseur. Habe Leo Garen wiedergesehen (könnte dein Bruder sein) … war hi auf deinen Paris-Kick aber nüchtern mit Allen Eager. Hatte in einer Nacht drei Mädels im Bett. Ich und Philip L. [Lamantia] hatten Orgie zusammen. Philip ist dieser Tage wirklich schwer in Form, kam zusammen mit mir in die Zeitung, *NY Post*, hielt große nervöse Marian-Ansprachen auf Mike-Wallace-Tape. Versuch auf all die Tausenden von Details zu kommen die dir gefallen würden. Ich sollte Roman über alles schreiben. Ich habe letzten Teil von *Howl* im Club gelesen, man hat es in Zeitung erwähnt. Ich las außerdem »Arnold« die paar Zeilen die mir einfallen wollten und bekam große Lacher, natürlich hab ich wiederholt, dass es von Corso war, zweimal … Ich habe sogar eines von Steve Allens sensiblen kleinen Gedichtchen gelesen … Ich habe sogar Dave Tercereros Geständnis gelesen … (Esperanzas altem Gatten) … Der Tellerwäscher ein Neger sagte: »Nichts was ich lieber mach als mit zwei Pullen Whiskey ins Bett zu gehen und dir beim Lesen zuzuhören«, und Lee Konitz meinte ich mache Musik, also dass er Musik hören könne. In der Brata Gallery habe ich dein letztes elegisches Gedicht auf deine Mutter [*Kaddisch*] gelesen und Gregorys »Concourse Didils« und use use use use vor großem Publikum bleicher nüchterner Arschgeigen, auf Philips und Howard Harts Bitte, aber später, nachdem ich gegangen war, kam ein Wermutbruder von der Bowery Street reingetorkelt und hat alle dazu gebracht sich zu besaufen und die Lesung war ein großer Erfolg, wie ich höre (im gleichen Augenblick las ich in Club vor großem Premierenpublikum und wurde beim Lesen geknipst und verhöhnt und dann donnernder Applaus und großes Geschlucke und lange Gespräche mit Hipstern im Hinterzimmer). Ein junger Hipster aus Denver meinte alle Welt würde damit anfangen Neal zu imitieren. Hättest wirklich dabei sein sollen, schon wegen all der hübschen halbwüchsigen Jungs die mit mir reden wollten (Hunderte). Habe tagsüber zu schlafen versucht, mein Boden war mit Schlafenden übersät: Musiker, Redakteure kleiner Magazine, Mädchen, Junkies, es war ein Spektakel. Robert Frank wird unser Mann sein: Robert Frank ist der größte Fotograf in der Szene, hat auch schon experimentellen Film auf Cape Cod gedreht, mit kostenlosen bekloppten Schauspielern die nur Wein wollen, und er wird im Mai einen Film mit mir in New York drehen, wo ich Erfahrung für später im Jahr sammeln werde und wenn du zurückkommst beginnen wir mit der Arbeit an unserem ersten großen Film. Er sagt es kostet nur um die $ 200 Dollar einen Film zu machen, aber wir werden auch Ton haben; er wird das Geld von großen Mayer-Schapiro-Stiftungen kriegen. Ich habe bereits eine Idee für einen großartigen Film über Lafcadio und Peter als Brüder, Franks Frau als Schwester der beiden und du als Vater oder und du als Vater mit deinem bösen Onkel Willie Burroughs (Inzest). Dieser Frank ist keine Lusche, ein künftiger Rossellini, weigert sich aber eigene Filme zu schreiben, das soll ich. Ich habe ihn von unseren alten Träumen und Plänen erzählt. Wenn Bill wieder zurück in New York ist könnten wir wirklich 1958 Burroughs on Earth machen. Gregory kennt Alfred Leslie, nicht wahr, und Miles Forest, die waren doch beim Film, Leslie Techniker, Subterraneans mit wilden Haaren projizieren ihre heiligen Filme an pockenmarkige Wände von Bowery-Lofts ist die Szene. Dann eilen alle runter ins Fivespot … arme, verrückte künftige Hollywood-Mogule richtig wie D. W. Griffiths. Ich habe Typ aufgetan der Neal in *On the Road* spielen soll, Kelly Reynolds, ein irisch nervöser Neal mit blauen Augen und Neals gebieterischem Aussehen im Profil und der nervöse Neal von 1948 … (er ist Schauspieler, MCA) … Großen Brief von Gary Snyder bekommen der auf einem Schiff durch die Welt gondelt, von Indien nach Italien, etc.* (*und wieder nach Indien *zurück*). Großen Brief von [Elbert] Lenrow der mir sagt [Archibald] MacLeish hätte in Harvard mein Buch gelobt. Rexroth dagegen hat mich auf dem Kieker, nannte mich auf KPFA einen »unbedeutenden Tom Wolfe«, weil, wieso? Ich werd ihm schreiben und ihm erklären, dass ich mich von seiner Einflusssphäre gelöst habe weil ich NICHTS MIT POLITIK ZU TUN HABEN WILL vor allem künftigem linken Westküstenblut bei Straßenfeindseligkeiten (es wird in Kalifornien eine Revolution geben, sie gärt mit unglaublichem Hass, angeführt von blutrünstigen Dichtern wie »Jean McLean« und Rexroth quatscht weiter über die internationale Brigade etc.). Mir schmeckt das nicht, ich glaube an die Freundlichkeit Buddhas und nichts weiter, ich glaube an den

Himmel, an Engel, ich meide jeglichen Marxismus und alliierten Scheiß und die Psychoanalyse, einen Ableger davon … hütet euch vor Kalifornien.

Lieber Kumpel Gregory … Dank dir für die schöne Buddha-Postkarte, stark die Mönche, der eine junge Mönch so was von cool und frei, dass er auf der Straße stehen und nichts weiter tun kann als sich sein Spiegelbild in einer Pfütze anzusehen … find ich stark, dass du mir die schickst. Ich habe dich in NY angekündigt, ich hoffe jemand hat es gehört, na ja Benzin [*Gasoline*] kommt raus, also du bist drin … Nur sehe ich jetzt, dass dich der Ruhm mit dem Schreiben aufhören lässt, wieso sollte einer stehen bleiben und eine Eisenbahn skizzieren wenn er einen Publicity-Termin hat? So lasse ich denn von jetzt an alle Publicity-Termine aus, auch die bei *Life* und all den Scheiß. Wenn die mein Bild haben wollen müssen sie mich die Straße langjagen. Große Silvesterparty. Jay Landesman (das ist auch für Allen) will großes Geld für Lyriklesungen im Crystal Palace von St. Louis ausgeben. Du und Allen ihr könnt jetzt tatsächlich dicke leben nur indem ihr durchs Land tingelt und lest. Gut für euch beide, aber ich lese nicht mehr. Ich besauf mich zu sehr. Ich bin sogar bei der New School reingeschneit, auf Wunsch, eine Lesung vor einem Haufen Seminarspießer. Habe Alene [Lee] getroffen, die jetzt wirklich gemein ist. Sie wohnt 5 Jones. Habe [Stanley] Gould getroffen der großartiger Kerl ist. Anton [Rosenberg] sehe ich die ganze Zeit. Ich trug Kruzifix um Hals, ins Hemd gesteckt, als ich in einem Club las. Hüte dich vor Ruhm, Gedichte werden zum Trugschluss. Ich mache mir jetzt Sorgen um mich selbst, ich habe das Gefühl, dass Gedichte weniger wichtig sind als ein Brief an meine Verleger, das ist schlimm. Allen, wann kommt Peter zurück? Es war mir menschenunmöglich Laff zu besuchen. Ist Bill jetzt bei dir in Paris? schreib mir Neues über Bill, und Ansen. Hat Holmes dich besucht. Was für eine riesige Zahl … und wenn man bedenkt, dass das in alle Richtungen des Universums geht, diese Vielzahl von Engeln die alle einmal EIN ENGEL gewesen waren.

Schreib hierher, Florida. Lieben Gruß.

Ja, Liebe

Jack

P.S. Großer Artikel über Zen in neuer *Mademoiselle* zitiert aus *Howl.*

Allen Ginsberg [Paris, Frankreich] an
Jack Kerouac [o. O., Orlando, Florida?]

11. Januar 1957 [*sic:* 1958]
9 Rue Git Le Coeur
Paris 6, France

Lieber Jack:
Schrieb dir vor ungefähr fünf Tagen nach NY und habe heute dein Aerogramm
bekommen, denke mal du hast meinen Brief noch nicht gekriegt: ziemlich lang,
voller Anweisungen betreffs nicht vorhandenen Geldes und düsterer Manuskripte. Nun Februar wird gehen was Geld anbelangt, ich werd's ohnehin über
Monate strecken, sind die letzten Aktiva die ich im Augenblick habe (außer
im Falle großen Glücks wenn *Esquire* »Grünes Auto« veröffentlicht was Tank
Dieu ohnehin zweifelhaft ist). Im Augenblick jedoch bin ich pleite und habe
nicht genug Geld um über den Monat zu kommen, der Krämer hat mich heute
drauf angesprochen wann ich meine kleine Milch-und-Eier-Rechnung der
letzten vier Tage bezahlen will. Ich brauche mindestens 20 oder $ 25 um mich
über Ultimo zu bringen – bitte schick die Luftpost schnell wenn's nur irgendwie geht – ich hunger sonst wirklich. Ich habe alle anderen hereintröpfelnden
Mittel ausgeschöpft, in diversen Buchhandlungen die Werbetrommel für mein
Buch und *Evergreens* gerührt, Weihnachten $ 15 ausgegeben, die Familie mir
geschickt hat und hab jetzt grade noch Briefmarkengeld für diesen und einen
letzten wehmütigen Brief an Bill mit der Frage wann er kommt und der Bitte
um ein paar tangerische Francs zu schicken, falls er welche hat. Schick mir also
bitte genügend damit ich bis zum Februar durchkomme – brauch ja nicht viel,
nur fürs Essen – Ich hatte gedacht du schickst Zaster Januar und kriege Tantiemen Januar wie in einem Brief vor einigen Monaten stand und so bin ich deiner
neuen Arrangements wegen klamm. Nicht böse sein über diesen Mahnbrief.
Nichts von Bill, keine Ahnung was der vorhat, er sollte sich doch diesen Monat
sehen lassen, habe ihm eines der raren schwer-zu-bekommenden billigen Zimmer in diesem tollen Hotel reserviert – nur $ 25 im Monat – und ihm vorige
Woche geschrieben dass alles klar ist, aber Schweigen aus Tanger. Vielleicht
fühlt er sich inzestuös auf den Schlips getreten, Peter ist noch hier und wartete darauf dass Staat ihn heimwärts einschifft. Wahrscheinlich taucht er im
Februar auf.
Staat hat gestern Abend Peter angerufen um ihm mitzuteilen man würde ihn

diese kommende Woche nach Hause einschiffen – wahrscheinlich am 17. er geht und ist vor Monatsende in New York. Zu schade dass ihr nicht seine beiden Gedichte zum Vorlesen im Village hattet, sie wären der letzte naive Schrei des ganzen schwarz beanzugten Manhattans geworden. Er schickt sie bald. Wir haben Brief von Laf, im Häuschen spielt alles verrückt aber noch harren alle aus und warten darauf dass er auf Flügeln engelgleich über Meere herabstößt um sie alle zu retten. Sogar sein lange verschollener Vater tauchte zu Hause auf und hatte großartiges Männergespräch mit Lafcadio der ihn gut leiden mochte. Ach, Ferlinghetti! Ich weiß nicht was ich tun soll, ich werd ihm einen weiteren Brief schreiben. Er weigert sich halt anderer Leute Rat anzunehmen, wollte sich auch nicht auf meine Meinung über Gary [Snyder] und Phil [Whalen] verlassen und ich hab den Verdacht dass er auch in Bezug auf Burroughs argwöhnisch ist. Na ja, wir versuchen's weiter. Bezüglich deines Buchs hat er mir noch nicht geschrieben aber dafür McClure, der es für das größte Gedicht seit *Paradise Lost* hält – er hat's ganz gelesen. Früher oder später.

Wie im letzten Brief berichtet: Was ist mit Don Allens Reaktion auf *Interzone*? Sag ihm er soll mir *Queer* und *Yage* schicken ich bemüh mich um Erstveröffentlichung durch Olympia wo man *Interzone* nicht rausbringen will aber *Queer* und *Yage* sehen möchte, was doch ein Anfang ist. Und prima wenn er *Interzone* komplett Ferlinghetti schickt.

Ich habe Golds Arbeit gesehen, nicht den späteren Wilbur, und viele andere, habe mich eines Tages auf Pot so richtig draufgeschafft und beinahe gewaltiges Manifest des Unsinns geschrieben, sind aber alles vergängliche und illusorische Nachwirkungen des Schreibens und Nichtschreibens selbst, entschloss mich denn also Mund zu halten. Vielleicht später mal wenn ich durch göttlichen Zufall etwas Sachdienliches schreibe – aber diese Leute sind voll des übelsten Bullshits und Unsinns, es ist schier unglaublich wie unhip und was für schlechte Künstler sie sind. Nichts davon tut was zur Sache. Acht nicht drauf was die Leute sagen; das Wichtige an der ganzen Geschichte (die Publicity) ist dass wir die Chance haben auf dem Markt unsere Träume zu säen und zweifelsohne werden viele Menschen sie lesen und sehen – die mit Zweifeln haben Zweifel, was willste tun? Ihnen und der ganzen Zivilisation binnen eines Jahres die Zweifel nehmen? – wie viele literarische Sputniks bräucht es dazu – wir schicken einfach jedes Jahr einen rauf … Lies all den wunderschönen Tratsch über Lamantia (schreibt der auch?) und Gary und diverse unbekannte Garens[4] und

---

4 Garens war Ginsbergs Spitzname für Gary Snyder.

[Lloyd] Reynolds und [Howard] Harts ich denk mal ich werde Riesengaudi haben wenn wieder daheim.

Ich versuche im Februar nach England zu kommen, umsonst bei [Thomas] Parkinson unterzukommen und dort ein paar englische Hipster kennenzulernen, Nebel sehen und gegen Gage bei BBC lesen (sagt Parkinson nur werde ich nicht zensieren, bezweifle es also) – Ich habe vorige Woche von London geträumt. Gregory noch in Frankfurt, ist ausgeflippt schreibt er wegen Army-Bürokratie bezüglich Enzyklopädien verhökern und geht bloß noch in Museen und haut poetisch interessierte Deutsche übers Ohr, vielleicht bald wieder da. Ich kenne [Al] Leslie und [Miles] Forst. [Chris] MacClaine und SF-Bullshit werden eines natürlichen Todes sterben ebenso wie die abgedroscheneren Bemerkungen von Rexroth, also nicht nötig darauf zu reagieren nicht nötiger als auf Gold etc. Lasst Werke sprechen, sie sprechen. Ich hatte lange Trockenperiode als ich in NY hinter Lektoren her war und komme langsam raus. Noch nichts von Holmes. Schick Zaster.

Lieben Gruß an Alle

Allen

Am einfachsten du übermittelst Zaster per Barscheck. Wenn niemand mit Schecks greifbar, schick Bares, mein Vater macht das, es kommt an.

Jack Kerouac [Orlando, Florida] an
Allen Ginsberg [Paris, Frankreich]

16. Januar 1958

Lieber Allen:

O weh, du hättest das Geld drei Tage früher gekriegt, aber ich konnte wegen eines Knöchels nicht auf die Bank, irgendeine Art rheumatische Schwellung, und keinen der mich gefahren hätte. Ich hoffe du hast jetzt eine Riesenzeit, die nächsten drei Monate. Verpulver deine Mittel bitte nicht auf Trottel und Parasiten, sondern versuch's dir in Paris nett zu machen. Mach lange Spaziergänge mit Bill. Wurde grade eben von Vanguard dem Nachtclub bezahlt, daher der Zaster. Vorschuss aus Deutschland kam grade rein, den schick ich dir hier. Ich werd diesen Sommer in Paris sein es sei denn Hollywood ruft mich um am Skript zu arbeiten falls man das Buch nimmt was jetzt äußerst wahrscheinlich scheint, habe grade großen Brief von Produzent Jerry Wald bei 20th Cen-

tury gekriegt, er will große melodramatische Änderungen im Format, aber so schlecht sind seine Ideen gar nicht und außerdem will ich reich werden damit ich später mit Robert Frank meine eigenen Filme machen kann. *BMR [Black Mountain Review]* ist raus mit Bills *Yage*, sieht toll aus. Dein »America« – was hast du denn da noch zusätzlich drangepappt? … Wie dem auch sei, ich habe Hollywood nur eine Weisung gegeben: keine Brutalität in meinem Film. Ich hab denen vielleicht was erzählt. »Das Geheimnis der Beat Generation, wir würden niemanden töten, selbst wenn es uns einer befiehlt (ein Kommandant oder was.)« Ich weiß ich würd's nicht tun. Jerry Wald scheint in *On the Road* nämlich als was Brutales in der Art von Wild Ones zu sehen. Aber so schlimm wie das jetzt klingt ist es nicht. Ich will voll abfahren auf Hollywood (als Drehbuchautor, und neben Regisseuren am Set sitzen) um den endgültigen Hollywood-Roman aller Zeiten schreiben zu können. Im andern Fall, wenn's weniger dick kommt, bin ich dann diesen Sommer in Paris. Ist Bill schon bei dir? Kommt Peter wirklich nach NY? Ist Grego wegen der geplatzten Schecks nach Frankfurt ausgerückt? Ich werd mir *Gasoline [Benzin]* von Ferling bestellen und lesen. Wir schreiben das große Jahr von Zen an der Madison Avenue, Alan Watts der große Held (die Weisheit der Unsicherheit, sein neues Buch, großer Hit in der Chefetage der Sicherheit) … wir kommen da also grade mit rein … aber in meinen *Dharma Bums* neuem Roman unterscheide ich zwischen »Zen« und ursprünglichem Mahayana-Buddhismus. Tja, viel zu sagen und tun, schreib mir wenn du kannst, sag bitte Bescheid wenn du Geld gekriegt hast okay, und ich schreibe zurück große Briefe in Antwort auf alle deine Fragen (stell welche, ich beantworte wahrscheinlich alle)
Jean Louis

Jack Kerouac [Orlando, Florida] an
Allen Ginsberg [Paris, Frankreich]

21. Januar 1958

Lieber Allen:
Du bist literarisch nicht im Arsch, warst du noch nie, ich meine technisch, technisch bist du wahrscheinlich der beste Schriftsteller der Welt … nur deine deprimierenden Ideen, wenn ich zufrieden und gereinigt bin nach wochenlangem Studium der Sutras und Beten mach ich (manchmal) einen deiner Briefe auf und verspür urplötzlich eine unbeschreibliche Depression, wie schwarzen

Schaum auf meiner leuchtenden Schale. Na du weißt ja, dass du ein schwarzer Kummerklecks BIST ... aber nein, vergiss nicht ich liebe dich, aber ich habe jetzt Angst vor dir und um dich, so was von depressiv. Warum zum Beispiel, na ja, es geht mich nichts an, aber warum ignorierst du nicht einfach den Krieg, ignorierst Politik, ignorierst Samsara ungerechte Murkser, die wird's immer geben ... warum ist Chiang Kai-shek schlimmer als Mao? und warum sollte nicht eines Tages ein Heiliger durchs Weiße Haus wandeln? Warum bist du so deprimiert, Engel? was soll's, Strass Autos aus Detroit, es gibt Strasskäufer und Blaubeerkuchen. Chaplin hatte genauso viele Probleme mit »Amerika« wie die USA mit ihm, ein Doppelhass ... und wenn das Universum verschwindet kann sich Gott auch kein Film querstellen weil Gott nichts ist (mach nur, danke Gott dafür!) Geld ist Geld, warum sich kreischend vom Geld abwenden (vor allem jetzt, wo ich reich werde.) Allen, beruhige dich. Werd deinen Zorn los, werd zum Lämmchen, ist es nicht besser auf alle Ewigkeit alle und jeden in Frieden zu lassen, gut wie böse, einfach frohgemut dahinzudüsen? Aha, unsere alte Diskussion von 1946.

Habe grade folgende Nachricht von Ferlinghetti erhalten: »Danke für die Zusendung von Burroughs-Probe. Würde gerne mehr lesen und werde Don Allen darum anschreiben, obwohl ich bezweifle, dass noch viel für mich übrig ist, wenn Grove und ND damit durch sind ... Wo steckt Allen? kein Wort.«

Marlon Brando möchte nicht, dass ich oder Sterling *Road* verkaufen ohne ihm eine Chance zu einem Gebot zu geben, so weit die Neuigkeiten über den Film. In zwei Wochen fahr ich nach NY um die Anzahlung für ein Haus zu leisten und bin dann in Stadtnähe für all den Zinnober. Weit draußen auf L. I. [Long Island], so fünfzig Meilen oder mehr. Lucien war dabei, fuhr mit mir rum ... sieht so aus, als könnt ich nach Paris um dich und Bill diesen Sommer zu sehen, wenn Film verkauft ist und ich meinen Treuhandfonds eingerichtet habe, können wir alle mit dem Geld reisen, Geld für nix (Zinsen). Ich würde Bill gern seine vielen Gefälligkeiten in der Vergangenheit vergelten inklusive dem letzten unverschämten Steak in Tanger an dem Abend als ich Spaghetti hätte bestellen sollen. Treuhandfonds wird auf meine Mutter laufen und sie schickt mir den Zaster. Das ist gescheiter als du denkst (denk an Donlins und Neals).

Falls Peter noch da ist bestelle ihm alles Liebe von mir und ich meine das so. Deine Schilderung wie Gregory nach Deutschland geht ist der Wahnsinn! Ich weiß was, Allen, du musst jetzt Prosameisterwerk schreiben und eine Million verdienen: schreib ein großes VISIONEN VON GREGORY, nenn es wie du willst, Joyce Glassman wird ein großes VISIONEN VON ELISE schreiben nur

für mich (und es später dann so veröffentlichen, obwohl sie es nicht glaubt) …
Richte Joy [Ungerer] liebe Grüße aus, sag ihr ich möchte sie überall küssen
sobald ich sie sehe, sag ihr ich bin frei. In NY hat mir irgendwo irgendwer irgendwie mein Exemplar von Gregorys use use use-Gedicht gestohlen, obwohl
ich es womöglich wiederfinde* (*Könnte Lamantia so was tun? als heimlichen
Kick? – oder hab ich es nur verlegt? Sag's Greg –) … Aber wenn du Prosa
schreibst dann kannst du davon leben, wie ich, und sag mir nicht, dass du nicht
kannst, deine Prosabriefe sind die besten die ich je gesehen habe, also mach
schon. Na jedenfalls werde ich ein Tonbandgerät besorgen, und du erzählst
mir lange Geschichten über alles was passiert ist. Ich finde einen Weg um dir
Zaster zukommen zu lassen. Aber halt dich nicht mit bitteren Gedanken auf,
und sei mir nie auf immer böse. Carl Solomon war mit jemandem aus in einer
Bar in NY vor drei Wochen, hab ich gehört … ist alles was ich weiß. Der geheimnisvolle Bursche der mir im Vanguard aus dem Dunkeln zugesehen hat,
das war … aber ja, Lucien … aber auch andere, wie ein junger Kerl der große
Gedichte drüber geschrieben hat, und viele andere. Ich verstehe *SRL [Saturday
Review of Literature]* nicht, dass die sagen ich hätte während dieser Lesung
»Freunde verloren« … Ich kann all die Bitterkeit und Gehässigkeit wirklich
nicht verstehen die in letzter Zeit so umgehen. Ich selbst bin, wie Whalen, »auf
unbestimmte Zeit glücklich« (sagt er) … Was mache ich heute? tippe *Dharma
Bums* ins Reine, den ganzen Tag, Tag für Tag, während die Leute in Bars feiern
(es ist Samstagabend) schufte und schufte ich an meiner Schreibmaschine und
langweile mich dabei, also komme ich auf Briefe wie die hier zurück … was für
ein Schreiberling ich doch jetzt bin. Ich muss noch eine Story über den Desolation Peak für *Holiday*-Magazin schreiben etc., muss mir einen Film für Robert
Frank ausdenken, muss großen 5000-Wort-Brief an Hollywood-Produzenten
schreiben wegen Ideen, etc., nimmt alles überhand … muss *Dharma Bums* zu
Ende tippen und gleichzeitig fangen sie an das Haus rund um mich herum ein-
zureißen und ich bin im Wettlauf mit der Zeit. Ach, was werd ich mich entspannen und nichts tun wenn ich nach Paris komme (ich hoffe irgendwann
bald). Du hättest das 25-Dollar-Zimmer nicht so einfach frei halten sollen, ich
nehm an Bill trifft im Mai ein? Das hab ich gemeint mit gib das Geld das ich dir
geschickt habe nicht töricht aus … war nicht sehr praktisch … aber wenn Bill
bald kommt dann ist das okay. Holmes ist in England, noch nicht in Paris, er
hat großen Artikel über Beat im *Esquire* geschrieben, größtenteils über mich,
im Auftrag eines jungen Redakteurs dort, der auch was von dir möchte, Rust
Hills Jr., netter Junge … nicht verzagen, jeder will was von dir. Fang nicht an,

über Roboter-Amerika zu plärren mit seinen geheimen versteckten Lafcadios in der Nacht etc. seinen Millionen Lafcadios, alle Amerikaner mit Geburtsurkunden, etc. Amerika wird nicht untergehen … nimm doch Frankreich mit seiner »idealen« Konstellation und Scheiß, Frankreich ist langweilig. Amerikas Mängel gehen Hand in Hand mit seinen ungeheuren Tugenden, siehst du das nicht … Frankreich hat keine Mängel, nicht eigentlich, und deshalb auch keine Tugenden. Froh, dass du *Caesar Birotteau* liest, großartiger Roman, weißt du, dass der größte von Balzacs Romanen *Cousin[e] Bette* ist. Alle Orlovskys schlafen viel, also halte ich das auch so, und Joe Louis der Schwergewichtschampion … ist eben unter Champs so der Brauch … viel schlafen die ganze Zeit … so speichert man Schwingungen … und knipst die dann im strahlenden Leben an. Über Monster-Szenerie in NY hat Lou, kennst ihn ja, gesagt: »Ich bewundere dich dafür, dass du das alles so aushältst, K.« oder was in der Art, womit meine abendlichen Auftritte unter all dem Spott gemeint sind. Aber ich hatte die ganze Zeit über einen Riesenspaß beim Lesen und beim Quatschen mit neuen Freunden, ich weiß nicht was die *Village Voice* runtermachen will, die jüngste übelste Attacke habe ich noch nicht gesehen, angeblich Häme über unseren Niedergang (deinen und meinen) endlich! das muss ich sehen, wo *Subterraneans* in zwei Wochen herauskommt und der Film von *On the Road* so gut wie unter Dach und Fach ist und das auch noch bei großer Firma (20th Century) und die Fertigstellung eines neuen nicht weniger guten (verkäuflichen, lesbaren) Romans als *Road*, und tausend andere Dinge, zu schweigen, was deine Seite angeht, deine neuen Gedichte. Ja, Spengler sagt, Russland ist als Nächstes dran, aber er hat gesagt, das ist noch lange hin, Amerika hat seinen reifen faustischen Augenblick noch nicht gehabt und wird ihn auch noch lange nicht haben, wird noch ganz groß, ja geht womöglich noch nicht mal unter, da die Geschichte jetzt durch Naturgesetze (der Wissenschaft) umgangen wird. Ich würde sagen, Afrika wird folglich dann Russland absorbieren. Aber inzwischen wird Asien sich mit dem Westen zusammengetan haben, also schließlich weltweiter Ringelpiez mit Anfassen … genauso wie du's dir gewünscht hast … weil alles, Allen, was du dir je gewünscht hast sich mit der ZEIT erfüllen wird, weißt du nicht was das heißt?

Jean-Louis

Allen Ginsberg [Paris, Frankreich] an
Jack Kerouac [o. O.]

ca. 26. Februar 1958

9 Rue Git Le Coeur Paris 6, France

Lieber Jack:

Brief von Peter bekommen, deine Zeilen – habe dir vor einer Weile nach Fla
[Florida] geschrieben – warte also seither darauf von dir zu hören. Habe Peter
neulich fünf Seiten geschrieben darunter zweiseitiges Löwen-Gedicht [»The
Lion For Real«⁵], und habe heute außerdem Briefe an Phil, LaVigne, Gary, *Cli-
max*, *Yugen*, etc. etc. geschrieben, muss noch Lucien schreiben. Tja, ich sitze
hier in Paris, in meinem Zimmer. Bill heute und Gregory unterhielten sich über
Schwertschlucker und Jugendbanden in NY. Blase Trübsal und bin schwermü-
tig, schreibe ziellos, meine Birne unlicht. Obwohl, nachdem ich sechs Stunden
gegen die Decke gestarrt und einen Packen Whalen-Manuskripte gelesen hatte
war ich wieder frohen Muts. [...] Hast du dein Haus schon, wie ist es denn und
wo steht's denn – vielleicht in der Nähe von dem meines Bruders in Plainview –
Huntsville? Das ist auch in der Nähe von Whitmans Geburtshaus. Auch in der
Nähe von Peters Familie? Und *Dharma Bums* verkauft? Du weißt wir haben
hier noch immer kein Exemplar von *On the Road* bekommen, habe noch keines gesehen obwohl ich *Subterraneans* bekommen hab – kannst du Cowley
oder Lord nicht sagen sie sollen uns (per Luftpost?) ein Exemplar schicken?
Es ist hier nicht zu kaufen, habe jedenfalls keines gesehen. Herb Gold war hier,
wie ich Peter schrieb, ich war richtig paranoid in Bezug auf ihn. Bills Ansicht
nach übertrieben, habe mich aber beruhigt, er kam oft vorbei, verstand sich
gut mit Bill, habe ihm County Clerk vorgelesen, habe was ich konnte von deiner Schreibmethode erklärt, weil vielleicht dann verständnisvoller. Am ersten
Abend habe ich ihn angeschrien mich dann aber beruhigt. Er ist einfach eine
andere Rasse oder was. Deprimierend. Wie packst du denn NYC? Ich fürchte
mich davor wieder zurückzukommen und mich all den erregten bösen Mächten zu stellen aus Angst, dass ich zumache und einen Sinn zu sehen versuche
und mich dann wirklich abscheulich anhöre. Was Lesungen anbelangt, ich habe
eine Platte für Fantasy Records zu machen und war hier zweimal im Studio
und hab's versucht, bring es aber nicht wenn ich weiß dass es ernst gemeint

5   *Der richtige Löwe*, in: Allen Ginsberg, Gedichte, Reinbek 2004. Deutsch von Michael Kellner.

ist, Geld, Vertrag, dass ich es fünf Jahre lang nicht noch mal aufnehmen kann etc. Bin einfach wie gelähmt und bringe beim Lesen kein Gefühl auf und weiß nicht wie ich mich anhören möchte und werde befangen. Aber als ich in England war ging ich ins BBC-Studio und habe mit Parkinson ein bisschen was über den Durst getrunken und stürzte mich dann weinend in Blakes geheime Seele, kolossale Aufnahme – sie haben etwa sieben Minuten davon gesendet und die haben tolle begeisterte seriöse Rezension im *Listener* bekommen, verlangten nach dem Rest. Aber ich kann in so einem förmlichen Rahmen weder aufnehmen noch lesen, nur spontan. So wie ich feststelle, dass ich nichts Besseres schreiben kann als *Howl* wenn man es von mir erwartet. Das macht mir schon die ganze Zeit zu schaffen. Ist aber auch in gewisser Weise ein Glück, hält es mich doch davon ab eine Art Profi zu werden – es sorgt dafür, dass ich wild und frei bleibe und wenn ich dann aufmache dreh ich dann richtig auf – aber nach Regie könnte ich nicht richtig lesen, zu schüchtern oder ehrgeizig um dann wirklich gut zu sein – wenn ich also zurückkomme dann halte ich wahnsinnige Lesungen, wahnsinnig aber spontan und ich werde keinen richtigen Zaster damit verdienen können – denke ich. Ich weiß nicht. Wie dem auch sei, deswegen sollte ich nicht zurückkehren. Ich würde gern in NY klassisches Besäufnis geben und dann verschwinden. Ich bleibe noch vier Monate hier und werde allein sein, mehr oder weniger, bis mein Kopf wieder klarer ist, inzwischen will ich mir Berlin ansehen, Warschau und vielleicht kurz nach Moskau reisen wenn ich eine Einladung deichseln kann, was ohnehin die einzige Möglichkeit wäre dorthin zu kommen. Geld ist ok Bill hat was und City Lights schuldet Tantiemen für diesen Monat vielleicht 200 bin also versorgt. Gregory ist aus Venedig zurück, er hat dort einige großartige lange Gedichte geschrieben und sie Don Allen geschickt, vor allem »Army Army Army« ein großer merkwürdiger Schlachtruf um Nebukadnezar. Karte von Gary, habe ihm heute geschrieben. Was läuft in NY? Ist Lafcadio merkwürdiger wie Peter sagt? Was für einen Eindruck macht Peter? Bill lässt liebe Grüße ausrichten. Bisher wenige Rezensionen der *Subterraneans* gesehen obwohl Peter schreibt es hätten sich bereits 12 000 verkauft. Was macht *On Road*? Aber du hast recht, solltest *Sax* rausbringen bevor sie dich mit der Beatszene zu typisieren versuchen – ich hab's in *Pogo* gesehen, ich schätze du hast einen permanenten Platz in der Geschichte – Wow! Ich schreibe Lucien in ein zwei Tagen, Bill auch.
Lieben Gruß
Allen

Jack Kerouac [New York, New York] an
Allen Ginsberg [Paris, Frankreich]

8. April 1958

Lieber Allen:
Meine Mutter hat mir deinen Brief nicht aus Fla nachgeschickt, weil sie das Gefühl hat, du seist ein schlechter Einfluss auf mich, aber reg dich bitte nicht auf,
wie in alten Zeiten werden wir Freunde sein, in unserem eigenen Milieu. Ich
habe mich jetzt ganz und gar beruhigt nachdem mich anderntags nachts hilflos
betrunken aus dem San Remo taumelnd ein schwuler Exboxer und seine beiden Süßen aufgehalten, zweimal ausgeknockt und mir einen Schnitt mit Ring-
finger beigebracht hatten, Stanley Gould lief davon auch unser neuer Dichter
Steve Tropp lief mehr oder weniger weg, in Dorothy Kilgallens Kolumne hieß
es, man hätte mich mit dem »Messer verletzt« ... ging ins Krankenhaus, Lamantia und Joyce [Glassman] und Leroy MacLucas Freund von LeRoi Jones
haben mich freundlicherweise hingebracht, ein guter Doc hat mich zusammen-
geflickt, mir Pillen gegeben, um mit Saufen aufzuhören, geht mir gut, ein bisschen gelangweilt, aber das liegt daran, dass ich jetzt in zwei Tagen gen Süden
fahren werde mit Fotograf Robert Frank in seinem Kombi um meine Mutter,
Katzen, Schreibmaschine etc. abzuholen und ins neue Haus in Northport L. I.
zu bringen wo ich ein sehr ruhiges abgeschiedenes klösterliches Leben führen
werde, den eifrigen Autorenliebhabern von Northport werde ich verkündigen,
dass ich zum Arbeiten dort bin und keinen gesellschaftlichen Verkehr pflege
außer wenn ich nach NY komme um Joyce, Lucien, Sterling, Peter, dich et al.
zu sehen. Haus ist alt im viktorianischen Stil mit Treppengeländer zum Runter-
rutschen aus den oberen Zimmern und Keller, Dachboden, etc., großer Hof mit
Weinlaube und Steingarten und PINIEN unter denen sich nachts im Dunkeln
meditieren lässt, alles wird in Ordnung kommen denk ich mal nachdem sich
dieser Albtraum Abreibung ... von der Schlägerei kann ich nichts berichten,
weiß nicht, Stanley Gould hat glaub ich laut was von wegen »Schwuchteln« gesagt und die sind auf mich losgegangen. Dein neuer G. J. Hipster hört sich nach
Wiederholung selbigen alten Bockmists an, ändern wir uns doch, außerdem
wer könnte je improvisieren wie Neal in seiner besten Zeit, sag diesem G. J.,
er hat nicht den Hauch einer Ahnung wie sehr Neal swingen konnte. Herbert
Gold ist als Schriftsteller eine lasche Null, warum lässt er dich und mich nicht
in Ruhe, wir haben in der Hölle der Lyrik gelitten, man hat uns eingebuchtet,
aufgemischt, wir haben gehungert und uns verirrt, frag ihn wie sehr er gelitten

hat für sein popliges kleines Handwerk. Meine Politik ist jetzt, alle Golds und ihresgleichen völlig zu ignorieren, die lechzen doch nach einer Erwiderung, wie neulich Abend große Diskussion der Young Socialist's League unter dem Motto »Der Kerouac-Wahn«, einer meiner Spione berichtet, dass der Vorsitzende mich runterzumachen versuchte, aber ein großer komischer 65-jähriger Russe aufsprang und mit russischem Akzent sagte, meine Hurenhausszene in Mexiko (in *Road*) spreche für sich und dann was von Revolution schrie und alles jubelte von wegen revolutionärem Roman, etc. Auch Trillings Freunde schreiben über mich, *Subterraneans* hat endlich (wegen des offensichtlich intellektuellen Inhalts) die Intellektuellen von *Partisan [Review]* und *Kenyon [Review]* aus der Reserve gelockt etc. *Dharma Bums* ist verkauft, bekomme Vorschuss … kommt im Oktober raus, wird im Herbst große Nummer für Viking, du bist als Alvah Goldbook mit drin … aus deinem *Howl* musste ich (bei Goldbook) *Wail* machen. Ja die NY-Szene ist erregt von den Mächten des Bösen, aber die heulst du mit Leichtigkeit in Grund und Boden, keine Bange. Du kannst jetzt viel Geld verdienen wenn du willst, lesen, durchs Land touren, wie [Jay] Landesman St. Louis[6], etc. New Orleans, etc. Lamantia ist heute nach Mexiko ausgebüxt, war auch überfallen worden und seines Dollars beraubt und sagt dass die große Reinigung über NY komme … du musst nur nüchtern bleiben. Ich werde mich jetzt nie wieder betrinken. Also fünf Wochen Pillen und dann Power wie Lucien. Lucien trinkt nicht, es geht ihm prima und er ist unbeschreiblich lieb … Kannst du das Band deiner Lesung bei der BBC nicht Fantasy als Album anbieten? Ich habe ein Album mit Steve Allen gemacht, betrunken, und drei mit Norman Granz, betrunken, und sie sind großartig, ja sogar derart irre, dass ich mich frage, ob man sie rausbringen wird, je früher du nach Hause kommst desto besser. Rexroth fängt nächste Woche im Five Spot[7] an, bei guter Bezahlung. Ich geh aber nicht hin, er hat mich in der *Subterranean*-Rezension beleidigt als er sagte, ich wüsste nichts über Jazz und Neger, wie albern, wo er doch Neger noch nicht mal nie und nimmer reinlässt bei sich zu Hause. Genauso Lafcadio, sagt der doch zu mir: »Du wirst alt, Jack« und Peter hat er gesagt: »Sei kein Dichter«. Peter hab ich bislang nur zweimal gesehen, er ist ein großartiger engelhafter Pfleger soweit ich sehen kann und kommt mit allem gut zurecht … hat Scheu vor mir glaub ich. *Road* verkauft sich auch immer noch, zweihundert die Woche, manchmal vierhundert. Was

6 Jay Landesman gehörte ein Nachtclub in St. Louis, der neben traditioneller Unterhaltung auch Lyriklesungen bot.
7 Das Five Spot war ein Jazzclub in der Bowery.

stand denn in *Pogo*, ich hab's nicht gesehen? Habe im *New Yorker* für *Subs* die Leitrezension bekommen, ziemlich hochnäsig, von Donald Malcolm mein Lieber, der an meiner Männlichkeit zweifelt … Ich werde in mein neues Haus ziehen (*Life*-Auftrag für die Fahrt in den Süden) und es einrichten, Tonbandgerät und alles, Möbel, etc. und mich dann still niederlassen und großes Tränenbuch über Kindheit in Lowell schreiben, das auf *Sax* wie ein Heiligenschein passt. Einzige Reise die ich wirklich in Betracht ziehe ist diesen Herbst zu Gary [Snyder] auf eine Dharma-Bum-Wanderung in den Sierras hinauf nach Oregon etc. und vielleicht noch nicht mal das, ich geh in mich … Frankreich eines Tages. Habe auch TV-Show gemacht, auf die Frage was ein Mainliner sei sang ich »Skyliner«-Melodie mit »Mainliner« im Text, ausgesprochen Zen, sogar Giroux fuhr drauf ab. Aber scheiß auf den ganzen Kram, den Ruhm, die Prügel, ich bin Lamm und die Leute nennen mich tückischen Löwen […]
Jackiboo X

Kommt Bill diesen Sommer mit dir zurück?
Ich kann *On the Road* nicht ohne ungeheure Umstände schicken, hast es eh schon mal gelesen – obwohl ich wollte Bill und Gregory könnten es sehen. Die Leute lassen ständig meine Exemplare mitgehen. Von Lyrik habe ich die Nase voll und ich kehre wieder zur »Keine Lust auf Lyrik«-Prosa von einst zurück. Aber du und Greg und Lamantia seid [?]

Allen Ginsberg [Paris, Frankreich] an Jack Kerouac [o. O., Northport, New York?]

9 Rue Git Le Coeur Paris 6, France
26. Juni 1958

Lieber Jack:
Hab dir letzten Monat geschrieben, keine Antwort, bist du böse auf mich? Schreib, Herzchenschatz, bin hier grade voll Schnee, merkwürdige interessante großartige Bekanntschaften hier, eine ein junger Rothschild junior Burroughs, er und Bill werden irgendwann zusammen nach Indien gehen, ich werde – jemand, noch ein blonder junger Millionär hat eben ein paar alte Anzüge raufgebracht, Bill raucht grade grün in distinguiertem schwarzen Kammgarnanzug Averill Harriman, schmal, erstes Grau an den Schläfen: er hat mir meinen ersten Anzug

seit Jahren gebracht, erstklassige graue englische Wolle, hält tausend Winter – aber später – O weh O weh Jack habe heute definitiven Bescheid von LaVigne gekriegt, langer Brief, Neal ist im Gefängnis, LaVigne hat ihn nicht gesehen, hat mit Carolyn telefoniert um das für mich in Erfahrung zu bringen und mir geschrieben – er sitzt im San Bruno County Jail und wartet auf seine Verhandlung, »Zwei Fakten sind 1) dass er verhaftet wurde als er an Agenten von der Drogenfahndung verkaufte, dass man ihn (versehentlich) mit einer Reihe von anderen Verhaftungen als Nachschubquelle in Verbindung bringt (immerhin kommt er ständig mit dem Zug aus dem Süden), es gibt eine ganze Latte von Vorwürfen gegen ihn (obwohl Carolyn die nicht aufgezählt hat), 2) dass die Bullen ihn als Dean M. von *On the Road* ausgemacht hat.« Das sagt laut LaVigne Carolyn, obwohl ich bezweifle, dass Letzteres was zu bedeuten hat, womöglich nur ihre Paranoia. Obwohl ich gehört habe, dass die Szene in SF ausgesprochen übel ist, habe ein Mädchen von da getroffen die mir böse Herb-Caen-Kolumne gezeigt hat, Andeutungen Marihuanarauch am North Beach sei heute stärker als Knoblauch, jeder kann dort Pot und Koks kaufen, die Polente ist überall wegen der ganzen Publicity, die Behörden greifen hart durch, Razzia in The Place, Benutzung des Balkons verboten und nur fünfunddreißig Leute auf einmal erlaubt. LaVigne hatte eine Ausstellung dort und sie haben ihm befohlen den Balkon zu verlassen – ein Typ ein gewisser Paul Hansen fiel letzten Sonntag von einem Haus, und schließlich, der Totenkopf hat ein weiteres Mal zugeschlagen, wurde Connie Sublette[8] letzten »Dienstagmorgen von einem schwarzen Matrosen erdrosselt der am Nachmittag gestand.« – Ich habe hier vor zwei Monaten eine kennengelernt die sie gekannt hat, sagte sie hätte eine Kodeinsucht und sei nicht ganz dicht, hätte die Bullen angerufen, die Leute zu verhaften, keine Ahnung was was ist – lange Saga einer Woche der Trunkenheit in der sie ihr hinterhergelaufen sei in Fehde mit bösen Haschbrüdern oder sowas. Ich weiß nicht. Von [Al] Sublette hab ich nichts gehört, wird wohl ok sein – im Gefängnis wie ich gehört habe wegen Einbruchs … alles was ich von da drüben höre hört sich böse an … außer die Briefe von Gary [Snyder], der im Krankenhaus liegt wegen Operation an den Eiern und [John] Wieners der mit LaVigne im [Hotel] Wentley haust, sind jetzt Freunde, ich denke mal dass sie's sogar mitnander treiben … aber was machen wir wegen Neal – Ich wollte Carolyn scheiben, habe aber Adresse an der Bancroft nicht mehr, Brief kam zurück – LaVigne hat vergessen sie mir zu schicken – hast du sie? Ich versuch ihm ins Gefängnis zu schreiben. Carolyn sagte noch sie

8 Connie war die Frau von Al Sublette.

denkt er bekommt vielleicht zwischen zwei und fünf Jahren – Gott allein weiß was er selber denkt. Ich hatte unter Schaudern Vorahnung, dachte der bringt sich um, als gestern hi, plötzlich an ihn gedacht, vielleicht im Gefängnis, dann krieg ich heute den Brief. Aber die unselige kleine Connie ist traurig.

Ich komme in einigen Wochen zurück nach New York, hoffe hier wegzukommen, muss noch die Reisekosten aufbringen, aber das kommt noch, andernfalls sagt Familie man schickt mir was wenn es nicht anders geht. Gregory und ich wurden von Buchwald interviewt, Art, albernes Interview, versuchte sich verständnisvoll zu geben, aber wir waren betrunken und haben rumgesponnen, habe ihm aber am Abend darauf einen großen ernsten prophetischen göttlichen Brief geschrieben, sagte er würde das vielleicht veröffentlichen, und Gregory wird ihm noch einen luziferischen lieben schicken – aber am Ende des Artikels sagte er wir versuchten die Reisekosten aufzubringen, ich jedenfalls, um wieder nach Hause zu kommen, vielleicht könnte jemand sie schicken. […]

Aber können wir was wegen Neal tun? Leumundszeugen – er wird ja ganz allein sein außer der abgehärmten Carolyn die wahrscheinlich auch noch sauer auf ihn ist. Gary ist im Krankenhaus kann nichts herausfinden, er ist gescheit genug zu wissen wenn was zu machen ist, keiner dem ich schreiben könnte der helfen könnte – dachte vielleicht Ruth Witt Diamant oder Rexroth, nur einige Briefe, dass er ein Schriftsteller ist oder was, sagen wir mal – man schlägt ihn ans Kreuz, die Gesetze des Bösen gegen Pot, von falschen Bullen provoziert, alles nichts weswegen er leiden sollte – und wahrscheinlich irrtümlich große paranoide Spinnennetze seitens der Bullen – obwohl ich schätze er hat ein bisschen Ruhe jetzt und jede Menge Zeit zum Meditieren und ist von den Pferden weg und der Eisenbahn und Pot und Carolyn und dem Haus und seinem Leben, erzwungener Urlaub, vielleicht Glück im Unglück und er ist im Gefängnis, grimmig und friedlich, oder schreibt Gebete an Saturn, vielleicht schreibt er wieder, Würfel gefallen, ich werd in NY-Paterson-Long Island bleiben bei Eugene, wo immer, vielleicht kriegt Peter Veteranen-Wohnung in der Bronx – habe Notizen noch und nöcher, Gedichte zu tippen, Gedicht »Fall of America« fertig zu machen, vielleicht. Bibel Buch Jeremia, China wird bis 2000 eine Milliarde Menschen haben, wir werden's erleben, in vierzehn Jahren industrialisiert wie England hab ich gelesen, muss nach Heiligem Amerika rufen es auf Beat-Engel-Seele schaffen Genosse Walt [Whitman] dem Buddh-Botschafter empfehlen – andernfalls sich die Paranoiamaschine aus dem neuen Asien auf uns senkt – wir, Amerika, sind ja vielleicht doch noch visionäre Insel – immer noch an *Democratic Vistas* interessiert, er sagt wenn wir nicht Barden hervorbringen und spiritu-

elles Amerika und wenn Materialismus Gier Oberhand gewinnt, dann werden wir die »legendäre verdammte unter den Nationen« sein – also von Europa aus gesehen, nach anderthalb Jahren in Europa sehe ich, dass das passieren kann, – ja, ich sehe die vielen Tugenden aber sonntäglich häusliche Familie mit ewigem Fernsehen wie *T&C [The Town and the City]* Stabilität Stärke – selbst das und Gischt in historischen Wellen – weiße Rasse zu klein – glatte metallgesichtige Chinesen in Raumanzügen fliegen vielleicht auf den Mars. Burroughs entsetzt von all den Geschichten kommunistischer Dumpfheit, wir hören hier in Paris von Reisenden, haben in China alle Opiumraucher erschossen etc. etc. – jetzt haben sie in Tanger Pot verboten (gesetzlich und setzen das durchaus durch) (Araber müssen jetzt ihre Pfeifen unter dem Tisch verstecken) – so muss denn Amerika friedlich der Weise unter den Nationen bleiben und überleben – vielleicht Armutsgelübde ablegen und Empire State Building Besitztümer an Indien verschenken. Weißnich, nur so 'n Schimmer. […] (grade Türklopfen, habe zugesperrt wegen Privatsphäre 3 Uhr morgens Prise Koks und schreibe dir Brief.) Schon mal einen Koksbrief gekriegt? Lieber Jack, du liebst mich doch noch, ich liebe dich, sei nicht böse habe letztes Mal lange Bemerkung gemacht und über Mutter – hast du deshalb nicht geantwortet? […]
Also, gestern Art Buchwald, wir waren prall, ich sehe im Interview kommt so nicht viel rüber, obwohl er sympathisch war, ich habe ihm gestern Nacht ernsten Prosagedichtbrief geschrieben für seine Kolumne. Verstehe jetzt was du durchgemacht haben musst, wollte ich wäre dabei gewesen, bin jetzt zu müde Zunge zu gelähmt um aus mir rauszugehen, auf ein Neues wenn ich nach Hause komme, meine unbekümmerten Kicks Energie und Sinn für die Mission wie ich sie mit Gary im Nordwesten hatte oder früher in SF, scheinen dahin – nichts Neues zu sagen, wiederhole lyrische Gimmicks – frag mich wie ich mich wohl in NY mache und ob ich was Wildes machen muss – habe noch nicht mal Lust Lesungen zu machen, *Howl*, kann noch nicht mal ekstatisches Band in schallgedämpftem Studio von französischer *Vogue* aufnehmen, obwohl ich $ 50 Vorschuss dafür bekam, krieg das einfach nicht richtig hin, vielleicht in Newmans Studio in NY kann mich da besaufen – mache letzte Heulplatte. Hilf mir. Was machst du – hab gehört deine Platte (Platten?) ist raus – Steve Allen? Obwohl ich noch nichts drüber gehört habe. Ich lege dir einen Brief von Terry Southern bei, Freund von Mason [Hoffenberg], schrieb sinnloses wenn auch hippes N.-West-Buch in England von Deutsch[9] deinem Verlag veröffentlicht – vielleicht

9 André Deutsch (1917–2000), englischer Verleger. (A. d. Ü.)

kannst du ihm antworten – ich schreib ihm, dass Viking Schwulenpassagen, einige Personen die sich diffamiert fühlen könnten und die ganze Syntax der Rolle von *On Road* verändert hat – haben sie auch Pot rausgenommen? Ich meine mich erinnern zu können, dass sie Prosa aufgebrochen eine Menge Sätze gekürzt und den Bennyfluss unterbrochen haben. Er (Southern) scheint es gut zu meinen und an Prosa interessiert und hat sich die Mühe gemacht zu schreiben und nachzuforschen und so habe ich Lust ihm informationshalber zu antworten. Hast du *Road*-Rezensionen aus England *Times* und *Observer* gesehen? Einer (John Wain) hat uns beide ausgiebig attackierend zitiert etc.

Buchwald sagte er würde uns (und besonders Bill) John Huston vorstellen der hier ist und einen Film dreht. Bill hat Idee für Panoramafilm über Tanger (Episoden durch Augen von Bill-Junky krank an Ramadan-Feiertag auf der Suche nach Apotheke gesehen, Stricher auf der Suche nach schwulem Freier, femininer Tourist mit Mutter), Stadt durch andere Burroughs-Augen gesehen, nebeneinander gestellt. Oder vielleicht verdienen Greg [Corso] und ich Reiseknete als Kleindarsteller – oder sehen vielleicht einfach Huston und Burroughs beim Plaudern zu. Linsensuppe und Bayonne-Schinken auf dem Herd, blaue Morgendämmerung verregnet-bewölkter Himmel die ganze Woche, Koks lässt nach, ganze Nacht mit den Zähnen geknirscht, Katze auf dem Bett putzt sich die Brust, graue ruhige Katze Bill quält überhaupt nicht mehr, wieso schreibst du mir keinen Liebesbrief, schämst du dich meiner schreib ich nicht oft genug oder bin ich nicht ausreichend in Leere eingetreten bereit für den Tod? Ach Jack, bist du müde – du schreibst an langem einsamen Heiligenschein für *Sax*? Ich werde innerhalb eines Monats zu Hause in NY sein, treffen wir uns doch wie Engel und sind unschuldig, worüber brütest du denn auf Long Island, halte meine Hand, ich möchte Lucien wiedersehen und Schatten von Rubenstein und London Towers und 43, 1943[1944], unser Spaziergang über die 119th St. zum theologischen Seminar als ich dir von meinem Abschied von Lucien erzählt habe und meine Tür im 6. Stock und Abschiedsgebet an der Treppe dort, ist nicht Sebastian [Sampas] treu bis zum Ende? Habe [Seymour] Wyse vor einem Monat in London gesehen grinsend über dem Ladentisch eines Plattenladens in Chelsea, gleichgültig, ernst, keine Veränderung im Gesicht, sieht immer noch aus wie früher, hat noch nicht mal Speck angesetzt. Schreib mir Nachricht, ich komme nach Hause, schreib Neal, was gibt's Neues, was machen die Provinzler, Schnee ist geschmolzen, ich geh jetzt schlafen.

Gutnacht

Allen

Anmerkung der Herausgeber: Kerouac hatte enorme Schwierigkeiten mit dem Druck, der mit dem Ruhm einherging. Er begann sich noch mehr als bisher aus der Welt der Beat Generation zurückzuziehen, einer Welt, in der Ginsberg in den kommenden Jahren mit Begeisterung aufgehen sollte. Der folgende Brief illustriert die wachsende Kluft zwischen den beiden Autoren.

Jack Kerouac [Northport, New York] an
Allen Ginsberg [Paris, Frankreich]

2. Juli 1958

Lieber Allen:

Mittlerweile wirst du wohl den Brief meiner Mutter an dich bekommen haben, den sie geschrieben und abgeschickt hat, ohne mir was zu sagen und entsprechend nur eine 6-Cent-Marke draufgepappt hat? wie auch immer, ob nun ja oder nein, gibt nichts Neues über Probleme vom Ozone Park von 1945, nur dass ich heute eher zu ihrer Meinung neige, nicht hinsichtlich dessen was sie sagt, sondern weil ich mich zurückgezogen habe (du hast ja die Anfänge meines Rückzugs in Tanger und Peters Einwand mitbekommen, erinnere dich) und mein eigenes schlichtes Ti Jean (was immer du davon hältst) Leben führen möchte, also den ganzen Tag in Overall, nicht mehr ausgehen, keine weinenden asiatischen Mobs mehr unter meiner mitternächtlichen Buddha-Pinie, keine »Horde silberner Helme« (was in Ordnung geht für großen Historiker und Dichter Corso, der ein Romantiker à la Shelley ist) – ich bin nur ein buddhistischer Katholik und brauche Scheißunfug und Rosen nicht mehr. Was bedeutet das? Ach übrigens, ich war nicht böse auf dich wegen deines Briefs, ich habe nur überlegt was ich dir sagen soll, hat nichts damit zu tun oder mit irgend sonst was was du gemacht hast da du dich nicht änderst, ICH bin es, der sich ändert. Abgesehen von einigen ruhigen Besuchen in NY oder vorzugsweise in Paterson bei deinem Vater möchte ich keine hektischen Nächte mehr, keine Beziehung zu Hipstern und Schwulen und Village-Typen, noch weit weniger irre Trips ins unselige Frisco, ich möcht nur zu Hause bleiben und schreiben und mir selbst über alles klar werden, in meinem eigenen kindlichen Kopf. Das bedeutet natürlich, dass ich nicht im Traum dran denke mich bei Julius [Orlovsky] Drecksmaul oder Neals Untergang einzumischen, wie oft hab ich ja auch du ihm gesagt, er soll halblang machen, dass es nicht so weitergehen kann, weder in Kalifornien noch sonst wo in Amerika und dann geht er auch noch her und fängt an zu dealen, wahrscheinlich um einen Dollar für Extra-Frühstück zu sparen, armer N hat schon immer einen Penny gespart um Dollars auszugeben. Er schreibt übrigens womöglich jetzt *The First Third*, denk ich mal – was soll er schon machen? solange das kein Dostojewski-Sibirischer Terminus für Zwangsarbeit im Schnee ist. Carolyn kann sich auch irren, dass die Polente über Dean Bescheid weiß, aber so oder so, wie sieht die tatsächliche Verbindung denn aus? es ist Fiktion, steht doch auf dem Umschlag, und Dean hat nie gedealt. Ich habe von dem Horror in Frisco Selbstmorde und Morde gelesen und Lucien kam rüber und ließ mich UPI-Interview improvisieren um mich von solchem Scheiß zu distanzieren. Ich bin mit meiner Mutter insofern einer Meinung als du (über reine Lyrik und Prosa hinaus) meinen Namen nicht für irgendwelche deiner Aktivitäten benutzen solltest, als da wären Politik, Sex, etc. »Action« etc. etc. Ich lebe jetzt im Ruhestand von der Welt und gehe später in meine Berghütte und werd schließlich im Wald verschwinden soweit das heute noch möglich ist. Deshalb habe ich auch nichts unternommen um den armen Peter zu sehen oder auch nur [Joyce] Glassman, Lamantia ging mir mächtig auf den Sack im Frühjahr als er mich als Reklame für seine Lesungen benutzte: mit schreiendem Howard Hart bei Joyce reinzustürzen (was ja eine Weile ganz witzig war) und dann zu verschwinden, als wäre überhaupt nichts gewesen, er ist wirklich ein Hochstapler. Wunderbar das mit Bills großem neuen proustschen krank-im-Bett ästhetischen Millionärsgenie, hoffe die beiden machen was zusammen in Indien, ich meine wo kann Bill schon hin? Das letzte Mal sagte er was von Portugiesisch-Ostafrika. Weiß Gregory, dass er in Dantono Walkers Kolumne (*NY Daily News*) erwähnt wurde wo's hieß: »Während die Autoren der Beat Generation bei Lesungen in Nachtclubs das große Geld einstreichen, hungert Gregory Corso, der das alles vor Jahren aufgebracht hat, still in Paris vor sich hin.« Auch Robert Frank der große Fotograf hält ihn für den größten Dichter. Und dann kenne ich da noch ein Mädel (zwanzig, reich) das sich bereits in ihn verliebt hat. Ja, ich bin über die Vorstellung von Untergang und Orient und Massen hinaus, die Welt ist groß genug um sich selber in Ordnung zu bringen, *Sax* sagte, das Universum entledigt sich seines Bösen selbst, und dasselbe gilt für die Geschichte. Du unterschätzt das Mitgefühl von Onkel Sam, schau dir die Bilanz an. Ich weiß in unseren paranoiden Köpfen wird alles in Sintfluten untergehen, aber vielleicht nicht in der Natur. Was ein friedliches weises Amerika anbelangt so denke ich wir haben das jetzt. Ich glaube es einfach, ich habe keine Fakten um es zu belegen, wie Einstein keine Fakten hat um zu belegen was Buddha völlig geläufig war (elektromagnetisch-schwerkraftbedingte Ekstase). Schön Burroughs, okay, Großer Lehrer, das Universum ist genau zwei Milliarden Jahre alt – was die anderen 2999 Großen Chiliokosmen angeht rate mal. Sei nicht böse, Allen. Ich schrei dich nicht an. Ich bin jetzt wie Lucien, ein ruhiger Mann mit Familie, wieder ganz von *T&C*-Solidität, und schwimme auch ganz und gar nicht im Geld. Noch kein Geld von Filmen, und das Geld aus den Tantiemen steckt im Haus … aber ich will einfach von jetzt an selber hinter alles kommen … ich bin der Einflüsse von außen müde. Mit dem Halo der Einsamkeit komm ich auf was. Außerdem interessiert mich nur der Himmel, der offensichtlich unsere Belohnung ist für all das Geschrei und Leiden das wir hier haben. Wenn du zurückkommst sprechen wir im Einzelnen über die Veröffentlichung deiner selbst und Bills und Gregs … Sei mir diesmal vorsichtig in NY, du weißt Henri Crus Feinde haben mich im Suff zusammengeschlagen und fast umgebracht und Leute schreiben im Village »Kerouac Go Home« an Scheißhauswände … da bleibt mir nicht viel Lust auf denselben alten Scheiß vergangener Jahre, Mann. Mir ist nach mitternächtlichem Schweigen und morgendlicher Frische und Wolken am Nachmittag, und nach meiner eigenen Sorte Knabenleben in Lowell. Was die freudschen Implikationen angeht oder die marxistischen oder reichschen oder spenglerschen, ich nehme Beethoven.

Ach warum halt ich nicht einfach den Mund, ständig diese Angeberei? Dein Brief ist ausgesprochen toll und es tut mir leid und doch bin ich froh dass wir jetzt eine neue ruhige Beziehung à la Van Doren miteinander haben werden. Lucien ist übrigens voll und ganz mit dir einverstanden, sagt ich spinne und dass Frauen Angst vor männlichen Schwulen haben die sich ins Geschirr legen aber keine vor Tunten. Mein eigener Grund ist: Frieden. Und die Taube. Im Riss meiner Decke, die Taube. George Martin[10] stirbt in der Küche. Baseball-spiele. *Memory Babe*, mein neues Buch großes RR Earth befeuert mit Erinnerungen aus Lowell. Ich seh dich dann um den September rum, werde bis dahin nicht aus dem Haus gehen, ganz nach Gelübde im Juni, wegen Arbeit.

Ach ja, Allen Gutnacht

---

10 George Martin ist Jack Kerouacs Vater Leo in *Town and the City*.

Allen Ginsberg [New York, New York] an
Jack Kerouac [Northport, New York]

Dienstag, 20. Aug. 1958
170 E 2 St Apt 16 NYC 9

Lieber Jack:
Schnelles Schreiben, habe noch keinen bequemen Tisch zum Tippen. Wohne
jetzt 170 East 2nd Street, Apartment 16, New York – das ist zwischen Ave[nue]
A und B – großartige Gegend in der Lower East Side. Ich mache lange Spaziergänge um die Orchard Street – ging in hebräisches Bestattungsinstitut und
sah großen Grabstein mit GINSBERG drauf ausgestellt. Wir (Peter und ich)
haben vier Zimmer – nach vorne heraus haben wir Blick auf nachts durch-
arbeitende Roggenbrotbäckerei mit lärmigen Trucks, aber das ist ganz nett die
ganze Nacht, die Lichter und das Geklimper von Glas – wir haben noch keine
Möbel, aber eine Extrapritsche in einem Zimmer und einige indische Teppiche – haben Heizung, großen neuen Herd, Eistruhe, Warmwasser, etc. etc.
große solide Wohnung wie für Familie – $ 60 im Monat für uns beide obwohl
bisher Peter bislang bezahlt. Bequeme schachtelartig quadratische Zimmer in
schachtelartig quadratischer Wohnung, aber großmächtige dicke Türen also
jede Menge Privatsphäre von einem Zimmer zum anderen – haben diese Woche
mit Tünchen und Putzen verbracht. Kannst hier bleiben wann immer du willst
wenn du NY-Refugium brauchst – neue Politik, dass keiner zu Besuch kommt,
soll eine stille Burg nur zum Schlafen sein, Vögeln, Kochen und Schreiben. Ich
schicke Peter jeden Abend um 11 zur Arbeit, mache dann Tour durch die Bars,
schaue im Five Spot vorbei, keiner kennt mich außer dem Kellner der mich
umsonst reinlässt und mich gelegentlich mit Bier und Tratsch versorgt, ich höre
stundenlang anonym Thelonious Monk. Dann nach Mitternacht besuche ich
vielleicht Lucien und wir sehen uns gemeinsam die Late Show an, wir trinken
nicht, so haben wir uns auch bislang nicht viel unterhalten, nicht tief. Er fährt
heute auf dreiwöchigen Urlaub auf dem Land. Habe da gestern Monacchio
und Merims gesehen, und letzte Woche Luce und Hudson auch dort. Bislang
unterhalten Lou und ich uns über Politik. Dann gehe ich ins San Remo oder
in die Cedar Bar, einmal [Michael] Rumaker getroffen und häufiger Edward
Marshall, großer religiöser Dichter, er ist der beste der jungen Dichter – du hast
sein langes verrücktes Gedicht in *BMR?? [Black Mountain Review]* gesehen.
Ich dachte er wäre merkwürdiger grantiger pickliger Schizo, aber er ist stäm-

miger blonder männlicher Schwuler, der Theologie episkopale Bibeln studiert und ganztags an der Columbia in der Bibliothek arbeitet, und schreibt lange primitive originelle bekennende Gedichte. Eines Abends auch [Frank] O'Hara getroffen, haben uns einfach unterhalten, und die Mädels (Joyce [Glassman] und Elise [Cowen] und Helen Eliot) eines Abends, und Dusty [Moreland] an einem anderen, und Walter Adams, ich besuche sie alle, schleiche mich an wie ein Gespenst und unterhalte mich den ganzen Abend mit ihnen darüber was bei ihnen so war. Dann geh ich nach Hause, ich habe meine Bücher aus Paterson mitgebracht, lese die *Iliade* oder was auch immer, lege mich hin und überlege, koche. Habe auch Don Allen wiedergesehen – diese Woche werde ich die ganze Woche in Easthampton sein, Peter hat fünf Tage Urlaub, wir werden auf Felsen in der Sonne vögeln, bei Richard Howard wohnen und all die reichen Maler kennenlernen. Bin also nächsten Donnerstag wieder da.

Habe deinen Brief verspätet in Paterson erhalten, und dir für den Scheck gedankt, glücklich, dass du schreibst, ich war mir nicht sicher ob du willst dass ich schreibe, also habe ich auf ein Zeichen gewartet. Habe auch Brief von Gregory erhalten, er hat Lapland besucht ist wieder zurück in Paris, noch immer kein Wort von Bill, Whalen sagt (er hat geschrieben) dass er uns diesen Herbst oder Winter besuchen kommt, – außerdem ist Sheila Boucher [Williams] – mein altes Mädchen – aufgetaucht, ist ihrem Mann weggelaufen, habe mit ihr Spaziergang durch Bowery über die Manhattan Bridge gemacht auf ein Augenzwinkern Manhattaner Ewigkeit. Sie saß in Minnehaha, mittendrin USA, hab's vergessen, vier Tage im Gefängnis wegen Landstreicherei, hat deinen Malerkumpel kennengelernt, lieber Kerl, und ist jetzt mit ihm unterwegs. Sie sagt Gary [Snyder] stand vor ihrer Tür, ging an ihrem entrüsteten Gatten vorbei, und fragte: »Bist du so weit, Sheila?« Half ihr beim Packen und fuhr sie nach SF. Gary will sie heiraten sagt sie – dass sie in Japan Babys kriegen soll. So wird denn Gary, jedenfalls sagt sie das, später im Herbst auch hier sein. Auch LaVigne kommt. September. New York wird großartig diesen Winter. Vielleicht halten wir alle eine verrückte Lesung zusammen, freier Eintritt für die Massen, kein Bullshit. Ich habe Howart Hart getroffen, mochte seine Lyrik nicht, er hat mir was rezitiert, und alles worüber er sprach war Kohle und Zaster und wollte dass ich mit ihm als Partner teure Lesung halte, versuchte mich meiner Ansicht nach abzuziehen. Ich denke du hast recht, Lamantia und er sind Hochstapler was Dichterlesungen anbelangt und bringen sie bloß in Verruf. Er hat sich mit Lamantia in Frisco gestritten, zu allem Überfluss. So ein Scheiß.

[...]

Lucien sagt du hast die Bürger'sche Krankheit – hast du da draußen auch einen wirklich guten Arzt? Falls nicht solltest du in die Stadt kommen und zu [Dr.] Perrone gehen um das in Ordnung bringen zu lassen. Hört sich an als ginge das über das Stadium hinaus, in dem ein Kopfstand als wirksame Behandlung zu sehen ist. Achte mir bitte auf dich du solltest jetzt nicht aufgeben und sterben. Ich hab dich immer gebraucht.

Schleich dich doch mal in die Stadt und besuch uns in einer Woche oder später wenn du bis September noch zu Hause bleiben willst. Mir ist nicht nach einer wilden Szene und Saufen, noch will ich dich betrunken sehen, noch werd ich selber je wieder an selbstmörderischen Besäufnissen teilnehmen. Ich würde lieber spazieren gehen oder mich mit dir hinsetzen und reden oder ins Metropolitan Museum of Art gehen und den Brueghel dort lesen.

[...]

Also, später – ich schreibe wieder, schick mir eine Postkarte in die 170 E. 2nd Street damit ich weiß, dass du den Brief hier wohlbehalten bekommen hast und er nicht in die traurigen Hände des Schicksals gefallen ist.

Ach ja, ich habe [William Carlos] Williams getroffen, in Rutherford, mit ihm und seiner Frau zu Abend gegessen, und er meinte sie halten dich beide für sehr charmant und lieb, ich soll dir Grüße bestellen. [Ezra] Pound war bei ihnen gewesen und über Nacht geblieben, nachdem er aus dem Krankenhaus gekommen war – die hatten ihn dort für nicht ganz dicht gehalten. Er hat fünf Leute mitgebracht, Gattin und dann hat er noch eine kleine Freundin. WCW hat mir ein Bild von ihnen gezeigt – W traurig, sitzend, Pound hinter ihm dünn und drahtig und mit bloßer Brust beide mit Blick in die Amateurkamera. Ich erzähl dir noch davon. Wir haben uns über Versmaße unterhalten und darüber zusammen lyrisch in die Vollen zu gehen.

okokokokokok

Kokomo

Jack Kerouac [Northport, New York] an
Allen Ginsberg [New York, New York]

28. August 1958

Lieber Irwin:

Von der Erde in ein besseres Land, ich weiß, ihre Engelsstimmen hör ich rufen
Old Black Joe … ich komme, ich komme … denn mein Haupt ist geneigt.[11]
Ist ein hübscher Song, läuft eben auf meinem FM-Sonntagsmusikprogramm
ohne Gequatsche. »Warum seufze ich, dass meine Freunde nicht wiederkeh-
ren …« und das war der Song den ich auf der Zither gespielt habe auf einer
Bühne vor einem Riesenpublikum, da war ich elf. Mein Lieblingssong, sehe
ich jetzt.
Ja, Edw. Marshall ist ein guter Dichter. Aber hast du Stan Persky noch nicht
entdeckt? Ich bring sein Werk das nächste Mal mit.
Carolyn hat mich letztes Jahr in Berkeley runtergemacht, also halte ich lieber
den Mund. Neal hat Geld jenuch, das weiß ich. Er schreibt nicht, und wenn
er mir schreibt, dann ist das was anderes, weil ich nie vergessen werde wie ich
ihm damals Süßigkeiten und Magazine ins Krankenhaus gebracht habe und
er mir gesagt hat, ich sei über ihn »gekommen«. Unser rauwangiger Neal war
sauer auf mich und eines Tages sprang ich in Bayshore von der Lok und sah
ihn plötzlich, und er fuhr schuldbewusst davon.
Du hast wahrscheinlich recht wenn du sagst, dass die Rechte für *On the Road*
wertvoller werden, aber ich will sehen was aus dem Schlamassel wird und das
jetzt, sie wollen, dass Joyce Jamison LuAnne spielt und das würde den Film
zum Hit machen und ich kriege fünf Prozent und Mort Sahl sagte, er wolle den
Film sehr nahe am Buch gemacht sehen, was besser ist als MGM. Inzwischen
macht MGM einen Film mit dem Titel *Beat Generation* mit Jerry Lee Lewis,
haben mich noch nicht mal wegen des Copyrights auf den Titel 1955 gefragt
(erinnerst du dich, Jean-Louis, *New World Writing 7*, von einem Roman-in-
progress BEAT GEN. Copyright 1955 Jean-Louise etc.). Sterling wird sie also
wegen einer Ablöse für das Copyright verklagen. Ich habe außerdem Holmes'
Artikel in dem er mir die Prägung der Wendung zuschreibt und anderen Kram.
Die hauen mich wirklich übers Ohr in H'wood, *The Subterraneans* für ein
Appel und 'n Ei, etc. Stell dir vor, Sloane Wilson[12] kriegt eine halbe Million

11 Nicht ganz wörtlicher Text des Songs »Old Black Joe« von Stephen C. Foster (1853).
12 Sloan Wilson, 1920–2003, Autor; *A Summer Place*, Delmer Davis, 1958, dt. *Wenn der Sommer
    kommt.*

Dollar für *A Summer Place*. Ich will das alles nicht, aber sicher sind fünfzehn Mille nichts in H'wood, oder die 25 die mir für *Road* angeboten und dann zurückgezogen wurden. Das hört sich albern an für dich in deiner Armut, aber wenn ich je ein Einkommen habe (Treuhandfonds) dann habe ich auch hin und wieder Geld für dich, gratis. Nicht für jeden, nicht für gefräßige Gregorys und Neals, sondern für liebe heilige Poeten die in stillen Palästen an der East Side Lungeneintopf kochen. Nein, ich habe nicht die Bürger'sche Krankheit, ich habe einen guten Arzt Doktor Rosenberg, ich hatte Geschwüre, von Giftefeu schätze ich mal der mich vergiftet hat weil ich ständig Basketbälle aus dem Kraut gefischt habe. Nein, keine Phlebitis, nichts. Mein wirkliches Problem ist das Trinken. Ich trinke allein und manchmal selbst allein zu viel. Ich nehm Dexamyl (auf Rezept) um zu schreiben und die sind nicht gesund. Erinnerst du dich noch an das wunderbare Benzedrin? wie wir darauf gekackt und geschwitzt und gepisst und abgenommen haben und irre high waren, Dexamyl führt zu Verstopfung, macht einen fertig, kaputt, igitt, hässliche Depressionen, schlimmer als Benny. Unsere lüsternen Ärzte wollen mir kein Benny geben. In dem verdammten Dexamyl ist Kodein, das für die Verstopfung verantwortlich ist, da gehe ich jede Wette ein. Und so bin ich immer noch dick.

Ich freu mich, dass du lange ruhige Gespräche mit Lucien führst. Ich frage mich wie er all die schreienden Besucher erträgt inklusive mir? armer Hund, hat kein eigenes Leben. Er ist wirklich und wahrhaftig ein gütiger aristokratischer Mensch. Er meinte mein »Lucien Midnight« sei ihm gegenüber abwertend gewesen, erhöhend hätte er sagen sollen. Finde noch nicht mal im Wörterbuch Worte dafür! Habe grade langen Brief an Joyce [Glassman] geschrieben in dem ich mein gegenwärtiges Werk beschreibe, bitte sie doch ihn dir vorzulesen, wenn du eine Vorstellung bekommen willst. Ich bin davon genervt und gelangweilt, aber ich war auch von *Dharma Bums* genervt und gelangweilt. Ich habe keinen Spaß mehr am Schreiben. So was von fade. Hab mir einen Webcor [Plattenspieler] gekauft, drei Geschwindigkeiten, und meine eigenen Platten gespielt, meine drei Norman-Granz-Alben sind die größten Lyrikplatten seit Dylan Thomas und ich glaube, Granz bringt sie noch nicht mal raus, zu lüstern. Ich lese wirklich wie ein Irrer. Nette tiefe Stimme obendrein. Steve-Allen-Album kommt angeblich bei Hanover Records raus, ist eine richtige kleine Perle. Wenn du einen Spieler hast bring ich sie mit in die Stadt. Mein eigener ist tonnenschwer. Ja, und hat sich Hart nun körperlich mit Lamantia angelegt oder was? Wenn du kostenlose große Lyriklesung mit Gary [Snyder] et al machst dräng mich bitte nicht mitzumachen. Ich höre einfach zu wie in Frisco.

Ich habe Angebote für Geld zu lesen überall im Land und habe sie alle abgelehnt. Zu schüchtern, verdammt noch mal. Ich bin nicht gern auf der Bühne. Falls Gary kommt und Phil [Whalen], dann wird das merkwürdig, nicht wahr. Falls du mit Bob Lax reden willst, der hat Telefon TWining 9-1323 und wohnt in 3737 Warren St. Jackson Heights. Er hat mir grade einen Brief geschrieben, einen leeren Umschlag (!)(?) Großartiger Tag am Morgen, ich geh jetzt sterben, mir geht's beschissen (Dexies). Seh dich bald. Schnippschnipp schnipp.

Sie wollen, dass ich einen Kommentar auf Norman Mailers Gerede über Hip und Gott schreibe, er sagt Gott sterbe etc. Irgendwie Unsinn, obwohl er ein netter ernster junger Kerl ist. Aber ich will nichts zu tun haben mit ihm und seiner Gang. Außerdem wollte man, dass ich auf der Bühne mit Max Lerner diskutiere für $ 100 Honorar an der Brandeis Univ., glaub nicht, dass ich das möchte, großer graugesichtiger liberaler Hohn ... Adieu arme $ 100. Wenn du und ich und Bill ALLE unser Werk veröffentlicht haben, dann redet keiner mehr von Nabokows und Silones. Wird lange dauern, und wenn es so weit ist, dann spielt es keine Rolle mehr, und dann treten wir in die Ewigkeit, ein und es ist uns sowieso alles egal. Und so haben wir eben bereits Ewigkeit, und wir hier in unserer Gruft Seligkeit unseres Schlafs.

Inzwischen hat mir Jonathan Williams seine schreckliche Liste von Dissidenten armseligen intellektuellen Wracks geschickt, diese ganze BM-Gang [Black Mountain] sind alles Schwätzer, wenn du mich fragst ... große abstrakte eingebildete Traktate über nichts.

    Eine nach der anderen,
        bleiben meine Katzen
    Wenn es donnert
    stehen

Und was Alan Watts angeht, ich nenne ihn in *Dharma Bums* Arthur Whane, was Altenglisch für Pferdebremse ist, weil er uns in der *Chicago Review* so gestochen hat. Ah, der Himmel wird uns respektieren. Oder eigentlich fange ich mal besser an, den armen Mr. Watts zu respektieren. Dieser ganze Ruhm lässt einen eher rummeckern als ekstatisch werden, meinst nicht?

Adios

Jack

Rosenthal von der *Chicago Review* möchte, dass du ihm *Prosa* schickst. Schreib doch bald c/o Paterson. Schick ihm Brief mit Auszug.

P.S. Ich habe mich entschlossen die Lerner-Einladung zu akzeptieren und einen vollen Satz Ölfarben und Leinwände zu kaufen. Grade kam Tantiemenscheck an, halb so groß wie erwartet.

Allen Ginsberg [Paterson, New Jersey] an
Jack Kerouac [o. O., Northport, New York?]

ca. 31. August 1958

Liebes Gespenst:

Tja was sind wir wieder clever. Warum hast du mir nicht gesagt, dass das Leben ein Traum ist? Habe mir heute etwas Nitrosoxid gegeben, zweimal hintereinander als Experiment, in einem Zahnarztstuhl – bin durch alle Kalpen, Kalpas, »in alle Richtungen« von innen und außen, wie du sagst – hab mich nie so amüsiert. Viel zu besprechen, habe einige passende Zeilen geschrieben, verdammt noch mal, ist alles ein Riesenschwindel – einzige große universelle Veräppelei wie alberner Woody Woodpecker der lachend in entschwindender Augenhöhle eines kosmischen Cartoons verschwindet, alle Universen verschwinden alle auf einen Schlag. Tut mir leid, dass ich so taub war, ich war noch auf den Harlemer Gott fixiert – verstehe immer noch nicht wie beide absoluten Eindrücke ohne Widerspruch im selben Universum existieren können. Aber ich lasse alles zum einen Ohr rein und zum anderen raus.

Wollte jetzt deine Gedichte und Buddha-Bücher noch mal lesen. Bring sie mit in die Stadt, bitte bitte – kein Scherz Ernst. Wenn du reinkommst.

Alle möglichen Sachen fügen sich auf einmal, und jede Menge Zeit ihnen Gelegenheit dazu zu geben, mach dir also keine Sorgen, ich flipp nicht aus. Ich habe einfach zuvor nicht verstanden wovon du redest, oder Gary oder Phil, wenn wir schon dabei sind.

Bin in Paterson, ich schreib von NY aus – deinen Brief hab ich gekriegt. Wirklich zum Schießen.

Iriwn

PS: Gregorys Brief war großartig – wie die alten von Neal. Ich habe »Bomb« betrunken um 3 Uhr morgens im Five-Spot gelesen vor drei Leuten.

Jack Kerouac [Northport, New York] an
Allen Ginsberg [New York, New York]

28. Oktober 1958

Lieber Allen:

Also ich werd Sterling sagen er soll Folgendes machen, und das ist was ich will: den neuen Verleger dazu kriegen, *Sax* für $ 7500 Vorschuss zu kaufen ohne auch nur eine einzige Änderung; so bekomme ich *Sax* veröffentlicht, was spielt es für eine Rolle bei wem? oder gebunden oder als Taschenbuch? veröffentlicht ist veröffentlicht und gelesen und kann in fünf Jahren als Hardcover nachgedruckt werden. Ich brauche die $ 7500 jetzt um den Kauf des Hauses abzuschließen, damit ich es zum Verkauf anbieten kann. Wenn ich das Haus jetzt nicht kaufe, verliere ich die $7000 die schon drinstecken, durch große Verzugsklagen. Eine harte und böse Welt. Aber *Sax* wird engelmäßig veröffentlicht. Wenn sie Änderungen vornehmen, wird nichts draus, dann geb ich's Don Allen zurück. In der Zwischenzeit bestehe ich darauf, dass Viking als Nächstes das wunderbare *Visions of Gerard* nimmt und veröffentlicht. Keine Änderungen außer da wo ich die buddhistischen Bilder rausnehme und durch katholische ersetze, wo es schon eine Geschichte über einen kleinen katholischen Heiligen ist. Theologisch besteht da kein Unterschied … Der Heilige Geist ist Dharmakaya (der Körper der Wahrheit.) Verstehst du? Etc. Dharmakaya bedeutet buchstäblich Heiliger Geist oder Heilige Wahrheit, also was soll das große Trara? So habe ich denen gesagt, okay ich gehe nach Paris, aber das Buch über Paris schreibe ich erst ein Jahr später nachdem ich Zeit gehabt habe, die Ereignisse zu verdauen. Inzwischen schreib ich, ja ich denk mal, ach was, ich weiß jetzt, wenn ich dieses Weihnachten ins friedliche Florida komme ohnehin *The Beat Traveler* über meinen Trip zu Burroughs in Tanger dann rauf nach Frankreich und London und wieder zurück, und all die verrückten Seegeschichten drum rum, als ich in den großen Sturm geraten bin und wir nach Süden die Flucht ergreifen mussten und fast gekentert wären und ich die ganze Jakobsleiter ins Meer habe fahren und auch Stella Maris gesehen und mir gedacht habe WAS HIER PASSIERT IST GOTT was das Einzige war was ich denken konnte schließlich dachte ich wir würden alle ertrinken … Ach arme Seeleute. Okay, so ist das richtig. Inzwischen schicke ich »Lucien Midnight« an [Irving] Rosenthal und wenn er es ablehnt ist er verrückt, ist aber möglich weil ich ihm gesagt habe, er soll mir honorarmäßig zahlen was immer er kann oder zahlen will.

Mir zittert heute derart die Hand, Henri Cru kam aus heiterem Himmel vorbei als ich grade mit meinem Baby zugange war und das Haus war dann plötzlich voller Trinker hier vom Ort und wäre das Mädchen nicht gewesen, das gekocht und sauber gemacht hat, es würde hier grauenhaft aussehen. Sie kommt Donnerstag wieder um sich um alles zu kümmern während ich tausend Briefe zu beantworten versuche. Also habe ich mich heute, allein im Haus, hinzusetzen und großes wunderbares Gedicht über goldene Ewigkeit zu schreiben versucht und konnte nicht weil mich diese Welt in letzter Zeit derart behelligt, dass ich noch nicht mal mehr einen Bleistift bewegen kann, und so weiß ich jetzt wenn ich Luciens Rat annehmen und schreiben möchte, dann muss ich raus aus NY, und werde (eigentlich weniger »behelligt« als mit Partys bedacht, aber mein Gott jeden Tag, jede Nacht, keine Ruhe, kein Alleinsein, kein Nachdenken, kein Gegen-Wände-Starren oder in Wolken mehr möglich.) Großes verrücktes Telegramm zum Beispiel von Lucien, ein britischer Lord will rauskommen und mich interviewen und ich wurde erst GESTERN von der *Herald Tribune* interviewt hier im Haus, »Millionen cooler schöner Marlon Brandos« habe ich ihm gesagt, soll er sagen, das ist die Beat Gen... Und *Look* soll auch auf ein Interview rauskommen und inzwischen versuche ich meine armen verängstigten Katzen zu füttern und mich um sie zu kümmern, der Hof voller Autos. Wann finde ich Zeit Neals Neons ins Reine zu abtippen. Allen, kannst du nicht im Büro von New Directions vorbeischauen und tippen was immer du willst (wenn Laughlin nichts dagegen hat). Wenn du Vorstellungsschreiben und Erlaubnis brauchst schick ich was. Wenn's nicht geht, tippe ich eben Neons, sag Bescheid. Was Gedichte angeht, ich weiß einfach nicht welche auf immer ewig sind, Herr gott noch mal, die auf immer ewigen sind die die ich Don Allen auf der Rolle gegeben habe, aber ich habe noch viele mehr. Warum schicke ich dir nicht ein paar und du urteilst. Abgesehen davon, wie sieht's denn mit deinem Abgabetermin bei City Lights aus? Sag mir Bescheid wegen Termin, ist der nötige Tritt in den Arsch. – Bruno kam anderntags nicht wieder, hat sich beim Weggehen wahrscheinlich gedacht: »Ach ist nur eine weitere Schwuchtel«, man weiß bei den Typen nie, es sei denn du hast recht mit dem Scheißefluss ist-mir-egal-alles-okay. Wie dem auch sei, wann immer ich was von Ficken sag, ist das doch nicht so gemeint, es ist nur ein Zen-Witz. Ja es ist das Einzige was ich nie gemacht habe, erinner dich. Wegen der Situation mit Tuttle etc. und Grove[13] das kapier ich einfach nicht,

---

13 Es handelt sich hier um Anspielungen auf einige Anthologie-Projekte, die Ginsberg Kerouac vorgeschlagen hatte.

aber gib Bescheid wenn die Zeit reif ist Herrgott noch mal ja ist mir egal, aber ist eine gute Idee für Phil und Gary loszulegen und einige ekstatische Gedichte loszulassen.

Dody [Muller] ist Malerin, eine große Kombination aus Alene-Esperanza vom Aussehen her (lacht genau wie Alene), aber nicht frigid wie Alene, kein Junkie wie Espy, besser gebaut auch, tolles Weib, halb Indianerin Komantsche, halb Französin, gute Malerin (riesige Al-Leslie-Leinwände mit rosa und blauen Frauen beim Baden)(auch ganz winzig kleine so groß) und regelrechte barfüßige Provincetown-Mexico-City-Intellektuelle Helen Parker und fantastische Köchin und sauber wenn's ans Abspülen geht, macht die Küche wunderschön mit Blumen und Gemüsearrangements und im Kerzenschein ist ihr Gesicht heilig mit den schwarzen Augen und hohen Wangenknochen wie ich es mag und alle mögen sie und junge Witwe ist sie auch. Und liebt mich. Und ich liebe sie. Keine Ahnung was daraus wird. Hat früher pornografische Bilder in ihr Notizbuch gemalt, das aber ihre Mutter heulend ins Meer geworfen hat. Mit anderen Worten würde Neal gefallen Klassepuppe und so verdammt sinnlich, dass ich mein Glück nicht fassen kann. Sie kennt Gott und die Welt, was zu schade ist. Aber auch wieder gut weil ich auch Gott und die Welt kenne. Was für eine komplizierte Szene läuft da ab, wow, nicht zu fassen. Henri [Cru] hat seine Wohnung verloren, wurde auf die Straße gesetzt, die Penner die er dort allein gelassen hatte haben seine Katze verschlampt, als er wiederkam keine Wohnung, Möbel vom Marshal beschlagnahmt, jetzt läuft er rum auf der Suche nach billiger Bude an der Lower East Side, gib Bescheid wenn du was weißt. Henri großartiger Mann. Mag dich jetzt, hat er mir gesagt. Muss dein Buch gelesen haben oder was. – Ich habe einen Teil von *Book of Dreams* an Robert Lowry geschickt[14] und auch Teil eines Briefs von Gregory den ich eben bekommen habe, über seine Theorie der Lyrik. Wirst schon sehen. – Was tun? Noch ein Bier trinken.

Zu all der Konfusion um das Erscheinen meines Buchs und dem ganzen Schwung neuer Publicity und Nervosität muss auch noch meine Schwester IHRE Komplikationen einbringen und meine Mutter einen Monat zum Babysitten abkommandieren und ich sitze hier, keine Zeit zum Scheißen und das Haus verdreckt von Tag zu Tag mehr. Falls du kommst, ja eigentlich könntest du kommen und meine Manuskripte sondieren und ins Reine tippen was

14 Robert Lowry war Redakteur und Romancier, der Rezensionen für *The Saturday Review* schrieb.

immer du für die Anthologie möchtest, denk aber dran, das Haus nicht zu verdrecken und Peter auch, ich stehe nämlich echt unter Druck. Ich wollte du kämst, ich meine auf der Stelle dieses Wochenende, scheiß auf Norman Mailer, das ist doch bloß ein Trittbrettfahrer. Wieso war er denn kein Hipster, als es zählte? Warum hat er nicht von Gott gesprochen, als alle anderen über Freud sprachen? Am Freitagabend den 6. Nov. bin ich im Hunter Playhouse 68th [Street] und Park [Avenue] und fahre dann mit Dody zurück. Weiß noch immer nicht was ich sagen werde, ich halte eine kleine Ansprache, geb ihnen Kerouac Beat Generation für ihr Geld. Dann lese ich den Anfang von »Bomb«, denk ich mal, es sei denn dir fällt was anderes und Neues ein. (Weil ich nämlich wirklich nicht übereinstimme mit »Bomb« Welt-Apokalypse sei gut, ich glaube an die Leute die sagen, dass es nicht dazu kommt weil wir uns weiterentwickelt haben und eine intelligente Menschheit geworden sind. Hoffe ich). (Mikrofon im Himmel). Ich würde lieber »Marriage« lessen, kannst du mir das mitbringen? Und werf ich dir Frage im Publikum zu? Werd ich das feindliche Lager sein an diesem verrückten Abend? Trag ich Mighty Goodwills? Bin ich Sirdanah der Mighty Goodwiller? Muss ich clever sein? Muss ich überhaupt denken? Kann ich auf der Bühne Bier trinken oder soll ich ruhig wortlos nüchtern aufkreuzen? Soll ich Dean Kauffman direkt ansprechen? Ach ja, verpass nicht mein Interview auf der Leitartikelseite der *Herald Tribune*, von Ray Price, in dem ich den alten Hipsterspruch gesagt habe, der damit zum ersten Mal gedruckt ist: »Wäre es nicht wunderbar, wenn Ike und Dulles und Macmillan und DeGaulle und Chruschtschow und Mao und Nehru alle um einen Tisch sitzen und Pot rauchen würden? was käme da an Spaß raus und Weltoffenheit, welch sensible Wahrnehmung.« Er sagte, er würde daraus seinen Leitartikel machen. Wenn die Scheißpolente bei mir aufkreuzt werde ich nicht einen Joint nicht eine Pille im Haus haben, also bringt mir ja nichts mit du und Pete. Alles was ich habe sind Dexhamyls und die auf Rezept vom Arzt hier. […] Mike Goldberg hat mir gesagt wie schrecklich du und Pete in den Hamptons wart, laut Joyce [Glassman], ich erinnere mich noch nicht mal mehr, ich habe eifrig ja zu allem gesagt was er sagte (stockbetrunken) und Joyce sagte, ich hätte dich und Peter verraten und dass ich ein Ballon sei und dass ich mir ständig Sorgen mache was die Nachbarn denken könnten und etc. sie in der Öffentlichkeit zu blamieren, fügte sie hinzu und, also wirklich jetzt, als wir in dem Hecht-Stück waren erinnerst du dich wir haben uns doch durch den Hinterausgang zu verdrücken versucht. Ist die von allen guten Geistern verlassen? Ich hoffe, sie erschießt mich nicht bevor ich *Sax* gedruckt sehe und *Gerard*

nächsten Herbst. Was das neue Mädel angeht (neue, NEUE, ich hab nie altes Mädel gehabt) so sagt Henri weil sie Indianerin und Französin ist wird sie mir ein Messer reinrennen wenn ich je mit einer anderen rummache. Junge Junge, da geht Leon Robinson an die Enden der Nacht.[15] Ich meine wo ich hier auf Erden von dir und meiner Mutter zerfleischt werde, im Himmel von Buddha und Christus, von denen sich keiner untereinander verträgt außer ich weiß nicht warum über meinem leidenden Kadaver, wow, das wird wirklich mein Ende, ich habe immer gedacht ich wäre zu stark um wie Louis Simpson Stephen-Crane-Schicksal zu erleiden, aber es passiert ja schon und KEINER IST VERANTWORTLICH? Verstehst du Keiner ist Verantwortlich. Nicht mal ich. Nicht mal meine Mutter. Ich vergebe mir zuerst und dann euch allen für die ursprüchliche Ur-Unwissenheit überhaupt erst geboren werden zu wollen, aber wir machen uns doch ganz gut, vor allem du Süßerle.
Jack

Allen Ginsberg [New York, New York] an Jack Kerouac [o. O., Northport, New York?]

170 E 2 St
NYC 9
29. Okt. 1958

Lieber Jack:
Habe Don Allen angerufen. Er sagt Grove macht tatsächlich Bücher mit Gary und Phil, und dass er *Mexico City Blues* herausbringen will. Er meint Grove wolle auf keinen Fall, dass all die Lyrik an Tuttle geht, sie drucken sie schon. Ich habe darauf Gary und Phil geschrieben, sie sollen von Grove verlangen sich verfluchte Scheiße (entschuldige) noch mal zu entscheiden und Groves Pläne in Erfahrung zu bringen, und dann machen was sie wollen, ihren Verleger wählen – soll Phil künftig mit Tuttle arbeiten – entweder die arrangieren was und machen sich an die Edition oder sie sagen Bescheid, dass sie nicht wollen – damit die nicht widersprüchliche Briefe kriegen. Außerdem habe ich Tuttle geschrieben, dass Phil sich mit ihnen in Verbindung setzen will, dass Gary und Phil womöglich andere Verpflichtungen haben weiß nicht, dass ihr Brief lieb

---

15 Leon Robinson war eine Figur in L. F. Celines erstem Roman *Reise ans Ende der Nacht*.

war und dass, selbst wenn sie das Zenbuch mit unseren Gedichten nicht kriegen, noch einige andere Manuskripte von dir zu haben seien – Gedichte, *Some of the Dharma*, und Buddha-Biografie und habe ihnen Lords Adresse gegeben falls sie weiter nachforschen wollen. Damit schalte ich mich mal aus und überlasse es Phil und Lord sich mit ihnen in Verbindung zu setzen, sag's ihm, wenn du es mit *Some of the Dharma* probieren willst – was sich bei denen womöglich großartig macht.

Don Allen war außerdem aufgebracht – hatte *Dr. Sax* nicht erhalten und wollte wissen ob etwas nicht stimmt. Ich hab ihm gesagt keine Ahnung, nur dass du fertig seist oder fast mit der Arbeit daran. Meine Ansicht – lass nicht zu dass Madison Avenue dich zu verwässern versucht um dich der Rezensentenmentalität schmackhafter zu machen indem sie auf Wilde Bücher warten und derweil in Auftrag gegebene Reisebücher herausbringen (egal wie gut). *Sax* ist logisches nächstes Buch und du bist jetzt in einer Position zu machen was dir passt. Ästhetisch *Sax* und *Visions of Neal* und *Poems*. Nach *Sax* müssten sie Schönheit von Neals Prosa sehen und außerdem die wahre Schönheit des Helden – die kacken auf dem armen Jungen rum und vergleichen ihn zu seinem Nachteil mit dem netten Japhy.[16] Vielleicht ist ja [Sterling] Lord von dieser Mentalität beeindruckt.

Habe [Irving] Rosenthal Burroughs' gesamtes *Interzone*-Manuskript geschickt, er soll in der nächsten Ausgabe so viel davon benutzen wie möglich. Schick mir bitte Auszüge aus *Visions*, und deine auf ewig besten Gedichte für City Lights-Anthologie. Da gab es doch ein langes kurzzeiliges Gedicht adieu/goodby/bonsoir etc. für Mann in Lowell der stirbt, GJs Vater? du hast es mir in Berkeley gezeigt. Außerdem mal zu Hause bei Helen Weaver vor zwei Jahren ein Gedicht in »langen Zeilen« über Wein der im Mondschein Gasse langrinnt. Die hätte ich gern und such dir deinen Blues aus. Ja? Oder nicht – soll ich mir Gedicht aus Manuskript bei Don Allen raussuchen?

Navaretta von der Party schrieb »Im Augenblick größter Trunkenheit, oder besser Ekstase, bewies Jack einmal mehr, dass er alles nehmen und Song daraus machen konnte. Hierin zeigt sich, nach all den schönen Worten, der Dichter und Künstler. Es ist eine Frage des Bestandhabens, und Jack hat Bestand – Sag ihm bitte er schreibt wie ein Bruder und dass ich ihn liebe wie einen Bruder. Und danke ihm, dass er auf unsere Party gekommen ist, wie wir auch dir danken, Allen Ginsberg.« Und er will, dass ich ihm Artikel 3 c pro Wort über ex-

---

16 Die Figur aus *Dharma Bums*, die auf Gary Snyder basiert.

treme Abstraktion in der Lyrik schreibe. Von so was hab ich keine Ahnung. Du? Gregory ist etwas abstrakt, das ist alles was ich weiß. Vielleicht könnte man Midnight als so was wie abstrakte Prosa bezeichnen. Ich werde ihm sagen, dass ich keine Ahnung habe was er meint.

Dein Publikum? Blödian! wie oft hast du (vergessen, betrunken) mich (und Peter und wen noch?) herausgefordert, jedenfalls in aller Öffentlichkeit, »Komm schon, ich fick dich.« Pfeif auf die PR seien wir freundlich und wahrhaftig. Wer sonst traut sich?

Lieben Gruß,
Allen

Allen Ginsberg [New York, New York] an Jack Kerouac [o. O., Northport, New York?]

170 E 2 St
Mo., 17. Nov. 1958

Lieber Jack:

Habe eben aus Paterson ein paar Möbel geholt und mir in der Wohnung ein nettes Arbeitszimmer mit Schreibtisch eingerichtet. Ich lege dir einen Artikel bei aus der *Village Voice* den ich geschrieben habe. Außerdem liegt ein Brief von Robert Cummings bei, dem Herausgeber von *Isis*, dem College-Magazin in Oxford. Ich habe ihm einige deiner Gedichte gegeben während ich in Europa war, damit er sie mit einigen von mir und Gregory veröffentlicht.

Rosenthal von der *Chicago Review* hat mir gekabelt ihn Samstagabend anzurufen. Was ich gemacht habe, und er sagte, die University of Chicago hätte ihm die Herausgabe des Winterhefts untersagt, das aus fünfunddreißig Seiten ausgewählt relativ sauberem Burroughs, »Sebastian Midnite« komplett, und dreißig Seiten [Edward] Dahlberg bestanden hätte. Er meinte auch, dass man ihm für die Zukunft verboten hätte irgendwas von Bill zu veröffentlichen, oder dir, vielleicht sogar Dahlberg (hat ein Buch über Priapus geschrieben.) Außerdem untersagt die Universität womöglich meine Lesung am 5. Dezember unter der Ägide der *Review*. Rosenthal weiß also nicht was er machen soll. Ich habe Don Allen und McGregor von New Directions gebeten Laughlin zu fragen, aber denen fällt auch nichts ein. Rosenthal habe ich gesagt er soll Ferlinghetti schreiben damit der sie als die verbotene Ausgabe der *Chicago Review* auflegt, City Lights würde das ja wahrscheinlich. Rosenthal und Redaktion sind noch nicht zu einem Entschluss gekommen, ob sie weitermachen und die Universität auflaufen lassen und mit der *Review* Schluss machen sollen – aber das können sie wahrscheinlich sowieso nicht, da sie bei der Chicago University Press gedruckt wird. Er wird dir wahrscheinlich schreiben. Inzwischen soll ich in zwei Wochen (5. Dezember) sowieso zu einer Lesung hinfahren, ich weiß nicht wo, außer dass ich dafür nicht bezahlt werde, sollte $ 150 kriegen. Willst du mit nach Chicago kommen und kommunistischer Zwischenrufer-Märtyrer für mich sein? (Sieht so aus, als wollte die Heart-Presse dort der Uni zusetzen, letztes Jahr schon mal, ließen Buch von Maud Hutchins, Exfrau vom Präsi dort verbieten; und neuester Skandal kommt von Klatschspaltenkolumnist à la Herb Caen mit Geschichten, die Uni würde schmuddlige Magazine fördern. Da gab die Leitung eben nach.)

[...]

War in Paterson und habe alte Briefe und Dokumente etc. geholt darunter einige andere Sachen von Huncke die jetzt fünf Jahre auf dem Dachboden begraben waren. Muss das erst noch durchsehen.

Letzten Freitag Lunch mit Rosalind Constable, der ich Abriss über alle deine Bücher gegeben habe, chronologisch, sie hat drum gebeten.

Wohnung sieht jetzt großartig aus, extra eigene Zimmer zum Schreiben, riesiges Brueghel-Bild von Kinderspielen hängt an einem Strick an der Wand, Strick dazu benutzt Bild auf Karton zu rahmen.

Denke ich richte mich mal darauf ein, die hingekritzelten Gedichte, Ignus etc. der letzten Jahre abzutippen.

Gregory schreibt es gehe ihm prima in Paris will nach Hause kommen, wird im Radio-TV in Berlin auftreten und »Bomb« lesen, man hat ihn eingeladen. Nichts von Bill. [John] Montgomery hat angefangen mich mit Briefen zu bombardieren.

Don Allen sagt [Barney] Rosset hat Einzelausgaben für Gary und Phil abgelehnt, würde aber ein Buch von Gary, Phil und mir und dir machen. Nur liest Rosset noch immer *Blues* und Allen denkt, dass er das komplett machen will. Auch Don Allen spricht davon *Dr. Sax* drucken zu wollen. Außerdem will er *Visions of Neal* noch mal lesen und studieren und sehen ob es sich hier legal drucken lässt. Meinte *Gerard* sei »sentimentaler«, würde sich später als Weihnachtsbuch eignen.

Sterling Lord scheint nicht zu sehen wie gut *Sax* literarisch ist noch wie gut es kommerziell wäre oder für deinen Ruf.

Er (Lord) ist ziemlich auf deinen Ruf bedacht. Seiner Ansicht nach war *Dharma Bums* gut für deinen intellektuellen und kommerziellen Ruf. Seiner Ansicht nach wäre ein Buch über Paris sozusagen neues Material für den *Spokesman*. Alles auf dem geistigen Niveau von Viking-Madison Avenue.

Ich versuchte ihm an dem Abend mit [André] Deutsch zu erklären, dass ich seiner Ansicht bin, dass es gut ist an den Ruf zu denken, ich bin ganz dafür, *Sax* wäre das richtige Buch dafür. Er fragte mich ob ich das wirklich meine, literarisch? Ich sagte ja und er schien überrascht. So nehme ich mal an der Grund aus dem er mit *Sax* hausieren geht, wenn er Reklame für Vikings Paris-Buch als der nächsten großen Errungenschaft macht, ist der, dass er kapiert wie gut *Sax* ist. Wir haben darüber gesprochen. Er sagt, Jacks nächstes Buch sollte

1. anderes Material behandeln

2. von der Form her eine eher normale Struktur haben

Ich erklärte, dass *Sax* mit kleinstädtischem gotischen Mythos befasst ist und dass es, mehr als irgendein anderes Buch, hat, was man normale erkennbare klassische Struktur nennen kann. Er schien nicht zu verstehen dass diese Punkte relevant für seine Pläne hinsichtlich deines Rufs sind, und dass *Sax* sie hat.

Ich sage mal, vielleicht vernachlässigen sowohl Viking als auch Lord deine guten Bücher und versuchen dich dazu zu bekommen, »kommerziell« zu schreiben nach ihren Vorstellungen, von dem wie deine Karriere als Schriftsteller sich entwickeln sollte.

Ich sage mal, da Grove *Sax* drucken möchte, als nächstes Buch von dir, dieses Frühjahr, solltest du sie machen lassen. Wenn Viking was dagegen hat und sein Buch früher machen will (obwohl sie schon das letzte hatten) – sieh zu ob sie *Sax* oder *Gerard* oder ein Buch machen wollen das *du* gedruckt haben willst. Außerdem, so Don Allen, hat *Subs* sich finanziell gut gemacht, sie haben eine Menge Geld in die Werbung gesteckt ($ 6000 Dollar sagt er), der nochmalige Verkauf jedenfalls hat dir was gebracht – außerdem sagt er, sie würden wahrscheinlich mit jedem Gebot eines anderen mitziehen. Sag doch Lord, er soll es versuchen. Außerdem sagt Don Allen, sie hätten um das Buch eine lange Zeit gebeten, sie wollen es wirklich und haben bereits einen Vertrag dafür unterschieben (unterschrieben und Lord zugeschickt, der noch nicht unterschrieben hat), sie fragen sich entsprechend was er macht. Ich sagte Don Allen er sollte doch mit Sterling essen gehen und übers Geschäft reden. Ich weiß also nicht. Alles was ich sagen würde ist, es spielt keine Rolle wer *Sax* wirklich druckt, nur dass es als Nächstes gemacht werden sollte, von irgendjemandem. Weiß nicht. Wie dem auch sei, ich komme bei Lord zu dem Eindruck der Hauptgrund für das ganze Problem mit Viking, *Sax*, Paris etc. ist der, dass sie nicht kapieren wie gut *Sax* ist, andernfalls würden sie das als nächsten veröffentlichen und dann chronologisch vorgehen.

Ich habe Allen gesagt du hättest die Verlags-Hassles satt und wolltest deine Ruhe und überlässt alle Arrangements etc. Lord und dem Tao.

Was gibt's Neues?

Ganz der Alte.

Allen

Jack Kerouac [Northport, New York] an Allen Ginsberg [New York, New York]

19. November 1958

Lieber Allen:

Ich habe Sterling gesagt, dass Don Allen bei jedem Gebot anderer für *Sax* mitziehen würde, und ich treffe mich Freitagabend mit Sterling – Donnerstagabend bin ich im Loft von Dody [Muller] in der 81 Second Avenue über der Bäckerei, komme dich dann besuchen, es sei denn du rufst vorher an. Ich habe Sterling gesagt ich möchte *Sax* dieses Frühjahr verlegt sehen (für $ 7500 Vorschuss, warum nicht?) und dann Vikings *Gerard* im Herbst und 1960 dann mein Paris-Buch das ganz ordentlich wird, genau genommen wird es *European Blues* heißen und sich auch um Spanien und Italien und Hamburg drehen – (Dody und ich bei den Fischersfrauen) – oder *God Over Europe* oder sonst wie – ja, ich werd mir den Titel high ausdenken. Ich habe grade die erste Kolumne für das Magazin *Escapade* geschrieben, ganz und gar über Bill und Gregory und dich und mich und wie lausig es gegenwärtig um die Amerikan Lit steht weil sie nicht veröffentlicht ist aufgrund von Verlegern und Autoren, die ihre besten Manuskripte selbst verwerfen. Deine Rezension in der *Village Voice* ist beste die ich je hatte, klar, aber *Road* ist nicht auf Benny geschrieben, auf Kaffee, und 1951 (Mai), und es war auch keine Fernschreiber-Florpostrolle, sondern Bill Cannastras Zeichenpapier etc., hätten wir uns irgendwie absprechen sollen. Ich halte erst Seite 34, dann Seite 25 für ein echt albernes Manöver – (von neunmalklugen Redakteuren die dir sowieso kein Wort glauben).[17] Aber du hast denen

---

17 Ginsberg hatte sich verärgert darüber geäußert, dass der erste Teil seiner Rezension der *Dharma Bums* (*Village Voice* vom 12. November 1958) weiter hinten im Heft gedruckt wurde als der zweite.

ja Bescheid gestoßen. Fang deinen nächsten Artikel einfach damit an, »Und um all der Schafscheiße ein Ende zu machen.« Das mit Cummings in Oxford ist mir recht – Jetzt, wo Ferling vielleicht die abgelehnte *Chicago Review* macht wird, liegt unsere Anthologie sowieso für eine Weile auf Eis, wie dem auch sei, ich hatte mir Folgendes ausgerechnet, deine Notizen belaufen sich auf dreißig Seiten Material und zu denen schmeiß ich die »Three Stooges« (bereits in Mike Griegs *New Editions* gedruckt, ohne Fehler außer den Gedankenstrichen) und um eines halbwegs vollständigen Bilds willen »Old Bull Balloon«. Wir können das auch auf einen Termin hin machen, so oder so, ich bin gut was Termine angeht. Sag dieses Wochenende Bescheid. Nein, ich geh nicht nach Chicago, was sollte das bringen, wäre besser überhaupt nirgendwo hinzugehen und einfach lange Gespräche mit LeRoi Jones oder sonst wem zu führen oder dir selber eine Woche Lyriklesungen im Village Vanguard oder was zu arrangieren, ließe sich machen, wäre großartig, etwas Zaster zu verdienen ($ 400 die Woche). Oder im Half Note lesen, oder lies nicht, tipp einfach deine Gedicht ins Reine. Lass dir das von einem gesagt sein, der ein Meisterwerk geschaffen hat, was sollte es bringen in den Weiten Amerikas rumzureisen, es sei denn du hättest ein Auto oder was, also ich weiß nicht. Tipp einfach deine Gedichte ins Reine. Stell ein nagelneues Buch mit deinen Sachen zusammen für Don oder Ferling. Wenn du nach Chicago gehst dann solltest du gleich ganz rüber an die Westküste gehen bevor Gary weggeht. Ich bin jetzt allein zu Hause mit meiner Mutter und schlafe noch immer nicht allzu gut und bin recht nervös und fahrig. Ich werde mir von Viking Vorschuss geben lassen und Pass holen und nach Europa gehen. Ich hoffe Gregory kommt vorher zurück. Ich nehme Dody mit damit ich eine Liebesgefährtin habe und um Europas feine Damen und Herren kennenzulernen, ein bisschen weiter herumzukommen und spektakuläre Detektive à la Scott Fitzgerald zu sein anstatt ich ganz allein wie ein Dieb. Keiner hat mir getraut als ich in Paris war weil sie wussten, ich bin ein englischer Dieb – mit Dody kann ich in Paris auf große Cocktailpartys gehen und die Vornehmen kennenlernen und umkippen und trotzdem putzig sein und kein Penner – ich mach es entweder so oder gar nicht. Ich meine, vielleicht geh ich ja auch gar nicht. Was interessiert mich Europa? Wie geht's Peter? Hat er sich was Neues notiert? Sag ihm, dass Lafcadio mit seinen Farben hier war und einer leeren Leinwand und in der Küche Porträt von mir gemalt hat auf dem ich kleinkindhaft wie Jack Spencer aussehe und es mit nach Hause genommen hat um es seiner Ma zu zeigen, will, dass ich es kaufe, aber ich werde mein Geld jetzt sparen, habe letzte Woche $ 150 für Essen und Alkohol für alle und jeden ausgegeben, zu viel – noch bin

ich kein Filmautor à la William Faulkner. Aber Gemälde ist prima und er sagte er würde es dir oder Peter nicht zeigen, also sprich ihn nicht drauf an. Dody sagte er ist ein netter Junge, nur schüchtern, überhaupt nicht verrückt. Dräng ihn nicht zu sehr, er hat mir gesagt, dass es ihn nervt wenn du und Peter ihn zu einem »coming out« drängen. Er will kein »coming out«. Alle wollen, dass er sich outet, sogar wildfremde Leute wie Henri Cru – lasst ihn träumen. Meine Mutter und ich werden jetzt in Northport bleiben, es ist also alles in Ordnung und ich werd dich oft sehen. Die politischen Hassles mit Hearst in Chicago sind deine Zeit nicht wert. Whow Wer ist Hearst in der Ewigkeit? Wenn du Lucien siehst sag ihm ich besuch ihn dieses Wochenende. Ich weiß nicht was momentan so läuft und es interessiert mich auch nicht weiter, vielleicht überlasse ich alles Lord und mach einfach weiter, ich hätte jetzt wirklich Lust auf europäische Skizzen, so wie auf Manhattan wenn ich dort allein in Cafeteria bin. Seh dich bald. (Freitag oder Donnerstag oder Samstag.)
Jean
Jack

Jack Kerouac [Northport, New York] an Allen Ginsberg [New York, New York]

16. Dezember 1958

Lieber Allen (16. Dez.):
Habe grade »Midnight« von [Irving] Rosenthal gekriegt, dem gefällt Jean-Louis nicht und so habe ich mich ein für alle Mal für »Old Angel Midnight« entschieden. Ich war die ganze Nacht über wach und habe in Bibel und Wörterbuch versucht Namen zu finden, bis ich Kopfschmerzen hatte, habe mir Namen aufgelistet wie Lauschen M., Listen M., Lumen M., Luscious M., Labium M. Ti Jean M., Jean-Louis M., Jeshua M., Hezion M., Vision M., Grecian M., Goshen M., Nimshi M., Ziphion M., Nineveh M., Neriah M., Misham M., Mishma Midnight, Misham Midnight, Leshem, Shelah, Shelumiel, Shelomi, Sheshan, Elishua, Enosh, Ephean, Eliatha, Shimeon, Marcion, Halcyon, Elysean, Lover Midnight, Illusion Midnight, Notion M und schließlich konnte ich nicht schlafen und habe im Morgenfernsehen Charley Van Doren gesehen der plötzlich Ling Giggling Ling-Geschichte von Mark Twain über einen »alten Engel« im Himmel erzählt, was wie der Zauber seines Vaters war und ich hab's übernommen. Ich schicke es denn also heute Abend mit diesen Änderungen,

benutze an einer Stelle Lucifer Woidner da er ein ehemaliger Lichtengel ist wie es heißt. Rosie sagt er hat die $ 600 für die Veröffentlichung, ist also alles bereit. Lege diesem Brief deine Story bei die wir auf Luciens Farm geschrieben haben, sind hier und da Brocken von Gedichten für dich drin, von dir, und ich zitiere dir einen Brief, den ich grade von Henry Miller bekommen habe: »Big Sur 9.12.58 Lieber Jack Kerouac – Ich weiß nicht, wohin Ginsberg seine Post bekommt, also schreiben Sie ihm doch eine Postkarte, ja, und danken ihm für seinen Brief. Sagen Sie ihm, ich fand die Rezension Ihres *D. B. [Dharma Bums]* in der *Village Voice* ganz, ganz wunderbar ... Ich habe bei der Lektüre von *D. B.* gespürt, dass Sie zuvor schon Millionen von Wörtern geschrieben haben müssen – und sehe nun, über A. G., dass dem so ist. Salute! P. S. Lesen Sie Französisch? Ich weiß, oder habe gehört, dass sie Frankokanadier sind, aber –? Wie auch immer, ich würde Ihnen gerne ›Salut Pour Melville‹ von Jean Giono schicken.« etc.

Ich werde in NY so gut wie alles fahren lassen, habe ich beschlossen, außer dich und Dody und Peter und einige Ausnahmen, ist mir wirklich egal ob ich sechs Millionen dieser Tollköpfe je wiedersehe. Mir steht im Augenblick wirklich alles bis hier. Habe großartigen verrückten neuen Roman im Kopf, den ich nach Weihnachten denk ich mal in Angriff nehme. Gleich nach *Desolation Angels* in der Wüste von Arizona bis runter nach Mexiko mit Bill, dir und Greg und Laff und Pete in Mex., Pyramiden, etc. schwimmende Gärten, etc. bis rauf nach NY in dem Auto voller Verrückter, die Helens, McWilliams, der Jugo-Frachter, Tanger, Paris, Greg, (Bill), London, Schiff zurück, Florida, verrückte Busfahrt mit meiner Ma nach Berkeley, Whalen, wieder zurück (nach kleinen North-Beach-Anekdoten) Fla., mit dem Bus alleine zurück nach Mexiko grade rechtzeitig für das Erdbeben, zurück nach Fla., Krankheit, dann rauf zu großer Veröffentlichung »was du Oktober Welle von Schönheit nennst, die über meinem Kopf zusammenschlägt«, angefangen mit der Publikation von *Road* bis hin zu den Nachtclubs, Lesungen, Alben, Interview, die ganze verrückte Szene in ihrer ganzen bekloppten Ganzheit (inklusive Lucien-Wochenende, Pat McManus[18], etc. etc.) zeigen, wie alles anfängt, ich als Rucksackpenner der sich durch die Wüste schleppt ohne zu wissen, dass Glück in Amerika nichts als Bafel[19] ist. Überleg dir einen netten Titel für mich. Ruhm in Amerika? Prozess auf Erden. Durch die Mangel. Liebe auf Erden. (Die Bürde der Welt ist in

18 Patricia McManus war Publicity-Chefin bei Viking Press.
19 Bafel = jiddisch für Gelaber, Geschwätz, Schnickschnack. (A. d. Ü.)

der Tat die Liebe.) (Ach ja, inklusive verrückter Nonnenszene von mir, etc.) Ein großes breit angelegtes Buch, das allen Kritikern und Rezensenten sagt was sie für einen Scheiß verzapfen, mitten ins Gesicht. Nun, ich schreibe eh bald ein Buch, vielleicht schnapp ich auch über und mache bloß *Memory Babe*, Kindheits-Erinnerungen à la *Town City* in Nonfiction-Fassung aus richtigem Leben.

Inzwischen sieht es so aus als gäbe Viking Okay für *Gerard*, und Allen (Don) will *Sax*, und Jerry Wald interessiert sich wieder für *Road* sagt er. Ich bin still und gesund und zufrieden mache lange Spaziergänge bei unter null, ich meine eiskalter Hof in kaltem Mondschein und habe Farbe und klare Augen, trinke nicht zu Hause, mache meine Übungen und fühl mich toll. Esse große Mahlzeiten in Küche und spotte über Fernsehen und sage den Leuten im Fernsehen »Ach was sind wir doch clever!«, okay, also ganz mein altes ursprüngliches Selbst. Ich meine, dieses ganze blutsverwandte Diamanten-Sutra-Gelübde zu Krethi und Plethi nett und freundlich zu sein und meine Energie und Gesundheit zu vergeuden. Freundlich zu Sportjournalisten und Priestern, freundlich zu Notizblockverkäufern und Filmvorführern. Ach ja, habe Tonband, nehme grade eben Jazz auf, später Sproch.

Seh dich dieses Wochenende 19. und 20. und 21.

Jean-Louis

1959

Anmerkung der Herausgeber: Im Januar 1959 spielten Kerouac und Ginsberg in Robert Frank und Al Leslies Film Pull My Daisy *mit. Wann immer Jack in der Stadt war, neigte er zum Alkoholexzess; immer häufiger zog er sich ins Haus seiner Mutter zurück, um alleine zu sein. Ginsberg beschäftigten zunehmend Lesungen, Interviews und öffentliche Auftritte im ganzen Land. Am 26. März stand für Allen eine Lesung an der Harvard University an, zu der er Jack einlud; Kerouac entschuldigte sich. Jack mied das Rampenlicht, um den Verstand nicht zu verlieren.*

Jack Kerouac [Northport, New York] an
Allen Ginsberg, Gregory Corso und Peter Orlovsky [New York, New York]

24. März 1959

Lieber Allen, Gregory, Peter:

Sieht ganz so aus, als könnte ich ohnehin nicht nach Harvard kommen, da das Magazin *Holiday* bis 30. März die beiden Artikel haben möchte und ich mehrere Tage zum Abtippen und dazu brauche, aus unserem Material größere Sätze zu machen. Anders gesagt, ich bleibe zu Hause, um noch Geld für Indien und Kreta zu verdienen. Außerdem bin ich müde. Deine Aufnahmen (Bänder) aus Chicago haben mich aufs Neue entmutigt, was Dichterlesungen anbelangt. Zu viele Wiederholungen ein und desselben Materials für zu viel neues Publikum etc. Zu viel Eifer um akzeptiert zu werden. Na, du weißt ja seit Frisco, wie ich dazu stehe und stand.

Anbei dein Scheck über die 15 Bucks, die ich dir schulde. Sollte ich mich in einem Anfall geistiger Umnachtung trotzdem entschließen nach Harvard zu gehen, dann komme ich am Donnerstag um 3 oder 4 zu dir.

Aber das nur, wenn ich bis dahin die beiden Artikel für *Holiday* fertich und wechgeschickt habe. So gut wie unmöglich.

Wie gefällt dir die Schrift meiner neuen Schreibmaschine?

Das American College Dictionary hat mir seine große Spießerdefinition der

»Beat Generation« geschickt mit der Bitte, sie zu revidieren, emendieren oder eine neue zu schreiben. Ihre war schrecklich: »bestimmte Angehörige der Generation, die nach dem Zweiten Weltkrieg die Volljährigkeit erreichte, die, angeblich aus Desillusionierung, die Loslösung von moralischen und gesellschaftlichen Formen und Verantwortlichkeiten vorziehen. Geprägt von Jack Kerouac.« So habe ich denn das hier eingeschickt: »*Beat Generation*, Angehörige der nach dem Zweiten Weltkrieg-Koreakrieg volljährig gewordenen Generation, die sich in Lockerung gesellschaftlicher und sexueller Spannungen zusammenfinden und für antireglementarische Werte mystischer Loslösung und materieller Einfachheit eintreten, angeblich infolge einer Desillusionierung durch den Kalten Krieg. Geprägt von JK«

Falls ich nicht nach Harvard komme, lies ihnen diese Definition vor und sag ihnen, dass ich »Arbeit als Entschuldigung anführe, bei der Lesung in Harvard nicht dabei zu sein, da schließlich jeder Junge aus Massachusetts von Harvard träumt«.

Meine Mutter (die nicht will, dass ich mich so oft in NY volllaufen lasse, und ich, der ich krank werde und verdrecke und nicht arbeiten kann) laden euch alle drei ein hier rauszukommen, wann immer ihr wollt, also nehmen wir doch unsere Bänder nach Harvard auf etc. Außerdem könnt ihr euch meine Bilder anschauen etc. Außerdem, Allen, habe ich die Ausgabe von *Jabberwock*, die mir große Schottland-Menschen für dich geschickt haben, die unser Werk dort im Herbst herausbringen wollen, und anderes mehr.

Wie dem auch sei, ich bin kein Lügner. Was meine jüngste Streitlust im Suff anbelangt, so ist mir heute gekommen, dass das alles letzten April begann gleich nachdem der Penner mit seinem großfingrigen Faustring mir auf Hirn Kopf gedroschen hatte … vielleicht habe ich einen Hirnschaden davongetragen, vielleicht war ich mal netter Trinker, aber jetzt bin ich hirnverstopfter Trinker mit durch Verletzung verstopftem Nettigkeitsventil.

Weiteres bald. Addio.

Jack

Anmerkung der Herausgeber: Im April flog Ginsberg zum ersten Mal mit dem Jet nach San Francisco. Dort besuchte er neben anderen öffentlichen Veranstaltungen auch Neal Cassady, der wegen eines Drogenvergehens in San Quentin einsaß. Die Beziehung zwischen Kerouac und Ginsberg war zunehmend gespannt, teils wegen Jacks beleidigender Anrufe bei Allen im Suff, teils weil Allen nach wie vor in Sachen Beat Generation unterwegs war.

Allen Ginsberg [San Francisco, Kalifornien] an Jack Kerouac [o. O., Northport, New York?]

City Lights
261 Columbus
S. F. Kalif.
12. Mai 1952 [*sic: 1959*]

Lieber Jack:
Prima, dein Scheck kam einen Tag nachdem ich Schreibmaschine bei Neal abgeliefert hatte – kostete genau $ 50 – eine gebrauchte runderneuerte Reise-
schreibmaschine – geräuschlos um des Zellentakts willen. Nein keineswegs
paranoid wegen Küchengesabbel, obwohl ich noch paranoid werden wenn ich
den Mund halte (wie zuvor) und nicht zurückschreien würde. Dachte einfach
es sei an der Zeit zurückzuschreien und du warst empfänglich. Ich habe gestern
großen zweiseitigen Brief an *NY Times* über *Dr. Sax* geschrieben, gesagt es sei
ein »grandioses leuchtendes Gedicht« und vielleicht drucken sie ihn. Ich habe
bislang *NY Post*, *SRL*[1] und *Times* gesehen. Sonst noch welche? Habe in dem
Brief Melville erwähnt. Hinterfotziger Schwulenartikel über mich in *Partisan*
von Diana Trilling. Sie meinte, »Lion«[2] sei ein warmes Gedicht an Lionel. Igitt,
Graus. Don Allen war hier zur Vorbereitung einer neuen SF-Ausgabe[3] [der
Evergreen Review], und er sprach die Hoffnung an dafür von dir mehr über
Bremser bei der Eisenbahn [»October in the Railroad Earth«] zu bekommen,
ist also eine glückliche heilige Fügung, dass du das grade jetzt eingeschickt hast.
Jou, Jou, und Sterling Lord hat uns letzte Woche dicken fetten Scheck über
$ 450 geschickt. Ach welch Entzücken, hab vielen Dank, wie nobel dass wir
durch deine Tipperei und dir freundlich Gesinnten all das leicht verdiente Geld
haben. Ich habe von City Lights Geld bekommen, so dass ich $ 600 habe und
werde Heimreise langsam per Auto-nach-Osten-Überführen antreten falls ich
Auto finde das überführt werden soll und mir dabei Death Valley und Grand
Canyon anschauen, bin Juni mittig-spätestens wieder daheim. Und Bill sagt,
dass er Ende Juni oder Juli nach NYC kommt – und Don Allen meint er würde
Vorschuss für Bill durch Grove zu deichseln versuchen um die Schiffsreise hin
und zurück zu finanzieren. Burroughs jetzt in Paris nach Flucht aus Tanger –

---

1 *Saturday Review of Literature.* (A. d. Ü.)
2 Siehe Seite 400, Fußnote 5.
3 San Francisco-Sonderheft. (A. d. Ü.)

Polizei hinter ihm her wegen dem einen oder anderen Verdacht, aber nichts Genauem, er ist also in Ordnung.

Werd versuchen Phil Whalen mit rauf, ostwärts, zu bringen, er ist grade ohnehin pleite und hat hier nichts zu tun als Arbeit zu suchen was er nicht mag.

Gregory hat mir auf die $ 40 von mir bekloppte Postkarte geschrieben wo er sagt Nicholson[4] hätte ihm 675 $ gegeben, ist das wahr?

Wann reist du nach Fla [Florida] ab?? Bill kommt wahrscheinlich runter um [seinen Sohn] Willie zu besuchen, wirst ihn also sehen.

Mache hier Lesung mit allen Dichtern, Wieners, McClure, Whalen, Duncan etc etc, um Knete für *Measure*-Magazin aufzutreiben und außerdem geb ich eine Gratislesung in Mission[5], und dann bin ich erst mal auf Jahre fertig mit der Leserei.

Möchtest du das *Kaddish* für dein Avon-Buch?[6] *Big Table* und *Yugen* haben Teile, und [Stephen] Spender hat mich um das ganze Ding gebeten für *Encounter*, geht aber wahrscheinlich nicht weil kleine Zeischriften schon was von haben. Sag Bescheid wenn du's für Avon willst. Wie geht's bei dir? Muss eine Menge Heldenbier sein. Lass mich wissen was immer du von mir willst. Vielleicht das Politikgedicht?

Don Allen hat auch eine Menge in SF gesammeltes Material. Duncan hat einen Bart und sieht aus wie Whitman und struppig und bärtig und wohnt abgelegen an der Küste und kommt einmal die Woche in die Stadt zum Zahnarzt und ist viel vitaler als zuvor, weniger der tuntige Ästhet, die Stimme lauter, graue Haare im Bart – weit bessere Erscheinung. Aber dumm wie eh und je. Traf auch [Brother] Antoninus, der immer aussieht als wollte er jeden Augenblick losheulen und die Hände im Schoß seines schwarzen Anzugs wringt während er spricht greinend die Stirn praktisch auf den Boden gebeugt. Merkwürdiger Knabe. Wetter hier ist wie in Tanger. Strahlender Himmel und Bucht. Habe Neal dreimal in S. Q. [San Quentin] besucht, er ist etwas down über sein Märtyrerschicksal, fünf Jahre bis lebenslänglich für drei Joints und keiner der eine Pro-Marihuana-Gesellschaft organisiert.

Liebe Grüße,

Allen

---

4 Johnny Nicholson war ein wohlhabender Restaurantbesitzer und Freund Kerouacs.

5 Gemeint ist der Mission District von San Francisco. (A. d. Ü.)

6 Avon hatte Kerouac darauf angesprochen, ein Buch mit zeitgenössischer Lyrik herauszugeben. Es kam nie zu einer Veröffentlichung, obwohl er daran arbeitete und es in den nächsten Briefen erwähnt.

Gavin Arthur, der Lehrer von Neals samstagvormittäglicher Religionsstunde in S. Q., macht mir mein Horoskop. Ich las dort »Caw Caw« und all die Knackis dort laufen jetzt in den Zellen rum und sagen: »Man then really wails – Caw Caw.«[7] Nächste Woche fahre ich runter nach Stanford um LSD 25 zu nehmen.[8]

Jack Kerouac [Northport, New York] an Allen Ginsberg [San Francisco, Kalifornien]

19. Mai '59

Lieber Allen:

Schick das bitte weiter an Neal, ich habe seine »Nummer« nicht, und außerdem wenn du mir antwortest schick mir doch Neals ganze Adresse mit. Brief lesen und zukleben. Ist nur eine kleine Nachricht. – So viel Post in meinem Zimmer, dass ich nicht weiß wo ich mich hinsetzen soll. Fragst du mir Ferlinghetti ob 5000 zusätzliche Wörter für »Old Angel« genügen? Sie sind geschrieben und versandfertig, auch der Umschlag (Tusche und Pastell, unheimlich). Aber der gottverdammte [Irving] Rosenthal hat von uns nach wie vor keine Genehmigung für Old Angel! Und die versprochenen nominellen $ 50 hat er mir auch nie bezahlt! Wie IST denn nun Irvings AX-Anschrift?

Freu mich über die Schreibmaschine. Jetzt kann Neal arbeiten. Und das wird er. Hab die *NY Post*-Rezension nie gesehen, muss schrecklich gewesen sein, aber *Time* schrieb Gutes. *Time* wird gern runtergemacht, Dennis Murphy hat die von der Veranda geschmissen und die haben ihm klasse Rezension geschrieben. Hatten wir Lipscombe eigentlich je den verrückten Brief geschickt? Die von Diana Trilling hab ich nicht gesehen, eine Menge kranke Reaktionen gehört, sogar am Wesleyan College wo ich auf eine Laune hin Gregory begleitet habe und irre Zeit dort hatte, fast zu endlos um sie zu schildern. Ich habe mit Mädchen getanzt, Teenagern, kam mir richtig jung vor (die trugen Shorts) … das Wesleyan wird geleitet, ich meine geführt, die Jungs werden geführt, von zwei merkwürdigen russischen Juden mit getürkten Namen (Charley Smith und dem Typ der die einführenden Bemerkungen für die Lesung schrieb). Ich

---

7   Siehe den abschließenden, von Ginsberg als »Fuge« bezeichneten Abschnitt seines Gedichts *Kaddisch*. (A. d. Ü.)

8   Ginsberg meldete sich freiwillig für Experimente zur Erforschung der Wirkung von LSD auf das menschliche Gehirn. Es sollte seine erste Begegnung mit der Droge sein.

hab ihnen gesagt wir würden Moskau konvertieren oder was in der Art. Ich war etwas albern. Mason H. [Hoffenberg] fuhr uns in frisiertem Wagen zurück nach Persia New Haven. Ich habe zwanzig *Saxes* und *Roads* und *Subs* signiert etc. mit allen möglichen merkwürdigen Gedichten und Zeichnungen von Gwegowy [Gregory] drin. Ich hab auf Klavier eingedroschen. Ich hab im Gras mit Ringern gerungen. Gregory ging auf ein Picknick mit dreihundert Mädchen während ich schlief. Wir mussten fliehen. Die Lesung: bei G's »Bomb« musste ich (insgeheim) weinen, ich las »Doc Benway« zu brüllendem Gelächter, las in der Art von Bill. Las außerdem zwei Seiten aus *Bums*. Erhielt netten Brief von Gary Snyderee. Alles in Butter. Ich gehe nach Fla. Weiß nicht, so in sechs Wochen, schätze ich mal, werde Bill in NY sehen, denk ich mal. Und wo Whalen auch in der Stadt ist gehen wir's besser ruhig an, Gregory hätte um ein Haar Rassenkrawall provoziert als ihn am Seven Arts Neger geohrfeigt hat, in völlig überdrehtem italienischen Zorn, Lucien und Cessa waren da. Unser Film ([Robert] Frank) ist der beste Film den ich je gesehen habe. Die Deutschen kaufen ihn. Außerdem die TransLux-Kette denk ich mal. Aber es ist alles zu viel und ich fürchte, wir müssen raus aus NY. Tausende von Beatniks am Sonntag unter dem Bogen am Washington Square. Durch die Gregory und ich und Persian und Stanley Gould hochrunter wie Bill auf Kick spazieren. Warum schreibst du nicht neues Gedicht über Düsenjet-Abenteuer für die Avon-Anthologie. Sag bitte McClure und McLaine dass ich Manuskripte aufgenommen habe und dass die Anthologie-Leute bei Avon langsam sind. Schreib neues Gedicht für mich oder was immer du willst. [Brother] Antoninus hört sich großartig an. Lesung in SQ [San Quentin] Triumph deiner prophetischen Seele, Junge. Hattest auch prophetisch recht mit *Sax*, *Sax* statt Mad Avenue Zwinkernde Wiking Pwess [Viking Press]. Caw Caw. Bist das hippste Kid. Wenn Irving Lawton oder wie immer er heißt, ich meine Lawrence Lipton, wenn der wüsste wie hip es ist so hip zu sein wie du … ah Scheiße, das Buch ist furchtbar, alles dreht sich um seine barfüßigen arbeitsscheuen Künstlerfreunde die nicht schreiben sondern bloß reden und angeben und der Kram über uns die all das angefangen haben ist einfach abfällig. *Holy Barbarians* ist der erste umfassende Versuch der Kommunistischen Partei die Beat Generation zu infiltrieren, und sag bitte allen, dass ich das gesagt habe, wenn du willst. Ich möcht mit keinen Kommunisten was zu tun haben: sag ihnen sie sollen meinen Namen da rauslassen. Die können ja sogar arme unschuldige reine Jazzmusiker in die Bredouille reiten: ihre abscheuliche hasserfüllte Bredouille. Du und ich und Burroughs und Gregory und Peter glauben an Gott und SAG DENEN DAS, SCHREI ES!

(Burroughs hat es in *Word* gesagt.) (Aber warum wurde das aus dem Original-manuskript von *Word* gestrichen, das ich hier habe)? – Gott ist alles. Alles ist eine Vision von Gottes Geist der Nicht-Geist ist. Wenn die Leute Drecksäcke sind, dann liegt das daran, dass sie keine Ahnung haben, dass sie das nicht wissen. Und Gott in seiner Gnade hat mir den Alkoholismus gegeben nicht Lepra. Habe großen verrückten Brief von Lamantia aus Mehico bekommen. Außerdem einen großmächtigen Artikel in einer dänischen Zeitung aus Kopenhagen mit großen Bildern von mir und [James] Dean und [Norman] Mailer und alles über dich drin und alles auf Dänisch. Hab John Holmes getroffen, okay, sind zusammen zur Premiere des schrecklichen Musicals *Nervous Set* von Jay Landesman, Musik war gut, Story selbst ist Mittelschichtstück über Lumpenproletariat-Beatniks. Die Herablassung tropft von der Bühne. Der Beatnik selbst ist ein alberner Trottel. Jay war traurig. Aber sein Geld kriegt er trotzdem wieder rein, es wird um die sechs Wochen laufen. Wieso produziert keiner mein Engelsstück das ich geschrieben habe? Wieso kauft Hollywood meine Engels-*Road* nicht wenn sie Beat-Filme wollen? Was ist da los, Allen? Ich mach mir ja keine Sorgen mehr um Geld, sondern um die Pervertierung unserer Lehren, die vor langer Zeit unter der Brooklyn Bridge ihren Anfang genommen haben? Gregory und ich sind außerdem bei Jay Laughlin reingeschneit und bei Richard Wilbur, und ich habe Gedichte von Samuel Greenberg für Anthologie (von Mr. Laughlin). Ich hatte noch nicht mal Zeit für meine neue Kolumne. Ich fahr nicht mehr nach NY rein, außer wenn Bill kommt. Ich habe mir das Bein gebrochen. Gestern habe ich den ganzen Tag einen Hut getragen der nicht auf meinem Kopf war (sag das doch Creeley).
Goombye.
Dass du mir den Hut nicht stiehlst. Den will ich. Gruuk. Sabbel. Küchen-gesabbel. Unwichtig. Jetzt komm. Außerdem werden sich unsere Wege bald trennen, später älter werden, sterben, du wirst noch nicht mal auf meine Beerdigung gehen ... wir werden uns unter Tränen erinnern. Tut mir leid dir wehgetan zu haben. Unser Leben gehört nicht länger uns. So gehen wir denn nach Hause. Weit weg. Goldne Breiten. Verschwende deine Energie nicht auf den Rausch des Mittelmaßes. Genie ist Ruhe. Whalen ist ein Genie. Ein Raupengenie. Peter ist ein Heiliger. Also schlaf. Schreib eine Hymne für mich.
Jack

Jack Kerouac [Northport, New York] an
Allen Ginsberg [San Francisco, Kalifornien]

18. Juni 1959

Hallo Mike!

Lieber Allen:

Alle deine Gedichte und die aller anderen erhalten, Whalens etc. (inklusive deines letzten Schwungs, dem Burroughs-Brief beilag), es wäre also alles so weit bis auf den wahnsinnigen Lektor bei Avon der mich ständig zum Saufen mitschleppt, was immer so endet, dass er Herrgottnochmal sein Mädel schlägt, die sich dann an meiner Schulter ausweint etc. Ich habe langsam das Gefühl, die Anthologie wird nie erscheinen, er tut sich was an oder was (dieser spinnerte Tom Payne) … Immer wieder habe ich ihm gesagt bei dem Job einen Zahn zuzulegen weil ich weggehe, aber er macht einfach nichts, sieht also ganz so aus als müsste ich meinen eigenen Kommentar für die (mittlerweile) zwei Anthologien in Florida oder gar in Mexiko schreiben (so viel Material habe ich!), da ich Northport binnen Monatsfrist verlasse … könnte sogar sein, dass ich es auf den letzten Drücker schaffe. Lasse dann den gegenwärtigen Stapel bei Sterling. Wenn der Typ überschnappt (und W. R. Hearst hat grade Avon Books gekauft!) und alles den Bach runtergeht, dann werden mir all die Dichter vorwerfen ihre Manuskripts geklaut zu haben! Aber ich werd sie wohl auf eigene Kosten zurückschicken müssen. Das Problem mit diesen (traurig genug) (wie du sagst) »Geschäfts«-Typen ist (Payne ist derjenige mit dem Brief in dem es heißt, *Sax* zu diesem Zeitpunkt zu veröffentlichen sei ein Desaster), dass sie die friedliche Heiterkeit nicht kennen, die wir »Beatnik«-Dichter nach Vollendung eines Werks verspüren, die schnappen über und lassen alles in die Binsen gehen!! Ich könnte die ganze Anthologie, beide, in zwei Tagen fertig haben, würd er mir einfach seinen Schwung schicken, den ich dann mit meinen neuen Portionen kollationieren könnte, Kommentare dranpappen und in die Druckerei damit! – Wie auch immer, man wird sehen.

Allen, Hanover Records, die jetzt meine Steve-Allen-Platte gemacht haben, wollen dir jetzt $ 500 vorschießen um ein Album für sie zu machen, hier in NY, Gregory wollen sie auch. Damit hast du doch das Geld das du brauchst! DAS könnte deine letzte Lesung sein.

Jedenfalls wird Sterling bei dem Deal deinen Agenten machen, also schreib Sterling wegen der Details. ER sollte dein Agent werden, andernfalls hauen die dich später mit den Nebenrechten übers Ohr, also halt dich an ihn, er ist fair und ehrlich mit mir, und er ist bereit das auch für Gregory zu arrangieren. Der Typ der mit dir reden will heißt Bob Thiele[9].

Es ist mir einfach alles zu viel, ich versuche jetzt wegzulaufen, zurück zu meiner stillen Seele, aber so vieles ist in der Schwebe, also habe ich ein Angebot für ein anderes Album abgelehnt (sollte es morgen aufnehmen) und sogar Artikel habe ich abgelehnt für *Playboy* etc., ich bin geistig erschöpft und spirituell entmutigt von diesem Scheißdasein alles machen zu sollen was alle Welt von mir will, anstatt einfach mein altes Privatleben mit Verschen und Romanchen zu führen.

Bin deinem Bruder Eugene im Zug begegnet und habe ihm gesagt, ich hätte ihn gern als Anwalt beim Hauskauf dabei, aber als ich nach N'Port zurückkam stellte sich heraus, dass der Makler bereits einen Anwalt vom Ort beauftragt hatte, und ich möchte Eugene das sagen, habe aber seine Karte verloren und habe seine Adresse nicht und so, also sagst du's ihm? Er hat mir eine Penny-Postkarte mit einer absolut unleserlichen Anschrift geschickt.

Sogar Lucien kam gestern Abend vorbei um mich zu einem wilden Wochenende im Wald abzuholen, kann aber nicht, muss mich aufs Packen und meine Flucht vor alledem konzentrieren. Lucien meinte ich sei merkwürdig philosophisch geworden. Ich habe einen jüngst von mir gemachten Schnappschuss gesehen auf dem ich mit eigenen Augen sehen konnte, was all die Prominentenkacke aus mir gemacht hat: sie bringt mich im Eiltempo um. Ich muss fliehen oder ich sterbe, verstehst du das nicht? Ich kann mich derzeit nicht mit irgendwas IRGENDWAS belasten. Was ich also als Letztes noch tun kann, ist Laughlin bitten Neal zu schreiben und ihm einen Job anzubieten, okay. Ich habe nicht mal die spirituelle Energie, das Vorwort zu *Visions of Cody* zu schreiben das Laughlin will.

Was Jacques Stern angeht, wenn der Prosa wie *Subterraneans* schreiben kann und die Fantasie hat sich einen *Dr. Sax* auszudenken und die Energie ein *On the Road* zu schreiben und den spirituellen Eifer für ein *Visions of Gerard*, dann werd ich glauben was Bill über ihn sagt. Hört sich für mich ganz so an als hätte er Bill hypnotisiert, mit all den Drogen obendrein. Es wird ein großer amerikanischer Schriftsteller kommen, der über uns hinauswachsen wird, aber ich bin sicher, es wird ein junger Kerl sein, so in zehn oder zwanzig Jahren, wie Twain nach Melville und Whitman. Lass dich von Bill mit seinem Gerede nicht entmutigen, der hört sich jetzt neidisch an. Ich bin's so leid mich von jedem Kritiker und überhaupt jedem beleidigen zu lassen und jetzt sogar von Bill, den

---

9 Damals Chef von Hanover Records. (A. d. Ü.)

ich am Wesleyan so was von gelobt und so gut rübergebracht habe! Hol ihn der Teufel! Außerdem kann kein Stern Jackes ein »Bomb« schreiben wie Gregory, das kann ich dir versprechen. Hast du Dr. W. C. Williams' merkwürdige Aussage über Peter Orlov gesehen? – dass wir eine Menge von Petey lernen sollen? – in dem neuen Magazin das Willard Maas' Sohn herausgibt. Jemand hat mir mein Exemplar gestohlen. Wagner College Magazine.

In der Zwischenzeit hoffe ich darauf dich zu sehen, wenn du wiederkommst, komm einfach mit Peter seine Mutter besuchen und schau rüber zu mir, meine Mutter hat nichts dagegen und wir verabschieden uns hier. Falls du zu spät dran bist, seh ich dich in Indien oder im Himmel ...

Ist das nicht alles schrecklich? Wir hatten mal so viel hippen Schwung? Und jetzt verhöhnen uns junge Dichter? Und sagen, wir seien jetzt zahme Klassiker? ohne *Sax* und *Kaddisch* auch nur gelesen zu haben? ja so wie sie alle auf einmal schreien, wie sollen sie da lesen? – Ho Ho! – Ich weiß in welchen Teil des blauen Himmels. Ich geh. Ho Ho, ich bin zufrieden. Ich bin's zufrieden wieder frei zu sein. Ho Ho.

Himmelnochmal. narr er alle

Jean XXX

Allen Ginsberg [San Francisco, KaliforniEN] an Jack Kerouac [Northport, New York]

1. Juli 1959 c/o City Lights

Lieber Jack:

Wohne die letzten Tage über in feuchtem Hotel in North Beach, bereite mich auf die Abreise vor. Arbeite nach wie vor an Neal – endlose Komplikationen, Zeitungsleute mit neunmalklugen Kommentaren und politischen Beziehungen, Anwälte etc. In dem Augenblick in dem ich der Maschinerie welchen Impuls auch immer gegeben habe, reise ich ab – nur noch ein paar Tage. Laughlin hat einen schönen Brief geschrieben, schnell.

Sorry dass ich dich vor dem 4. Juli nicht sehe – die Fantasy-Platte ging langsam voran und dann diese Geschichte mit Cassady. Vielleicht seh ich dich mit Burroughs in Florida. Dank dir dafür den Deal mit Hanover zu arrangieren, aber ich hatte bereits guten Vertrag mit Fantasy und arbeitete an dem Band. Auch haben die Gregory $ 150 nach Venedig geschickt, er schrieb, dass er im Gefängnis ist. Du hast recht nach Florida zu verschwinden und kürzerzutreten. All die

Dichter hier, Duncan (der ein guter Dichter ist) und die lausigen reißen mich psychisch in Stücke mit ihren freudlosen Ambitionen. John Wieners übrigens – ich habe ihn seine *Hotel Wentley*-Gedichte lesen hören – musste weinen, sie sind Klassiker wie Hart Cranes »Behind my fathers cannery works« – Hast du das Buch? Er ist ein richtiger Dichter, traurig und verdammt und zärtlich. Ich meine besser als alles andere hier außer Chances.

Ach Bill muss mittlerweile ein bisschen bekloppt vor Droge sein, das ist alles, und Stern hat ihn hypnotisiert mit Schmeicheleien und Jachten und Junk. Außerdem ist Stern intelligent – müssen auf irgendeinem seltsamen Trip sein die beiden. Bill wird wahrscheinlich bald desillusionierte Briefe vom Mittelmeer schreiben. Ja er hat den Hingabe-an-die-Kunst-Pakt vergessen und die Heiterkeit unter Zehn-Jahres-Brücken. Aber er stand darauf einfach nie so wie auf geheimnisvolle Zaubereien mit Chemikalien und seltsame psychische Siege. Es geht ihm also gut mit dem was er macht. Das Wagner-Magazin hab ich gesehen, es war komisch und richtig aufmerksam, aber ich fand's deprimierend, keiner versteht den Witz. Williams über Peter freilich zeugt von goldenem Herz. Keine Ahnung wieso alter englischer Anarchist [Sir Herbert] Read uns für Nihilisten hält, aber er ist uns geneigter als die meisten großen Tiere.

Nach einem Jahr voll Dummheiten hab ich's endlich kapiert – Peter tippt sein Gedicht *mit* Schreibfehlern. Sie sind Teil dessen was die Schönheit seiner Seele ausmacht die ich sehe. Ich habe sie immer aufzuräumen versucht um der Ordnung willen. In der Anlage was wir bislang haben. Es gibt noch mehr aber er tippt so langsam und ich bau ständig Mist wenn ich das für ihn mache, obwohl einige von mir getippt sind.

Wie dem auch sei, wir reisen hier bald ab, und in einem Wagen, mit ein paar Hundert $ von Fantasy und werfen uns swingend in den Westen und wandern Hand in Hand durch kleine Städte am Wüstenrand und vergessen jedenfalls für eine Weile die Welt. Ich möchte immer noch Grand Canyon sehen. Wir fahren über die Yosemite Sierras und dann die Ostseite der Berge hinab und vielleicht durchs Death Valley.

Aus meinem LSD-Gedicht – nimm doch die kleine Passage, die Zeilen *raus* »Gods dance on their own bodies … This is the end of man« – und stell sie gesondert als eigenes kleines Gedicht. Sie gehört nicht *in* die LSD-Notizen, ich habe sie später hinzugefügt.

Lass Peters Orthografie so wie sie ist, solang's dir in Ordnung scheint – wenn überhaupt ändere was du für nötig hältst.

Literaturpolitik langweilt und deprimiert mich – meine eigene Schuld, mich da

überhaupt eingemischt zu haben – OK dann sei bald frei unter blauem Himmel. Blumen,
Allen

Jack Kerouac [Northport, New York] an
Allen Ginsberg [New York, New York]

6. Oktober 1959

Allen:

Truman Capote ungeachtet[10] versuche ich noch immer all den Kram aufzuarbeiten den ich von Hand geschrieben habe, tippe erst jetzt (wie du) 1957 geschriebenen *Orlando Blues*, außerdem beschäftigt. Die Anthologie zu übernehmen ist nicht so schwer wie du denkst, ich kann [Marc] Schleifer[11] selbst antworten, mach das sogar diesen Augenblick, okay ich kann das alles selber machen, wenn du willst. Ich dachte du brauchst vielleicht das Geld und AUSSERDEM hast du mehr Talent als ich darin, wahre Perlen und historische Diamanten aufzulesen ... will sagen, mehr Gelegenheit, wo du doch im Village abhängst etc. Lass mich wissen was du insgeheim wirklich davon hältst mit mir an der Avon-Anthologie zu arbeiten oder nicht. Die Nummer zwei ist bereits gut besetzt mit Ed Dorns großartigen neuen Gedichten, seiner »Buck«-Story, mit [Bob] Donlins großartiger Story, mit [Herbert] Hunckes neuen Perlen die du erwähnt hast (Huncke braucht nur weiter seine perligen Vignetten zu schreiben und wir haben ein ganzes BUCH und tragen das zu Sterling) – (Peter auch) – (du auch). Erzählt eure Storys, ihr faulen Säcke, Leute zahlen Geld für Storys, nicht nur wohlfeile auf der Couch runtergehauene Gedichte. Ja wir können Avon zurückschicken lassen was wir nicht wollen mit großen diplomatischen Noten von Preston oder Payne, Kinnerspiel. Schleifer hat sein Manuskript sogar schon wiedergeholt und will es jetzt noch mal bringen! Brauch Payne nicht zu besuchen und ihn zu stören, mach alles per Post. Wie gesagt, ich schaff das alleine – Auch schreibe ich von jetzt an längere klügere laufende Kommentare für das Material – die ersten waren kurze Notizen im Suff – Zeit zur Sache zu gehen, wie *Time*-Magazin – ALSO ENTSCHEIDE DICH ENDLICH HINSICHTLICH MITHERAUSGEBERSCHAFT.

10 Capote hatte Kerouacs Werk mit der Bemerkung abgetan: »Das ist nicht Schreiben, das ist Tippen.«
11 Marc Schleifer war Herausgeber der Zeitschrift *Kulchur*. (A. d. Ü.)

Bei welchen Radiosendern willst du denn *Mexcity Blues* lesen, wann, Datum? Ich fahre am 12. Nov. mit Zug nach H'wood für zweiten TV-Auftritt mit Steve Allen, möchte Eisenbahnprosa oder was lesen – oder aus *Visions of Neal* über den Westen – den goldenen Westen – bin also bis dahin in NY, gehe danach nach Mexiko. Habe Nachricht und Gedicht von Creeley erhalten, werde ihn um was für die zweite Anthologie bitten.

Die einzige Möglichkeit, sich all des hektischen nichtliterarischen Trubels zu entziehen ist wegzugehen, nach Griechenland, zu Gregory, auf Kreta goldene Gedichte unter Feigenbäumen schreiben. Wenn du arbeitest wie dein Vater in Patterson sabbelt könntest du an Schreibtisch in Büro dahinsiechen – reise! Die $ 100 die du letzte Woche ausgegeben hast waren die Hälfte des Tickets nach Griechenland. Wenn mein *On the Road*-Deal unter Dach und Fach ist, falls überhaupt je, dann schenk oder leih ich dir das Geld für jeden Trip nach dem dir nur sein sollte. Wir versuchen zusammen mit Lucien diesen Oktober in die Berge zu fahren, okay?

Big Table, die Zeischrift hat sich 7000-mal verkauft, genügend verdient, um mir meine popligen $ 50 Dollar für »Old Angel« zu zahlen haben sie aber nicht, ja haben sogar den Nerv Sterling fiese Briefchen zu schreiben, der doch bloß seinen Job macht, und als Abschuss blockieren sie meinen Ferlinghetti-Deal, ein Haufen gieriger hinterfotziger Arschgeigen sind sie weiter nichts und du kannst sie dir in die Haare schmieren, und gehen sie auch noch her und benutzen MEINEN Titel. Mach selber eine Zeitschrift auf – warum mit Paul Carroll[12] rummachen – der ganz versessen drauf ist nicht nur mich in den Dreck zu ziehen, sondern auch den armen McClure und Whalen und Lamantia, dieser Zankteufel – wen interessiert der denn überhaupt? Was hat er gemacht um deiner Aufmerksamkeit wert zu sein – und was ist so toll an seiner Zeitschrift? LeRoi [Jones] startet *Kulchur* und dann hast du noch *Yugen* und *Beatitude*, all die kleinen Sachen aus denen mit der Zeit große *Dials*[13] werden.

Mescal geht klar, ist bald da, warte aber darauf, dass du und Pete herkommt wie du gesagt hast um Klamotten abzuholen und den Keller anzuschauen … obwohl, warte, andererseits, ich komme selber bald rüber und bring die Klamotten schön als Paket. Alles drunter und drüber, um ehrlich zu sein, Filmleute kommen heute Nachmittag, eben kam albernes Telegramm, kann noch nicht mal Briefe schreiben, alles voller Bulletins.

[…] Virus hat sich verzogen, bis auf Mordshusten wie ich ihn 1957 hatte er-

12 Paul Carroll war einer der Gründer der Chicagoer Zeitschrift *Big Table*.
13 *The Dial* war eine amerikanische Zeitschrift, die zwischen 1920 und 1929 großen Einfluss auf die Moderne hatte.

innerst du dich, im Januar bei den Helens? als wir alle den Husten hatten von dem Mexikotrip. Ja ich erinnere mich noch an Spencer … ich habe die Adresse vom Holländer nicht – warum mach ich das nicht in deiner Küche, auf weißem Laken. Sind nett die netten Dinge die du über mich schreibst. Ich werd versuchen mich in der nächsten Anthologie dafür zu revanchieren.

Habe grade das Finger-Sutra geschrieben, in meinem Garten, neulich Nacht, auf Pot. Albern, ich denk mal, ich langweile mich. Ich lege ein Seminar bei, in dem sie Beatniks und Kriminelle in einen Topf werfen und was vom künstlerischen Segment Amerikas noch übrig ist in den kriminellen Dreck ziehen. dachte mir du möchtest vielleicht eine Bombe auf die schmeißen. Es ist dies die gute Arbeit von Alfred Zugsmith, die da zutage kommt, wie gestern Abend eine Parodie auf mich im Fernsehen »Jack Crackerjack« Ich spring auf (die Haare in die Stirn geklatscht) und fang zu schreien an: »Ich sah die besten Köpfe meiner Generation von nackter Hysterie zerstört … Tötet um des Tötens willen!« (Louis Nye der Schauspieler) Argh.
Jack

Allen Ginsberg [New York, New York] an
Jack Kerouac [o. O., Northport, New York?]

16. Oktober 1959
Okt. 1959

Lieber Jack:
Hab deinen Brief bekommen und gestern einen abgeschickt in Beantwortung einiger Fragen, ja, ich arbeite, und war wie gesagt bei Avon um das Material zu sichten ohne Payne zu stören – auf jeden Fall hat er mich gebeten, unabhängig von diesem Material was zu bringen und ihm einige andere Bücher vorzuschlagen (gesammelte Melville-Gedichte, Dickinson, Lindsay, etc.).

Ich habe [Marc] Schleifer wie gesagt das Gedicht zurückgeschickt. Er wird das Magazin *Kulchur* herausgeben – er will eine Art Satiremagazin machen das größtenteils Soziologie à la *Village Voice* sein wird wie seine Mickey-Maus-Routine, so ist er nun mal, ist also nicht eigentlich ein literarisches Magazin es sei denn man schickt ihm Gedichte, und das werde ich.

Ja ich freue mich darüber bei der Avon-Geschichte mitzumachen, ein paar Lieblingsprojekte fertig zu machen. Alles was es braucht ist ein Tag um alles zusammenzustellen.

Ich möchte meine Geschichte nicht erzählen, leicht hingeschriebene Gedichte genügen, ich arbeite nicht gern, dazu ist das Leben zu kurz. Ich habe zu viel bei Bickfords[14] gearbeitet, ich weigere mich Prosa zu schreiben bis sie ohne Arbeit fließt wie ein Traum wie Poesie.

Gute Idee beim Avon-Buch zur Sache zu gehen, ja, machen wir doch Ernst.

Hab eine nette Bahnreise durch den Westen – versuch einen Stopp einzulegen um den Grand Canyon zu sehen. Ich werd mir dich im Fernsehen ansehen. Ich mache ein Band mit Casper Citron [bei] WBAI nächsten Montagvormittag, ich weiß nicht wann es gesendet wird.

Lucien wird sich mit dir in Verbindung setzen wegen der Berge.

Die Druckerrechnungen für BT [Big Table] I & II sind mittlerweile so gut wie bezahlt, nach allem was ich höre, aber es ist kein Geld für den Drucker für die nächste Ausgabe da, und da haben sie eben finanzielle Probleme. Sie hatten nicht genug Geld um die Reisekosten der SF-Dichter zu finanzieren, haben die Dichter nicht runtergemacht. Es war sogar so, dass Podell der Geschäftsführer Playboy dazu gebracht hat, die Reise für TV-Aufnahmen zu finanzieren, das heißt, BT sponsert eine Lesung, um die Einkünfte aufzuteilen und Geld für das nächste Heft auftreiben zu helfen. Paul Carroll hat seinen Job an der Loyola [University] wegen des Skandals um seine Beteiligung bei BT verloren und ist selbst pleite und zahlt das Magazin aus eigener Tasche, hat aber jetzt keinen Job. Sie blockieren den Ferlinghetti-Deal nicht, ich meine nicht er, Ferl selbst will warten bis die Post das OK für »Midnight«[15] gibt; Big Table I auszuverkaufen ist eine Überlegung aber keine die im Vordergrund stünde. Big Table hätte nichts dagegen, wenn Ferl übernimmt, glaub ich nicht. Wenn du willst, dass Ferlinghetti es jetzt herausbringt, schreib ihm und sag ihm, dass du's willst, auch wenn er kein grünes Licht von der Post hat. Es ist kein derart großes Problem und wenn du das Buch wirklich jetzt bald rausgebracht sehen willst, ich bin sicher er wäre nicht abgeneigt.

Ich meine ich weigere mich einfach mich wegen Carroll aufzuregen und ihm böse zu sein, auch wenn er in dieser Sache ein Dämlack ist und ein kleiner Zankteufel, aber er macht innerhalb seiner Grenzen so gut er nur kann und ist kein totaler Reinfall. Überhaupt weigere ich mich derzeit mich über irgendwas aufzuregen, weil Schönheit der große Mörder ist. Ich würde BT gern weiter-

---

14 Bickford's war eine Cafeteria am Times Square, wo Ginsberg Geschirr spülte hat und viele seiner Freunde verkehrten.

15 Die Post muss entscheiden, ob bestimmte Inhalte – etwa »obszöner« Art – gegen den Versand einer Publikation sprechen. (A. d. Ü.)

machen sehen wenn es möglich ist, weil ich bereits Zeit und Mühe reingesteckt habe, es hat Burroughs zum ersten Mal veröffentlicht und Carroll ist deswegen immer noch gerichtlich zugange, es hat als erstes »Old Angel Midnight« gedruckt, das die in Harvard ja nicht haben wollten, und ein neues aufzuziehen wäre mit einem Riesenaufwand verbunden, außerdem haben wir bereits was Neues mit Avon, aber eben kein Little Magazine das Kritik bringen wenn überhaupt und Rezensionen von Sachen wie *Gasoline* und *Mexcity Blues* und *Kaddishes*, und *Kulchur* wird nicht vor Dichtung swingen, und *Yugen* ist nur Dichtung, und *Beatitude* wird jetzt von der SF Bread and Wine Mission geleitet, dient aber zur Hälfte dazu, lokale Lyrik von Teenagern um North Beach herauszubringen, was es auch sollte. Nicht dass *BT derart* nötig wäre. Aber *Evergreen* ist ja bereits den französischen Bach runtergegangen. Solange es also noch am Leben ist möchte ich nicht mehr dagegen sagen als Carroll das selbst schon macht, und ihm vielleicht dabei helfen wieder auf die Beine zu kommen. Inzwischen hat er für die nächste Ausgabe Peter-Gedichte, »Laugh Gas« Prosa von Selby, einen Artikel von Creeley über Olsons Prosodie etc. es ist also vielleicht nicht ganz tot.

Ich habe Carroll sogar den Essay über deine Prosa geschickt, um ihn schneller rauszubringen als Al Leslie. Kein Grund sich über ihn aufzuregen – aber ich muss sagen, dass Carroll mehr Leuten schneller auf den Zahn geht als ich es für möglich gehalten hätte – noch nicht mal Irving [Rosenthal] schreibt ihm im Augenblick, beleidigt. Was für ein – ich meine das Ganze ist eine große Buster-Keaton-Komödie und nicht bierernst. Ist alles ein Haufen Scheiß, nichts worüber man sich aufregen müsste. Carroll hat vorübergehend (vielleicht permanent) seinen Verstand verloren, weil er immer Geld gehabt hat und nette Jobs, jetzt hat er Schulden und es mit dem Leben zu tun bekommen und ist hysterisch. Vielleicht erholt er sich wieder.

Ich bin letzte Woche raus nach Paterson und habe mich mit Onkel Abe zusammengesetzt.

Ich habe dem Seminar ein paar Anmerkungen geschickt.

OK – Wie immer Allen

Wann bist du denn zu Hause? Antworte nicht mit großen Briefen es sei denn dir geht alles andere auf den Geist. Ich seh dich dann bald in der Stadt. Hier alles in Ordnung, neue Postkarte von Gregory mit griechischen Wagenlenkern. Ich werde nächstes Jahr in Indien sein, dann ist jenuch Zeit für Einsamkeiten. Das Bild der breiten Öffentlichkeit von Beatniks wie es von Filmen, *Time*, TV,

Daily News, *Post* etc. aufgebaut wird, ist unter den Hippen eine Fälschung und bei der Masse böse und unter den liberalen Intellektuellen ein Chaos – was aber auf merkwürdige Weise gut ist, ich find dass wir für Philister immer noch so völlig obskur sind dass sich Missverständnisse einfach nicht vermeiden lassen – ich meine, wie sollte eine ganze Nation die Illusion des Lebens in einem Jahr verstehen? und da wir die Wahrer von Kameradschaft und Satori sind, wie will man erwarten in Kriegswelten massenmäßig verstanden zu werden? Spott ist unweigerlich Kompliment. Schau dir an was dem armen Christus passiert ist, gekreuzigt haben sie ihn.

[...]

Lieben Gruß,
Allen

Jack Kerouac [Northport, New York] an Allen Ginsberg [New York, New York]

2. November 1959

Allen:
Hier hast du Herbert [Huncke]s Scheck. Er hat telefonisch um $ 25 gebeten, aber das ist eine Mordssumme, ich bin nicht Frank Sinatra. Ich wüsste es zu schätzen wenn er es zurückzahlt falls *Playboy* seine Story nimmt. Schick »Hermaphrodite«, »A Sea Voyage« werden die nicht nehmen wegen der schwulen Szenen. Hunckes »Sea Voyage« zeigt, dass er ein perfekter Schriftsteller ist. (Schick *Playboy* außerdem »Cuba«).
Das Amphetamin war der Grund dafür, dass Lois [Sorrells] ausgeflippt ist und ich auch als ich nach Hause kam, erschöpft und am Rande des Wahnsinns. Ich bin also froh, dass ich es nicht mitgebracht habe. Dass mir keiner das nimmt.
Als ich nach Hause kam waren dreißig Briefe und Telegramme da, irrerweise eines wie das andere eine Forderung. Ich sehe jetzt ganz klar, dass ich der ganzen Szene auf immer den Rücken kehren muss. Ich möchte weder jemanden sehen noch mit jemandem reden, ich will in meinen eigenen Kopf zurück. Das ist Mord, schlicht, aber ergreifend.
Eines der Telegramme war von William Morris mit der Forderung, auf der Monster-Dichterkundgebung zu lesen. Würdest dich totlachen über die Liste. Forderungen nach kostenloser Prosa und Lyrik, ich soll sofort anrufen, ich soll auf Empfänge und Halloween-Partys, ich soll den Werbetext für MGMs *Sub-*

terranean-Film schreiben, ich soll in England obskure literarische Fragen beantworten, ich soll in der Öffentlichkeit auftreten, ich soll Kolumnen schreiben
die ich nie geplant habe, ich soll Bücher in die ganze Welt schicken, ich soll soll
soll mit meinem einzigen bebenden Leib … also rücke ich aus. Nach [Steve]
Allen-Show in H'wood gehe ich nach Mexiko und werde nicht vor meinem
Geburtstag am 12. März wieder da sein. Richte mir liebe Grüße aus an Huncke, Petey, Lucien. Das ist schrecklich. Ich steige AUS. Ist nichts Persönliches.
Ich brauche jetzt Garys Methode. Für eine Weile, eine lange Weile. Es ist mir
ernst. Ich bin wahnsinnig. Es besteht keine Hoffnung. Eugene Burdick hatte
recht als er sagte: »Verwirrte Schaulustige, die sich um sie drängen, haben die
Beat-Vision erstickt«. Ich weiß, du hast Spaß dran deine Vormittage mit dem
Beantworten von Briefen zu verbringen, aber meine Prosaarbeit benötigt einfach mehr Energie. Ich habe letzten Teil von *Tristessa* bin bereit für die Lu-
cien-Story und wenn er es sich anders überlegt dann verstecke ich sie eben. Ich
habe da einen Traum von kalten Bergzügen an einem grauen Tag mit Wolken
die stilles Fenster öffnen. Städte und Dichter sind immer wieder die selben. Es
ist an der Zeit, dass die Welt sich ändert. Niemand glaubt an Aufklärung, i.e.,
freundliche Ruhe, freundliche Stille. Ich weiß du und Petey ihr gebt euch alle
Mühe ohne Telefon etc., aber hebet euch hinweg, auf die Finca. Wie dem auch
sei, wie immer alles Liebe. Seh dich.
Jack

Ich bin kein Messias, ich bin Künstler.

Allen Ginsberg [New York, New York] an Jack Kerouac [o. O., Northport, New York?]

5. November 1959

Ja, froh dass du das Amphetamin vergessen hast – ich kann das nur ganz ge-
legentlich mal nehmen, zum Schreiben – dann lass ich es für ein halbes Jahr
bleiben. Kann man nicht fortlaufend nehmen.
Entscheidung auszurücken ist eine gute Idee. Du bist »zahlenmäßig unter-
legen« und hast zu viel um die Ohren, schlag dir die Realität aus dem Kopf.
Trag mir auf was deiner Ansicht nach zu tun ist, oder Sterling – lass ihn *alle*
Anfragen erledigen. Ich werde dir ab sofort keine mehr schicken – literarische
Anfragen – aber sag ihm er soll sich nicht allzu sehr ums Geld sorgen, würde

ich sagen. Wenn du den Ärger mit der Anthologie loshaben willst was durchaus möglich wäre übertrag das mir und ich arrangier mich mit Payne, stelle die zweite zusammen und ich sehe zu, dass bei der ersten etwas Burroughs und mehr Huncke reinkommt, dann bist du die Verantwortung los. Lass deinen Namen als Herausgeber auf dem zweiten Buch, falls das aus irgendeinem Grund ratsam sein sollte. Vielleicht hörst du auch auf, Nebensächliches zu schreiben, lass Lord aus den vielen Manuskripten die er schon hat auswählen, nicht nötig dass du deine Zeit mit so Sekretärs- und in der Hauptsache Agentenarbeit verschwendest. Er hat doch Schreibkräfte. Na jedenfalls hab eine verrückte gute Zeit, wirst mir fehlen.

Ich war gestern Abend bei Lucien, der sich nach seinem Anruf bei dir lange mit mir unterhalten hat – ist mir böse dafür händeklatschend dabeigestanden zu sein und mich darüber gefreut zu haben, dass er dir sagt du sollst über ihn schreiben wenn nötig. Er will es nicht wirklich, es ist ihm ernst, und ich trage die Schuld dich all die Zeit über zu drängen. Er hat mir richtig Angst gemacht. Mir ist da etwas in ihm begegnet was ich zuvor nie gespürt oder gesehen habe, offensichtlich war er seit der durchsoffenen Nacht krank, aß nicht viel, hatte Albträume – genervt von der Situation. Er hat mir etwas von der eisigen Angst vermittelt. Das ist mehr als ich ertragen kann, tut mir leid, dass ich mich da überhaupt eingemischt habe, Lucien hat das Gefühl, ich hätte ihm schaden wollen, was mir das Gefühl gibt, dass dem so war. Sagte er hätte mit dir am Telefon gesprochen und dass du's nicht schreiben würdest, und dass das gut ist. Weil es ihm wirklich derart Kummer macht, und es scheint ihm dabei um Leben und Tod zu gehen. Er hat plötzlich abgenommen und scheint verändert und nackt, oder ich bin wahnsinnig, oder beides, es macht mir Angst. Er liebt uns, beruhige ihn besser als ich das kann. (Und ich beuge mich hier seinen Wünschen und Gefühlen).

Schätze ich seh dich dann eine Weile nicht bis März. Ich werd bis dann hier sein, und wenn ich nach Chile reise mach ich Zwischenstopp in Mexiko und komm dich besuchen wenn du mich wissen lässt wo du bist. Schreib wenn du kannst, Postkarte, wenn nicht, keine Sorge, ich bin OK. Stille gibt's für mich später, wenn überhaupt, in Indien – McClure und Whalen kommen dieses Wochenende, ich kümmere mich um sie, eigentlich bin ich gelassen – nicht so viel Druck auf mir, und *Kaddisch* geht dem Ende zu und bald fertig. Obwohl Lucien mich gestern Abend beunruhigt hat, aufgeregt.

Gib Bescheid was mit Avon passieren soll, oder vielleicht lassen wir es besser ganz, was immer du willst, ist dein pausbäckiges Engelchen.

Peter tippt Gedichte und Huncke liegt mit Hämorrhoiden im Bett, grüß mir
die Stille.
Lieben Gruß, wie Immer
Allen

Jack Kerouac [Northport, New York] an
Allen Ginsberg [New York, New York]

24. Dezember 1959

Cher Alain:
Grade ein freundschaftliches Ringen um *Tristessa* hinter mich gebracht und
werde es genau so veröffentlichen lassen wie es ist (ohne Zusätze), genau wie
Lucien und Cessa meinten.
Immerhin macht Verführung ein Buch nicht sexy, noch Dithyramben.
Es ist ein so kurzes Buch, dass ich voll Staunen auf die wenigen Worte starre,
die sie gesagt hat (du hast nie das ganze Ding gelesen wie es nach einem zweiten
Jahr Arbeit dran geworden ist, du weißt also nicht was ich meine).
Spiele die *Matthäuspassion* während ich das hier schreibe, staune über deinen
Geschmack als ich dich bei meiner Rückkehr aus Mexiko im Oktober 1955 in
deinem Häuschen in der westlichen Nacht besuchen kam und keiner zu Hause
war. Ich habe deine *Matthäuspassion* aufgelegt und auf dich gewartet, high auf
Benny, weißt du noch?
Na ja, und ich habe großen Brief von einem Mädchen bei Grove Press erhalten
in dem sie wissen will was ich in Chile vorhabe, ich habe nie eine Einladung
nach Chile GEKRIEGT, hast du die für Peter abgefangen? Falls ja, dann decken sich deine Pläne mit meinem Reim, weil ich nicht wegwill … ich bin zufrieden auf meinem Dachboden mit der Fledermaus. Die einzige Erklärung
die ich mir denken könnte, ist dass du dich auf die Lippe gebissen, deinen Bart
gezwirbelt und meine Einladung genommen und Peter gegeben hast, was mir
recht ist. Wer will schon südlich von Norden gehen? Aber schreib mir von dort
und finde heraus, warum ich keine Einladung bekommen habe: bin ich zu ungehobelt? Zu ungehobelt um ein Mahatma zu sein? Ich, der dänzelnde Denker?
Drama taugt nichts ohne Lyrik (siehe Broadway), und Lyrik ist nichts ohne
Drama … 'swegen schreib ich was du PROSA nennst, Romane, verstehst du?
Mein Vorbild ist Shakespeare. In welchem Interesse ich dir wirklich rate, für
dein nächstes Puch, Buck, meine ich, sofort ein großes dramatisches Gedicht

à la Milton zu planen. Stell dir vor du ziehst dich an großen modernen Shakespear'schen Stadttragödien hoch, lange Zeile, kurze Zeile, Prosodie, Ellipsen etc. verstehst du. Ich hab das beschlossen als ich mir meine Lyrik und meine »Romane« ansah wo bessere Zeilen drin sind.

Karl Paetel[16] macht Sterling [Lord] das Leben schwer. Was ist er, ein deutscher Hochstapler? ein finsterer Burroughs'scher Schuldeneintreiber? ein Stinkstiefel? Sterling fordert nichts weiter, als dass ich in jeder neuen Anthologie »Premium«-Honorar kriegen sollte, schließlich können sie sie ohne meinen Namen nicht machen … das ist alles. Ich bin zu Sterling gegangen weil ich eine lange Unterhaltung mit Albert Saijo hatte, der mich dran erinnerte, dass »Geld Poesie« ist (siehe Balzac, Shakespeare, etc.) und nicht an sich von William an sich verschmäht werden sollte. Ja, ich habe vor eine Million zu machen und mit sechzig werde ich alles verschenken und mit einem Rucksack losziehen, grauhaarig, über die Straßen Amerikas, alle werden staunen. Stell dir vor, also wenn Hemingway das morgen machen würde. Kein Bulle würde den verhaften. Alles würde aufmerken. Deszwegen wurde Buddha als KÖNIG geboren, als Maharadscha. Das einzige Problem ist, dass ich keine Message habe.

Tja Süßerle, wie dem auch sei, ich seh dich dann Silvester bei Lucien oder in Luciens Kreis, ich und Lucien haben noch nie ein Silvester verpasst.

Ich hoffe Peter hat sein Tief überwunden. Habe Laff auf der Straße getroffen, nachts, auf der Pirsch, sieht zufrieden aus. Jeder wäre zufrieden mit so einem guten Stern der Einsamkeit.

Ich besorg dir ein Exemplar meines neuen Albums wenn du nach NY kommst, du und ich treffen wir uns doch und gehen vielleicht zu Hanover Records 57th St. und holen uns vier oder fünf und verteilen sie, kostenlos. Geld für *Tristessa* wird 7500 Dollar sein und die gehen gradewegs auf die Bank. Ich fang nicht mit dem Ausgeben an bevor ich nicht 50 000 beisammenhabe – ich meine für Verrücktheiten. Bin eben immer noch Kanadier und Franzose und clever. Ich heb nie Geld ab, es sei denn ich zahle MEHR ein. So kann ich meine Schecks mit Selbstbewusstsein ausstellen. Hat nichts mit amerikanischen Vorstellungen zu tun. Habe Weihnachtskarte von Neal bekommen.

Schreib das nur um dir großes glückliches Willkommen Feiertag zu wünschen.

Wie dem auch sei, ich schreib es

Schreib mir kurz

Ton Jean, Jean Louis

16 Karl Paetel war der Herausgeber von *Beat, Eine Anthologie*. Rowohlt 1962.

Allen Ginsberg [New York, New York] an
Jack Kerouac [o. O., Northport, New York?]

29. Dezember 1959

Neujahr

Lieber Jack:
Lafcadio von und zu Mondschein tauchte hier gestern Abend mit Peter auf,
seltsam. Er und Peter sehen sich zurzeit Chaplin und Harold Lloyd im Museum an. Ich bin krank, habe vier Tage über Weihnachten in Paterson in Decken gehüllt auf der Couch zugebracht und nachts im Dunkeln *Messias* gehört während das Haus schlief, driftete aus meinem Körper heraus hinein in
die Musik, eine neue Art jüdisches Yoga. Ich lese gerade was über hebräische
Mystiker aus dem Mittelalter und Isaak den Blinden, der gesagt hat das Namenlose sei »das was durch Denken nicht vorstellbar« sei, als hätte er in To-
ledo das Diamanten-Sutra gelesen. Es gibt auch eine alte kabbalistische For-
mel die 1300 erklärte, dass »Gott in Sich selbst, der, als absolutes Wesen, eben
diesem Wesen nach nicht Gegenstand einer Offenbarung gegenüber anderen
werden kann, weder in den Schriften der Offenbarung des biblischen Kanons
noch in der rabbinischen Tradition gemeint ist und nicht gemeint sein kann. Er
ist nicht Gegenstand dieser Schriften und hat folglich auch keinen dokumen-
tierten Namen, da jedes Wort der heiligen Schriften sich nur auf einen Aspekt
seiner Manifestation auf der Seite der Schöpfung bezieht«, anstatt auf seinen
vollkommenen Zustand als Nichts. Genau genommen sprechen alle Rabbiner ständig von ihren Meditationen als Versuchen, »aus Etwas Nichts zu machen«, und kreieren eine große Doktrin über »das Nichts« nach der anderen
und beten es an.
Wie dem auch sei, ich lese über die Kabbala und den Zohar und die Gnostiker,
ich war immer schon neugierig, habe aber bis vor kurzem nie das richtige Buch
darüber gefunden. Dasselbe wie Zen, wenn man's genau betrachtet.
Nein, ich habe noch nicht mal ein Ticket für Peter bekommen. Wo wir schon
dabei sind, ich habe bislang selbst noch kein Ticket bekommen, nur eine Einladung. Ich dachte die hätten dich eingeladen weil Ferlinghetti es mir gesagt
hat. Vielleicht haben sie gar nicht. Hinter meiner Einladung steckt ein chile-
nischer Professor in Berkeley, der *Howl* gestohlen und für eine Schwarzmarkt-
ausgabe in Chile übersetzt hat und jetzt mit der von ihm arrangierten Einladung wiedergutmachen will dass er mir nichts gesagt hat.

Ja, Dichtung ist nichts ohne Drama, schreib du wieder große Dramen dann mach ich das auch. *Kaddisch* ist eigentlich eine vierzigseitige Geschichte, eine Erzählung. Nur dass ich nie weiß, was ich schreibe und nicht die Kraft des Romanciers habe mich hinzusetzen und einen eingeschlagenen Weg über mehr als dreißig Stunden am Stück zu verfolgen – wieder aufnehmen kann ich ihn nicht. Oder habe es nie versucht. Vielleicht könnte ich es mit Benny. Es erfordert körperliche Kraft ein und dieselbe Linie, ungebrochen, über mehrere Sitzungen zu verfolgen. Diesen Trick hatte ich einfach nie drauf, ich habe nun mal keinen Magister.

Paetel kein Stinkstiefel, denk ich mal, ich habe ihn nie so gesehen, genau genommen ist er ein wissenschaftlicher Bibliograf, der Einzige mit der Geduld eine wissenschaftliche Bibliographie zusammenzustellen. Ich weiß nichts über seine Geschäftsbeziehungen die mich auch nicht interessieren. Das überlass ich den Agenten. Ja, Geld ist in deinem Fall Poesie. WARUM AUCH NICHT? Denk doch mal an Shaw, den wahnsinnigen sozialistischen mentalistischen Kapitalisten.

Wenn ich mal aufstehe und aus dem Haus gehe (ich nehme Antibiotika) rufe ich Lucien an und erkundige mich wegen Silvester, ich hab ihn am Heiligen Abend von Paterson aus angerufen um ihm frohe Weihnachten zu wünschen und ihm gesagt, er soll dich anrufen und dir selbiges ausrichten. Peter ist glücklich jetzt wo Lafcadio da ist. Darauf hat er gewartet.

50 000 ist nicht das große Geld, nimm 100 000 – die investierst du in was Sicheres und lebst von den Zinsen.

Ich habe von Ferlinghetti Scheck über $ 500 bekommen und alle meine Schulden der letzten Jahre bezahlt – $ 60 [Bob] Merims, $ 50 Al Leslie, $ 203,11 an Columbia, $ 17 Zahnarzt, $ 5 Doktor und $ 100 Außenministerium um Peters Pass zurückzubekommen. Wir sind jetzt zwar pleite, aber ich schulde keinem mehr was. Merkwürdiges Gefühl. Die Arschgeigen von der Columbia wollten das Geld schon bei meinem Bruder einklagen – irgendjemand hat anonym $100 aufgebracht, um die Schulden zu reduzieren – und Barzun schrieb mir, dass er den Finanzausschuss nicht dazu bekäme meine Schulden im Austausch für die große Lesung die ich dort gehalten habe zu streichen. Diese Leute sind das Böse. Ich habe denen geharnischtes dreiseitiges irrsinniges ICH KLAGE AN geschrieben und verlangt dass sie damit aufhören an der Columbia meine Lyrik zu lehren – den Brief dann aber zerrissen, die restlichen $200 bezahlt, mich von ihnen verabschiedet und jetzt ist die Geschichte vergessen und der Ärger damit vorbei.

[Ray] Bremser noch im Gefängnis und sieht ganz danach aus als müsste er wieder für ein Jahr rein. Anscheinend hat der Kaplan in Bordentown ihn im Radio gegen Gefängnis und Pot-Gesetze wettern hören, ihn verpetzt, und jetzt hat sich die Bürokratie in ihn verbissen. Man wirft ihm unter anderem vor sich »mit unerwünschten Elementen« abzugeben. Damit meinen sie mich. Institutionen und Akademien sind wirklich herzlos. Wenn jemand eine Revolution anzetteln will möchte ich damit nichts zu tun haben, aber es wäre mir wirklich egal.

Auf Neals Weihnachtskarte an mich stand nichts weiter als »Knie nieder!«, nicht mal eine Unterschrift.

Habe Notizen zu Lachgas ins Reine getippt – jetzt ist das Gedicht insgesamt elf lustige Seiten lang und fertig.

Allen

Seh dich heut abend.

1960

Jack Kerouac [Northport, New York] an
Allen Ginsberg [New York, New York]

4. Januar 1960

Lieber Allen:

Hab deinen langen Brief erhalten, den ich in meinem neuen INTERESSANTE BRIEFE-Ordner abgelegt habe. Ich habe einen FANBRIEFE-Ordner und SAHNEORDNER und einen namens BEAT-ANTHOLOGIE und damit ist das prima aufgeräumt.

Nicht, dass dein Brief nicht SAHNE gewesen wäre, aber dein neues Gedicht darin ist einfach sehr gut und gehört veröffentlicht.

Ich lege dir $ 40 für Taxikosten bei, andere Taxis, Flaschen und einen Anteil der Zechen beim Chinesen.

Ich habe einen langen Brief von Lew Welch erhalten, eine witzige Karte von John Montgomery, der eigentlich eine Nervensäge ist, weil er von mir Alben, Bücher geschickt kriegen möchte und *Mexico City Blues* (»minderes Material«). Ich bin jetzt wohlbehalten für die nächsten tausend Jahre daheim.

Ich möchte schreiben. Und ich meine damit nicht Briefe (Ich habe riesigen Brief von einer Art Brierly-Typ erhalten, der behauptet Neal sei nicht so toll wie Jerry, der aus Privathäusern gestohlen und den man zum Präsidenten seines High-School-Jahrgangs gewählt hat, und warum ich nicht über den schreibe statt über Neal) (ist das nicht furchtbar?) (Neal, der die *Lives of the Saints* gelesen und nie in seinem Leben armen Leuten was PERSÖNLICHES gestohlen hat).

Ich werde also die nächsten 1000 Jahre daheim bleiben und schnell *Beat Traveler* schreiben (sobald Don Allen meine Bedürfnisse befriedigt)(die keine drastische Forderung sind) und ein langsames Buch über etwas, wahrscheinlich Harpo-Marx-Vision … Ich und Harpo und W. C. Fields und Bela Lugosi trampen zusammen nach China.

Nachricht, schick mir Nachricht vor Chile.

Oder nicht … oder aus Chile.

[…]

Jack

Anmerkung der Herausgeber: *Im Januar 1960 reisten Ginsberg und Ferlinghetti zu einer Schriftstellertagung nach Chile. Allen entschloss sich, in Südamerika zu bleiben, und verbrachte sechs Monate in abgelegenen Regionen auf der Suche nach Yagé, der halluzinogenen Dschungelliane, die Burroughs zehn Jahre zuvor beschrieben hatte.*

Jack Kerouac [Northport, New York] an
Allen Ginsberg [New York, New York]

20. Juni 1960

Lieber Allen:

Peter hat mir deine Äther-Notizen zukommen lassen; ich habe die Seiten nummeriert, bevor sie ducheinanderkommen und sogar eine Büroklammer drangegeben, aber wenn ich sie dir auch gleich abtippen soll, mach ich das, mach ich wahrscheinlich sowieso, da ich sie rasch en toto lesen möchte. Ganz großes neues langes Gedicht von dir. Ich habe es mir noch nicht wirklich genau angesehen, wollte erst deinen Brief beantworten – Aber es hat mich überrascht, dass du, als du wirklich hi auf Äther warst und Glocken gehörst hast (»Der Klang der Glocke, der die Glocke verlässt«, sagte Basho in einem Haiku), an mich gedacht hast, so wie ich auf dem Höhepunkt meines Meskalintrips letzten Herbst an dich gedacht habe. Auf Meskalin war ich so verdammt high, dass ich unsere ganzen Ideen zu einer »seligen« neuen Bande von Weltmenschen und dass die spontane Wahrheit die letzte Wahrheit sei etc. etc. sah, und zwar als vollkommen richtig sah und prophezeite, so wie ich sie weder nüchtern noch betrunken je gesehen habe. Wie ein Engel beim Rückblick auf sein Leben sieht, dass jeder Moment im genau richtigen Augenblick passiert ist und jeder eine blumige Bedeutung gehabt hat. Dein »das Universum ist eine neue Blume« ist eine vollkommene Aussage in diesem Sinne, wie auf einem richtigen Hi [High] gedacht. Aber ich bemüh mich nicht mehr (wie du) darum, so richtig high zu sein und Visionen zu schreiben, wie's scheint muss ich im Augenblick warten, ich bin etwas erschöpft von all den Engelhaften Mitternächten der letzten paar Jahre, als ich es drauf ankommen ließ. Aber was ich wirklich tun muss, das ist zum ersten Mal seit *On the Road* 1957 wieder allein losziehen, und so verreise ich diesen Sommer wahrscheinlich heimlich, miete mir allein ein Zimmer und gehe spazieren und stecke Kerzen an, in MexCity wahrscheinlich, wo mich keiner kennt noch sieht. Brauche einen Urlaub, um sozusagen mein

Herz wiederzuentdecken – Diese unzähligen Freundschaften sind mir einfach zu viel. Ist dir klar was mir zum Beispiel und Exempel erst diese letzte Woche passiert ist: Jack Micheline schreibt großen bekloppten tränenbenetzten Brief aus Chicago und bittet mich schließlich um zehn Dollar – Gregrory schreibt »Komm sofort nach Venedig! Geld ist mein Freund!« (als ich ihm gesagt hatte, dass *Holiday* mich da womöglich für eine Auftragsarbeit hinschickt) – Charley Mills und Grahame Cournoyer rufen mich dringendst um Geld aus dem Village an und ich habe meine Telefonnummer ändern lassen – (sogar noch vor dem Haus) – Lew Welch lässt durchblicken, er braucht einen Hunderter für seinen Jeep. Du forderst mich auf, nach Peru zu fliegen, Gary [Snyder] nach Japan, [Alan] Ansen nach Griechenland, [John] Montgomery nach Mill Valley zu kommen, um, jetzt pass auf, bei ihm zu wohnen, alte Kumpels von der Horace Mann School zum Klassentreffen, in Kunstgalerien zu ihren Ausstellungen, damit ich was kaufe etc. etc. Ich habe dich da jetzt nicht eingereiht, weil du zum Bataillon derjenigen gehörst, die immer Geld wollen, (überleg mal, wenn ich all den jüngsten Ansinnen nachgekommen wäre, inklusive der anderen, ich hätte doch gar nichts mehr! hab mich immer schon gefragt wieso »reiche« Leute so »knickrig« sind wie Jay Laughlin oder der alte 1945er Bill, jetzt wird mir klar, dass es daran liegt, dass sie eben NICHT knickrig, sondern all den Geldforderungen einfach unterlegen (und obendrein traurig darüber) sind. Wie dem auch sei, wie soll ich mit dem Namenlosen, in Kontakt treten, wenn ich mich alledem aussetze? Ich muss weg, um wieder mal, eine Weile, in Ruhe alleine zu sein, wie Gott. Um mit etwas zurückzukommen, worüber ich schreiben kann. Nicht, dass ich nicht jenuch geschrieben hätte und Gott, was hab ich Literatur und Lyrik satt. Vielleicht geht das ja auch allen anderen so und sie zetteln deshalb Kriege an. Na jedenfalls, ich habe dir meine Meskalinnotizen vom letzten Herbst noch gar nicht gezeigt. Mach ich wenn du wieder da bist – Dem Äther recht ähnlich. Als wir 1955 Äther mit Jordan Belson genommen haben waren wir nicht allein, um uns hinzulegen und nachzudenken und auf Glocken zu lauschen und mitzuschreiben, stattdessen haben wir uns unterhalten und sind in einen Chaplin-Film gegangen. Ich habe Peter seit du weg bist nur ein-, zweimal gesehen, und Laff hat Lois [Sorrells] gesagt er sei ein netter Junge, den man mit der Kanone aus einem Vulkan geschossen hat – (Zitat) – Ich habe ihr gesagt sie soll sich alles notieren was er gesagt hat, er unterhält sich viel mit ihr wenn sie hinter mir und Petey und Hunk Arm in Arm nach Chinatown gehen. In der Hauptsache sitze ich unter den Sternen und merke, dass das ächzende alte Samsara trotzdem leer ist. Im Augenblick habe ich sogar das Gefühl in den Himmel zu kommen. Aber ich könnte wirklich ein wüstes Pfund von einem Buch schreiben das alle umhaut – inklusive meiner selbst. Don Allens Anthologie ist prima. Unsere eigene Anthologie, ich glaube Tom Payne wird dafür gefeuert, er wird zu Bantam gehen und dort damit und mit meinen künftigen Romanen arbeiten – *Tristessa* kam diese Woche heraus – kein Wort verändert. Gute Rezension von dem Typ aus dem Penthouse Dan Talbot in der West End Avenue, den wir, erinnerst du dich, 1957 kennengelernt haben, die Nacht mit den zwei Mädchen aus Israel, mit Sterling – Er sagt darin, dass Leute, die behaupten, die »ungeheure Aufrichtigkeit« der Beat Generation sei eine literarische Masche, dass die falschliegen. Wie dem auch sei, mich langweilt das alles wieder mal, die ganze gegenwärtige lärmige Weltgeschichte am Horizont, aber ich beobachte die Freiheit der Ewigkeit am Sternenhimmel und überlege warum der Traum von Leben und Geschichte so real scheint, außer man erinnert sich an alte Träume (Schlafträume), in denen man einen Baum für real gehalten hat, einen Angreifer für real gehalten hat, ach ja, übrigens, Ferling bringt *Book of Dreams* heraus mit allen meinen tollen NEUEN Träumen am Ende inklusive den Fliegenden Pferden die ich gesehen habe und einen letzten großen Traum über Scheiße – Das wären dann für dieses Jahr: *Golden Eternity* von LeRoi [Jones] ist raus: *Tristessa* von Avon ist raus; *Lonesome Traveler* von McGraw-Hill ist raus (Ich habe 250 Seiten mit Sachen aus Zeitschriften zusammengestellt, darunter unser Beatnik-Nachtleben-new york und Gregory Penner Hobos und Stierkampf und Christusstatue total neues Zeug über Henri Cru, Mexiko, Eisenbahn (railroad earth komplett und neue Kapitel) und Sachen über Berge, Tanger etc. kein schlechtes Buch und etwas für den Non-Fiction-Markt) – Ich habe jetzt 18 Riesen auf der Bank und die rühr ich nicht an – 4 Riesen auf dem Girokonto für laufende Ausgaben – Steuern haben letztes Jahr 16 Riesen verschlungen – (dieses Jahr bezahlt) – nicht viel im Vergleich zu Senator Herbert Lehmans und seiner halben Million Spende letzte Woche für den Zoo.

Aber meine Mutter ist die Hüterin meines Geldes, meiner Gesundheit, Lois kommt zum Ficken und Blasen, Tom Payne (frisch verheiratet) kommt mit neuer Millionärsgattin um sich vollaufen zu lassen. Er hat eine Hütte oben in Vermont in der ich vielleicht bald wohne. Ich denke ich schleich mich einfach sang- und klanglos nach Mexiko (sag niemandem was davon, vor allem Lamantia!) und verschaffe mir neue Visionen.

Falls dich deine Route zufällig Ende Juli oder August nach Mexiko führen sollte, lass es mich wissen, ich werd da eine nette Bleibe mit Blumen im Fenster haben, kannst dann ein zwei Wochen oder so bleiben. Das heißt, falls ich dort bin. Siehst du, so ist mein Leben jetzt, ich gehe nirgendwo mehr hin und mache nichts mehr. Mein letzter Ausflug nach New York war so was von schrecklich, ich war bis heute nicht wieder dort – Ich hatte Albträume, ich habe Gespenster gesehen – Bill Heine hat mir Angst gemacht, Charley Mills hat mir Angst gemacht, ein bekloppter Trappistenpriester großer Kerl hat mich eine rubinbesetzte Reliquie küssen lassen, immer wieder (hat mir aber zwei Stunden Bach vorgespielt). Alle Welt hat mich angelächelt, sogar Ornette Coleman, ich in abgerissenen Bluejeans die Lucien zerrissen hatte, außerdem hatte er im Haus vor Cessa meine ganze Unterwäsche zerrissen und ich wusste das tags darauf nicht mal mehr. Außerdem ist jetzt im Village auch viel die Rede von Voodoo, was mir Angst macht. Leute stecken Nadeln in Puppen. Die Polizei hat eben das Gaslight [Cafe] und ein paar andere Läden zugemacht, ohne triftigen Grund »Brandgefahr«. Henri Cru kommt gegenwärtig aus Genua zurückgeeilt um mich zu sehen und mir alles über Fernanda Pirvano zu erzählen, die Frau die ich für ihn arrangiert habe, und das wird mich tausend Stunden Energie kosten, könnte also Einsamkeit und Visionen gebrauchen, wie du siehst. Und vergiss nicht, vergiss nicht meine introspektive Faulheit ganz im Gegensatz zu deiner großartigen Energie im Umgang mit anderen. Ach ja, John Holmes, in der *Times* heißt es ich sei 1952 ein Schüler von ihm und [Chandler] Brossard gewesen (wobei man *Town and City* 1950 und seine Hipster-Kapitel vergessen hat) Holmes also säuft sich einen an und schreibt große sentimentale Briefe über mein jungenhaftes Lächeln und den »kleinen Allen« – Ist der verrückt? Also meiner Ansicht nach dreht Holmes durch. Micheline ist übergeschnappt. Ich leg den Brief über eine seiner bekloppten Holzschnittvisionen bei, den er mir für dich geschickt hat (weißt du noch, die Holzschnitte über »den jungen Dichter in New York«, die wir 1945 mit Gilmore gesehen haben?) das sentimentale Porträt des »jungen Mannes« im weißen Hemd zwischen dunklen Türmen – das ist Micheline, seine Vision – Ich meine, liebe Güte, Marc Brandel sage ich nur. Hör nichts von Burroughs, hab mich aber gefreut, dass er erwähnt hat ich hätte *Naked Lunch* getauft (weißt du noch, du warst das, als du bei der Lektüre des Manuskripts »naked lust« falsch gelesen hast und nur mir das auffiel) (immerhin interessantes kleines Stück Lit'raturgeschichte). James Wechsler ist mit seinem Buch *Reflections of an Angry Middle-aged Editor* rausgekommen in dem er mich (vielleicht auch dich) vernichtend wegen politischer Verantwortungslosigkeit und dafür, Amerika durch Lyrik zu komplizieren, kritisiert. [Al] Aronowitz wird auch bald rauskommen, nehm ich an, auf ihn war ich sauer wegen

Million Fehler, ich hab viele davon zurechtgerückt (die meisten in Bezug auf mich, aber auch einige über andere).

Tja, wofür lebe ich? ist Mekkkern Meckern Meckern alles wozu ich jetzt tauge? – wenn ich nur einen Monat allein für mich haben und lächeln und in aller Ruhe mit mir reden könnte auf Französisch in blumig-trauriger mitternächtlicher mexikanischer Kontemplation, vor einer großen Gartenmauer mit Eidechsen dran … bei Gott, das mach ich! sag's aber keinem! Herbst, natürlich, wird uns dann alle mit neuer Energie erfüllen. Eigentlich habe ich Angst davor nach Indien zu gehen weil wir da womöglich mitten in eine große rotchinesische Invasion geraten und schließlich als ausgemergelte Gefolterte in Gefangenenlagern enden weil wir nicht gestehen wollen, dass es Insekten im Schnee gibt. Aber nein, ich kaufe mir einen Berg, so um die 200 Hektar, und stelle mir am Fuß des Südhangs eine Hütte hin. Tom Payne will im Herbst mit Scott-Fitzgerald-Frauen auf eine große Reise ins fidele Paris gehen, weiß nicht. Ich nehme mit dem Tonband wunderbaren Jazz aus dem Radio auf, FM, und habe Stunden und Aberstunden Jazz. Grade eine Jazzkolumne über Seymour Wyse für *Escapade* geschrieben. In der vorherigen Kolumne ging's um Zen, du und Peter kommen auch vor. Aber in der Hauptsache hätte ich jetzt gern Kerzenlichtroman. Aber, weißt du was, mir scheint's als würde ich mehr und mehr wieder der alte Kerouac von 1944, als ihr, Lucien und du, euch unterhalten habt und ich brütend dabeisaß, weißt du noch? weil ich gelangweilt und verwirrt war. Vielleicht ist das sogar besser für [den] Rest meines Lebens anstatt albernes Gesabbel eines Zen-Wahnsinnigen auf Brandeis-Bühnen [das] ich ohnehin nicht wirklich ernst meine – doch – aber ich liebe dich, Allen, nerv mich also nicht wenn du nach New York zurückkommst mit allen deinen enthusiastischen Plänen hierhin zu gehen, dahin zu gehen (wie das Fiasko mich ins Living Theater zu schleppen als lieber wo Jazz gehört hätte und ich mit Butch [Frank] O'Hara aneinander geriet) – war nur ein Scherz – aber vergib mir und liebe mich, wenn ich deine spezielle Begeisterung grade mal nicht teile und die vom armen lieben Gregory, mich interessiert das alles einfach nicht mehr so wie früher, ich werde jetzt zum rettungslosen Verlierer, ein alter Mann mit Nicht-Gedanken und fast konversationslos. Ich versuche mit dem Trinken aufzuhören – meine Seele ist tiefer denn je, vielleicht weil sie sich leert – Alles was du in »Aether« schreibst ist wahr und für immer wahr. Gebete für alle, denke ich mal. Und Old Neal ist wieder raus – wow – aber ich will ihn nicht sehen weil er mich in der Vergangenheit als versoffenen Schwafler verspottet hat, jetzt wird er mich auch noch dafür verlachen Geld damit zu verdienen (obwohl ich weiß,

dass er ernste Jesuitenunterwäsche anhat und weiß ich bin nur ein komischer bescheidener Priester). Aber auf unseren Geburtstag! Alles Liebe.
Komm bald wieder.
Ti Jean XXX

Anmerkung der Herausgeber: Während Ginsbergs Abwesenheit ringt Kerouac mehr denn je mit seiner Trunksucht. Im Juli versuchte er in Ferlinghettis Hütte am Big Sur ein für alle Mal zu entziehen. Er schaffte es nicht, sah aber während seiner Zeit in Kalifornien zum letzten Mal Neal und Carolyn Cassady. Big Sur *basiert auf dieser Zeit.*

Allen Ginsberg [New York, New York] an
Jack Kerouac [o. O., Northport, New York?]

19. Sept. 1960
170 E 2 St NYC

Lieber Jacky:
Bist daheim? Bist daheim? Bist daheim? Brech sofort wieder auf! Flieg in den Kongo! Eile nach Tibet! Sei mit Kuba! Jump unter Algerien! Bauchplatsch auf Taiwan! Brems kreischend auf der Isle of Weight! [sic] Träller!
Tja, hier ist alles beim Alten, außer dass Huncke rauf zum Hotel Belmore Lex[ington Avenue] und 25th Street gezogen ist, aber sein Cocanyl-Konsum auf eine Pulle runter und hat Story (Kuba) an Seymour Krim bei *Swank* verkauft. Carl Unvordenklicher Miel Solomon kann an den Wochenenden raus und bleibt bei mir in der Wohnung, wo er Tranquilizer trinkt und die ganze Nacht redet, größtenteils Klagen über seine Identität. Ich habe ihm beizubiegen versucht, dass er es ist, der all die Identitäten da erfindet aber es scheint nicht so recht durchzudringen. Wie dem auch sei, er ist nicht mehr so ungestüm wie er mal war.
Danke für die Liebe Gottes die per Telegramm aus Frisco kam gefolgt tags darauf von einer grünen Pille von [Bob] Kaufman der oben liegt mich aber nicht weiter stört, eine Pille die man so sagt er in Alcatraz Leuten in der Nacht vor der Gaskammer gibt, ich habe mich letzten Mittwoch morgens um 3 an den Schreibtisch gesetzt und bin außer zum Pinkeln erst Donnerstag um 9 abends wieder aufgestanden, nachdem ich unter Einarbeitung diverser in von Schluch-

zern gebeutelten Trancen geschriebener Shelley'scher Gesänge das komplette Manuskript von *Kaddish* abgetippt und zur Post in der 33rd St. getragen hatte um sie per Eilboten bis Samstag 4 Uhr morgens Ferlinghetti zu schicken, das ist erledigt.

Gregory in Berlin fragt mich ob er nach Hause kommen soll? Bill schreibt dass er Cut-ups seiner Prosa sichtet und auf Nuggets durchgeht die er dann mit Viruskleber zusammenklebt. Ich glaube der hat schon so lange keinen mehr weggesteckt dass er übergeschnappt ist … aber die jüngsten Briefe sind sehr lieb und freundlich, er hat sogar ein paar von meinen Gedichten zerschnitten und neu getippt um zu zeigen wie er arbeitet. So haben dann Peter und ich einige unserer magischen Psalmen zerschnitten um sie durchzumischen, neu zu arrangieren und ihm zu schicken. Nur ein bisschen Spaß Mutter.

> »Ich ging hinein – es roch komisch – wieder die Säle – hinauf im Lift – zu einer Glastür, in einer Abteilung für Frauen – zu Naomi – Zwei Krankenschwestern, mollig, weiß – Sie führten sie aus dem Zimmer, Naomi stierte – und mir verschlug es den Atem –
>
> Zu mager – geschrumpft ums Knochengerüst – das Alter hatte Naomi eingeholt – jetzt gebrochen, mit weißem Haar – hängendem Kleid auf ihrem Skelett – Gesicht eingefallen, alt! – Wangen der Greisin –
>
> Übergewicht der Vierziger & Wechseljahre mit einem Herzschlag vergangen – eine Hand steif – eine Narbe auf ihrem Kopf, die Lobotomie – Ruine, die Hand, hinuntertauchend zum Tod –
>
> O russisches Gesicht, Frau auf der Wiese, dein langes Schwarzhaar ist mit Blumen gekrönt, die Mandoline auf deinen Knien –
>
> Kommunistenschöne, inmitten der Versprechen des Sommers, seine Blumen mit dir zu teilen, wohin auch immer du gehst
>
> heilige Mutter, nun lächelst du an den Geliebten, deine Welt ist wiedergeboren, Kinder laufen nackt auf dem Feld, das geschmückt ist mit Löwenzahn –
>
> sie vespern im Pflaumenbaumhain am andern Rande der Wiese, und finden die Hütte, wo ein Neger, mit weißem Haar, das Geheimnis seiner Regenwassertonne zum Besten gibt –
>
> Schwester im Exil, die neue Zeit ist die deine, dein Glück ist die Revolution und deine Hoffnung der einzige Krieg, den niemand verlieren wird
>
> gesegnete Tochter die du nach Amerika kamst, ich sehne mich deine

Stimme wieder zu hören, die sich der Musik deiner Mutter erinnert,
in dem Lied von Der Natürlichen Front –
O glorreiche Muse die du mich gebarst, mir deine Brust, und mich Spra-
che und Musik lehrtest – aus deren gequältem Kopf ich meine erste
Vision fand – O wilde Verdammten-Visionen
die mich aus meinem eigenen Kopf treiben auf der Suche nach der Ewigkeit, bis ich Frieden für Dich finde – O Dichtung und für die ganze
Menschheit nach dem Ursprung rufe – O schöne Garbo von meinem
Karma mit deinem Gesicht eines Filmstars aus alter Zeit – weiße Blumen in deinem Haar –
Nun trage ich deine Nacktheit immerfort, keine Revolution könnte diese
Jungfräulichkeit zerstören – mit all den Lehrern aus Newark – Noch
wäre Elanor fort, noch Max auf seinen Schatten wartend – noch Louis
von dieser Oberschule abgegangen –
Zurück! Du! Naomi! Der Schädel auf dir! Hagere Unsterblichkeit
und Revolution sind gekommen – faltenwangig, schmallippig – und
äscherne Zimmeraugen der Krankenhäuser, Krankensaal-Grau deiner
Haut – kleine gebrochene Frau –
Wird es dir auch so ergehen? – werde ich das sein in künftigen 90ern,
wenn ich wahnsinnig wie dein Haar von den Dächern der Synagogen
schreie, bärtig gen Himmel?«[1]

Das alles habe ich denn an City Lights geschickt. Alle anderen Gedichte muss
ich noch zusammengefügt abtippen – ich habe bereits vierzig Seiten, vielleicht
bringe ich zwei Bücher gleichzeitig raus. Habe ihm »Laughgas« für *Beatitude*
geschickt und verrücktes in Amsterdam verfasstes Kettengedicht von Orlovsy-
Corso-mir über den Mond. Peter geht mit Laf aufs NYer Arbeitsamt um sich
nach speziellen Teilzeitjobs für ihn zu erkundigen und Laughcadio geht mit ganz
in strahlendem Schwarz, erfreulich, sie gehen jeden Augenblick zur Tür hinaus.
Ich schreibe Einführung zu [Ray] Bremsers Buch.
Habe eine Menge mehr Ayahuasca genommen und gemerkt ich BIN die Leere
die kinomäßig Kali-Monster auf die Hirnleinwand projiziert, ja [bin] sogar
die Hirnleinwand selbst. Habe also keine Angst mehr. Bin aber nach wie vor
ohnmächtig gegen das Auftauchen dieser scheiß Hirnleinwand, ich meine ich

---

1 Übersetzung im Wesentlichen nach: Allen Ginsberg, *Kaddisch* (Wiesbaden, 1961) in der Übersetzung von Anselm Hollo, jedoch zum Teil neu geordnet nach der Vorlage des Briefs; in *Kaddisch* fehlende Teile wurden durch eigene Übersetzungen ergänzt. (A. d. Ü.)

bringe meinen Organismus einfach nicht zu totaler Ruhe. Ich werd wohl endlich Yoga oder was lernen müssen.

Falls Castro zahlt, gehe ich Ende Oktober für zwei Wochen nach Kuba um mir die Revolution anzusehen. Mein Lachgas-Onkel der Zahnarzt der ein Liberaler aber kein Radikaler ist verbringt seinen Urlaub seit zwanzig Jahren da unten und ist grade wieder zurückgekommen und sagt, alle sind zufrieden und von den Socken und begeistert und dass eine große Geldrevolution im Gange ist, sozialer Fortschritt, Schulen, Arbeit etc. und dass amerikanische Zeitungen größtenteils Scheiße schreiben. LeRoi [Jones] sagt dasselbe. Beide sind sich aber einig dass auch groß angelegte marxistische fiese enthusiastische Gedankenkontrolle läuft, wenn auch nicht so fies wie die der ehemaligen Diktatur oder so grimmig wenn man sie gegen die hysterische amerikanische Gedankenkontrolle abwägt. Mein Buch wird fertig sein, also gehe ich auf kurzen merkwürdigen Kuba-Trip und komme zurück und schreibe großes revolutionäres Gedicht als Attacke gegen Rotchina und USA und dann gehe ich nach Indien und halte den Mund.

So viel zu mir, Bubbles. Habe lange Passagen der *Visions of Cody* Stanley Gould vorgelesen, der in meiner Küche Nervenzusammenbruch gehabt hat nach zu vielen Pillen und er meinte es sei das Größte was er je gehört hat, ist seither sogar nicht mehr gemein zu Neal. Wie geht's Neal denn? Was ist passiert? Du hast ihn gesehen, Whalen glaub ich hat was gesagt. Ich habe ihm immer noch nicht geschrieben, obwohl ich vor drei Jahren langes Gedicht für/über ihn geschrieben und diese Woche endlich getippt habe. Ist Neal immer noch der alte oder nüchternererer?

Peter ist schon die ganze Woche über geknickt. Ach, außerdem treibt er es mit der netten neunzehnjährigen Janine [Pommy], manchmal hüpf ich mit den beiden ins Bett.

Nehme Lafcadio morgen Abend mit zu Marcel Marceau, dem Pantomimen, ins City Center. Gehe mit Robert und Mary Frank. Er hat den Babel-Film fast fertig, will als Nächstes was Abendfüllendes drehen. Ich hab ihn gefragt warum machst du nicht *On the Road*? Er meinte gute Idee aber Jack will nach Hollywood verkaufen. Ich sagte wer weiß. Ich habe *Subterraneans* gesehen taugt aber nichts. Wieso gibst du's Frank nicht für lau (gegen Profitbeteiligung auf %-Basis) unter der Bedingung, dass er ein nacktes Epos macht? Andernfalls will er vielleicht *Reise ans Ende der Nacht* machen. Oder ein Drehbuch für einen Film schreiben, neu, für sich.

[...]

Tja, mal sehen. Ich habe Geld. Wie geht's dir denn, brauchste Kredit $ 2 Bucks? Sag deiner Mutter du seist der Mann im Mond. Gott ich habe Ärger mit Paps wegen *Kaddisch*, er möchte interessante Passagen über sein Privatleben rausgenommen sehen, über eine Affäre die er mal mit der Frau vom Inhaber des Lebensmittelladens gehabt hat vor zwanzig Jahren oder so. Will noch nicht mal menschlich erscheinen. Na ja, nehm ich's eben raus. Er geht diesen Januar in Ruhestand und plant für den September eine Reise nach Paris. Will außerdem Meskalin ausprobieren. Schrieb seinem Doktor um Rat an und bat um ein Rezept für Meskalin.

[…]

Lucien, der ist umgezogen, selbes Telefon, Peter und Laf und ich sind rüber auf immense Tage seine Wände weißen. Dann bin ich heim und habe auch meine Wände blendend weiß getüncht. Alles neu und sauber wo ich wohne mit chinesischen Schriftrollen an Wand. Fernseher rausgeschmissen und auch viel anderen unbrauchbaren Müll.

John Wieners viel besser, lebt jetzt mit Irving [Rosenthal], hat ein Buch mit Titel *Jewels* geschrieben. Wir also zu einer Party, er total in Schale, über dem 8th St. Bookstore, er so was von klamm, soff sich einen an, gab den Einsamen wie richtig eleganter Alkoholiker, nicht die Küchenschabe vom letzten Jahr, und so beginnt er mich zu begrapschen, ich zieh ihn ins Bad und blas ihm einen, er unter dem Ausguss und kommt noch nicht mal. Sag ich zu ihm, »na schön, Gerippe, ist er von seinem orgasmischen Leichnam nicht desillusioniert?« Sagt er »Ist lange her« und holt seine falschen Zähne raus und zeigt mir seinen Totenschädel. Wir sitzen auf dem Boden im Bad und lachen über unsere verfallenden Körper, ich weise auf mein kahlendes Haupt. Wenn das nicht die Schau ist! was für eine komische Ewigkeit in der wir da leben!

Peter stöhnt, John ist unbefriedigt, May ebenso, Irving sehnt sich, Bill zerschnippelt, Gregory ringt mit Berlin, Laf zieht sich an, Janine die vögelt, Huncke versteckt sich, bist du heute nicht zärtlich gestimmt? Einige weitere merkwürdige schattenhafte Kids sind auf der Szene aufgetaucht hängen abgebrannt an 2nd Ave. und 8th St. herum warten darauf dass Monk die Straße raufkommt und eine Zeitung kauft und gaffen ihn dann sanftmütig an. Peter hat sie kennengelernt während ich in Südamerika war, einer heißt Turk, ein anderer Mickey, sie lesen *Alice im Wunderland* und nehmen Asthamador Powder den man im Drugstore gegen Asthma kaufen kann aber blind macht wenn man ihn isst und einen Zigaretten und Türen halluzinieren lässt, man denkt man geht die Straße lang obwohl man im Bett liegt, sie sehen den irren Film so vierundzwanzig Stunden, dann sind sie wieder OK.

Ich habe eine anderthalb Fuß hohe Buschtrommel die jemand aus Afrika mitgebracht hat und spiel sie nach zwei Monaten Üben zu den merkwürdigsten Tageszeiten gut. Hat einen netten Klang, beste Trommel die ich je hatte. OK jetzt halt ich den Mund.
Lieben Gruß
Allen

Jack Kerouac [Northport, New York] an Allen Ginsberg [New York, New York]

Lieber Allen: (22. Sept 60)

Ja, eben zurückgekommen, großer TWA-Ambassador-Flug von der Steuer absetzbar mit Wein und Champagner und Filet mignon und der Frau des taiwanesischen Botschafters im Sitz vor mir etc. New York wirkt verschüchtert und fies nach dem unkonventionellen anarchistischen verrückten Frisco. Habe alle besucht. Neal großartiger denn je, bei weitem liebenswerter, sieht gut aus, gesund. Geht jetzt zu Fuß zur Arbeit in Los Gatos wo er Reifen runderneuert – wäre bereit Dean in *On the Road*-Film zu spielen, alles besser als Reifen runderneuern. SP-Bahn will ihn nicht wieder einstellen, wollen aber MICH wieder haben (laut Al Hinkle) (weil alle »Railroad Earth« gelesen und vergessen haben, was für ein lausiger Bremser ich war). Viel zu erzählen über Neal und alle anderen. Habe Neal Geld in Krise gegeben, ist jetzt wirklich froh, Krise gelöst und er hat hübschen neuen rubinroten Jeepster mit gutem Motor – habe ihm 100 gegeben – (für die Miete)(er wurde gefeuert). Hat jetzt neuen Job zu dem er zu Fuß geht. Hatte Affäre (ich hatte eine) und hätte um ein Haar seine Geliebte Jacky [Gibson] geheiratet, aber ich war betrunken. Vor Trunkenheit war ich drei Wochen alleine im Wald in schönem stillem Nebel mit nichts als Tieren und habe eine Menge gelernt. Habe mich verändert, genau genommen – Bin stiller, trink nicht mehr so viel, oder wenigstens nicht so oft, und hab mir für zu Hause stille neue Lesegewohnheiten zugelegt. Zum Beispiel ließ ich mir 11. Auflage der *Encyclopedia Britannica* schicken (für insgesamt 35 Mücken) 29 Bände, 30 000 Seiten und genau 65 000 000 Wörter in wissenschaftlicher Prosa aus Oxford und Cambridge (will sagen 65 Millionen) und war gestern Nacht auf bis morgens um 5 voll Staunen inmitten dieses Meeres von Prosa – habe Logion nachgeschlagen in dem Jesus (auf altägyptischem Papyrus aus dem 2. Jh.) angeblich gesagt haben soll, dass man nicht aufhören soll nach dem Königreich zu suchen und man VERWUNDERT AUFWACHEN WIRD! (wie meine selige Verwunderung auf goldne Ewigkeits-Ohnmacht). Apokryph, Schmapokryph! – Dachte mir schaust du auch Fledermäuse nach, da es in Big Sur eine Fledermaus gab die Nacht für Nacht bis zum Morgengrauen meinen Schlafsack umkreiste, standen da unter *Chiroptera* (*chirop* ist »Hand« auf Griechisch, *tera* der »Flügel«) – fand praktisch einen eigenen kleinen Band komplett mit technischen Erklärungen, Bildern und Diagrammen. Der Preis der Preise! Ich habe auf diese 29-bändige Ausgabe gewartet seit ich sie zum ersten Mal sah mit sechzehn in der Bibliothek an der Lowell High. Man hat die Möglichkeit zu kompletten theologischen Studien ALLER Religionen, zum Beispiel, oder kann sämtliche Stämme der Welt studieren, die ganze Zoologie, die Geschichte bis 1909, alle Feldzüge bis dahin und das en détail, alle Biografien bis damals, den ganzen Mystizismus, alle Kabalen und Schmabalen, alle seltenen gelehrten Abhandlungen übers Alte und Neue Testament, alles über Buddha, Hindus, seltene exotische malaiische Religionen, Visionen, alles über Ornithologie, Optometrie, Pasometrie, Futurometrie und anders jesacht einfach ALLES. Ich kann einem Ozean wie dem Pazifik schlicht nicht weniger Glauben schenken als dieser Enzyklopädie – also meine neuen Lesegewohnheiten: habe auch für fünfzig Mücken Bücher von Ferling gekauft und habe sie (Pound etc.) – und studiere jetzt nüchtern, schreibe neues Buch (hab jedenfalls angefangen) – mache Übungen (Kopfstand, Liegestütze, Gespannter Bogen, Kniebeugen und Atmen) – fühl mich prächtig – zehn oder fünfzehn Pfund abgenommen – erst ein einziges Mal betrunken seit ich vor zwei Wochen nach Hause gekommen bin. Wollte neuen Roman anfangen oder in Schwung damit kommen bevor ich dich anrufe, habe aber auf dem falschen Fuß losgelegt. Musste mich Henri Crus erwehren der in Northport (!) als Elektriker angefangen hat und mein Leben wie üblich mit all den lächerlichen Nichtigkeiten zu überschwemmen gedachte die ihm so einfallen – was ihm stank. Aber ich kann mir keine Gedanken über Krethi und Plethi machen die mich doch auch an meinem Rollpult Anfang der Fünfziger für *Visions of Neal* in Ruhe gelassen haben.

In der Zwischenzeit saß ich am Big Sur Tag für Tag am Meer, manchmal in trister nebliger Dunkelheit an der tosenden Steilküste mit mächtigen Wellen, und schrieb Sea, erster Teil, SEA: der Pazifik bei Big Sur Kalifornien. Jeglicher Klang der Wellen, wie James Joyce das schon vorgehabt hat. Schrieb größtenteils mit geschlossenen Augen, wie der blinde Homer. Las es bei Petroleumlicht der Gang vor. McClure etc. Neal etc. alle haben gelauscht, aber es ist genau wie Old Angel nur mit Geräuschen Wellen-Blubber-Platsch, das Meer spricht nicht in Sätzen, sondern kommt in Stücken, so wie hier:

Keines Menschen Worte zeugen
    von nominellem Gram der älter
wär als diese alte Welle
die schmerzhaft klatschend
    mit geschäumten Körnern
    von Gedanken diesen Sand
bekracht – Ah, verändert
    diese Welt? Ah, nennt
    den Preis? Sind Sehnen
        die Engel im ganzen Meer?
    Ah sehniger Otter
be muschelt² seist du –

(be muschelt seist du), ist mir lieber, mit dem »be« ganz für sich. Wie dem auch sei, das hier und Jesus' Logion über die Verwunderung im Paradies scheint mir weit eher auf der richtigen Fährte von Weltfrieden und Freude als die ganze jüngste kommunistische (und allgemeine politische) Hysterie der Aufruhr und das falsche Geschrei. Kuba Schmuba – ich komme New York, sperre mir mit dem Schlüssel auf den du mir gegeben hast, warte, falls du nicht da bist, kaufe mir Rucksack etc., besuche Lucien etc., seh dich und Petey also bald. Okay. Komme so um den 28. – schreib mir inzwischen noch mal und leg mir *Meskalin-Aufzeichnungen* und *Gregory-Briefe* für meinen Sahne-Ordner bei.
Jean

2 »barnacle d be«, mit dem »d« ganz für sich. (A. d. Ü.)

Allen Ginsberg [New York, New York] an
Jack Kerouac [o. O., Northport, New York?]
ca. 13. Oktober 1960

Lieber Jack:

Grade eben Hamburger-Sandwich vertilgt. Pete und Laf helfen LeRoi Jones in der 14th St. riesige neue Wohnung tünchen. Ich wollte dich nicht traurig stimmen als ich dich im Taxi alleine in die Uptown düsen ließ. Hier ist ein Gedicht. Bist du OK? Dein Buch *[Lonesome Traveler]* ist sehr gut, habe mich gestern hingesetzt und es in einer Sitzung gelesen und laut gelacht so prickelnd fand ich viele Sätze, laut. Ich kann mir nicht denken weshalb Lucien so rumgeplärrt hat außer dass er dachte du hättest nicht so nett zu McGraw Hill sein und deren Fragebogen nicht ausfüllen sollen. Habe jedoch gestern Abend Cessa besucht um die Nixon-Kennedy-Debatte zu gucken, und später herausgefunden, was sie und Lucien so aufgebracht hat, du betrunken hast angefangen ihrem kleinen Bruder Lucien-Saga 1943 zu erzählen, sagt sie, und hast mit Lucien drüber gesprochen ein Buch über ihn zu schreiben. Ich habe das im Vorbeigehen gehört wusste aber nicht, dass das für ihn der Mittelpunkt des Abends war. Du solltest da mal non-betrunken hingehen und einen ruhigen Abend mit ihm plaudern und se glücklich machen. Die Biografie über ihn ist nun mal ein offenliegender Nerv, wenn du ihm das so hinwirfst, schon gar betrunken.

Habe diesen Nachmittag auch Leadbellys Gedichte (Songs) gelesen. Er ist ein großer Dichter. Las außerdem noch mal *Happy Birthday of Death*, Gregory ist gar noch besser als ich gedacht habe. Ich hatte einen ganzen Monat nichts von ihm gelesen oder an ihn gedacht und als ich das dann las ergab es so viel ethischen Sinn, vor allem sein Gedicht über Clown.

Wie auch immer, vor zwei Tagen habe ich mein Buch [*Kaddish and Other Poems*] vollendet und es per Eilboten und Luftpost an Ferlinghetti geschickt. Ich habe noch ein weiteres ein großes delirierendes politisches Gedicht hinzuzufügen falls ich es je fertig bekomme.

Habe die Debatte gesehen. Nixon meint wir sollten Krieg gegen China führen wegen [der Inseln] Mazu und Kinmen. Kennedy sagt nein, was taktisch ein Fehler ist das zu sagen. Aber Nixon macht sich das zunutze und redet scheinheilig davon, dass die USA den Kommunisten »keinen Zoll nachgeben« sollten. In dem Sinne ist er das Böse. Ich habe mich [in die Wahlliste] eingetragen, werde Kennedy wählen. Beide sind sie Blender und beide sind ausgemachte Kriegstreiber, die Kommunisten haben da völlig recht. Beide WOLLEN sie einen richtigen Krieg mit Kuba anfangen – sie haben es gesagt. Aber wenigstens scheinen Kennedys Heucheleien zum Thema irgendeine Art Wunsch zu kaschieren, sich aus all der amerikanischen Aggression zurückzuziehen, und Nixon macht den Eindruck als wolle er wirklich Krieg, wie die *Daily News*. Die *Daily News* ruft nach dem Krieg, ich hab's gelesen. Oder wenigstens scheint Nixon der großmäulige superpatriotische Demagoge von den beiden zu sein. Ich verstehe nicht warum du dein Urteil wieder zu seinen Gunsten geändert hast. Offensichtlich ist Kennedy liberaler und weit mehr der Typ der dem Ausland mit Weizen aushilft und weniger in falscher militärisch-politischer Grandeur befangen und weniger der FBI-Typ, nicht absichtlich. Nicht, dass es eine große Rolle spielt Amerika geht so oder so unter weil es einfach zu selbstsüchtig ist. Je extrem fieser wir werden desto schlimmer werden die Kommunisten und jeder der sich da einen Dreck drum scheren will wird dazwischen aufgerieben.

So kam es mir heute, dass wir bereits eine Planwirtschaft haben nur ist die ganze Planung unserer ungeheuren Staatsbudgets größtenteils militärischer Art. Wir sind also bereits sozialistisch, was soll also das ganze Geschrei darüber warum wir keine hippen planenden Sozialisten sein wollen und Nahrung und Strom statt Gasbomben zur Verteidigung gegen den Sozialismus produzieren. Du glaubst nicht dass auf der Welt jemand hungert. Niemand in Amerika denkt das. Dieses Land ist das Böse und Whitman und jetzt ich spucken darauf und sagen ihm nett zu sein oder zu sterben, weil es genau so kommen wird. ICH HASSE AMERIKA! Argh, und Nixon und Kennedy sind eine Kombination von allem was daran besonders widerlich ist. Aber Nixon schießt den Vogel ab. Ich nehme an so viel Hass ist unpatriotisch bis in alle Ewigkeit, aber scheiß drauf, ich sterbe so oder so.

Die unterschwelligen Vermutungen die mir beim Zeitunglesen kommen sind scheußlich. Ich verstehe nicht wieso du Nixon schon jetzt magst. AGHHHHHhhh! Ich muss Uptown zu meinem Vater zum Abendessen er geht heute Abend ins Theater ich esse mit ihm zu Abend. Verzeih mir meine Tirade.

Lieben Gruß,

Allen

Jack Kerouac [Northport, New York] an
Allen Ginsberg [New York, New York]

18. Oktober 1960

Nicht doch, das mit der 1943er Biog. war bloß ein Scherz – auch das mit
Nixon – eine meiner alten streitlustigen Szenen auf der Couch, verstehst du –
sag ihnen das. Ich geh nicht wählen, würde aber Kennedy wählen – alle sollten
einfach Freundlichkeit geloben und es dabei belassen, und versuchen nüchtern
zu bleiben – und neue Freundlichkeits-Gelöbnis-Partei gründen. Ja, in der
Welt wird gehungert, weil es überall zu viele neue Babys gibt, es braucht also
keine Armutsgelübde. Gelobt freundlich zu sein. Schließlich ist Hass immer
unpatriotisch in alle Ewigkeit – die Leute vergessen das in letzter Zeit, sogar
du, ich, weswegen die Welt den Bach ja auch runtergeht. Ich darf nicht mehr
nach NY, da nicht mehr hingehen werde – wenn Greg kommen du kommen
mit ihm und Petey unterhalten wir uns in Mrs. Os großer Bude. Ich nicht mehr
trinken – sein jetzt verrückt – ich sehen Hoodoo Voodoo – ist deine Chimu-
Schildkröte verhext? Ich kann dir Fragen über Politik nicht beantworten, weil
es einfach verdammt unmöglich ist Unterscheidung zwischen Aufruhr und
Horror rufen deswegen wie will man ihnen die Angst vor Bomben vorwerfen,
ich bete für die Welt und bete, dass sie funktioniert, fühl mich heute abscheulich, kann nicht schreiben bis dann.

J

1961

Jack Kerouac [Northport, New York] an
Allen Ginsberg [New York, New York]

14. April 1961

Lieber Allen:

Grade eben den Erzählteil von *Kaddisch* gelesen, der die Wirkung eines Romans von Dostojewski hat. Das ganze Paket, mit den späteren visionären Gedichten, ergibt ein explosives Buch. Noch keine Rezensionen, grade so als
wollten sie sich dich, in ihre Kissen weinend, einfach aus der Welt wünschen,
die großen [Richard] Wilburs und [John] Hollanders – natürlich auch keine
Rezensionen für *Book of Dreams*. Zeit, der literarischen Szene den Rücken zu
kehren und mit keinem von denen auch nur noch ein Wort zu reden, sage ich.
Hier alles in Ordnung, Gene geht es gut, wir ziehen bald um, bin also bald
frei – außerdem drum gebetet mit dem Saufen aufzuhören, Gebete bislang
erhört. Falls Zeit, gib Laut bezüglich jüngstem Gregory-Seele-Geist. Deine
alte Voraussage bezüglich Polizei-Kabarett-Beatnik-Ärger bewahrheitet sich –
grade eben große politische Schlacht in aller Öffentlichkeit mit John Mitchell
der sich wie Bürgermeister aufführt. Ich lese Kant, Schopenhauer, Spinoza etc.
alle großen Geister waren sich mit Buddha einig – Lucien und Harry Smith
haben angerufen, high. Warum Bill »geflohen« ist? – Unendliches Schwärmen-
des Licht – Laut Bills Hassan Sabbah[1] gibt es weder Zeit noch Ding im Wel-
tenraum – Und? 1957 hat er das abgelehnt. Ach Mitgefühl, alles Eingebildete
ist langweilig. Es zieht eine brandneue Welt herauf – Hallo.
Jean-Louis

---

1 Hassan-i Sabbah, persischer Religionsstifter aus dem 14. Jh.; laut Burroughs der einzige spirituelle Führer, der im Raumfahrtzeitalter etwas zu sagen hat. (A. d. Ü.)

1963

Anmerkungen der Herausgeber: Von dieser Zeit an werden Briefe zunehmend rar. Ginsberg schrieb lange Reisebeschreibungen, aber Kerouac revanchierte sich nicht. 1963, gegen Ende von Ginsbergs zweijährigem indischen Exil, tauschte man noch zwei Briefe aus. Sie bilden eine Art Resümee der Hochschätzung, die die beiden füreinander hatten.

Jack Kerouac [Northport, New York] an Allen Ginsberg [Kyoto, Japan]

Lieber Allen: (29. Juni 1963)

Unschlüssig, ob ich dir postlagernd ins verdammte Indien schreiben soll, wo Brief womöglich verloren geht, hoffe aber, du kriegst'n trotzdem – Hatte grade eben blitzartige Offenbarung, was für eine verrückte Freundschaft wir eigentlich haben, nicht bloß all die irren Briefe, die wir austauschen (ich habe deine Briefe hier sauber geordnet in dem neuen Stahlaktenschrank in meinem Büro und du kannst jederzeit stöbern und sie benutzen etc.), und all unsere irren Abenteuer an der Brooklyn Bridge, Columbia, Frisco, Mexiko etc. und später sonstwo, sondern auch all die trippige Literatur, die wir (auf dem Trip) ins Leben gerufen haben und all die Wirbel und Levels, wie grade jetzt eben, wo ich hier saß und tagträumend sah, wie Burroughs und Huncke sich endlich wieder begegnen, morgen in deiner Küche in der 7th Street, und du und ich händewringend vor Entzücken einander zuzwinkern, wenn Huncke sagt »Na, da schau her« und Burroughs antwortet etc. Womit ich eigentlich nur sagen will, wie sehr ich dich respektiere und schätze, Poit. Wenn du mich in meinem neuen Haus in N'Port besuchst, wär's das Höchste, wenn du ohne den Bart und die langen Haare kommst, wen interessiert denn so ein Scheiß überhaupt? Lass mich deine Cherubimfrisur sehen. Habe eben Eugene [Brooks] gesehen, der mich zu Hause besucht hat und ich hatte wirklich Lust auf einen Plausch mit ihm (plaudere oft mit Eugene, seit du weg bist, und finde ihn hochintelligent, in gewisser Hinsicht nicht weniger als dich), aber bringt der doch einen verrückten Rabbi mit, der meint, dass ich wie Norman Mailer rumdüsen soll, die Carnegie Hall mieten und in den Stork Club gehen und zu Winchell[1], weil »große Kunst« unter die Leute gebracht gehört etc., er heißt Richard oder so ähnlich, eigentlich ein netter Kerl, aber ich möchte meine Einsamkeit und Lektüre und Ruhe nicht aufgeben für einen Haufen Bullshit, was diese öffentliche Angeberei ja letztlich ist. Außerdem kriegt *On the Road* endlich einen Filmvertrag und ich fünf Prozent vom Budget bei Beginn der Dreharbeiten, fünf Prozent des Budgets, wenn der Film herauskommt, und fünf Prozent der Nettoeinnahmen von der Firma, die dem Typ gehört, der *Road* in ein Drehbuch verwandelt und Regie führt: ein gewisser Bob Ginnet … ich brauche mich also nirgendwo bloß wegen dem Geld sehen lassen, mit dem ich gerade mal so auskomme, da ich, wie du ja weißt, mein Kleingeld kassiere, wenn ich eine Frau verlasse, und außerdem hasse ich die Luder inzwischen, alle nur noch ein Haufen Huren und Lügnerinnen wie Joan [Haverty], die auch noch gleich doppelt lügt – mit ihren Lügen über mich, die *mich* vor der Welt als Lügner darstellen![2] – Aber zum Teufel damit, ich habe was anderes im Kopf, es fängt grade an zu regnen: meine neue Bude befindet sich am Judyann Court 7, um die Ecke von der Dogwood Road, behalt die Adresse aber für dich und notier sie in deinem Notizbuch unter dem Namen The Wizard of Ozone Park, unter »W«, und wenn du nach N'Port kommst, dann ist es das Haus Nummer 7 am Judyann Court, um die Ecke von der Dogwood Road, Anweisungen etc. – Das beste Haus, das ich je gehabt habe, großer Garten nach hinten raus mit zweiunddreißig Bäumen rundum und einem mannshohen Holzzaun aus Alaska-Zeder, so im Korbstil geflochten, keiner sieht mich, wenn ich in der Sonne lese oder nach meinen Tomaten gucke und meine Mutter die Vögel füttert die im Vogelbad toben und in meinem Zimmer steht neu und groovy ein Telefunken-FM (Westdeutschland) mit Bachs und Mozarts und Jazz auf Knopfdruck jederzeit und später vielleicht ein Billardtisch – Nichts Ausgefallenes, eben genau richtig – Das einzige Problem dabei ist, dass mich zu viele Langweiler aus der Gegend besuchen kommen – kein Lucien bisher aufgetaucht, kein Allen, nur nervige Besucher, wie gewöhnlich – Ein neuer Freund ist recht nett, Adolf Rothman, Schullehrer und Muschelschubser, gebildet und still – Gesicht wie ein jüdischer Lenin – Aber heute, pfui, unvermeidlicher Besuch von 2 Teenagern, die wollen, dass ich Mädchen in Tanzbars aufgabeln geh, werd nicht gehen, sondern ihnen einfach eine Zeit lang Musik vorspielen – Sag bitte Gary

---

1 Walter Winchell, bahnbrechender Journalist und Klatschmoderator im Radio. (A. d. .Ü.)
2 Er spricht von einem kurz vorher im *Confidential*-Magazin erschienenen Artikel von Joan Haverty, in dem sie Kerouac einen lausigen Vater nennt.

[Snyder], wenn du ihn sieht oder ihm schreibst, ich entschuldige mich für den geharnischten Brief, den ich ihm nach einer Flasche Canadian-Club-Whisky betrunken geschrieben habe, in dem ich heftigst über Frauen herzog, auch wenn es mir ernst damit war, wollte aber nicht gemein zu Gary sein, den das jedoch gar nicht zu stören schien, weil er zurückgeschrieben hat, er schicke mir ein Geschenk. (Irgendeine bekloppte Japsenfotze hat in der Schule die *Subterraneans* »psychoanalysiert« wie so eine richtige spießige Wichtigtuerin aus Vassar.) Eine »lebende Frau«, also wirklich, was soll ich deren Ansicht nach machen, Kadaver vögeln? Völlig drunter und drüber, der Brief hier, ich bin nicht mit dem Herzen dabei, hatte so viel zu sagen, als ich mich grade eben an die Maschine setzte, na ja, jedenfalls soll dir das hier sagen, dass ich ganz und gar hinter dir stehe, aber du sollst wissen, ich hab keine Lust mehr auf Schreiben, werd jetzt wie Neal, weiß auch nicht, würde dich auf jeden Fall lieber sehen. Habe Giroux Whalens neuen Gedichtband (sehr gut) zu lesen gegeben, gab McClures Roman kommentarlos zurück (mochte ihn nicht, billige Beatniks mit Knarren in ihren Aktentaschen, die Mädchen treten und langweilig auf Pot herumhocken), nehme mir grade große Bibliothek von Bändern mit Klassik und Jazz auf, hebe Briefe auf, lege sie zu den Akten, schrieb Brief in Verteidigung der *Subs* an italienischen Richter in Mailand, wo *Subs* auf den Index kommen soll, stecken die Bischöfe von Mailand dahinter, Montini war der Bischof von Mailand, mein Gemälde von Montini erscheint vielleicht als Farbfoto in *Time* oder *Satevpost [Saturday Evening Post]*, habe grade ein Kapitel von neuem Roman an *Holiday* Magazin verkauft über »On the Road with Memere« (ich und meine Mutter in Juarez Abstecher von Frisco 1957), und für gewöhnlich bin ich still und lesbar, obwohl ich mich in den Bars hier nicht mehr sehen lassen kann, weil mir eine blonde Lesbe eins auf den Pelz brennen will, weil ich sie Schwuchtel genannt habe, denk ich mal, kann mich nicht mehr erinnern, Bullen haben mich jedenfalls im Auge, die Muschelschubser spinnen total, mein Cousin Mooncloud kam mich besuchen, um mir seine Geschichte zu erzählen, war aber nur ein Haufen Scheiß (weiß noch nicht), wir gingen Lucien NY und Mädchen und Szenen, alles total verrücktes Chaos wann immer ich aus dem Haus gehe, also bleib ich daheim und diesen Sommer denk ich mal wäre es schön nach Quebec zu fahren und die Geschichte für *Holiday* zu schreiben und dann im Herbst, wenn *Visions of Gerard* raus ist, geht's auf nach Köln Deutschland, London, Paris, Cornwall und in die Bretagne, obwohl ich weiß nicht, so richtig Lust hab ich nicht, ist alles in meinem Herzen HIER IN MEINEM HERZEN, Ami.

Na auf jeden Fall unternehmen wir eine Mordsreise wir zwei beiden irgendwohin oder machen mal wieder was, irgendwann, copain.

Ich hatte kürzlich schreckliche Visionen von einem Zuviel an Welt, die uns einfach zu viel Aufmerksamkeit abverlangt, die Essenz unseres Geistes ist total zerschossen von Musik, Leuten, Büchern, Zeitungen, Filmen, Spielen, Sex, Gesprächen, Geschäften, Steuern, Autos, Ärschen, Märschen babbeldiba etc. und ich bin schier dran erstickt, so hat sich das quergestellt – Im Augenblick Gregory zerstritten, so gut wie nie, wir hatten im April oder so ein freudestrahlendes Wiedersehen und haben unter großem Halleluja abgemacht, einen großen Artikel für den *Playboy* über Beat zu schreiben, so dass er Geld für seine Hochzeit mit Sally November hätte, die mich, glaub ich, nicht mag, und dann ging das den Bach runter, weil Gregory die ganze Geschichte hinter meinem Rücken umschrieb und mich und Luce und überhaupt alle mächtig beschimpft, er der »reine lyrische Dichter«, was Lucien ihm einen Tag vorher gesagt hatte und was ihm zu Kopf gestiegen war – In erster Linie hatte ich das Gefühl, dass Gregory wahnsinnig ist, weil er mir nicht von der Pelle wich, dann merkt er plötzlich, dass er verrückt ist, und will mit keinem mehr befreundet sein, vielleicht will er dafür bestraft werden? Der Artikel, den wir zusammen geschrieben haben, wir haben ihn Freundinnen von mir diktiert etc., war lächerlich, noch nicht mal ein Artikel, sondern ein im Whiskysuff verbrochenes Kettengedicht ohne die geringste Bedeutung – Ich glaube, das H[eroin] ist G[regory] wirklich zu Kopf gestiegen – Diese Sally von ihm ist ein Muffel, denk ich – Aber vielleicht kriegen sie ein Baby und gurren einander leise an und es wendet sich noch alles zum Besten für den armen gequälten Gregory Corso – Aber von diesen Besuchen in NY kam ich schlimmer denn je mit Horrorvisionen zurück, nicht weniger schlimm als die Ayahuasca-Vision über die Höhlen im Neandertal von vor einer Million Jahren, die Grausamkeit des Lebens! – Aber meine Zukunft ist durch die Bank strahlend, jetzt wo *On the Road* ein Film wird, neuer Roman im Herbst, zwei neue Romane noch unveröffentlicht (*Desolation Angels* und seine Fortsetzung über dich und mich und Pete und Laf und Gwegowy in Mexiko *Passing Through*) und ich sehe nichts vor mir außer ungezwungener Freude und trotzdem sind meine Gedanken manchmal so finster und einsam, dass ich mich jeden Augenblick an deiner Schulter ausweinen könnte oder Bills oder Neals. Und was ist mit dem armen Neal? Carolyn heiratet einen anderen, könnte ich nicht Millionär werden und Neal zu meinem Chauffeur machen? Brauch ich einen verrückten Kiffer als Chauffeur mit Weibern im Kofferraum? Und Bill, wieso seh ich den überhaupt nicht mehr und wenn ich nach Paris reisen würde per Air France oder Lufthansa-Jet wäre er dann nett zu mir wenn ich auf ihn zustürze? oder würde er mich auslachen weil ich so dick bin? oder WAS? Wo ist denn Peter, warum hast du Peter verlassen? Warum haben du und Peter Laf einem solchen Schicksal überlassen? Wie konntest du Laf überhaupt auf den Schultern in der Weltgeschichte rumtragen? Es ist hoffnungslos. Wie geht's Gary? Ich nehme an gut. Whalen ist ausgesprochen traurig und neutral mit großen traurigen neutralen blauen Augen. Macht mir manchmal richtig Angst. Lew Welch verbringt seine Zeit in einer abgelegenen Hütte, nackt, in Forks of Salmon Kalif, und er sagt, dass er verrückt wird wie Han Shan. Hast du den Roman *Big Sur* gesehen, den ich dir habe zuschicken lassen? und was hältst du von der lächerlichen Entscheidung in DEM? alles zu wahr. Autsch. Mittlerweile hacken all diese zweitrangigen Langweiler auf dich ein, Aquins Mönche die in langen albernen Briefen sogeschriebenvollJoycescher Arrangements meine Theologie verneinen, oder Langweiler um Los Gatos die mir versichern, dass ich von einiger Bedeutung WAR während Amerika mich gebraucht hat und danke, – nichtsdestoweniger, Allen lieber Freund, verspüre ich eine seltsame Ekstase, gerade jetzt, oder immer, ja eigentlich immer. Holmes bombardiert mich mit gewaltigen Fragen wegen seines Sachbuchs in dem es um alles gehen wird: Ich habe drei Tage mit der detaillierten Beantwortung seiner Fragen zugebracht, an der Maschine, sollter jetzt wirklich zufrieden mit sein. Das Buch wird sich um dich drehen, mich, Mailer, Baldwin etc., die ganze Szene … Aber jetzt regnet es, ganze Wände dicker kerzengerade auf schluchtendämmrige Lichtungen fallender Tropfen … sehr schöner Tag. Eigentlich ein Tag, um sich mit Whisky volllaufen zu lassen, aber das hab ich verdammt noch mal gestern gemacht. Ein verschenkter Tag. Frage mich was Joan Adams so denkt … Wo wohl Huncke steckt? Wie geht's Laf? Was denkt Paul Bowles, und wo? Und Ansen? Und Walter Adams? Traurig das mit der Mülltonne! Na jedenfalls, wenn du wieder da bist, zeig ich dir stapelweise Papierkram, der sich hier angesammelt hat zu allem, was seit deinem Weggehen passiert ist: Briefe, Gedichte von Gregory etc., und hoffen wir, dass der gemessene Schlag der großen Herzen Melvilles, Whitmans und Thoreaus uns über die kommenden hektischen Jahre überkommunizierender Amerikas und Telstars und anderer Galaxien hinweghelfen wird … Was haben wir erreicht? Gute neue Lyrik, das sollte doch wohl genügen. Wo man hinsieht »charmante vergammelte kleine Prinzen« und alles wegen dir … und irgendwie eine plötzliche Flut intelligenter Footballer in den Teens. Irgendwie, meine Fresse! Übrigens hat mir dein »kreischender Eliot«-

Traum gefallen und grade eben sitze ich über einem alten Traum von dir in einem Brief aus Chiapas, nein, San Jose, über Chiapas, ein Traum in dem jemand Burroughs in einer römischen Straßenbahn fotografiert und ein Traum in dem ich Millionen von Touristen auf einer Wanderung durchs endlose Brooklyn führ ... Ich hatte grade Sufftraum in dem ich ständig scheiße, ob ich nun auf der Toilette bin oder nicht, ich scheiße auf den Boden, auf meine Hände, Schuhe, sogar aufs Gesicht, Scheiße so weit das Auge reicht, wie Ballons ... Lucien Ah ... Er hatte eine kleine Affäre mit Lois [Sorrells Beckwith], aber Cessa hat dem ein Ende gemacht ... keine richtige Affäre eigentlich, er lag bloß den ganzen Tag mit ihr bei Jacques [Beckwith] auf dem Boden rum während Jacques einen Rochus schob – Was Jacques etc. angeht komm ich einfach nicht mehr mit, möcht wieder zurück zu meinem einfachen Lucien und Allen und Bill. Wie dem auch sei, meine gegenwärtige Arbeit besteht in einem *Vanity of Duluoz*-Roman über 1939 bis 1946, wird nicht leicht: Football, Krieg, Edie, etc. Haft in der Bronx, dich, Columbia, etc. autsch.
Komm bald heim
Jack

Allen Ginsberg [San Francisco, Kalifornien] an Jack Kerouac [Northport, New York]

City Lights 261 Columbus
SF Calif USA
6. Okt. 1963

Lieber Jack:
Ging mir nicht aus dem Kopf ich sollte dir schnell gewaltigen lieblich lieben Bauchblümchen-Brief schreiben, den deinen in Japan bekommen, ich hab dir EINFACH ZU VIEL zu erzählen ZU ZU ZU viele Jauchzer wo soll ich anfangen Japan oder irgendwo sonst? Indien, Ganges ich bade die ganze Zeit und bete um transzendentalistische Blakes und zu Besuch weilende Heilige und alles was denen einfällt ist: »Nimm dir Blake zum Guru« oder »Dein eigenes Herz ist dein Guru« oder »Oh, wie verletzt du und Peter doch seid, oh, wie verletzt, oh wie verkehrt«, bis ich schließlich gegangen und nach Viet Nam geflohen bin als meine Zeit vorbei war und hier bringt jeder jeden um hartherzige Amerika-Paranoia und Wochen in Kambodscha Ruinen von Ankor Wat und Pot

und Bangkok chinesische Jungs und schließlich das friedliche Kyoto, meditiert im Kloster mit Gary [Snyder] bei Zwerchfellatmung und das hat meinen Geist beruhigt und dann sickerte die liebe Freundlichkeit all der Gurus in mich und dann Joanne [Kyger] und Gary beide so lieb zu mir haben mich beide mit in ihr Bett genommen sogar Gary hat mich geliebt und mit einem Mal konnte ich auf Joanne weil es mir einfach richtig schien zu fühlen was immer ich fühlte, Ich will Frau-Gattin-Lady, ich will ich will, will Leben nicht Tod, landete schließlich weinend im Zug von Kyoto nach Tokyo und schrieb letztes Gedicht: Auf Meinem Zugsitz Entsage Ich Meiner Macht: Auf Dass Ich Lebe Werde Ich Sterben nehme deshalb Jesus an siehe auch, und keine weiteren geistigen Diskussionen mehr über das Universum: Ich bin was ich bin und was genau bin ich? Wieso bin ich ich, und ich ist meine Gefühle heiliger Bimbam und diese Gefühle befinden sich um genau zu sein bibbernd in meinem Bauch wenn Augen Ja sagen und in meiner Brust schon die ganze Zeit das ist mein ich NICHT mein Kopf nicht Jesus-Vorstellungen nicht Buddha – Jesus und Buddha sind in meinem Körper, nicht nirgendwo sonst. Und alles andere sind willkürliche Vorstellungen. Ich werde also von jetzt an nichts als Liebe nehmen und selbige geben, in Gefühlen, außer – na ja ich kam weinend zurück nach Vancouver und fand dort alle beisammen Olson Duncan Creeley Levertov um sie zu lehren und ich sagte: Ich könne sie nicht aus meinem Universum streichen noch sonst jemanden nicht mal Norman Podhoretz, sind sie doch auch wie ich einer wie der andere ein Selbst leider Gottes wir haben uns gestritten und getroffen wie Beatniks und Poeten und alles außer weinendem Selbst, also weinte ich bloß und lehrte nicht ging einfach nur reihum und betatschte jeden bis wir alle beisammen waren bei einem glücklichen irdischen Picknick ohne Ideen im Kopf über abgekartete Dichtung oder runtergemachte Dichter KEINE KRIEGE MEHR alle sind unsterbliches Lachen und legen sich hin, keine überlegenen Dichter keine geringeren Dichter überdies keine weiteren Ayahuascas oder Peyotes weil ohnehin aus Bauch und Brust bereits Unendlichkeit strömt wenn Gefühl empfänglich ist und das tut gut macht nicht Angst – alles was ich 1948 in Blake sah ist endlich wahr geworden, dauerte Wochen über Wochen, wunderbare Jerusalemer Seeligkeit, mir ist sogar (endlich) aufgegangen dass meine Mutter gestorben ist nachdem sie und das hat sie mir an ihrem letzten Tag gesagt gesehen hat dass der Schlüssel im Sonnenlicht liege, nur ist mir nie aufgegangen was sie meinte und gefühlt hat bis ich mich selbst in meinem eigenen irdischen Körper wieder zuhause fühlte und wusste sie hatte das erlebt und wusste Bescheid. Es ist also alles bestens, ich werde heiraten und eines Tages kleine rettungslose Verlierer haben – und ich bin kein rettungsloser Verlierer, ich bin ich, und ich ist namenlos, aber gewiss kein schlechtes Gefühl OK-K wie ein rettungsloser Verlierer, ich stand jahrelang unter deinem Bann und Burroughs hat mich mit seinen Cut-ups fast umgebracht – seine Cut-ups sind gut und schön weil sie den Kopf zerstückeln aber er will ja auch gleich noch seine Körpergefühle zerstückeln, und das ist wahrlich kein gutes Gefühl – dein rettungsloser Verlierer hat mich auch von meinem hohen Ross runtergebracht also geholfen, nur hättest du mich schneller retten können hättest du mich Herzblatt genannt, Schatz – alles in Ordnung wir werden alle ja was denn sein? sein was wa sind! is das nicht stark. Ich bin zu verkopft und voller Probleme um das richtig zu erklären, aber wie dem auch sei, Jack, ich sags dir wie dus mir sagst, jawoll, alles ist in Ordnung, eigentlich kann ichs nicht weiter erklären ich SPÜR es nur einfach und das ist besser als erklären, wenn wir uns also das nächste Mal sehen sorg ich dafür dass es dir genauso gut geht. Ich werd dich küssen und hätscheln und dir kleine Gedichtlein über duddel diddel vorlesen und auch deine Mama werd ich küssen und sie um Vergebung bitten und um ihre Liebe und für deinen Paps hab ich ohnehin schon gebetet und ich geh zu meinem Paps und dank ihm dafür mir das Leben geschenkt zu haben und gebe ihm das Gefühl dass alles in Ordnung ist und ich kehre ins menschliche Universum zurück grade so wie in der Prophezeiung von *Dr. Sax* (dessen letzte Kapitel ich meiner Klasse in Vancouver vorgelesen habe) DAS MIT DER SCHLANGE IST ERLEDIGT. Und dein Brief so voller Zärtlichkeit so dass ich dir auch nicht weiter predigen möchte obwohl ich in deinem Kopf Zweifel zu entdecken meine ob es in Ordnung ist dass du geboren bist, also, du gehst mir jetzt schön rüber zu deiner Mutter und VERSICHERST ihr dass es schon richtig war dir das Leben zu schenken. Und warum richtig? Weil Gott Gefühl ist und es kein schönes Gefühl für sie sein kann wenn du in einer Tour maulst du wolltest ja nicht geboren werden. Würdest du dich nicht auch lausig fühlen wenn dein Sohn dir sagst dass er sauer auf dich ist weil du ihn in die Welt gesetzt hast? Und wärs nicht ein schönes Gefühl würde Sohn nach Hause kommen und sagen: Paps, wir haben's geschafft, ich bin froh am Leben zu sein und du hast das schon richtig gemacht. Würd's dir dann nicht besser gehen? und was haben wir denn schon außer Gefühlen, haben wir große Ideen oder was anderes was wir sein könnten? außer unserem Herz? Sämtliche Gurus Indiens sagen Abhya mudra abhya mudra abhya mudra und so spricht Buddha und so spreche ich zum kleinen English Kerouac, nur dass wir JETZT in den Zelten Gottes weilen also lasset uns frohlocken wie Lämmer: und keine Schreckgespenster mehr.

Ich bin also jetzt hier in SF wo ich rumlaufe und jeden frage ob ich ihn küssen darf.

Erbärmlich, was? jeden zu bitten dass er mich liebt. Und wenn sie sehen was für ein kaputter langhaariger Dussel ich bin dann schmelzen sie natürlich dahin und tuns, aber es wird langsam zur Arbeit. Nichtsdestotrotz schaust du rundum in diese Gesichter und was ist andres zu sehen? als überall dasselbe Selbst verletzt und von allen bepisst – und Lucien war hier und wir haben einander aufs Neue gesegnet – und jetzt Neal. Na jedenfalls wohne ich jetzt in einer großen Wohnung mit einigen stillen jungen Dichtern aus Kansas ich habe das Hinterzimmer und Neal und sein Mädel (dieselbe Ann [Murphy] die du aus Northport kennst) bewohnen ein anderes und er versteht warum damals (in Northport) einfach alles zu kompliziert war – und Neal und ich setzen uns wie ich hoffe ab Montag zusammen und Neal schreibt noch mal seinen Blop, jedenfalls hat er Job gekündigt und Carolyn hat sich von ihm scheiden lassen (ich habe Tage mit ihr verbracht) und ich singe ihm stundenlang ruhige Hindu-Mantras vor um die Luft weich zu machen bis er wieder in seinem Körper ist nach Rennbahngespenstern und gefühllosem Rausch und wir wieder alle beisammen sind o la tierra est la nostra. Ich komm dich Weihnachten besuchen ohne Haare falls so gewünscht oder mit Haaren wenn du mich trotzdem empfängst, wenn dir nach ruhigen Wochen ist komm rüber treffen wir uns doch alle KEIN BESÄUFNIS würde bloß das Feeling kaputt machen überhaupt hör mit der Sauferei auf. Ich nehme überhaupt keine Drogen mehr nichts außer Bauchblümchen. Ich schlafe mit Mädchen ich bin wiedergeboren zufrieden ich singe Hare Krischna Vaterunser daddel diddel ich weine, Sebastian [Sampas] wusste alles wir wissen nichts es sei denn wir lieben. Jetzt ziehen wir aus retten Amerika vor der Lieblosigkeit. Ich drehe *Howl* um. Ich schreibe ein weißes *Howl*, Schluss mit Tod O Walt Hallo Jack!

Ich mache später aus *Kaddisch* Film mit Robert Frank hilfst du bei den Dialogen?

Ich schreibe dir bald wieder. Wirst du mich immer lieben? Peter bahnt sich bis Weihnachten einen Weg durch Pakistan Richtung Persien und New York. Wir sind alle Babys! Was guttut! Das Wort, endlich!!!

Anmerkung des Übersetzer

In einigen Fällen wurde auf die Übersetzung von Gedichten verzichtet, wenn dadurch besondere Textbezüge sowie Hinweise der beiden Autoren auf Reimschemata und Rhythmusexperimente verloren gegangen wären. In besonderem Maße trifft das auf ein Nonsens-Gedicht wie *Fie My Fum* zu, dessen Zeile »Pull my daisy« Jahre später zum Titel des berühmten Films von Robert Frank wurde.

Der Übersetzer möchte an dieser Stelle ausdrücklich Guntrud Argo, Hans Ulrich Möhring und Bernhard Josef danken, die zu dieser Ausgabe der Briefe von Allen Ginsberg und Jack Kerouac Substanzielles beigetragen haben.

Namensregister

Household, Geoffrey   78
Howard, Richard   365, 367, 413
Hudson, Jim   308, 412
Huncke, Herbert »Clem«, »Hunkey«   77,
   79 f., 82, 86, 88 ff., 93, 99, 116, 130, 148,
   153, 157, 166, 168, 170, 185, 303, 350 f.,
   378, 426, 446, 451, 454, 463, 467, 471,
   485, 489
Huston, John   408

Ignu   102, 113, 202, 242, 426

Jackson, Natalie   241–245, 247, 272, 277,
   289 f., 317
Jackson, Phyllis   193
James, Henry   173, 380
Jarrell, Randall   325 f., 329 ff.
Jennison, Keith   288, 293
Johnson, Samuel   49
Jones, LeRoi   402, 429, 447, 464, 470, 475
Joyce, James   153, 176, 180 f., 227, 266, 473,
   489

Kafka, Franz   46, 110, 293
Kallman, Chester   155, 212, 217
Kammerer, David   22, 53
Karney, Varda   126, 217
Kazin, Alfred   238, 289
Keck, Bill   207, 234, 343
Kennedy, John F.   475 ff.
Kerouac-Parker, Edie   21 ff., 104, 107, 111,
   121, 178, 241, 490
Kerouac, Gabrielle   85, 103, 191, 260, 283,
   304, 317, 327, 331, 335, 337, 339 ff., 345,
   348 f., 409, 421, 423, 435 f., 464, 471,
   486 f., 492
Kerouac, Janet Michele   260, 340
Kerouac, Leo   378, 411, 447, 492
Kilgallen, Dorothy   402
Kingsland, John   28, 34, 150, 155, 211 f.,
   219, 279 f., 283

Lamantia, Philip   135 f., 159 f., 217 f., 229,
   302 f., 317, 325, 340, 344, 351, 378, 382,
   390, 394, 398, 400, 402 ff., 410, 413, 416,
   418, 423, 426, 441, 447, 464
Landesman, Jay   130, 392, 403, 441

Laughlin, James   420, 425
Laughlin, Jay   152, 268, 274, 375, 441,
   443 f., 463
LaVigne, Robert   239, 242–245, 251, 305,
   309, 318, 344, 347, 350, 371, 400, 405, 413
Lawrence, Seymour   218, 223, 259
Lee, Alene   211, 215 f., 291, 295, 351, 388,
   392, 421
Lenrow, Elbert   81 f., 102, 391
Lerner, Max   417 f.
Leslie, Alfred   391, 395, 421, 435, 450, 457
Leslie, Hubert »Hube the Cube«   324 f.,
   345
Levertov, Denise   351, 377, 491
Livornese, Tom   50–55
Loewinsohn, Ronny   340, 346
Lord, Sterling   239, 271 f., 275, 278 f., 282,
   293, 296, 328 f., 337 f., 344, 347, 359, 361,
   365, 371 f., 387, 389, 397, 400, 402, 415,
   419, 424, 426 ff., 430, 437, 442, 446, 452 f.,
   455, 464
Lowell, Robert   150
Lowry, Robert   194, 421
Lustig, Joe   354, 365

MacClaine, Chris   218, 299, 307, 395, 440
McClure, Michael   317, 326, 349, 372, 394,
   438, 440, 447, 453, 473, 487
MacGregor, Robert   338, 425
MacLeish, Archibald   321, 391
McManus, Patricia   431
Mailer, Norman   66, 355, 417, 422, 441,
   485, 489
Mann, Thomas   88, 96
Marker, Lewis   164, 201
Marshall, Edward   412, 415
May, Joe   69, 471
Melville, Herman   112, 137, 171, 196, 208,
   218, 238, 262, 266, 279, 343, 358, 431,
   437, 443, 448, 489
Merims, Bob   202, 290, 323, 342, 364, 412,
   457
Mew, Charles   299, 366
Micheline-Silver, Jack   463, 465
Miller, Henry   97, 338, 352, 360, 431
Mills, Charley   463, 465
Millstein, Gilbert   375, 377